Cien años de cuentos

(1898-1998) Antología del
cuento español
en castellano

Cien años de cuentos

(1898-1998) Antología del cuento español en castellano

Selección y prólogo
José María Merino

EXTRA
ALFAGUARA

ALFAGUARA

© 1998, José María Merino
© De esta edición:
  1998, Grupo Santillana de Ediciones, S. A.
  Torrelaguna, 60. 28043 Madrid
  Teléfono 91 744 90 60
  Telefax 91 744 92 24
  www.alfaguara.com

• Aguilar, Altea, Taurus, Alfaguara S. A.
Beazley 3860. 1437 Buenos Aires
• Aguilar, Altea, Taurus, Alfaguara S. A. de C. V.
Avda. Universidad, 767, Col. del Valle,
México, D.F. C. P. 03100
• Distribuidora y Editora Aguilar, Altea,
Taurus, Alfaguara, S. A.
Calle 80 Nº 10-23
Santafé de Bogotá, Colombia

ISBN:84-204-8379-6
Depósito legal: M-4.234-1999
Impreso en España - Printed in Spain

© Ilustración de cubierta:
Manuel Estrada

PRIMERA EDICIÓN: JULIO 1998
SEGUNDA EDICIÓN: NOVIEMBRE 1998
TERCERA EDICIÓN: FEBRERO 1999

ÍNDICE

Prólogo
15

El amor que asalta (Cuentos del azar)
MIGUEL DE UNAMUNO
27

¡Malpocado!
RAMÓN MARÍA DEL VALLE-INCLÁN
33

Golpe doble
VICENTE BLASCO IBÁÑEZ
37

Lo desconocido
PÍO BAROJA
43

La mariposa y la llama
JOSÉ MARTÍNEZ RUIZ, AZORÍN
47

El muñeco de trapo
JOSÉ MARÍA SALAVERRÍA
53

El hombre de la barba negra
EDUARDO ZAMACOIS
57

La doncellona de oro
GABRIEL MIRÓ
62

Ejercicios espirituales
MANUEL BUENO
66

Don Paciano
RAMÓN PÉREZ DE AYALA
71

El nefasto parecido
JOSÉ FRANCÉS   76

Soina
WENCESLAO FERNÁNDEZ FLÓREZ   81

Drama obscuro
ALFONSO HERNÁNDEZ CATÁ   91

Eucarística
ANTONIO DE HOYOS Y VINENT   95

El jardinero extático
JOSÉ MORENO VILLA   99

La tía Marta
RAMÓN GÓMEZ DE LA SERNA   104

Película
BENJAMÍN JARNÉS   110

Cuando, por fortuna, se tienen «cosas»
TOMÁS BORRÁS   114

La viuda de los Meyer (Una historia de amor)
JACINTO MIQUELARENA   122

El testamento
ARTURO BAREA   128

Reo de muerte
JOSÉ DÍAZ FERNÁNDEZ   135

El Genio de la noche y el Genio del día
ROSA CHACEL   140

Juana Rial, limonero florido
RAFAEL DIESTE   146

El único amigo
EDGAR NEVILLE   151

El buitre
RAMÓN J. SENDER   159

Un astrónomo
ANDRÉS CARRANQUE DE RÍOS   169

La ingratitud
MAX AUB   174

El misántropo
SAMUEL ROS   177

The Last Supper
FRANCISCO AYALA   181

El Comodoro
GONZALO TORRENTE BALLESTER   188

Visita irreprochable
MANUEL ANDÚJAR   193

Culpemos a la primavera
CAMILO JOSÉ CELA   196

Pasado mañana
ALONSO ZAMORA VICENTE   205

Concierto desesperado
VICENTE SOTO   212

Hotel Florida, Plaza del Callao
JUAN EDUARDO ZÚÑIGA   220

Paulina y Gumersindo
FRANCISCO GARCÍA PAVÓN   230

El refugio
MIGUEL DELIBES   240

Rosamunda
CARMEN LAFORET   247

El mar
CARLOS EDMUNDO DE ORY   252

Coro
RAMIRO PINILLA   256

El pozo encerrado
ANTONIO PEREIRA   262

Los hombres del amanecer
IGNACIO ALDECOA   269

La trastienda de los ojos
CARMEN MARTÍN GAITE   278

Cuento de estío
MEDARDO FRAILE   284

Pecado de omisión
ANA MARÍA MATUTE   290

Día de caza
JESÚS FERNÁNDEZ SANTOS   295

La bruja de la calle de Fuencarral
ALFONSO SASTRE   300

Los caballos
JORGE FERRER VIDAL   304

Syllabus
JUAN BENET   309

Recuerdo de un día de campo
JUAN GARCÍA HORTELANO   318

Morgazo
ANTONIO MARTÍNEZ MENCHÉN   325

El Noroeste
FERNANDO QUIÑONES   331

Los ojos del niño
DANIEL SUEIRO   334

Cara y cruz
JUAN GOYTISOLO   338

Desembarazarse de Crisantemo
GONZALO SUÁREZ   346

La excursión
FRANCISCO UMBRAL   356

Terror de Año Nuevo
MANUEL VICENT   362

Testigo imparcial
RICARDO DOMÉNECH   369

El castillo en llamas
ANA MARÍA NAVALES   374

Un encuentro
JAVIER ALFAYA   379

Un relato corto e incompleto
ÁLVARO POMBO   388

Un cuento pequeño, hálito de penumbra
ELENA SANTIAGO   397

El Gran Buitrago
JUAN PEDRO APARICIO   402

A través del tabique
MARINA MAYORAL   409

Hotel Bulnes
LUIS MATEO DÍEZ   416

Livingstone
MANUEL LONGARES   424

El reloj de Bagdad
CRISTINA FERNÁNDEZ CUBAS   431

Instantáneas
JOSÉ MARÍA LATORRE   443

El hombre que salía todas las noches
JUAN JOSÉ MILLÁS   450

El origen del deseo
SOLEDAD PUÉRTOLAS   454

Nunca voy al cine
ENRIQUE VILA-MATAS   459

La ponedora
GUSTAVO MARTÍN GARZO   463

Vacaguaré
LUIS LEÓN BARRETO   467

Diario corrupto
MANUEL DE LOPE   471

En el viaje de novios
JAVIER MARÍAS   480

Retrato de familia
ROSA MONTERO   485

El señor Link visita a un autor
PALOMA DÍAZ MAS   489

El puentecito
JOSÉ ANTONIO MILLÁN   493

Los guerreros de bronce
PEDRO ZARRALUKI   498

Teoría de la eternidad
JAVIER GARCÍA SÁNCHEZ   503

No se mueve ni una hoja
JULIO LLAMAZARES   512

El hombre sombra
ANTONIO MUÑOZ MOLINA   517

Juicio Final (Aldo Pertucci)
AGUSTÍN CEREZALES   524

De un espía paradójico y de lo bien pagado que estaba
ADOLFO GARCÍA ORTEGA   535

Amor de madre
ALMUDENA GRANDES   539

Los mundos lejanos
FELIPE BENÍTEZ REYES   547

Cotidiana
FRANCISCO JAVIER SATUÉ   549

Velocidad de los jardines
ELOY TIZÓN   554

Las Musarañas
JUAN BONILLA   563

Señoritas en sepia
JUAN MANUEL DE PRADA   566

Prólogo

Con su invento de la famosa *Generación*, no cabe duda de que Azorín consiguió que el siglo XX español, por lo menos desde lo simbólico y en lo que toca a la literatura, comenzase en 1898. Yo me he permitido tomar esa fecha como referencia inicial mítica para esta selección de cuentos que pretende abarcar el largo período que, desde entonces, llega hasta el momento en que redacto este prólogo.

La selección se ha basado en mi puro gusto personal. Claro que unos cuentos me han atraído más que otros, y que hay unos cuantos que prefiero por encima de los demás. Pero todos, con sus diferencias en el estilo, en la estructura y en el tratamiento del asunto, son verdaderos cuentos, no cuadros de costumbres, ni *prosas poéticas*, ni esos sedicentes relatos que basan en su brevedad como supuestas ficciones la única razón de su existencia.

Por encima de su trama y de su forma, en todos estos cuentos está presente el *hecho narrativo*, ese fenómeno que hace que un texto se convierta en un cuento, a pesar incluso del género al que pretenda adscribirse, porque en él se produce un movimiento interior, una mudanza dramática, una alteración capaz de otorgar repentina trascendencia al asunto concreto de que trata, y que transforma la situación inicialmente planteada, o permite comprenderla dinámicamente, dotada de un sentido especial.

Desde este punto me gustaría matizar ciertas definiciones de las características del cuento que a veces oigo repetir algo desnaturalizadas. Azorín dijo que el cuento era a la prosa lo que el soneto al verso, pero pienso que esa comparación metafórica no tiene nada que ver con los aspectos formales del cuento y que, por otra parte, no sólo se refiere a la dificultad del género —escribir un buen cuento es tan difícil como escribir un buen soneto—, sino a lo que el soneto tiene de mundo limitado, constreñido sobre todo por la extensión, y donde sin embargo debe expresarse en toda su amplitud la idea poética correspondiente.

También se alude a las similitudes que buscó Cortázar entre el mundo de la narrativa y el de la imagen, al comparar la novela con el cine y el cuento con la fotografía, y que puede ser engañosa, ya que parece afectar inevitablemente al movimiento. Pero Cortázar no tuvo en cuenta este aspecto, sino que se refirió al hecho de que la novela, como el cine, encuentra su significación en la sucesiva acumulación de elementos —imágenes, acontecimientos—, mientras que el cuento parte de un solo acontecimiento para encontrar la significación.

Yo añadiría que ni el cuento ni el cine toleran la dispersión y el vagabundeo narrativo a que la novela suele ser tan aficionada. El cuento exige concentración de esfuerzos, en un marco muy determinado por esas variables que son el espacio y el tiempo. En la capacidad para sugerir un mundo completo desde la austeridad de medios y la síntesis expresiva está, precisamente, su gracia y su misterio. En el cuento, el *hecho narrativo* debe producirse con la mayor intensidad, en la menor extensión posible.

Sin embargo, esta selección no obedece solamente a mi intuición particular de lo que debe ser un cuento, ya que me he marcado varios requisitos para llevarla a cabo.

Primero, se trata de cuentos en lengua castellana, de autores españoles que han tenido o tienen esta lengua como vehículo de expresión habitual. Mi propósito era realizar una selección amplia, que incluyese bastantes cuentos, para que fuese realmente ilustrativa del género en este largo período, y confieso que no estoy en condiciones de intentar abarcar también, con la misma amplitud y accesibilidad, la producción cuentística de estos cien años en las otras lenguas de España, y que no me parecía tampoco aceptable zanjar el dilema con la presencia testimonial de unos cuantos cuentos y autores en gallego, vasco o catalán. Quede tal antología, o antologías, para quienes tengan mayor capacidad en el asunto.

Segundo, me impuse también como requisito que los textos perteneciesen a libros en que se incluyesen otros cuentos del autor, aunque su lugar originario de aparición hubiese sido la prensa periódica. Este criterio parte de la idea de que un libro que agrupe una colección de cuentos da una medida reconocible, palpable, del interés y de la dedicación del autor al género. El criterio me permitió manejar cuentos que, digámoslo así, habían sido homologados para su publicación por esa responsabilidad editorial que comporta la edición de un libro. No hay que olvidar que el cuento —con el teatro— cumplió, al menos en el primer cuarto del siglo, el papel de divertimento popular que ahora corresponde al cine y, sobre todo, a la televisión, lo que forzó la proliferación de innumerables cuentistas, la mayoría poco dignos de recuerdo. Rastrear con la necesaria meticulosidad en los numerosísimos periódicos y revistas que publicaban entonces cuentos hubiera hecho mi tarea demasiado ardua.

Mi tercer criterio selectivo previo fue que los cuentos no tuviesen excesiva longitud. Fijé el límite en los quince folios, y creo que en el conjunto sólo hay un cuento que llega a alcanzarlos. En el territorio de los cuentos, el aumento de la extensión suele ser inversamente proporcional a su intensidad. Como señalé antes, creo que un cuento debe resolverse en poco espacio, con el tamaño preciso, el mínimo posible. Por eso en esta selección hay cuentos muy breves, que muestran con brillantez esa palpitación iluminadora que el género consigue, cuando acierta. Recordaré en esto al maestro de maestros, Edgar Allan Poe, cuando decía: «Ha existido durante mucho tiempo en literatura un fatal e infundado prejuicio... sobre que el mero volumen de una obra debe entrar en consideración a la hora de estimar su mérito».

Antes de adoptar el orden de los cuentos tuve bastantes dudas. En principio, me parecía más lógico ordenar el libro conforme a la fecha de publicación de los textos. Sin embargo, esto no hubiera aclarado demasiado las cosas, porque los cuentos que se recogen en los libros, muchas veces han aparecido anteriormente en publicaciones de carácter periódico, como antes dije, la mayoría de ellas difíciles de datar.

Por poner un ejemplo, el primer cuento de esta selección, «El amor que asalta», de Miguel de Unamuno, apareció publicado en el libro *El espejo de la muerte*, en 1913, que recoge ficciones del autor publicadas desde 1888. Y aunque en el caso de este cuento hubiera sido posible fijar la fecha exacta de su publicación, no hubiera sido así en la mayoría de los demás casos. He adoptado, pues, la decisión de ordenar los cuentos según el año de nacimiento de los autores. Para orientar al lector, he procurado, cuando he podido, anotar entre paréntesis la fecha de la primera publicación del correspondiente cuento.

Debo aclarar también que en esta selección no he incluido cuentos de algunos autores que, pese a seguir activos en el siglo XX, tienen en el XIX su verdadero espacio temporal de referencia. El 98 me sirvió de punto de partida con todas sus consecuencias, también de carácter estético, e incluí a Vicente Blasco Ibáñez, tan deudor en su escritura de los modelos anteriores, por coherencia generacional, aunque no sea la azoriniana, y porque muchas de sus inquietudes sí se corresponden con el nuevo siglo.

Antes señalé que el primer motivo para la selección de cada cuento fue su interés en cuanto tal, y la atención que suscitó en mí como lector, porque pretendo que esta selección ofrezca, sobre todo, cuentos capaces de interesar a otros lectores por su pura condición narrativa. Sin embargo, en esa atención de mero lector, y sin traicionar la inexcusable narratividad de cada cuento y esos aspectos básicos que son el modo como está llevado el asunto, la singularidad de la trama, lo peculiar del enfoque y el tratamiento estético, he procurado implicar también otras perspectivas, como el momento histórico y ciertos planteamientos sociales y morales, con el propósito de que, de alguna manera, los cuentos reunidos aquí puedan transmitir una imagen, más o menos borrosa pero perceptible, de la propia cultura y de la época en que han nacido, y propicien una sugerencia del tiempo español en que han sido escritos.

Integro en el libro escritores de ideología dispar, que incluso vivieron activamente, unos como vencedores y otros como vencidos y exiliados, el horrendo enfrentamiento civil que marcó nuestro siglo como consecuencia de la rebelión militar de 1936, no sólo por ayudar a asumir del todo ese negro período, sino para que estén presentes los talantes y miradas de los diversos autores.

A la vista de la selección, debo decir algunas palabras sobre lo que, a mi juicio, supone el cuento en España en los últimos cien años.

Todavía hay quien habla de la *crisis* del cuento, atribuyéndole una salud precaria, de la que serían responsables el olvido editorial y el desinterés lector. Vayamos por partes. Si echamos una mirada a un período temporal suficiente —aquí me atrevo a proponer un siglo—, veremos que el cuento español, por lo menos el escrito en lengua castellana, ha dado, en general, muestras de gozar de un estado saludable.

Maestros del cuento fueron los miembros de la generación del 98 que, además, dieron un cambio radical a la manera de enfrentarse con el género, pero en el primer tercio del siglo, cuando los cuentos en la prensa diaria y en las revistas cumplían el papel de medio de entretenimiento a que me he referido antes, hubo autores con una obra breve o cuentística digna de atención, si no memorable. Yo, además de incluir cuentos de Unamuno, Valle-Inclán, Azorín y Baroja, he recogido otros de Vicente Blasco Ibáñez —como ya señalé—, José María Salaverría, Eduardo Zamacois, Gabriel Miró, Manuel Bueno, Ramón Pérez de Ayala, José Francés, Alfonso Hernández Catá, Antonio de Hoyos y Vinent y Ramón Gómez de la Serna.

De los fraguados en el entorno de la dictadura primorriverista y de la guerra civil, la nómina de autores de libros interesantes de cuentos es larga. Yo he incluido cuentos de Wenceslao Fernández Flórez, Benjamín Jarnés, Tomás Borrás, José Moreno Villa, Jacinto Miquelarena, Arturo Barea, José Díaz Fernández, Rosa Chacel, Rafael Dieste, Edgar Neville, Ramón J. Sender, Andrés Carranque de Ríos, Max Aub, Samuel Ros, Francisco Ayala y Manuel Andújar.

También la que pudiéramos considerar primera promoción posterior a la guerra civil ha escrito cuentos interesantes. De este grupo he seleccionados textos de Gonzalo Torrente Ballester, Camilo José Cela, Alonso Zamora Vicente, Vicente Soto, Francisco García Pavón, Miguel Delibes y Carmen Laforet.

Luego, dentro —y fuera— del famoso «grupo del medio siglo», para reflejar una época riquísima en autores devotos del género, incluyo cuentos de Juan Eduardo Zúñiga, Carlos Edmundo de Ory, Ramiro Pinilla, Antonio Pereira, Ignacio Aldecoa, Medardo Fraile, Carmen Martín Gaite, Ana María Matute, Jesús Fernández Santos, Alfonso Sastre, Jorge Ferrer Vidal, Juan Benet, Juan García Hortelano, Antonio Martínez Menchén, Fernando Quiñones, Daniel Sueiro, Juan Goytisolo, Gonzalo Suárez, Francisco Umbral y Manuel Vicent.

Quiero advertir que a mediados de los años sesenta el cuento ha dejado de llamarse así, para adquirir la denominación de *relato*. En ese cambio de nombre hubo acaso un propósito de lo que se podría calificar «discriminación intelectual», que pretendía aclarar posibles confusiones con el cuento popular, o con el infantil. A mi juicio, aquello supuso una singular claudicación, porque el concepto de *cuento*, con todas sus posibles confusiones, remite a esa sustancia obligada de narratividad que, sin embargo, en el *relato* no resulta tan exigente, ya que cualquier narración, hasta un atestado de la guardia civil, podría presentarse bajo tal etiqueta.

Además, en seguida fueron surgiendo y adquiriendo importancia multitud de premios institucionales, que tal vez acarrearon dinero, pero que, por lo general, no estaban contrastados por una publicación suficientemente difundida en los ámbitos literarios, y que incluso ni siquiera llegaban a editarse.

La precariedad literaria de la posguerra, acosada por la censura y la brutalidad ambiental del franquismo, tuvo a su favor que los cuentos podían ser conocidos a través de su publicación, aunque fuese, por paradoja, en las propias revistas culturales del Régimen. Para el contraste estético de la literatura, e incluso para la selección de los mejores, no puede haber otra otra vía normal que la de la publicación de los textos. La gran época de los premios coincide con un período en que, multiplicada y absorbida la producción cuentística por esos concursos institucionales tan numerosos, los libros de narrativa breve dejan de tener presencia editorial.

En el que pudiéramos llamar período de eclipse del cuento, habría que citar, al menos, dos elementos de diferente influencia: uno, ciertos criterios que, al margen de valoraciones específicamente narrativas, adjudicaban muchos de los premios al texto más *humano*, o al que mejor enaltecía la virtud del ahorro, el ferrocarril, y motivos de similar trascendencia, lo que sin duda influyó en la pérdida de interés de los asuntos tratados, y hasta en el amaneramiento formal. También hay que tener en cuenta que eran los tiempos de aquella especie de debate que hubo entre el *realismo social* y el *experimentalismo*, tan estéril para nuestra narrativa.

No obstante, la *Antología de cuentistas españoles contemporáneos (1939-1966)* —Ed. Gredos— de Francisco García Pavón, que amplía la publicada originalmente en 1959, demuestra que el cuento sigue presente en ciertos ámbitos del interés lector.

Desde 1975, y voy a usar la fecha que ha tomado Fernando Valls para acotar su propia selección (*Son Cuentos, Antología del relato breve español, 1975-1993,* Ed. Espasa Calpe) se puede hablar ciertamente, como él hace, de *renacimiento.* El cuento en España es atendido por las editoriales *literarias* —creo que no será preciso matizar más— y ofrece bastantes autores y autoras que escriben cuentos con asiduidad y los reúnen en libros.

Entre los nacidos en la guerra, la posguerra y la pertinaz sequía de los cuarenta, yo he recogido cuentos de Ricardo Doménech, Ana María Navales, Javier Alfaya, Álvaro Pombo, Elena Santiago, Juan Pedro Aparicio, Marina Mayoral, Luis Mateo Díez, Manuel Longares, Cristina Fernández Cubas, José María Latorre, Juan José Millás, Soledad Puértolas, Enrique Vila-Matas, Gustavo Martín Garzo, Luis León Barreto y Manuel de Lope.

Las siguientes promociones cultivan también el cuento con habitualidad y destreza. De los autores nacidos a partir de 1950, he seleccionado cuentos de Javier Marías, Rosa Montero, Paloma Díaz Mas, José Antonio Millán, Pedro Zarraluki, Javier García Sánchez, Julio Llamazares, Antonio Muñoz Molina, Agustín Cerezales y Adolfo García Ortega. Los escritores nacidos a partir de 1960 están representados por Almudena Grandes, Felipe Benítez Reyes, Francisco Javier Satué, Eloy Tizón y Juan Bonilla. Juan Manuel de Prada, nacido en 1970, es el autor más joven de esta selección.

A la vista del conjunto, y jugando con los números, resulta que la dispersión cronológica está bastante equilibrada. De los noventa autores seleccionados, hay veinticuatro nacidos antes del siglo XX. De los nacidos en este siglo, treinta y tres lo hicieron antes de la guerra civil y uno durante ella. Los treinta y dos restantes nacieron durante el franquismo, pero tres corresponden a la década de los treinta, trece a la de los cuarenta y dieciséis a las posteriores.

Aunque sus orígenes regionales pueden ser circunstanciales, señalaré que son también amplios. Predominan los madrileños (veintitrés) seguidos de los gallegos (nueve), andaluces (nueve), barceloneses (ocho), levantinos (ocho) y vascos (seis). El resto de los autores tiene origen aragonés, leonés, salmantino, vallisoletano, ovetense, murciano, ciudadrealeño, pacense, burgalés y tinerfeño. Dos autores nacieron en Francia y uno en Cuba.

Al repasar esta antología he recordado el prólogo que Francisco García Pavón escribió para la primera edición de la que, como dije, publicó en 1959.

García Pavón, tras señalar que los cuentos reunidos no respondían «a ningún criterio de escuela», añadía que componían «como un mosaico de las distintas tendencias que hoy conviven en la actualidad narrativa española». Sin embargo, a continuación establecía lo que él llamaba «las dominantes», que eran tres: «La falta de fantasía» —con la propensión a «un realismo más o menos abultado»—, «la ausencia de humor» —«...el escritor español antes quiebra por el camino barroco del ingenio que por el sutil del humor»— y «una gran preocupación por el estilo», un estilo que, dubitativo, García Pavón acaba calificando como «popularismo», citando como sus referentes, en diferentes géneros, a Camilo José Cela, Rafael Sánchez Ferlosio, Antonio Buero Vallejo y Lauro Olmo. Dos características más apuntaba el antólogo para su selección: «La comparecencia, de cierta importancia, del cuento de tono poemático y de los cuentos escritos por mujeres».

A la vista de la selección que yo he reunido parecería que estábamos tratando sobre cuentos de diferente país. Así de movedizas son las cosas de la cultura y de la creación literaria, y así cambian los enfoques con el transcurso del tiempo.

Desde luego, no es la falta de fantasía lo que caracteriza a los cuentos de esta selección, y hasta se podría decir que el gusto por lo específicamente fantástico es recurrente entre bastantes autores españoles de cuentos de los últimos cien años. Pero yo no he pretendido hacer una selección de cuentos con tal perspectiva, que ya desde la propia generación del 98 me hubiera dado algunos muy buenos.

Aunque el realismo haya sido la aportación mayor de la imaginación en castellano a la literatura universal, lo fantástico está presente en ella desde sus orígenes y, de un modo u otro a lo largo del tiempo, al menos desde aquel Exemplo XI del *Libro de Patronio y el Conde Lucanor*, «de lo que le contesçio a un deán de Sanctiago con don Yllán, el grand maestro de Toledo». Como se sabe, Jorge Luis Borges hizo de este cuento una hermosa versión, con el título *El brujo postergado*, y sin duda el cuento fue importante para el gran autor argentino, porque yo rastreo su huella, o su sombra, al menos en dos cuentos de *Ficciones*, en otros dos de *El Aleph,* y en algún prólogo y poema más.

En lo que se refiere al humor, también a lo largo de los cuentos de esta selección, y desde el primero de ellos, aparece como un elemento bastante habitual en la narrativa corta de estos cien años. Y en los autores de las últimas promociones, fantasía y humor son elementos familiares. Sin duda el juicio de García Pavón se correspondía muy bien con cierta rigidez del panorama literario en el franquismo, ante la presión de la realidad.

En cuanto a la presencia de mujeres, es evidente que la posguerra fue un punto de ruptura en una exclusividad masculina que antes sólo quebraban raras excepciones. En mi selección, de los doce cuentos escritos por mujeres, once pertenecen a autoras que empezaron a publicar después de la guerra civil, lo que me parece que refleja la realidad, sin prejuicios ni apriorismos de *cupo*.

Y en lo que atañe a la preocupación estilística, creo que tiene muchas derivaciones, pero como comprobará el lector, lo que se percibe a lo largo de los cien años es una mejoría en la calidad del tono general. Además, en el cuento hay, a mi entender, más diversidad y riqueza de enfoques y contenidos que en la novela, como si el género propiciase una flexibilidad imaginativa y hasta formal que la novela no tolera con tanta facilidad.

Si me atreviese a hablar de influencias, diría que en el siglo —dejando aparte el modernismo—, intuyo tres fundamentales: la de los grandes rusos, tan fructífera en Baroja; la de Hemingway y otros escritores de *the lost generation*, que se trasluce en la gente del «grupo del medio siglo», y la de Kafka. Creo que la de Kafka es la más firme, sobre todo a partir de los setenta, y que en muchos de los más jóvenes se filtra a través de Borges y Cortázar y se recuela a través de Calvino y de cierta joven literatura norteamericana que, según creo, no es tampoco ajena a la influencia de Hemingway, tan admirador de Baroja, que todo hay que decirlo.

Quiero hacer observar que, con el número de libros de cuentos, ha crecido también el de las antologías. Con la citada de Fernando Valls debo recordar también la segunda parte de la realizada por Francisco García Pavón en 1959 y en 1966, publicada en 1984, que abarca el período 1966-1980. Asimismo, la publicada en 1993 bajo el título *Últimos narradores, Antología de la reciente narrativa breve española*, bajo la responsabilidad de José-Luis González y Pedro de Miguel —Hierbaola Ediciones—, y la que publicaron, también en 1993, Ángeles Encinar y Anthony Percival con el título *Cuento español contemporáneo* —Ed. Cátedra.

Junto a estas antologías de cuentistas contemporáneos, en estos años han aparecido otras, que ofrecen un panorama retrospectivo. Así, la *Antología del cuento español 1900-1939*, de José María Martínez-Cachero —Ed. Castalia, 1994—, la antología *Cuento español de posguerra*, de Medardo Fraile —Ed. Cátedra, 1986—, entre otras. Porque también han aparecido antologías de escritoras, colecciones temáticas de cuentos de distintos autores, selecciones de cuentos por el origen geográfico de los mismos y algunas más de variopinto objetivo.

Hace pocos días que llegó a mis manos la antología *Páginas amarillas* —Ediciones Lengua de Trapo, 1997—, en que Sabas Martín reúne cuentos de treinta y ocho autores —nueve mujeres y veintinueve hombres—, nacidos a partir de 1960, que acompaña de un estudio con el título *La agonía del siglo o la desaparición de las certezas*. En cualquier caso queda una certeza, la de que los escritores españoles de las últimas promociones siguen practicando el género, y algunos editores editándolo.

Y hemos vuelto a llamarlos *cuentos*. Otra cosa es que el interés lector se incline más por la novela. Pero creo que el cuento es en sí, como la poesía, un género minoritario, más refinado que el que consume el lector vulgar de novelas, sean o no best-sellers. A mi entender, sólo es verdaderamente buen lector literario quien lee cuentos —y poesía— además de novelas.

Claro que el sentido de cada antología está en relación con los cuentos seleccionados. Cualquier antología tiene algo de composición musical, y la melodía resultante depende de los tonos y de los sonidos que se utilicen. Acudiendo a los mismos autores y a los mismos libros, el sentido de la antología cambiará si se eligen cuentos distintos. En la elaboración de ésta, por ejemplo, tuve que rechazar algunas tentaciones, como la de incluir algunos cuentos que, escritos por autores diferentes y en distintas épocas, venían a tratar el mismo asunto. También dudé mucho con algún autor a la hora de elegir el cuento definitivo.

En fin, esto que el lector tiene en las manos no es ningún *Juicio Final*. No viene a ser otra cosa que lo que ahora se llama «una propuesta de lectura». Con un poco de paciencia, y por supuesto si de verdad nos interesa ese mundo inagotable y hermoso del cuento, cada uno puede prepararse una antología a su medida. Y, con un poco de suerte, hasta publicarla.

Madrid, junio de 1998
José María Merino

MIGUEL DE UNAMUNO
(Bilbao, 1864 - Salamanca, 1936)

——— • ———

El amor que asalta
(Cuentos del azar)

¿Qué es eso del amor, de que están siempre hablando tantos hombres y que es el tema casi único de los cantos de los poetas? Es lo que se preguntaba Anastasio. Porque él nunca sintió nada que se pareciese a lo que llaman amor los enamorados. ¿Sería una mera ficción, o acaso un embuste convencional con que las almas débiles tratan de defenderse de la vaciedad de la vida, del inevitable aburrimiento? Porque, eso sí, para vacuo y aburrido, y absurdo y sin sentido, no había, en sentir de Anastasio, nada como la vida humana.

Arrastraba el pobre Anastasio una existencia lamentable, sin estímulo ni objetivo para el vivir, y cien veces se habría suicidado si no aguardase, con una oscura esperanza a prueba de un continuo desengaño, que también a él le llegase alguna vez a visitar el amor. Y viajaba, viajaba en su busca, por si cuando menos lo pensase le acometía de pronto en una encrucijada del camino.

Ni sentía codicia de dinero, disponiendo de una modesta pero para él más que suficiente fortuna, ni sentía ambición de gloria o de honores, ni anhelo de mando y poderío. Ninguno de los móviles que llevan a los hombres al esfuerzo le parecía digno de esforzarse por él, y no encontraba tampoco el más leve consuelo a su tedio mortal ni en la ciencia, ni en el arte, ni

27

en la acción pública. Y leía el *Eclesiastés* mientras esperaba la última experiencia, la del Amor.

Habíase dado a leer a todos los grandes poetas eróticos, a los analistas del amor entre hombre y mujer, las novelas todas amatorias, y descendió hasta esas obras lamentables que se escriben para los que aún no son hombres del todo y para los que dejaron en cierto modo de serlo: se rebajó hasta escarbar en la literatura pornográfica. Y es claro, aquí encontró menos aún que en todas partes huella alguna del amor.

Y no es que Anastasio no fuese hombre hecho y derecho, cabal y entero, y que no tuviese carne pecadora sobre los huesos. Sí, hombre era como los demás, pero no había sentido el amor. Porque no cabía que fuese amor la pasajera excitación de la carne que olvida la imagen provocadora. Hacer de aquello el terrible dios vengador, el consuelo de la vida, el dueño de las almas, parecíale un sacrilegio, tal como si pretendiese endiosar el apetito de comer. Un poema sobre la digestión es una blasfemia.

No, el amor no existía en el mundo para el pobre Anastasio. Leyó y releyó la leyenda de *Tristán e Iseo*, y le hizo meditar aquella terrible novela del portugués Camilo Castello Branco: *A mulher fatal*. «¿Me sucederá así? —pensaba—. ¿Me arrastrará tras de sí, cuando menos lo espere y crea, la mujer fatal?». Y viajaba, viajaba en busca de la fatalidad esta.

«Llegará un día —se decía— en que acabe de perder esta vaga sombra de esperanza de encontrarlo, y cuando vaya a entrar en la vejez sin haber conocido ni mocedad ni edad viril, cuando me diga: ¡ni he vivido ni puedo ya vivir!, ¿qué haré? Es un terrible sino que me persigue, o es que todos los demás se han conchabado para mentir». Y dio en pesimista.

Ni jamás mujer alguna le inspiró amor, ni creía haberlo él inspirado. Y encontraba mucho más pavoroso que no poder ser amado el no poder amar, si es que el amor era lo que los poetas cantan. ¿Pero sabía él, Anastasio, si no había provocado pasión escondida alguna en pecho de mujer? ¿No puede acaso encender amor una hermosa estatua? Porque él era, como estatua, realmente hermoso. Sus ojos negros, llenos de un fuego de misterio, parecían mirar desde el fondo tenebroso de un tedio henchido de ansias; su boca se entreabría como por una sed mágica; en todo él palpitaba un destino terrible.

Y viajaba, viajaba desesperado, huyendo de todas partes, dejando caer su mirada en las maravillas del arte y de la naturaleza, y diciéndose: «¿Para qué todo esto?».

Era una tarde serena de tranquilo otoño. Las hojas, amarillas ya, se desprendían de los árboles e iban, envueltas en la brisa tibia, a restregarse contra la hierba del campo. El sol se embozaba en un cendal de nubes que se desflecaban y deshacían en jirones. Anastasio miraba desde la ventanilla del vagón cómo iban desfilando las colinas. Bajó en la estación de Aliseda, donde daban a los viajeros tiempo para comer, y fuese al comedor de la fonda, lleno de maletas.

Sentóse distraídamente y esperó que le trajesen la sopa. Mas al levantar los ojos y recorrer con ellos distraídamente la fila de los comensales, tropezaron con los de una mujer. En aquel momento metía ella un pedazo de manzana en su boca, grande, fresca y húmeda. Cláváronse uno a otro las miradas y palidecieron. Y al verse palidecer palidecieron más aún. Palpitábanles los pechos. La carne le pesaba a Anastasio; un cosquilleo frío le desasosegaba.

Ella apoyó la cara en la diestra y pareció que le daba un vahído. Anastasio entonces, sin ver en el recinto nada más que a ella, mientras el resto del comedor se le esfumaba, se levantó tembloroso, se le acercó y, con voz seca, sedienta, ahogada y temblona, le cuchicheó al oído:

—¿Qué le pasa? ¿Se pone mala?

—¡Oh, nada, nada; no es nada...; gracias...!

—A ver... —añadió él, y con la mano temblorosa le cogió del puño para tomarle el pulso.

Fue entonces una corriente de fuego que pasó del uno al otro. Sentíanse mutuamente los calores; las mejillas se les encendieron.

—Está usted febril... —suspiró él balbuciente y con voz apenas perceptible.

—¡La fiebre es... tuya! —respondió ella con voz que parecía venir de otro mundo, de más allá de la muerte.

Anastasio tuvo que sentarse; las rodillas se le doblaban al peso del corazón, que le tocaba a rebato.

—Es una imprudencia ponerse así en camino —dijo él, hablando como por máquina.

—Sí, me quedaré —contestó ella.

—Nos quedaremos —añadió él.

—Sí, nos quedaremos... ¡Y ya te contaré; te lo contaré todo! —agregó la mujer.

Recogieron sus maletas, tomaron un coche y emprendieron la marcha al pueblo de Aliseda, que dista cinco kilómetros de su estación. Y en el coche, sentados uno frente al otro, tocándose las rodillas, mejiendo sus miradas, le cogió la mujer a Anastasio las manos con sus manos y fue contándole su historia. La historia misma de Anastasio, exactamente la misma. También ella viajaba en busca del amor; también ella sospechaba que no fuese todo ello sino un enorme embuste convencional para engañar el tedio de la vida.

Confesáronse uno a otro, y según se confesaban iban sus corazones aquietándose. A la trágica turbación de un principio sucedió en sus almas un reposo terrible, algo como un deshacimiento. Imaginábanse haberse conocido de siempre, desde antes de nacer; pero a la vez todo el pasado se borraba de sus memorias y vivían como un presente eterno, fuera del tiempo.

—¡Oh, que no te hubiese conocido antes, Eleuteria! —le decía él.

—¿Y para qué, Anastasio? —respondía ella—. Es mejor así, que no nos hayamos visto antes.

—¿Y el tiempo perdido?

—¿Perdido le llamas a ese tiempo que empleamos en buscarnos, en anhelarnos, en desearnos el uno al otro?

—Yo había desesperado ya de encontrarte...

—No, pues si hubieses desesperado de ello, te habrías quitado la vida.

—Es verdad.

—Y yo habría hecho lo mismo.

—Pero ahora, Eleuteria, de hoy en adelante...

—¡No hables del porvenir, Anastasio; bástenos el presente!

Los dos callaron. Por debajo del arrobamiento que les embargaba sonaba extraño rumor de aguas de abismo sin fondo. No era alegría, no era gozo lo que sobrenadaba en la seriedad trágica que les envolvía.

—No pensemos en el porvenir —reanudó ella—; ni en el pasado tampoco. Olvidémonos de uno y de otro. Nos hemos encontrado, y basta. Y ahora, Anastasio, ¿qué me dices de los poetas?

—Que mienten, Eleuteria, que mienten; pero muy de otro modo que lo creía yo antes. Mienten, sí; el amor no es lo que ellos cantan...

—Tienes razón, Anastasio; ahora siento que el amor no se canta.

Y siguió otro silencio, un silencio largo, en que, cogidos de las manos, estuvieron mirándose a los ojos y como buscándose en el fondo de ellos el secreto de sus destinos. Y luego empezaron a temblar.

—¿Tiemblas, Anastasio?

—¿Y tú también, Eleuteria?

—Sí, temblamos los dos.

—¿De qué?

—De felicidad.

—Es cosa terrible esta felicidad; no sé si podré resistirla.

—Mejor, porque eso querrá decir que es más fuerte que nosotros.

Encerráronse en un sórdido cuarto de una vulgarísima fonda. Pasó todo el día siguiente y parte del otro sin que dieran señal alguna de vida, hasta que, alarmado el fondista y sin obtener respuesta a sus llamadas, forzó la puerta. Encontráronlos en el lecho, juntos, desnudos, y fríos y blancos como la nieve. El perito médico aseguró que no se trataba de suicidio, como así era en efecto, y que debían de haberse muerto del corazón.

—¿Pero los dos? —exclamó el fondista.

—¡Los dos! —contestó el médico.

—¡Entonces eso es contagioso...! —y se llevó la mano al lado izquierdo del pecho, donde suponía tener su corazón de fondista. Intentó ocultar el suceso, para no desacreditar su establecimiento, y acordó fumigar el cuarto por si acaso.

No pudieron ser identificados los cadáveres. Desde allí los llevaron al cementerio y, desnudos y juntos, como fueron hallados, echáronlos en una misma huesa y encima tierra. Sobre esta tierra ha crecido yerba y sobre la yerba llueve. Y es así el cielo, el que les llevó a la muerte, el único que sobre su tumba llora.

El fondista de Aliseda, reflexionando sobre aquel suceso increíble —nadie tiene más imaginación que la realidad, se decía—, llegó a una profunda conclusión de carácter médico—legal, y es que se dijo: «¡Estas lunas de miel...! No se debía permitir que los cardíacos se casasen entre sí».

Del libro *El espejo de la muerte* (1912).
Ed. Juventud, 1984.

RAMÓN MARÍA DEL VALLE-INCLÁN
(Villanueva de Arosa, Pontevedra, 1866 - Madrid, 1936)

—— • ——

¡Malpocado!

> *Ésta fue la mía andanza*
> *sin ventura*
>
> MACÍAS

La vieja más vieja de la aldea camina con su nieto de la mano por un sendero de verdes orillas, triste y desierto, que parece aterido bajo la luz del alba. Camina encorvada y suspirante, dando consejos al niño, que llora en silencio:

—Ahora que comienzas a ganarlo, has de ser humildoso, que es ley de dios.

—Sí, señora, sí...

—Has de rezar por quien te hiciere bien y por el alma de sus difuntos.

—Sí, señora, sí...

—En la feria de San Gundián, si logras reunir para ello, has de comprarte una capa de juncos, que las lluvias son muchas.

—Sí, señora, sí...

—Para caminar por las veredas has de descalzarte los zuecos.

—Sí, señora, sí...

Y la abuela y el nieto van anda, anda, anda... La soledad del camino hace más triste aquella salmodia infantil, que parece un voto de humildad, de resignación y de pobreza hecho al comenzar la vida. La vieja arrastra penosamente las madreñas que choclean en las piedras del camino, y suspira bajo el manteo que lleva echado por la cabeza. El nieto llora y tiembla de frío; va vestido de harapos. Es un zagal albino, con las mejillas asoleadas y pecosas: lleva trasquilada sobre la frente, como un siervo de otra edad, la guedeja lacia y pálida, que recuerda las barbas del maíz.

En el cielo lívido del amanecer aún brillan algunas estrellas mortecinas. Un raposo que viene huido de la aldea, atraviesa corriendo el sendero. Óyese lejano el ladrido de los perros y el canto de los gallos... Lentamente el sol comienza a dorar la cumbre de los montes; brilla el rocío sobre la hierba; revolotean en torno de los árboles, con tímido aleteo, los pájaros nuevos que abandonan el nido por vez primera; ríen los arroyos, murmuran las arboledas, y aquel camino de verdes orillas, triste y desierto, despiértase como viejo camino de geórgicas. Rebaños de ovejas suben por la falda del monte; mujeres cantando vuelven de la fuente; un aldeano de blancas guedejas pica la yunta de sus bueyes, que se detienen mordisqueando en los vallados: es un viejo patriarcal: desde larga distancia deja oír su voz:

—¿Vais para la feria de Barbanzón?

—Vamos para San Amedio, buscando amo para el rapaz.

—¿Qué tiempo tiene?

—El tiempo de ganarlo. Nueve años hizo por el mes de Santiago.

Y la abuela y el nieto van anda, anda, anda... Bajo aquel sol amable que luce sobre los montes, cruza por los caminos la gente de las aldeas. Un chalán asoleado y brioso trota con alegre fanfarria de espuelas y de herraduras: viejas labradoras de Cela y de Lestrove van para la feria con gallinas, con lino, con centeno. Allá, en la hondonada, un zagal alza los brazos y vocea para asustar a las cabras, que se gallardean encaramadas en los peñascales. La abuela y el nieto se apartan para dejar paso al señor arcipreste de Lestrove, que se dirige a predicar en una fiesta de aldea:

—¡Santos y buenos días nos dé Dios!

El señor arcipreste refrena su yegua de andadura mansa y doctoral:

—¿Vais de feria?

—¡Los pobres no tenemos qué hacer en la feria! Vamos a San Amedio buscando amo para el rapaz.

—¿Ya sabe la doctrina?

—Sabe, sí, señor. La pobreza no quita el ser cristiano.

Y la abuela y el nieto van anda, anda, anda... En una lejanía de niebla azul divisan los cipreses de San Amedio, que se alzan en torno del santuario, oscuros y pensativos, con las cimas mustias ungidas por un reflejo dorado y matinal. En la aldea ya están abiertas todas las puertas, y el humo indeciso y blanco que sube de los hogares se disipa en la luz como salutación de paz. La abuela y el nieto llegan al atrio. Sentado en la puerta, un ciego pide limosna y levanta al cielo los ojos, que parecen dos ágatas blanquecinas:

—¡Santa Lucía bendita vos conserve la amable vista y salud en el mundo para ganarlo!... ¡Dios vos otorgue que dar y que tener...! ¡Salud y suerte en el mundo para ganarlo...! ¡Tantas buenas almas del Señor como pasan, no dejarán al pobre un bien de caridad...!

Y el ciego tiende hacia el camino la palma seca y amarillenta. La vieja se acerca con su nieto de la mano y murmura tristemente:

—¡Somos otros pobres, hermano...! Dijéronme que buscabas un criado...

—Dijéronte verdad. Al que tenía enantes abriéronle la cabeza en la romería de Santa Baya de Cela. Está que loquea...

—Yo vengo con mi nieto.

—Vienes bien.

El ciego extiende los brazos palpando en el aire:

—Llégate, rapaz.

La abuela empuja al niño, que tiembla como una oveja acobardada y mansa ante aquel viejo hosco, envuelto en un capote de soldado. La mano amarillenta y pedigüeña del ciego se posa sobre los hombros del niño, anda a tientas por la espalda, corre a lo largo de las piernas:

—¿Te cansarás de andar con las alforjas a cuestas?

—No, señor; estoy hecho a eso.

—Para llenarlas hay que correr muchas puertas. ¿Tú conoces bien los caminos de las aldeas?

—Donde no conozca, pregunto.

—En las romerías, cuando yo eche una copla, tú tienes que responderme con otra. ¿Sabrás?

—En aprendiendo, sí, señor.

—Ser criado de ciego, es acomodo que muchos quisieran.

—Sí, señor, sí.

—Puesto que has venido vamos hasta el Pazo de Cela. Allí hay caridad. En este paraje no se recoge ni una triste limosna.

El ciego se incorpora entumecido, y apoya la mano en el hombro del niño, que contempla tristemente el largo camino y la campiña verde y húmeda, que sonríe en la paz de la mañana, con el caserío de las aldeas disperso y los molinos lejanos, desapareciendo bajo el emparrado de las puertas, y las montañas azules, y la nieve en las cumbres. A lo largo del camino, un zagal anda encorvado segando yerba, y la vaca de trémulas y rosadas ubres pace mansamente arrastrando el ronzal.

El ciego y el niño se alejan lentamente, y la abuela murmura enjugándose los ojos:

—¡Malpocado, nueve años y gana el pan que come!... ¡Alabado sea Dios!...

(1902). Del libro *Varia Literaria,* edición de Joaquín del Valle-Inclán, colección Austral, nº 379, Espasa Calpe, Madrid, 1996.

VICENTE BLASCO IBÁÑEZ
(Valencia, 1867 - Menton, Francia, 1928)

—— • ——

Golpe doble

Al abrir la puerta de su barraca, encontró Sènto un papel en el ojo de la cerradura...

Era un anónimo destilando amenazas. Le pedían cuarenta duros y debía dejarlos aquella noche en el horno que tenía frente a su barraca.

Toda la huerta estaba aterrada por aquellos bandidos. Si alguien se negaba a obedecer tales demandas, sus campos aparecían talados, las cosechas perdidas, y hasta podía despertar a media noche sin tiempo apenas para huir de la techumbre de paja que se venía abajo entre llamas y asfixiando con su humo nauseabundo.

Gafarró, que era el mozo mejor plantado de la huerta de Ruzafa, juró descubrirles, y se pasaba las noches emboscado en los cañares, rondando por las sendas con la escopeta al brazo; pero una mañana lo encontraron en una acequia con el vientre acribillado y la cabeza deshecha... y adivina quién te dio.

Hasta los papeles de Valencia hablaban de lo que sucedía en la huerta, donde al anochecer se cerraban las barracas y reinaba un pánico egoísta, buscando cada cual su salvación, olvidando al vecino. Y a todo esto, el tío Batiste, alcalde de aquel distrito de la huerta, echando rayos por la boca cada vez que las autoridades, que le respetaban como potencia electoral, ha-

37

blábanle del asunto, y asegurando que él y su fiel alguacil, el Sigró, se bastaban para acabar con aquella calamidad.

A pesar de esto, Sènto no pensaba acudir al alcalde. ¿Para qué? No quería oír en balde baladronadas y mentiras.

Lo cierto era que le pedían cuarenta duros, y si no los dejaba en el horno le quemarían su barraca, aquella barraca que miraba ya como un hijo próximo a perderse, con sus paredes de deslumbrante blancura, la montera de negra paja con crucecitas en los extremos, las ventanas azules, la parra sobre la puerta como verde celosía, por la que se filtraba el sol con palpitaciones de oro vivo; los macizos de geranios y dompedros orlando la vivienda, contenidos por una cerca de cañas; y más allá de la vieja higuera el horno, de barro y ladrillos, redondo y achatado como un hormiguero de África. Aquello era toda su fortuna, el nido que cobijaba a lo más amado: su mujer, los tres chiquillos, el par de viejos rocines, fieles compañeros en la diaria batalla por el pan, y la vaca blanca y sonrosada que iba todas las mañanas por las calles de la ciudad despertando a la gente con su triste cencerreo y dejándose sacar unos seis reales de sus ubres siempre hinchadas.

¡Cuánto había tenido que arañar los cuatro terrones que desde su bisabuelo venía regando toda la familia con sudor y sangre, para juntar el puñado de duros que en un puchero guardaba enterrados bajo de la cama! ¡En seguida se dejaba arrancar cuarenta duros!... Él era un hombre pacífico; toda la huerta podía responder por él. Ni riñas por el riego, ni visitas a la taberna, ni escopeta para echarla de majo. Trabajar mucho para su Pepeta y los tres mocosos era su única afición; pero ya que querían robarle, sabría defenderse. ¡Cristo! En su calma de hombre bonachón despertaba la furia de los mercaderes árabes, que se dejan apalear por el beduino, pero se tornan leones cuando les tocan su hacienda.

Como se aproximaba la noche y nada tenía resuelto, fue a pedir consejo al viejo de la barraca inmediata, un carcamal que sólo servía para segar brozas en las sendas, pero de quien se decía que en la juventud había puesto más de dos a pudrir tierra.

Le escuchó el viejo con los ojos fijos en el grueso cigarro que liaban sus manos temblorosas cubiertas de caspa. Hacía bien en no querer soltar el dinero. Que robasen en la carretera como los hombres, cara a cara, exponiendo la piel. Setenta años tenía, pero podían irle con tales cartitas. Vamos a ver: ¿tenía agallas para defender lo suyo?

La firme tranquilidad del viejo contagiaba a Sènto, que se sentía capaz de todo para defender el pan de sus hijos.

El viejo, con tanta solemnidad como si fuese una reliquia, sacó de detrás de la puerta la joya de la casa: una escopeta de pistón que parecía un trabuco, y cuya culata apolillada acarició devotamente.

La cargaría él, que entendía mejor a aquel amigo. Las temblorosas manos se rejuvenecían. ¡Allá va pólvora! Todo un puñado. De una cuerda de esparto sacaba los tacos. Ahora una ración de postas, cinco o seis; a granel los perdigones zorreros, metralla fina, y al final un taco bien golpeado. Si la escopeta no reventaba con aquella indigestión de muerte, sería misericordia de Dios.

Aquella noche dijo Sènto a su mujer que esperaba turno para regar, y toda la familia le creyó, acostándose temprano.

Cuando salió, dejando bien cerrada la barraca, vio a la luz de las estrellas, bajo la higuera, al fuerte vejete ocupado en ponerle el pistón al «amigo».

Le daría a Sènto la última lección, para que no errase el golpe. Apuntar bien a la boca del horno y tener calma. Cuando se inclinasen buscando el «gato» en el interior... ¡fuego! Era tan sencillo, que podía hacerlo un chico.

Sènto, por consejo del maestro, se tendió entre dos macizos de geranios a la sombra de la barraca. La pesada escopeta descansaba en la cerca de cañas apuntando fijamente a la boca del horno. No podía perderse el tiro. Serenidad, y darle al gatillo a tiempo. ¡Adiós, muchacho! A él le gustaban mucho aquellas cosas; pero tenía nietos, y además estos asuntos los arregla mejor uno solo.

Se alejó el viejo cautelosamente, como hombre acostumbrado a rondar la huerta, esperando un enemigo en cada senda.

Sènto creyó que quedaba solo en el mundo, que en toda la inmensa vega, estremecida por la brisa, no había más seres vivientes que él y «aquellos» que iban a llegar. ¡Ojalá no viniesen! Sonaba el cañón de la escopeta al temblar sobre la horquilla de cañas. No era frío, era miedo. ¿Qué diría el viejo si estuviera allí? Sus pies tocaban la barraca, y al pensar que tras aquella pared de barro dormían Pepeta y los chiquitines, sin otra defensa que sus brazos, y en los que querían robar, el pobre hombre se sintió otra vez fiera.

Vibró el espacio, como si lejos, muy lejos, hablase desde lo alto la voz de un chantre. Era la campana del Miguelete. Las nueve. Oíase el chirrido de un carro rodando por un camino lejano. Ladraban los perros, transmitiendo su fiebre de aullidos de corral en corral, y el *rac-rac* de las ranas en la vecina acequia interrumpíase con los chapuzones de los sapos y las ratas que saltaban de las orillas por entre las cañas.

Sènto contaba las horas que iban sonando en el Miguelete. Era lo único que le hacía salir de la somnolencia y el entorpecimiento en que le sumía la inmovilidad de la espera. ¡Las once! ¿No vendrían ya? ¿Les habría tocado Dios en el corazón?

Las ranas callaron repentinamente. Por la senda avanzaban dos cosas oscuras que a Sènto le parecieron dos perros enormes. Se irguieron: eran hombres que avanzaban encorvados, casi de rodillas.

—Ya están ahí —murmuró; y sus mandíbulas temblaban.

Los dos hombres volvíanse a todos lados, como temiendo una sorpresa. Fueron al cañar, registrándolo; acercáronse después a la puerta de la barraca, pegando el oído a la cerradura, y en estas maniobras pasaron dos veces por cerca de Sènto, sin que éste pudiera conocerles. Iban embozados en mantas, por bajo de las cuales asomaban las escopetas.

Esto aumentó el valor de Sènto. Serían los mismos que asesinaron a Gafarró. Había que matar para salvar la vida.

Ya iban hacia el horno. Uno de ellos se inclinó, metiendo las manos en la boca y colocándose ante la apuntada escopeta. Magnífico tiro. Pero ¿y el otro que quedaba libre?

El pobre Sènto comenzó a sentir las angustias del miedo, a sentir en la frente un sudor frío. Matando a uno, quedaba desarmado ante el otro. Si les dejaba ir sin encontrar nada, se vengarían quemándole la barraca.

Pero el que estaba en acecho se cansó de la torpeza de su compañero y fue a ayudarle en la busca. Los dos formaban una oscura masa obstruyendo la boca del horno. Aquélla era la ocasión. ¡Alma, Sènto! ¡Aprieta el gatillo!

El trueno conmovió toda la huerta, despertando una tempestad de gritos y ladridos. Sènto vio un abanico de chispas, sintió quemaduras en la cara; la escopeta se le fue, y agitó las manos para convencerse de que estaban enteras. De seguro que el «amigo» había reventado.

No vio nada en el horno; habrían huido; y cuando él iba a escapar también, se abrió la puerta de la barraca y salió Pepeta, en enaguas, con un candil. La había despertado el trabucazo y salía impulsada por el miedo, temiendo por su marido que estaba fuera de casa.

La roja luz del candil, con sus azorados movimientos, llegó hasta la boca del horno.

Allí estaban dos hombres en el suelo, uno sobre otro, cruzados, confundidos, formando un solo cuerpo, como si un clavo invisible los uniese por la cintura, soldándolos con sangre.

No había errado el tiro. El golpe de la vieja escopeta había sido doble.

Y cuando Sènto y Pepeta, con aterrada curiosidad, alumbraron los cadáveres para verles las caras, retrocedieron con exclamaciones de asombro.

Eran el tío Batiste, el alcalde, y su alguacil, el Sigró.

La huerta quedaba sin autoridad, pero tranquila.

Del libro *La condenada*.
Ed. Prometeo, 1919.

PÍO BAROJA
(San Sebastián, 1872 - Madrid, 1956)

———— • ————

Lo desconocido

Se instalaron, marido y mujer, en el vagón; él, después de colocar las carteras de viaje, se puso un guardapolvo gris, se caló una gorrilla, encendió un cigarro y se quedó mirando al techo con indiferencia; ella se asomó a la ventanilla a contemplar aquel anochecer de otoño.

Desde el vagón se veía el pueblecillo de la costa, con sus casas negruzcas, reunidas para defenderse del viento del mar. El sol iba retirándose poco a poco del pueblo; relucía entonces con destellos metálicos en los cristales de las casas, escalaba los tejados, ennegrecidos por la humedad, y subía por la oscura torre de la iglesia hasta iluminar solamente la cruz de hierro del campanario, que se destacaba triunfante con su tono rojizo en el fondo gris del crepúsculo.

Pues no esperamos poco —dijo él, con un ceceo de gomoso madrileño, echando una bocanada de humo al aire.

Ella se volvió con rapidez a mirarle, contempló a su marido, que lucía sus manos blancas y bien cuidadas llenas de sortijas, y, volviéndole la espalda, se asomó de nuevo a la ventanilla.

La campana de la estación dio la señal de marcha; comenzó a moverse el tren lentamente; hubo esa especie de suspiro que producen las cadenas y los hierros al abandonar su

inercia: pasaron las ruedas con estrépito infernal, con torpe tra-
queteo, por las placas giratorias colocadas a la salida de la estación; silbó la locomotora con salvaje energía; luego el movimiento se fue suavizando, y comenzó el desfile, y pasaron ante
la vista caseríos, huertas, fábricas de cemento, molinos, y después, con una rapidez vertiginosa, montes y árboles, y casetas
de guardavías, y carreteras solitarias, y pueblecillos oscuros
apenas vislumbrados a la vaga claridad del crepúsculo.

Y, a medida que avanzaba la noche, iba cambiando el paisaje; el tren se detenía de cuando en cuando en apeaderos aislados, en medio de eras, en las cuales ardían montones de rastrojos.

Dentro del vagón seguían, solos, marido y mujer; no
había entrado ningún otro viajero; él había cerrado los ojos y
dormía. Ella hubiera querido hacer lo mismo; pero su cerebro
parecía empeñarse en sugerirle recuerdos que la molestaban y no
la dejaban dormir.

¡Y qué recuerdos! Todos fríos, sin encanto.

De los tres meses pasados en aquel pueblo de la costa,
no le quedaban más que imágenes descarnadas en la retina, ningún recuerdo intenso en el corazón.

Veía la aldea en un anochecer de verano, junto a la ancha
ría, cuyas aguas se deslizaban indolentes entre verdes maizales;
veía la playa, una playa solitaria, frente al mar verdoso, que la acariciaba con olas lánguidas; recordaba crepúsculos de agosto, con
el cielo lleno de nubes rojas y el mar teñido de escarlata; recordaba los altos montes escalados por árboles de amarillo follaje, y veía
en su imaginación auroras alegres, mañanas de cielo azul, nieblas
que suben de la marisma para desvanecerse en el aire, pueblos
con gallardas torres, puentes reflejados en los ríos, chozas, casas
abandonadas, cementerios perdidos en las faldas de los montes.

Y en su cerebro resonaban el son del tamboril; las voces tristes de los campesinos aguijoneando al ganado; los mugi-
dos poderosos de los bueyes; el rechinamiento de las carretas, y
el sonar triste y pausado de las campanas del ángelus.

Y, mezclándose con sus recuerdos, llegaban del país de los sueños otras imágenes, reverberaciones de la infancia, reflejos de lo inconsciente, sombras formadas en el espíritu por las ilusiones desvanecidas y los entusiasmos muertos.

Como las estrellas que en aquel momento iluminaban el campo con sus resplandores pálidos, así sus recuerdos brillaban en su existencia, imágenes frías que impresionaron su retina, sin dejar huella en el alma.

Sólo un recuerdo bajaba de su cerebro al corazón a conmoverlo dulcemente. Era aquel anochecer que había cruzado sola, de un lado a otro de la ría, en un bote. Dos marineros jóvenes, altos, robustos, con la mirada inexpresiva del vascongado, movían los remos. Para llevar el compás, cantaban con monotonía un canto extraño, de una dulzura grande. Ella, al oírlo, con el corazón aplanado por una languidez sin causa, les pidió que cantaran alto y que se internaran mar adentro.

Los dos remaron para separarse de tierra, y cantaron sus zortzicos, canciones serenas que echaban su amargura en un crepúsculo esplendoroso. El agua, teñida de rojo por el sol moribundo, se estremecía y palpitaba con resplandores sangrientos, mientras las notas reposadas caían en el silencio del mar tranquilo y de redondeadas olas.

Y, al comparar este recuerdo con otros de su vida de sensaciones siempre iguales, al pensar en el porvenir plano que le esperaba, penetró en su espíritu un gran deseo de huir de la monotonía de su existencia, de bajar del tren en cualquier estación de aquéllas y marchar en busca de lo desconocido.

De repente se decidió, y esperó a que parara el tren. Como nacida de la noche, vio avanzar una estación hasta detenerse frente a ella, con su andén solitario, iluminado por un farol.

La viajera bajó el cristal de la ventanilla, y sacó el brazo para abrir la portezuela.

Al abrirla y al asomarse a ella, sintió un escalofrío que recorrió su espalda. Allá estaba la sombra, la sombra que la acechaba. Se detuvo. Y, bruscamente, sin transición alguna, el aire de la noche le llevó a la realidad, y sueños, recuerdos, anhelos, desaparecieron.

Se oyó la señal, y el tren tornó a su loca carrera por el campo oscuro, lleno de sombras, y las grandes chispas de la locomotora pasaron por delante de las ventanillas como brillantes pupilas sostenidas en el aire...

Del libro *Vidas sombrías* (1900).
En *Cuentos.* Ed. Alianza, 1966.

JOSÉ MARTÍNEZ RUIZ, *AZORÍN*

(Monóvar, Alicante, 1873 - Madrid, 1967)

—— • ——

La mariposa y la llama

—¿Se acuerda usted, Blanca, de aquella plazoleta que vimos en León, hace seis años?

—¿Hace seis años? ¿Hace ya seis años?

Y Blanca Durán, recostada en un amplio sillón, indolentemente, pasea una mirada, un poco triste, por la estancia.

—Sí; hace ya seis años —replica el poeta Joaquín Delgado.

—¡Cómo pasa el tiempo! —exclama Blanca. Y lanza a lo alto una bocanada de humo. Con el cigarrillo entre los dedos se queda luego absorta, pensativa.

La comida ha terminado. Después de la comida —no en el comedor grande del palacio; en un comedor chiquito, íntimo—, después de la comida, los cuatro o seis comensales —poetas, novelistas, escritores independientes— charlan con entera libertad en la estancia cómoda, silenciosa. El tiempo transcurre plácidamente. En tanto que el humillo del cigarro se eleva en caprichosas espirales, Blanca piensa en la lejana y vieja ciudad. Una grata sensación —de melancolía, de voluptuosidad— embarga sus nervios.

—¡Cómo pasa el tiempo! —torna a exclamar la dama.

Los comensales se hallan también arrellanados en anchos divanes; fuman, y de cuando en cuando se incorporan y alargan el brazo para tomar una copita de licor en una mesilla próxima. La conversación es lenta, suave, apacible. No hay en la grata charla ni prejuicios, ni temores, ni escrúpulos. Se habla de todo libremente y con sencillez.

—¡Cómo pasa el tiempo! —dice por tercera vez Blanca.

Sus labios, rojos, sensuales, se entreabren para arrojar una bocanada de humo. Con la punta rosada del meñique derriba la ceniza del cigarrillo.

—¡Yo quisiera ver otra vez esa plazoleta de León! —dice, después de un momento de meditación.

—¿Se acuerda usted, Blanca, qué paz, qué silencio, qué profundo sosiego había en aquella placita? —pregunta el poeta.

—¡Sí, sí!... —exclama Blanca—. ¡Una paz maravillosa!

—¡Un silencio tan denso, tan profundo, como si fuera de muerte! —replica su interlocutor.

—¿Quién habla de muerte? —pregunta otro de los comensales, después de sorber, tumbado, una copita de licor.

—¡Un silencio maravilloso! —añade Blanca—. ¡Yo quisiera ver otra vez esa plazoleta!

—Las plazoletas de las viejas ciudades españolas —añade el poeta— tienen un encanto inexplicable, misterioso.

—¿Misterioso como la muerte? —pregunta desde lejos el comensal que había sorbido antes la copita de licor.

—¡No habléis de muerte! —grita otro—. ¡Viva la vida!

—¡Yo quisiera ver otra vez esa plazoleta! —repite Blanca.

Su mirada vaga por el ámbito del salón, ensoñadora, melancólica; de sus labios se escapa otra bocanada de humo. Y ahora, recostada en el sillón, permanece un largo rato absorta, ensimismada, pensando en lo indefinido.

Es el otoño. Las arboledas se tiñen de un amarillo pálido; luego, el amarillo es más intenso; luego, el matiz es de oro viejo. Blanca ha salido de Madrid para hacer, en automóvil, el viaje a León. Desea ver, en estos días melancólicos del declinar del año, la plazoleta que le encantara otra vez. El automóvil, poderoso, camina rápidamente. Blanca contempla, a lo lejos, la silueta azul de las montañas, y no piensa en nada. A la salida del Guadarrama, un accidente hace detenerse el coche. No ha pasado cosa mayor; los viajeros no han sufrido ningún daño; pero es preciso volver a Madrid para reparar los desperfectos del coche. ¿Podrán a la mañana siguiente reanudar el viaje los distinguidos viajeros? La jornada ha comenzado mal. Dos días después del retorno a Madrid, Blanca recibe un telegrama de París. Es preciso que la dama se ponga inmediatamente en camino; asuntos urgentes reclaman su presencia en la capital de Francia. El viaje a León queda aplazado indefinidamente; pero Blanca piensa en la vieja ciudad, y con los ojos del espíritu ve la reducida plazoleta, donde ella quisiera volver a estar un momento. Un momento en que ella tornaría a gozar del silencio, de la paz, del sosiego profundo.

¿Por qué no emprender ahora mismo, en estos días, el viaje a León? ¿Por qué no ponerse de nuevo en camino? El automóvil se halla ya reparado, los asuntos de París tal vez puedan ser resueltos sin su presencia. De Madrid a París y de París a Madrid van y vienen telegramas. Blanca trata de excusar su presencia en la gran ciudad; a un telegrama urgente, conminatorio, contesta con otro terminante, categórico. Desea no hacer en estos días su viaje a París; que se arregle todo sin ella; que hagan lo que les parezca pertinente; ella irá más tarde... Y todo es en vano. La plazoleta de León —tan silenciosa, tan sosegada— no podrá ahora ser vista por la romántica dama. La presencia de Blanca en París es imprescindible. Y allá se va, entristecida, contrariada, nuestra bella viajera...

Pero de París puede ir a todas partes. De París, indudablemente, se puede ir a Roma, a Berlín, a Viena, a Constantinopla. De París se puede ir también a León. En su cuarto del hotel, en París, Blanca piensa en la placita de León. El cielo es gris, de plata, en estos días invernizos; la temperatura es templada; no aprietan los fríos; una sensación agridulce de frialdad, no mucha, incita al paseo, al paseo largo, tonificador. A lo largo de los pretiles del Sena, Blanca, la ensoñadora, la romántica; Blanca, la generosa, va marchando rápidamente bajo el cielo de color de ceniza. De cuando en cuando se detiene un momento ante un puestecillo de libros viejos; sus finas manos cogen un volumen, pasan sus hojas negligentemente. Lo tornan a dejar con cuidado. Y el pensamiento de Blanca, divagador, ensoñador, va lejos, muy lejos; va a la plazoleta de la vieja ciudad.

Dentro de dos días, resueltos los asuntos de París, Blanca marchará a León. Ya es cosa decidida. Dos días en León, y después a Madrid. Pero al volver esta tarde al hotel esperaba a la viajera una grata sorpresa. Han venido de Londres a verla unos antiguos amigos. La alegría de Blanca ha sido sincera, cordialísima. Los queridos amigos vienen a París a ver a Blanca, y luego han de proseguir su viaje hacia el Mediterráneo. ¡Qué hermoso viaje este que van a emprender los amigos de la distinguida madrileña! Y Blanca debía de acompañarles; ellos no se consolarían nunca de que su amiga, su querida amiga, no vaya con ellos. Las instancias son tan reiteradas, tan cariñosas, que Blanca decide acompañarles en su peregrinación.

¡Qué azul es el Mediterráneo! En el azul del mar, bajo el azul del cielo, se ve allá, a lo lejos, emerger el resalto de una isla. No hay en toda la inmensidad —llana y plácida— más que dos colores, dos matices de azul, el del cielo y el del mar. Dos colores que son uno mismo; un mismo color de azul, con combinaciones y matices diversos. A veces, el del cielo más intenso; a veces, más intenso el del mar. Y de tarde en tarde, arriba y abajo, unos penachos, unos burujones blancos, espumosos, que se mueven y caminan lentos o rápidos. Arriba, las nubes; abajo, la crestería de las olas. Y ahora, a lo lejos, en la remota lejanía, después de la embriaguez del azul, los ojos comienzan a distinguir una pincelada —tenue, sutil— de violeta, de morado y de oro.

Sobre cubierta, Blanca, sentada en una larga silla, contempla este surgimiento lejano de una isla. Y su pensamiento, del cielo, del mar, de la isla remota, pasa en un instante a la placita silenciosa de la vieja ciudad.

Después del largo viaje por el Mediterráneo, por oriente, Blanca ha invitado a sus amigos a pasar unos días en su casa de San Sebastián. Cuando, dentro de un par de semanas, sus amigos regresen a Londres, ella emprenderá el viaje a León. De camino a Madrid, torcerá un poco la ruta: se detendrá unas horas en la histórica ciudad y luego continuará su marcha hacia la capital de España.

Al día siguiente de marcharse los amigos de Londres, Blanca se siente un poco indispuesta. No es nada, sin embargo. No es nada; pero el médico le aconseja que no vuelva a Madrid. Lo indicado, dada la naturaleza de la enferma, es que Blanca vaya a pasar un mes o dos en Suiza. Blanca necesitaba, en realidad, hace tiempo haber estado en un clima de altura. El médico insiste en su recomendación. No es posible hacer por ahora el viaje a la ciudad castellana.

Y ya se halla la viajera en un hotel de la montaña suiza. Desde su cuarto, con las ventanas abiertas, Blanca contempla ahí cerca, muy cerca, la cumbre alba, cana por las nieves, de un monte. ¿Cerca, muy cerca? La transparencia del aire es tal, que, estando muy distante la montaña, parece que se va a tocar con la mano. Y en el aire, tan sutil, tan transparente, se eleva y resalta la blancura de la montaña. Luego, debajo, en las vertientes, todo es oscuro, negro, hosco. Los barrancos son de una profundidad tenebrosa; acá y allá, en la negrura, brilla, resplandece, una arista cubierta de nieve.

La mirada de Blanca se apacienta de lo blanco de la nieve, penetra en lo hondo de las quiebras, corre por el cielo translúcido. Y el pensamiento de la dama, ensoñador, corre en tanto hacia la plazoleta de la vieja ciudad.

Ya se divisa, a lo lejos, la vieja ciudad. El viaje ha sido, por fin, realizado. La fatalidad ha ido haciendo que esta visita a León se demore. Los días, los meses, han ido pasando. Diríase que una fuerza oculta, misteriosa, iba poniendo obstáculos para que el viaje no se realizase. Y diríase también que otra fuerza, igualmente misteriosa y potente, iba poco a poco, con perseverancia, luchando por destruir esos obstáculos. Una lucha terrible, trágica, entre dos fuerzas contrarias, enemigas, se había entablado alrededor de tal viaje. Como una brizna, como una hoja seca que rueda por el suelo, la vida de Blanca, en la región insondable del misterio, iba y venía, llevada y traída, agitada por un vendaval de fatalidad. En tanto que su destino se decidía —allá, en lo Infinito—, Blanca contemplaba el Guadarrama, el cielo de París, el Mediterráneo, las montañas suizas...

Ya está Blanca —tras tantos obstáculos vencidos— en la vieja ciudad. La plazoleta no es ya la misma; han derribado parte de sus casas; en un lado, en unas edificaciones nuevas, han establecido un bar... La dama se halla en la plazoleta. Se oyen, de pronto, furiosas vociferaciones en el bar. Salen dos hombres corriendo; suena un disparo; la dama vacila un segundo; se lleva las manos al pecho; cae desplomada.

En la región del insondable misterio, la batalla ha terminado. De las dos fuerzas contrarias, enemigas, ha vencido una: la muerte. Desde la nebulosa —la nebulosa del planeta— acaso estaba dispuesto que una mujer ensoñadora, fina, delicada, romántica, había de vencer mil dificultades, mil obstáculos, que se oponían a su muerte, para ir —como la mariposa a la llama— a buscar su fin a una placita llena de silencio, de paz, de sosiego, en la vieja ciudad.

Del libro *Blanco en azul.*
Ed. Espasa Calpe, 1929.

JOSÉ MARÍA SALAVERRÍA
(Vinaroz, Castellón, 1873 - Madrid, 1940))

—— • ——

El muñeco de trapo

En su gran cama de bronce, junto a su marido, y bajo la seña de un crucifijo colgado con cierta ostentación lujosa en la pared, Rosa se quedó dormida. Todo dormía en la casa. No; alguien estaba sin dormir. El muñeco de trapo.

Precisamente la luna había conseguido espantar los nubarrones de la pesada tormenta y se insinuaba a través de una rendija del balcón, iluminando al muñeco. Toda la luz de la noche le daba en la cara. Era un muñeco grande, vestido con un traje de seda azul, sentado en el diván de terciopelo rojo. El rostro, de una blancura de payaso, recibía la luz de la luna con una delectación voluptuosa, y sus ojos se animaban como en un insomnio locuaz.

En efecto, no pudo contenerse. Rosa le vio sonreír de una manera cínica que espantaba, e inmediatamente comenzó la temeraria revelación. ¡Lo temía! ¡Lo estaba aguardando! Por la tarde, en los peores momentos de aquella tarde de curiosidad en que Manolo se llevó, por fin, la mejor parte, Rosa miró varias veces al muñeco, sentado también entonces, como ahora, en el diván de terciopelo rojo. Le miró hasta en el momento crítico, o sea en el instante del pecado, y aquella mirada espectadora de la cara como de yeso le pareció insufrible. ¿Por qué no lo volvió entonces de espaldas al odioso muñeco? ¿Por qué no insistió para que Manolo lo arrojase al fondo del armario?

—Mira ese muñeco... ¿No quieres quitarlo de ahí?...

—¡Pero qué cosas tienes! ¿Te figuras que lo va a contar a tus amigas?...

Pues sí; el muñeco lo había presenciado todo y ahora disponíase a contarlo. Antes de que la revelación adelantase cuatro palabras, Rosa se acurrucó en el seno de su marido, gritando:

—¡No le creas! ¡Todo lo ha inventado él!...

—Tú eres la que sabe fingir; yo, no. Yo no miento. Yo me limito a delatar el estúpido pecado de esta tarde. Y lo delato por estúpido, no por pecado. ¿Qué derecho tenía Manolo a tu amor? ¿Es suficiente motivo su cualidad de campeón de tenis, sus treinta años, su cuerpo fornido y guapo y su intimidad desde el colegio con tu marido? Manolo es un imbécil. Le he visto actuar esta tarde en ese trance emocionado en que los hombres adquieren algo de irresistible, y no puedo contener mi indignación. Es un imbécil desde la cabeza hasta los pies. Le he visto iniciar la primera acometida; le he visto marcharse después como el tipo vulgar que ha satisfecho sin mucho costo sus necesidades... ¡Es un bruto y un cursi! En fin, llevaba una camiseta a rayas de esas que los oficinistas que presumen de elegantes compran a ocho duros la media docena.

Rosa intentó taparse los oídos. En vano: la voz del muñeco sonaba penetrante y aguda como un silbido articulado. Después, abrazándose a su esposo, gritó entre sollozos:

—¡No le creas! ¡No le creas!...

El muñeco siguió imperturbable:

—La verdad es la verdad. Yo lo he visto todo y no me callaré. Esa hora de la tarde me sería imposible perdonarla, porque he sufrido demasiado. Pena por tu marido; vergüenza por ti; humillación por mi ridícula postura de testigo que tiene que aguantar en silencio las maniobras de un imbécil. ¿Por qué le has preferido a él para esa curiosidad que te cosquilleaba desde el primer aniversario de tu boda? Si querías conocer el picante secreto del amor de otro, ahí tenías a Roque, a Ramón, a Ortiz;

cualquiera de ésos valía la pena. Pero Manolo es un grosero. Recuerda que se marchó sin besarte. ¡Y aquellas ligas espantosas con que se sujetaba aquellos calcetines de un verde abrumador!...

La cara blanca del muñeco reía, reía, pero con una mueca torcida de implacable venganza.

—¡Oh! ¡Basta! ¡Por piedad, no sigas!...

Y al claror de la luna filtrándose por el quicio de la ventana, el muñeco, sentado en el diván de terciopelo rojo, reía sin piedad y contestaba a los gritos de Rosa:

—Manolo es un majadero. Manolo es un egoísta y un bruto. Manolo es un cursi...

En aquel momento, loca de espanto, Rosa recordó el gran fracaso de su alma cuando vio a Manolo, en efecto, abalanzarse sobre ella con aquella camiseta a rayas y con aquel gesto de hombre que no es más que eso: campeón de tenis...

Un gran remordimiento la poseyó toda. Y se abrazó a su marido llorando.

—¡Sólo a ti te quiero yo, Paco mío! ¡Quiéreme, Paco de mi alma! ¡Tú sólo eres digno de que te quiera una mujer, Paco de mi vida!...

El marido, en tanto, se vio en la necesidad de abandonar su sueño. Y al encontrarse en el centro apasionado de aquella súbita explosión amorosa, pensó, hombre al fin, que no era prudente desperdiciar las buenas ocasiones. Las lágrimas de Rosa humedecieron sus mejillas. ¡Es tan dulce amarse en la tibieza tierna y primaveral de unas lágrimas de mujer!...

Después, bruscamente, y sin atreverse a mirar al diván de terciopelo rojo:

—Paco: ese muñeco... —dijo Rosa.

—¿Qué tiene ese muñeco?

—¡Rómpelo! ¡Tíralo a la calle!

—Pero, mujer..., ¿por qué le has cogido esa rabia al pobre muñeco? ¡Si te gustaba tanto!...

—¡Rómpelo! ¡Tíralo a la calle, Paco!

El marido saltó de la cama, apresó al muñeco, abrió la ventana —llovía una lluvia menuda y espesa— y lo arrojó a la calle.

El muñeco cayó sobre el fango, derrengado y con las piernas en espiral. Y en seguida, ¡pero qué pronto!, se consumó lo inevitable. Pasaba un perro vagabundo; husmeó el bulto por si era alguna piltrafa comestible; conoció el fracaso de su pesquisa, e incontinenti alzó la pata. La risa entre mordaz y dolorosa del muñeco de trapo quedó anegada en orines.

Del libro *El muñeco de trapo*.
Ed. Espasa Calpe, 1928.

EDUARZO ZAMACOIS
(Pinar del Río, Cuba, 1873 - Buenos Aires, 1971)

—— • ——

El hombre de la barba negra

Hemos almorzado a veinte kilómetros, poco más o menos, de la Habana. El chalet que nos acoge es a la vez rústico y confortable; en el vestíbulo, lleno de una suave luz dorada, los canarios gorjean a media voz; la brisa que travesea con las palmeras del jardín levanta alrededor de la casa un rumor de mar.

Es la hora del café. Nos sentimos contentos. Supimos glosar discretamente diversos asuntos placenteros, y el buen humor corre sobre la mesa. Charlamos de teatros, de libros, de amoríos que no costaron lágrimas... Súbitamente la conversación muda de cauce, se entinta, y surge la historia, la extravagante historia de maleficio que momentáneamente extenderá por el comedor una oscuridad, cual si una gran nube acabase de pasar por delante del sol...

—La casa en que vivíamos —empezó a decir el narrador— tenía tres alcobas contiguas: la primera de ellas la ocupaban mi madre y mi padrastro; la inmediata servía de cuarto ropero; en la tercera dormíamos mi abuela, mi hermano Paquito y yo. Mi hermanito, fruto del segundo matrimonio de mi progenitora, tenía once meses; yo acababa de cumplir nueve años. Una noche, poco antes de amanecer, nuestra estancia se iluminó bruscamente, y vi a mi madre que, semidesnuda y con los ojos desorbitados, irrumpía en la habitación y como enloqueci-

57

da se precipitaba hacia la cuna de mi hermano. Al ruido mi abuela se despertó también.

—¿Qué sucede? —exclamó incorporándose.

Mi madre balbució angustiada:

—El niño..., el niño...

Inclinóse sobre la cuna donde su hijo reposaba sosegadamente. Hubo un breve silencio. Mi abuelita gruñó enojada:

—¡Calla!... No lo despiertes. ¡Anda, márchate y apaga la luz!... ¡Déjanos en paz!... ¡Estás soñando!...

Mi madre, caminando de puntillas, se acercó a la suya y la abrazó tiernamente.

—¡Si supiese usted lo que he soñado!...

El rostro de mi abuela adquirió una expresión supersticiosa: era una mujer flaca que tenía los ojos anchos y muy negros, y los cabellos alisados hacia atrás y muy blancos. En su pecho descarnado, del color de la cera, las clavículas dibujaban dos sombras sinuosas profundas.

—Cuéntame lo que soñaste —murmuró miedosa.

—Yo estaba acostada —explicó mi madre— cuando vi que por la ventana del cuarto ropero entraba un hombre. Era un hombre calvo, alto, delgado, de barba negra... Iba bien vestido; no parecía ladrón. «¿Quién será?», pensé. El intruso se dirigió hacia aquí. Con los ojos del alma, sin duda, pues no me había movido de mi lecho, le vi aproximarse a la cuna del niño. Después de observarle lo destapó sin despertarle, lo colocó boca abajo, le levantó la camisita y prestamente, desde la nuca a la rabadilla, le pasó una uña. Yo entonces di un grito y me arrojé de la cama. Al franquear la puerta del cuarto ropero me encontré frente a frente con el desconocido, que se dirigía a la ventana para irse. Al verme sonrió, se detuvo y mostrándome el pulgar de su mano derecha: «Con esta uña —murmuró— acabo de matar a tu hijo». Y se fue.

Mi abuela no demostró otorgar a este relato extravagante importancia ninguna.

—Todo eso —dijo soñolienta— son tonterías. Además, los sueños que se cuentan no se realizan. Vete tranquila.

Las dos mujeres se despidieron cambiando un beso; mi madre apagó la luz y yo volví a dormirme.

Al día siguiente, Paquito amaneció con fiebre. Lloraba y se negó a tomar alimentos. Tenía la cara roja, los labios secos; sus pies y sus manos quemaban. La purga de aceite de ricino que le administraron no surtió efecto. Yacía aletargado, no abría los ojos, y la cabeza se le iba de un lado a otro, inerte cual si las vértebras cervicales se le hubiesen roto. Por la tarde su estado se agravó. El termómetro que le pusieron para tomarle la temperatura acusó treinta y nueve grados y décimas. Mi padre, a pesar de su carácter confiado, tuvo miedo.

—Iré a buscar a don José —dijo.

Don José Rentero era el médico «de casa»; el viejo médico que me ayudó a nacer.

Después que mi padre salió, el silencio pareció intensificarse; y creyérase que en las habitaciones había disminuido la luz. Nadie hablaba. Mi madre, mi abuela y yo permanecíamos agrupados delante de la cuna, y si necesitábamos ir de una habitación a otra lo hacíamos de puntillas. A cada momento mi madre palpaba al niño.

—Lo hallo peor... —decía—; está más caliente...

A su vez mi abuela lo tocaba y —acaso para consolar a su hija— respondía invariable:

—Aprensiones tuyas; sigue lo mismo.

Yo, lo declararé francamente, empezaba a aburrirme.

Casi de noche regresó mi padre. Apenas ganó el zaguán lo reconocimos por las pisadas, y luego le oímos avanzar afanoso a lo largo del corredor oscuro. Al penetrar en la habitación, se quitó el sombrero, que arrojó desde lo lejos sobre un diván, y con el pañuelo se restañó las mejillas. Venía sofocado.

—¡No he podido dar con don José! —exclamó— Pero no hay que apurarse: traigo otro médico.

En la penumbra del corredor, efectivamente, columbramos un bulto que lentamente se acercaba. Todos nos pusimos de pie. Mi padre se volvió:

—Adelante, doctor...

En aquel momento aparecía en el rectángulo de la puerta un señor calvo, alto, delgado, el pálido semblante enmarcado por una densa barba negra. Mi madre, las temblantes manos cruzadas sobre el pecho, retrocedió un poco.

—¡Es él —la oí murmurar—, es él!

Serenamente el recién llegado avanzó; su cráneo mondo relucía bajo la luz.

—Buenas noches —dijo.

Mi abuela repuso apagadamente, como un eco:

—Buenas noches...

Yo repetí:

—Buenas noches.

Mi madre no habló; no podía; el corazón la ahogaba. Lívida, los labios sin color y entreabiertos, los ojos inmóviles y turbios, parecía muerta.

El médico se aproximó a la cuna, pulsó al enfermo, lo auscultó, le toqueteó el vientre, y sus cejas se fruncieron adustas. Mi padre le interrogó anhelante:

—¿Es grave el caso?

—Sí.

—¿Muy grave?...

Transcurrieron unos segundos. Mi padre preguntó con voz estrangulada:

—¿Cree usted que será meningitis?...

El galeno replicó frío, sobrio:

—Vamos a saberlo...

Seguro de que el enfermito no se despertaría, retiró las frazadas que le cubrían, le colocó boca abajo, le arremangó la camisa y con la uña del dedo pulgar de su mano derecha le trazó de arriba abajo, a lo largo de la espalda, una raya...

Mi madre lanzó un grito horrísono y se desplomó inerte en el suelo. Su pesadilla de la víspera acababa de realizarse. Dos días después mi hermano falleció...

Del libro *La risa, la carne y la muerte*.
Ed. Renacimiento, 1930.

GABRIEL MIRÓ
(Alicante, 1874 - Madrid, 1930)

——— • ———

La doncellona de oro

Maciza, ancha y colorada se criaba la hija que partici-
paba más del veduño o natural del padre que de la madre. Aquél
era fuerte y encendido y aun agigantado. La riqueza a que le
condujo el tráfico del azafrán y esparto lograba encubrir, para
algunos, la basta hilaza de su condición, y llegó a ser muy valido y respetado en toda la ciudad, aunque tacaño. La mujer, venida de padres sencillos, era alta, delgada, de enfermizo color
y pocas palabras, y éstas sin jugo, sin animación, sin alegría.

En lo espiritual tenía la hija esa bondad tranquila y blanda de las muchachas gordas; era inclinada a la llaneza, a piedad
y sosiego.

Una mujer, amiga de la madre en el pasado humilde,
vivía con ellos en calidad de gobernadora de la casa; reunía la
fidelidad de Euricles, la añosa ama de Ulises, el grave y autori-
zado continente de la señora Ospedal, dueña muy respetada en
el hogar del caballero Salcedo, y la curiosidad y malicia del ama
que ministraba, con la sobrina, la mediana hacienda de don
Alonso Quijano el Bueno.

La casa de esta familia lo fue antaño de algún titulado
varón, porque en el dintel campeaba escudo; pero el comerciante
le quitó toda ranciedad a la fábrica, haciendo pulir la piedra y
revocar muros y hastiales y restaurarla internamente. Había en-

frente un paseo de plátanos viejos y palmeras apedreadas por los muchachos que allí iban por las tardes a holgar y pelearse. Mirábalos la hija del mercader, y quiso muchas veces mezclarse con las chicas que también acudían, y jugaban al rudo y a casadas y a damas y sirvientes; pero los padres no se lo otorgaron, porque «no estaba bien que hiciera amistades tan ruines». Y no salía. Ya grandecita, hastiábale oír la seguida plática de dineros que siempre había en la casa; le sonaban las palabras como esportillas de monedas sacudidas, volcadas ruidosamente. No escuchaba sino el comparar fortunas ajenas con la propia para menospreciarlas.

Trabajado su ánimo, se refugiaba la doncella en su balcón, y desde las vidrieras contemplaba el paseo provinciano que tenía recogimiento de huerto monástico; allí la contienda de los pájaros en los árboles y el vocerío y bullicio de los chicos, se empañaban de tristeza.

¿Qué apetecía la hija estando gorda, fuerte, sana, rodeada de abundancia que se manifestaba en lo costoso de sus ropas y hasta en la pesadez de los manjares que en aquella casa se guisaban?

No reunieron los padres amistades íntimas con quienes departir y acompañarse en tertulias hogareñas y divertimientos, y así salían y estaban siempre solos con el ama. Y cuando la hija decía y celebraba el contento, la distinción, la vida bella y placentera de otros, notaba en el padre o madre visaje de acritud y desprecio y la misma murmuración: «¡Todo es corteza o apariencia, Dios sabe la verdad de trampas y ayunos que encubrirán con sus remilgos esas gentes que dices!».

—Ni más ni menos —añadía el ama con mucha gravedad y reverencia.

La hija continuaba engordando y aburriéndose.

Una mañana apareció en el paseo, entre dos largas palmeras, cuyas támaras nunca doraba la madurez, porque los chicos las desgranaban en agraz, un hombre mozo y casi elegante. La aparición era firme, diaria. Mirándolo sintió la doncella estremecérsele toda su naturaleza robusta. Supo la madre este coloquio de miradas; celó a la hija y entró a su aposento, helándole una sonrisa de promesa.

—¿Es que quieres tu perdición?

—¡Yo, la perdición!

—¿Pues no ves, hija, que lo que ése busca aquí sólo es dinero? No hay más que mirarle.

Estuvo la castigada contemplándole. Sí; era flaco y descolorido. Después el ama se enteró de su pobreza y vagancia. Y las palmeras quedaron solitarias.

Volvió la hija a la confianza de los suyos. Ya alcanzaba la plenitud de la mocedad y de la robustez. El padre estallaba de dicha; con no sé qué logrerías dobló su fortuna.

Y otro galán surgió en el terreno. El ama pesquisó con grandísima diligencia las prendas del nuevo. Y otra vez la madre entró a la estancia de la hija.

—Hija, otro más y cientos de ésos han de venir al olor de tu dote.

—¿Pero todos han de acercarse tentados de lo mismo?

—¡Claro que todos, como no traigan también lo «suyo»!

Llorando acudía la doncella, ya treintañona, a su ama, y ésta, jesuseando, decíale para mitigarla: «Si tú admitieras que admitieras a uno de ésos, Jesús, después sí que vendrían las muchas lágrimas, y sin remedio... Razón que le sobra tiene tu madre».

Las tres salían por las tardes en su coche viejo y pesado.

Mirábanla las gentes murmurando: «Llegó a doncellona y... nada. Toda es avaricia y grasa y años».

Los amadores no se acercaron más.

Y cuando ellas retornaban de andar en coche, sin haber gustado el dulce pan de una palabra amiga, de un momento alegre, la madre solía decirle:

—¿No reparaste cómo te miraban hombres y mujeres?

—¡Mirarme! ¡Si ya me llaman la «doncellona de oro»!

—¡Doncellona, doncellona... y de oro! ¡Envidia es!

—¡Y cómo si la envidian! —exclamaba el padre—. ¡Todo lo tiene: dinero, bien comer, bien vestir... y esa salud que es una hermosura!

Quedábase la hija mirando con tristeza aquella su demasiada hermosura de salud.

Y desde un rincón, el ama, que tejía calza o repasaba cuentas, murmuraba:

—¡Gloria a nuestro Señor que tanto nos quiere!

(1919). Del libro *Del huerto provinciano*.
Ed. Maucci, 1930. Y en *La narrativa breve de G. M.*
Antología. Por Marta Altisent.
Ed. Anthropos, 1988.

MANUEL BUENO
(Pau, Francia, 1874 - Barcelona, 1936)

———— • ————

Ejercicios espirituales

(*El padre Montes, de la Compañía de Jesús.—Mercedes Córdova, de cuarenta y seis años.—Su hija Clotilde, de veinte.*)
(*El templo anegado en la penumbra. Solamente se destacan, con parpadeos de vida, las luces del altar. El devoto concurso, todo él de señoras, medita en el recogimiento espiritual que sigue a la oración. De vez en cuando, una tos quebranta el austero silencio de los fieles.*)

EL PADRE MONTES. (*En el púlpito. Con voz lenta y vacilante.*)
—Hermanas mías en el Señor; a los días turbulentos del Carnaval, días de escándalo y de pecado, han sucedido las horas adustas de la Santa Cuaresma, horas de recogimiento y de meditación... (*Con voz segura.*) La Iglesia, nuestra madre, nos recuerda que nuestro destino en la tierra no es el placer...

DOÑA MERCEDES. (*Meditando en la intimidad de su alma.*)
—Hoy ha venido Ezequiel a las tantas de la madrugada. Desde que le han hecho de la junta directiva del casino se acuesta al amanecer... Me temo que haya aquí gato encerrado...

66

CLOTILDE. *(Para sus adentros.)*—Después del baile de trajes en casa de la Vozmediana, no he vuelto a ver a Cristóbal. ¿Qué será de él?... Durante el cotillón estuvo muy expansivo conmigo..., parecía enamorado...

EL PADRE MONTES. *(Con voz firme que toma acentos de energía y de reproche.)* —Y no es muy costoso el sacrificio que os impone la religión, después de consentiros que os apartarais de la senda de Dios, participando de ridículas mascaradas y de bailes y fiestas que son pura vanidad.

DOÑA MERCEDES. *(En su interior.)*—Esta tarde ha venido a casa el notario.
Mi marido y él se han encerrado en el despacho. Tengo barruntos de que Ezequiel busca dinero... ¡Qué sé yo! Tal vez pérdidas en el juego... *(Pausa.)*
(Mirando de soslayo a Clotilde, que aparenta grave taciturnidad.)—Sobre mis cavilaciones ha puesto Dios otra, que me tiene preocupada. Esta criatura se ha enamorado de aquel teniente, de aquel Cristóbal que bailó con ella en casa de la Vozmediano... ¿Será tonta mi chica? Ella no sabe que el prendarse de un uniforme cuesta muchas lágrimas. ¿Cómo la va a mantener un segundo teniente con veintinueve duros?...

CLOTILDE. *(En interno monólogo.)*—Es muy guapo y muy simpático. Si él se decidiese, yo le diría que sí. ¿A qué está una, sino a que la quiera un buen mozo? Mamá dice que con el sueldo de teniente no hay ni para uniforme. ¿Qué sabe ella? Lo probable será que él tenga algo... Y si no, esperaremos a que ascienda...

EL PADRE MONTES. *(Con abatido acento.)*—Lástima grande, hermanas mías, que toméis la devoción como los baños, por temporadas. El Señor, Nuestro Padre, aspira a que no lo olvidemos en ningún tiempo ni lugar... Quiere un culto ardiente y sin tregua, una sumisión del alma a su divina gracia, que no sea interrumpida por placeres frívolos, obra de Satanás...

DOÑA MERCEDES. *(Para su capote.)*—Ese teniente me va a traer muchos disgustos. Si la chiquilla lo toma con calor no habrá medio de disuadirla. Es terca, como su padre, al estilo catalán. De casta le viene al galgo. Si a lo menos permitiese Dios que el ministro de la Guerra trasladase al pretendiente. Ahora que hay motines en Barcelona se presenta la oportunidad.
Allí hará falta mucha caballería para meter en cintura a esos *golfos* que asaltan las tahonas y queman los conventos... ¡Dios mío! Haz que el teniente Cristóbal Martínez sea trasladado a Barcelona con su regimiento...

CLOTILDE. *(Meditabunda y triste, con esa tristeza que acompaña a las inquietudes del amor.)*—Hoy he leído en *El Imparcial* que el ministro de la Guerra ha acordado enviar caballería a Barcelona. ¡Qué pena la mía si el regimiento de Cristóbal se marchara! Pero no, confío en que la voluntad de Dios dispondrá otra cosa.

EL PADRE MONTES. *(Con quejumbrosa entonación.)*—Así como el estudio fortifica la inteligencia y el trabajo da temple a los músculos, la meditación robustece la fe... Los santos padres más apartados de la senda de Dios, como san Agustín y san Anselmo, volvieron al seno de la Iglesia en un momento de meditación. Es menester que recojamos nuestro espíritu para profundizar en estas dos verdades: lo breve de nuestra existencia y lo irreparable de la eternidad... *Sursum corda,* ¡arriba los corazones!, ha dicho el apóstol. Y levantar los corazones quiere decir, hermanas mías, apartarse de toda ocasión de pecado, rehuir el placer que esclaviza los sentidos y sobreponerse a las tentaciones con que Satanás nos persigue.

DOÑA MERCEDES. *(Para su conciencia.)*—No hay quien me quite de la cabeza que Ezequiel ha perdido dinero en el juego. Estos días le noto muy preocupado, duerme poco, y él, que era de pastaflora, se gasta un humor insoportable... Ayer de un puñetazo rompió un tintero y puso la alfombra que da lástima...

CLOTILDE. *(En su fuero interno.)*—Y después de todo, si Cristóbal no tiene nada, lo tengo yo... Papá es amigo de Weyler y de Luque. Él hará que lo asciendan... Lo principal es que él me quiera... Parece de buen carácter y muy religioso. Recuerdo que una vez se descubrió con respeto al pasar un entierro...

EL PADRE MONTES. *(Con desfallecido acento.)*—Jamás ha luchado nuestra Santa Madre Iglesia con enemigos tan formidables como ahora. Hace falta una íntima unión de todos los creyentes, una firme solidaridad de las almas para que no prevalezcan las asechanzas de los ateos, de los judíos, de los masones y de los incrédulos que atentan contra la gloria de Dios.
Es preciso combatir por todos los medios la herejía imperante... Hace falta velar por que la fe nos salve a todos... Meditad, hermanas mías, sobre los trabajos por que pasó el divino Maestro para franquearnos el camino de la eterna bienaventuranza...

DOÑA MERCEDES.—Ese chico no tiene porvenir ninguno.

EL PADRE MONTES. *(Con majestuoso ademán.)*—Todo se ha perdido; la devoción sincera, el culto firme de nuestra Santa Religión... Pidamos fervorosamente que nos sea devuelta la gracia de Dios y con ella lograremos que nuestra Santa Madre vuelva a ser lo que ha sido: guía infalible de nuestros pasos en la tierra...

Del libro *En el umbral de la vida*.
Ed. Saturnino Calleja, 1918.

RAMÓN PÉREZ DE AYALA
(Oviedo, 1880 - Madrid, 1962)

—— • ——

Don Paciano

Ésta es una de las jornadas que componen el libro de *Lo trágico cotidiano*. En ella explícase cómo doña Telesfora, virgen vetusta y de piedad notoria, suprimió su afección vespertina, y ahuyentó durante una noche, de la calle de Santa Susana, las dulces sombras del sueño en fuerza de clamar por su don Paciano, desaparecido. Llamábase don Paciano este singular personaje por su similitud con un canónigo, tiple además, en ciertas particularidades.

Hay en Pilares, ciudad noble, corte de reyes en los albores de nuestra Reconquista, tres mozos, porque el más aventajado en años anda por los treinta, que de público tienen reputación de ser listos, sabios como Merlín, y, al propio tiempo, los tres seres más inútiles entre todos los oradores. Son tres eminencias frustradas. Pedro, escultor; Pablo, escritor; divagador, Santiago. Han pisado mucha tierra, y no estirándose lo menguado del peculio para más correr, han vuelto a Pilares; pero sus sueños van del lado de allá de las fronteras nativas. Comprenden que han vivido cuanto tenían que vivir: «¡Aquella Amy!». «¡Aquella Elin Jansen!». «¡Aquella Bridget!»... Ostentan en sus personas esa nobleza opaca que nace del tedio, cuando el tedio nace del pesimismo; ojos nebulosos, voz con sordina, ademán perezoso. Han ahondado en el concepto de la eternidad que el cauce del tiempo es eternamente profundo, cada minuto eternamente profundo. Y ésta es la uva más dulce y generosa de la viña materna: no tiene manos que la cuiden: ojos que, con zozobra, miren si sazona: sécase en el parral, y ha sido inútil su rica entraña roja: Porque Pedro, Pablo y Santiago hubieran dado lustre a su patria, si no hubieran nacido en España. Esto es lo trágico cotidiano.

La casa de Pedro está en la calle de Santa Susana, que es la más alta del pueblo. Tiene un huerto a la espalda, desde donde se ve a Pilares, enhollinado, acurrucándose en torno a la Catedral. Los tres amigos han adquirido el hábito de reunirse, a las horas postmeridianas, en el huerto del escultor.

Hoy ha llegado Santiago el primero. Atraviesa una carpintería, que está en el piso bajo, y sale al huerto. Pedro baja a poco. Túmbase en la tupida hierba pulcra, al pie de un rosal trepador de rosas-té. Es un día de septiembre, asoleado, limpio, insinuante; parece recordar el estío, disipado ya, y prevenir para el invierno presunto.

Y dice Santiago:

—Ves ahí la Catedral; parece un estilete con que los bárbaros quisieron desgarrar el vientre del cielo por ver qué secretos guarda dentro de sus herméticas vísceras, como el niño hace con el muñeco.

Y Pedro:

—¡Calla! ¡Calla!

Y una pausa larga. Y Santiago:

—La horizontalidad es la postura normal del hombre. ¿No has advertido cómo la cenestesia o sentido corporal difuso, así que adoptas la horizontalidad, parece decir: «¡Bien vuelto a tu idónea y natural postura, oh cuerpo, a tu admirable y antiquísima calidad de cuadrúpedo!». Como el anciano dijo al hijo pródigo: «¡Bienvenido seas a la casa de tu padre!».

Y Pedro:

—¡Calla! ¡Calla! Cada palabra es una llave de las infinitas estancias sombrías del corredor de la conciencia. Yo, por mantenerlas cerradas. Tú, haciendo cantar de continuo al odioso llavero. ¡Anulémonos! ¡Anulémonos!

Y una pausa larga. Sobreviene Carlos. Se acerca sonriente, con un paquete en la axila derecha. Sus amigos le miran asombrados. «¿Por qué sonríe éste?»

Y dice Pablo, solemnemente:

—¡Vamos a matar el tiempo! He aquí la máquina de matar el tiempo —mostrando el paquete.

Y los otros dos incorporándose:

—¡Muera el tiempo! Es una pistola. ¡Bah!

Y Pedro:

—Eso sirve para matar hombres, pero no fantasmas.

Y Santiago:

—Matando al hombre, matas el tiempo, que es una categoría de la razón pura.

Y Pedro:

—Entonces, ¿qué? ¿El suicidio colectivo?

Y Pablo:

—¡Si fuera el suicidio cósmico! Un tiro al blanco.

Se ponen a hacer blancos. Cánsanse presto. Se tumban nuevamente. Larga pausa. Y Pedro, incorporándose:

—¡Chist! Don Paciano.

Sobre el muro aparece la cabezota rubia de un gato, después el gato entero, con toda dignidad, y se sienta al sol. Su lomo es pelirrojo, como si le recubriese un ornamento áureo.

Y Pedro:

—¿Quién tira?

—Tira Pablo, que acaba de acreditar pulso entero.

Psss... silba el balín. El gato cae al huerto, pirueteando por el aire; mas así que toca tierra rompe a galopar y va a guarecerse en la espesura de una mata de frambuesa. Los tres amigos se acercan de puntillas.

Y Santiago:

—Otra vez. ¡A la cabeza!

Psss... Silencio. Se acercan con precaución. Bufa el gato y las tres eminencias retroceden. Otro tiro. Sale el gato frenético hacia las tapias, que en vano intenta escalar. Ahora se ha refugiado detrás de unas ortigas.

—¡Va herido!

—Ya lo creo. De muerte.

El balín, psss... El gato, fff...

—Tres vidas le quedan aún:

Nuevo disparo. Sale huyendo el gato. Va como loco: se filtra por detrás de unos tablones. Los tres amigos escudriñan, con cierta precaución.

—¿Lo ves? Ten cuidado, que se tiran a los ojos.

—Sí, allí está. Allí. ¡Cómo le fosforecen los ojos! De rabia.

—No, de dolor. Pide merced.

—Veamos. Desde aquí no se puede tirar. Es preciso hacerle salir.

Buscan una pértiga. El gato se resiste.

—¡Duro con él!

Al fin se pone a tiro. Otro balín, otro, otro... hasta veinte.

—¿Está muerto?

—Creo que sí.

Hurgan a don Paciano: Ffff... frenéticamente.

—¡Es inmortal!

—Ahora veremos.

Varios disparos. El gato no rechista. Llaman al carpintero, quien, levantando algunos tablones, deja mayor espacio y saca al animal exánime, por el rabo. Sus ojillos de color ópalo, están abiertos y húmedos —del hocico rosado cuelgan filamentos de sangre. Cuentan las heridas; entre ceja y ceja, en el cuello, en una oreja, por las costillas, por todas partes.

Cae el sol. Se oye una charanga en el parque.

Y Pablo:

—Vamos al paseo.

De que salen a la calle, oyen un grito de infinita agonía:

—¡Don Paciano! ¡Don Paciano!

Llegan al paseo. Danse de bruces a primeras con un burgués.

—¿Qué hay, pollos? ¿Se ha trabajado?

Y Pedro:

—Hemos muerto un gato.

Y Santiago:

—Hemos muerto un día.

(1910). Del libro *El raposín*.
Ed. Taurus, 1962.

JOSÉ FRANCÉS
(Madrid, 1883 - Madrid, 1964)

— • —

El nefasto parecido

Antes ya de verle moverse en la pantalla, le contemplaron los habitantes de aquella humilde ciudad, perdida en las llanuras de Castilla, como una revelación extraña.

Los carteles chillones sobre los muros leprados por el tiempo, las fotografías de momentos culminantes expuestas en los escaparates de la calle Mayor, mostraban el rostro del *cowboy* bajo su sombrero haldudo y de alta copa, sus calzonas de piel, su pañuelo al cuello, sus pistolones enormes y —lo que era más raramente revelador— su parecido exacto fraterno a don Luquitas, el catedrático de Psicología, Lógica y Ética en el Instituto.

Don Luquitas era un hombre tímido y enfermizo. Renqueaba de la pierna derecha y se ruborizaba y enmudecía ante las mujeres. Vivía con su madre y no había conocido otros besos femeninos que los de ella. Tenía el alma pacata y devota; los alumnos se mofaban de él cuando los comienzos de curso y terminaban compadeciéndole desdeñosamente. Una vez se encontró casualmente con el cortejo trágico de un albañil caído del andamio y que llevaban a la Casa de Socorro, y al verle sangriento, al oírle gemebundo, don Luquitas se desmayó. Daba largos paseos por el campo y paladeaba —su único vicio— caramelos de los Alpes, aquellos conos truncos, que tenían den-

76

tro estrellas polícromas y que la mano regordeta de la confitera de la plaza sacaba del tarro de cristal, como del fondo de un acuario.

Y de pronto surgía un don Luquitas aventurero, enamoradizo, camorrista, un audaz *cowboy* que montaba caballos salvajes, mataba hombres, incendiaba granjas, raptaba mujeres y reñía cuerpo a cuerpo con los búfalos...

Fue el mejor reclamo para la película de los veinticinco episodios. Las gentes acudieron al teatro Principal los doce domingos que tardaron en proyectarla.

Porque en la ciudad humilde y dormida, únicamente los domingos se abría el teatro. Y para cinematógrafo. Viejas películas, gastadas, agujereadas, mutiladas por el uso, que ya no servían para los barracones de suburbio en las otras grandes ciudades lejanas.

Don Luquitas acudió también. Él iba siempre a una butaca de las primeras filas. Miope y vergonzoso, la elegía así porque leía mejor los letreros y se evitaba saludar a la gente en los descansos.

Se había visto en los carteles, en las fotografías. Debajo de los carteles manos de mozalbete habían escrito su nombre debajo de aquel exótico del protagonista yanqui.

Y cuando en la pantalla apareció el *cowboy* audaz, hubo un estrépito de risas, de gritos, de aplausos, que al catedrático le azoró y le colmó de arrepentimiento por haber ido.

—¡Eh! ¡Don Luquitas! —le gritaban voces infantiles de sus alumnos desde las localidades altas—. ¡Qué callado lo tenías!...

Las damas, desde las plateas, le buscaban con los gemelos, sonriendo burlonas. De las butacas contiguas, de las que tenía detrás, voces amigas, manos amigas, le llamaban, le tocaban en el hombro...

Él sonreía confuso, tartamudeando:

—Sí; es asombroso, asombroso...

Incluso en uno de los episodios, el *cowboy* era encarcelado, transcurría tres años en un presidio, y al salir de él, la costumbre del grillete le hacía arrastrar la pierna derecha, como don Luquitas...

Uno de los dos periódicos bisemanales de la ciudad, el republicano, empezó a anunciar el espectáculo con el título *Las hazañas de don Luquitas;* las planchadoras de su calle, cuando pasaba todas las mañanas camino del Instituto, salían a la puerta despechugadas y cálidas para retarle a picardías amorosas...

Y el terrible *cowboy* era, conforme avanzaba la fábula filmática, más atrevido, más invencible, más culpable de inultos crímenes. Ejercía sobre las mujeres una atracción malsana. En la película tenía cinco amantes; en la penumbra de la sala, las señoritas de las butacas y de los palcos, las menestralas de los anfiteatros, le miraban absortas y sentían un pecaminoso calofrío de deseo que luego, durante las noches largas y silenciosas de la ciudad dormida, las desvelaba. Al final de cada episodio, Jack Jefferson, el *cowboy,* aparecía meditabundo, melancólico, iluminado su busto por resplandor amarillento de la hoguera, recortada su silueta a contracielo azul, una azulosidad fría y pura como las del llano donde terminaba la ciudad humilde. Y entonces, el parecido con don Luquitas era más exacto. Eran aquéllos sus ojos grandes y tristes, su bigotillo ralo, su boca melancólica y la cabal expresión soñadora del rostro.

Al sexto domingo empezaron a llamarle Jack Jefferson a don Luquitas. Sus amigos en la calle, sus alumnos desde las altas graderías de la clase, ocultando la cabeza detrás de los pupitres. Y el catedrático, inadvertido antes de las mujeres, sentía en sus espaldas las miradas ardientes y los cuchicheos.

En los últimos episodios se descubría el misterio de la vida de Jack Jefferson. Sus crímenes, sus audacias aventureras, su convivencia con los tipos de mejicanos, donde los yanquis gustan de colocar el instinto de la traición, y con los indios co-

manches, animados de una cólera sanguinaria, se justificaba
por un melodramático efectismo. Jack Jefferson era un despojado, un hijo que vengaba a sus padres y recuperaba la posición
social que le arrebataron quince años antes. Entonces se expli-
caban aquellos éxtasis melancólicos ante la hoguera al final de
cada episodio.

Hubo de repetirse la exhibición de la película. Otras
doce semanas que la ciudad convivió con Jack Jefferson, y en
las cuales don Luquitas sentía renovarse totalmente su alma.

Porque desde la remota fábula, desde el otro lado de
los mares, el actor encargado de desarrollarla influía sobre don
Luquitas. Como las revelaciones milagrosas de otros siglos a
los místicos ingenuos, aquella vida tan distinta de la suya en un
hombre igual a él iba modelando un hombre nuevo en el catedrático de Psicología, Lógica y Ética.

Se sentía despojado él también, acorralado él también,
vengador de no sabía qué tragedia familiar acaecida antes de
su nacimiento. Y ya sonreía a las mujeres, y cuando explicaba
a sus alumnos el concepto de la Ética, le temblaba la voz.

Una mañana no pudo asistir a clase, porque despertó
entre varios desconocidos en el único café de camareras que
había en la ciudad, a las once de la mañana, doloridas las sienes,
asqueado el estómago, y con una infamante memoria sensual
en el alma.

Una noche, al salir del teatro, disputó con el delegado
de Hacienda, y levantó contra él su bastón de contera de goma.

Dos días después, el catedrático de Retórica y Poética
y el de Agricultura tuvieron que vestir las levitas antiguas arrugadas, olorosas a naftalina, para pedir explicaciones al director
del bisemanario republicano por una gacetilla que don Luquitas estimaba injuriosa.

Finalmente, don Luquitas acometió la más terrible de
sus aventuras. Se casó con una de las planchadoras.

Pero como pasaron los años y se olvidó la película de Jack Jefferson, y don Luquitas perdió su prestigio ante las gentes, no tuvo valor para matar a su mujer cuando inevitable y repetidamente le fue infiel.

De nuevo con su pierna derecha renqueante y su timidez recobrada, iba al Instituto y a los templos, y a sus paseatas solitarias por el campo. Y le seguía temblando la voz al definir la Ética, y, además, al definir la Lógica.

Del libro *Miedo*.
Ed. Mundo Latino, 1922.

WENCESLAO FERNÁNDEZ FLÓREZ
(La Coruña, 1885 - Madrid, 1964)

— • —

Soina

Ella había nacido en San Juan de la Xebre, en las Mariñas. Sirvió un año en la capital. Cuando sus amos la trajeron a Madrid, advirtióse como aislada súbitamente. Apenas hablaba el castellano, y las gentes se burlaban de ella. Era diminuta. Tenía el pelo claro, los ojos grises y los pómulos abultados de los celtas. Era obediente y humilde, pero lenta y de torpe comprensión. Más de una vez la señora la había sorprendido con las manos cruzadas sobre el vientre, sonriéndose con gesto de idiota ante las tarteras o ante el agua que se enfriaba en el balde de cinc. La señora gritaba entonces:

—¿Qué hace, Malvina?

Ella se asustaba.

—¡Jesús, Jesús! ¡Usted me hará enloquecer; tendré que enviarla a la aldea!

Verdaderamente, en la casa no la querían bien. Las dos hijas menores solían maltratarla. Las mayorcitas se quejaban de que tenía un aspecto tan raro y una ropa tan pobre, que era un bochorno hacerse acompañar de ella por la calle. Doña Julia, la madre, que estiraba hasta lo absurdo el escaso sueldo de su marido, asentía, con gesto preocupado:

—Yo no sé en qué gasta el dinero. Si había de comprar un trajecito negro, como tantas otras...

Pero su adhesión a los rencores de sus hijas no pasaba de ahí. Malvina no le costaba más que dos duros al mes, y era trabajadora y callada. Doña Julia traía, además, de su rincón provinciano un recelo invencible contra las criadas de Madrid.

—No sabe una a quién mete en casa. ¡Se han oído tantas historias!...

No podía llamarse vida a aquel monótono transcurrir de las horas sobre la aldeana. Padecía un constante sobresalto de merecer reprimendas, y procuraba encogerse, disimularse en el ajeno hogar; sus pasos por la casa eran silenciosos; no cantaba ni reía nunca. Decía: «Sí, señora», «No, señora», cuando era oportuno, y no volvía a hablar. Sus amos afirmaban que esta conducta era fruto del perverso carácter de Malvina. La llamaban Soina, vocablo que en la lengua gallega designa a la persona hipócritamente tímida y de apocamiento artero y engañoso.

—¡Soina! —gritaban.

Y ella acudía, diligente, como si hubiese oído su nombre de pila.

Soina tenía un único amigo en Madrid. Era un hombre como de unos cuarenta años, flaco, nacido también en las Mariñas, y que estaba encargado de repartir el pan entre la clientela de la tahona del barrio. A las siete de la mañana hacía diariamente sonar el timbre de la casa de doña Julia, después de depositar en el suelo el crujiente canasto. Soina salía a recibir el pan, y entonces dialogaban brevemente. El día en que la casualidad les hizo descubrir su paisanaje, fue feliz para la aldeana. Sorprendióse primero como ante la más impensada maravilla:

—¡Ay, Jesús!

Tenía en sus manos una pirámide de panecillos, y miraba con asombro aquel hombre de rostro blanqueado por la harina.

—¿Y luego?... ¿También usted es de allá?

Él dio detalles genealógicos.

—¿Conoce a los Ameneiros, de Xebre?

—¡Y no he de conocer! No conozco otra cosa.

—Pues primos hermanos míos...

—¡Ay, Jesús!

Desde aquella mañana solían hablar unos minutos con apagada voz. Todos dormían aún en la casa. Las puertas de las alcobas estaban cerradas, y el silencio era triunfador. Una luz suave, casi azul, entraba en el vestíbulo; a veces se acercaba el gato con pisadas cautelosas; de cuando en cuando, al pasar por la calle un tranvía, el cañón de la escalera llenábase de tumulto y todo el edificio retemblaba. El hombre asía, al fin, el cestón —del que huía un caliente vaho— por un extremo. Soina ayudábale, irguiéndose sobre las puntas de los pies para alzarlo. Despedíanse:

—Hasta mañana.

Y ella esperaba cada día con más creciente interés el momento en que el timbre anunciaba la visita del conterráneo. Tuteábanse desde que se supieron de la misma parroquia. Malvina recordaba después todas las confidencias de sus breves charlas. Le dijo en una de ellas:

—Los que están allá no saben su bien. Allá no falta nunca la borona en el horno, ni el cerdo por San Martiño, ni el pescado en el mar. Y hasta los pobres de Dios tienen un pajar donde dormir por las noches. Trabajamos más nosotros y vivimos peor, Malvina. Si allí caes enferma, no te faltará una mano que te cuide y un cuenco de caldo. Aquí te morirás en la calle o te llevarán al hospital, que es peor, para despedazarte como a una bestia, fuera el alma.

La obsesión de Rosendo era el hospital. Temblaba ante la idea del hospital, donde nunca había estado, y de cuyas prácticas admitía las más despiadadas narraciones. Este temor se había agudizado en él desde que estaba enfermo. A veces presentábase desencajado ante Soina. Contaba:

—Esta noche no pude dormir. Tuve un sudor frío y sentí como si un perro me mordiese el estómago.

—¿Por qué no vuelves a la tierra, Rosendo?

—No puedo ir; vendí lo poco que me tocó de mis padres... Ya no sirvo para las labores del campo, ni para andar en la traíña... Y allá suponen que estoy bien. Los de Ameneiro me han pedido dinero cuando la peste les mató el ganado. Creen que esto es América... ¡Esto no es América, caramba! Trabajas mucho para malvivir... y después, ya se sabe, al hospital con tus huesos...

Aconsejaba Soina:

—Así solo, no estás bien. Debieras casarte.

Él se había sentado en la escalera, ante el cestón cubierto con una blanca lona. Tenía el rostro hundido entre las manos.

—Sí... Quizá hubiera debido casarme. Lo pensé muchas veces. Pero ahora, ya... La vida está andada... No encontraría una mujer que me quisiera.

—O sí. ¿Qué sabes tú?

Movió él la cabeza melancólicamente y marchóse. Poco a poco fue despertando un sentimiento dulce en el corazón de Malvina. En la soledad, más bien en la hostilidad que la rodeaba, Rosendo era para ella el único ser compasivo y bueno. Mujer al fin, y mujer de un país de bruma, Soina gustaba de soñar. Fue urdiendo en sus soliloquios una ilusión. Acariciábala en su humilde alcoba, después de rezar las oraciones y mientras velaba en la cocina por los cacharros puestos a la lumbre. En una estrecha ventana batía entonces el viento de la sierra y la ventana se estremecía incesantemente... Pero dentro había un grato calor. La plancha de hierro se enrojecía; el gato hacíase un ovillo bajo el fogón y las marmitas cantaban dulcemente... Nada hay que dé una sensación de hogar venturoso como este canto de marmitas, en el que, a veces, parecen adivinarse palabras. Dícese que el hombre primitivo aprendió a hablar oyendo el hervor del agua. Por lo menos, es seguro que el primer ensueño nació al arrullo de esa música suave, contenida e igual, y que las madres que vigilaban la preciosa vida del fuego copiaron de ella el acento con que dormir a sus hijos.

Rosendo regaló un día su retrato a Malvina. Echó su aliento en el descolorido cartón, lo frotó después con el codo, y se lo ofreció:

—¿Qué te parezco?

—Estás muy bien.

Él rió, satisfecho:

—Me parece que tú y yo aún vamos a dar un buen día a los de San Juan de la Xebre.

Otra vez ella le contó sus padecimientos bajo la tiranía de los amos. Él la oyó, entristecido. Después comentó:

—Tú, como yo, Malvina, eres un ser desgraciado. Hemos venido al mundo para sufrir. Somos de peor condición que los bueyes. Pero tú eres joven aún...

La ilusión forjada por Soina, concluyó por decirle al oído:

—Rosendo está enamorado de ti.

Y toda ella palpitó de ventura.

Aún quiso añadir la ilusión placentera:

—Rosendo y tú os casaréis... Juntos, seréis más fuertes para la vida... Tú le cuidarás cuando se ponga enfermo y no podrán llevarlo nunca al hospital...

Enternecióse súbitamente. Sí, le cuidaría, y sabría trabajar para él si preciso fuera. Y si alguna vez pudieran tener algún dinero, marcharían a Xebre y labrarían alegremente unas tierras donde los tallos del maíz o las hierbas del prado se encorvarían bajo el viento fuerte y sano de las Mariñas...

Desde que aquella idea la acarició, Soina fijóse en las frases y gestos de su paisano, y creyó descubrir en todas ellas un sentido amoroso. Entonces cohibíase de él, y se sonreía a veces sin razón, o bajaba los ojos porque una turbación la asaltaba. La realidad y la ilusión entretejiéronse tan apretadamente, que ya no sabría ella decir qué era lo soñado y qué lo vivido.

Sus soliloquios eran ya diálogos en los que ella se hablaba en nombre de él y ella se respondía. Ocurriósele que en algún lugar de Madrid podrían, ya casados, alquilar un local e instalar en él una tiendecita. El pan, para venderlo no se lo habían de negar a su hombre. Y ella estaría allí desde bien temprano, atendiendo a los compradores. Y tendrían ahorros, pasado algún tiempo. Y marcharían después... Le regocijó la idea hasta tal punto, que se dijo:

—Mañana se lo contaré.

Al día siguiente no se atrevió. Fue aplazando la confesión de una a otra mañana. Pero estaba contenta y le miraba con mayor felicidad, y hasta oponía frases optimistas a las habituales quejas del amado:

—¡Bah! —le decía—. Alguna vez nos tocará ser felices.

Él, sin comprender, movía la cabeza con lentitud y callaba.

La dicha es locuaz. Una tarde, mientras vestía a una de las pequeñuelas de la casa, dijo Malvina:

—¿Sabe, señorita Gloriña?... Me voy a casar.

La pequeñuela se arrancó el zapato que le acababan de abrochar y decretó sencillamente:

—No.

—Sí, señorita Gloriña; me voy a casar.

La criatura dio un berrido y le tiró de los pelos.

—¡Nooo!... ¡Tú no te casas!

Si le hubiese dicho que se iba a quedar soltera, el angelito se hubiera opuesto también con la misma energía.

—¿Qué le haces a la pequeña, Soina?

La pequeña gritó:

—Mamá, mamá: Soina dice que se va a casar y que se marcha de nuestro lado.

La hermana mayor acudió:

—¡Soina! ¿Vas a casarte, Soina? ¿Con quién, mujer? ¡Mira a la Soina que quiere casarse!

Las otras mujeres aproximáronse:

—¿Quién se enamoró de ti, Soina?

—¿Fue de tu tipo o de tu cara, Soiniña?

—¿Has de llevar un ramo de queiroas en el pecho?

Soina, enrojecida, casi a punto de llorar, protestaba:

—¡No hagan caso!... ¡Yo no he dicho eso, señorita Gloriña!

La «señorita» Gloriña berreaba:

—¡Sí, sí! ¡Dijiste! ¡Dijiste!

Y éste fue ya tema diario para burlarse de la infeliz aldeana.

*

Al volver de la calle, Malvina buscó en vano el billete de cinco duros que debía traer en su bolso. El billete no apareció.

Doña Julia gritó desesperada; reprochóse el haber entregado la cuantiosa suma de cincuenta pesetas a una criada idiota; la requirió para que se acordase de si, en efecto, le habían dado los cinco duros o se los había estafado el carnicero; después le suplicó que volviese a mirar el bolso, el bolsillo, el cesto de la compra...; hizo que sacudiese las hortalizas, de las que sólo cayeron dos caracoles... Pretendió que volviera sobre sus pasos, mirando atentamente al suelo para ver si encontraba el billete... Cuando se convenció de que todas las pesquisas eran inútiles, la colmó de injurias:

—¿En qué ibas pensando, estúpida? ¿Crees tú que cinco duros se ganan así como así? ¡Bestia, que nunca debieras de haber salido de escardar cebollinos!

Una hija apuntó:

—Le habrá sacado las pesetas ese novio que tiene.

—¡Qué va a tener, la zoqueira!

Malvina lloró abundantemente. Luego, en un arrebato, anunció que se marcharía, y que no era una ladrona, y que podrían registrar su baúl. Los pequeñuelos acogieron esta iniciativa con alborozo. El baúl fue registrado. Después, la Soina permaneció en su alcoba algún tiempo y salió con un hatillo y sin mandil, llevando puesto el traje de los domingos, rojos los ojos por las lágrimas, hipando aún...

Pero en el fondo una idea la consolaba... Vagó algún tiempo por las calles, abstraída... Más de una vez se paraba a contemplarse en los escaparates. De pronto, había comprendido que aquel doloroso incidente podía ser el pórtico de su felicidad... Iban a dar las doce cuando se detuvo cerca de la tahona donde Rosendo trabajaba. Esperó unos minutos. Rosendo apareció al fin. Sonrióle ella, un poco cohibida.

—¿Qué milagro? —preguntó el hombre.

—Milagro, ninguno.

Sentóse él en un banco de piedra, con un gemido de dolor o de fatiga.

—Hoy no me dejan estas víboras del estómago.

Soina, en pie, le contemplaba. Comenzó él a liar un cigarrillo.

—¿Sabes? —declaró la joven cuando transcurrió un silencio—. He dejado la casa.

Él alzó la cabeza.

—¿Por qué?

—No he podido aguantarles más.

Hubo otra pausa. El hombre acabó de liar su cigarrillo. Preguntó:

—¿Qué vas a hacer ahora?

—No sé.

Él calló. Malvina aguardaba ansiosamente. Creía que era llegado el momento en que se rompiese la débil reserva que aislaba aún sus amores. No escuchaba ni veía más que a él. Rosendo dijo lentamente, mirando al suelo:

—Has hecho mal.

La voz de la joven se llenó de lágrimas al contestarle:

—Me maltrataban, Rosendo. Todos eran contra mí.

—Sí —habló él—, sí; todos son contra uno; pero uno tiene que bajar la cabeza y que sufrir.

Añadió después de un instante:

—Somos como las bestias, fuera el alma, Malvina, y tenemos que portarnos como las bestias... El buey no se marcha de casa de su amo porque le agujereen la piel, ni el perro porque pase hambre...

Gruñó con rabia:

—¡Si se pudiese acabar con todo esto!

Malvina insinuó:

—Cuando está una sola, sin un cariño, siempre parece mayor la desgracia.

—Parece —otorgó él.

Hubo otra larga pausa. Aconsejó entonces Rosendo:

—Tú debes marcharte a la tierra. Aquí no estarás nunca bien. ¿Tienes dinero para el viaje?

—Alguno tengo.

—El tren sale a las cinco. Puedes irte hoy.

—¿Crees que debo marcharme?

Él no advirtió la angustia de aquella voz. Replicó naturalmente:

—¿Qué esperas en Madrid, desempleada?

Soina bajó la cabeza.

—Es verdad. Entonces, hoy me marcho.

Alzóse Rosendo.

—Vaya, mujer, buen viaje.

—Gracias. Y tú que seas feliz.

—Sabe Dios cuánto te envidio. A todos los que allá veas dales mis recuerdos. Algunos no se acordarán ya... ¡Hace tantos años!...

Echó a andar, despacio, sin volver la cabeza... La aldeanita, pequeña y fea, permaneció inmóvil hasta que él se alejó. Acudieron las lágrimas a sus ojos, y se encontró tan sola en la ciudad y en el mundo... Sintió bruscamente deseos de correr hacia el hombre que se marchaba y preguntarle:

—Entonces, ¿es verdad que no me has querido nunca, que no has pensado que yo podía ser tu mujer?

Pero no lo hizo. Caminó lentamente también, en dirección opuesta.

Del libro *Tragedias de la vida vulgar* (1922).
Ed. Librería General, 1942.

ALFONSO HERNÁNDEZ CATÁ

(Aldeadávila de la Ribera, Salamanca, 1885 - Río de Janeiro, 1940)

— • —

Drama obscuro

Se había ocultado el sol; en el puerto las canciones de los pescadores tremolaban lentas, desfalleciendo a lo largo del mar, en la quietud misteriosa del crepúsculo. La noche descendía de los montes, poniendo en las aguas un color cenizoso. Una neblina sutil era corona en las altas cúspides y velo en la lejanía azul. Hacia el pueblo brillaban algunas luces indecisas.

Un hombre se destacó en el muelle, gritando:

—¡Un botero!

Y no recibiendo respuesta, tornó a gritar:

—¡Una lancha por una hora!

El bote se acercó lentamente, guiado por un hombre fornido que, cuando llegó a tierra, llamó a un rapaz para servirse de su ayuda. Los paseantes querían merendar fuera del puerto, pasada la barra. No consintieron al muchacho llevar hasta la embarcación el cesto de las provisiones.

—¡Abre!

El chico se apoyó en el malecón hasta desatracar la barca; luego, sentándose, empezó a bogar.

—¡Cía!

Viraron poniendo la proa en la dirección del canal. El patrón, acompasando la maniobra con movimientos de su intonsa cabeza, aún ordenó al chico:

—¡Avante!

Y los remos, aleteando unánimes, imprimieron al bote una marcha suave y rápida.

En el pueblo, donde la falta de comodidades no permitía colonia veraniega, todos conocían a los señoritos. Estaban allí hacía dos meses, y nadie sabía su residencia habitual. Componían la familia un matrimonio con una hija enferma, a quien jamás se había visto. Sus padres la cuidaban celosamente. Vivían acariciados de comodidades, pero con una sola criada, tomada al servicio en uno de los pueblos del tránsito.

Dijo el botero:

—¿Cómo está la salud de la señorita?

—Mejor, gracias.

La mujer preguntó afectando inocente curiosidad:

—Pasada la barra, ¿hay mucho fondo?

—Mucho, señorita.

Y callaron. Los estrobos chirriaban monorrítmicamente. Sentados en las bancadas de popa, los señoritos hablaban en voz baja:

—Es preciso. Es el único medio de salvar la honra. El que huyó antes, no ha de venir a preguntar nada...

El hombre, abatida sobre el pecho la cabeza, meditaba. Ella insinuó:

—¿Consentirás sufrir tamaña vergüenza?

—Tienes razón.

—Lo principal está consumado. Nada debemos temer. Con serenidad... ¿Calculaste bien el peso?

De afuera llegaba viento frío. El agua se rizaba con ondulaciones más violentas. Las olas se perseguían hasta chocar contra los peñascos, donde se alzaban sonoras, vestidas de espumas. Sobre el fondo pardo de las colinas desvanecíase la nota blanca de las casas. Fundíase en un tono rojo la amplia gama de verdes que acusaban los bosques, los pinares, los pequeños huertos. Las gaviotas recortaban en el azul su candidez rauda;

92

de vez en vez alguna turbaba el vuelo majestuoso, descendía, y tornaba a elevarse llevando en el pico un despojo argentado y sangriento. El faro destelló súbitamente, alumbrando hasta gran distancia. Interrogó el chiquillo:

—¿Más allá, señoritos?

—Sí, un poco más.

Marcharon breve rato. La mujer dijo en tono quedo al oído de su esposo:

—Ahora —y en voz alta, ligeramente enronquecida—. Aquí ya podemos merendar, abre la cesta.

Su mirada fulgía trágica entre la sombra. En un silencio henchido de presagios fúnebres, percibiéronse el jadear del viejo y del muchacho inclinados sobre los remos. El señor levantó el canasto, apoyólo en la borda y, fingiendo un traspié, lo dejó caer en el mar, donde se hundió con un sonido en el que dominaba la *ele*.

—¿Qué ha sucedido?

—La cesta.

—¿Se ha caído la cesta? —interrogó el botero.

—¡Cía, chico!

—Tal vez se haya sumergido ya. ¡Tenía tanto peso!

—Será muy difícil encontrarla.

—Se está picando el mar.

—¿Es aquí donde hay tanto fondo?

—¿Aquí? Lo menos veinte brazas.

—¿Y es eso mucho?

—Mucho, sí señora.

—Será mejor volvernos a tierra. ¡Buena tarde!

—Cuando ustedes quieran, señoritos.

Aún la mujer volvió a mirar a detrás. El regreso fue difícil: el viento batía la proa debilitando el esfuerzo de los remeros. Durante el trayecto no hablaron nada y, cual si temiesen mirarse, distrajeron la vista en la fosforescencia que los remos arrancaban al mar. Sobre la monotonía negra de las casas, que se reflejaban invertidas, denotaba el cabrilleo áureo de algunas luces. El muelle avanzaba su mole férrea, sostenida por erectos pilares que parecían en el agua haber perdido su resistencia y culebreaban flácidos, cual si fueran a ceder al peso.

Desembarcaron. El caballero regateó el precio exigido por el patrón.

—Es muy caro; ha sido una tarde desgraciada.

Llegaron a la quinta. Era domingo y la criada no había vuelto aún. Abrieron el cuarto de la enferma, cerrado con llave. Sobre la albura del lecho mostraba la paciente su lividez. Interrogó con una mirada a sus padres. Ellos nada dijeron. En la almohada una tenue huella acusaba un sitio vacío.

Del libro *Cuentos pasionales*.
Ed. América, 1920.

ANTONIO DE HOYOS Y VINENT
(Madrid, 1885 - Madrid, 1940)

——— • ———

Eucarística

Ah¡ la douceur de vivre
indéciblement pur!

EDMOND HARANCOUR
L'ame nue

Genuflexos ante el altar del Santo Gonzaga, oraban en la gloria de la mañana de mayo, bañados en polícroma fanfarria de luz con que el sol, filtrándose al través de las historiadas vidrieras, inundaba la capilla. En la iglesia, de ese risueño gótico todo blanco y oro, típico de la moderna devoción francesa, la Santa Virgen María fulguraba envuelta en un nimbo de llamas; la cabeza de la imagen se inclinaba ambigua, sin que pudiese saberse si era fatigada por el peso de la corona empedrada de diamantes y zafiros —los heráldicos gules, símbolo del amor y de la alegría celestiales— o en un gesto amable de gran dama, recibiendo un homenaje, y mientras sostenía con una mano a un Jesús mofletudo, recogía con la otra su manto de rara magnificencia zodiacal; a sus pies, la imagen andrógina del franco príncipe Luis, *El Santo*, alzaba hacia la bóveda tachonada de luceros los ojos pintados de azul. En búcaros de irisado vidrio, azucenas litúrgicas erguían sus tallos y abrían el virginal enigma de sus flores, mientras a entrambos lados del altar descendía, como por la escala de Jacob, angélica procesión de concertantes.

95

Arrodillados en sus reclinatorios, Juan y Jesús oraban en espera de la reconciliación con que sus almas puras hallaríanse dignas de recibir la visita de Dios hecho hombre. Cruzados los bracitos lazados de blanco sobre el pecho, levantadas hacia la imagen las cabezas donde aún no anidara el ave siniestra de un mal pensamiento, eran las preces que aleteaban en sus labios como cándidas palomas que, dejando el nido, volaban hacia el trono de Dios.

Rubio, pálido, de doradas crenchas y pupilas de cielo, Jesús; moreno, de rasgados ojos de sombra y ensortijados bucles, Juan —Murillo y Rafael— ; a la endeble elegancia de fin de raza del primero, oponía el segundo la viril petulancia ingenua de sus doce años. Y sus figuras eran trasunto fiel de sus almas: toda ternura, temor y melancolía la de Jesús; toda resolución, apasionamiento y valor, la de Juan.

Huérfano, rico, noble, enfermizo, confinado por egoísmo de sus tutores en aquel colegio, Jesús había hallado su defensor en las luchas de educandos en la adolescente energía de Juan, secundón de noble familia provinciana. Eran inseparables los dos amigos; fraternal afecto les unía, y la vida deslizábase para ellos feliz, igual, monótona, llena por su cariño que les ayudaba a sobrellevar las contrariedades del encierro, compartiendo estudios, recreos, devociones; venciendo Jesús la hostilidad de sus compañeros, gracias a la victoriosa y audaz simpatía de Juan, benévolos a las travesuras de éste los maestros ante la intercesión del primero. Así, al volar del tiempo, llegó insensiblemente el día deseado con fervor de acercarse a la Sagrada Mesa.

Un débil llamamiento del Padre sacó a Jesús de su devoto rezar y llevóle a los pies del confesonario; el negro manteo abrióse como dos alas inmensas, aprisionando al inocente. La mano enjuta, descarnada, dorada de tabaco, posóse en la áurea guedeja, y la voz pastosa, tras breve musitar de oraciones, comenzó las preguntas de rúbrica:

—¿A ver, hijo, si recuerdas algún otro pecadillo?... Piensa que Dios Nuestro Señor, que murió por nosotros, te hace hoy la gran merced de venir a ti.

Tras un instante, la voz pura negó:

—No, Padre.

—A ver —insistió el cura—; piensa bien... Alguna mentirilla... Alguna falta de respeto.

—No recuerdo, Padre —tornó a replicar.

El confesor se detuvo y miró al niño. La divina claridad que emanaba de sus ojos, *ojos color de cielo*, irradiaba sobre el rostro cándido, prestándole un aura de luz.

—¿Papás no tienes, verdad, hijo mío?

—No, Padre.

—¿Hermanitos? —interrogó nuevamente.

—Tampoco.

Calló el presbítero de nuevo. Vacilaba; aquel candor que lucía en el rostro le imponía respeto. Sin embargo, siguió:

—¿Amigos?... ¿Algún amigo a quien quieres mucho?

Con espontaneidad entusiasta, replicó vivaz:

—Sí, Padre, uno a quien quiero mucho, Juan. Es como un hermano.

Los ojos, sagaces, grises, fríos, cortantes como navajas, escudriñaron en la carne del penitente como si quisiesen leer hasta el fondo de su alma. Reflejaba inocencia tal, que el sacerdote vaciló. ¿Seríale permitido sondear abismos que tal vez no existían? La pregunta infame detúvose en sus labios un instante, y, al fin, la formuló velada.

El niño, con los ojos muy abiertos, llenos de temor y asombro, denegó enérgico con la cabecita de querube, apretando los labios para no sollozar, e inclinando la frente para recibir el exorcismo de aquella cruz que borraría el pecado, pero no retornaría el candor perdido.

Nuevamente arrodillado ante el altar, esperaba el supremo instante. De lo alto de la bóveda, el órgano dejaba caer sus

notas graves, armoniosas; un coro de voces entonaba un hosan-
na a la gloria del Hacedor, y el sol rutilaba en los dorados y es-
polvoreaba con el iris de sus rayos el recinto santo. Ante el
eucarístico misterio, hasta una docena de niños arrodillados
hacían ofrenda de sus vidas. Eran los unos, frescos y rosados
como plebeyos frutos; eran los otros, pálidos y elegantes como
infantes del legendario país del ensueño. El oficiante, revestido
con fastuosa magnificencia, avanzó hacia ellos, sosteniendo en
una mano el cáliz de oro, incrustado de piedras preciosas, y en
la otra la Hostia, Cuerpo de un Dios, mientras sus labios mur-
muraban las preces litúrgicas.

Juan y Jesús habían dejado caer su cabeza entre las manos, y, arrobados, daban gracias por la alta merced. Pero tal vez
la paz había huido de sus almas, y algo que no era santo contur-
baba su espíritu, porque hay revelaciones que, a semejanza de
ciertos trágicos males, con su contacto mancillan una vida entera.

Acabó la misa y fueron a reunirse todos, alegres, locua-
ces, risueños, con los suyos, que les aguardaban en las grandes
salas del colegio.

Había explosiones de maternal cariño, que estallaban
en besos, mimos y caricias. Los niños brincaban alegres en un
florecer magnífico de ensueños y sonreían confiados en el umbral de la vida. Sólo Juan y Jesús yacían abandonados sin los brazos de una madre que les prometiesen su refugio. Jesús, doliente,
contemplaba el espectáculo de la alegría ajena. Juan, más resuelto, le brindó, en un gesto afectuosamente fraternal, sus brazos.

Pero Jesús, por primera vez, le rechazó, e incapaz de
resistir más, refugióse a llorar en un rincón.

Del libro *El huerto del pecado* (1909).
En *Antología del cuento español 1900-1939*.
Por José María Martínez Cachero.
Ed. Castalia, 1994.

JOSÉ MORENO VILLA
(Málaga, 1887 - México, 1955)

——— • ———

El jardinero extático

Con la indolencia que rezuma el sol y la tierra cálida, me gritaba mi padre:

—¡Agarra la soleta y ven p'acá!

Éramos jardineros; yo, aprendiz. Contaba unos doce años.

—¿Qué haces allí? —seguía preguntándome calmoso.

—Mirar a los señoritos.

—Bueno... Ahora tenemos que trabajar.

Empuñaba entonces la herramienta y trabajaba sin descanso un cuarto de hora, lo menos. Era lo bastante para bañar en sudor toda mi figura. Durante aquellos quince minutos desaparecían de mi frente los señoritos; pero al suspender la labor y enderezar mi cuerpo, a disgusto de la rabadilla, tornaban mis ojos a verlos allá en el fondo del jardín.

¡Qué placer más extraño!

Mi cabeza era incapaz de formularse alguna pregunta, pero en mis sentimientos diversos estaba implícita la interrogación:

—¿Qué maravilla descubres en esa gente?

Mi oreja rústica sentíase halagada en lo más íntimo al oír aquel chorro sonoro de palabras netas y ágiles que nacían en los labios de la señorita. La mayor parte eran palabras de mi uso; pero en su boca estaban como más limpias y nuevas, como los vestidos en su cuerpo, inmaculados, ligeros y gráciles. Para comparar su voz con la mía, ensayaba muy bajito una frase cualquiera, y, al oírme, pensaba con despego:

—Como mis ropas son mis palabras.

Y no era sólo la voz y la emisión fácil de los pensamientos. Yo sentía mi propia cara como de barro inmóvil cuando miraba en aquella gente la expresividad de sus semblantes.

—¡Son otros hombres y otras mujeres!

Dejaba la soleta un poco y daba unos pasos por el camino próximo, como para probar mi desenvoltura.

—No está mal —convenía yo mismo en diálogo personal.

—Pero es como el paso de un buey, comparado con el de una corza en las peñas.

Los movimientos de aquella gente provocaban cierta inquietud, parecían próximos al fracaso, lindantes con la caída. Los míos y los de toda mi gente eran firmes y monótonos.

—Y, sin embargo, yo no soy capaz, con este paso firme, de acercarme a donde ellos están. Y ellos, con sus movimientos quebradizos y endebles cruzan palacios, paseos y lugares donde la gente mira con cien ojos.

—¡Periiico! ¿Ya t'has cansao, hombre? ¿Qué miras como un papanatas?

Nuevamente doblaba el espinazo por un poco de tiempo y nuevamente tornaba al embeleso cuando las gotas de sudor cosquilleaban en mis poros.

Viéndome así mi padre, se acercaba y me decía:

—Pero, ¿qué demonios te pasa?

—¡Los señores...! —contestaba yo un poco amilanado.

—Bueno... ¿Qué te pasa con los señores?

—Que me gusta verlos.

Mi padre no decía más, y yo me figuraba por qué.

Una noche nos dijeron, a mi padre y a mí, que si queríamos ver la luna de cerca, el señor nos esperaba en la torre.

Subimos, y, en efecto, allí estaba el señor de las barbas blancas, sentado delante de su telescopio, el cual nos enseñó, primero a mirar, porque no sabíamos —esto me dejó también maravillado—, y luego nos explicó lo que veíamos.

—Primero hay que saber mirar; luego, ver, y luego, explicarse lo que se ve —nos dijo.

Aquellas palabras, si las hubiese dicho Juan, el carretero, no sé, pero dichas por el señor, me dejaron en suspenso, como todas las cosas de su familia. Mi cabeza rústica no pudo retenerlas bien. Hubiera querido oírlas por segunda vez; pero, aun así, me hicieron pensar un sinnúmero de disparates.

Alrededor de nosotros estaban los hijos y los nietos del señor de las barbas blancas, y cuando terminamos nuestra inspección por la luna, me di cuenta de que todas sus miradas caían sobre mí, sobre mi cara y sobre mis ojos, que debían estar muy abiertos, como grandes oes.

—¿Qué tal, qué te parece, Perico? —me preguntó la señora.

Yo hice un signo afirmativo con la cabeza, sin saber lo que respondía, y en seguida clavé los ojos en mi padre. Éste, queriendo venir en mi ayuda, dijo:

—Perico es un extático. En cuanto ve algo que no ha visto nunca, se queda como las ranas. Viendo a los señores le pasa también eso, aunque ya los conoce de muchos años. Hay días en que no puedo hacerle trabajar si están ustedes en el jardín.

—Vamos, hombre, dinos, ¿por qué te sucede eso?

—Porque me gusta ver y oír a los señores.

—¿Quisieras tú poder hablar y vestir y moverte como los señores? —me preguntó el novio de la señorita.

La pregunta era nueva para mí, y, además, amable. A pesar de lo uno y lo otro, yo respondí pronto y en seco:

—¡No!

—¡Bien, hombre! Tú estás contento contigo mismo —exclamó el señor de las barbas blancas. Yo me puse más encarnado de lo que estaba, y ya no abrí la boca en todo el rato que estuvimos en la torre.

Cuando bajamos a nuestra casita me hizo mi padre algunas preguntas sobre la rotunda negativa; pero yo no supe darle una explicación satisfactoria. Yo tenía un sentimiento claro, pero no la razón o razones de ese sentimiento.

La cosa no era fácil, en efecto. Hoy, al cabo de los años, mi vida toda es la única que puede responder o aclarar aquel rotundo no, salido de mi alma sin impurezas.

No puedo recordar, sin conmoverme, aquel calificativo que tuvo mi padre para mí en la torre del telescopio, delante de los señores. Mi padre tuvo la visión clara y exacta de mi carácter, corroborada por mi vida. Pero veo que hablo de mi vida como si ella fuese lo que se entiende por vida generalmente, una existencia cargada de accidentes. Cosa inconcebible, si se trata de un extático. Mi vida no es más que tres, cuatro, cinco rotundas negaciones en los tres, cuatro, cinco momentos críticos de ella.

La primera de todas la lancé en las circunstancias que ya conocéis. Si yo hubiese contestado afirmativamente, acaso aquellos generosos señores se hubieran interesado por mi educación y mi vida hubiera sido próspera. Pero la raíz de mi alma se opuso, sin que yo supiera por qué; y es que, como luego diré, yo he sido cobarde para dos cosas sobre todo: para el tiempo y la mudanza. Es algo verdaderamente increíble. Cuando me llegó la hora de ser soldado tuvieron que arrancarme de casa como quien arranca de cuajo la cepa robusta de un viejo naranjo. Una vez en el ejército, hice campañas militares e intervine con temeridad en algunos episodios, porque la muerte misma no me acobarda lo que la sensación del tiempo y la mudanza. Al terminar mi servicio militar, me quiso favorecer un alto jefe con un empleo en la ciudad. Yo le dije que me regalase unos libros y que me dejase marchar al pueblo.

En este retorno a casa sentí, por vez primera, la emoción terrorífica del tiempo. Hallé a mi padre con la cabeza casi blanca, como la de aquel abuelo que murió cuando yo tenía seis años.

«Dentro de nada, el año que viene, quizá, me casaré y tendré un hijo. Haré abuelo a mi padre, y, cuando mi hijo tenga seis años, el abuelo puede morir. Y la vida, de los seis a los veinticinco, es un soplo: mi hijo me empujará.»

Un espíritu defensivo, conservador, llenó mi alma. Creí que no moviéndome, que no variando mi estado actual, todo se detendría. Que mi juventud podía prolongarse indefinidamente si renunciaba al matrimonio; y que mi padre no avanzaría dentro de la vejez, si yo no le empujaba. Me negué, pues, al matrimonio, como me negué al empleo en la ciudad. Yo no quería variaciones. El jardín, la huerta y los libros; sentir a mi alrededor las mismas cosas de siempre y sentir en mí las preocupaciones de siempre.

Durante muchos años, cada mañana me veía en el espejo y exclamaba con júbilo infantil:

«Tengo la misma cara que a los dieciocho.»

Mas un día noté de pronto que mis sienes blanqueaban, y aquel día mismo me quedé sin padre. Desde entonces vivo con la misma sensación del hombre que tiene las puntas de los zapatos fuera del borde del precipicio.

Del libro *Patrañas* (1921).
Ed. Aguilar, 1981.

RAMÓN GÓMEZ DE LA SERNA
(Madrid, 1888 - Buenos Aires, 1963)

— • —

La tía Marta

I

El perchero estaba lleno de sombreros, aunque eso no era señal de nada, porque un perchero en seguida se llena.

La familia se encontraba reunida en la sala contigua al comedor, que permanecía en la oscuridad, según costumbre inveterada del padre, que no quería urracas que se comiesen los entremeses ni miradas ávidas al arsenal antes de que llegase la hora.

Habían venido ya sus hermanos Alfredo y Arturo y su cuñada Dorotea con su marido el músico y su flacuchona hija, siendo fondo de los visitantes los cuatro chicos de la casa; el mayor, Rubén, de catorce años.

—¿Estamos ya todos? —preguntó la madre, doña Ana, que venía de echar un vistazo a la cocina.

—Falta Marta, que se estará emperifollando —dijo Alfredo.

—Algo así como poniéndose el perejil —dijo Arturo, haciendo reír a los niños.

Toda la broma se cortó cuando vieron con gran sorpresa que Marta estaba en el umbral de la puerta y había oído lo del perifollo emperejilado.

—¿Es así como habláis de un ausente? ¡Muy bonito! —dijo con reticencias de voz con cuello de encaje con ballenas.

Como la conocían muy bien y los resortes peligrosos y misteriosos de la Nochebuena, le pidieron toda clase de disculpas y le ofrecieron jerez.

Como para envalentonarse, se tomó dos copas.

Ana se acercó a ella y le dijo:

—No seas picajosa... No es noche para eso.

—Por el contrario, creo que es la noche para descubrir quién nos quiere y quién no nos quiere.

—Aquí te quieren todos —dijo el padre, don Gaspar, evangelizando a su hermana.

La cicatriz de un pinchazo que le infirió la lanceta siendo niña, inmediatamente debajo del ángulo de la mandíbula, acentuó su hoyuelo como si allí estuviese el vórtice de su ira, la salida en remolino del baño que le habían dado.

Rubén, que era su sobrino mimado y al que había enseñado a leer en una vieja edición del *Quijote* de letras muy grandes, se acercó a ella y la abrazó por el talle.

Todo se amansaba en aquella noche en que los seres por demás dormilones se preparaban a no tener sueño, más tolerantes que de costumbre, como si viesen el pasado y el porvenir reunidos en corona.

Las bambalinas de los balcones tenían una gran importancia porque esa noche hasta los picaportes son como las charreteras de la casa.

El pájaro dormía como un príncipe enfadado sin comprender el motivo del jolgorio que le desvelaba.

Los sillones, forrados con un viejo damasco, parecían tener mangas y estaban henchidos de felicidad.

—¿Qué has hecho del piano? —preguntó Alfredo a don Gaspar.

—Nada... Lo he trasladado al despacho para que hubiese aquí más espacio.

Una maceta de helechos parecía acordarse de una noche de otros tiempos, en la época de las lluvias torrenciales, cuando la humedad echaba humo.

Toda fruslería era conmovedora.

—¿Esto es lo que te trajo Gaspar de su viaje? —preguntó Dorotea a Ana, señalando un jarrón azul. Ana asintió.

Marta estaba inquieta, lavándose las manos en seco, pues era ya esa tallada solterona que las encuentra crudizas y se está echando siempre perfume en ellas, frotándolas sin parar.

Don Gaspar, que sabía lo sabrosa que es la antemesa en esos días señalados, procuraba alargar la estancia en la sala.

Todos se sentían en el estuche enguantado del hogar principal de la familia y el apetito les hacía más cariñosos, como si hubiese algo de antropofagia en esa cordialidad con hambre.

Marta —que disimuladamente se había tomado una tercera copa de jerez— miraba con tal impaciencia hacia la gruta del comedor, que don Gaspar dio a las tres llaves de la luz y se iluminó el ruedo de la mesa, con la gran parada de copas y cubiertos en formación perfecta. Sólo se esperaba el tararí del presenten armas.

El cabeza de familia lo pronunció al decir «¡vamos!», y penetraron en el comedor esperando la indicación de sus puestos.

—Tú aquí —dijo don Gaspar a su cuñada Dorotea, sentándola a su derecha—, y tú aquí —dijo a su hermano mayor, sentándole a su izquierda.

—¡Muy bien! —exclamó Marta con voz quisquillosa y altisonante—. Eso es despedirme... Soy tu única hermana y me suplanta una cuñada... ¡Adiós!

No dio tiempo a disculpas, pues mientras todos miraban aún sin reponerse la cortina por la que había desaparecido, se oyó el portazo de la puerta de calle.

—Déjala —dijo Ana—. Venía dispuesta a reñir... Para envalentonarse se ha tomado unas copas de jerez, ella que no bebe nunca.

Los convidados se movían silenciosos en sus asientos. Estaba como rota la broma de la noche.

—Siempre fue así —dijo Arturo.

—Siento que por mí —se creyó obligada a decir Dorotea; pero la atajó don Gaspar diciéndole:

—No ha sido por ti... No te preocupes.

La cena se celebraba sin esparcimiento y por el lugar vacío se filtraba el frío de la ausencia.

Los niños se miraban como si les hubiesen notificado que no había postre.

Don Gaspar, como arrepentido, dijo:

—Debí haberla retenido.

—De nada hubiese valido... La ofendía nuestra alegría —repuso la madre.

Se volvió al silencio, y como poniendo en práctica una resolución heroica, don Gaspar dijo, dirigiéndose a Rubén:

Toma un taxi y vete a buscarla... Es capaz de verlo todo tan negro, abandonado, una noche como ésta, que puede hacer cualquier barbaridad.

Rubén salió corriendo, dejando la servilleta, como un hombre que va a realizar trascendental conciliación.

II

Llegó a casa de su tía y con la confianza de sobrino predilecto atravesó el pasillo, dirigiéndose a la habitación llena de luz.

—¡Tía! ¡Tía! —gritaba al avanzar hacia el comedor, donde se encontró con un cuadro de almanaque abrillantado con escarcha de plata: su tía estaba cenando con un militar a la luz de dos candelabros profusos de bujías.

Como si hubiese recibido un golpe en el pecho se quedó desanhelado en la puerta.

—Es mi sobrino —dijo Marta, sonrosada y sonriente.

Rubén no se atrevió a decir «vengo por ti», y sólo pronunció con turbación unas palabras que se cayeron solas.

—Esperaba encontrarte llorando.

—¡Ja, ja, ja! ¡Llorando! —exclamó alborozado el militar.

Rubén, avergonzado por aquella risa y loco por haber dicho algo tan ingenuo, salió corriendo hacia la escalera.

Marta se levantó presurosa y sólo alcanzó a decirle desde la balaustrada de la escalera:

—¡Rubén! ¡Rubén! Sube un momento.

Nunca olvidaría el niño aquel «sube un momento», que era la primera insinuación a la complicidad que oía en su vida.

La puerta se cerró en lo alto y Rubén tomó el taxi que le esperaba, y volvió a su casa.

No discutió consigo mismo lo que diría. Diría todo menos la verdad.

Ya en la otra escalera, distinguió el eco inocente de los suyos y el cuchicheo que cortaba las alas de porcelana de los platos. ¡Qué diferencia de risas!

Cuando tocó el timbre pensó, saliendo de su chucho, en lo diferente que había de ser su apoteosis a lo que le había helado en el marco de su tía.

—¿Vienes solo? —le preguntó el padre, aun siendo tan evidente el caso.

—Solo.

—¿Y tía Marta?

—No quiso venir.

—¿Cómo la dejaste?

—Bien... No se preocupen por ella.

Hubo un momento de silencio, difícil de levantar como una losa, pero don Gaspar levantó su copa y propuso:

—¡Alegría! Nosotros hemos hecho todo lo posible por hacerla volver.

Se quitó el cubierto de más, se removieron las sillas y durante un rato todos echaron paletadas de risa sobre la ausente, mezclándolas a las voces de los niños como argamasando ese cemento de tierra y flores que cubre a los muertos.

Sólo Rubén callaba y miraba silencioso y solemne el ojo en blanco del plato.

El padre le reconvino cariñosamente:

—Por mucho que quieras a tu tía, no merece que te amargues y nos amargues la noche. ¡Come y bebe!

Rubén no contestó. Veía doble aquella fiesta, como si hubiese bebido más de la cuenta, y ante su mirada aparecía en la cabecera de la mesa otra cabecera en que su tía y el militar se escondían entre la reja de las velas...

—¡Pero este niño! —dijo sarcásticamente el padre—. ¡Ya se consolará tu idolatrada tía!

Aquellas palabras provocaron la tragedia. Rubén tiró la servilleta con indignación de hombre y congestionado de pudor y rabia, salió gritando entre lágrimas:

—¡Yo no la idolatro! ¡Yo no la idolatro!

Y como apagando el fuego de su rostro, se tiró de bruces en su cama, hecho un mar de lágrimas.

Del libro *Cuentos de fin de año*.
Ed. Librería CLAN, 1947.

BENJAMÍN JARNÉS
(Codo, Zaragoza, 1888 - Madrid, 1949)

—— • ——

Película

LA SOGA

El gran rectángulo blanco es un símbolo: el del alma impoluta de la señorita Capuleto.

Surge ondulante, felina, serpiente que incita a la aventura, una soga de esparto. Se devana en los pies de un lecho virginal, repta por un pavimento ajedrezado, salta por un balcón, se hunde en el espacio.

Una pared de inmueble burgués. Baja la soga, rozando tres macetas de geranios, un botijo —está aquí indicada la hora y la estación: una noche de verano—, una jaula, con su canario dormido, un tiesto de albahaca, una cajita de cartón, donde ha de cantar el grillo... Y la acera.

La soga recorre una honesta trayectoria, un muestrario de vidas castas a punto de profanar. La soga no se detiene en apeaderos románticos. Ni siquiera en una palma, sujeta con cintas azules a un barrote de balcón. (¿Vive aquí una virgen? No; el canónigo Lorenzo.)

De pronto, asoman unas manos temblorosas, que se apoderan nerviosamente de la soga. Unas muñecas endebles, una americana gris, un hongo, un cuello de pajarita, un bigotito Charlot: Romeo.

EL OJO

Pierde su ondulación la soga. Queda tensa; de viajero, se convierte en camino, un áspero camino vertical, la patética ruta de los escalos.

Romeo se sujeta fuertemente a la soga. Rueda el hongo. El muro comienza a descender. Bajo la palma del canónigo, un anuncio —«Pedro Capuleto. Pompas Fúnebres»—, que da color «local» al escenario, la albahaca, los geranios... El muro tiene un feliz aspecto de viejo teñido. Se detiene en el balcón del tercer piso, donde aguarda la señorita Capuleto, que prepara un maletín y suspira.

Baja de nuevo el muro. Se desliza suavemente, a tiempo de abrirse en él un ojo semivelado por el párpado de un visillo. Un ojo enorme, punzante, que, lleno de celo por el honor del inmueble, vigila.

Se miran el ojo y la soga. La tentación y el juez. Torvo, hostil, el ojo. Voluptuosa, provocativa, la soga.

EL ESCALO

Romeo contempla el angosto camino que le separa de la amada, y sus manos, frenéticas, se agarran al camino. El esparto es hirsuto, hirviente. Romeo no conoce la técnica de los escalatorres. Vacila... Pero clava sus ojos en la altura, y, con brío, prosigue su dolorosa ascensión. Llega al entresuelo. Los pies, mal enlazados con la soga, buscan peldaños invisibles, echan a rodar un botijo, aplastan una mata de claveles, destruyen la poesía del muro, se hunden en una olla, hacen añicos la jaula... Jadea, no puede más; sus pies arañan, inútilmente, el muro. Ama, pero no sabe reptar. Sus manos están destrozadas, y apenas ha

llegado al segundo piso. Por último, previo un ademán de trágico desaliento, se deja caer, vencido.

LA TRAGEDIA

Primero, asoman unos primorosos zapatitos de charol;
después, unos finísimos tobillos; se ensanchan los tobillos, se
hinchen voluptuosamente, se reducen de línea; pasan por el
duro trance, por el huesudo escollo de las rodillas; vuelven a
henchirse, ahora con suavidad... Todo enfundado en seda clara.

Las piernas llegan a un punto máximo de fotogénica
sugerencia. Un poco de muselina, una fresca, una redonda grupa virginal... El esparto lucha con la seda. El cilicio, con la tierna piel. Brota una gota de sangre. El esparto, no cede; las piernas, tampoco. Siguen bajando... (Dura, espinosa, es la senda del
pecado. Esta sentencia —afortunadamente— no la recoge la
pantalla).

Pero el ojo se ensancha. Ha seguido el perfil de las piernas fugitivas. Algo terrible acontece al llegar al entresuelo: unas
manos peludas, unos brazos fornidos, se adelantan, se apoderan del delicioso volumen aventurero. El canónigo, paternal,
impetuoso, encierra en el piso a la señorita Capuleto. Forcejeos,
gritos, tumulto de sillas atropelladas. El canónigo es inflexible.
El balcón se cierra de golpe, y la soga continúa pendulando,
irónica, sarcástica.

Romeo contempla, abrumado, el contrarrapto. Patéticos gestos. Una moto. Frenética huida. Desfile —el obligado
desfile cinemático— de calles, de jardines, de parejas de bueyes, de viñedos, de colinas, de puentes colgantes, de arroyos,
de ovejas, de pastores... El paisaje se ha vuelto loco. La moto se
está quieta en el aire.

LA CONTRICIÓN

Desmayada en un sofá yace la señorita Capuleto. La protege la mirada bondadosa de Pío X. El canónigo desembaraza el pecho de la encantadora fugitiva, le aplica a la nariz un pomo de vinagre, la somete a un delicado zarandeo... Entra, colérico, el padre. Entra, desolada, la madre. Entran cinco hermanos en diversas actitudes. Y una doncella, el portero, ocho vecinos... Todos semidesnudos, azorados, estúpidos. El canónigo Lorenzo explica la película —que vuelve a reproducirse, para que la contemplen los vecinos—. Entra un policía, dos guardias. El canónigo la explica de nuevo. De pronto, la señorita Capuleto se incorpora, lanza un grito desgarrador y se arroja de bruces a los pies de su madre.

Gran escena del perdón. Los asistentes lloran. La fugitiva es alzada del duro pavimento. La abraza el padre, la abraza la madre, la abrazan sus cinco hermanos, el canónigo... Se adelanta a abrazarla el portero, los vecinos, pero un gesto severo del padre interrumpe el desfile. El resto de los concurrentes pasa, estrechando la mano de la joven.

EL GRILLO

De pronto, algo terrible. Dentro de su cajita de cartón, llena de agujeros, canta el grillo a la alborada. La señorita Capuleto, al oírlo, se yergue, corre, frenética, al balcón y se lanza al espacio.

Cae en brazos de un guardia civil, que la conduce a la comisaría, con el hongo olvidado de Romeo.

Del libro *Salón de estío*.
Ed. La Gaceta Literaria, 1930.

TOMÁS BORRÁS
(Madrid, 1891 - Madrid, 1976)

•

Cuando, por fortuna, se tienen «cosas»

No creo que encontréis nada de particular en que mi padre y mi madre tuvieran tres hijos, y si lo cuento es porque el número de hermanos figura en todas las biografías de hombres célebres. Olvidaos, pues, de Petra y de mí y atended a la gloria de la familia, al que tanto lustre ha dado a nuestro apellido, al resplandeciente e inmarcesible Anacleto.

Fue precoz. Recuerdo —le llevo diez años— que a los cuatro de edad tenía miedo por la noche. ¿De dormir solo? Eso no sería notable, les sucede a todos los niños, y Anacleto no ha cometido una vulgaridad en su vida. Tenía miedo de dormir acompañado. Como mis padres pasaban apuros, Anacleto y yo teníamos que dormir en la misma cama. Anacleto lloró por espacio de un mes.

—¡Mieo, mieo! —gritaba, señalándome.

Su miedo no cesó, después de bastantes pruebas para averiguar el origen, hasta que yo me fui a dormir al sofá y Anacleto se quedó a sus anchas. Desde los cuatro hasta los seis años, Anacleto no hizo nada de particular: hurtaba los dátiles y el queso de la despensa; jugaba a justicias y ladrones; no leía periódicos infantiles; procuraba comer con los dedos; despreciaba sus juguetes y suspiraba por los del vecino; les decía a los señores calvos que, sin pelo, estaban muy ridículos; ponía el pie debajo de una rueda cuando los automóviles iban a arrancar... En fin, hacía lo que todos los niños normales.

A los seis años se decidió su suerte.

—Lleva este telegrama, corriendo —le ordenó mi padre—. Ya sabes: donde hemos ido tantas veces, a Telégrafos. Lo entregas en la ventanilla y vuelves.

Eran las tres y media de la tarde cuando papá le entregó el telegrama. Anacleto volvió a las ocho, a cenar.

—¿Llevaste el telegrama?

Anacleto respondió modestamente:

—Se me ha olvidado.

Y devolvió el papelito. Mi padre tuvo tal disgusto que tuvieron que ponerle sinapismos. Perdió un buen negocio y se convenció, por propia experiencia, de que los recados importantes tiene que hacérselos uno mismo. Mi madre, por todo comentario, pronunció la frase que había de orientar y definir la vida de Anacleto:

—¡Qué cosas tiene este chico!

Nos mudamos de casa. En la mudanza intervinimos todos: mis padres se ocuparon de la sala, la alcoba y el comedor; mi hermana, de la ropa; yo, de los libros y objetos menudos. A Anacleto le correspondió la cocina. A los pocos instantes de entrar en faena se oyó un estrépito de catarata. Anacleto había dejado caer la vajilla, que se destrozó en su totalidad.

—Vete, hijo mío —le dijo, dándole un beso, mi bondadosa madre—. Esto no es para ti.

Y Anacleto se fue a pasear mientras nosotros sudábamos el quilo.

Ya no se le pudo enviar a encargos, ni se le encomendaba menester alguno.

—No mandéis a Anacleto, que se le olvida; que vaya Tomás. Anacleto no entiende de eso; que lo haga Petra.

Anacleto nos miraba trabajar, sintiéndose quizá íntimamente infeliz por no poder ayudarnos. En la escuela tuvo siempre sobresaliente en comportamiento; pero nadie logró nunca que aprendiese absolutamente nada.

—Se está quietecito en su banco, no rechista y hasta se duerme —le contaba el maestro a mis padres—; pero ni se fija, ni quiere molestarse en estudiar.

—¡Tiene unas cosas este chico!

Se corrió por la ciudad —una ciudad provinciana, modesta y sencilla como un traje de señora confeccionado en casa— que Anacleto tenía «cosas». Y las tenía, sí.

Al ver a un grupo de muchachas en la confitería, entraba a devorar media docena de hojaldres.

—Estas chicas me convidan —le decía al del mostrador, relamiéndose.

Y se iba. Las muchachas se reían y pagaban.

—¡Pero qué «golpes» tiene este Anacleto!

Era simpático, guapo, guasón, dicharachero, mariposeador. Tocaba el piano de oído, hacía juegos de manos, contaba chismes; su especialidad era hablar mal de todo el mundo, pero se lo perdonaban con indulgencia.

—¿Quién hace caso? Son cosas de Anacleto.

Anacleto ya tenía veinte años. Desde que mi madre descubrió sus «cosas», Anacleto se había criado muy delicadito. En realidad, no se sabía qué enfermedad minaba su existencia. Él alegaba ciertos síntomas y los médicos no podían comprobarlos.

—Estoy escalofriado —decía en invierno.

Unos íbamos por mantas y le metíamos en la cama calentada con botellas, mientras otros le preparaban un ponche.

—Estoy como febril —decía en verano.

A correr en busca de refrescos, mientras le aplicaban compresas de hielo en la frente y le abanicábamos el sudor.

—¿No sabéis que esto me hace daño? —gritaba rechazando el cocido.

Se le substituía el cocido por alimentos ligeros: sesitos, angulas, coles de Bruselas, flan.

—Que nadie haga ruido, que me duele la cabeza —pedía con voz suplicante si se había acostado a las seis de la mañana.

Y todos andábamos de puntillas. Éstas eran las dolencias de Anacleto, nada graves por fortuna.

Frecuentaba las mejores casas, se le rifaban en todas ellas. Esto originó un gasto extraordinario en la familia: el guardarropa de Anacleto. Mi hermana, que terminaba la carrera de maestra, era humilde por temperamento y de presencia insignificante; yo ganaba un sueldecito en *El Eco del Comercio* y como no iba a parte alguna, no me preocupaba de la indumentaria. En cambio, ¿cómo abandonar a Anacleto a la crítica de las personas empingorotadas? ¿Cómo permitir que hiciera mal papel? Anacleto se vestía en Londres —en una sastrería por correspondencia— y lucía, siempre a la última, aquella su distinción y finura que nos embobaba a todos. Y no se olvide que, por su delicado estado de salud, necesitaba ciertas prendas especiales: gabán de pieles, trajes de hilo para la canícula, equipo de alpinista, etc., etc. Cuando Petrita y yo, ella con los tacones «distraídos» y yo con el traje de treinta reflejos a fuerza de roce, veíamos pasar a nuestro hermano, magnífico como un lord, entre gente opulenta, sonreíamos satisfechos.

—¡Yo no sé lo que tiene Anacleto, pero tiene algo! —decía Petrita.

Sí: tenía «cosas». Todos lo reconocían, aun los descontentos, que nunca faltan. ¿Hacía una gracia? Se difundía, se celebraba: —¡Cosas de Anacleto!

Un día llevó a nuestro hogar una de sus «cosas». Una cosa que probablemente diría antes del año «papá y mamá».

El escándalo no estalló en la ciudad, como había ocurrido en circunstancias semejantes con seres del montón. Se trataba de Anacleto y a nadie se le ocurría tomarlo por la tremenda. Únicamente empezó a correr el rumor de que Anacleto se casaba con su colaboradora.

—¡Pero cómo se va a casar, con la cabeza que tiene! —decía mi padre.

—¡Cómo va a contraer obligaciones ese chico, acostumbrado a que velen por él! —alegaba mi madre.

PETRITA.—Anacleto no sabría qué hacer con una familia.

YO.—Anacleto no sabe ganar una peseta.

LOS PADRES DE ELLA.—Anacleto no ha nacido para marido. La vida de casado no le va.

ELLA.—Bueno está lo bueno; pero tanto como casarme...

Y todos, maravillosamente de acuerdo, se resignaron.

A los pocos meses ocurrió un incidente que no he podido sino entrever. El director de un Banco le dijo a mi padre no sé qué cosas, en relación con una letra firmada por Anacleto.

—No he querido denunciarle —parece que dijo el banquero— porque las cosas de Anacleto hay que tomarlas como son.

—Ha hecho usted bien. Yo lo pagaré —respondió mi padre.

Y abrumó con este sermón a Anacleto:

—Hombre, no hagas esas cosas...

Estábamos convencidos de que Anacleto era «como Dios le hizo». Y ahora tengo que confesarme de una mala pasión: la envidia. Empecé a envidiar a Anacleto con toda mi alma.

—Puesto que Anacleto «tiene bula» —me dije a mí mismo— voy a ver si logro con sus procedimientos los mismos resultados.

A la primera salida de tono, me cerró el paso mi padre:

—Tomás; no esperaba eso de ti. No creo que tú vayas a hacer las cosas que hace tu hermano... Él es así y hay que dejarle. ¡Pero tú...!

Lo mismo me repetían todos. Bebía como Anacleto y me lo reprochaban:

—Hombre, tú...

Exigía en casa una corbata bonita, los mazos del golf o un encendedor automático:

—Por Dios; eso, Anacleto... ¡pero tú...!

Acudía a una tertulia a hacer el ganso:

—A usted no le va eso, Tomás; usted es de otra manera...

Me resigné a los pantalones con rodilleras, a la vida monótona y a *El Eco del Comercio*.

Mi hermano seguía progresando: bailaba divinamente, conocía la vida y milagros de todas las estrellas del cine, era chispeante, ameno; dirigía las funciones de aficionados; fundó un club; hasta sacó una moda: la moda del pañuelo aprisionado en la pulsera del reloj. La fama de sus actividades cuajó en una frase:

—¡Anacleto es un artista!

Sí. Sus extravagancias, sus originalidades, sus rasgos de independencia, su superioridad, sus ideas, su conducta, sus «cosas», eran manifestaciones de un temperamento superior a lo vulgar. Anacleto era un artista. ¿Para qué arte estaba dotado? Por espacio de un año la ciudad estuvo pendiente del genio de Anacleto. Ciudad sin hombres célebres, en ninguna plaza se levantaba en un pedestal un señor de levita anunciando que en el pueblo aquél había caído una partícula de gloria. Anacleto daría a la ciudad el lustre, el renombre, la fama suficientes para justificar una «primera piedra».

Al año nos dimos cuenta de que Anacleto era demasiado grande para que su genio se amoldara a los estrechos límites de una especialidad. Bailaba, declamaba, interpretaba *fox* y chotis, era prestidigitador, componía jeroglíficos y charadas, pero todo ello con la libertad del pájaro, con la espontaneidad del verdadero artista que no se somete a odiosos principios fijos ni vende su inspiración por un puñado de miserables monedas. Por entonces dijo Anacleto una de sus mejores «cosas».

—Yo no quiero ser en la vida más que espectador.

Fallecieron mis padres: cada uno en su lecho de muerte, nos hizo a Petrita y a mí la misma recomendación.

—Cuidad de Anacleto.

—Proteged a Anacleto.

Al dividir el modesto caudal surgieron algunas dificultades difíciles de resolver. Había que tomar determinaciones importantes y le pedimos opinión a Anacleto.

—Ya sabéis que yo no quiero líos ni compromisos. Además, no entiendo nada de nada. Haced lo que queráis. A mí me adelantáis mi parte, y luego resolvéis vosotros. Yo me acomodé siempre a todo y tengo por principio fijo no estorbar.

Era cierto. Nunca había pedido cuentas, ni se preocupó de la procedencia del dinero, ni se inmiscuía en cuestión alguna. Anacleto era generoso. Le entregamos su parte y sostuvimos Petra y yo el pleito que se comió la nuestra. Anacleto jamás aludió a ello, manifestando así su desprendimiento habitual.

Cuando se gastó la hijuela, Anacleto vino a vivir a la pobre casa donde Petra y yo luchábamos con la vida y con cincuenta niños. (Petra había puesto un colegio.) Los niños disgustaban a Anacleto. En verdad, eran revoltosos y chillaban mucho. Anacleto se quejó amargamente. En la discusión Petra y yo derramamos abundantes lágrimas por tener que hacer la infelicidad de Anacleto. ¿Cómo resolver el conflicto? Anacleto, con gran energía nos puso en este dilema: o el colegio, o yo. Entonces —quizá por inspiración divina— me acordé del señor Papin.

—Prepara las maletas de Anacleto —ordené a Petra.

Anacleto y yo tomamos el tren y llegamos a un puerto de mar. Atracado al muelle había un barco.

—Dionisio Papin —le dije a Anacleto señalándole el trasatlántico— estaba un día viendo cocer una olla y notó que el vapor de agua levantaba la tapadera. Aplicó esa fuerza a una máquina y, por sucesivos perfeccionamientos, ha resultado esto. Papin da la solución al problema planteado entre nosotros y tú.

Le entregué el pasaje y algún dinero. Anacleto embarcó para América y yo volví a casa. Petra salió a recibirme. Comprendimos los dos que no volveríamos a ver a Anacleto y nos echamos el uno en brazos del otro, con el corazón desgarrado.

Del libro *Casi verdad, casi mentira.*
Ed. Araluce, 1935.

JACINTO MIQUELARENA
(Bilbao, 1891 - París, 1962)

—— • ——

La viuda de los Meyer
(Una historia de amor)

El bar de un hotel de la avenida de los Campos Elíseos, en París. Se puede elegir entre el Claridge y el Carlton. Margarita de Bellanger, maravillosamente distinguida, dialoga con el escritor Antonio Falk. Los dos, en la barra. El *barman* les prepara una mezcla.

En aquel momento entra una dama rubia, vestida de negro, hermosísima. Esta dama hermosísima sonríe a Falk. Falk inclina la cabeza, ceremoniosamente.

MARGARITA DE BELLANGER.—¿Quién es?

ANTONIO FALK.—La viuda de los Meyer. ¿No ha oído usted hablar de los gemelos Meyer?

MARGARITA.—No recuerdo. ¿Se trata de una marca de prismáticos?

ANTONIO.—Una marca... de mellizos. Los Meyer eran los mellizos más definitivamente iguales de que se tiene noticia. Esa dama era su mujer.

MARGARITA.—¿De los dos?

ANTONIO.—Primero se enamoró de uno solamente...

(La viuda de los Meyer se sienta; esparce en torno suyo una mirada indiferente; pide un oporto; enciende un cigarrillo y abre un libro. El libro se titula Pero el corazón no muere nunca *y no es un libro de Antonio Falk. La viuda de los Meyer lee.)*

MARGARITA.—Antonio, usted debe contarme la historia de los Meyer. Me imagino que tiene que ser una cosa divertida.

ANTONIO.—Es una cosa trágica, en efecto. Yo era el mejor amigo de los dos.

MARGARITA.—¿Y de ella?

ANTONIO.—Luego, naturalmente, fui el mejor amigo de ella también. No sonría usted.

MARGARITA.—Sonrío porque el mejor amigo en estos casos, según todos ustedes, los autores, acaba siendo el peor siempre.

ANTONIO.—En un caso *de tres,* es posible; pero no olvide usted que nuestro caso era un caso *de cuatro.* No me interrumpa usted, Margarita.

(Margarita se coloca un dedo sobre la boca como promesa de silencio. Este gesto le recuerda la barra de carmín y Margarita procede a encenderse los labios con su tubo de guinda.)

MARGARITA.—No le interrumpiré a usted de nuevo hasta que mi curiosidad lo considere imprescindible. Hable.

ANTONIO.—Los mellizos Meyer se educaron en un colegio de Burdeos. En aquel colegio los conocí yo. Eran científicamente iguales. Rubios. La misma voz. El mismo cuerpo. El mismo andar. No llegó a distinguirlos nadie. Nadie supo nunca quién era Roberto y quién era Eduardo. Los dos se sabían la lección o los dos no se la sabían. Juntos en todo momento. Y un poco melancólicos siempre...

MARGARITA.—Perdón; mi curiosidad considera imprescindible saber si eran agradables. Dice usted que eran rubios. No es bastante.

ANTONIO.—Eran agradables. Correctísimos. Buenas figuras. Mucho más altos y mucho más fuertes de lo que son de ordinario esta clase de *repetidos.* Capaces de gustar. Preparados para figurar en la lista de los que tienen que esconderse en los armarios cuando llega, inesperadamente, el cazador... Eran agradables, Margarita.

(*La viuda de los Meyer esparce otra mirada por el bar, y su mirada encuentra en la excursión algunas inclinaciones de cabeza. Pero la viuda de los Meyer, indiferente, sigue leyendo.*)

ANTONIO.—El padre de los mellizos era un propietario rico de la Gironde. Mucho viñedo. Yo pasé unas vacaciones de Navidad en su casa. Recuerdo que las cepas, desnudas, me hicieron pensar en un inmenso rebaño de ciervos enterrado de pie, con las arboladuras fuera.

MARGARITA.—Usted pensaba, sin saberlo, en un colosal cementerio de *cazadores.*

ANTONIO.—Entonces, Margarita, yo no pensaba más que en la literatura sana.

MARGARITA.—¡Qué pena!

ANTONIO.—Roberto y Eduardo tuvieron veinte años. Enamoradizos. Hacían frecuentes viajes a París, donde me visitaban siempre. Y un día dejaron de ser gemelos. Eduardo se había dejado la barba. Una barba rubia, amplia, bíblica, de habitante de Oberammergan. Eduardo parecía el padre de Roberto. Habían puesto veinte años de distancia entre los dos. Este sacrificio se hizo por sorteo. La barba le había tocado a Eduardo.

MARGARITA.—¿Y por qué razón tenía que sacrificarse uno de ellos?

ANTONIO.—Porque sentían, los dos, el temor de enamorarse de la misma mujer. Llegado el caso, estaban seguros de sí mismos; seguros de la energía y de la nobleza de cualquiera de ellos para resistir. Pero no podían tener la misma confianza en *ella.* La barba podía ser una garantía y una trinchera. Antes de la barba, no se le hubiera podido exigir a una mujer, humanamente, que no amase a los dos, puesto que los dos eran uno; uno que se llamaba Eduardo a veces, y a veces Roberto. Después de la barba, sí...

MARGARITA.—Todo esto se lo dijeron a usted.

ANTONIO.—Me confiaron su secreto.

MARGARITA.—Y usted, ¿qué pensaba?

ANTONIO.—Yo pensaba que hacían bien.

MARGARITA.—¿Entonces también era usted un inexperto?

ANTONIO.—También. *(Pausa.)* Voy creyendo que usted conoce la historia de los Meyer.

MARGARITA.—No necesita usted creer sino que me la estoy imaginando. ¿Cuál de los dos no tenía barba?

ANTONIO.—Roberto.

MARGARITA.—Pues Roberto se casó con esa señora enlutada.

ANTONIO.—Entonces no era una dama de luto. Ni entonces era rubia.

MARGARITA.—Entonces era una muchacha encantadora. Roberto fue feliz muy poco tiempo.

ANTONIO.—Dos años.

MARGARITA.—Roberto fue feliz mucho tiempo: dos años. Y mientras tanto, Eduardo, con su hermosa barba, se entristecía. Los tres vivían juntos.

ANTONIO.—Exacto. Eduardo viajaba. Trataba de olvidar, de aplastar aquella pasión infame que le había nacido. Y no era posible. Había algo más terrible que el amor suyo por la mujer de su hermano; y era el amor de la mujer de su hermano por él.

MARGARITA.—Ella se había enamorado de la barba. ¡Es fatal!

ANTONIO.—Un día, Eduardo le dijo a Roberto: «Es necesario que hagamos los dos, solos los dos, un largo viaje. Es necesario que cuando regresemos tú puedas ofrecer a tu mujer una hermosa barba. Yo me afeitaré...». Roberto había comprendido y abrazó a su hermano. ¡Qué corazón! Marcharon a Egipto. Cuando desembarcaron en Marsella, de regreso, Eduardo aconsejó a Roberto que tomara el primer tren de París: «Vete a casa —le dijo—. Yo me quedaré aquí algún tiempo todavía. ¡Qué sorpresa para ella!». Roberto y su hermosa barba nueva llegaron. Ella dijo: «¡Oh!». Y él murmuró: «Te amo. Mi hermano tardará todavía algunos días en regresar». Ella exclamó entonces: «Yo también te amo, Eduardo. Es a ti, a ti, a quien he amado siempre». Y se echó en sus brazos. Roberto se pegó un tiro. Como un eco, sonaba en Marsella otro balazo. En el mismo instante. Eduardo había muerto también. Él acababa de afeitarse y de mirarse al espejo. No pudo resistir el dolor de su desgracia.

MARGARITA.—Esa muerte repetida es lo que yo no hubiera imaginado nunca. No cabe duda que los gemelos Meyer eran demasiado inexpertos. La mayor garantía conyugal para cualquiera de ellos consistía en que el otro hubiese seguido siendo su gemelo siempre. Con barba o sin barba. Pero los dos. Los dos iguales.

ANTONIO.—Usted, Margarita, hubiese sido feliz con los Meyer. Porque usted, a fuerza de experiencia, les hubiera aconsejado bien.

MARGARITA.—No hablemos de mí, Antonio. Yo soy quizá un poco complicada. Yo, a lo mejor, hubiese sentido la atracción de la esposa *a la americana.*

ANTONIO.—¿Y eso qué es?

MARGARITA.—¿No frecuenta usted el Velódromo de invierno? Muy interesante. Vaya usted. Y observe usted las carreras a la americana. Dos ciclistas exactamente iguales: el mismo *maillot,* el mismo aspecto, el mismo ideal y la misma energía. Se reparten el esfuerzo y el entusiasmo. Pero sólo uno, cada vez, está sobre la pista.

ANTONIO.—Ya sabe usted que los Meyer no aspiraban a formar un equipo de relevos.

MARGARITA.—Los Meyer no tenían solución.

(*La dama enlutada esparce por el bar su tercera mirada indiferente. Pero esta vez su mirada tropieza con la mirada de un caballero que acaba de llegar y que se ha sentado enfrente de ella. Un caballero con una hermosa barba rubia y un periódico. La mi-*

rada de la viuda de los Meyer brinca un poco. Ella cierra su libro,
cruza sus piernas y enciende un cigarrillo. Él dobla su diario y se
lo guarda. Sonrisas.)*

ANTONIO.—¿Nos vamos?

MARGARITA.—Nos vamos.

*(Cuando Margarita de Bellanger y Antonio Falk pasan
por delante de la viuda de los Meyer, Antonio Falk se inclina ceremoniosamente.)*

ANTONIO.—Es necesario, Margarita, que me diga usted hoy mismo todo lo que puedo esperar de su corazón.

MARGARITA.—¿Hoy mismo?

ANTONIO.—Hoy mismo. El tiempo pasa. Yo quiero
saber hoy mismo si mañana aceptará usted una copa de oporto
en mi casa. ¿Aceptará usted?

MARGARITA.—¡Y si yo le dijera a usted que no me gusta el oporto...!

ANTONIO.—Entonces mañana mismo empezaría a dejarme la barba.

MARGARITA *(rápidamente)*.—Me gusta el oporto.

Del libro *Veintitrés*.
Ed. Espasa Calpe, 1931.

ARTURO BAREA

(Badajoz 1897 - Londres 1957)

— • —

El testamento

La casa de mi tío Anselmo estaba en la cima de un cerro batido por todos los vientos, y esquinaba con la iglesia, frente a frente a la vieja casa señorial. Eran los tres únicos edificios que había en la placita amurallada que en tiempos fue patio de armas del castillo. La casa era baja, de un piso, lisa y vieja, con muros ciclópeos, huraña y sombría como un desafío a la iglesia y al palacio, a la torre alegre y airosa y al escudo esculpido sobre el ancho y severo portalón. Los grandes clavos de cobre embutidos en la maciza puerta de encina brillaban como oro rojizo y la cerradura de hierro forjado chispeaba como plata pulida, en un guiño burlón hacia las losas de piedra carcomida de la silenciosa plaza, entre cuyas grietas brotaba la hierba.

Mi tía Gloria me abrió y me condujo a lo largo de un pasillo oscuro y húmedo hasta una puerta cerrada. Golpeó con los nudillos:

—¡Ave María Purísima!

—Sin pecado concebida. ¡Adelante!

Entré y avancé, pisando blandamente sobre pellejos de cordero, hacia una sombra que se movía entre las sombras.

—Siéntate. No te asustes, que no te voy a comer.

La voz era cascada y chillona. Me senté en el borde de una silla, sintiendo sobre mí una mirada escrutadora y forzándome a sostenerla cara a cara. Veía un viejo gorro de seda negra con una borla verde, una negra americana con manguitos negros de algodón hasta los codos, y contra este fondo negro dos manos largas, pálidas y frías, y una cara larga, blancuzca y oval, como un huevo.

—Parece que tú eres el menos estúpido de la familia. Yo no he tenido hijos.

Ahora se iban detallando las grises cejas espesas, el bigote blanco teñido de tabaco, los ojillos castaños y la nariz afilada que caía en curva buscando reunirse con el mentón agudo.

—He oído que te gustan los libros.

—Sí, mucho.

—Se dice: «Sí, señor» —se frotó las manos—. Bien, bien. Yo tengo muchos libros aquí; buenos libros. Voy a hacerte un regalo.

Se levantó y rebuscó entre los innumerables volúmenes alineados a lo largo de las paredes desde el suelo hasta el techo. Visto de espaldas, con su chaqueta de alpaca negra colgando de los hombros anchos y huesudos, sus piernas flacas y largas flotando dentro del trasero de los negros pantalones de lanilla, parecía inmensamente viejo y poderoso. Por encima del cuello de la americana desbordaban unos tufos rizosos de pelo blanco. Parecían afirmar esta fuerza bárbara y aún viva, oculta bajo la ropa toda negra.

—Toma éstos —me dio tres libros viejos, despidiéndose de ellos con una mirada doliente.

—Muchas gracias, tío.

—Nada de gracias. Te los doy porque esta gente no sabe leer... ¿Estás asustado de mí, no? ¿Qué te han contado del tío Anselmo?

—Nada, tío.

—Nada, ¿eh? ¡Como si no supiera quiénes son los míos! —se frotaba las manos una contra otra, suavemente, sin cesar—. ¿Tú sabes que yo una vez fui un gran abogado en Ma-

drid? Después me hicieron juez. Al final me convertí en notario. Primero salvé a muchos granujas de que les ahorcaran; después ahorqué a muchos granujas; al fin me ganaba la vida haciendo testamentos. Un testamento es la última granujada que
un hombre comete en este mundo, pero las leyes son como el
Credo, ayudan a la gente a morir a gusto. Para algunos he sido
un buen abogado porque salvaba granujas de la horca, un buen
juez porque les hacía ahorcar y un buen notario porque evitaba
pleitos. Para otros era malo por las mismas razones. Apréndete
esta lección: si das limosnas, unos dirán que eres caritativo,
otros que sostienes borrachos. ¡Qué importa! Cuando me cansé
de tanta estupidez me encerré aquí con mis libros a vivir en paz
y gracia de Dios. ¿Has leído el *Quijote*? ¡No importa! ¿Qué te
han contado de mí?

—Nada, tío.

—No lo creo. ¿No te han dicho que si no fuera por mí
serías rico y noble?

Vino a mi memoria un recuerdo lejano:

—Hace años, cuando el centenario de la guerra de la
Independencia, mi madre nos contó una noche que la familia
de padre había sido noble y rica y que usted tenía los documentos que lo probaban. Y que cuando Napoleón entró en España la familia quedó pobre.

Atravesó la sala chancleando en sus zapatillas de alfombra verde hasta alcanzar un viejo bargueño de pulidos herrajes. Sacó de allí un grueso rollo de papeles:

—Sí. Aquí está la riqueza. Mira estos papeles para
que puedas decir que has tenido el señorío una vez en tus
manos.

Me fue enseñando títulos de propiedad, cuentas de la
vieja dehesa, recibos de diezmos, vales del ejército de Napoleón, salvoconductos y pasaportes —tal vez de mi tatarabue-
lo—, cartas en francés y en español con la tinta ya gris y los sellos de lacre roídos. Después de leerme un gran número de

párrafos confusos paró de repente, ató una cinta negra como su ropa alrededor del legajo y lo volvió a encerrar en el bargueño.

—Ahora vamos a comer —dijo.

La comida fue un ritual solemne. Mi tío se enderezó en su sillón frailuno, una figura enjuta, trazó una cruz en el aire y pronunció una Benedícite con voz agresiva. Comía con pulcritud exquisita, cazando la más diminuta miga de pan que cayera en el blanco mantel, y separando la más insignificante fibra de carne de los huesos con una destreza minuciosa. Después de la comida sacó del bolsillo una moneda de cobre brillante:

—El gobierno debería obligar a cada uno que recibe una moneda a limpiarla hasta que brillara como nueva. Tal como el dinero es, sólo llevamos mierda en los bolsillos. Las monedas se ponen negras porque las manos por las que pasan están sucias. ¿O las ensucia el dinero? Qué importa, yo no voy a cambiar el mundo más que en lo que de mí dependa.

—Papá, no te excites —dijo su hija.

—No me excito. Le he estado contando al chico que un testamento es la última granujada que la gente comete en este mundo. He hecho el mío y por una vez será un testamento honrado. Vente conmigo al despacho, chico. ¿Fumas? ¿No? Mentira. Tienes los dedos sucios de nicotina. Líate un pitillo, muchacho...

—Oh, sí, el señorío —continuó—. Ser amo y señor. Tener siervos, seres de una raza inferior. En su iglesia, tus antepasados tenían sillas de nogal a ambos lados del altar mayor; sillas forradas de terciopelo y con su escudo de armas tallado. Nombraban al capellán y éste componía sermones en su honor. No eran malos, no. Daban pan y casa a todos los que les servían. Sólo aquellos que no querían servir... Bien, se les echaba a latigazos. ¡Qué importa! Un día los soldados de Napoleón vinieron y echaron de allí a los señores. Los siervos se quedaron atrás defendiendo las tierras, las tierras de los señores, con sus fusiles y sus cuerpos. A los señores les dieron pasaportes y llegaron aquí como mendigos, sin más riquezas que este atado de papeles. Tuvieron que trabajar. Tu bisabuelo fue zapatero de viejo, uno de sus hermanos, sastre; tu abuelo hacía carros. Pero todos se decían unos a otros y de padre a hijo: «Somos los señores del Valle de Arán, y cuando todas las guerras hayan terminado, presentaremos nuestros documentos y haremos valer nuestros derechos. Nos devolverán nuestras tierras y nuestro señorío...». Se iban muriendo y los papeles se iban pasando de mano en mano, hasta que llegaron aquí con mi viejo *Quijote*. ¿Te gustaría ser el señor y amo de tierras y siervos?

—No sé, tío. De todas maneras, aquello ya pasó. Ya no hay señores.

—¿Conque se acabó, eh? Mira enfrente, al palacio de los «señores» del pueblo. ¿Ya no hay señores? Oh, el pueblo es rico y los señores son buena gente. Su puerta está abierta para el que necesite ayuda. El pueblo es feliz. ¿Pero tú sabes por lo que tiene que pasar el pueblo para ser feliz? ¿Lo sabes, sobrino?

—No, señor.

—Tiene que retorcérseles primero el alma de dolor, tiene la sequía que quemar sus tierras, tiene que estar muriendo uno de los suyos, tiene que agobiarlos el usurero. Sólo entonces puede un hombre empuñar el aldabón de esa puerta y arquear su espinazo y mendigar: «Señor, por el amor de Dios, sálveme». Entonces el señor llama a la esposa y celebran consejo muy serios: «Es un buen hombre, va a misa, no bebe, no fuma. Sería una vergüenza no hacerlo. Debemos ayudarle». Y le dan treinta dineros de plata... Yo podía haber sido el señor del Valle de Arán. Tu abuelo y el hermano de tu abuelo murieron y yo era el que quedaba en línea recta. Hace diez años que podía ser el señor del Valle de Arán. Es un valle hermoso entre montañas... Señor, líbranos de la tentación... No. No. Por veinte años he mantenido esta batalla...

Colocó sobre la mesa un viejo *Don Quijote,* lo hojeó, lo cerró, y después rezó en voz alta:

—«En un lugar de la Mancha, de cuyo nombre no quiero acordarme, no ha mucho tiempo que vivía un hidalgo de los de lanza en astillero, adarga antigua, rocín flaco y galgo corredor. Una olla de algo más vaca que carnero, salpicón las más noches, duelos y quebrantos los sábados, lentejas los viernes, algún palomino de añadidura los domingos, consumían las tres partes de su hacienda. El resto de ella concluían sayo de velarte, calzas de velludo para las fiestas con sus partufles de lo mismo, y los días de entre semana se honraba con su vellorí de lo más fino...»

Su voz cascada hizo sonar las viejas palabras de Cervantes como si las fuera arrancando de sus propias entrañas, como si él mismo estuviera dando forma a su propia figura. Se apartó del libro:

—No, no más señores —me miró de frente entre los ojos, y dijo—: Ésta es una lección. Hay sólo un camino para ganar la gloria de Dios; y este camino es ser un hombre. No, sobrino, no. No tendrás esta herencia, menos aún que los otros, que la desean más que tú. Porque es necesario que entre los pobres haya hombres inteligentes. Y ahora déjame. Voy a dormir mi siesta. No duermo mucho por las noches.

*

Mi tío abuelo Anselmo murió doce años después, en 1925. Todos los parientes fuimos a enterrar su cuerpo, que no era más que un puñado de grandes huesos dentro de un traje negro. Después nos reunimos a oír su última voluntad y su testamento en la sala de la casa, con sus paredes colgadas de viejo brocado, su suelo de losas cubierto con gruesa estera de esparto bajo las negras vigas cruzadas.

«... La casa, la tierra, las higueras, la viña, los muebles y el dinero dejo a mi hija Gloria...»

—Ahora sigue un párrafo —dijo el notario, limpiando el sudor de su frente— que..., bueno, señores, siento decirlo, pero el difunto era un hombre de ideas un poco raras:

«Es mi voluntad que mi sobrino nieto Arturo escoja una docena de libros, los que más le gusten. Después, todos mis libros y papeles, incluyendo los que están en el bargueño, deben quemarse. En el bargueño están los títulos de propiedad del antiguo señorío de mi familia. Es mi voluntad que nadie los lea, ni menos aún los use. Esto es lo que manda mi conciencia. Con ello abro a mis herederos el camino hacia Dios y hacia los hombres. Cuando mis antecesores vinieron aquí y empezaron a trabajar en oficios humildes, aprendieron el valor de un trozo de pan y el de la amistad. Cuando dieron una limosna sacrificaron lo que habían ganado con su propio esfuerzo. Cuando veían injusticias, se rebelaban. Cuando dejaron de ser nobles, se convirtieron en hombres. Es mi voluntad que sigan siendo hombres.»

—Señores, ésta es la parte más importante del testamento del difunto —dijo el notario—. Me interrumpo para decirles lo que ustedes ya conocen, desde luego: aun antes de que este testamento fuera hecho, los títulos de propiedad de las tierras perdidas en la guerra de la Independencia habían caducado. Para ser exactos, estos papeles perdieron su validez en 1908. Y ahora continúo...

Conforme a su deseo, quemamos los papeles y los libros del viejo hidalgo en el corral de su casa.

(1942). Del libro *El centro de la pista.*
Ed. Diputación de Badajoz, 1988.

JOSÉ DÍAZ FERNÁNDEZ
(Aldea del Obispo, Salamanca, 1898 -Londres, 1957)

— • —

Reo de muerte

Cuando llegamos a la nueva posición, los cazadores estaban ya formados fuera de la alambrada, con sus gorros descoloridos y sus macutos flácidos. Mientras los oficiales formalizaban el relevo, la guarnición saliente se burlaba de nosotros:

—Buen veraneo vais a pasar.

—Esos de abajo no tiran confites.

—¿Cuántos parapetos os quedan, pobrecitos?

Pedro Núñez no hacía más que farfullar:

—¡Idiotas! ¡Marranos!

La tropa saliente se puso en marcha poco después. Una voz gritó:

—¿Y el perro? Les dejamos el perro.

Pero a aquella voz ninguno le hizo caso, porque todos iban sumidos en la alegría del relevo. Allá abajo, en la plaza, les esperaban las buenas cantinas, los colchones de paja y las mujeres vestidas de color. Un relevo en campaña es algo así como la calle tras una difícil enfermedad. La cuerda de soldados, floja y trémula, desapareció pronto por el barranco vecino.

En efecto, el perro quedaba con nosotros. Vio desde la puerta del barracón cómo marchaban sus compañeros de muchos meses, y después, sin gran prisa, vino hacia mí con el saludo de su cola. Era un perro flaco, larguirucho, antipático.

Pero tenía los ojos humanos y benévolos. No sé quién dijo al verlo:

—Parece un cazador, de esos que acaban de irse.

No volvimos a ocuparnos de él. Cada uno se dedicó a buscar sitio en el barracón. Pronto quedó en él un zócalo de mantas y mochilas. A la hora del rancho el perro se puso también en la fila, como un soldado más. Le vio el teniente y se enfadó:

—¿También tú quieres? ¡A la cocina! ¡Hala! ¡Largo!

Pero Ojeda, un soldado extremeño, partió con él su potaje. Aquella misma noche me tocó servicio de parapeto y vi cómo el perro, incansable, recorría el recinto, parándose al pie de las aspilleras para consultar el silencio del campo. De vez en cuando, un lucero, caído en la concavidad de la aspillera, se le posaba en el lomo, como un insecto. Los soldados del servicio de descubierta me contaron que al otro día, de madrugada, mientras el cabo los formaba, el perro se adelantó y reconoció, ligero, cañadas y lomas. Y así todos los días. El perro era el voluntario de todos los servicios peligrosos. Una mañana, cuando iba a salir el convoy de aguada, se puso a ladrar desaforadamente alrededor de un islote de gaba. Se oyó un disparo y vimos regresar al perro con una pata chorreando sangre. Le habían herido los moros. Logramos capturar a uno con el fusil humeante todavía.

El practicante le curó y Ojeda le llevó a su sitio y se convirtió en su enfermero. El lance entusiasmó a los soldados, que desfilaban ante el perro y comentaban su hazaña con orgullo. Algunos le acariciaban, y el perro les lamía la mano. Sólo para el teniente, que también se acercó a él, tuvo un gruñido de malhumor.

Recuerdo que Pedro Núñez comentó entonces:

—En mi vida he visto un perro más inteligente.

¿Recordáis, camaradas, al teniente Compañón? Se pasaba el día en su cama de campaña haciendo solitarios. De vez en cuando salía al recinto y se dedicaba a observar, con los prismáticos, las cabilas vecinas. Su deporte favorito era destrozarles el ganado a los moros. Veía una vaca o un pollino a menos de mil metros y pedía un fusil. Solía estudiar bien el tiro.

—Alza cuatro. No, no. Lo menos está a quinientos metros.

Disparaba y a toda prisa recurría a los gemelos. Si hacía blanco, se entregaba a una alegría feroz. Le hacía gracia la desolación de los cabileños ante la res muerta. A veces, hasta oíamos los gritos de los moros rayando el cristal de la tarde. Después, el teniente Compañón murmuraba:

—Ya tenemos verbena para esta noche.

Y aquella noche, invariablemente, atacaban los moros. Pero era preferible, porque así desalojaba su malhumor. El teniente padecía una otitis crónica que le impedía dormir. Cuando el recinto aparecía sembrado de algodones, toda la sección se echaba a temblar, porque los arrestos se multiplicaban:

—¿Por qué no han barrido esto, cabo Núñez? Tres convoyes de castigo... ¿Qué mira usted? ¡Seis convoyes! ¡Seis!

No era extraño que los soldados le buscasen víctimas, como hacen algunas tribus para calmar la furia de los dioses. Pero a los dos meses de estar allí no se veía ser viviente. Era espantoso tender la visita por el campo muerto, cocido por el sol. Una idea desesperada de soledad y de abandono nos abrumaba, hora a hora. Algunas noches la luna venía a tenderse a los pies de los centinelas, y daban ganas de violarla por lo que tenía de tentación y de recuerdo. Una noche el teniente se encaró conmigo:

—Usted no entiende esto, sargento. Ustedes son otras gentes. Yo he vivido en el cuartel toda mi vida. Siente uno rabia de que todo le importe un rábano. ¿Me comprende?

El perro estaba a mi lado. El teniente chasqueó los dedos y extendió la mano para hacerle una caricia. Pero el perro le rechazó, agresivo, y se apretó a mis piernas.

—¡Cochino! —murmuró el oficial.

Y se metió en el barracón, blasfemando.

Al otro día, en el recinto, hubo una escena repugnante. El perro jugaba con Ojeda y ambos se perseguían entre gritos de placer. Llegó el teniente, con el látigo en la mano, y castigó al perro, de tal modo que los latigazos quedaron marcados con sangre en la piel del animal. Ojeda, muy pálido, temblando un poco bajo el astroso uniforme, protestó:

—Eso... eso no está bien, mi teniente.

Los que veíamos aquello estábamos aterrados. ¿Qué iba a pasar? El oficial se volvió, furioso:

—¿Qué dices? ¡Firmes! ¡Firmes!

Ojeda le aguantó la mirada impávido. Yo no sé qué vería el teniente Compañón en sus ojos, porque se calmó de pronto:

—Está bien. Te va a caer el pelo haciendo guardias. ¡Cabo Núñez! Póngale a éste servicio de parapeto todas las noches hasta nueva orden.

Una mañana, muy temprano, Ramón, el asistente del teniente, capturó al perro por orden de éste. El muchacho era paisano mío y me trajo en seguida la confidencia.

—Me ha dicho que se lo lleve por las buenas o por las malas. No sé qué querrá hacer con él.

Poco después salieron los dos del barracón con el perro, cuidando de no ser vistos por otros soldados que no fueran los de la guardia. El perro se resistía a aquel extraño paseo y Ramón tenía que llevarlo casi en vilo cogido del cuello. El oficial iba delante, silbando, con los prismáticos en la mano, como el que sale a pasear por el monte bajo el sol primerizo. Yo les seguí, sin ser visto, no sin encargar antes al cabo que prohibiese a los soldados trasponer la alambrada. Porque el rumor de que el teniente llevaba al perro a rastras fuera del campamento, saltó en un instante de boca en boca. Pido a mis dioses tutelares que no me pongan en trance de presenciar otra escena igual, porque aquélla la llevo en mi memoria como un abismo. Los dos hombres y el perro anduvieron un buen rato hasta ocultarse en el fondo de una torrentera. Casi arrastrándome, para que no me vieran, pude seguirlos. La mañana resplandecía como si tuviese el cuerpo de plata. De la cabila de allá abajo subía un cono de humo azul, el humo de las tortas de aceite de las moras. Yo vi cómo el oficial se desataba el cinto y ataba las patas del tierno prisionero. Vi después brillar en sus manos la pistola de reglamento y al asistente taparse los ojos con horror. No quise ver más. Y como enloquecido, sin cuidarme siquiera de que no me vieran, regresé corriendo al destacamento, saltándome la sangre en las venas como el agua de las crecidas.

Media hora después regresaron, solos, el oficial y el soldado. Ramón, con los ojos enrojecidos, se acercó a mí, temeroso.

—Sargento Arnedo... Yo, la verdad...

—Quita, quita. ¡Pelotillero! ¡Cobarde!

—Pero ¿qué iba a hacer, mi sargento?... No podía desobedecerle. Bastante vergüenza tuve. Dio un grito, sólo uno.

Me marché por no pegarle. Pero lo de Ojeda fue peor. Desde la desaparición del perro andaba con los ojos bajos y no hablaba con nadie. Merodeaba por los alrededores de la posición expuesto al «paqueo». Un día apareció en el recinto, entre una nube de moscas, con el cadáver del perro, ya corrompido, en brazos. Pedro Núñez, que estaba de guardia, tuvo que despojarle violentamente de la querida piltrafa y tirar al barranco aquel montón de carne infecta.

Del libro *El blocao* (1928).
Ed. Turner, 1976.

ROSA CHACEL
(Valladolid, 1898 - Madrid, 1994)

— • —

El Genio de la noche y el Genio del día

Al cruzar una plaza yendo hacia casa —había caído ya la luz— me pareció sorprender entre la arboleda al Genio de la noche. Sentí pasar algo así como una paloma negra que me rozaba la cara, que evolucionaba a mi alrededor y que a veces desaparecía entre los árboles, en ciertas espesuras donde la sombra mimetizaba su negro buche.

El roce, apenas sentido, persistía en mis mejillas y me hacía contraer los músculos; probablemente parecería que iba sonriendo. A mí mismo me lo parecía: mi sonrisa tenía el aspecto interior de una dilatada confianza.

La sombra que había difundido su presencia era tan recóndita como las zonas secretas que no puede penetrar la mirada entre los pliegues del terciopelo y también, como ellas, abrigada y suave.

Solamente el tiempo que tardé en cruzar la plaza fui pensando en esto; después abandoné la idea, pero la sensación no me abandonó.

Más tarde, en casa, empecé a oír por la ventana abierta una voz. Estaban radiando una ópera de Gluck. Y de nuevo un roce suave volvió a pasarme por la cara, tal vez una corriente de aire. Había dejado la puerta abierta. Estaba delante del espejo con la espuma del jabón extendida por la cara cuando sentí en la piel otra vez el roce de algo que pasaba junto a mí y que me llevaba consigo hacia el recuerdo. Creí volver a sentirme en la plaza; reviví el momento en que había seguido con los ojos a una sombra por entre la sombra; volví a sentirme envuelto en el terciopelo nocturno, y vi brillar alrededor de una garganta negra, es decir, alrededor de la garganta de una paloma negra, un collar de diamantes. Pero esto ya no era en la plaza; mi recuerdo había tomado una nueva ruta, había seguido por la voz de Armida, había llegado hasta un *foyer* luminoso con escaleras de mármol en cataratas laterales y había entrado en una sala semioscura, en cuyo fondo resplandecía un cuadro vivo, un espacioso compartimiento cúbico, donde la voz se paseaba arrastrando un majestuoso manto de dolor, perdiendo notas, deshojándose en las ráfagas de la melodía. La parte oscura de la sala estaba llena de un rumor como un aliento vastísimo, como si un ave enorme esponjase sus plumas y entre la sombra de los antepalcos avanzase sobre los rizos, sobre los hombros desnudos, sobre las solapas de raso y las manos enlazadas hasta apoyar la pechuga en las barandillas. Reposaba allí; la sala estaba henchida de su avasalladora protección y en todo el ámbito abarcado por aquel oscuro dominio sólo la voz de Armida prevalecía brillando como el rastro de la luz en la memoria.

De pronto, todo se desvaneció: un timbre llamaba pertinazmente desde el fondo de la casa. Descolgué el auricular del teléfono y pregunté; respondió una voz cordial, calurosa.

—Sí, te espero abajo. No tardes.

Colgué. Marqué un número y pregunté otra vez; una voz aun más dulce respondió:

—Sí, estoy esperando. No tardes.

Las cosas reales volvieron a invadir mi pensamiento; volví a atender a los pequeños detalles, a los objetos que hay que instalar en los bolsillos, a las ventanas que hay que asegurar al dejar la casa sola.

Bajé y nos deslizamos por las avenidas; rodeamos las plazas, dejando atrás los reverberos solitarios en inclinados céspedes brillantes; bordeamos las quintas, hasta llegar a la más boscosa, la que tiene encintados en su verja los más tácitos cedros, los más letárgicos magnolios, y cuyas puertas se abrieron a nuestra llegada y cuyas arenas crepitaron bajo las ruedas a lo largo del paseo donde el coche tanteaba los meandros con sus faros como un escarabajo con sus antenas.

La espera fue corta, como otras veces; pero cuando ella saltó al coche no pude precipitarme dentro en seguida: entre ella y yo pasó *Ella.* Me quedé un momento inmóvil, sosteniendo la portezuela, como si alguien estuviese recogiendo un vestido de larga cola dentro de una carroza. Respetuosamente, cortés, solemnemente esperé a que entrase y se recogiese en el coche una sombra vastísima: la deidad con su negra, femenina, garganta de paloma.

A la derecha, en los espacios libres entre las villas y chalets, pasaban los sauzales extendidos por las orillas pantanosas del río, donde la luna rielaba en los charcos, y en silencio, apoyados uno en otro, atendíamos como a una dicha que golpease de pronto en nuestro corazón a los saltos en que cabeceaba el coche salvando las pequeñas irregularidades del suelo.

Después, la orquesta bajo la pérgola, sobre las mesas los vasos empañados y el ritmo engarzando la melodía conocida, sabida del principio al fin. Como los versos aprendidos en la infancia, el ritmo peculiar dibujaba su cordillera en nuestra memoria y lo repetíamos, lo recorríamos con levedad tan lenta y enajenada como si fuese él, el ritmo que no es menester nombrar, el que serpentease bajo nuestro abandono, meciéndonos como las ondas a los pájaros marinos.

También hubo un momento —la orquesta cedía a una irritada crisis de agitación— en que una mano se posó en mi hombro y me llevó a la barra del bar; allí se sucedieron las breves copas que sosteníamos por el tallo con la punta de los dedos, mientras desenvolvíamos un plan como una brillante calzada, tersa, ascendente, genialmente próspera, fácil.

Y nuevamente el baile y los vasos helados; nuevamente el coche y los sauzales pasando a la izquierda, la verja de la quinta y el crepitar de los granos de pedernal bajo las ruedas.

Más tarde, las avenidas, los reverberos en las pendientes de brillantes céspedes y al fin el sueño desde lejos. Quería oír el arrullo del silencio en el cuarto, pero el zumbido de mis oídos se interponía; no podía aplacarse la presencia en mi sangre del alcohol de la realidad. El recuerdo de las palabras y de las ideas concretas borbotaba sus vapores turbios como una borrasca que se alejase difícilmente. Y al mismo tiempo entraba por la ventana un aura cuya cola de terciopelo me pasaba por la frente como si la quietud y la recóndita negrura de la noche, cuerpo de la deidad venturosa, fuese a envolverme para el reposo en su oscura contemplación.

Sentí que golpeaba con el pico en el cristal. Oí unos breves, intermitentes golpes secos, como si el aire moviese algún cuerpo duro colgado junto a la ventana. Entreabrí los ojos y vi una luz amarilla, en plena madurez. Entonces me afirmé en la idea de que estaba dando con el pico en el cristal.

El Genio del día estaba posado en el barandal de la azotea, «calvo como el cóndor», impaciente; sus uñas se aferraban al cemento chirriando, arañando el cráneo de la casa.

Entraba despiadadamente la luz amarilla, con tanto ímpetu como el agua que salía bufando de los dos grifos abiertos. También parecía que salpicaba al chocar con los objetos relucientes, y no alumbraba: ofuscaba; las cosas quedaban escondidas y como entorpecidas en la claridad, que aumentaba con aceleramiento.

La jornada, prevista como un invariable alfabeto, se ofrecía esquivamente inexpugnable, extraña, y subía de la calle el ruido de una resaca de ansiedad, un rodar de hierro, que iba acercándose y creciendo al acercarse, perdiéndose poco a poco y repitiéndose en seguida y volviendo a perderse.

El horror de entrar en aquella corriente de actividad pedregosa que se precipitaba abajo me impedía recordar lógica y ordenadamente la serie de deberes que me aguardaba. No quería encarar las dificultades reales por saberlas no enteramente insolubles: prefería creerme amenazado por aquel poder que batía sus alas amarillas, contra el que sólo podía escudarme en una apatía y una negación invencibles. Pero inútilmente intenté refugiarme en el ensueño: dentro de la casa la actividad se despertó como una bestia de élitros metálicos que lanzase con furia su llamada matutina. Descolgué el auricular del teléfono y pregunté: era la voz impersonal que esperaba, la que tenía que darme una respuesta. Me dijo:

—No, hoy no puede ser; hoy es imposible.

Colgué y fui hacia la puerta. Había que empezar, había que recordar que la primera cosa del día tenía que ser algo tan penoso como una carta o como una revisión de cuentas. Antes que llegase a ver claro, volvió a sonar el teléfono. Descolgué: la voz era personal, inconfundible, y se vertía en el auricular como un chorro sin fin, en el que confluyesen manantiales de todas las vertientes. Yo escuchaba; el chorro claro de aquella voz me iba llenando de claridad sobre todas las cosas; esa claridad reverberante que produce espejismos, que ciega y hace oscilar los contornos de los objetos. Intenté inútilmente modificar el curso de aquel caudal, negar o rectificar algo. En vano: sorda e inhumana la catarata se volcó hasta poder considerar que la crecida había llegado a su pleno. Y así fue, en efecto: había llegado.

No sé cómo hice el trayecto de mi casa al despacho. Abrí los cajones y ficheros con sus debidas llaves; ordené carpetas, revisé trabajos de delineantes y mecanógrafos. Mientras tanto, la crecida me llegaba a la garganta, sobrenadando en ella fragmentos del discurso aquel que se revolvía como una sierpe cortada.

Por entre mis operaciones y cálculos, por entre mis líneas, rigurosas ante las asechanzas del error, yo dialogaba con ellos, insistiendo en detalles vanos, repitiendo las afirmaciones que habían quedado desoídas, y no podía borrar de dentro de mí el despecho que había difundido aquella historia que insinuaba una traición de una mujer que no era mi amante. No, no lo era; yo me juraba a mí mismo que no lo era, y por debajo de esto me preguntaba: ¿lo es alguna otra? ¿Cómo recordar, bajo la luz que caía sobre aquel papel, lo que pudiera haber vivido en otras regiones inconcebibles entonces? No podía evadirme de la amargura. Seguía dialogando, seguía delineando o adicionando cifras, seguía contestando a las preguntas de mis ayudantes: «No», bruscamente, «no», violentamente, con una ciega, desesperada ansia de decir siempre: «No».

Hasta que llegó la hora de volver los papeles a las carpetas, de cerrar cajones y ficheros, de bajar a la calle y de quedarme parado al borde de la acera.

Sobre unos minutos de inmovilidad intenté construir un olvido, pero tenía los pies hundidos en dunas inestables. La avenida, ardiente como un desierto, podía devorar al que intentase cruzarla. Allí parados, petrificados de indecisión, había muchos hombres dispuestos a vender el alma al diablo, a conceder el crimen que se les pidiese. Otros habían llegado a las terrazas de los cafés; estaban sentados, tenían cerca una bebida que podría diluir un poco de bondad en sus venas. Pero yo era incapaz de llegar hasta allí: el turbión que me subía a la garganta iba a desbordar, crecía con la luz, y la luz ya había crecido hasta su pleno.

En el cenit planeaba un poder voraz, extendiendo sobre los hombres sus alas, que no proyectan sombra.

(1952). Del libro *Icada, Nevda, Diada.*
Ed. Seix Barral, 1971.

RAFAEL DIESTE

(Rianxo, La Coruña, 1899 - Santiago de Compostela, 1981)

— • —

Juana Rial, limonero florido

No hace muchos años, un día clarísimo, limpio, dilata-
do, y tan seguro de su extenso diamante que no habría quehaceres ni impaciencias que pudiesen vencer su diáfana dureza
señalándolo, un día así, en que sintiéndome como desarbolado
y sin historia, ningún recuerdo podía parecerme vivo y oportuno, sino todos superfluos y hasta fúnebres como una máscara
arrumbada, hubo no obstante un recuerdo lejano que se atrevió a cruzar aquel desierto y a encararse conmigo y con la luz
de aquel cielo sin fecha muy naturalmente. Dije lejano por decir, pues más bien vino sin distancia, como de un día igual o
acaso —pensé entonces— de aquel mismo día, de uno de sus
ángulos, como si fuese el único, el gran día, sólo multiplicado
por nuestras ausencias, por estos ojos que se cierran. El recuerdo es pequeño y, viendo la seriedad con que me escucháis, ya
casi me arrepiento de haber comenzado. Os pido mil excusas y
sobre todo os ruego que no extreméis la atención. Eso me asus-
ta un poco, pues la cosa no tiene esa importancia. Acaso tenga
otra... Tentado me sentiría a decir que ninguna, si ello no pudiese parecer una impiedad.

Pasando por aquellas humildes callejuelas en que se
arremolinan las últimas casas del pueblo vine a desembocar en
una plazoleta que se abre frente al mar. Fue entonces cuando

de pronto me acordé de aquello, de aquella pobre vieja, mejor dicho, de aquello... ¡Oh, pobre criatura! «Aquello» en mi recuerdo la consume, es una repentina llamarada que por entero inunda mi memoria. Más, ¿qué memoria es ésta, qué ángel sin caridad que rehúye los nombres y los leños ante los resplandores? Una memoria grande habrá que no desdeñe esta ceniza. La nuestra es pequeña y ha de ejercitarse.

Era yo muy niño por entonces y así muy poco se me alcanza sobre los huesos y la grave historia de aquella que sirvió de leño a mi deslumbramiento. Poco más de ella sé que de esa triste ráfaga que resuena un instante entre las tejas de una pequeña iglesia a la hora en que no hay nadie.

De vivir tan sola en su casita estrecha y denegrida, sin más espacios que un zaguán y el altillo, que se apretaba entre dos casas buenas, aquella vieja rara y miserable había venido a ser mirada por la malicia de las gentes ingenuas como un ser peligroso, una sombra siniestra, algo que dividiese al pueblo en dos mitades siendo ella sola la mitad hostil. Se le atribuían poderes misteriosos y por tener fama de bruja y adivinadora más de una vez llegó a su puerta, embozado en la noche, algún enamorado taciturno, siempre algún forastero que venía de lejos en un caballo sudoroso, y cuya sombra era obstinadamente excomulgada, leguas y leguas, monte y monte, por los ladridos de los perros. Ella acogía a tales huéspedes quizá por ganar para un mendrugo, quizá por comunicarse de algún modo con las almas ajenas y hacer de paso ostentación de aquel poder que se le atribuía, o acaso, en fin, por apaciguar alguna antigua nostalgia mostrándose encumbrada y sabia en los terribles laberintos del terrible amor.

Los cristales de su casita estaban rotos y en ellos se mecían las telarañas. Dentro, aunque afuera hubiese sol, había gran tiniebla, como si la casa fuese hondísima o como si la luz del día recelase de entrar. Alguna noche veíase temblar la luz rojiza de un candil y eso era tenido por mal presagio, pues era señal de que la vieja debía estar desvelada con sus malditos libros o empeñada en hacer comparecer al diablo con esas palabras leves, comedidas, pero furiosamente reiteradas que dejan para siempre torcida la boca al que las dice.

Y, claro, no bien asomaba su rostro a la ventana, los chicos disparaban piedras, sintiéndose autorizados por la voz popular o como si prestasen un servicio, parecido al de ser cruel con un perro rabioso.

Alguna vez salía de su casa para volver con un hatillo de leña o unas pocas espigas, o con algunos peces relucientes que le hubiese dado un marinero jocundo y temerario, de esos que no creen en brujas o eso dicen para disfrazar su caridad con una bruja. Y deslizándose a lo largo de los muros o devorada por la plena luz no parecía tan temible. Era entonces como una yerba seca o una llaga quemada por el sol, algo a merced del mundo y no ya un mundo aparte.

Todos sus parientes habían muerto, pues era viejísima. Era el último testigo de cosas tan remotas que parecía maldita y condenada a no morir, como si tampoco la quisieran en la comunidad de los muertos. Y los cipreses parecían más sagrados, más altamente funerarios, guardando con más invulnerable ceremonia la castidad de la muerte, cuando pasaba ella, la profana.

Y si alguna desventura difícil de explicar sucedía en el pueblo, involuntariamente se pensaba en ella, como si aquella sombra de cara rojiza y afilada fuese el pecado del pueblo, su veneno, su escándalo.

Los más viejos sabían que había sido muy buena moza y sonreían al decirlo con aire de entendidos. Había estado ausente algunos años. Acaso entonces aprendió sus artes forasteras y contrajo aquel humor sombrío con que al regreso se recluyó en su soledad. Que tenía el demonio en el cuerpo era patente, pues algunas veces se le oyó, sí, se le oyó en esa voz que se desmanda y ruge sola trayendo monstruos a la boca y haciendo

adivinar tales profundidades de frenesí, que sólo puede ende-
rezarse sin temblor contra ellos el osado y celeste acero de san
Jorge. Así fueron alguna vez los improperios de la bruja enloquecida al disputar con otras mujeres. Nunca se habían oído tan
ásperos, broncos y confusos ni aun en la más sombría y enco-
nada reyerta de hombres. Tras de lo cual se encerraba de nuevo
en gran silencio o sólo rezongaba como un mastín acorralado
a la hostilidad de los chicos.

Pero vinieron tiempos de mucha hambre para el pueblo. El mar parecía haber perdido aquella antigua y espléndida
liberalidad que hacía correr el vino y las canciones e izaba mil
velas alegres al amanecer. Los pescadores desalentados sólo sacaban algas y cangrejos o algunos pocos peces extravagantes y
ruines en sus redes. Y nadie se explicaba aquello. Ni los más viejos recordaban plaga semejante. Y entonces la bruja dejó casi
definitivamente de salir, como no fuese de noche o entre luces,
siempre con pasos leves y fugitivos.

Ella misma contribuyó a señalarse como culpable. Por
algo huye, se decía. Por algo se esconde y mira con recelo. Y así
un día arreciaron las piedras contra su ventana, y ya no quedó un
vidrio. Y en un último arrebato de defensa se asomó para mal-
decir o suplicar y entonces debió recibir en la frente el golpe
decisivo que la hundió en las tinieblas, aunque según dicen las
gentes lo mortal del golpe más debe atribuirse al miedo y al
hambre de tantos días recluida, y a que era ya un prodigio de
vejez. Antes de caer hacia el fondo de la casa, engarabató las manos e hízose torrentera de clamores agudos y roncos su garganta,
despeñando en un solo discurso incoherente dichos contradi-
chos y mil cosas opuestas. Ese discurso fue luego reconstituido
con testimonios y fantasías de todos, y en la memoria del pueblo y en la mía quedan estos pedazos:

—Juana Rial me llamo. Bien parida y bien criada. Al
mundo me echaron, a esta huerta vine. Juana Rial, limonero florido. ¡Rabia, rabia! Me habéis de tener al pie de la cama.

Sin gran dificultad las gentes derribaron la puerta, entraron en el zaguán y subieron al altillo. La vieja moribunda aún parecía querer defender entre sus manos, para que no le fuese arrebatado, algo que no era nada. Miró a todos con espanto y luego con mucha dulzura, como restituida a las remotas fuentes de su linaje al ver tantas caras con sus motes antiguos rodeándola, y acaso murió en paz. Presto salieron todos en silencio, para evitar complicaciones de justicia —decían—, pero en el fondo porque un gran pesar los dispersaba y estaba casi a punto de hacerlos enemigos entre sí.

Yo, aunque como dije era muy niño, participé en la invasión con igual heroísmo que los otros, y con igual curiosidad, que era ya irreprimible porque todos habíamos fantaseado mucho ante aquella negrura velada por las telarañas, y acaso por penetrar en su secreto habíamos lanzado con tan extraño coraje nuestras piedras.

Fui el último en salir. Era un pequeño recinto de ahumadas paredes y suelo vacilante en el que sólo había un camastro y una piedra de hogar sin chimenea. Pendían del muro la complicada estampa de un velero y un pequeño retrato, éste de algún marino y enmarcado en nácares. Desde aquel desmantelado recinto y a través de su ventana vi las olas que me eran familiares y escuché su rumor con extrañeza, en una especie de cercanía imponente que me inquietaba como tocar los palos de que están hechos por dentro los gigantones de la fiesta. Yo había visto el mar y el cielo y había visto las palomas y los ojos de un buey. Había visto aquellas grandes olas deslumbrantes. Las había visto, pero ahora me miraban ellas a mí, una tras otra, una tras otra, grandes, levantándose, cantando.

Tuve la audacia de tocar a la muerta en la frente, y con el susto de aquel frío y aquel mar imposible, salí corriendo.

Del libro *Historias e invenciones de Félix Muriel* (1943).
Ed. Alianza, 1974.

EDGAR NEVILLE
(Madrid 1899 - Madrid, 1967)

— • —

El único amigo

Dios estaba en el cielo, como siempre; no tenía más remedio. No es que dejase de gustarle, pero tampoco le excitaba demasiado estar allí: el cielo para él era el hogar. El encontrarse allí era algo natural; no había tenido que ganárselo a fuerza de privaciones; se había encontrado en el cielo por derecho propio: era el primero en haber llegado.

Lo malo es que lo sabía todo y los otros no sabían nada, y le preguntaban todo el tiempo; y peor era cuando no le preguntaban porque creían saber.

Aquello estaba lleno de aduladores, y además, en el cielo se pierde la personalidad; así resultaba de monótono. El saberlo todo eliminaba las sorpresas, lo inesperado; siempre conocía el final de los cuentos.

No se quejaba; pero, a veces, se aburría mucho.

Había una excepción: Dios no se aburría nunca cuando seguía los pasos en la tierra a un tal Fernández.

Fernández era un sabio, o sea, que se levantaba temprano y miraba al microscopio cómo corrían unos bichos; pero también era un genio, o sea, que algunos días no se levantaba y no hacía nada, y otros pintaba un cuadro o escribía unos versos.

Cada día presentaba un nuevo perfil, siempre admirable. Era el verdadero genio, y Dios estaba encantado con él.

«Es lo mejor que he hecho», decía; y por las mañanas, no más levantarse, se asomaba a seguir la jornada del fenómeno.

—A ver qué inventa hoy —se decía; y Fernández no defraudaba nunca a su Creador; un día era un poema, otro día era el remedio para una enfermedad; siempre aportaba algo positivo antes de volver a dormir.

Dios, que está en el secreto de todo, le veía abrirse paso hacia la verdad, y admiraba su tesón y su certeza. A veces hacía trampillas para ayudar a su amigo y que éste descubriese lo que no hubiera descubierto solo.

Cada día estaba Dios más interesado en los pasos de Fernández y más desinteresado de la vida celestial. Asomado a la tierra, no le preocupaban los pequeños incidentes que ocurrían a su alrededor; sólo le interesaba la vida de Fernández, el hacerle grata la jornada, el apartarle los peligros, el procurarle momentos de alegría, el estimular su imaginación.

Dios no influía directamente en él, porque hubiera sido estropear la personalidad del genio; pero procuraba organizar todo alrededor de su vida para que Fernández no sintiese frenos ni molestias; medio planeta se movía, pues, sin saberlo, en un sentido agradable a Fernández.

—Se lo merece todo —decía Dios.

Y el genio, en efecto, se lo merecía todo. Lo mejor era su inaprensibilidad. A veces, Dios se levantaba pensando en que iba a verle descubrir un microbio, y se lo encontraba planeando un rascacielos. Era así.

Pero un día llegó un rumor, y Dios tuvo que escucharle. Parecía que Fernández era... ¡Pero no podía ser!; pues sí, sí; parecía, vamos, estaba probado, que Fernández era ateo; que no creía en Dios, vamos.

Fue la consternación. «¿Pero es posible? ¿Pero es posible que mi obra predilecta, que mi obra preferida, no crea en mí? ¿Pero es posible?» Se llevó un gran disgusto.

Los de su camarilla creyeron el momento oportuno para meterse con el sabio; pero Dios les atajó: «No; es desdichada su falta de fe, pero su obra y personalidad es admirable».

Claro que al día siguiente no se asomó a verle; no hubiera estado bien; pero el Señor se aburrió lo suyo, y estuvo mohíno todo el día. Al siguiente se asomó un poco: el hombre había seguido su vida como si tal cosa; trabajaba en algo, en un libro, muy ocupado.

Dios se apartó otra vez y se paseó por el cielo, con las manos en la espalda. Apelando a su fuerza de voluntad, estuvo varios días sin volver a ocuparse de Fernández; pero cuando una tarde echó, a la distraída, un vistazo, se encontró con que el genio venía de dar a luz un maravilloso libro nuevo.

—Ya me lo he perdido —dijo Dios, fastidiado de no haber asistido a la elaboración de la obra, y la curiosidad le hizo volver a asomarse.

El libro era sobre religión, hermoso, pero terrible si se veía a vista de pájaro, o sea desde el cielo. La idea de Dios quedaba destrozada.

El Señor no hacía más que leer y meditar las ideas del genio; en el cielo lo habían dejado ya por imposible.

Y Dios estaba asombrado, por la brillantez de la teoría ateísta.

—¡Qué hombre! ¡Qué hombre! —murmuraba; y le entró la duda—: Si un hombre de ese talento —se decía— y de esa pureza intelectual no cree en Dios, ¿no irá a tener razón, a lo mejor...?

Al principio le pareció un absurdo el pensarlo; pero, poco a poco, la duda se abría camino en su espíritu.

—Yo soy Dios —decía—; primero, porque he decidido ser Dios; segundo, porque los demás me llaman así; tercero, porque alguien había de ser Dios. Pero ¿eso es bastante? ¿Tengo derecho a serlo? —Y la duda se abría como un abanico.

Y Dios estaba en la cúspide de todo y no sentía la emoción de lo desconocido; cuando quería hablar con alguien inteligente, tenía que monologar; el sentimiento divino de la ascensión le era ajeno; de haber hecho algún movimiento, hubiera sido para bajar. En cambio, el genio crecía y crecía por días, y su esfuerzo abría nuevos caminos y no había más remedio que sentirse apasionado por su marcha.

—Dios, ser Dios —decía el Ser Supremo—; lo bonito es querer ser Dios.

Y la teoría ateísta caminaba en su espíritu; tampoco él creía en una potencia superior a la suya; tampoco podía creer en algo más poderoso que él, en algo sobrenatural.

—¿Creo yo en Dios? —se preguntaba—. ¿Adoro yo a un Dios? —y tenía que responderse negándolo. Así fue dándose cuenta de cómo él tampoco creía en Dios; de cómo él también, a su modo, era un ateo.

El descubrimiento, lejos de apenarle, le produjo una sonrisa.

—Fernández y yo somos correligionarios —se dijo—; un par de ateos —y esa idea de afinidad con el hombre admirado le hacía feliz.

Fue ya sin reserva alguna cómo siguió la vida del genio paso a paso. Su admiración, libre de freno ya, iba adivinando al hombre: «Es casi un Dios», decía.

¡Qué respeto por aquella poderosa inteligencia! Era un respeto religioso... ¡Qué chicos e insignificantes le parecían los demás hombres, aquellos que le pedían constantemente cosas ínfimas, como si él hubiera sido los Reyes Magos!

Comprendió que su existencia no sería completa sin la compañía de aquel ser extraordinario; de aquel ser que, por lo mismo de no creer en él, había de tener una independencia de espíritu que le permitiría conversar en un plano de compañerismo que no había conocido nunca. Aquel ser era el único que le iba a hablar de usted.

Dios estaba harto de que le dijesen «sí» a todo.

Meditó, pues, en el medio más razonable de atraerse la amistad del genio, la persona del genio, y, como era de esperar, lo encontró en seguida: había que quitarlo del mundo y subírselo aquí para seguir su trabajo. «Aquí trabajaremos juntos; yo procuraré no saberlo todo.»

Y le eligió una muerte suave y dulce; el sabio no se enteró, y desapareció de la tierra en plena gloria, en plena apoteosis; todo fue por lo mejor.

—Mañana viene —dijo, gozoso, el Creador—. Mañana tendremos entre nosotros a Fernández.

Pero la noticia cayó en frío entre los bienaventurados; ellos sólo tenían admiración para su Dios, porque les daba cosas, porque les podía castigar y porque no tenían imaginación para más. De Fernández, poco sabían: que era un hombre como ellos, que escribía libros y que inventaba bichos. Todo eso ya no les importaba. Pero Fernández era, además un réprobo, un ateo: decía cosas terribles de la religión y de Dios. Se comenzó a murmurar en el cielo: «Si entra ése aquí, ¿por qué no abrir las puertas a todos los demás? ¿Con qué derecho se negará la entrada a los comunistas?». Se lo hicieron saber a Dios; le dijeron que un excomulgado no podía pisar esas nubes, y Dios lo podía todo; pero comprendió que Fernández no iba a estar a gusto en aquel medio, con aquella gente que no lo iba a comprender y que no le iba a querer; además era hacer diferencias. Dios comprendió que no debía llevar a Fernández al cielo, y, como no había otro sitio, le arregló un lugar en el purgatorio, junto al borde, donde no se sufría, y dispuso todo para que no le faltase nada, para que Fernández no echase de menos la tierra. Él mismo fue a verle llegar.

Desde entonces, todas las tardes, a las cuatro, cuando Dios había terminado sus quehaceres, salía a escondidas y se marchaba al borde del purgatorio a estar con Fernández; debajo de su manto llevaba un vaso de agua, que es lo que más se agradece allí.

Sentado junto a su amigo, pasaba las horas hablando con él, trabajaban juntos y eran felices. Fernández no había hallado nunca un compañero tan sutil y tan bueno como ese señor que le traía agua todas las tardes; y en cuanto a Dios, no había sido nunca tan feliz en su vida. Compenetrados ideológicamente aquel par de ateos, se libraban sin reserva a la creación, al descubrimiento.

A Dios, lo que le costaba más trabajo era el no saber lo que iba a ocurrir.

El Señor dedicaba todo su esfuerzo a ocultar su condición de Ser Supremo; temía que su amigo, al saberlo, se desinteresase de él y le restase mérito a sus trabajos de descubrimiento. Además, el día que Fernández descubriese la verdad sería el día en que dejaría de ser su amigo para convertirse en un adorador más: le hablaría de tú y no se atrevería a discutir ni a trabajar al mismo nivel que él.

Todas las tardes, a las cuatro, llegaba con su vasito de agua, y el genio, después de bebérselo con deleite, imponía la labor del día. Dios le seguía encantado, y la jornada era una delicia para ambos. Aquel borde de purgatorio era un verdadero paraíso.

Algunas veces hablaban de religión, y Dios era el más vehemente defensor de las teorías del sabio; ya no hablaban de Dios: habiendo convenido en su no existencia, era superfluo hablar de ello.

Sin embargo, en el pecho del sabio entraba una duda. Una duda que no dejaba concretarse, pero que provenía de lo extraño de todo lo que le estaba ocurriendo; sobre todo, de la aparición de aquel amigo extraordinario que tenía la delicadeza de darle agua, el poder de transitar por todas partes y la inteligencia creadora más fina que había conocido nunca. Si hubiera sido sujeto apto a creencias, tal vez hubiera creído en que su amigo era Dios. Pero la sola idea le hacía reír.

Mas la duda insistía en sus sienes, y aunque nada decía a su amigo, le observaba detenidamente. Dios estaba apuradísimo y, tratando de disimular en lo posible su identidad, se había afeitado. Si perdía ese amigo, perdía al único igual, al único ser que le interesase y con quien fuera feliz y pudiera ser natural; al único al que no tenía que bendecir cada diez minutos y llamarle «hijo mío».

Pero un día no pudo llegar a la hora de costumbre, y el genio conoció, por su dolor, el afecto inmenso que sentía hacia ese amigo maravilloso. Meditando, se afirmaba en él la absurda idea de que pudiera ser Dios. Esa posibilidad destruía por su base su filosofía y su obra, toda ella elevada sobre el ateísmo y sin más fe que en el esfuerzo del hombre. Todo se venía abajo, si aquel amigo resultaba ser Dios.

El genio no quería que lo fuera; pero el temor era inmenso, y más a cada minuto que pasaba.

—Será Dios, y me va a despreciar por idiota —se decía.

Pero a las cinco y media llegó su amigo. Llegó disculpándose con excusas más o menos bien fundadas; traía el vaso de agua.

—No he podido venir antes —dijo, en un tono que quería indicar que alguien no le había dejado venir.

—No ha podido venir, ¿eh? —contestó el genio, mirándole a los ojos; y luego, decidido a jugárselo todo, le preguntó:

—Dígame la verdad, no me engañe, júreme que no me engaña: ¿es usted Dios?

El Señor soltó su mejor carcajada; una claudicación arruinaba la felicidad de ambos para siempre.

El genio insistía:

—¿Es usted Dios? Ande, dígamelo, confiéselo; ¿es usted Dios? No le dé vergüenza. ¿Es usted Dios? No diré nada. ¿Es usted Dios?

Entonces Dios se puso medio serio y le tendió el vaso de agua, diciéndole:

—Pero ¿se ha vuelto usted loco? Pero ¿va usted a creer ahora en esas cosas? ¿Le pregunto yo a usted si es usted Dios? —y le tendió el vaso de agua, obligándole a beber, al tiempo que decía en tono de broma—: Mire que ir a creer ahora en absurdos. Ande, beba el agua y no piense más en tonterías...

Del libro *Música de fondo*.
Ed. Biblioteca Nueva, 1936.

RAMÓN J. SENDER

(Chalamera, Huesca, 1901 - San Diego, California, 1982)

— • —

El buitre

Volaba entre las dos rompientes y le habría gustado ganar altura y sentir el sol en las alas, pero era más cómodo dejarse resbalar sobre la brisa.

Iba saliendo poco a poco al valle, allí donde la montaña disminuía hasta convertirse en una serie de pequeñas colinas. El buitre veía abajo llanos grises y laderas verdes.

—Tengo hambre —se dijo.

La noche anterior había oído tiros. Unos aislados y otros juntos y en racimo. Cuando se oían disparos por la noche las sombras parecían decirle: «Alégrate, que mañana encontrarás carne muerta». Además por la noche se trataba de caza mayor. Animales grandes: un lobo o un oso y tal vez un hombre. Encontrar un hombre muerto era inusual y glorioso. Hacía años que no había comido carne humana, pero no olvidaba el sabor.

Si hallaba un hombre muerto era siempre cerca de un camino y el buitre odiaba los caminos. Además no era fácil acercarse a un hombre muerto porque siempre había otros cerca, vigilando.

Oyó volar a un esparver sobre su cabeza. El buitre torció el cuello para mirarlo y golpeó el aire rítmicamente con sus alas para ganar velocidad y alejarse. Sus alas proyectaban una ancha sombra contra la ladera del monte.

—Cuello pelado —dijo el esparver—. Estás espantándome la caza. La sombra de tus alas pasa y repasa sobre la colina.

No contestaba el buitre porque comenzaba a sentirse viejo y la autoridad entre las grandes aves se logra mejor con el silencio. El buitre sentía la vejez en su estómago vacío que comenzaba a oler a la carne muerta devorada muchos años antes.

Voló en círculo para orientarse y por fin se lanzó como una flecha fuera del valle donde cazaba el esparver. Voló largamente en la misma dirección. Era la hora primera de la mañana y por el lejano horizonte había ruido de tormenta, a pesar de estar el cielo despejado.

—El hombre hace la guerra al hombre —se dijo.

Recelaba del animal humano que anda en dos patas y tiene el rayo en la mano y lo dispara cuando quiere. Del hombre que lleva a veces el fuego en la punta de los dedos y lo come. Lo que no comprendía era que siendo tan poderoso el hombre anduviera siempre en grupo. Las fieras suelen despreciar a los animales que van en rebaño.

Iba el buitre en la dirección del cañoneo lejano. A veces abría el pico y el viento de la velocidad hacía vibrar su lengua y producía extraños zumbidos en su cabeza. A pesar del hambre estaba contento y trató de cantar:

> *Los duendes que vivían en aquel cuerpo*
> *estaban fríos, pero dormían*
> *y no se querían marchar.*
> *Yo los tragué*
> *y las plumas del cuello se me cayeron.*
> *¿Por qué los tragué si estaban fríos?*
> *Ah, es la ley de mis mayores.*

Rebasó lentamente una montaña y avanzó sobre otro valle, pero la tierra estaba tan seca que cuando vio el pequeño arroyo en el fondo del barranco se extrañó. Aquel valle debía estar muerto y acabado. Sin embargo, el arroyo vivía.

En un rincón del valle había algunos cuadros que parecían verdes, pero cuando el sol los alcanzaba se veía que eran grises también y color ceniza. Examinaba el buitre una por una las sombras de las depresiones, de los arbustos, de los árboles. Olfateaba el aire, también, aunque sabía que a aquella altura no percibiría los olores. Es decir, sólo llegaba el olor del humo lejano. No quería batir sus alas y esperó que una corriente contraria llegara y lo levantara un poco. Siguió resbalando en el aire haciendo un ancho círculo. Vio dos pequeñas cabañas. De las chimeneas no salía humo. Cuando en el horizonte hay cañones las chimeneas de las casas campesinas no echan humo.

Las puertas estaban cerradas. En una de ellas, en la del corral, había un ave de rapiña clavada por el pecho. Clavada en la puerta con un largo clavo que le pasaba entre las costillas. El buitre comprobó que era un esparver. Los campesinos hacen eso para escarmentar a las aves de presa y alejarlas de sus gallineros. Aunque el buitre odiaba a los esparveres, no se alegró de aquel espectáculo. Los esparveres cazan aves vivas y están en su derecho.

Aquel valle estaba limpio. Nada había, ni un triste lagarto muerto. Vio correr un *chipmunk* siempre apresurado y olvidando siempre la causa de su prisa. El buitre no cazaba, no mataba. Aquel *chipmunk* ridículamente excitado sería una buena presa para el esparver cuando lo viera.

Quería volar al siguiente valle, pero sin necesidad de remontarse y buscaba en la cortina de roca, alguna abertura por donde pasar. A aquella hora del día siempre estaba cansado, pero la esperanza de hallar comida le daba energías. Era viejo. Temía que le sucediera como a otro buitre, que en su vejez se estrelló un día contra una barrera de rocas.

Halló por fin la brecha en la montaña y se lanzó por ella batiendo las alas:

—Ahora, ahora ...

Se dijo: «No soy tan viejo». Para probárselo combó el ala derecha y resbaló sobre la izquierda sin miedo a las altas rocas cimeras. Le habría gustado que le viera el esparver. Y trató de cantar:

La luna tiene un cuchillo
para hacer a los muertos
una cruz en la frente.
Por el día lo esconde
en el fondo de las lagunas azules.

La brecha daba acceso a otro valle que parecía más hondo. Aunque el buitre no se había remontado, se sentía más alto sobre la tierra. Era agradable porque podía ir a cualquier lugar de aquel valle sin más que resbalar un poco sobre su ala. En aquel valle se oía mejor el ruido de los cañones.

También se veía una casa y lo mismo que las anteriores tenía el hogar apagado y la chimenea sin humo. Las nubes del horizonte eran color de plomo, pero en lo alto se doraban con el sol. El buitre descendió un poco. Le gustaba la soledad y el silencio del valle. En el cielo no había ningún otro pájaro. Todos huían cuando se oía el cañón, todos menos los buitres. Y veía su propia sombra pasando y volviendo a pasar sobre la ladera.

Con la brisa llegó un olor que el buitre reconocía entre mil. Un olor dulce y acre:

—El hombre.

Allí estaba el hombre. Veía el buitre un hombre inmóvil, caído en la tierra, con los brazos abiertos, una pierna estirada y otra encogida. Se dejó caer verticalmente, pero mucho antes de llegar al suelo volvió a abrir las alas y se quedó flotando en el aire. El buitre tenía miedo.

—¿Qué haces ahí?

Lo observaba, miraba su vientre, su rostro, sus manos y no se decidía a bajar.

—Tú, el rey de los animales, que matas a tu hermano e incendias el bosque, tú el invencible. ¿Estás de veras muerto?

Contestaba el valle con el silencio. La brisa producía un rumor metálico en las aristas del pico entreabierto. Del horizonte llegaba el fragor de los cañones. El buitre comenzó a aletear y a subir en el aire, esta vez sin fatiga. Se puso a volar en un ancho círculo alrededor del cuerpo del hombre. El olor le advertía que aquel cuerpo estaba muerto, pero era tan difícil encontrar un hombre en aquellas condiciones de vencimiento y derrota, que no acababa de creerlo.

Subió más alto, vigilando las distancias. Nadie. No había nadie en todo el valle. Y la tierra parecía también gris y muerta como el hombre. Algunos árboles desmochados y sin hojas mostraban sus ramas quebradas. El valle parecía no haber sido nunca habitado. Había un barranco, pero en el fondo no se veía arroyo alguno.

—Nadie.

Con los ojos en el hombre caído volvió a bajar. Mucho antes de llegar a tierra se contuvo. No había que fiarse de aquella mano amarilla y quieta. El buitre seguía mirando al muerto:

—Hombre caído, conozco tu verdad que es una mentira inmensa. Levántate, dime si estás vivo o no. Muévete y yo me iré de aquí y buscaré otro valle.

El buitre pensaba: «No hay un animal que crea en el hombre. Nadie puede decir si el palo que el hombre lleva en la mano es para apoyarse en él o para disparar el rayo. Podría ser que aquel hombre estuviera muerto. Podría ser que no».

Cada vuelta alrededor se hacía un poco más cerrada. A aquella distancia el hedor —la fragancia— era irresistible. Bajó un poco más. El cuerpo del hombre seguía quieto, pero las sombras se movían. En las depresiones del cuerpo en uno de los costados, debajo del cabello, había sombras sospechosas.

—Todo lo dominas tú, si estás vivo. Pero si estás muerto has perdido tu poder y me perteneces. Eres mío.

Descendió un poco más, en espiral. Algo en la mano del hombre parecía moverse. Las sombras cambiaban de posición cerca de los brazos, de las botas. También las de la boca y la nariz, que eran sombras muy pequeñas. Volaba el animal cuidadosamente:

—Cuando muere un ave —dijo— las plumas se le erizan.

Y miraba los dedos de las manos, el cabello, sin encontrar traza alguna que le convenciera:

—Vamos, mueve tu mano. ¿De veras no puedes mover una mano?

El fragor de los cañones llegaba de la lejanía en olas broncas y tembladoras. El buitre las sentía antes en el estómago que en los oídos. El viento movió algo en la cabeza del hombre: el pelo. Volvió a subir el buitre, alarmado. Cuando se dio cuenta de que había sido el viento decidió posarse en algún lugar próximo para hacer sus observaciones desde un punto fijo. Fue a una pequeña agrupación de rocas que parecían un barco anclado y se dejó caer despacio. Cuando se sintió en la tierra plegó las alas. Sabiéndose seguro alzó la pata izquierda para calentársela contra las plumas del vientre y respiró hondo. Luego ladeó la cabeza y miró al hombre con un ojo mientras cerraba el otro con voluptuosidad.

—Ahora veré si las sombras te protegen o no.

El viento que llegaba lento y mugidor traía ceniza fría y hacía doblarse sobre sí misma la hierba seca. El pelo del hombre era del mismo color del polvo que cubría los arbustos. La brisa entraba en el cuerpo del buitre como en un viejo fuelle.

Si es que comes del hombre ten cuidado
que sea en tierra firme y descubierta.

Recordaba que la última vez que comió carne humana había tenido miedo, también. Se avergonzaba de su propio miedo él, un viejo buitre. Pero la vida es así. En aquel momento comprendía que el hombre que yacía en medio de un claro de arbustos debía estar acabado. Sus sombras no se movían.

—Hola, hola, grita, di algo.

Hizo descansar su pata izquierda en la roca y alzó la derecha para calentarla también en las plumas.

—¿Viste anoche la luna? Era redonda y amarilla.

Ladeaba la cabeza y miraba al muerto con un solo ojo inyectado en sangre. La brisa recogía el polvo que había en las rocas y hacía con él un lindo remolino. El ruido de los cañones se alejaba. «La guerra se va al valle próximo.»

Miró las rocas de encima y vio que la más alta estaba bañada en sol amarillo. Fue trepando despacio hasta alcanzarla y se instaló en ella. Entreabrió las alas, se rascó con el pico en un hombro, apartó las plumas del pecho para que el sol le llegara a la piel y alzando la cabeza otra vez, se quedó mirando con un solo ojo. Alrededor del hombre la tierra era firme —sin barro ni arena— y estaba descubierta.

Escuchaba. En aquella soledad cualquier ruido —un ruido de agua entre las rocas, una piedrecita desprendida bajo la pata de un lagarto— tenían una resonancia mayor. Pero había un ruido que lo dominaba todo. No llegaba por el aire sino por la tierra y a veces parecía el redoble de un tambor lejano. Apareció un caballo corriendo.

Un caballo blanco y joven. Estaba herido y corría hacia ninguna parte tratando sólo de dar la medida de su juventud antes de morir, como una protesta. Veía el buitre su melena blanca ondulando en el aire y la grupa estremecida. Pasó el caballo, se asustó al ver al hombre caído y desapareció por el otro extremo de la llanura.

El valle parecía olvidado. «Sólo ese caballo y yo hemos visto al hombre.» El buitre se dejó caer con las alas abiertas y fue hacia el muerto en un vuelo pausado. Antes de llegar frenó con la cola, alzó su pecho y se dejó caer en la tierra. Sin atreverse a mirar al hombre retrocedió, porque estaba seguro de que se había acercado demasiado. La prisa unida a cierta solemnidad le daban una apariencia grotesca. El buitre era ridículo en la tierra. Subió a una pequeña roca y se volvió a mirar al hombre:

—Tu caballo se ha escapado. ¿Por qué no vas a buscarlo?

Bajó de la roca, se acercó al muerto y cuando creía que estaba más seguro de sí, un impulso extraño le obligó a tomar otra dirección y subir sobre otra piedra. Más cerca que la anterior, eso sí.

—¿Muerto?

Volvían a oírse explosiones lejanas. Eran tan fuertes que los insectos volando cerca del buitre eran sacudidos en el aire. Volvió a bajar de la piedra y a caminar alrededor del cuerpo inmóvil que parecía esperarle. Tenía el hombre las vestiduras desgarradas, una rodilla y parte del pecho estaban descubiertos y el cuello y los brazos desnudos. La descomposición había inflamado la cara y el vientre. Se acercó dos pasos con la cabeza de medio lado, vigilante. El cabello era del color de las hierbas quemadas. Quería acercarse más, pero no podía.

Miraba las manos. La derecha se clavaba en la tierra como una garra. La otra se escondía bajo la espalda. Buscaba en vano el buitre la expresión de los ojos.

—Si estuvieras vivo habrías ido a buscar tu caballo y no me esperarías a mí. Un caballo es más útil que un buitre, digo yo.

El hombre caído entre las piedras era una roca más. Su pelo bajo la nuca parecía muy largo, pero en realidad no era pelo, sino una mancha de sangre en la tierra. El buitre iba y venía en cortos pasos de danza mientras sus ojos y su cabeza pelada avanzaban hacia el muerto. El viento levantó el pico de la chaqueta del hombre y el buitre saltó al aire sacudiendo sus alas con un ruido de lonas desplegadas. Se quedó describiendo círculos alrededor. El hedor parecía sostenerlo en el aire.

Entonces vio el buitre que la sombra de la boca estaba orlada por dos hileras de dientes. La cara era ancha y la parte inferior estaba cubierta por una sombra azul.

El sol iba subiendo, lento y amarillo, sobre una cortina lejana de montes.

Bajó otra vez con un movimiento que había aprendido de las águilas, pero se quedó todavía en el aire encima del cuerpo y fuera del alcance de sus manos. Y miraba. Algo en el rostro se movía. No eran sombras ni era el viento. Eran larvas vivas. Salían del párpado inferior y bajaban por la mejilla.

—¿Lloras, hijo del hombre? ¿Cómo es que tu boca se ríe y tus ojos lloran y tus lágrimas están vivas?

Al calor del sol se animaba la podredumbre. El buitre se dijo: «Tal vez si lo toco despertará». Se dejó caer hasta rozarlo con un ala y volvió a remontarse. Viendo que el hombre seguía inmóvil bajó y fue a posarse a una distancia muy corta. Quería acercarse más, subir encima de su vientre, pero no se atrevía. Ni siquiera se atrevía a pisar la sombra de sus botas.

El sol cubría ya todo el valle. Había trepado por los pantalones del muerto, se detuvo un momento en la hebilla de metal del cinturón y ahora iluminaba de lleno la cara del hombre. Entraba incluso en las narices cuya sombra interior se retiraba más adentro.

Completamente abiertos, los ojos del hombre estaban llenos de luz. El sol iluminaba las retinas vidriosas. Cuando el buitre lo vio saltó sobre su pecho diciendo:

—Ahora, ahora.

El peso del animal en el pecho hizo salir aire de los pulmones y el muerto produjo un ronquido. El buitre dijo:

—Inútil, hijo del hombre. Ronca, grita, llora. Todo es inútil.

Y ladeando la cabeza y mirándolo a los ojos añadió:

—El hombre puede mirar al sol de frente.

En las retinas del muerto había paisajes en miniatura llenos de reposo y de sabiduría. Encima lucía el sol.

—¿Ya la miras? ¿Ya te atreves a mirar la luz de frente?

A lo lejos se oían los cañones.

—Demasiado tarde, hijo del hombre.

Y comenzó a devorarlo.

Del libro *Novelas ejemplares de Cibola*.
Ed. Las Américas P., 1961.

ANDRÉS CARRANQUE DE RÍOS
(Madrid, 1902 - Madrid, 1936)

— • —

Un astrónomo

Me desperté. Un ruido molesto e intermitente parecía sonar en la pared donde estaba empotrada mi cama de hierro. Aquel ruido isócrono perduraba después de oírlo en mi cerebro, exaltado por lo inactual de aquel acontecimiento. Cuando intentaba reflexionar si era aquello debido a un sueño de preso, oí unos golpes iguales a los anteriores, que, en un golpear suave y monótono, guardaban un intervalo de segundos entre sí.

Mi asombro era grande; yo nunca fui miedoso, y esperaba un poco excitado el final de aquel extraño suceso en mi vida presidiaria.

Aquel vivir duro me había acostumbrado a la soledad, y tenía la certeza de conocerme perfectamente. El miedo era una creación de la colectividad, nunca de un hombre como yo, que por única distracción rumiaba mi propio aburrimiento. Estaba sentado en la cama en una indecisión absurda. Pegué el oído derecho a la pared divisoria, y tuve que esperar unos minutos para volver a escuchar aquel golpeteo. Los golpes llegaban a mí vagos, imprecisos; parecían los ecos de otros golpes más fuertes. Además, lo raro estaba en que el individuo que los producía no se moviera en aquellas llamadas. Yo suponía que era imposible que estuviese mucho tiempo sin cambiar de posición. Acostumbrado a hablar con el último recluso que estuvo anteriormente en la celda misteriosa, se había afinado mi oído derecho de una manera sorprendente, y podía escuchar la voz de mi antiguo camarada, que, al llegar a mis oídos, tomaba un tono subterráneo. Nos adiestramos con lentitud, y así pudimos entendernos, sin que nuestras conversaciones trascendieran al corredor, por donde frecuentemente vigilaba la guardia. Por eso mi extrañeza aumentaba prodigiosamente; ni el más leve indicio de realidad obtenía de aquellas llamadas suaves, como producidas con una mano enguantada. Me acerqué al otro muro divisorio y sentí el sueño pesado del asesino Simón. Indudablemente, había sido ocupada la celda sesenta y tres.

Los golpes hacía media hora aproximadamente que no sonaban en la pared. Me tumbé en la cama de mal humor y con la cabeza pesada. El tiempo que dormí, no puedo asegurarlo; creo que dos horas lo más. Unos golpes más duros y más secos que los anteriores se repetían continuos. Golpes duros, que un tictac estúpido los hacía solemnes. Desistí de dormir. Con pasos iguales me distraje, recorriendo la breve longitud de mi celda.

Ya una luz lechosa clareaba en la penumbra de mi calabozo. Amanecía...

Los golpes habían cesado de sonar en la pared; mas yo los guardaba en mi cerebro.

Tac, tac, tac, tac. Las viejas cornetas de la prisión tocaban diana.

*

El patio de nuestro paseo tenía una humedad penetrante de invierno. A grandes zancadas gastábamos las dos horas en que todos los presos podíamos hablarnos. Visto desde el exterior, aquel enjambre de carne sucia y mal cubierta debía de dar la sensación de una gente maldita, condenada a andar eternamente de prisa. Todos los presos se agitaban con una mecánica absurda y bailarina. Los más castigados por el frío eran dos viejos que andaban a saltitos; los pobres, en cuanto se paraban, el frío los hacía largos y solemnes. Unas barbas negras y descuidadas caían en sus rostros como vendas. Miraba entre todas aquellas caras conocidas buscando un rostro desconocido: el del sesenta y tres.

Creía ya imposible dar con él, cuando vi en un rincón del patio, debajo de la garita del centinela, a un hombre envuelto completamente en una manta y con la mirada fija en un cielo plomizo de invierno. Como estaba todo él enfundado en una enorme manta, su rostro surgía más agrandado en el cruzamiento de los dos extremos de la misma.

Observé un detalle: por las ventanas de la nariz y de los oídos le brotaban pequeños agrupamientos de un pelo fuerte y negro. Debía mirar una cosa visible e invisible, pues su rostro alternaba entre la tristeza y la alegría. No sé qué sabor amargo sentí al ver aquella mirada perdida y sin retorno en una lejanía brumosa de invierno. Hacía tiempo que yo no miraba de aquella manera imprecisa que miraba el preso nuevo. Mi cabeza iba tomando con los días sin rumbo vividos en la prisión una claudicación sombría. Y sobre aquel hombre joven, que un día dudoso y olvidado entró en la prisión, comenzaba a nacer un hombre sin sensibilidad, sin percepción de las cosas buenas o malas, en un embotamiento general. Yo nunca miraba más allá de las rejas de mis compañeros. Recuerdo que los primeros días vividos en la prisión tenían para mí una sensación de eternidad.

Mi ventana daba al exterior, y durante la primavera y verano me asomaba tembloroso para ver cómo un compañero preso cuidaba los pequeños jardines de la prisión.

Ahora que todo me parece estúpido y aburrido, recuerdo dolorosamente aquel anhelo mío antiguo. Por entonces tuve un deseo —ingenuo tal vez—: ser como aquel jardinero compañero de prisión; cuidar aquellos jardines, y algún día sorprender un gesto cordial en el rostro de cualquier transeúnte. De esos transeúntes que, agarrados a la verja larga y alta de la cárcel, miran con curiosidad a ese jardinero vestido con un traje pardo y uniformado. En este momento —ha pasado mucho tiempo— surge confuso y mezclado el recuerdo de aquel hombre que miraba la bruma invernal y el recuerdo de mi vida en aquellos días. No sé cómo nació la conversación con el hombre desconocido. Caminamos lentamente por el patio, ante el asombro de los demás presos. Yo iba intrigado con mi nuevo amigo. Un objeto raro debía llevar oculto tras la manta, ya que a cada instante se tocaba en el lado izquierdo, como asegurándose de que seguía en posesión de ese objeto. Hablaba por palabras cortas, de una brevedad casi monosilábica. Cuando le pregunté acerca de los golpes dados por él en el muro divisorio, me miró muy severamente, y, como haciendo memoria, me dijo:

—Hablaba con Marte, y de esto le ruego que guarde silencio. Mi viaje está cercano, en la primavera próxima, ¿sabe usted? —y al decir estas palabras miraba al cielo cárdeno y se tocaba en el lado izquierdo.

En uno de los silencios, que parecía prolongarse indefinidamente, me hizo una señal de seguirlo hasta el rincón donde lo encontré anteriormente. Estábamos bajo la garita del centinela. En aquel instante se introdujo una mano vellosa y enorme entre la manta, hizo un gesto de conquista y surgió de entre el paño un tubo de treinta centímetros de largo y que tenía en los extremos dos aros de metal. Era un telescopio. Me miró como asegurándose de mi discreción y me dijo:

—Esta primavera próxima, ¿sabe usted?

Y señalándome una nube negra cargada de agua:

—Hacia aquel punto oscuro será el viaje; pero de esto, ¡silencio! —subrayó, amenazador, volviéndose a esconder misteriosamente el telescopio en los abismos de su manta.

*

172

Amanecía una mañana de primavera. Un estrépito de cerrojos descorridos sonó en las amplias galerías como una descarga. Cuando salí al corredor para dejar la basura de mi celda, vi a Simón que, un poco desconcertado, estaba en el umbral de la puerta del sesenta y tres. Me acerqué para ver qué extraño diálogo sostenía con el otro preso, y un gesto de asombro debió dar a mi rostro una postura grotesca. Simón me miraba con una mueca burlona. Miré mejor; abrí los ojos desmesuradamente y divisé al fondo del calabozo el cuerpo colgante y monstruosamente alargado del sesenta y tres. Con la cabeza ligeramente doblada hacia el pecho, parecía orar. Simón bajó a avisar a la guardia, mientras yo buscaba algún indicio que aclarara aquella resolución del suicida. No sé cómo, atraído, miré al muerto; una atracción magnética —esa atracción la he sentido alguna vez pasados muchos años— me hizo levantar los ojos y mirar los del ahorcado, cárdenos e hinchados. En aquella mirada se hizo un silencio; después pude escuchar una voz conocida que repetía unas palabras dichas en una mañana de bruma. La voz era más opaca que entonces. Parecía sonar lejos..., muy lejos. «Esta primavera próxima, ¿sabe usted? ¡Hacia aquel punto negro, hacia allí! pero de esto, ¡silencio!» Y aquel silencio exigido tomó forma de nuevo en el gesto lacio del muerto. Busqué en la mesa pequeña de pino. Sobre ella había un libro abierto de astronomía, con anotaciones en las márgenes, que trataban del sistema planetario. En la página derecha terminaba un capítulo a la mitad de la hoja. Más abajo había escrito con trazo seguro la mano del ahorcado: «Señor director de la cárcel... ¿Qué hora es?... Bien, bien; su reloj marcha perfectamente y es testigo de mis palabras. Señor director: quiero ser enterrado con mi telescopio y con este libro mío, que ha sido para mí lo que una linterna a un cínico». Y firmaba: «Un astrónomo».

(1924) Del libro *De la vida del señor etcétera y otras historias.*
Ed. Helios, 1970.

MAX AUB
(París, 1903 - México, 1944)

—— • ——

La ingratitud

Era ya vieja cuando tuvo una hija. El marido murió a los pocos años y ella fue cuidando su retoño como a la niña de sus ojos.

Era una muchachita desmedrada, de ojos azules, casi grises, mirada perdida, sonrisa indiferente, dócil, de pelo lacio, suave, voz lenta y gravecilla.

Gustaba permanecer cerca de su madre, ovillar la lana y ayudarle a coser.

Vivían ambas en una casa humilde, a orillas de la carretera, que debió ser, en otro tiempo, de peón caminero.

La madre bordaba para poder vivir. Cada quince días pasaba un cosario que le dejaba unas telas y se llevaba otras llenas de bodoquitos y deshilados. El cosario murió a consecuencia de las heridas que, a coces, le propinó un burro, furioso por una picada de tábano, en una venta del camino. Desde entonces, con la misma regularidad, apareció su hijo. Cuando Luisa cumplió diecisiete años, Manuel se la llevó. Como la vieja era tan pobre no pudieron celebrar la boda; pero dio a su hija cuanto tenía: los cacharros de la cocina, un traje negro y una sortija de latón que su difunto le había regalado cuando fue a la feria de Santiago.

Luisa era todo lo que en verdad tenía. Sintiéndose encoger la vio subir a la carreta del cosario y perderse en la lejanía. Cuando doblaron, al final de la lenta bajada, ya hacía tiempo que sólo divisaba el polvo que levantaban las patas del mulo y las ruedas de la galera.

La vieja se quedó sola, ni un perro tenía, sólo algunos gorriones volaban por los campos; alfalfa a la derecha y trigo ralo a la izquierda de la carretera.

Se quedó sola, completamente sola. Bordaba menos porque sus ojos se llenaban de lágrimas recordando a Luisa. Los primeros días, su hija le hizo saber, por Manuel, que era muy feliz y le mandó una cazuela con un dulce que había hecho. A los seis meses el hombre le dijo que pronto esperaba un niño. La vieja lloró durante una semana; luego tomó más trabajo para poder comprar tela y hacer unas camisitas y unos pañales para su nieto. Manuel se los llevó, muy agradecido. La vieja siempre tuvo la seguridad de que sería un nieto, y no se equivocó. Unos meses después de su nacimiento, Manuel le dijo que iba a tomar un arriero para que le ayudara en su negocio, que prosperaba. Dos semanas más tarde, en vez de Manuel vino Luis, un mocetón colorado y tonto que cantaba siempre la misma canción:

> *El bombo dombón,*
> *La lomba dombera.*
> *¡Quién fuera lanzón!*
> *¡Quién lanceta fuera!*

Manuel y su mujer se fueron a vivir más lejos y ni siquiera Luis pudo dar noticias a la vieja. Suponía, sencillamente, que estaban bien. La vieja se reconcomió poco a poco. «Los hijos son así», se decía para consolarse, pero recordaba cómo se había portado con su madre. Se quedaba horas y horas sentada a la orilla del camino esperando que apareciese alguien que le trajera noticias de su hija y de su nieto, pero no venía nadie y la vieja se iba secando.

Nunca tuvo gusto para muchas cosas, pero dejó de hacer lo poco que hacía: sin comer, sin dormir, luchaba contra la palabra ingratitud que le molestaba como una mosca pertinaz; espantábala de un manotazo, pero volvía sin cesar, zumbando. Los hijos son así, se decía, pero ella se acordaba de cómo se había portado con su madre. Seca, sin moverse, se convirtió en árbol; no era un árbol hermoso: la corteza arrugada, pocas hojas y éstas llenas de polvo; parecía una vieja ladeada en el borde del camino.

El paisaje era largo y estrecho, las montañas peladas, grises y rojizas a trechos; la carretera bajaba lentamente hacia el valle, sólo verde muy abajo, donde torcía el camino, cerca del riachuelo tachonado de cantos.

Era un árbol que no tenía nada de particular, pero era el único que había hasta la hondonada. Todavía está allí.

Del libro *Ciertos cuentos,* 1955.
En *La uña y otras narraciones.*
Ed. Picazo, 1972.

SAMUEL ROS

(Valencia, 1904 - Madrid, 1944)

—— • ——

El misántropo

Él era un verdadero tipo de misántropo: específico, único, diferenciado dentro de la serie de misántropos. Bien es verdad que no hay en el mundo dos misántropos iguales.

Podríamos decir que él había inventado una misantropía de araña: huidiza, retráctil, peluda. Y era misántropo por fatalidad, por nacimiento; no como otros falsos que lo son por desengaño.

En el barrio le odiaban todos, hasta los limpiabotas y los peluqueros, a los que daba unas propinas casi ridículas por exageradas. Sobre todo le odiaban las muchachas guapas y jóvenes al verle inabordable e imposible, con una prenda siempre de última novedad: gabardina con trabilla, paraguas magnífico, zapatos cuarteados o sombrero con tornasoles. Allí, como en todos los barrios extremos, estaba exagerado el sentimiento de la vecindad.

Los balcones de su casa jamás se abrían a las fiestas: ni procesiones, ni kermeses, y en las cuestaciones hacía ya tiempo que ni solicitaban su apoyo.

A pesar de todo, él no rehuía a la gente; mejor dicho, no huía de las multitudes; pero, eso sí, las abordaba solo, completamente solo, sabiendo de antemano que no dirigiría ni un saludo, ni una palabra... Con su tipo de araña. En el cine y en el teatro se le veía con frecuencia acompañado de su soledad, una soledad bien marcada que saltaba a la vista como la extraña individualidad de un guardia sin pareja.

Aparte de su negocio, conseguido por correspondencia y por teléfono, a fuerza de ser seguro y sin competencia, diariamente él leía por encima el periódico, y hacía solitarios con tal maña, que llegó a no resistírsele ninguno.

A no ser por el teléfono, los que le conocían hubieran asegurado que el misántropo era mudo; pero no, no lo era, porque su mudez estaba cargada de ruido, como el esqueleto de un caracol de mar.

Vivía él con su madre, a la que quería sin zalamerías —claro está—, pero con ternezas guardadas en el rincón más invisible de su persona. La madre decía de él: «Está ganando nuestra vida desde los dieciséis años».

Ésta era la única disculpa que encontraba; pero tan ungida de verdad y pronunciada con tal acento que la gente continuaba visitándola aun a trueque de encontrarse con las groserías del misántropo.

Una vez, paseando por el campo, él comprendió que era como un espantapájaros; tanto, que si las gentes fueran tan sufridas, tan insistentes y tan irónicas como los pájaros, llegarían todos a ser tan amigos suyos como los pájaros lo son del fantoche.

En alguna ocasión su madre le había dicho:

—Cuando yo me muera te quedarás solo... ¿Por qué no te casas?

—¡Casarme...! Bueno, más adelante.

Pero ambos sabían bien que aquello era imposible, porque todo defecto puede compensarse con otro y hasta refugiarse en el mismo defecto, menos la misantropía, que huye y se espanta de otra misantropía.

Cuando la madre enfermó de muerte, ocurrió entonces lo que nunca había ocurrido: la casa se llenó de vecinos dispuestos a endulzar el tránsito de la que creían mucho más víctima de lo que en realidad lo era de la misantropía de su hijo.

Él estuvo todo el día a la cabecera de la cama, grave y hermético, indiferente a los demás. Con esa clarividencia de los retraídos en los momentos solemnes, sabía que la desgracia era para él solo.

Los hombres fumaban en el saloncito próximo y las mujeres en la alcoba de la transformación pespunteaban oraciones silenciosas, con ese masticar de piñones que tienen todos los rezos femeninos. Por la cocina se oía el trajinar de unas mocitas preparando infusiones y paños calientes. En la galería cantaba el canario, porque aún no había aprendido a diferenciar los duelos de las fiestas. ¡Es tan difícil!

Al anochecer la enferma dio el último suspiro, ese suspiro que engancha el vagón de la vida al tope del otro vagón de la muerte, y entonces el trajín de la casa aumentó el diapasón por ese empeño humano de subrayar todos los puntos finales, como hacen los coros en el teatro.

Las mujeres lloraron sin lágrimas y con escándalo; los hombres olvidaron un cigarro de su ración y el misántropo continuaba grave y hermético, sin llorar, porque sentía en sí mismo algo más profundo y duradero que el llanto.

La noche comenzó con todas las consecuencias macabras. Alguien dio el primer paso de aproximación cogiendo al misántropo cariñosamente por los hombros; otro —un carnicero— le tomó las manos, y entonces el misántropo, equivocando el momento, sonrió con gesto de niño cerrando los ojos. Después una mujer se le acercó para cubrirle con una manta, y más tarde una jovencita —la más vistosa del barrio— vino a ofrecerle una taza de caldo. La casada del piso fronterizo le puso un pañuelo de seda negro en el cuello, con algo de abrazo disimulado.

El misántropo se dejó vencer por tanta terneza, y ya no quiso ni pudo pensar en otra cosa que en la tibia solicitud de aquellas gentes que le mimaban como a un niño desgraciado.

Cerca de la madrugada desalojaron la alcoba de la muerta y abrieron a la noche —sin culpa— los balcones. El velatorio continuó en un saloncito apartado y en torno a una mesa camilla, una de esas mesas que cortan a las personas por la línea justa del busto. Todos se ofrecían al misántropo, todos le querían, y a medida que los demás se amodorraban por el sueño, él se sentía más despierto, más vivo y feliz por los halagos...

Estaba sentado en la única butaca de la sala, cubierto con una manta con pliegues de mano femenina y fumando el cigarro que alguien le puso en la boca prendiéndole fuego. También alguien anónimo le había descalzado los zapatos fuertes para ponerle las zapatillas suaves.

En aquellos momentos él hubiese querido dar en su casa una fiesta, una gran fiesta, con pasteles y licores, con música de piano y juegos de prendas, con bailes y regalos. También hubiese querido comprometer a todos para una excursión larga: día completo de monte, con almuerzo, merienda y cena... Deseaba regalar su pitillera de plata al carnicero del primer piso. Se recreó con el pensamiento de hacer una rifa de sus mejores cosas: pluma estilográfica de oro, pisapapeles de plata y mármol, sortija de ónix con iniciales y el cenicero de cerámica con su nombre en letras floridas. No era posible nada de esto.

Ahora deseaba besar sin mala intención a la muchachita que le ofreció la taza de caldo...; pero, ¡ay!, se tuvo que limitar a sacar la mano de bajo la manta y coger la manita tibia de ella, una mano mansa y muy trabajada, pero también muy cuidada y con una sortija sencilla de niña pobre. Así estuvieron años o segundos, porque él no sabía medir el tiempo en el reloj desconocido de la felicidad.

Su madre estaba muerta; pero él era feliz, con alma de canario tonto, verdaderamente feliz, como el espantapájaros, cogido por todos los ganchos que el alma tiende a los demás y curado o no con el recuerdo para siempre de aquella noche bendita y dolorosa.

Del libro *Cuentas y cuentos*.
Ed. Nacional, 1942.

FRANCISCO AYALA
(Granada, 1906)

— • —

The Last Supper

Ocultos y extrañísimos son los caminos de la Providencia. ¿Quién hubiera podido imaginar dónde y cómo iban a encontrarse ahora, al cabo del tiempo, aquellas dos antiguas amigas que, desde los años del colegio, allá en Europa, no se veían ni siquiera habían vuelto a saber una de otra?... ¿Quién le hubiera dicho a la señora Trude, cuando, apremiada por incoercible necesidad, irrumpió en este bar-restaurante tras haber vacilado ante el vestíbulo de un cine, una cafetería y las escaleras del subterráneo (*troppo tarde* ya, ¡ay!, para regresar al hotel); cuando, en fin, pasó de largo, con sus tacones cansados, pero muy digna, ante el mostrador, quién le hubiera dicho a esta dama...?

En aquel momento la pobre sólo tenía ojos para anhelar, a derecha e izquierda, en la fresca oscuridad del local, el consabido *Women (Ladies,* acaso, con un poco de suerte); hasta que, por último, descubrió al fondo *Men,* y, al ladito mismo, gracias a Dios, la entrada gemela. Puede imaginarse cuán impetuosamente empujó la puerta y cómo, despreciando el sórdido lavabo, se precipitó sobre la segunda puertecita, o más bien mampara, para encontrarse allí, *oh, malheur!,* en vez de la ansiada *privacy,* la mirada furibunda de otra señora que, instalada majestuosamente, repelía con ademán perentorio el asalto de quien así osaba perturbarla en la beata posesión de lo que por derecho de primer ocupante venía disfrutando.

Mas la comprensible consternación ocasionada por este nuevo e imprevisto obstáculo hubo de ceder pronto en doña Trude a una grande, a una enorme sorpresa. Sólo a medias entendió las injurias de la otra; pues he aquí que —aparte de tener el inglés enmohecido todavía por el largo desuso—, ¡ufa!, aquella energúmena ¿no era...?; aquella cara abotargada bajo el sombrerito de flores malva, ¿no era la de Sara Gross, hecha, claro está, la corrección debida al paso de los años?

—¿Eres tú... *Are you* Sara Gross?

Lo era, cómo no. Con increíble celeridad la expresión de la ira había cedido en la imprevista Sara al asombro, y ahora *(Lieber Got!),* desde su inmundo sitial, le tendía cordialmente ambos brazos:

—¡Trude!

Mientras que en ésta parecía ceder su terrible apuro y darle tregua en homenaje a la antigua amistad.

—¡Qué sorpresa! —dijo; alargó la mano a su compañera de colegio, como si quisiera ayudarle a levantarse (estaba gorda, la Sarita); volvió a exclamar—: ¿Tú, Sara? —agregó otras cuantas frases de alborozo y, luego, sensatamente—: Oye, querida: si has terminado, hazme el favor, hijita, y perdona, *please.*

Un rato después estaban sentadas ambas en un rincón del mismo bar degustando sendas *coca-colas,* y se reían de la pequeñez del mundo, de sus casualidades.

—¡Venirse a encontrar ahí, precisamente en aquel sitio —ponderaba Trude—, el día mismo de su llegada a Nueva York!

Se preguntaba cuánto tiempo hacía que no se habían visto. Y miraba a su amiga de adolescencia, a la gritona y vaga y vivísima Sara Gross, que ahora se había puesto tan gorda y que estaba, quién lo hubiera adivinado, en América.

—Pero si tú lo sabías, Trude, que nosotros nos vinimos para acá poco después de casarme, hace ya lo menos veinte años.

¡A tiempo!, pensó Trude, ¡vivísima siempre!; y dijo:

—Es verdad, ahora me acuerdo; pero, hijita, son tantas y tales las cosas ocurridas allá, en Europa, desde entonces...

Bueno, más valía dejar eso; era demasiado penoso. Además, pensaba Trude, durante ese tiempo tú has estado aquí dándote buena vida, y así se te ve de lustrosa.

—Dejemos eso, querida; hablemos de cosas menos tristes. Es cierto que tú te casaste, y luego... Bueno, pues al cabo del tiempo volvemos a reunirnos a este lado del Atlántico.

Y pasó a informarla —con su gran locuacidad, sus ojillos vivaces y sus manos inquietas— de que habían llegado aquella mañana misma ella y Bruno, su marido, procedentes de la Argentina.

—Sí, esta misma mañana, al amanecer, veíamos por vez primera la famosa estatua de la Libertad. Y en seguida, caramba, tropezar contigo. ¿No es fantástico?

La informó luego de que habían pasado varios años en Buenos Aires y, antes, en La Habana.

—Desde el cuarenta y tres estamos a este lado del charco. Un montón de años ya en este dichoso continente. Demasiados, ¿no? Pero, mira, qué quieres que te diga: cada vez que recuerdo aquel *cauchemar* pienso que, a pesar de todo, el *New World...*

No podía quejarse, lo reconocía. Ahora, Bruno y ella, venían a probar los Estados Unidos. Si las cosas salían aquí como antes en Cuba y luego en la Argentina... Sonrió, frotándose las manos. Lo de la Argentina, como lo de Cuba, quedaba organizado y en marcha: cosa de darse una vuelta por allí de vez en cuando. Trude explicó a su amiga que Bruno —¡ya lo conocerás, chica!— era formidable. El negocio había sido por completo idea suya: él descubrió la fórmula del producto, él atinó maravillosamente con la marca, y él había montado la propaganda y distribución con plena eficacia. Tres aciertos combinados, la triple llave del éxito; aunque ella, ¿por qué negarlo?, le había secundado en forma decisiva. Ahora, sin pérdida de momento, a patentar la marca e introducir aquí el producto. ¿Que qué producto era? Sonrió:

—Pues, verás, hija mía; se trata de un raticida infalible; de veras, sí, de veras infalible; en eso está la base sólida del negocio, en el secreto industrial de la fórmula... Sin cuentos: allí donde se rociaba *La última cena,* a la mañana siguiente amanecían patas arriba cuantas ratas y ratones... —se interrumpió y, con una sombra de inquietud, preguntó a su amiga—: ¿Qué te parece la marca?, di. ¿Entrará bien aquí, en los Estados Unidos? Tú, que conoces el país, ¿qué te parece?: *The Last Supper.* En Latinoamérica, eso fue maravilloso.

Sin aguardar respuesta (Sara Gross se había concentrado para meditar sobre el caso, entornados los gruesos párpados sobre su botella de *coca-cola*), sin aguardar el dictamen, Trude afirmó que esa marca había sido un gran hallazgo de Bruno, tan importante casi, o tal vez más, que la fórmula del producto mismo.

—Trata de visualizar la caja de cartón, redonda, con *La última cena* de Leonardo, en colores. Arriba, la etiqueta sola; y las instrucciones, en la parte interior de la tapa. Un hallazgo, te lo aseguro. Y, como tantas veces, fruto de la pura casualidad, por lo menos en parte. Verás: fue cuando los muy salvajes bombardearon Milano y se dio por perdida, ¿te acuerdas?, la célebre obra de Da Vinci, cuando a Bruno le vino la idea. Él es un gran *amateur,* un espíritu exquisito —ya lo conocerás—, y su indignación no tuvo límites. Para las cosas de la cultura es una fiera Bruno; un verdadero fanático. En fin, pensó: ¿Ellos destruyeron *La última cena?* Pues yo haré que esa pintura llegue a todas partes, se grabe para siempre en todas las imaginaciones... Ni yo misma supe, durante varios días, lo que estaba urdiendo. Como ves, su propósito era, ante todo, de reivindicación artística. Coincidió con la oportunidad de patentar el matarratas, y resultó luego que la marca encerraba enorme valor publicitario. Date cuenta: para empezar, es un motivo artístico lleno de nobleza; luego, constituye una frase acuñada, que quién no recuerda, y, para colmo, alude sutilmente a los efectos mortíferos —infalibles, te juro— que produce la ingestión de los polvos.

Sara asentía, cada vez más convencida. Pronunciaba, susurraba casi, saboreando entre sus labios pesados, relucientes de pintura: *The Last Supper, The Last Supper,* y cada vez le gustaba más.

En Sudamérica —continuó Trude— eso ha marchado de lo mejor: el negocio es allá firmísimo. Hasta —¿podrás creerlo?, ya tú sabes cómo son aquellas gentes—, hasta tuvimos la *chance* de que, en un momento dado, se puso de moda suicidarse con nuestro producto. Figúrate la publicidad gratuita cada vez que los periódicos informaban: «Ingiriendo una fuerte dosis de *La última cena* puso anoche fin a su vida...».

Ambas amigas sonrieron, llenas de comprensión irónica: las pobres criadas suicidándose por contrariedades amorosas con una fuerte dosis de *La última cena...* Sonreían. Y ahora Trude se concedió una pausa para, cortésmente, inquirir a su vez sobre la vida de Sara.

Después de haber trotado el día entero, se estaba bien ahí, charlando con la vieja amiga en aquel rincón apacible y fresco. Pero la otra no lo permitió:

—No, no, ya habrá tiempo; nuestra existencia ha sido bastante insípida; ya vendrán ustedes a casa; y habrá tiempo de todo; ahora háblame más de ti. Todavía no me has contado nada de las cosas de *allá.*

Trude no quería ni acordarse de las cosas de allá.

—¿Para qué volver sobre tales horrores? Procuro borrarlo todo de la memoria, es lo mejor. Quien no lo ha pasado no puede imaginarse. El pobre Bruno —figúrate, un espíritu tan refinado, una verdadera alma de artista— tuvo que conocer hasta la experiencia del campo de concentración. Sí, casi un año se pasó en el *Konzentrationlager* (allí fue donde, cavilando y observando, y con ayuda de una curiosa casualidad, dio con la fórmula del raticida). El hombre que vale por nada se amilana. ¡Qué días amargos, pobre Bruno! En cuanto a mí, ¿qué voy a contarte, hijita? Ahora, pasado el tiempo, me extraña, me parece una pesadilla, y casi me da risa. Sí, tan absurdo y tan grotesco fue todo, que me produce una risa fría; es como el recuerdo de un sueño bufo que ha torturado a una horriblemente, pero que, al final, no es nada. Un mal sueño. ¿Podrás creerme si te digo, omitiendo otros detalles, que hasta me hicieron recorrer a cuatro patas y con un bozal en la cara todo el Paseo Central, nuestro paseo de los domingos, te acuerdas, hasta dar la vuelta al parque?

—¿A ti, querida? —exclamó Sara tomándole las manos, que se le habían puesto temblonas.

Pero Trude, excitada ya, agregó en voz muy alta:

—Y la infamia peor fue obligar a mi niño...

Se quedó cortada. Sara la miraba con los ojillos más redondos que nunca. Le preguntó, por fin:

—Entonces, ¿tienes un hijo?

—Lo tenía —consiguió articular Trude.

Pero ya se había descompuesto, ya no le salían más palabras, gesticulaba en vano. Y Sara, que la observaba con alarma, vio cómo, por último, abría enorme la boca, igual que un perro, y rompía a llorar, a hipar, a sollozar, a ladrar casi.

Consternadísima, Sara Gross oprimió el brazo de su amiga, le tomó la mano.

—Vamos, vamos, serénate, querida, cálmate; la gente va a darse cuenta; tranquilízate, Trude —la exhortó—. Vamos, no hay que pensar más en esas cosas. Ea, ya pasó, ¿no? Yo tuve la culpa, tonta de mí, por preguntarte; pero ya pasó —le oprimía bondadosamente la mano.

Trude se contuvo, secó sus ojos enrojecidos y sonrió:

—Perdona, Sara; ya pasó.

Ya había pasado.

—Sí, querida, no hay que volver la vista atrás; lo pasado, pasado está. Hablemos de lo porvenir, de ustedes, de lo que vamos a hacer, ahora que estamos juntos de nuevo, aquí en Nueva York.

—Sí, tienes razón —reconoció Trude—. Lo pasado, pasado está. ¿Para qué, si ya aquello no tiene remedio? Hay que seguir viviendo. Perdóname, Sara. Decías que irá bien como marca *The Last Supper* para este país...

(1953). Del libro *El rapto.*
Ed. Alfaguara, 1993.

GONZALO TORRENTE BALLESTER
(El Ferrol, 1910)

—— • ——

El Comodoro

El Comodoro preside todos los mediodías una tertulia en el casino. Por la tarde, si hace bueno, y un poco de brisa, tripula su balandro y recorre la ría. Si llueve o el viento es demasiado fuerte, no sale de su casa, esa casa de junto al mar, que tiene un suave balanceo de barco anclado. Anochecido, entra en el Club de Regatas, donde muchachos y muchachas bailan, y los maduros juegan partidas de *bridge,* y algún que otro aficionado planea competiciones o discute resultados. Al Comodoro le quiere todo el mundo; se le ofrece un puesto en el juego, una copa en el bar, una pareja en el baile, a pesar de sus setenta años. Y él bebe, baila y juega, como un mozo. Su figura enjuta de viejo lobo de mar excede a todos en gallardía. Resiste al tiempo del mismo modo que, con su balandro, sabe capear una mala racha. Alguna jovencita lo imagina vestido de almirante, con traje número uno y bicornio, o mejor con la casaca, que ya no se usa, roja de solapas, tan pomposa y representativa. A la verdad que le iría bien. Debía de haberse retratado con ella, y unas largas patillas de boca de hacha, hacia la época del Callao. Pero entonces el Comodoro era un sueño de su madre, si es que su madre era aficionada a los ensueños. Y si lo era, nunca esperó de su hijo un traje o un nombre así. Y después se murió temprano y no le dio tiempo a verle.

Porque se hace ya necesario descubrirlo: El Comodoro no es almirante, ni marino de guerra, ni siquiera lobo de mar. Cruzó en su vida, es cierto, un par de veces el Atlántico. La primera, a los quince años, polizón a bordo, camino de Cuba, porque era lo más próximo de América. La segunda, treinta y cinco años después, pero de regreso y en camarote de lujo. Queda, pues, dicho que fue emigrante y que se enriqueció.

Y algo más que enriquecerse. Dicen que allá en Chile, o en el Perú, llegó a magnate del nitrato, y eso le dio muchas ganancias cuando la guerra del catorce. Tantas que decidió volver a España para que España lo supiera. Traía en la cabeza grandes proyectos filantrópicos, consistentes en la construcción de un ostentoso grupo escolar donde la cultura se administrase en su nombre. También pensaba edificar, sobre la pobre casa campesina en que había nacido, un palacio de mármoles y bronce, de líneas coloniales.

Pero su llegada fue decepcionante. No le esperaban el Ayuntamiento bajo mazas, ni las fuerzas vivas locales, ni menos los sindicatos obreros. De su familia no había un alma en el muelle, cuando desembarcó del cacharro aquel que hacía la travesía desde La Coruña. Después supo que ya no le quedaban parientes, y llegó a explicarse también por qué la ciudad no vino a recibirle, si bien la explicación no fue inmediata y sí lenta y laboriosa.

El Comodoro es un hombre listo. En vez de clamar contra la ingratitud de su pueblo, al que tanto proyectaba favorecer, pensó que la ingratitud tendría sus razones. Las «Notas de Sociedad», al día siguiente le dieron una pista. Lo primero que reseñaba el reportero era el bautizo de cierta niña, nieta y biznieta de almirantes por los cuatro costados; a continuación se felicitaba el onomástico de cierto coronel, en último término se anunciaba al pueblo en palabras sencillas, «la llegada de don Fernando Varela, acaudalado hombre de negocios americano». ¡Acaudalado hombre de negocios! ¡Él, que había almorzado con Wilson! ¡Él, a quien se recibía con honor en los barcos de la Home Fleet! ¡Él, que había derribado a un presidente de República y había puesto en el sitio a un asociado suyo! ¡Toda su importancia se resumía en «acaudalado hombre de negocios»!

De momento don Fernando Varela, que todavía no se llamaba «El Comodoro», ocultó sus propósitos filantrópicos y dejó en suspenso el proyecto del palacio y continuó en el hotel, ignorado pero alerta. Poco a poco se fue metiendo en la vida de la ciudad con la sola aspiración de conocerla. Y así se estuvo seis meses, doce, dos años, siempre dilatando el día de la marcha, indiferente a los nitratos y al hijo sudamericano que había sido elegido vicepresidente, y al grupo escolar, y al palacio, y a todas las posibles placas conmemorativas, y a la gratitud de su pueblo, que ya entonces se llamaba Villarreal de la Mar. Cada día pasado, cada nuevo amigo, le metían más en el ámbito local, a él, que había contemplado tantas veces Nueva York desde el más alto rascacielos, y aun desde el cielo mismo. El ámbito local, pequeño, complejo, difícil, le atraía, le divertía, llegó a obsesionarle. Y fue porque, finalmente, su interrogante había hallado una respuesta: es mucho más fácil ser multimillonario, magnate del nitrato y padre del vicepresidente de una república que presidente del Club de Regatas de Villarreal de la Mar. Se llega a multimillonario con talento y audacia; a la más alta magistratura republicana por un camino democrático protegido por la ley, que es de éxito seguro cuando el dinero ayuda. Pero el presidente del citado Club de Regatas, en una modesta ciudad del Noroeste, tiene que ser, precisamente, almirante en situación de reserva.

Don Fernando Varela, a los cincuenta y pico de años, cometió la primera locura de su vida, se desentendió de los negocios, de sus proyectos, de su pasado. No construyó un palacio, sino una casita junto al mar, modesta (porque en Villarreal todo el mundo vive modestamente), pero trazada por ingenieros navales, con algo de barco, en que las paredes se llaman mamparos y las ventanas ojos de buey. Y se compró un balandro, y pasó un año en Inglaterra aprendiendo a tripularlo. Y después volvió, y todos los días con buen tiempo salía a navegar un poco, hasta ser un excelente balandrista. Pero siempre solitario, sin buscar contacto con el Club de Regatas, sin apresurarse a entrar en él, hasta que una vez ganó una copa en la Internacional de Arcachón, y entonces la Junta Directiva comisionó a uno de sus vocales para que le invitase a asociarse. Y él lo hizo porque ya había llegado la plenitud del tiempo.

Paulatinamente su figura se había transformado. Nadie recordaba ya su prestancia un poco agresiva de financiero cinematográfico, con manos brillantes de tumbagas y corbatas intolerables. Ayudado de su figura escueta, ayudado de su tez curtida por el viento salobre, fue convirtiendo su rostro, su aire, a la estampa más auténtica de marino retirado, con andares mareados y todo el Atlántico en los ojos. Cuando, con chaqueta azul y gorra de visera, tripulaba su balandro, parecía un almirante de verdad, y, como no lo era, una chica muy ingeniosa que hay en Villarreal y tiene la misión del rebautismo le puso «El Comodoro», y él lo aceptó graciosamente y le quedó.

Hace casi treinta años de su llegada. Es un personaje, un magnífico caballero, ya no tan rico como antes, pero le queda para un buen vivir. Y mira al mundo como quien ha alcanzado sus deseos. Cuando cierta noche confidencial me referí a sus abundantes satisfacciones, el Comodoro me confesó que sólo una cosa, la más importante de su vida, no la había logrado aún. Yo no pude imaginarla y él me la descubrió:

—Lo que me falta para morir en paz es ser presidente del Club de Regatas. De tal manera lo deseo que si no lo consigo puede usted asegurar que toda mi vida, pero estos últimos treinta años especialmente, ha sido un perfecto fracaso.

El actual presidente está muy enfermo. No se le augura que pase el invierno. ¿Qué sucederá a su muerte? Después de hablar a mucha gente, después de tentar la opinión, como se hace ahora, he sacado en consecuencia que por primera vez en la vida del Club, no será elegido un almirante. Sería largo de explicar el porqué. Equivaldría a meternos en una amplia, interminable descripción de los cambios sufridos por Villarreal en los últimos años. Y esto es una de las cosas más complejas y delicadas de la historia de Occidente. Concédaseme que es así ya que no puedo extenderme más. Por todo eso, porque el mundo ha cambiado, porque Villarreal ya no es Villarreal, y porque él lo ha esperado, paciente y sabiamente durante treinta años, don Fernando Varela, alias «El Comodoro», podrá, en su día, morir tranquilo.

(1944). Del libro *Ifigenia y otros cuentos*.
Ed. Destino, 1987.

MANUEL ANDÚJAR
(La Carolina, Jaén, 1913 - Madrid, 1994)

— • —

Visita irreprochable

A despecho del calor, a plomada, indefectible mediado agosto, y a su reverberación, como lento tajo hiriente, y a los escasos márgenes previsibles de sombra y brisa, decidió aceptar todas las consecuencias del importante deceso y vistió traje de un neto color oscuro, seminegro, más cuello y puños almidonados, camisa blanca —de precepto— y corbata azul casi carbonoso, porque, al fin y al cabo, no era de la familia y sólo una prolongada amistad, derivada del paisanaje y de algunos tratos de fincas, le obligaba a esta manifestación de solemne condolencia.

Sin embargo, y ni siquiera necesitó contemplarse de refilón, en su escaparate preferido y cómplice, el de la sastrería, compuso el rostro para todo el transcurso de la grave circunstancia, por si alguien relacionado, conocido del difunto, lo atisbaba durante el trayecto. Dejó, sin contrariarlos, aquel su hundimiento de hombros, la propensión a la ligera joroba que le disminuía una ya corta estatura. Contribuiría al efecto, a la impresión mudamente responsoria, el natural tueste enclaustrado de su piel, haber oficiado tantos años en servicio de Notaría. De cierta manera, su asistencia ahora, el sacrificio de su esmerado desplazamiento, ¿no equivalía a trascender, dadivosamente, su función profesional y de ciudadano —o súbdito— circunspecto?

Al primer ronquido del motor se persignó con portentosa levedad.

Apenas reparaba en el desfile de los campos requemados, espectáculo de su ventanilla, por donde también surgían y se rezagaban las airosas manchas de chalets ajardinados y los bloques —un mucho carcelarios— de algunas urbanizaciones. Comenzaba a dominarle el sopor, un semisueño le abanicaba, y de modo inconsciente intentó que sus cabezadas fueran expresión del cansancio que sólo una moderada más tenaz tribulación concita. Al despertar encendía un cigarrillo y lo fumaba, a lentas inhalaciones, con tembleque nervioso de los dedos, índices palmarios de su ánimo embargado.

Entornó los ojos para ignorar o reducir las figuras que le acompañaban «físicamente» y que no le provocasen un sentido de comunidad que en este caso mundano y frívolo sería. Rechazó parejamente imaginar el alivio de una fuente o las burbujas heladas de cualquier refresco, lo que le parecía lesivo para su actitud reverencial. Aunque le persistiera el sabor de arena recalentada en los labios gruesos, colgante el inferior, uno y otro descoloridos.

Al término del breve viaje, no se apresuró a bajar, cedió el paso, que no iba a dañar su severa compostura. Y descendió el penúltimo. Que ni por una extrema humildad debía llamar la atención.

Después, mesurado el andar, se dirigió a la parada de taxis, mientras el reloj del Ayuntamiento lanzaba las campanadas de su metálico rigor. (Se esforzó en que no le distrajeran, ni le retuviesen unos segundos, de su duelo formal, los giros de los vencejos y el aletear cantarín de los gorriones.) En tanto se acomodaba, inclinado, en el asiento trasero, consultó el papel con las indicaciones y el plano al reverso, torpe pero explícitamente trazado, y transmitió las necesarias noticias al chófer.

Un camino pedregoso, ascendente, de empalmadas curvas, en flanqueo de las laderas de la montaña plataformada. Únicamente lo entreveía, como cansinos los párpados, porque captó que el conductor le espiaba, perplejo por su silencio mohíno.

Lo demás fue relativamente normal (la verja de la espaciosa residencia, abierta de par en par, la profusión de escaleras que ajedrezaban el jardín y reptaban hasta las embocaduras de pisos, entresuelos y estancia; el deudo que someramente le recibió y guió; su descargo de las frases preparadas, ante la viuda, dama sí de conveniente aspecto tenso y goteadas lágrimas; los hijos, ellas y ellos, despechugados, en pantalones vaqueros, capaces rara vez de roncas exclamaciones y suspiros en fuelle; la retirada que le facilitó un pariente, en su auto, al regreso todavía con gesto ensimismado, contristado; igual que un alfilerazo secreto la máscara de la fisonomía del ilustre cliente, modelada en cera...).

Al reincorporarse a su hogar —acechó, hasta comprobar su salida, que la esposa no le molestaría—, se despojó de su entonada indumentaria y procuró recobrar comodidad y soltura. Pretendió sonreír, se creía liberado, pero no lo consiguió. Desde el espejo le miraba, envarado y atónito, quizá algo sardónico, otro hombre, que pugnaba, sin éxito, por conseguir una mueca no funeraria.

Pensó, deprimido, que cuando le llegara su óbito nadie, lo mismo que él, imbuido de su integral concepto de la suprema ceremonia, le devolvería aquella irreprochable visita de pésame.

Del libro *Cuentos*.
Ed. Alianza, 1984.

CAMILO JOSÉ CELA
(Iria Flavia, La Coruña, 1916)

— • —

Culpemos a la primavera

I

La tierra está húmeda y el campo huele con el olor suave de después de la lluvia. Es la primavera. Los guisantes de olor han florecido ya, y ya la madreselva vuelve a colgarse otra vez de los caminos. Se nota como si la vida fuera más joven, ¡quién sabe!, como si todo se hubiera puesto de acuerdo para vivir aún con más alegría. Se levanta una piedra y allí nos encontramos al escarabajo, que brilla como si fuera de cobre, y al ciempiés, que huye velozmente y desaparece bajo la piedra de al lado; debajo de algunas piedras está también escondida la pequeña víbora de relucientes colores cuya picadura es capaz de matar a un hombre... El mirlo vuelve a silbar desde lo alto de los castaños; el jilguero vuelve de nuevo a columpiarse en las livianas ramas de las zarzas; los estorninos vuelven a volar en chillonas y negras bandadas, y las lavanderitas, con sus dos colas puntiagudas como hojas de laurel, vuelven a sus saltos de piedra en piedra del río. Es la primavera, que parece como si nos volcara nueva sangre en las venas.

La casa está escondida en el bosque de castaños. Los castaños son altos y gordos —tienen lo menos doscientos años cada uno— y alrededor de sus troncos crece la hiedra, que sube hasta arriba, hasta confundirse con las mismas hojas del árbol. Los castaños están muy tupidos y, a veces, sus ramas crecen tanto que cuelgan sobre el camino y casi no dejan pasar. Detrás de la casa hay un pabellón para el ganado y encima del pabellón, unas habitaciones para los jornaleros. Como el mes de mayo ya está acabando, los jornaleros duermen con las ventanas abiertas de par en par.

Por entre los castaños hay un sendero que va a dar a la carretera y otro que va a dar al mirador: el mirador tiene un balconcillo de hierro, un banco de madera y una cúpula de trepadora y de madreselva, cuyo olor era ya tan penetrante que casi levantaba dolor de cabeza. Como era de noche y el ramaje que cubría el mirador no dejaba pasar la luz de la luna, no se podía ver el respaldo del banco, donde de día podía leerse Cristina, debajo de un corazón atravesado por una flecha... Lo había grabado a punta de navaja un jornalero que no era del país y que después hubo de marcharse para no volver.

Cristina no dormía en el pabellón; Cristina dormía, con las dos doncellas de la señora, en el desván de la casa, donde tenían un cuartito con cretonas en el tragaluz y alrededor de la bombilla. Cristina era la lechera, y las dos doncellas de la señora, que eran de la ciudad, la miraban por encima del hombro y la despreciaban. Cristina no les hacía caso.

En el pabellón no dormían más que hombres y alguna mujer ya vieja, ya sin peligro; la señora miraba mucho por la moral y a más de una muchacha ya había despedido... Sobre los jornaleros no tenía potestad, que era lo que más la irritaba. ¡Ah —decía—, si dependieran de mí estos galopines! Cuando los cogía en algo se lo decía a su marido, pero por regla general tenía poco éxito; el viejo —que de joven había sido un tarambana— decía siempre, con un aire entre patriarcal y consentidor, aunque la Navidad aún no hubiera acabado de pasar: ¡bah, culpemos a la primavera!..., y se quedaba dando golpecitos en el bastón sobre el suelo, como distraído, o tamborileando con los dedos sobre el brazo de la butaca, con aquellos dedos potentes de campesino donde llevaba su anillo de casado y su recia y gruesa sortija de hierro, aquella sortija que le hiciera famoso, allá por sus años juveniles, cuando le vaciara todas las muelas a su primo Guillermo... Siempre que esto decía cogía la puerta y se iba a dar una vuelta por los castaños. Si se cruzaba con alguna moza la saludaba sonriente.

Un día hizo llorar a Cristina; se la encontró en el sendero del mirador y estuvo hablando con ella. ¡Dios sabe qué cosas le dijo! Margarita, que era una de las doncellas de la señora, se rió de ella cuando se lo contó, pero al día siguiente, como hacía buen tiempo, se marchó sola y sin decir nada a nadie por el sendero. Se adornó la cabeza con margaritas blancas y amarillas y se puso un ramito de campánulas en el escote... El señor había salido a dar un paseíto y Margarita, cuando lo vio, le dijo: buenos días, señor. El señor se paró en medio del sendero y le dijo: buenos días, Margarita, hija... Se quedaron callados y el señor, después, le preguntó si no tenía frío, tan desabrigadita como andaba...

Por la noche, Margarita se reía cuando se lo contaba a Esperanza, la otra doncella de la señora. Cristina daba vueltas y más vueltas en la cama, y como no podía dormir se levantó toda desazonada, se calzó y salió al campo. Como no hacía frío, le bastó con ponerse una blusa encima de la enagua.

Cristina imitaba el canto del cuclillo como nadie... A los cinco minutos subía, cogida del brazo, camino del mirador; en el mirador él le pasó la mano por la cintura. Me dais miedo los hombres... Hoy estoy como rara... Él no le contestó. Al volver, Cristina subió hasta su cuartito del desván con los zapatos en la mano. Aunque la noche era más bien templada, tenía frío tan sólo con la enagua... Se metió en la cama y se puso a escuchar. Ni Margarita ni Esperanza habían vuelto todavía.

II

Los pájaros se aman al levantar el día y arman una algarabía de mil demonios con sus requiebros. Y los trabajadores, mientras los pájaros se aman, van con el hacha al hombro camino del bosque, o llevando entre dos la larga sierra, o sobre el carro de bueyes camino de los terrenos donde están sembradas las habas y las patatas. Por el sendero que va a la carretera baja Cristina con su gran jarra apoyada sobre la cadera; va a ordeñar. Baja alegre y risueña y no mira para el bosque de castaños donde los pajaritos cantan y donde los helechos se elevan, alrededor de las fuentes, tan altos como hombres. Cuando llegue al establo ordeñará sus vacas, sentada en la banqueta de tres patas que le hizo el extranjero.

Ni Margarita ni Esperanza se habrán levantado todavía. Como la señora no madruga... El señor sí madruga, y desde bien temprano se le puede ver trajinando entre los trabajadores, con su gran barriga y su cinturón todo de cuero. Tiene ya sesenta años, pero es aseado como un mozo; su barba va siempre peinada con cuidado y sus manos son lavadas cada mañana.

La señorita tampoco madruga; hace como su madre. Es alta como ella, gruesa y colorada como ella, lleva su mismo nombre... La señorita tiene cuarenta años menos que la señora, y en esos cuarenta años las costumbres han cambiado. La señorita tiene veintidós años (la señora es algo más vieja que el señor) y al despertarse se estremece dentro de su camisón, pero no se levanta; se da la vuelta y sigue metida en la cama, muy tapada, mirando para la enredadera que da sobre los cristales, oyendo el gorjeo de los pájaros. La señorita duerme con la ventana cerrada, pero con las maderas sin echar, porque le gusta ver nacer el día todas las mañanas...

El señor llega hasta el establo apoyado en su bastón; pregunta a Cristina por el ganado y ésta se pone colorada y dice que está bien. Después se va hasta el bosque a ver cómo sigue la tala. Sonríe de una forma extraña. Pero es un trabajador y un andarín infatigable.

Cristina ha vuelto a llorar de algo que le dijo el señor. Pero ahora no se lo dirá a Margarita... Se levanta, coge unas amapolas y se las pone en la boca. Después sigue ordeñando hasta que termina. Levanta la jarra, se la coloca en la cabeza y emprende el regreso hacia la casa.

El señorito está pálido, ojeroso y lleno de granos; es algo más joven que la señorita. La señora siempre está diciendo, al desayuno: es una barbaridad tanto deporte, una barbaridad; y el señorito se estremece, porque él, sólo él, es quien sabe a dónde va Esperanza por las noches. En su defensa sale siempre el señor. ¿Que está delgado? ¿Que tiene ojeras? Natural, hija; muy natural. El mozo está en la edad... Y sonríe antes de cortar la conversación con su: ¡bah, culpemos a la primavera!

El señorito huye de Cristina, porque la encuentra demasiado tosca, pero el vaquero, sin embargo, no la huye, porque es tosco también. Hacía mucho tiempo ya que le había dicho a Cristina una cosa al oído; la tenía abrazada cuando se lo dijo. Cristina se dejó abrazar, pero le dijo que no, que cuando se pusiese unas amapolas en la boca. El vaquero estaba escondido en los helechos; salió y cogió a Cristina de una mano. La jarra de leche la dejaron en el suelo. Después él le llevó la jarra un largo trecho. Ella iba contenta, muy contenta, y saltaba como una cabra, pero cuando llegó a la casa le corrió un escalofrío por la espalda y se quedó pensativa: le pareció ver en todos los ojos como una mirada de malicia...

El señor marchaba a la ciudad y mandó ensillar su yegua. La señora —ahora que su marido no estaba para ayudarle a mantener el orden— habría de redoblar su vigilancia, porque estas criadas no son otra cosa que unas casquivanas, y estos jornaleros no pasan de ser unos sinvergüenzas la mayor parte de las veces. Pero Cristina, por la noche, quería salir a oler la madreselva con el otro, con el leñador, con el que sale vistiéndose para no perder tiempo cuando oye cantar al cuclillo. ¡Se está tan bien apoyada en su hombro, mirando para la luna en el mirador!

Margarita tampoco se quedaría acostada; cierto es que no estaba el señor, pero... El señor cuando volviese de la ciudad le traería tela de flores rojas para un vestido; ya se lo había ofrecido. Esperanza es la que saldría a escondidas, como siempre. Los grillos cantan ocupando toda la noche, pero tan seguido y tan igual que a veces se acostumbra uno y parece como si no los oyese, como si su canto fuera el sonido del silencio.

El médico ató su caballo a un castaño y se fue derechito hasta la casa. Contó: uno, dos, tres, cuatro..., pero como la noche era muy oscura se equivocó. Dio unos golpecitos con los dedos sobre el cristal: ¡María!... No levantaba mucho la voz, porque no hacía falta; ella tenía buen oído.

La señora se extrañó de que llamasen a su balcón. ¡María!... Abrió los cristales y un hombre se descolgó en su habitación. ¿Ves cómo es éste el mejor sitio? La señora no decía nada, porque quería ver hasta dónde el médico iba a parar. Ella rechazaba con sus cinco sentidos aquella situación —¡no faltaría más!— y, sin embargo... Las tres potencias del alma la pusieron sobre aviso, pero el demonio de la carne... Lo notó y se dijo horrorizada: ¿qué es esto? No, no era posible; ella sólo quería saber hasta dónde iba a llegar el médico en su osadía.

En la habitación de al lado, la señorita se estremecía dentro de su camisón. Su cabecita trataba de desechar los falsos temores. ¡No habrá podido venir!, se decía. Cristina, cogida del brazo del leñador, miraba para la luna en el mirador, apoyados sobre la olorosa madreselva... Margarita se había puesto a pasear por delante del pabellón. Estuvo dando vueltas arriba y abajo lo menos diez minutos; después decía al panadero: si no hubieras llegado a tiempo, a estas horas estaría acatarrada. ¡Está tan fría la noche!

El médico se dio cuenta en seguida de que se había equivocado.

—No sé —dijo a la señora— cómo he podido estar tanto tiempo... ¿No oirá nuestra conversación vuestra hija? ¡Quién sabe si no pensaría algo malo! No sé cómo he podido estar tanto tiempo sin advertiros. En realidad, es un deber de conciencia; yo me decía: ¿dónde podré ver a María para ponerla sobre aviso? E inmediatamente pensé: ¡en su habitación!; por eso al entrar me decía: ¿no ves cómo es éste el mejor sitio? Pues sí, como os decía: en realidad es un deber... Vuestro marido...

—¿Mi marido?

—Sí, vuestro marido...

—¿Qué?

—Pues eso.

El médico inventó una fábula, porque nada sabía. Culpó a Cristina... ¡Yo los vi!, llegó a decir cuando se vio muy apurado. Salió otra vez por la ventana, buscó bien esta vez y llamó, un poco impaciente, con los nudillos. Le amaneció en los brazos de su amada.

Su caballo, a fuerza de tirar y tirar, rompió la brida que le sujetaba al árbol y salió disparado como un rayo. La yegua del señor se puso de manos y dio con el señor en tierra.

—¡Bah! —decía el señor desde el borde del camino—. ¡Culpemos a la primavera!

III

El leñador pidió ver a la señora y le dijo: señora, quien debe de salir no es Cristina, sino yo. Le ruego que me perdone...

Pero Cristina ya había liado su hatillo, hecha un mar de lágrimas, y ya iba sendero abajo, camino de la carretera.

El señor estaba magullado y lo atendía su hija. La señora entró, se sentó muy sonriente a los pies de la cama y dijo que la amiguita del señor iba ya por la carretera. El señor frunció el entrecejo y miró para la maleta, donde traía la tela roja para Margarita. ¿Cómo será posible —pensaba—, si aún no hace diez minutos la vi pasar por el pasillo? La señora volvió a decir con su risita: Y me acabo de enterar que el leñador te hacía la competencia...

—¿Quién te lo dijo?

—Él mismo; acaba de estar conmigo.

—No, no digo eso. Digo el nombre de la otra.

—El médico, que estuvo esta noche en mi habitación...

La señorita dejó caer la fuente en que traía el desayuno del señor. Después le dio un ataque de histerismo y hubo que llamar al médico. El señor no quiso verlo y dijo a su mujer: pues te engañó miserablemente. No es Cristina, es otra; búscala, si quieres. Y en vista de eso, la señora tampoco quiso poner al médico los ojos encima. En el fondo, es de confianza, se dijo para tranquilizarse. Y como era de confianza y estaba a solas con la señorita, le quitó el ataque de una manera muy original.

El lechero llegó con la gorra en la mano hasta donde estaba la señora. Tosió un poco y le dijo: señora, Cristina es inocente, se lo juro; un servidor...

—¿También?

La señora mandó buscar a Cristina, porque su pensamiento había evolucionado; ahora lo único que era pecado era ser la de su marido; las de los demás... Cristina volvió radiante de alegría y la besó los pies.

Después la señora mandó llamar a Esperanza y le dijo, para ver de sonsacarle algo: bueno, Esperanza. Estoy decidida a perdonar, pero tenéis que decirme por qué el señor... Esperanza se echó a llorar y dijo:

—¡Ay, señora! El señorito...

—¿Cómo el señorito?

Al señorito lo cogieron y lo mandaron interno a un colegio, pero por el camino fue rescatado por encargo de su padre, que lo alojó en la casita que había al otro lado del valle. Como a Esperanza la despidió la señora, el señor la encargó del cuidado de su hijo...

Entonces la señora mandó llamar a Margarita y la culpó de conspirar contra la felicidad de su hogar. Margarita dijo —de muy malos modos— que bueno, que dijese lo que quisiera, que ella no le hacía caso, y la señora, en vista de eso, la echó a la calle. Ella se fue a vivir a la aldea, que estaba algo lejos de la casa. Pero cuando el señor se puso bueno se la llevó a la casita del otro lado del valle. Sería conveniente ir pensando en arreglar la casita de una buena vez: había que limpiar toda la casa, que arreglar el jardín. El señor también se fue para allí: así podría vigilar mejor al señorito. La señorita sufría continuas crisis de nervios y el médico la aconsejó que cambiase de aires, que fuera a la casita, por ejemplo. Así podría atender a su viejo padre. El médico la visitaba con frecuencia... ¡Aquellos nervios!

IV

Pasó el tiempo, la primavera también pasó; llegaron los fríos que traen las pulmonías... Cuando enterraron a la señora en el cementerio que hay alrededor de la iglesia, una lluvia que casi no se veía iba calando a los acompañantes.

Del libro *Esas nubes que pasan* (1945).
Ed. Espasa Calpe, 1976.

ALONSO ZAMORA VICENTE
(Madrid, 1916)

— • —

Pasado mañana

Sonia no cabía en sí de puro contenta. Martes ya, y pasado mañana la boda. Locamente, en desbaratada caricia, se le iba la mano a la cabeza para arreglarse el imaginario velito. De vez en cuando, en una esquina, desde un portal oscuro, un olor de azahares la envolvía dulcísimo, y Sonia apretaba el paso, súbita vergüenza. Pasado mañana la boda repitiéndose, y cómo será, si el cura estará pesado, y hay que ver las amigas qué preguntonas, y luego, cuando nos vayamos, y: Total, ya falta poco. Sonia ha salido de casa con tiempo. Va despacito, camino de la estación, entre la lluvia cobarde, parándose en los escaparates, en todos los anuncios. Muebles, qué sala bonita, pondremos la nuestra así, y la tienda de cuadros, con esas reproducciones de Chagall que no le gustan a Claudio, este Claudio a veces tiene unos gustos... Y piensa en Claudio, que vuelve de su pueblo, su último regreso de soltero, el tren llega a las ocho, por dónde vendrá ahora, si estará mirando por la ventanilla, cuando pase por el puente aquél grande se acordará de mí, de cuanto hicimos aquel fin de semana juntos. Qué buena mujer su madre, un año ya que se murió, cómo pasa el tiempo. Y Sonia aprieta el paso bajo la amenaza de su dicha, que se agolpa como una pena tibia, entre el gritar de los vendedores, los timbres de los tranvías, las sirenas de los autos. Cruce tras cruce, Sonia se distraía

205

en ver los cambios de luz en las señales, y atravesaba despacio, ya estará el tren más cerca, seguramente se verá ya aquella torre espigadita, de ladrillo, y quizá Claudio... Bueno, no podía nombrar a Claudio sin un alboroto en la garganta. Se habrá venido al restorán porque, a veces, sube tanta gente en ese empalme que hay a la salida de su pueblo... Claudio, Claudio, Clau-dio, Clau-dio... Un... Dos... Y apretaba el paso, sonriendo.

La estación refulgía dentro del crepúsculo. Timbres, altavoces. Un cuarto de hora todavía. Detrás de la marquesina se iba acabando la tarde. Una luz incierta, desvanecida, algo de amanecer entre los hierros. Sonia hizo vagamente el gesto de arroparse los hombros en la cama y presintió, con el frío primero, la ventura de un cuarto caliente y pequeñito. Como el que tendremos, y con una camillita clara y brasero eléctrico, Sonia paseando, los piropos del hombre del carromato de equipajes (¡si será majadero!) y la pareja de guardias que le miran a las pantorrillas con descaro, par de memos, si Claudio estuviese aquí no se atreverían, y aún diez minutos, Visitez l'Espagne, el cartel de retraso de trenes, qué bien, llega a su hora, y Sonia se siente azorada, intranquila, la vía ya hundiéndose en la noche, zigzagueo de luces rojas y azules en los discos, el altavoz, el tren, y el corazón, bobo, dale que dale y corriendo. Pasado mañana, pasado mañana. El último regreso de soltero.

Se fue parando el tren. Olor de humos, grasas, de paisajes abortados en el tracatrá de las agujas. Sonia miró la locomotora agradeciéndole su esfuerzo, el corazón apresurado. En seguida se vio envuelta en el gentío. Cazadores, mujeres de los pueblos cercanos hablando a gritos, recomendaciones, desconfianzas, muchos ¡Perdón! y más empujones, la sirenita del tren de vagonetas que recoge el correo, el altavoz aconsejando Cada viajero su billete, Sonia alargando la cabeza, el vagón restorán, y Claudio, por fin, allí sonriente, la mano en alto y la boina caída, este Claudio siempre tan descuidadillo en el vestir, y ya no hace falta decirse «amor mío», y le puedo besar tranquila ante la gente; total, ya pasado mañana. Claudio y Sonia, apretujados entre los viajeros, buscan la salida. Son las ocho y pico.

—Aún llegamos a un cine. De continua. Nuestra última tarde de novios.

—Nos queda mañana, Claudio.

—Pero, mañana, preparativos, y confesar. Vamos a buscar un taxi.

—Vamos al metro. Hay tiempo.

—No; a un taxi mejor.

—Ay, vamos como quieras. Ya me da igual.

Y la felicidad le golpeaba. Insensible ya a los empujones de los que llevan prisa, retroceso inesperado, tropiezos con maletas grandes que se atraviesan, un crío que llora perdido, pitos de trenes, el altavoz amonestando, el hombre del fielato, y la calle. Llueve. Una alegría sosegada y profunda, como si todo estuviese ya hecho y a gusto, terminado. Claudio gritando ¡Taxi! ¡Taxi!, y no paran, todos vienen llenos, claro, con este tiempo. Por fin, uno llega, lejos, la lucecita verde del alquila bien visible, Claudio echa a correr de pronto, Sonia llamándole, el griterío de la estación a esas horas, las sirenas de los autos, el piso resbaladizo, ¡Claudio, Claudio, ese camión!, y Claudio no lo vio venir, tan grande como era: «Cementos y piedra artificial» en el larguísimo costado, Sonia siente que el chirrido de los frenos le taladra la frente, está lloviendo y la mancha de sangre y barro crece, solamente callada esa mancha entre las exclamaciones de la gente que pisa y vuelve a pisar, Sonia no llora, es que está lloviendo, y el agua le resbala por los carrillos, por la barbilla y por el pecho, se nota como zambullida y ahogándose, este Claudio, yo prefería el metro, y le duele la sonrisa que Claudio tenía al bajar del coche restorán, la boina caída, siempre tan descuidadillo, ya sin pasado mañana el calendario.

Ya hace años que Sonia baja a la estación casi todas las tardes. Ni el frío, ni la nieve de enero, ni los calores de agosto han evitado que ella baje, cruce tras cruce, a la estación. Muchas gentes del personal del ferrocarril ya la conocen. Como los vendedores del camino. La mujer de los periódicos —algunas veces le compra *La Noche* y busca el programa de los cines de continua— y el cojo de la esquina de los muebles, que vende flores, y cerillas, y postales, y ya la saluda: Buenas tardes, señorita; buenas noches, señorita, según el tiempo. Porque en lo alto de julio aún es de día cuando pasa por allí, a las ocho menos cuarto, y es noche cerrada cuando pasa en diciembre. Una vez llovía intensamente —¿abril?, ¿tormenta de septiembre?— y se refugió en el tenderete, y entonces hablaron, lo caro que está todo, una lástima cuando se le murió la pobre Juana, su mujer, y las chicas, que tienen que trabajar, y la contribución. Dios mío, cada año más alta. Y Sonia no dice nada, camino de la estación, segura de que Claudio va a venir, expreso de las veinte horas, andén tercero, vía ocho, esa vía donde Sonia ha ido viendo cambiar las cosas en estos años: unas plantas, los cables de la tracción eléctrica, los pasos subterráneos nuevos, y los mármoles del bar, y las bombillas azules de Wagons Lits Cook, S. A. Una tarde, y otra, y otra, el exprés de las veinte llega, Sonia envuelta en el gentío, empujones, el tren de vagonetas que busca el correo, los números inexpresivos de los trenes, ascendente 1.151, dónde irá, mensajerías 560, sudexprés núm. 1 un buen tren, y los carteles del turismo: Visitez l'Espagne, Escorial, XXIII Salón de Otoño, y los anuncios Peregrinación a Roma, Informes e inscripciones... y qué bien, un viaje de novios a Roma, Útiles eléctricos para el hogar, Campaña de Navidad, silbidos, una gitana que pide unos céntimos, siempre esa tristeza pisoteada por los andenes, en el puestecillo ambulante de los caramelos y las pastillas de café con leche, y en la cara de la mujer que guarda los urinarios, y Sonia que se vuelve a casa, vaga sonrisa, y nunca sale por esa puerta, por *aquella puerta*, el asfalto está resbaladizo y hay camiones cargados de cemento. De ángulo a ángulo de la marquesina, Cada viajero entregue su billete, ruidos de la calle, un chirriar de frenos zumbando, súbitos, por la sien, aquí, Sonia hace como si se fuese a arreglar el velito, el velito de tul de novia, un pelo blanco y punzante naciéndole cada vez que llega la mano a la frente, Sonia triste y sonriendo, Sonia despacito, los periódicos de la noche, novios que entran en los cines, un silbido de locomotora perdido por el aire, lejos, será un tren que sale ahora por el disco, el ratito ante la tienda de cuadros, que no le gustan a Claudio, este Claudio, con unos gustos, qué le vamos a hacer, y el anhelo de comprarle a Claudio una corbata de esas a rayas, tan de moda, no son muy caras, quizás en los Almacenes Harrods la encuentre inarrugable, este Claudio, tan descuidado en el vestir, pero qué boba, no haberlo pensado antes, es mejor una bufanda, eso es, una bufanda, es octubre ya. Y en la última esquina, antes de entrar en su casa, Sonia se levanta el cuello del abrigo, al percibir el viento mojado del sur.

Todo fue bueno y normal en este día. Ya cinco años. Sonia ha tenido hoy poco trabajo en la oficina; en casa la esperaban unas cartas amables, y hace un día tibio, de nubes largas y veloces. A la tardecita, ya costumbre, va a la estación. Extrañamente contenta esta tarde, de vez en cuando se le escapa una sonrisa leve, contestación apenas esbozada. A veces, esta cabeza, una piensa que la están llamando, vaya usted a saber. No compra hoy el periódico; teme llegar tarde al exprés, se hunde en el metro. Empujones, silbidos, palabras malhumoradas. Sonia no piensa en nada, sino en que puede llegar tarde al tren. Hoy precisamente. Corre escaleras arriba. Ha llegado antes que la escalera mecánica. Faltan diez minutos. No trae retraso. Pasa al andén, como siempre. Las caras de otras tardes: algunos mozos, el maquinista de las vagonetas, la chica de la tiendecita de recuerdos y fotografías, el empleado que alquila almohadas y vende cenas de viaje. Muchos ya la conocen, pero hoy Sonia no repara en nada, en nadie. Unas monjas le preguntan a coro, tímidas, ceceando, un revuelo de papalinas, por ese expreso de las ocho. «Por aquí, por esta vía», Sonia contenta y erudita, ya está al llegar, Sonia ve crecerle como una marea un extraño gozo. Pasado mañana. De un grupo de gente joven que espera a su lado, una voz se desprende: «Vendrá en el restorán». Como Claudio. A Claudio también le gusta venir en el restorán. Es más cómodo. Sube tanto palurdo en el empalme, le gusta tanto la comodidad. Tendré que acostumbrarle a ponerse bien la gorra y a llevar corbata, porque este Claudio... Y algo le escarabajea en la garganta. El altavoz habla anunciando la entrada del tren. Sonia busca el altavoz entre los hierros de la marquesina y, de camino, sus ojos leen una vez más los carteles del turismo y los anuncios, Gran Feria de Muestras, Costa del Sol, V Congreso Internacional de Filatelia, Quesos y Mantecas La Mahonesa, Compre sus ropas en... El tren. Sonia se pone de puntillas, alarga el cuello y... Un empujón: alguien que llevaba prisa, pero ya había visto a Claudio en el estribo del vagón restorán, hasta le había sonreído, trae el abrigo gris, ese que se compró hecho, y sombrero, que le sienta tan bien, y se empina Sonia y le parece que viene hacia ella, corriendo, algo más envejecido está, y ya empieza a abrir los brazos y ¡Claudio!, pero el trenecillo de los equipajes se interpone, y el gentío, mujeres de los pueblos con pollos, cestas, cajas de frutas, muchas recomendaciones, cuidado con los rateros, loco dar direcciones a última hora, cazadores, una peregrinación de señoritas que canta desagradablemente, y Sonia que busca a Claudio alocada, clamando Claudio, Claudio, andén hacia atrás. Allí está. Claro, como no traigo el sombrero de siempre, y ya me parecía a mí que este traje sastre no le iba a gustar, y, además, no me lo ha visto nunca puesto, y ¡Claudio!, ¡Claudio!, Lleve cada viajero su billete. Perdón, señorita, y el agolparse a la salida, *aquella* salida, ¡Claudio! más alto, Sonia queriendo ir al metro, tropezando con las maletas, y nunca se ha tardado tanto en salir, por qué no traerán preparados los billetes, qué pelmas, y si se me va a escapar, pensará que hoy no he venido a la estación, porque era él, yo creo que me vio, trae el abrigo gris y me ha reconocido. Ya, ya lo veo, ay, el maletín, si es el maletín que yo le regalé, no me había dado cuenta, y Sonia, corriendo detrás de un abrigo gris, repasa la mañana aquella en que fue a comprar el maletín para Claudio, un maletín precioso, casi tanto como el que se trajo el jefe de París, un pobrecillo el dependiente que la piropeaba con descaro, hasta le cogió los dedos al pagar, si sería estúpido. Y Claudio que se lanza a la calle gritando ¡Taxi! ¡Taxi! Sonia, enloquecida: ¡No! ¡No! Ese camión, acuérdate del camión, «Cementos y piedra artificial» en el larguísimo costado, está lloviendo, Sonia no quiere que llueva, el asfalto se pone resbaladizo y con sangre, es mejor el metro, ¡Claudio! ¡Claudio!, y Sonia, ya en el suelo, vio volver la cabeza al hombre del abrigo gris, quien, dejando caer de golpe el maletín, abrió los brazos y corrió hacia ella, una caliente ternura: Por fin me ha visto, está algo más viejo, será el sombrero, la gente grita horrorizada, el chirriar de los frenos en la sien, dolientes y punzando. Y pasado mañana, pasado mañana, pasad...

Cuando Sonia recuperó el sentido estaba recostada en un banco de la estación, y gentes solícitas le preguntaban cómo se encontraba, si quería algo, un vaso de agua, y qué susto. Bebió temblando. ¿Dónde poner la voz ahora, y la mirada? Allí estaba el hombre del abrigo gris, que la levantó del suelo, después del tropiezo con el guardabarros.

—Ánimo, señorita. Se ha librado usted del camión por un milagro.

No era Claudio. Pero todo había estado tan cerca, tan justamente cerca... Pasado mañana. Le dio las gracias. Tomó un taxi. No valía la pena recordarlo.

Del libro Smith y Ramírez (1957).
Ed. Círculo de Lectores, 1986.

VICENTE SOTO
(Valencia, 1919)

———— • ————

Concierto desesperado

« ꞔℓℓℓℓℓℓℓℓℓℓℓ Querida abuela: Me voy a comprar tres mil trescientas once libras esterlinas de chicle para que estés contenta y la tía Mary no me deja salir a jugar con Brenda la negrita y Corinne y Susan que están jugando en nuestro jardín y dice cómo va a jugar un hombretón como tú con unas niñas tan pequeñas y el tío Harold está borracho y me dice you idiot aféitate y Mr. Bull el enfermero ya no me afeita y ya no me saca de paseo porque es muy besucón y huele a tabaco y la tía Mary me afeita muy suavito y me da un gusto grandísimo y el enanito de la radio toca muy contento el piano y la flauta y los violines y me tienes que explicar por qué Mozart está enfermo porque el enanito de la radio ha dicho que está muy enfermo y que es muy pobre y que se va a morir y yo le quiero dar dinero a Mozart y penicilina y una aspirina.»

Ralph esperó un momento. La orquesta iniciaba el segundo movimiento, andante, de un concierto que él no sabía cómo se llamaba. Ni siquiera sabía qué era un concierto, pero la madera de la orquesta empezaba ese andante y él esperó en suspenso. Primero, muy apagados, unos golpes graves de cuerda sugieren todo el aire que va a tener el movimiento. Luego entran los violines: un anuncio estremecido de melancolía y serenidad de todo lo que va a venir después.

Aún podía oír bien Ralph. La radio estaba en su habitación, sobre su mesa, y el zumbido y las trepidaciones de la vieja aspiradora, que su tía Mary pasaba por el salón, con la puerta abierta entre ambas piezas, era un rumor lejano.

Con una de sus manazas Ralph sujetaba el papel a la mesa, con la otra empuñaba el lápiz y lo manejaba como un palo con el que estuviese removiendo algo en un caldero. Y poco después de haber oído entrar el piano, que de algún modo hacía para él más llevadera la emoción de los primeros compases, Ralph suspiró y siguió escribiendo. Así, sólo así: *ccccccccccc a uuuuuu a cccccccc*. Y despacio, como si lo que hubiera en el caldero fuese algo espeso, pesado de remover. La *a* le salía a Ralph bastante bien y la escatimaba; sólo para matizar cosas que le parecían muy importantes la ponía.

«*uuuuuuuu ccccccccccc*. Y me voy a comprar tres mil trescientas once libras esterlinas de chicle para que estés contenta porque yo sí que quiero tu dinero porque cuando te dejamos allí y te poníamos las flores el hombre del azadón las coge y las huele y la tía Mary dice qué hace usted y el piano está cantando como el agua cantando y el enanito de la radio tiene pena y el hombre del azadón decía pues que no permito que aquí traiga nadie flores de plástico es un insulto y las quemo y la tía Mary decía nuestras flores no son de plástico y los violines van así así tan suavitos de pena y el hombre del azadón dice que nuestras flores no son de plástico que son unas flores muy buenas y que usted perdone y yo quiero comprarme tres mil trescientas once libras esterlinas de chicle y la tía Mary dice que no y yo digo pues la abuela ha escrito al señor del sombrero hongo que dejo a mi queridísimo nieto Ralph al huérfano de la familia mis acciones y la casa de Sussex y tres mil trescientas once libras esterlinas para que se compre lo que quiera y la tía Mary dice pero Ralph pero Ralph y el tío Harold está borracho y quiere levantarse del diván y se cae y el zumbido de la aspiradora ya viene y los violines se asustan y el tío Harold se levanta y se me cae encima y pega un palmetazo en la mesa y me da miedo y se ríe y la aspiradora ya está aquí y la música chilla y se ahoga y la tía Mary le dice al tío Harold cobarde cobarde y el tío Harold se ríe y me echa en la cara el humo del cigarrillo y dice no me jorobes Mary que tú también quisieras verle muerto y la música está tan lejos y tan ahogándose y la tía Mary no le dice cobarde cobarde al tío Harold y tengo angustia de la música ahogándose y tengo asco porque el tío Harold me echa el humo del cigarrillo como el enfermero y dice venga que tú sabes que el muy idiot me vio empujar a la vieja y la tía Mary llora y yo no vi yo no quiero ver al tío Harold empujándote y yo no le vi cuando te empujó y la tía Mary le dice qué dices Harold y él se cae contra la pared riéndose y dice venga que tú estás tan metida en esto como yo y vamos a tener que empujarle al idiot también y me echa el humo y se va riéndose al cuarto de baño y yo no vi nada y no le diré nada a Mr. Bull y no le diré nada a Brenda la negrita y no le diré nada a nadie y seré muy bueno y nunca me acercaré a la ventana de la torreta porque yo no vi nada y la aspiradora se va un poco y los violines vienen un poco y el humo del cigarrillo huele igual que Mr. Bull que es muy besucón y me tocaba por aquí y se lo digo a la tía Mary y la tía Mary le decía fuera de esta casa canalla y Mr. Bull decía pero señora y la tía Mary lo sacaba a empujones a la calle y el tío Harold está tirando de la cadena del váter y tose y hace un ruido grandísimo de asco y la música chilla como un gato y la aspiradora se va lejos y el piano del enanito viene cantando solito y yo quiero verte abuela porque sólo tú me explicas las cosas y porque le tienes que explicar al tío Harold que yo no le vi empujarte por la ventana y porque me tienes que explicar qué es una querida porque Susan dice sabéis qué pues que mi papá tiene una querida y Brenda la negrita la de las coletas tiesas la que tú dices que tiene los ojos más grandes que los pies le pregunta qué es una

querida y Susan dice sí que estás tonta una querida es una señora desnuda y Corinne dice que una señora desnuda es una modelo porque su papá es pintor y tiene una modelo que es una señora desnuda que su papá le da cheques y Susan dice no serán
cheques en blanco y Brenda pregunta qué es un cheque en blanco y Susan le dice que le va a pegar una torta y que una querida
es una señora desnuda que le dan cheques en blanco y que hace
llorar a las mamás y Corinne dice que la modelo de su papá no le
hace llorar a su mamá y Brenda pregunta qué es una modelo y
qué es una querida y qué es un cheque en blanco y Susan le pega
la torta y Brenda se va llorando mucho y la música ya no está.»

—Tía Mary. ¿Cuándo veré a la abuela?
La tía Mary cerró en un gesto agrio los ojos, paró la aspiradora, preguntó:
—¿Qué?
Empezaba el tercer movimiento del concierto que
Ralph no sabía cómo se llamaba y Ralph se embobó escuchando. Hay ahí un arranque alegre de los violines y Ralph sentía el
piano correteando detrás de ellos y luego los violines detrás del
piano. Todo parecía juguetón de pronto: una broma, una pug-
na de payasadas ligeras.
—¿Qué dices? —volvió a preguntarle su tía.
Ralph había olvidado lo que quería preguntar, se azoró
mirando a su tía, ésta puso en marcha de nuevo la aspiradora,
él siguió escribiendo:

«〰〰〰〰〰 a ℓℓℓℓℓℓℓℓℓ. Y nunca me
llevan a verte y siempre que me duermo te veo y ya sé dónde
está el cielo pero luego ya no lo sé.»

—Tía Mary, ¿cuándo veré a la abuela?
La tía Mary paró la aspiradora, se acercó con paciencia
a Ralph, rebajó el sonido de la radio.

—¿Qué dices?

—Yo no vi nada.

—¿Cómo?

—... Que yo no veo nunca a la abuela. ¿Cuándo la veré?

La tía Mary no dijo nada al pronto. Bajó la cabeza. El piano dialogaba con la orquesta. Luego, como sintiéndose oídos todos los instrumentos, empezaron a hablar en voz baja y aprisita. Tenía la tía Mary conciencia de que lo habían entendido todo, sabía de algún modo que esperaban lo que ella pudiese decir. Se asustó, soltó:

—Un día. Un día, hombre.

Y volvió al salón y desató otra vez el zumbido de la aspiradora: un zumbido bronco y entrecortado por el golpeteo de piezas viejas. Ralph se tapó un momento los oídos con las manos. Luego puso fuerte la radio y continuó:

« *a a celellell a a a uuu celle* dónde estás dónde estás y la tía Mary decía en el cielo y yo miro y no te veo en el cielo porque te dejamos allí y el hombre del azadón ponía tierra y yo no tengo pena porque no quiero que lo sepas y así no tienes pena y pone tierra y luego pone nuestras flores que no son de plástico y el tío Harold ya sale del cuarto de baño y sube por la escalera tropezando y me llama y yo no quiero subir y me llama y la tía Mary dice Harold please y el tío Harold se ríe y canta y yo tengo miedo de la ventana alta porque yo no vi nada y ya viene la aspiradora y ya se ahoga la música y tengo una pena y un miedo que tú no lo sabes ven pronto y quiero comprarme tres mil trescientas once libras esterlinas de chicle para que veas la alegría que me da el dinero que le escribiste al señor del sombrero hongo que le dejo a mi queridísimo nieto Ralph al huérfano de la familia y mis acciones y la casa de Sussex y me has de explicar qué es huérfano de la familia y yo también sé escribir muy bien y por eso te escribo y el señor se quitaba el sombrero hongo y también lee que le dejo la pulsera y el broche de esmeraldas a mi hija Mary y el collar y la sortija de diamantes a mi hija Peggy y el dinero sobrante por partes iguales a mi hija Mary y a mi hija Peggy y el tío Dave y el tío Harold estaban muy calladitos y muy buenos y la tía Mary ya está aquí y la aspiradora es un perro y la música chilla dentro de mí y el tío Dave cierra los ojos y le decía al señor del sombrero hongo qué buena era y el tío Harold decía qué buena era y el tío Dave le pregunta al señor que se quita el sombrero hongo dígame please no es por nada please pero el dinero sobrante y esas partes iguales please please y sí que es verdad que las queridas hacen llorar a las mamás porque el señor se hace aire con el sombrero hongo y se rascaba un oído con un dedo muy hondo y le da gusto y le hace toser de gusto y yo le veía un diente de oro y el señor decía treinta y siete libras esterlinas para cada hija y el tío Dave estaba blanco y dice a mi mujer no le interesa ese dinero y la tía Peggy que es mamá porque es mamá de Pam llora y dice sí hombre para tu querida y el tío Harold también está blanco y dice a mi mujer no le interesa ese dinero y la tía Mary llora y decía pero si fueran cinco mil libras qué y lloraba.»

—Tía Mary.

Ella paró la aspiradora y esperó.

—¿Tú eres una mamá?

Cerca del final del concierto que Ralph no sabía cómo se llamaba, el piano se deja atrás a la orquesta y corre solo. Arriba, abajo. Explorando, preguntando. Solo y, ahora, libre del ahogo de la aspiradora, limpio.

—Pues... —dice la tía Mary volviéndose de espaldas a Ralph—. Como si lo fuese.

—¿Mía?

La tía Mary se encoge de hombros y Ralph le pregunta:

—¿Y el tío Harold tiene una querida?

—¿Cómo?

—¿El tío tiene una querida?

La tía Mary se deja caer derrengada en el diván. Primero se ríe sin voz clavándose las manos en los vacíos. Es una mujer cansada, de grandes ojos tristes. En la radio vibran los compases finales del concierto que Ralph no sabe cómo se llama; vibran y brillan y a Ralph le lastiman. Ha entrado toda la orquesta y después de una interrupción brusca el piano vuelve a imponerse. Y Ralph comienza a sentir terror: la tía Mary sigue retorciéndose, ya llenándosele de voz la risa, y con el pie, sin querer, pone en marcha la aspiradora. Y empieza a decir:

—¿El tío una querida?

Lo dice mirando a Ralph y luego suelta una carcajada cerrando los ojos y encarando la boca abierta con el techo. Y repite:

—¿El tío una querida?

Ralph no oye. Está ensordecido por la lucha a muerte de la música y el zumbido de la aspiradora y sólo ve la boca de la mujer abriéndose y cerrándose en la risa y en la palabra inaudibles: una boca de carátula ciega flotando en el horror de la lucha.

—¿El tío una querida?

Ralph tiembla. El concierto acaba de morir —un estertor de toda la orquesta en tres golpes— y el zumbido ensucia el aire. La tía da con el pie al botón de la aspiradora y el zumbido va apagándose en un zumbido dulce. La tía se calma, con el revés de la mano se limpia la última lágrima de risa.

Las niñas se han ido del jardín. La tía se levanta y se va despacio, olvidada de la aspiradora. Ralph mira el garabateo oscuro de su carta. Ve con precisión prodigiosa hasta el último matiz de lo que ha puesto y ve a su abuela y su abuela se le pierde sonriéndole. Y, sonriéndole, su abuela se deja ver otro poco. En los ojos de Ralph aparecen lágrimas. Aparecen. No han brotado de súbito. Como cuando el rocío se hace en las flores.

Ralph parpadea, lágrimas claras ruedan por sus mejillas. Ralph mira sus pensamientos y siente tejerse en su memoria la esperanza del todo con la desesperanza de la nada. Va a continuar la carta, vacila, firma aprisa: *a a ccccccccc* . Abre un cajón de la mesa, saca un sobre, escribe en el sobre:

a a ccccccccccc a
uuuu a ccccccccc
ccccccc a uuu cccccccc

Dobla la carta, la mete en el sobre, pega el sobre. Sale al jardín. Ralph es tan enorme que al pasar por la puerta casi roza con la cabeza el dintel.

En el jardín mira de reojo a uno y otro lado, absolutamente inmóvil. Nadie le ve; lo sabe. Saca del bolsillo una caja de cerillas. Cree oír algo en lo alto y mira de repente a la ventana de la torreta. Detrás del cristal glaseado ve pasar un par de veces la figura borrosa del tío Harold. Oye a lo lejos el rumor de la ciudad. Mira la ventana, se vuelve a oír el rumor. Descubre algo sorprendido la caja de cerillas que tiene en la mano. Recuerda: enciende una cerilla, le prende fuego a la carta. Mira el humo subir al cielo. A punto de quemarse los dedos suelta el papel chamuscado. Mira el humo deshaciéndose en el aire limpio, mira intensamente el cielo. Luego mira las cenizas en el suelo, se agacha, cubre las cenizas con un puñado de tierra. Levanta otra vez los ojos hacia la ventana, se vuelve a oír la ciudad lejana. Se acerca a la cancela del jardín. Tiembla deteniéndose a oír la ciudad. Agacha la cabeza, retrocede y entra en casa.

Del libro *Cuentos del tiempo de nunca acabar.*
Ed. Magisterio Español, 1977.

JUAN EDUARDO ZÚÑIGA
(Madrid, 1919)

— • —

Hotel Florida, Plaza del Callao

Fui por la noche al hospital y le conté cómo había llegado el francés, lo que me había parecido, su energía, su corpulencia, su clara sonrisa, pero no le dije nada de cuanto había ocurrido unos minutos antes de que el coche de Valencia se detuviera junto a la acera y bajaran los dos, el representante de las fábricas francesas y el teniente que le acompañaba, a los que saludé sin dar la mano, explicándoles por qué y asegurándoles que la sangre no era mía. Para qué hablarle a ella —a todas horas en el quirófano— de ese líquido de brillante color, bellísimo aunque incómodo, que afortunadamente desaparece con el agua, porque si no ocurriera así, los dedos, las ropas, los muebles, suntuosos o modestos, el umbral de las casas, todo estaría señalado con su mancha imborrable.

Ella se interesó por lo que oía, y también se extrañó de que alguien que llegaba a la capital entonces fuera tan temerario cuando nadie podía prever lo que sería de uno a las pocas horas o si al día siguiente estaría en el quirófano y precisamente ella le pondría la inyección anhelada que da el sueño, la calma, el descanso, hasta que, para bien o para mal, todo termina. Y como ése era el destino de los que allí vivíamos, conté a los recién llegados lo que acababa de ocurrir y recogí del suelo un trozo de metralla y mostré, como prueba de lo que decía, el metal gris, de superficie cruzada de arañazos y caras mates; hacia este objeto informe y al parecer inofensivo, el extranjero tendió la mano, lo contempló, lo guardó entre los dedos y volvió a abrirlos para tirarlo, encogiéndose de hombros como indiferente a los riesgos de aquel sitio donde estábamos, gesto idéntico al que hizo cuando le propuse tener las conversaciones sin salir él del hotel, donde estaría seguro, pero no parecía dudar de ser intangible y tras su mueca de indiferencia, la primera entrevista la tuvimos en el despacho del comandante Carranza, repasando éste cifras y datos y escrutando las posibles intenciones ocultas del agente que, como tantos, pretendía ofrecer armas defectuosas, cargamentos que nunca llegarían, precios exorbitantes, hasta que le preguntó abiertamente sobre plazos de entrega. La respuesta inspiraba confianza por la simpatía que irradiaba aquel tipo, un hombre que entra en una ciudad sitiada, bajo del coche mirando a todos sitios, divertido, aunque les habían tiroteado al cruzar Vaciamadrid, y propone ir a pie al hotel por la Gran Vía, un cañón soleado, tibio pero salpicado hacía unos minutos de explosiones de muerte, y como dos insensatos o unos alegres vividores, echamos a andar hacia Callao para que gozase de todo lo que veía —escaparates rotos y vacíos, letreros luminosos colgando, puertas tapadas con sacos de arena, farolas en el suelo—, muy diferente de lo que él conocía al venir de un país en paz, rico y libre, porque a nosotros algo fatal nos cercaba, pesaba sobre todos una inmensa cuadrícula de rayas invisibles, cruzando tejados, solares, calles, plazas, y cada metro de tierra cubierto de adoquines o ladrillos era un lugar fatídico donde la muerte marcaba y alcanzaba con un trozo de plomo derretido, una bala perdida, un casco de obús, un fragmento de cristalera rota, un trozo de cornisa desprendida, una esquirla de hierro rebotada que atraviesa la piel y llega al hueso y allí se queda.

Más tarde él tampoco comprendió lo que iba oyendo a otras personas, comentarios en los sitios donde yo le llevaba, al mostrarle los barrios destruidos por las bombas o las ruinas del Clínico trazadas sobre un cielo irreal por lo transparente; le llevaba de un extremo a otro, del barrio de gitanos de Ventas a las calles de Argüelles obstruidas por hundimientos de casas enteras, de las tapias del Retiro frente a los eriales de Vallecas, a las callejas de Tetuán o a los puestos de libros de Goya, al silencio de las Rondas vacías como un sueño. Por ellas cruzaba Nieves camino de su casa, en ellas la había yo esperado muchas veces y visto avanzar hacia mí, encantadora en sus abrigos viejos o sus modestos vestidos de domingo que camuflaban tesoros que no se imaginaban, y desde lejos sonreía, o reía porque la hacía gracia que la esperase, y ahora, porque aquel tipo francés fuera tan exuberante, tan despreocupado, tan contradictoriamente amistoso cuando vivía de las armas, un hombre al que yo nunca podría imaginarme con una en la mano, e incluso tampoco papeles de oficina, presupuestos, tarifas como las que manejaba hablando con Carranza, queriéndole convencer de que los envíos se harían por barco, que no había posibilidad de incumplimiento, y para afirmarlo alzaba los brazos, gesticulaba. Cambió de postura, se levantó para dar unos pasos y coger un presupuesto, se acercó al balcón y, al mirar por los cristales dándonos la espalda, mientras nosotros seguíamos fumando, dejó escapar un sonido, un resoplar que bruscamente desvió nuestra atención, y aunque fuera una exclamación de sorpresa por los celajes malva y naranja que se cernían en el cielo a aquellas horas, me levanté y fui a su lado, casi como una deferencia o para recordarle que debía volver a sentarse y discutir.

En la fachada de la casa de enfrente, en su viejo color, en los balcones alineados geométricamente, uno estaba abierto y allí la figura de una mujer se vestía con toda despreocupación y se estiraba las medias a la vez que se la veía hablar con alguien.

Nos reímos o, mejor, carraspeamos siguiendo los movimientos de aquella mujercita empequeñecida, pero capaz de sacudirnos con la llamada de sus breves manchas de carne y el impudor de separar las piernas para ajustarse la braga, con lo que nos tuvo sujetos unos segundos hasta que de pronto volvió la cara hacia nosotros, mientras ejecutaba los conocidos y sugerentes movimientos de todas las mujeres al vestirse, y nos miró como si hubiera recogido el venablo ardiente de las miradas porque con desfachatez nos saludó con la mano y siguió metiéndose la blusa, espectáculo un poco sorprendente pero que para él no era así porque lo creyó propio del clima cálido y de la alocada vida de guerra y cuando quise convencerle, no pude.

No comprendía dónde había venido; hubiera sido conveniente imbuirle la idea de que bastaba trazar un cuadro sobre el plano, con un ángulo en Entrevías, otro en las Sacramentales, junto al río, otro en la tapia de la Moncloa y el cuarto en la Guindalera, y lo que allí quedaba encerrado era puro dominio de la muerte incompatible con su osadía tan impropia de nuestra ciudad, ciudad para unos sombrío matadero y para otros fortaleza defendida palmo a palmo, guarnecida de desesperación, arrojo, escasas esperanzas.

Un lugar así era el lugar de la cita, el menos oportuno, al que sin falta había de acudir, según la orden de Valencia que indicaba la esquina de la Telefónica y Hortaleza para esperar al coche, sin haberse parado a pensar si acaso sería un vórtice de los que en toda guerra, sumen lo vivo y lo destruyen, parecido a un quirófano, me dijo Nieves cuando se lo conté, y ella sólo tuvo curiosidad por el francés, atraída —tal como pensé más tarde—, por ser lo opuesto a lo que todos éramos en el 38, tan opuesto a lo que ella hacía en el hospital, a las esperas en el refugio, a las inciertas perspectivas para el tiempo venidero.

Por eso les presenté cierto día que, con el pretexto de mostrarle un centro sanitario, le hice entrar y ponerse delante de Nieves, que se quedó asombrada de lo bien que pronunciaba el español y de su apretón de manos y con cuánta cordialidad le preguntó por su trabajo y por su vida, que entonces se limitaba a las tareas de enfermera, hasta el punto de que muy contenta nos invitó y nos llevó a las cocinas y habló con una jefa y nos trajeron unas tazas de café, o algo parecido, que nos bebimos los tres saboreándolo, charlando de pie entre los ruidos de fregar las vajillas.

Miraba fijo a las muchachas que iban en el metro o por la calle; lo mismo parecía comerse a Nieves con los ojos, de la misma manera que se había inclinado hacia las dos chicas la tarde en que llegó, cuando íbamos hacia el hotel Florida y delante de los cines aparecieron dos muchachas jóvenes; paradas en el borde de la acera, reían por algo que se cuchicheaban, ajenas a lo que era un bombardeo, con los vestidillos repletos de carne, de oscilaciones contenidas por la tela, las caras un poco pintadas en un intento candoroso de gustar no sé a qué hombre si no era a nosotros dos mientras ellas corrían a un portal... Como algo unido estrechamente a un pensamiento suyo o a lo que acabábamos de hacer, al salir del hospital me contó que había descubierto en su hotel una empleada bellísima, que iba a buscar un pretexto para hablarla e incluso proponerla salir juntos u ofrecerle algo y me preguntaba adónde ir con una mujer y qué regalo hacerle, a lo que no me apresuré a contestar porque estaba pensando en el hotel, en el hall donde nos habíamos sentado la tarde de la llegada y habíamos contemplado a los que entraban y salían, periodistas extranjeros, anticuarios, traficantes de armas, reporteros traidores, espías disfrazados de demócratas, falsos amigos a la caza de cuadros valiosos, aves de mal agüero unidas al engaño que es negociar las mil mercancías que son precisas en las guerras. Pensé en ellos y no en el agente ofreciendo flores a una mujer, porque si me hubiese venido esa imagen a la cabeza habría previsto —con la facultad que en aquellos meses teníamos para recelar— algo de lo que él a partir de ese momento me ocultó, aunque no fue sólo él, porque a los dos días, cuando vi a Nieves, ella me habló con elogio del francés, pero no me dijo todo o, concretamente, lo que debía.

Yo no desconfié porque demorase la marcha; unas veces alegó estar preparando los nuevos presupuestos, e incluso vino un día a la oficina para usar la máquina; otras, que iba a consultar con París por teléfono y esperaba la difícil comunicación, agarrándose a esos motivos para que los días pasasen y pudiera estar conmigo o solo, vagando por las calles, según pensé atribuyéndole iguales deseos que yo tendría en una ciudad cercada y en pie de guerra. Otras curiosidades llenaban los días del francés, distraído de la ciudad devastada que a todos los que en ella vivían marcaba no en un hombre, como a los siervos en la antigüedad, sino en el rostro, de forma que éste iba cambiando poco a poco y acababa por extrañar a los que más nos conocían.

Envejecerle la cara, no, pero sí reconcentrar el gesto igual que ante una dificultad, sin que yo supiese cuál era, hasta que un día me confesó que había buscado a la mujer que vimos medio desnuda en el balcón, a lo que sonreí en la confidencia, sobrentendiendo la alusión que hacía, pero incapaz yo de percatarme de que poco después me habría de acordar de aquella aventura suya propia de un tipo audaz y mujeriego, y la tendría presente pese a su insignificancia. Eran meses en que cualquier hecho trivial, pasado cierto tiempo, revelaba su aspecto excepcional que ya no sería olvidado fácilmente. Como Nieves no olvidaría la tarde en que tomamos el café en las cocinas porque cuando me dijeron en el hotel que el francés no había vuelto desde el día anterior, ya había visto en ella señales de inquietud que procuraba disimular, pausas en las que se distraía mirando algo, y la misma movilidad de las manos que, sin quererlo, la noté, como muchos días antes había advertido en las de Hiernaux al coger la esquirla del obús. Luego me había acompañado en recorridos por muchos sitios, vio las casas rajadas, de persianas y balcones reventados, las colas de gente apiñadas a cualquier hora a la espera del racionamiento, los parapetos hechos con adoquines por los que un día saldrían los fusiles, disparando, presenció bombardeos, las manchas de sangre en el suelo, las ambulancias cruzando las calles desiertas, el rumor oscuro del cañoneo lejano, pero nunca nos habíamos vuelto a hablar de aquella tarde, de lo que había ocurrido unos minutos antes de bajar él del coche: un presagio indudable.

Llegó el momento de la partida, resuelto el pedido de las armas, y exactamente la última tarde nos despedíamos delante de los sacos terreros que defendían la entrada del hotel Florida, nos estrechamos la mano conviniendo que sería muy raro que nos volviéramos a encontrar y me daba las gracias con sus palabras correctas.

Junto a nosotros notamos una sombra, una atracción y al volver los ojos vimos una mujer andando despacio, alta y provocativa, midiéndonos de arriba abajo con desplante de ramera, en la que coincidían las excelencias que el vicio ha acumulado por siglos en quienes a él se consagran; paró a nuestro lado y saludó a Hiernaux y éste me hizo un ademán de excusa porque efectivamente la depravación de la mujer, la suciedad y abandono del vestido y el pelo largo echado por detrás de las orejas requerían casi su excusa: él sólo me dio un golpecito en el brazo y se fue con ella por la calle de Preciados andando despacio, con lo que yo pude admirar el cuerpo magníficamente formado, el equilibrio de los hombros y las caderas terminando en pantorrillas sólidas: en algo recordaba a Nieves, en las proporciones amplias y macizas. Y esa relación que insistentemente establecí arrojó un rayo finísimo de luz en mi cabeza, y mientras que pasaban horas sin que supiéramos del francés, la borrosa imagen de los sentimientos de Nieves iba perfilándose en la única dirección que a mí me importaba: nunca me había querido, porque transigir y aceptar no era querer, y mi obstinación no conseguía cambiar su natural simpatía, su buen humor, en algo más entrañable; no lograba arrebatarla aunque su naturaleza fuese de pasión y entrega.

Extrañado, me fui al Florida y le esperé en el hall, pero mis ideas giraban en torno a Nieves; sentado en una butaca, viendo pasar hombres que hablaban idiomas extranjeros y a los que odié como nunca, sólo pensaba en él cuando la carnosidad de Nieves me evocaba su encuentro con la prostituta: estaría con ella, se habría dejado vencer en su decisión de marchar y pasaría horas en alguna alcoba de la vecina calle de la Abada, descuidando compromisos y perdiendo el viaje como fue incuestionable al dar las dos y media de la madrugada y marcharme sin que él apareciera.

Al día siguiente, el teléfono me reveló toda la excitación de Nieves, su intranquilidad cuando le conté la desaparición, su enfado al saber el encuentro con la prostituta, y de pronto estalló contra él, insultándole no como a un hombre que se va con mujeres, sino al que está imposibilitado de gustar de ellas. El hondo instinto que increpaba en el teléfono me ponía en contacto con la intimidad de Nieves mucho más que meses de tratarla, de creer que oía mis confidencias y compenetrarme con ella: era la confirmación absoluta de lo inasequible de su afecto.

Pasaron unos cuantos días sin saber nada de él y sin ir yo tampoco al hospital, sin buscarla, pues todo intento de reparar su revelación no serviría para nada, y hastiado, hundido en incesantes pensamientos, me pasé el tiempo en el despacho sin preocuparme de otra cosa que no fuera fumar y aguardar una llamada del SIM cuando le encontrasen, importándome muy poco lo que ocurriese fuera de aquella habitación, ni guerra ni frentes: todo había perdido su lógica urgencia menos la espera enervante, porque me sentía en dependencia con la suerte de aquel hombre, por conocer yo bien la ciudad alucinante donde había entrado con su maletita y su jovialidad. Aunque dudo de si somos responsables del futuro por captar sutiles presagios destinados a otras personas a las que vemos ir derechas a lo que es sólo augurio nuestro, como aquel del obús que estalló en la fachada de la joyería y extendió su saliva de hierro en torno suyo hasta derribar al hombre cuyos gritos me hicieron acudir y ver que la cara estaba ya borrada por la sangre que fluía y le llegaba a los hombros; le arrastré como pude hasta la entrada del café Gran Vía, manchándome las manos igual que si yo hubiera cometido el crimen, y la acera también quedó con trazos de vivo color rojo que irregularmente indicaban de dónde veníamos, y adónde debía yo volver impregnado de muerte en espera de unas personas a las que contagiaría de aquella epidemia que a todos alcanzaba.

Por eso, cuando me avisaron por teléfono de lo que había ocurrido, no me extrañó, sino que pensé en los destinos cortados en pleno camino y dejados con toda la fuerza de su impulso a que se pierdan como los fragmentos de una granada que no encuentran carne en su trayectoria.

Así fui yo dos días antes por la calle, a tomar el metro y a procurar aclarar algo con Nieves, pero cuando la telefonista la buscó no la encontró en todo el hospital y se sorprendía, tanto como yo me alarmaba, de que hubiese abandonado el trabajo sin advertirlo, porque nada había dicho en la casa y la madre me miraba sin llegar a entender mi pregunta cuando fui allí por si le había ocurrido una desgracia.

Pese a su furia por teléfono, claudiqué y una tarde, en el vestíbulo del patio, a donde solían entrar las ambulancias, volví a encontrarla callada, hosca y evasiva; fue suficiente que la preguntase por él para que un movimiento suyo, apenas contenido, con la cabeza, me hiciera insistir buscando las palabras, explicándole que la policía estaba sobre el asunto y que pronto le encontrarían y que pronto se aclararía su desaparición que era sospechosa, o muy natural por su falta de precauciones y su convencimiento de que no había peligro. Acaso él esperaba únicamente los riesgos tradicionales de la guerra y no se guardó de otros; de ésos exactamente yo debí prevenirle: no sólo de los silbidos de las balas perdidas, sino de otras formas de muerte que le acecharían y que una voz nerviosa me anunció por teléfono, sin que yo me asombrase porque sabía lo que me iban a decir, y así fue: le habían encontrado acribillado a puñaladas en el sitio más inesperado, al borde del Canalillo, por la Prosperidad, ya medio descompuesto, cubierto de moscas e insectos, y ahora los agentes de la comisaría de la calle de Cartagena estaban atónitos, sin entender cómo un extranjero había llegado hasta allí, máxime cuando aún conservaba en los bolsillos el dinero, los documentos, la pluma, lo que era de difícil explicación, pensaba yo según iba al depósito de Santa Isabel, si nos veíamos obligados a justificar por qué había muerto, por qué estaba allí extendido, pestilente, del que aparté la mirada en cuanto le reconocí y me detuve en los objetos alineados junto a él. Mientras contaba quién era aquel hombre, reparé en una Cruz Roja nítidamente trazada en un botoncito de solapa que como adorno solía llevar Nieves en el abrigo.

Para mí fue un cuchillo puesto en la garganta. Me callé, pensé en todo aquel desastre que se nos venía encima y ella, en medio del remolino, interrogada, asediada a preguntas, quién sabe si hablaría de paseos por barrios extremos o del bisturí con su funda dorada que como juego llevaba en el bolso... Pese a todo, la quería como a ninguna otra, esquiva, inconquistable; la culpa era de la guerra, que a todos cegaba y arrastraba a la ruina.

Del libro *Largo noviembre de Madrid* (1980).
Ed. Alfaguara, 1990.

FRANCISCO GARCÍA PAVÓN
(Tomelloso, Ciudad Real, 1919 - Madrid, 1989)

— • —

Paulina y Gumersindo

A Ignacio Aldecoa

La fachada de la casa era una baja pared enjalbegada y un portón ancho. Nada más. Detrás del portón, un corralazo con higuera y parra, con pozo y macetas y, cosa rara, un bravo desmonte velloso de hierba, solaz de las gallinas. Refiriéndose a él decía Paulina: «Cuando hicieron la casa y la cueva, hace milenta años, quedó ese montón de tierra. Como le nació hierba y amapolas, mi padre dijo: "Lo dejaremos". Y cuando nos casamos, Gumersindo dijo: "Pues vamos a dejarlo y así tenemos monte dentro de casa"». En el fondo del corralazo, en bajísima edificación, la cocina, la alcoba del matrimonio, la cuadra de *Tancredo* y un corralito para el cerdo.

Algunas tardes, muchas, íbamos con mamá o con la abuela a visitar a la hermana Paulina. Si era verano, la encontrábamos sentada entre sus macetas, junto al pozo, leyendo algún periódico atrasado de los que le traían las vecinas; o cosiendo.

Al vernos llegar se quitaba las gafas de plata, dejaba lo que tuviese entre manos y nos decía con aquella su sonrisa blanca:

—¿Qué dice esta familieja?

Siempre me cogía a mí primero. Me acariciaba los muslos y apretaba mi cara contra la suya. Recuerdo de aquellos abra-

230

zos de costado: su pelo blanquísimo, sus enormes pendientes de oro y la gran verruga rosada de su frente... Olía a arca con membrillos pasados, a aceite de oliva, a paisaje soñado. Y me miraba más con la sonrisa que con sus ojos claros, cansados, bordeados de arrugas rosadas.

Mientras los niños jugábamos en el corralazo o hacíamos alpinismo en el pequeño monte, ella hablaba con mamá. Gustaban de recordar cosas antiguas de gentes muertas, de calles que eran de otra manera, de viñas que ya se quitaron, de montes que ya eran viñas, de romerías a Vírgenes que ya no se estilaban. Y al hablar, con frecuencia levantaba una ceja, o el brazo, como señalando cosas distantes en el tiempo. Y al reír se tapaba la boca con la mano e inclinaba la cabeza («qué cosas aquellas, hija mía»). Si contaba cosas tristes, levantaba un dedo agorero y miraba muy fijamente a los ojos de mamá («... aquello tenía que ser así, tenía que morirse, como nos moriremos todicos»).

En invierno nos recibía en su cocina, bajo la campana de la chimenea, vigilando el cocer de sus pucheros. La llama, que era la única luz de la habitación si estaba sola, despegaba brillos mortecinos de los vasos gordos de la alacena, de un turbio espejo redondo, del cobre colgado. En el silencio de la cocina sólo vivía el latir del despertador, que acrecía hasta batirlo todo cuando había silencio, y llegaba a callarse si todos hablaban. «Si se para el despertador, lo "siento" aunque esté en la otra punta del corralazo o en casa de las vecinas» —decía la hermana Paulina—. En las noches más frías del invierno lo envolvía con una bufanda, no se escarchase. «Cuando no está Gumersindo, es mi única compaña. Me desvelo, lo oigo y quedo tranquila.»

Si hacía frío, jugábamos en la cocina sobre la banca, cubierta de recia tela roja del Bonillo, o en la cuadra de *Tancredo*.

Al concluir una de sus historias, quedaba unos instantes silenciosa, mirando al fuego, con las manos levemente hacia las llamas... Pero en seguida sonreía, porque le llegaban nuevos recuerdos y, meneando la cabeza y mirando a mamá, empezaba otra relación. Si era de gracias y dulzuras, nos decía: «Acercaros, familieja, y escuchar esto», y tomándonos de la cintura contaba aquello, mirando una vez a uno, otra a otro y otra a mamá... Y si era de sus muertos, concluía el relato en voz muy opaca. Se recogía una lágrima, suspiraba muy hondo —«¡Ay, Señor!»— y quedaba unos segundos mirándose las manos cruzadas sobre el halda... Mamá le decía: «¿Recuerda usted, Paulina?...». Ella sonreía, movía la cabeza y se adentraba con sus palabras añorantes en los azules fondos del recuerdo.

Como se hablaba tanto de república por aquellos días, una tarde nos contó cuando la primera República. Aquélla en la que fue el tío abuelo Vicente Pueblas alcalde. Se reunió con sus concejales en el Ayuntamiento a tomar la vara, y lo primero que acordaron fue rezar un Tedéum de gracias por el advenimiento. «Te aseguro que si viene ahora, no cantarán un Tedéum.» Y a la salida de la iglesia, el abuelo Vicente echó un discurso desde el balcón del Ayuntamiento viejo, besó la bandera e invitó por su cuenta a un refresco en su posada.

También nos contaba la «revolución de los consumos». Desde las ventanas de la casa Panadería dispararon «al pueblo indefenso», que luego asaltó los despachos y tiró los papeles. Mataron a tres. Por la noche llegó la tropa desde Manzanares e hicieron hogueras en la calle de la Feria. Y los del Ayuntamiento y los consumistas huyeron entre pellejos de vino, e hicieron prisión en el Pósito Nuevo.

Otras veces contaba lo de la epidemia del cólera: «Los llevaban en carros (a los muertos), como si fueran árboles secos». O cuando mataron a *Tajá* o a don Francisco Martínez, el padre de las Lauras. O lo del año del hambre, cuando «las pobres gentes se comían los perros y los gatos».

Cuando llegaba la hora de marcharnos, abría la despensa, y mientras buscaba en ella, decía:

—Y ahora, el regalo de la hermana Paulina.

Y mamá:

—Pero Paulina, mujer...

—Tú, calla, muchacha.

Y según el tiempo, sacaba un plato de uvas, o de avellanas o de altramuces, o de rosquillas de anís, o lo mejor de todo: cotufas, que llamaba rosetas. A veces tostones, que son trigo frito con sal. O cañamones. Si era verano y teníamos sed, nos hacía refrescos de vinagre muy ricos.

Y al vernos comer aquellas cosas con gusto, decía sonriendo:

—¿A que están buenos? ¿Eh, familieja?

Durante muchos años los abuelos, y luego nosotros, los lunes por la mañana presenciábamos el mismo espectáculo. Desde muy temprano y con mucha paciencia, Gumersindo comenzaba sus preparativos. En la puerta de la calle estaba el carrito con *Tancredo* enganchado. *Tancredo* era un burro entre pardo y negro, con las orejas horizontales y los ojos aguanosos. Lanas antiguas y grisantas le tapizaban la barriga. En su lomo, de siempre, llevaba grabado a tijera su nombre en mayúsculas: *TANCREDO.* Lo primero que colocaba Gumersindo en el fondo de las bolsas del carro era la varja. Luego las alforjas repletas, la bota de media arroba, el botijo, los sacos de pienso para *Tancredo,* las mantas. Cada una de estas cosas se las iba aparando Paulina. Él, silencioso y exacto, las colocaba en su lugar de siempre. Por último, ataba el arado a la trasera, revisaba el farol y quedaba pensativo.

—¿Llevas el vinagre?

—Sí, Paulina.

—¿Y el bicarbonato?

—Sí, Paulina.

—¿Y los puntilleros nuevos?

—Sí, cordera.

—¿Y las tozas?

—Sí, paloma.

Cuando estaba todo, Gumersindo miraba su reloj, se ceñía el pañuelo de hierbas a la cabeza y tomando de las manos a su mujer, le decía como cincuenta años antes:

—No dejes de echar el cerrojo por la noche, no vaya a ser que algún loco quiera abusar de tu soledad.

—Tú vete tranquilo —decía ella sonriendo—, que tu huerto queda a buen seguro.

Gumersindo se acercaba más, le daba dos besos anchos y sonoros y, sin atreverse a mirarla, nervioso, montaba en el carro.

—¡Arre, *Tancredo!*

Tancredo arrancaba, lerdísimo, calle de Martos abajo, y Paulina, acera adelante, echaba a andar tras él.

—Paulina, ya está bien —le decía él volviendo la cabeza.

Y la hermana Paulina, sonriendo, seguía.

—Paulina, vuélvete.

Pero Paulina continuaba hasta la calle de la Independencia. Todavía allí permanecía un buen rato, hasta que las voces de él —«Paulina, vuélvete»— ya no se oían.

El resto de la semana, hasta el sábado a media tarde que regresaba Gumersindo, Paulina esperaba. Esperaba y preparaba el regreso de Gumersindo. Esperaba y recibía a sus amistades.

Gumersindo, en la soledad de su viñote, a casi diez leguas del pueblo, esperaba también, sin amistades a quien recibir. («Allí solico, luchando contra la tierra, el pobre mío.»)

Cuando el cielo se oscurecía, Paulina, desde la puerta de su cocina, venteaba con los ojos preocupados —«¡Ay, Jesús!» Los días de tormenta, pegada a la lumbre, rezaba viejas oraciones entre católicas y saturnales.

Nunca imaginaba a su Gumersindo amenazado de otros enemigos que los atmosféricos. Al hablar del cierzo, la nevasca, la helada, la tormenta o el granizo, los personalizaba como criaturas inmensas de bien troquelado carácter. El rayo, sobre todo, era, según Paulina, el gran Lucifer de los que andan perdidos por el campo. «Santa Bárbara, manda tus luces a un jaral sin nadie; / santa Bárbara, líbralo de todo mal, / quita el rayo del aprisco y del candeal; / mándalo con los infieles / a la otra orilla del mar». O aquella otra jaculatoria, entre tradicional y de su propia imaginativa: «San Isidro, ampara a mi Gumersindo; / que el agua moje la tierra / y no arrecie en temporal: / la nieve venga en domingo, / en lunes llegue el granizo / a poco de amañanar; / san Isidro, a los pedriscos / ordénalos jubilar...».

Los sábados, hacia las seis de la tarde, Gumersindo asomaba, llevando a *Tancredo* del diestro, por la calle de la Independencia. Mucho antes ya estaba Paulina en la esquina con los ojos hacia la plaza.

—¿Qué hay, Paulina? ¿Esperando a tu Gumersindo?

—¡Ea! —contestaba casi ruborosa.

—Mira a Paulina esperando a su galán.

—¡Ea!

Así que columbraba el carro, Paulina no contestaba a los saludos. Sus claros ojos, achicados por los años, por los sábados de espera y los lunes de despedida, miraban a lo que ella bien sabía, sin desviarse un punto.

Entre la polvareda que levantaban tantos carros en sábado, aparecía la silueta de Gumersindo, delgadito, enjuto, trayendo del diestro a *Tancredo,* que buen sabedor de sus destinos, andaba más liviano, con las orejas un poquito alzadas y diríase que una vaga sonrisa en su hocico húmedo.

Antes de que el carro llegase a la esquina de la calle de Martos, Paulina avanzaba por el centro de la carrilada hasta Gumersindo. Tomándole la cara entre las manos, lo besaba como a un niño.

—Vamos, Paulina, vamos. ¿Qué va a decir la gente? —decía él, tímido, empujándola con suavidad. (Él, que olía a aire suelto de otoño y a sol parado; a pámpanos y a mosto, si ya era vendimia.) Daba luego unas palmadas a *Tancredo:* «¡Ay, viejo!».

Se les veía venir calle de Martos adelante cogidos del bracete —como ella decía—, seguidos de *Tancredo,* ya confiado a su querencia. Siempre le traía él algún presente: las primeras muestras de la viña, unas amapolas adelantadas, un jilguero, espigas secas de trigo para hacer tostones, un nido de pájaros o un grillo bien guardado en la boina. Cierta vez —siempre lo recordaba ella— le trajo una avutarda, dorada como un águila, que apeó el propio Gumersindo de un majano con un solo tiro de escopeta.

Desuncido el carro y *Tancredo* en la cuadra, Paulina le sacaba a su hombre la jofaina, jabón y ropa limpia. Con el água fría del pozo se atezaba y aseaba según su medida, mientras ella le tenía la toalla y se entraba la ropa sucia. Luego, si hacía buen tiempo, se sentaban los dos juntos a una mesita, bajo la parra, a comer los platos que ella pensó durante toda la semana. Y comiendo en amor y compaña, iniciaban la plática que duraría dos días. Él le contaba minuciosamente todos sus quehaceres y accidentes de la semana; en qué trozo de tierra laboró, cómo presentía la cosecha, quiénes pasaron junto a su haza, si le sobró o faltó algún companaje, si hizo frío, calor o humedad. Si tuvo noches claras o «escuras», si habló o no con los labradores de los cortes vecinos, qué le dijeron y cómo respondió él. Dedicaba un buen párrafo al comportamiento de *Tancredo;* si anduvo de buen talante o lo pasó mal con los tábanos y las avispas. Si se le curó o no aquella matadura que le hiciera la lanza la pasada semana. Si engrasó o no las tijeras de podar, y muy sobre todo, si le alcanzó el vino hasta la hora de la vuelta.

Luego le llegaba el turno a Paulina, que le daba las novedades del pueblo durante la semana. Qué visitas tuvo y de qué se habló. Repaso de enfermedades en curso, muertos y nacimientos entre la vecindad y conocidos. Los miedos que pasó ella el jueves, que se encirró el cielo o se vieron relámpagos por la parte de Alhambra. La preocupación por si le habría puesto poco tocino en el hato o si el vino se habría repuntado con la calina que hizo.

Durante los días que permanecía Gumersindo en el pueblo, nadie nos acercábamos por casa de Paulina: «Como está Gumersindo...». Se veía a la pareja sola, sentada en la puerta si era verano, trabada en sus pláticas. Si en invierno, en la cocina, al amparo del fuego, hablaban mirando las llamas. Las historias de Paulina y Gumersindo eran preferentemente de cosas sucedidas en otros años, relaciones de personas muertas y hechos apenas conservados en la memoria de los viejos. O cuentecillos dulces, pequeñas anécdotas, situaciones breves; a veces meras historias de una mirada o un gesto, de un breve ademán, de un secreto pensamiento que no afloró. Pero ella, por lo menudo y prolijo de su charla, les daba dimensiones imprevistas. (Ahora comprendo que en todas sus historias y pláticas había una sutil malicia, una delgada intención que entonces se me escapaba. Años después, cuando mamá me recordaba las cosas de Paulina, caí en la singular minerva de sus pláticas.)

Entre la muerte de Gumersindo y Paulina mediaron pocas semanas. No podía ser de otra manera.

Un sábado, Paulina, desde la esquina de la calle de Martos, vio enfilar el carro por Independencia, como siempre, pero algo le extrañó. Gumersindo no venía a pie con *Tancredo* del diestro, según costumbre de cincuenta años. Impaciente, avanzó calle adelante. Se encontró con el carro a la altura de la casa de Flores. Detuvo a *Tancredo.* Gumersindo, liado en mantas, casi tumbado, asomaba una mano, en la que llevaba las ramaleras. Venía amarillo, quemado por la fiebre, con los ojos semicerrados.

—¿Qué te pasa?

—Que me llegó la mala, Paulina... El cierzo de ayer se me lió al riñón.

Lo tapó un poco mejor y tomó ella el diestro de *Tancredo*. Caminaba con sus ojos claros inmóviles.

Los vecinos la preguntaban:

—¿Qué pasa, Paulina?

Ella seguía sin responder, mirando a lo lejos, bien sujeto el ronzal del viejo *Tancredo*.

No permitió Paulina que nadie lo tocara. Ella lo lavó y amortajó. Ella, con ayuda de otras mujeres, lo echó en la caja. Ella, sin una lágrima, lo miró con sus viejos ojos claros desde que lo encamaron hasta cerrar la caja.

Fue un entierro sin llantos, sin palabras. En el corralazo aguardábamos los vecinos, mirando el pozo, la parra, la higuera, el desmonte cubierto de hierba tierna, el carro desuncido, descansando en las lanzas. Cuando sacaron la caja al coche que aguardaba en la calle, Paulina, ante el asombro de todos, echó a andar tras el féretro. Los curas la miraban embobados, sin dejar de cantar. Nadie se atrevió a disuadirla. Iba sola delante del duelo, con las manos cruzadas, pañuelo de seda negro a la cabeza y los ojos fijos en el arca de la muerte. Así llegó hasta la esquina de Martos con Independencia. Cuando el coche dobló hacia la plaza, ella quedó parada en la esquina y, como siempre, levantó el brazo.

Mamá y otras vecinas quedaron junto a la hermana Paulina, que seguía moviendo la mano, hasta que el entierro y su compaña desembocó en la plaza. Volvió entre los brazos de las vecinas completamente abandonada, llorando, al fin, con un solo gemido interminable, sordo, sin remedio, que acabó con su agonía muchos días después.

No sé por qué lío de herederos, la casa de Paulina sigue abandonada. Alguna vez me he asomado por el ojo de la cerradura y he visto el corralazo lodado de malas hierbas y cardenchas. Y por más que esfuerzo mi memoria, no consigo rememorar en él la dulce vida de Paulina, sino el quejido sordo, interminable, de animal herido, que sonó en aquella casa hasta el ronquido final de la dulce.

Del libro *Cuentos republicanos* (1961).
Ed. Destino, 1981.

MIGUEL DELIBES
(Valladolid, 1920)

——— • ———

El refugio

Vibraba la guerra en el cielo y en la tierra entonces, y en la pequeña ciudad todo el mundo se alborotaba si sonaban las sirenas o si el zumbido de los aviones se dejaba sentir, muy alto, por encima de los tejados. Era la guerra y la vida humana, en aquel entonces, andaba baja de cotización y se tenía en muy poco aprecio, y tampoco preguntaba nadie, por aquel entonces, si en la ciudad había o no objetivos militares, o si era un centro industrioso o un nudo importante de comunicaciones. Esas cosas no importaban demasiado para que vinieran sobre la ciudad los aviones, y con ellos, la guerra, y con la guerra la muerte. Y las sirenas de las fábricas y las campanas de las torres se volvían locas ululando o tañendo hasta que los aviones soltaban su mortífera carga y los estampidos de las bombas borraban el rastro de las sirenas y de las campanas del ambiente y la metralla abría enormes oquedades en la uniforme arquitectura de la ciudad.

A mí, a pesar de que el *Sargentón* me miraba fijamente a los ojos cuando en el refugio se decían aquellas cosas atroces de los emboscados y de las madres que quitaban a sus hijos la voluntad de ir a la guerra, no me producía frío ni calor porque sólo tenía trece años y sé que a esa edad no existe ley, ni fuerza moral alguna, que le fuerce a uno a ir a la guerra y sé que en la guerra un muchacho de mi edad estorba más que otra cosa. Por todo ello no me importaba que el *Sargentón* me mirase, y me enviara su odio cuidadosamente envuelto en su mirada; ni que me refrotase por las narices que tenía un hijo en Infantería, otro enrolado en un torpedero y el más pequeño en carros de asalto; ni cuando añadía que si su marido no hubiera muerto andaría también en la guerra, porque no era lícito ni moral que unos pocos ganaran la guerra para que otros muchos se beneficiaran de ello. Yo no podía hacer nada por sus hijos y por eso me callaba; y no me daba por aludido porque yo tampoco pretendía beneficiarme de la guerra. Pero sentía un respiro cuando el *Cigüeña,* el guardia que vigilaba la circulación en la esquina, se acercaba a mí con sus patitas de alambre estremeciéndose de miedo y su ojo izquierdo velado por una nube y me decía, con un vago aire de infalibilidad, apuntando con un dedo al techo y ladeando la pequeña cabeza: «Ésa ha caído en la estación», o bien: «Ahora tiran las ametralladoras de la Catedral; ahí tengo yo un amigo», o bien: «Ese maldito no lleva frío; ya le han tocado». Pero quien debía llevar frío era él, porque no cesaba de tiritar desde que comenzaba la alarma hasta que terminaba.

A veces me regocijaba ver temblar como a un azogado al *Cigüeña,* allí a mi lado, con las veces que él me hacía temblar a mí por jugar al fútbol en el parque, o correr en bicicleta sin matrícula o, lisa y simplemente, por llamarle a voces *tío Cigüeña* y *Patas de alambre.*

Sí, yo creo que allí entre toda aquella gente rara y con la muerte rondando la ciudad, se me acrecían los malos sentimientos y me volvía yo un poco raro también. A la misma *Sargentón* la odiaba cuando se irritaba con cualquiera de nosotros y la tomaba asco y luego, por otro lado, me daba mucha pena si cansada de tirar pullas y de provocar a todo el mundo se sentaba ella sola en un rincón, sobre un ataúd de tercera, y pensaba en los suyos y en las penalidades y sufrimientos de los suyos. Y lo hacía en seco, sin llorar. Si hubiera llorado, yo hubiera vuelto a tomarla asco y a odiarla. Por eso digo que todo el mundo se volvía un poco raro y contradictorio en aquel agujero.

En contra de lo que les ocurría a muchos, que consideraban nuestra situación como un mal presagio, a mí no me importaba que el sótano estuviera lleno de ataúdes y no pudiera uno dar un paso sin toparse de bruces con ellos. Eran filas interminables de ataúdes, unos blancos, otros negros y otros de color caoba reluciente. A mí, la verdad, me era lo mismo estar entre ataúdes que entre canastillas de recién nacido. Tan insustituibles me parecían unos como otras y me desconcertaba por eso la criada del principal que durante toda la alarma no cesaba de llorar y de gritar que por favor la quitasen «aquellas cosas de encima»; como si aquello fuese tan fácil y ella no abonase a Ultratumba, S. A., una módica prima anual para tener asegurado su ataúd el día que la diñase.

En cambio a don Serafín, el empresario de Pompas Fúnebres, le complacía que viésemos de cerca el género y que la vecindad de los aviones nos animase a pensar en la muerte y sobre la conveniencia de conservar incorruptos nuestros restos durante una temporada. Lo único que le mortificaba era la posibilidad de que los ataúdes sufrieran deterioro con las aglomeraciones y con los nervios. Decía:

—Don Matías, no le importará tener los pies quietecitos, ¿no es cierto? Es un barniz muy delicado éste.

O bien:

—La misma seguridad tienen ustedes aquí que allá. ¿Quieren correrse un poquito?

También bajaba al refugio un catedrático de la Universidad, de lacios bigotes blancos y ojos adormecidos, que, con la guerra, andaba siempre de vacaciones. Solía sentarse sobre un féretro de caoba con herrajes de oro, y le decía a don Serafín, no sé si por broma:

—Éste es el mío; no lo olvides. Lo tengo pedido desde hace meses, y tú te has comprometido a reservármelo.

Y daba golpecitos con un dedo, y como con cierta ansiedad, en la cubierta de la caja, y la ancha cara de don Serafín se abría en una oscura sonrisa.

—Es caro —advertía.

Y el catedrático de la Universidad decía:

—No importa; lo caro, a la larga, es barato.

Y la criada del principal hacía unos gestos patéticos y les rogaba, con lágrimas en los ojos, pero sin abrirlos, que no hablasen de aquellas cosas horribles, porque Dios les iba a castigar.

Y la ametralladora de San Vicente, que era la más próxima, hacía de cuando en cuando: «Ta-ca-tá, ta-ca-tá, ta-ca-tá». Y el tableteo cercano dejaba a todos en suspenso, porque barruntaban que era un duelo a muerte el que se libraba fuera y que era posible que cualquiera de los contrincantes tuviera necesidad de utilizar el género de don Serafín al final.

Las calles permanecían desiertas durante los bombardeos, y las ametralladoras, montadas en las torres y azoteas más altas de la ciudad, disparaban un poco a tontas y a locas y los tres cañones que el Regimiento de Artillería había empotrado en unos profundos hoyos, en las afueras, vomitaban fuego también, pero habían de esperar a que los aviones rondasen su radio de acción, porque carecían casi totalmente de movilidad, aunque muchas veces disparaban sin ver a los aviones con la vaga esperanza de ahuyentarlos. Y había un vecino en mi casa, en el tercero, que era muy hábil cazador, y en los primeros días hacía fuego también desde las ventanas, con su escopeta de dos cañones. Luego, aquello pasó de la fase de improvisación, y a los soldados espontáneos, como mi vecino, no les dejaban tirar. Y él se consumía en la pasividad del refugio, porque entendía que los que manejaban las armas antiaéreas eran unos ignorantes y los aviones podían cometer sus desaguisados sin riesgo de ninguna clase.

En alguna ocasión bajaba también al refugio don Ladis, que tenía una tienda de ultramarinos en la calle de Espece-

ría, afluente de la nuestra, y no hacía más que escupir y mascu-
llar palabrotas. Tenía unas anacrónicas barbitas de chivo, y mi
madre le gastaba poco por las barbas, porque decía que en un
establecimiento de comestibles las barbas hacen sucio. A don
Ladis le llevaban los demonios de ver a su dependiente amarte-
lado en un rincón con una joven que cuidaba a una anciana del
segundo. El dependiente decía en guasa que la chica era su refugio, y si hablaban lo hacían en cuchicheos, y cuando sonaba
un estampido próximo, la muchacha se tapaba el rostro con las
manos y el dependiente le pasaba el brazo por los hombros en
ademán protector.

Un día, el *Sargentón* se encaró con don Ladis y le dijo:

—La culpa es de ustedes, los que tienen negocios. La
ciudad debería tener ya un avión para su defensa. Pero no lo
tiene porque usted y los judíos como usted se obstinan en seguir amarrados a su dinero.

Y era verdad que la ciudad tenía abierta una suscrip-
ción entre el vecindario para adquirir un avión para su defensa.
Y todos sabíamos, porque el diario publicaba las listas de do-
nantes, que don Ladis había entregado quinientas pesetas para
este fin. Por eso nos interesó lo que diría don Ladis al *Sargentón*. Y lo que le dijo fue:

—¿Nadie le ha dicho que es usted una enredadora y una
asquerosa, doña Constantina?

Todo esto era también una rareza. Dicen que el peligro
crea un vínculo de solidaridad. Allí, en el refugio, nos llevába-
mos todos como el perro y el gato. Yo creo que el miedo en-
gendra otros muchos efectos además del de la solidaridad.

Me acuerdo bien del día en que el *Sargentón* le dijo a
don Serafín, el empresario de Pompas Fúnebres, que él veía
con buenos ojos la guerra porque hacía prosperar su negocio.
Precisamente aquel día habían almacenado en el sótano unas
cajitas para restos, muy remataditas y pulcras, idénticas a la que
don Serafín prometió a mi hermanita Cristeta, años antes, si era

buena, para que jugase a los entierros con los muñecos. A mi hermana Cristeta y a mí nos tenía embelesados aquella cajita tan barnizada del escaparate que era igual que las grandes, sólo que en pequeño. Por eso don Serafín se la prometió a mi hermanita si era buena. Pero Cristeta se esmeró en ser buena una semana y don Serafín no volvió a acordarse de su promesa. Tal vez por eso aquella mañana no me importó que el *Sargentón* dijese a don Serafín aquella cosa tremenda de que no veía con malos ojos la guerra porque ella hacía prosperar su negocio.

Don Serafín dijo:

—¡Por amor de Dios, no sea usted insensata, doña Constantina! Mi negocio es de los que no pasan de moda.

Y don Ladis, el ultramarinero, se echó a reír. Creo que don Ladis aborrecía a don Serafín, por la sencilla razón de que los muertos no necesitan ultramarinos. Don Serafín se encaró con él:

—Cree el ladrón que todos son de su condición —dijo.

Don Ladis le tiró una puñada, y el catedrático de la Universidad se interpuso. Hubo de intervenir el *Cigüeña,* que era la autoridad, porque don Serafín exigía que encerrase al *Sargentón,* y don Ladis, a su vez, que encerrase a don Serafín. En el corro sólo se oía hablar de la cárcel, y entonces el dependiente de don Ladis pasó el brazo por los hombros de la muchachita del segundo, a pesar de que no había sonado ninguna explosión próxima, ni la chica, en apariencia, se sintiese atemorizada.

De repente, la sirvienta del principal se quedó quieta, escuchando unos momentos. Luego se secó, apresuradamente, dos lágrimas con la punta de su delantal, y chilló:

—¡Ha terminado la alarma! ¡Ha terminado la alarma!

Y se reía como una tonta. En el corro se hizo un silencio y todos se miraron entre sí, como si acabaran de reconocerse. Luego fueron saliendo del refugio uno a uno.

Yo iba detrás de don Serafín, y le dije:

—¿Recuerda usted la cajita que prometió a mi hermana Cristeta si se comportaba bien?

Él volvió la cabeza y se echó a reír. Dijo:

—Pobre Cristeta; ¡qué bonita era!

Fuera brillaba el sol con tanta fuerza que lastimaba los ojos.

Del libro *La partida*.
Ed. Alianza, 1967.

CARMEN LAFORET
(Barcelona, 1921)

—— • ——

Rosamunda

Estaba amaneciendo, al fin. El departamento de tercera clase olía a cansancio, a tabaco y a botas de soldado. Ahora
se salía de la noche como de un gran túnel y se podía ver a la
gente acurrucada, dormidos hombres y mujeres en sus asientos
duros. Era aquél un incómodo vagón-tranvía, con el pasillo atestado de cestas y maletas. Por las ventanillas se veía el campo
y la raya plateada del mar.

Rosamunda se despertó. Todavía se hizo una ilusión
placentera al ver la luz entre sus pestañas semicerradas. Luego
comprobó que su cabeza colgaba hacia atrás, apoyada en el
respaldo del asiento y que tenía la boca seca de llevarla abierta.
Se rehízo, enderezándose. Le dolía el cuello —su largo cuello
marchito—. Echó una mirada a su alrededor y se sintió aliviada
al ver que dormían sus compañeros de viaje. Sintió ganas de estirar las piernas entumecidas —el tren traqueteaba, pitaba—.
Salió con grandes precauciones, para no despertar, para no mo-
lestar, «con pasos de hada» —pensó—, hasta la plataforma.

El día era glorioso. Apenas se notaba el frío del amanecer.
Se veía el mar entre naranjos. Ella se quedó como hipnotizada por
el profundo verde de los árboles, por el claro horizonte de agua.

—«Los odiados, odiados naranjos... Las odiadas palmeras... El maravilloso mar...»

—¿Qué decía usted?

A su lado estaba un soldadillo. Un muchachito pálido. Parecía bien educado. Se parecía a su hijo. A un hijo suyo que se había muerto. No al que vivía; al que vivía, no, de ninguna manera.

—No sé si será usted capaz de entenderme —dijo, con cierta altivez—. Estaba recordando unos versos míos. Pero si usted quiere, no tengo inconveniente en recitar...

El muchacho estaba asombrado. Veía a una mujer ya mayor, flaca, con profundas ojeras. El cabello oxigenado, el traje de color verde, muy viejo. Los pies calzados en unas viejas zapatillas de baile..., sí, unas asombrosas zapatillas de baile, color de plata, y en el pelo una cinta plateada también, atada con un lacito... Hacía mucho que él la observaba.

—¿Qué decide usted? —preguntó Rosamunda, impaciente—. ¿Le gusta o no oír recitar?

—Sí, a mí...

El muchacho no se reía porque le daba pena mirarla. Quizá más tarde se reiría. Además, él tenía interés porque era joven, curioso. Había visto pocas cosas en su vida y deseaba conocer más. Aquello era una aventura. Miró a Rosamunda y la vio soñadora. Entornaba los ojos azules. Miraba al mar.

—¡Qué difícil es la vida!

Aquella mujer era asombrosa. Ahora había dicho esto con los ojos llenos de lágrimas.

—Si usted supiera, joven... Si usted supiera lo que este amanecer significa para mí, me disculparía. Este correr hacia el Sur. Otra vez hacia el Sur... Otra vez a mi casa. Otra vez a sentir ese ahogo de mi patio cerrado, de la incomprensión de mi esposo... No se sonría usted, hijo mío; usted no sabe nada de lo que puede ser la vida de una mujer como yo. Este tormento infinito... Usted dirá que por qué le cuento todo esto, por qué tengo ganas de hacer confidencias, yo, que soy de naturaleza reservada... Pues, porque ahora mismo, al hablarle, me he dado cuenta de que tiene usted corazón y sentimiento y porque esto es mi confesión. Porque, después de usted, me espera, como quien dice, la tumba... El no poder hablar ya a ningún ser humano..., a ningún ser humano que me entienda.

Se calló, cansada, quizá, por un momento. El tren corría, corría... El aire se iba haciendo cálido, dorado. Amenazaba un día terrible de calor.

—Voy a empezar a usted mi historia, pues creo que le interesa... Sí. Figúrese usted una joven rubia, de grandes ojos azules, una joven apasionada por el arte... De nombre, Rosamunda... Rosamunda, ¿ha oído?... Digo que si ha oído mi nombre y qué le parece.

El soldado se ruborizó ante el tono imperioso.

—Me parece bien... bien.

—Rosamunda... —continuó ella, un poco vacilante.

Su verdadero nombre era Felisa; pero, no se sabe por qué, lo aborrecía. En su interior siempre había sido Rosamunda, desde los tiempos de su adolescencia. Aquel Rosamunda se había convertido en la fórmula mágica que la salvaba de la estrechez de su casa, de la monotonía de sus horas; aquel Rosamunda convirtió al novio zafio y colorado en un príncipe de leyenda. Rosamunda era para ella un nombre amado, de calidades exquisitas... Pero ¿para qué explicar al joven tantas cosas?

—Rosamunda tenía un gran talento dramático. Llegó a actuar con éxito brillante. Además, era poetisa. Tuvo ya cierta fama desde su juventud... Imagínese, casi una niña, halagada, mimada por la vida y, de pronto, una catástrofe... El amor... ¿Le he dicho a usted que era ella famosa? Tenía dieciséis años apenas, pero la rodeaban por todas partes los admiradores. En uno de los recitales de poesía, vio al hombre que causó su ruina. A... A mi marido, pues Rosamunda, como usted comprenderá, soy yo. Me casé sin saber lo que hacía, con un hombre brutal, sórdido y celoso. Me tuvo encerrada años y años. ¡Yo!... Aquella mariposa de oro que era yo... ¿Entiende?

(Sí, se había casado, si no a los dieciséis años, a los veintitrés; pero ¡al fin y al cabo!... Y era verdad que le había conocido un día que recitó versos suyos en casa de una amiga. Él era carnicero. Pero, a este muchacho, ¿se le podían contar las cosas así? Lo cierto era aquel sufrimiento suyo, de tantos años. No había podido ni recitar un solo verso, ni aludir a sus pasados éxitos —éxitos quizás inventados, ya que no se acordaba bien; pero...—. Su mismo hijo solía decirle que se volvería loca de pensar y llorar tanto. Era peor esto que las palizas y los gritos de él cuando llegaba borracho. No tuvo a nadie más que al hijo aquél, porque las hijas fueron descaradas y necias, y se reían de ella, y el otro hijo, igual que su marido, había intentado hasta encerrarla).

—Tuve un hijo único. Un solo hijo. ¿Se da cuenta? Le puse Florisel... Crecía delgadito, pálido, así como usted. Por eso quizá le cuento a usted estas cosas. Yo le contaba mi magnífica vida anterior. Sólo él sabía que conservaba un traje de gasa, todos mis collares... Y él me escuchaba, me escuchaba... como usted ahora, embobado.

Rosamunda sonrió. Sí, el joven la escuchaba absorto.

—Este hijo se me murió. Yo no lo pude resistir... Él era lo único que me ataba a aquella casa. Tuve un arranque, cogí mis maletas y me volví a la gran ciudad de mi juventud y de mis éxitos... ¡Ay! He pasado unos días maravillosos y amargos. Fui acogida con entusiasmo, aclamada de nuevo por el público, de nuevo adorada... ¿Comprende mi tragedia? Porque mi marido, al enterarse de esto, empezó a escribirme cartas tristes y desgarradoras: no podía vivir sin mí. No puede, el pobre. Además es el padre de Florisel, y el recuerdo del hijo perdido estaba en el fondo de todos mis triunfos, amargándome.

El muchacho veía animarse por momentos a aquella figura flaca y estrafalaria que era la mujer. Habló mucho. Evocó un hotel fantástico, el lujo derrochado en el teatro el día de su «reaparición»; evocó ovaciones delirantes y su propia figura, una figura de «sílfide cansada», recibiéndolas.

—Y, sin embargo, ahora vuelvo a mi deber... Repartí mi fortuna entre los pobres y vuelvo al lado de mi marido como quien va a un sepulcro.

Rosamunda volvió a quedarse triste. Sus pendientes eran largos, baratos; la brisa los hacía ondular... Se sintió desdichada, muy «gran dama»... Había olvidado aquellos terribles días sin pan en la ciudad grande. Las burlas de sus amistades ante su traje de gasa, sus abalorios y sus proyectos fantásticos. Había olvidado aquel largo comedor con mesas de pino cepillado, donde había comido el pan de los pobres entre mendigos de broncas toses. Sus llantos, su terror en el absoluto desamparo de tantas horas en que hasta los insultos de su marido había echado de menos. Sus besos a aquella carta del marido en que, en su estilo tosco y autoritario a la vez, recordando al hijo muerto, le pedía perdón y la perdonaba.

El soldado se quedó mirándola. ¡Qué tipo más raro, Dios mío! No cabía duda de que estaba loca la pobre... Ahora le sonreía... Le faltaban dos dientes.

El tren se iba deteniendo en una estación del camino. Era la hora del desayuno, de la fonda de la estación venía un olor apetitoso... Rosamunda miraba hacia los vendedores de rosquillas.

—¿Me permite usted convidarla, señora?

En la mente del soldadito empezaba a insinuarse una divertida historia. ¿Y si contara a sus amigos que había encontrado en el tren una mujer estupenda y que...?

—¿Convidarme? Muy bien, joven... Quizá sea la última persona que me convide... Y no me trate con tanto respeto, por favor. Puede usted llamarme Rosamunda..., no he de enfadarme por eso.

Del libro *Cuentos,* en *Obras Completas.*
Ed. Planeta, 1957.

CARLOS EDMUNDO DE ORY
(Cádiz, 1923)

— • —

El mar

Nadie comprendía al niño aquel. Su padre estaba ausente, y los que entonces le rodeaban —su tía, sus hermanos y, naturalmente, su madre— sufrían indeciblemente (sobre todo ella, su madre) de ver que el niño seguía sufriendo (¡pero cuánto sufrimiento para un niño!) de verse tan atrozmente incomprendido.

Cuando su padre salió para ausentarse de la casa por algún tiempo (viajes de su profesión: era pescador) tuvo buen cuidado de hablar a los mayores *al respecto* (los hermanos del niño eran ya mayores) y, mirando a su mujer a los ojos con una mirada acuciante y al mismo tiempo dolorida, dijo en tono particular, aunque refiriéndose a todos:

—No ordeno. No me gusta ordenar. Solamente pido por Dios que no hiráis en lo más mínimo su sensibilidad.

Nadie se atrevió a pronunciar palabra después de oír aquello. Y así el padre, a la mañana siguiente, pareció marchar con el ánimo más tranquilo, luego de abrazar con infinito amor y hasta con no se sabía qué pasión temblorosa al niñito que tanto preocupaba en la casa.

Un día, el niño amaneció algo enfermito y su madre quiso que se quedara en la cama. En verdad era muy poca cosa lo que tenía. Nada de tos. Pero un poco pálido sí estaba. ¡Pobrecito! Esa palidez hubiese desesperado a su padre. Seguramente se hallaba así a causa de un sueño que hubiera tenido la noche pasada. Había nacido en aquella casa (como sus hermanos), a orillas del mar, y se sabía que soñaba desde su más tierna infancia. El caso fue que la madre, la tía y sus hermanos no se apartaron ni un solo instante de su lado, permaneciendo con él en el cuarto, sin hablar. Sí, todos estaban en silencio. Cada cual haciendo algo con completa independencia y una concentración que parecía, a su vez, ser independiente de la personal ocupación de aquellos momentos.

Momentos de compañía, sí, sí, únicamente de eso; pero casi temerosa, como comprometida no con el acto en sí, sino con el objeto y finalidad que influía preponderantemente en el hecho de la independencia. Era como si no tuviesen más que una última preocupación, íntimamente ligada a la primera: la mirada, a través de la distancia, del padre.

Se diría que estaban ganando tiempo. Y el niño, como una presencia desmesurada, aunque aparentemente imperceptible en su camita, callado, como llevando la batuta del silencio. Sin embargo, estar con el niño, hacerle compañía sin producir ruido, sin molestarle, no era para ellos ni mucho menos perder el tiempo. Sus hermanos estudiaban; su madre y su tía hacían punto de media, cosían calcetines. Cada uno a su labor. De vez en cuando miraban al niño que parecía pensar.

Casi ya era de noche cuando el niño habló, y dijo:

—Traerme el mar.

Todos se miraron aterrorizados. ¿Qué quería decir?

Sí, lo habían oído perfectamente. Disimulando, volvieron a poner caras normales. Lo difícil era responder al niño si no se le iba a dar lo que pedía.

El niño esperó. Sin mostrar impaciencia, en medio del silencio de todos, el niño esperó. Ya se moverían. Estaba convencido de que esta vez al menos iba a ser comprendido, pensando únicamente que su padre no le hubiera hecho esperar un segundo.

No era prudente hacer durar el silencio. ¿Y entonces? Al fin, la madre, que sufría más que los otros, y porque era la madre y de quien tendría que partir la iniciativa de algo (de algo que no hiriese la aguda sensibilidad del niño) y sabiendo lo difícil que era conseguirlo, la madre dijo con una voz valiente y firme:

—¿Dices el mar? ¡Es casi de noche, hijo mío!

—Mi padre lo haría —repuso el niño, echándose a llorar.

Ella, la madre, estaba desconsolada. La mención del padre, aún más que el llanto del niño, la llenó de espanto.

Entonces la tía habló con voz muy dulce:

—Sí, nosotros sabemos que lo haría. Pero tu padre es pescador y conoce el mar de noche.

El niño lloraba cubriéndose la carita con sus pequeñas manos.

La madre, atónita, miró a su hijo mayor. Éste se levantó de la silla, se situó a espaldas de la madre y, con sentimiento impotente, colocó una mano sobre su hombro para calmarla. Ella tornó la cabeza lentamente mirando con ojos penetrantes al hijo mayor. Buscaba en él una solución inmediata. El hijo mayor le apretó el hombro para darle coraje.

—También nosotros vamos a hacerlo ahora mismo, ¿verdad? —dijo la madre, dirigiéndose al hijo mayor, y al interrogar así se vio que había perdido el equilibrio que parecía tener al principio.

No, no. Las palabras no podían resolver nada.

—¿Qué hacen sin moverse? —exclamó el niño, cuya inteligencia era rápida, resplandeciente.

Entonces (había que obrar, obrar), el hermano que se levantó, y esto lo hizo principalmente con el objeto de *comenzar a moverse* y que los demás se tranquilizasen, dejándole a él toda la responsabilidad que, estando en manos de la madre, procuraba tanta angustia que quería suavizarla; el hermano mayor entonces, con tono decidido y sin el menor embarazo, preguntó al niño:

—Te lo voy a traer. Iré yo solo, ¿te importa?

A lo que el niño, dejando de llorar, dijo:

—¿Por qué tú solo? ¡Es demasiado grande! Es mejor que vayáis todos. Andad, id ya...

—Pero, ¿lo quieres todo, todo el mar? —balbuceó la madre de nuevo, en el colmo de la angustia.

Y el niño, dando rienda suelta al llanto, de tanto como le herían las preguntas de la madre, dijo con voz tristísima que partía el alma:

—Haced lo que podáis. Cada uno que traiga lo que pueda en las manos. Cada uno que traiga lo que pueda. ¿Acaso pido imposibles?

Del libro *Basuras*.
Ed. Júcar, 1975.

RAMIRO PINILLA
(Bilbao, 1923)

— • —

Coro

A mi amigo Juan, que lo sufrió

El pueblo llevaba días esperándolos. Aparecieron por la carretera en formación cerrada, avanzando como mecanismos cansados, sin mirar a ninguna parte. La llovizna de octubre había unificado sus prendas heterogéneas. Llevaban jornadas por una ruta triste de pinos y despojos de maizales, comiendo cuando les alcanzaba el camión-cantina y durmiendo amontonados como los rebaños. Sobre sus cabezas flotaba un silencio espeso y hasta los guardianes se habían acostumbrado a dar las órdenes por señas.

El pueblo los recibió con las calles vacías, atisbándolos tras los cristales cerrados. Desde horas antes habían recogido a los niños. Cruzaron con un denso rumor de pasos húmedos, encolados unos a otros por los hombros, aplastados bajo las boinas ensopadas. Trataron de verles los rostros para separar a alguno de la masa, pero con las barbas todos les parecieron iguales. Cuando estuvieron más próximos se cercioraron de que no tenían cuernos. Buscaron con avidez en las sienes chorreantes, diciéndose que no era posible, pero les desaparecían por la esquina del marco sin haberles visto nada. No bastó para que dejaran de creerlo.

El pueblo no durmió aquella primera noche sabiendo que los tenía durmiendo tan cerca. Los alojaron en las ruinas de un caserón cuyas fallas del tejado fueron remendadas con lonas. Abrieron latas de pulpo para cenar y encendieron fuego para calentarse, y se acostaron en el suelo según se les iban secando las mantas. De las ventanas más próximas a ellos se extendió la especie de que caminaban desnudos por encima de las llamas.

Llovió toda la noche. Al día siguiente el pueblo intentó incorporarse a la vida normal. Perdida en los precipicios navarros, la única noticia directa que aquella comunidad tenía de la guerra era que les había quitado los hombres. Los acontecimientos externos le llegaban a través de la versión de sus autoridades políticas y religiosas. El pueblo estaba convencido de que se ventilaba una reposición del combate de los ángeles.

A media mañana la cortina de niebla se desgarró para dar paso a un sol quebrantado. Algunos miembros del batallón de trabajadores abandonaron las ruinas y se desparramaron por las callejas buscando vino y café caliente. El pueblo les siguió haciendo el vacío. Ningún habitante se quedó a menos de cincuenta metros y les cerraron las puertas de las tabernas. Ellos estaban hechos a soportarlo todo y pasearon por las calzadas con escueto estoicismo, en pequeños grupos como los chiquiteros, sin esperar nada. Los niños no se atrevían a pisar la calle y convertían los hogares en manicomios, y en las horas de escuela las madres formaban piquetes para llevarlos de la mano. En las siguientes noches varias vírgenes despertaron de su sueño gritando que las habían violado. Las mujeres se acordaban con nostalgia de los hombres que las habían dejado solas, y los ancianos tenían siempre a su alcance un garrote de alimañas. Al cuarto día una comisión de vecinos levantó al alcalde de su siesta para preguntarle por qué les había traído aquella peste.

—No hacen nada si no se les toca —aseguró la autoridad.

Los vecinos quisieron saber cuándo se los llevaban.

—El mando está resolviendo dónde ponerlos a cavar trincheras.

Los viejos, las mujeres y los niños se colocaron cruces bien visibles encima de las ropas. Rezaban los rosarios con fervor tribal y hasta la sangre se les paralizaba en el silencio estancado del ángelus. Por las noches se recrudecieron junto al fuego las leyendas de trasgos, y los accidentes y contratiempos cotidianos se tuvieron por maldiciones de los forasteros. Éstos se habituaron a recorrer el pueblo por delante de las puertas cerradas. Lo hacían en grupos fúnebres, la vista cosida al horizonte con las últimas fibras de un orgullo apaleado. Sin embargo las gentes no se atrevían a mirarles a la cara y algunas mujeres juraron que las desnudaban con los ojos. Cierto día uno de ellos apareció al extremo del mostrador de una taberna, dejando a los clientes sin aliento. Ninguno lo vio entrar. Se cruzaron miradas diciéndose que había atravesado las paredes. Para entonces ya podían diferenciarlos. Era un tipo sombrío, chupado y de piel deslavada de tanta conserva. Con los codos apoyados en la madera, parecía estar allí para hacer de blanco a las bolas de feria. En medio de un silencio trágico pidió con voz tierna en euskera un tazón de café con leche. El dueño escarbó por todo su negocio hasta encontrar el recipiente y le sirvió un líquido cubierto de humo. Para todos fue un alivio cuando se retiró con el tazón a una mesa del rincón más oscuro. Le vieron sacar un pan de munición del bolsillo de su tabardo y romperlo en migajas dentro de la humareda, como en un rito. Luego sacó una cuchara y empezó a llevarse a la boca cargas de masa. Sorbía con estruendo, con un misticismo tan reconcentrado y una expresión tan doméstica que ninguno pudo pensar en los cuernos hasta que acabó. Les atenazó la curiosidad por ver con qué moneda pagaba. El hombre recogió el tazón vacío y se lo llevó al dueño. Metálico a la expectación que había metido en la taberna, poniendo en las frentes la decepción, dejó en el mostrador una moneda de Franco.

Al día siguiente regresó con tres compañeros. El pueblo contempló la entrada del grupo en la taberna sabiendo que el dueño no les cerraría la puerta. «A una culebra que me pidiera cafécoleche tampoco se lo podría negar», les había dicho. Los cuatro tomaron por turno en el mismo tazón, porque no había otro. En los días siguientes se fue incrementando el número de prisioneros que acudía al local, pero cada uno llevaba su propia marmita por no esperar en la cola del café con leche. Surgió en la taberna una frontera natural, que dejaba a un lado al pueblo receloso y al otro a los forasteros en una actitud maciza que no ofendía a nadie. Sólo seguían despertando miedo. Les veían pagar a todos con monedas cristianas.

No tardaron en abrírseles el resto de las tabernas y las tiendas de alimentos. Entraban con pasos pulcros, pedían con palabras estrictas y los dueños les respondían con monosílabos. Así nació un código que pergeñó una convivencia desapacible. Cuando el miedo le dejaba un resquicio, el pueblo no sabía qué pensar.

Un sábado el jefe de los guardianes transmitió al cura el deseo de los prisioneros de asistir a la misa mayor del domingo. El cura se hizo repetir la frase porque creyó haber oído mal.

—Aquí podemos mantener a los vándalos fuera de las casas de Dios —replicó con las cejas encendidas.

—Son inofensivos —le aseguró el jefe de los guardianes—. Han sido derrotados y no quieren empezar otra guerra.

—Siguen siendo rojos —insistió el cura redoblando en la erre.

—Ni ellos mismos saben ya lo que son —sonrió el jefe de los guardianes.

El cura accedió por represalia. Al término del rosario de la tarde se acercó a las ruinas del caserón al frente de medio pueblo y exorcizó a sus moradores, y al otro día los recibió en una iglesia mordiente. Los prisioneros se presentaron formando un grupo de paseo, afeitados y con las ropas estiradas. La gente los sometió en la calle a un escrutinio silencioso por averiguar dónde llevaban el azufre para poner fuego a lo sagrado. El cura los paró a la puerta del templo. Los envolvió en un acoso circular, metiéndoles la mirada por los ojos para tocar el pozo negro de su maldad, pensando que todo tendría un sentido completo si se les vieran los cuernos. Los instaló al fondo de la iglesia, en un recinto que él mismo había marcado con tiza en el suelo. Había girado las imágenes para que todas mirasen a la Horda, y había inflamado en sus ojos de mármol la cólera divina con un barniz de carpintero. Había colgado de todas las alturas crespones negros. Había ordenado al organista que anegara el templo con un estruendo de Juicio Final. Y había revestido la sangre de todos los Cristos con auténtica sangre fresca de conejo. Los prisioneros también se tragaron con impavidez aquella virulencia.

El pueblo llenó el templo fascinado por la morbosidad del instante, convencido de que se estaba metiendo en una trampa. Se marcó la misma frontera que en las tabernas. Era la primera vez que veían a los forasteros sin su boina y los más incrédulos se convencieron de que ni siquiera escondían muñones de cuernos bajo ella. El cura se olvidó de la misa y subió al púlpito armado del espíritu del arcángel san Gabriel. Habló con el mismo tono de voz que cuando perdía al mus. El órgano empezó a tronar con la primera sílaba. Habló de la división del mundo en buenos y malos, del encargo divino que tenían los buenos de evangelizar a los malos y si no matarlos. Habló de la prolongación de la era de los monstruos: de los turcos, de los abencerrajes y de los hotentotes; y proclamó el retorno de la Inquisición. Se le estaban rompiendo las venas del cuello al gritar que habría tantas Cruzadas como fueran precisas, cuando un rumor traslúcido se meció en la atmósfera del templo. Sugestionado por la garganta del cura, por el alboroto del órgano y por su propio escepticismo, el pueblo tardó en averiguar que los forasteros cantaban a coro la misa de Gloria. Al principio las notas fueron tan leves que apenas las oyeron los más próximos, pero cuando alcanzaron el púlpito formaban un bloque sonoro compacto. Por unos instantes el cura y el pueblo se fundieron en un asombro nebuloso. El cura fue el primero en reaccionar. Creyendo que era la prueba más laberíntica enviada por Dios, cerró los puños y volvió a la carga con el estandarte de la Luz. El pueblo se estremeció atrapado en el duelo. El coro de cien voces de los forasteros se fue adueñando de la iglesia de modo natural, imponiéndose a los redobles furiosos del órgano y de la garganta del cura. Eran unas voces limpias, disciplinadas por ensayos de anteguerra, que señalaban a horizontes perfectos. El pueblo se conmovió con el descubrimiento. Los forasteros cantaban como si estuvieran solos, ajenos al naufragio de sus contrincantes. El cura y el órgano enmudecieron cuando los muros de la iglesia vibraron con la apoteosis del concierto colosal de las cien voces. Las mujeres y los viejos lloraban prendidos al primer asombro. Con movimientos de sonámbulo el cura bajó del púlpito y en el altar ofició la misa que le marcaba el coro de los prisioneros y el organista emprendió un acompañamiento cargado de docilidad. El pueblo pasó la noche tratando de hacerle un sitio a la revelación, y al día siguiente las mujeres despidieron a los forasteros con bocadillos de chorizo y escapularios.

Del libro *Historias de la guerra interminable*.
Ed. Kriselu, 1977.

ANTONIO PEREIRA
(Villafranca del Bierzo, León, 1923)

— • —

El pozo encerrado

«Tienes dos caminos», me dijo Pepín Lamela desde detrás de su mesa, vencida por el desorden de los papeles y los códigos voluminosos. «Uno es que aceptes desde ahora mismo. Y el otro, menos airoso, pero también legal, que te disculpes con la salud o con un viaje inaplazable.» «No sería una falsedad», le dije, «es verdad que la llegada de las nieblas me perjudica y que tengo por ahí unos asuntos pendientes». Pero no debió de creerme. El abogado puso la misma cara cachazuda y componedora que siempre gastó su padre el abogado veterano. También influiría el despacho heredado, de estilo renacimiento español. Pepín sacó del cajón una pipa que acaso había estrenado don José, y encendiéndola sin ninguna prisa me habló como probablemente le hubiera hablado su padre a mi padre: «Ser albacea no es un plato de gusto, pero piensa que si el pobre Gayoso se acordó de ti al dejar dispuestas sus cosas...».

«Pero qué puede haber dejado el señor Baltasar Gayoso tras un empleo en la Brow Boveri, y además jubilándose antes de tiempo.»

«Pues por eso mismo», dijo Pepín. Y ya me pareció un definitivo reproche.

Ahora pienso que yo no necesitaba consejos morales. Que antes de limpiarme las suelas en el felpudo de la entrada de la consulta, sabía que no hubiera vuelto a dormir ni dos horas si le fuera desleal al señor Gayoso. Lo malo es que hace unas noches que tampoco pego un ojo por esta historia.

Era un hombre instruido el señor Gayoso. Un tipo extraño, en la forma del pañuelo saliendo del bolsillo de la americana, en los grandes cuadros insólitos de sus camisas, durante años, como si hubiera traído de América ropa destinada a sobrevivirle. Se trataba muy poco con los vecinos. En cambio, con cierta frecuencia recibía correo de fuera de España, y no sé por qué me entregaba a mí con un gesto predilecto y rápido los ángulos recortados del sobre, para la colección de sellos.

«Quiere usted venir conmigo a la viña», me dijo un día sin apearse de la barandilla del puente donde solía estar sentado por las mañanas leyendo, con susto para quien viera por primera vez aquel número de equilibrista. Me lo dijo con una voz uniforme, sin poner ningún signo de interrogación. «He recibido unos periódicos», añadió; «aunque las estampillas de los impresos valgan menos que las de las cartas».

Marchamos los dos juntos sin hablarnos una palabra, y había en la cabaña sellos de distinto valor facial. Cuando Gayoso no estaba enganchado por los pies en los hierros del puente, es que había marchado a su viña, aunque eran ganas, llamarle a aquello una viña. Allí se metía en la cabaña y nadie ha podido saber —salvo yo, después de su muerte— los quehaceres o vicios que ocupaban a un hombre tan solo e independiente. No era posible que se le perdonara en una villa de unos miles de almas. Donde no podían entrar los ojos y los pies, entraba la fantasía, también es verdad que la finquita limita por poniente con el cementerio, y sólo a dos pasos se alza el ábside carcomido de San Benito de Nurcia, con la fama de los cien esqueletos de la francesada y los ruidos y esas cosas que se sienten algunas noches del año.

Gayoso, a lo largo de confidencias más bien lacónicas, se revelaba contrario o por lo menos indiferente para su parentela de la montaña. Pero ha prevalecido el tirón de la sangre, y ahora que el hombre ha muerto, los llamados a heredarle son Gayoso, Gayoso Pedregal, Remolanes Gayoso. Bajaron en un Land Rover pagado a escote, pero luego ha ido volviendo a verme por separado, en sus caballerías. Yo, el albacea, les explico las cosas de la mejor manera. Una casa en esta villa sita en la calle Padre Sarmiento número dieciséis de alto y bajo con un patio a su espalda ningún problema. Una huerta en esta villa al sitio de Caparrós de una cabida de ocho áreas y no sé cuantas centiáreas ningún problema. Y lo mismo los demás bienes. Es la viña la que me viene trayendo de cabeza para contentarlos en el reparto, el que de todo el capital sea eso, precisamente eso lo que encandila a los parientes del muerto. Total cuatro cepas con la cabaña y el pozo, en un paisaje, esto sí, que es una gloria para la mirada.

Pero no creo que a esta gente les interese el paisaje. Todo fue desde que vino Balbino, el que está casado con la más ruinzalla de las sobrinas de Gayoso, que aunque se puso a fingir no supo sostener el tipo por bastante tiempo, de manera que fue notársele el interés y encapricharse todos con esa hijuela. Empezó a crecer el deseo como si fuese un fuego. Desde fuera les alimentan el fuego a los interesados. El forense, que nunca se sabe si habla en serio o en broma, dice que Baltasar es nombre asirio y significa «el que guarda el tesoro». De mí mismo puedo decir que unas me iban y otras me venían hasta que vino a resolverlo la carta. Porque a qué acudía el señor Gayoso a la cabaña a las horas menos corrientes, por qué un hombre con idiomas y tantos viajes iba a estarse allí de gratis y bajo cerrojos, cuando ni siquiera se le conocía apaño con alguna mujer. Y sobre todo, la ocurrencia de mandar hacer la cabaña de manera que el pozo se quedara dentro, en el centro justo del recinto como si fuera un altar o algún monumento. Minas, alijos. Las riquezas enterradas de los romanos. Pero yo no quise profundizar allí por mi cuenta, ni que nadie meta las manos mientras no se haya rematado la testamentaría hasta el último pelo que manda la Ley.

En ésas estábamos cuando ocurrió lo de la carta que digo. Llegó el cartero con la correspondencia, y entre mis propias cartas, como si fuese la cosa más natural del mundo, me había dejado un sobre del extranjero, dirigido con letra clara y alargada a *Mr. Baltasar Gayosso*. Esto de las dos eses me pareció una ortografía ennoblecedora. Las señas de Gayoso, a continuación, venían perfectamente correctas. No traía remite, y todo hacía pensar en un asunto personal y privado.

«¡Eh, Óscar!», quise detener al cartero.

No habla Óscar, no saluda, tira los objetos postales en donde puede y ya está en el final de la calle haciendo él solo el trabajo de cuatro repartidores.

Hace unos días, hubiera ido yo a consultar. Pero a Lamela el abogado lo noto harto, y en el propio Juzgado me han despedido casi con enfado cuando repetí preguntando esto y lo otro. Si se puede romper el candado de la carbonera anegada en la casa. Si procede recoger los boletines de la Sociedad Geodésica Mexicana que vienen contra reembolso.

Francamente, según fue creciendo el día pensé que no me disgustaría saber el contenido del sobre, al que le encontraba ese olor a mar que tanto nos gusta a los hombres de tierra adentro. Esperé a quedarme solo. Todavía esperé un poco más hasta verme en la impunidad de mi noche, que ahora suele ser una cueva de insomnio. Entonces rasgué el borde desatentamente, increíblemente a riesgo de estropear unos sellos gloriosos con el escudo de New Zealand y el centenario de Cook, el señor James Cook desembarcando de punta en blanco en una playa desierta. Sin ninguna lógica había echado la llave en la cerradura de mi dormitorio. A la luz del flexo de la mesa, la carta apareció firmada por una mujer, Margaret, aunque al final venía con la dirección el nombre completo, Margaret Campbell.

Antonio Pereira

Empecé a traducir despacio, con un esfuerzo que iba siendo vencido por el interés, a medida que los párrafos avanzaban:

«Cómo no voy a aceptar gustosa y hasta emocionada su gentil propuesta de que nos tratemos por nuestros nombres de pila (Christian names).»

Ciertamente, en el encabezamiento hay un «Querido señor Gayosso», inmediatamente corregido: «O sea querido Baltasar». Y sigue:

«Ha sido un regalo su última carta, esperada semana tras semana en el ferry que trae el correo desde la isla principal. Pero no exactamente una sorpresa. Yo esperaba este evento porque nunca jamás, ni en vida de mi difunto y recordado Mr. Campbell, llegué a sentir la noción cálida de cercanía que casi me sofoca al saberle a usted ahí, comunicable y concreto. Yo creo que ni una vida sumamente larga bastaría para mi agradecimiento a la Providencia, pero también a quienes fueron sus instrumentos: el Department of Lands and Survey, la cátedra de Geografía de nuestra University of Otago... Y por supuesto la tenacidad amistosa de la Esoteric Fraternity, que consiguió afinar hasta el punto exacto las mediciones. Oh, amigo mío, cuán hermoso es enlazar los designios de dos seres tan *en apariencia* alejados.» (*En apariencia*, viene subrayado en la carta.) «Yo no era más que una niñita de cinco años cuando mi padre el reverendo Marlyle me sorprendió tendida sobre el césped junto al presbiterio con los ojos enrojecidos de querer perforar la tierra, los oídos tensos por la auscultación de las profundidades. Después, en los años del internado de New-Salford que acoge a las huérfanas de los hombres de iglesia (orphans, daughters of clergymen) la manzana del postre se convertía en globo terrestre, atravesado por el largo alfiler cuya cabeza de color rojo era yo misma; cuya punta, pasando por el centro de la esfera alcanzaba a un ser opuesto pero igualmente a la escucha... Ahora poseo la exacta situación de usted, en grados, minutos y segundos. Pero lo que me fascina es el terreno rojo de su *viñedo*...»

266

Evidentemente, el señor Baltasar Gayoso le había contado de su viñedo, y la señora Campbell le correspondía con el mismo término exagerado, así es como viene escrito en la carta.

«Su viñedo, imaginado desde este islote del Pacífico donde la vid y el vino son sólo frases de la Biblia, *Lavará en vino sus vestidos / y en la sangre de las uvas su ropa*, Génesis, 49,11. Y sobre todo la boca del pozo cuyo frescor me alcanza como si estuviera a sólo unos metros de donde le estoy escribiendo... Estoy sentada en la hierba, debajo mismo del sicómoro. La luz del día se está alejando poco a poco hacia el mar de Tasmania, pero habrá luna llena y a su luz yo podría seguir hilvanando palabras. No olvide que nuestras latitudes son idénticas pero de signo contrario, y que las estaciones y las horas están rigurosamente invertidas.»

Ahora soy yo el que no lo olvida. Van varios días y noches de mirar a cada paso el reloj, pensando en la correspondencia de las horas y de las estaciones en los continentes. Como si yo tuviera algo que ver con toda esta novelería.

«De manera que en este tiempo las noches de Oceanía son bellas, bellas hasta doler si una mujer está sola y siente. Pongo mi mano abierta sobre la tierra cálida y húmeda de neblina. Es muy excitante esta certeza de una línea recta que rompe la corteza del globo, luego son mantos de níquel resplandeciente, quién sabe si hermosuras magnéticas alumbradas por colores distintos a los conocidos del arco iris, y en el centro de la tierra lagos tranquilos como nuestro Wakatipu y músicas ambientales... Oh, Baltasar. Perdóneme estas fantasías un poco idealistas. Pero lo verdadero y seguro es que al cabo de seis mil kilómetros —apenas nada, el salto que hacemos en avión para la boda o el funeral de un allegado—, está usted en este mismo instante al otro extremo del cable ideal, mi *único* correspondiente entre todos los seres de la creación. Le pienso. Le imagino. Le veo asomado al brocal determinado sin error por la ciencia, tanteando con su mano probablemente nervuda el comienzo ¡y el fin! de esa distancia que a su pozo no lo separa de mi sicómoro, porque los une pasando por el centro de la esfera...»

Son cinco hojas escritas por las dos caras, así se comprende lo de los varios sellos para el franqueo aéreo. Las he leído no sé cuantas veces, y en medio de los sentimientos digamos íntimos, la carta trae detalles que no dejan de tener interés, pienso que hacemos mal en no pararnos a pensar en esos archipiélagos tan perdidos del mapa. Ahora sé que el Día de Nueva Zelanda lo celebran el 6 de febrero, y que tienen un médico por cada setecientos treinta habitantes y un enfermero por cada doscientos. Todo tan romántico y bien redactado que parece que se está viendo y tocando a la mujer que lo escribe, también me había interesado en tiempos la grafología, estas eses ondulantes, la calidad del trazo y el vuelo tendido de las uves (Very exciting) como gaviotas. Así hasta los saludos finales, en espera de una respuesta. De una respuesta que el barco correo no podrá llevar, nunca, hasta la pequeña isla olvidada de la señora Campbell. Creo que deberé ponerle unas letras de cortesía a la señora Campbell.

«Usted puede hacer todo lo que haga falta en la herencia yacente», me riñe el juez. «Propiamente como si fuera usted mismo el difunto.»

El caso es que el sábado que viene es la feria mensual de ganado. Bajarán a la villa los Gayosos y voy a llevarlos allí para que se dejen de fantasías y vean que no hay nada de valor, pero sin calentarles más la cabeza, porque sabe Dios cómo les sonaría a éstos de Caborcos de Mora lo de nuestros antípodas. Lo mejor será que me vendan a mí la dichosa viña, ahora que me encuentro en ella tan acompañado y a gusto.

Del libro *Cuentos para lectores cómplices.*
Ed. Espasa Calpe, 1989.

IGNACIO ALDECOA
(Vitoria, 1925 - Madrid, 1969)

—— • ——

Los hombres del amanecer

El andarríos volaba rascando el juncal. Daba su grito: «Ui-er, ui-er, ui-er». Bajaba el agua turbia, rápida, enemiga. En el confín de la mirada el río parecía remansarse y ennegrecer. Junto a los árboles quedaban las últimas, vagarosas huellas de la noche huyendo por los caminos trincherados, por los surcos profundos, por el verde túnel de la carretera hacia el oeste.

Agua, árboles, pájaros, luz. Dos hombres caminaban muy despacio. En el puente se pararon y quedaron escuchando. Golpeaba el río en los pilares; sonaban sus golpes como una sucesión de palmadas. Glogueaban los remolinos, y en las tollas, donde se fijaba la espuma, el quebrado son del roce de los palos y las ramas arrastradas era vencido por el veloz rumor de la corriente. Lejano ya el grito del andarríos, siseantes las hojas de los árboles, movidas por el vientecillo de la amanecida, la luz, filtrándose a través de las nubes ovilladas, blancas y sucias, también daba en el amanecer su sonido. Un sonido metálico que invadía el campo y lo hacía chirriar.

—Es buena hora —dijo uno de los hombres—, y con suerte podemos estar de vuelta antes de las diez.

Después escupió al agua. Continuaron andando. Andaban lentamente. Eran viejos.

—Cristóbal, ¿por qué cuentas los pasos?

—Es mi costumbre, Lino.

Contaba sus pasos. Era su costumbre. La tapia del cementerio, que hacía más de media hora que habían dejado atrás, tenía mil novecientos treinta pasos hasta la caseta de arbitrios. Lo sabía muy bien. En pocos podía equivocarse. Perdía la cuenta al saludar al empleado, amodorrado, ojeroso, seguramente con un aliento nocturno como el olor de los perros sin amo. El empleado tiritaba, descompuesto, amañanado. Le habían saludado. Les contestó bruscamente. Luego se dulcificó: «Buena caza», les dijo.

Cuando Cristóbal se levantó para salir al campo, la casa estaba en silencio; silencio cuarteado por la fuerte respiración de su mujer. Procuró no despertarla. Llegó a la pequeña cocina y se lavó en el fregadero. Preparó su desayuno. Bostezaba de hambre y sueño. Estuvo esperando a que la leche se calentara, apoyado en la mesa, escalofriándose de vez en vez, dejándose escurrir el sueño, según creía, hasta los pies. Hizo algún ruido. Escuchó la voz de su mujer: «¿Ya te vas, Cristóbal?». «Ya me voy», había contestado. «Que haya suerte.»

Se había encontrado con su amigo Lino bajo la gran farola de tres brazos de la glorieta de su barrio. Lino vivía solo. Al anochecer del día anterior le había dicho Cristóbal: «No te retrases, Lino; no bebas mucho, que mañana hay que tener el ojo listo». Lino le respondió: «Se hará, se hará». Luego se metió en la taberna a beberse unos vasos de vino mientras miraba con sus ojillos de pájaro miedoso la fuente de la cerveza y el vermut, que le asombraba con su brillo argentino y su águila herida en la terminación. Se pellizcaba sin cesar las manos, como si estuviese jugando al pizpirigaña. El tabernero le conocía de antiguo. «Qué, Lino, ¿mañana de caza?» «Mañana.»

Se encontraron bajo la gran farola de tres brazos. Se saludaron. Cristóbal preguntaba por las herramientas: «¿Has traído la azada grande, el saco grande, la caja del agujero pequeño...?». Luego echaron a andar. Cristóbal comenzó a contar los pasos. Lino empezó a meditar en la razón por la que su amigo contaría los pasos.

Las calles estaban solitarias. Los pasos resonaban hostiles. La luz de los faroles, distanciados, taraceaba la calle de grandes obleas luminosas y zonas de sombra. Sombras que en las últimas horas de la noche infunden sensaciones de miedo y desamparo.

En la carretera el bisbiseo de Cristóbal se tornó más claro: «Doscientos veintitrés, doscientos veinticuatro...». Del puente, siguiendo el curso del río, que se enlagunaba cercano, partía un sendero por el que los hombres bajaron. La tierra estaba húmeda. Las huellas de sus pasos se extendían tras ellos. El sendero se estrechaba entre dos filas de espinos. Cristóbal se arañó una mano. Se agachó a coger un poco de barro y con él frotó el arañazo.

—Cicatrizará antes —dijo.

—Seguro.

Continuaron caminando. El sendero se perdía en el juncal. Lino dejó el saco en el suelo y se apoyó en la azada. Cristóbal hablaba. Calculaba que la tormenta del día anterior podía haber hecho que la caza, su caza, se retirase hasta los ribazos altos. Echó un palito en el remanso del río y lo contempló. El palo, lentamente, comenzó a girar. «Está subiendo el agua —pensó—, ha debido descargar mucho en la montaña y todavía puede que esté cayendo; no podemos volver por el vado del Fraile, tendremos que dar la vuelta por el pueblo». Hizo un gesto de desagrado.

No les gustaba acercarse al pueblo. Siempre les preguntaban demasiadas cosas: «Qué lleva usted ahí, buen hombre? ¿Qué buscan ustedes en la charca, que se les ve por allí muy ocupados?». Al principio contestaban: «Setas. Se dan unas setas que se venden muy bien». «¿Setas? ¿En la charca setas? ¡Qué cosas!»

Lino había puesto nombres raros a los canales en los que se dividía el río. Por eso decía:

—Si nos metemos por el *Canal de los Tres Colores* saldremos antes al de la *Novia del Martín Pescador;* de allá podemos tirar hacia los ribazos asentando el pie.

Se metieron por el *Canal de los Tres Colores,* saliendo al de la *Novia del Martín Pescador,* y subieron a los ribazos. Llevaban los pantalones recogidos sobre las rodillas. Dar un traspié equivalía a ponerse como una sopa, y lo comentó alborozadamente.

—Lino, hay que echar una ojeada con tiento. Nada de espantarlas. Hay que recoger una buena remesa.

La palabra remesa le encantaba a Lino, porque todos los negociantes serios de la ciudad hablaban de remesas.

—Sí, Cristóbal, hay que coger una buena remesa. Hay que sacar un montón de duros. Una remesa nos venía tan bien como la lotería. Los negocios son los negocios.

Comenzaron a buscar. El cielo se iba despejando. Las islas de conformaciones extrañas atraían la atención de Lino.

—Lino, no te distraigas. Deja el cielo y mira a la tierra, que es donde está el con qué de cada día...

—Es que está tan bonito...

Lino buscaba entre las piedras. Levantó la voz.

—Aquí hay una. Se ha metido bajo esta piedra. Vente de prisa.

Acudió Cristóbal.

—Prepara la caja. Ahora ten calma. Ya no se escapa.

Lino estaba entusiasmado.

—Empezamos bien; hay buena caza.

Cristóbal armó una pequeña horquilla que llevaba envuelta en unos papeles. La operación fue fácil. Estaban muy adiestrados.

A las diez de la mañana se dieron por satisfechos. Habían cogido nueve víboras. Estaban retorciéndose en la caja del agujero pequeño. Se las veía a través de la tela metálica.

—Son muy bonitas, ¿verdad? —dijo Lino.

—A mí me dan asco y no me parecen bonitas; pero su dinero valen. Ya es hora de hospar de aquí. El sol está alto.

—Sí, ya es hora. El agua va creciendo y habrá que tirar por el pueblo.

Lino cargó con la caja de las víboras.

—En el pueblo podemos tomar un trago y almorzar algo, ¿no?

—Sí, hombre.

Por los ribazos, dando a veces saltos demasiado largos para ellos, se encaminaron al pueblo.

El río se extendía más y más. En el pueblo, en verano, no se podía parar de mosquitos. Todos los habitantes eran palúdicos.

—Hay más mosquitos que en el mismísimo infierno. Los hay como puños. Cualquier día se los comen a todos. Fíjate que un día entras en el pueblo y no ves más que el andamiaje de los tíos, porque los mosquitos se han llevado la carne. Tendría su gracia, Cristóbal.

Cristóbal no contestaba. Siempre estaba sumido en operaciones matemáticas. Ahora calculaba lo que podrían darle en el laboratorio por las víboras. Si está don Rafael, cuatro por nueve treinta y seis, y un duro de propina para cada uno. Si el conserje se pone a regatear nos llevamos el género y volvemos al día siguiente, hasta que nos encontremos con don Rafael. Alguna de las víboras se morirá, pero de todas formas saldremos ganando.

Iban llegando al pueblo. Era un pueblo de molinos de agua. Casi la mitad de la población se dedicaba a las labores de la molienda. Les llevaban el grano de todos los pueblos y aldeas de los alrededores. Y vivían de los molinos, de la pesca, de unos ribazos donde cultivaban maíz y del ganado, inverosímilmente flaco, que pastaba por los alrededores del río.

El pueblo era negro. Las calles siempre estaban embarradas. Por medio pasaba un brazo de agua, que a veces solían secarlo con un juego de compuertas, y se hinchaban de coger cangrejos y anguilas. Anguilas gigantes, del grosor del brazo de un hombre, que luchaban con los pescadores rabiosamente, hasta la muerte.

Se habían plantado eucaliptos en los últimos tiempos, y el aroma de éstos, juntamente con el olor del cieno y el de los excrementos de los animales, inundaba las calles en calma y cristalizaba, hasta que al paso de alguna persona se rompía la cristalización y se levantaba de nuevo el hedor diferenciado hasta un inmediato y esperado reposo.

Una vieja estaba sentada en una silla muy pequeña, pegada al portal de su casa. Junto a ella jugaban unos chiquillos medio desnudos, sucios y moqueantes. La vieja miró a Cristóbal y a Lino con curiosidad; en seguida volvió a su labor. Uno de los chiquillos se rascaba unas costras en una pierna.

—Deja eso, chacho, que te las vas a extender.

—Es que me pica mucho, abuela.

—Más les pica a los que están en el infierno, que es donde tú vas a ir como seas tan desobediente.

El chiquillo la miró con temor. Cristóbal y Lino se acercaron a la taberna. Un hombre gordo y amarillo estaba sentado a la puerta fumando tranquilamente.

—¿Qué hay de bueno?

—Pónganos un cuartillejo de vino y si tiene algún pez nos lo saca con unos cachos de pan, que tenemos hambre.

Lino sonreía. En la taberna ponían los peces de una forma especial: los tostaban mucho y se podían comer hasta las espinas; así se les quitaba el sabor a barro de la charca. Les sacaron el vino y unos peces del día anterior refritos. Se disculpó el tabernero.

—Todavía no han venido los chicos con la pesca de hoy. Con la crecida los van a coger por arrobas.

Habían dejado la caja de las víboras en un rincón, tapada con el saco. De vez en vez, mientras comían en silencio, Cristóbal le echaba el ojo. Vigilaba y seguía calculando.

Terminaron con los peces, el pan y el vino. Preguntaron cuánto debían. Cada uno puso la mitad del dinero.

A la salida del pueblo el camino cruzaba un puentecillo cubierto totalmente de hiedra. Lino se paró un momento.

—Aquí debe haber caza. Tiene buen aspecto.

Se extendió en un largo monólogo sobre los cazaderos, sobre su flora, sobre los vientos que debían darles.

El campo verde, con los cultivos todavía en bozo, acaba en los límites de la ciudad. Altas chimeneas de fábricas expeliendo un humo denso y negro. Casas primeras de un rojo apagado en los tejados, de blancas fachadas. Remotas las torres de las iglesias. Azuleando la estación del ferrocarril. El paisaje se contemplaba como a través de un cristal.

Avanzaban lentamente. Lino hablaba, y hablaba:

—... el viento de la caza ha de ser a medias caliente, a medias fresco, que las haga salir de las cuevas y que las tenga como entumecidas en el campo...

Entraron en la ciudad.

—Tú me esperas —dijo Cristóbal— en la bodeguilla, en tanto yo subo a casa a ponerme una corbata, que da representación.

Se separaron. Cuando se volvieron a encontrar, Cristóbal parecía un señor. Lino le miró con cierta admiración. Pensó que Cristóbal sabía mucho del arte de negociar.

En el laboratorio don Rafael les dio una mala noticia.

—No necesitamos más víboras en una temporada. Tenéis que traer otra cosa. Ratas, por ejemplo. Las alcantarillas están llenas y es fácil cogerlas. Se pagan muy baratas, pero podéis compensar el precio con la cantidad que os admitiremos. Nada de víboras, ratas, que ahora necesitamos muchas.

—¿Y qué hacemos con la caza de hoy?

—No os la puedo comprar. Lo siento. Traedme esta tarde ratas y veré de hacer una cuenta redonda con el trabajo de esta mañana, para que no quedéis descontentos.

Se despidieron. Caminaron en silencio. De pronto Lino dijo:

—¿Ratas? A mí no me gusta cazar ratas; es un oficio asqueroso. Yo no cazaré ratas.

—Pues tendrás que cazarlas. Si le sobran víboras hay que cazar ratas, hay que trabajar. No se puede uno cruzar de brazos. Hay que trabajar; lo mismo da cazar ratas que víboras. Acuérdate cuando nos encargó avispas...

—Aquello era distinto. Se estaba en el campo. Las alcantarillas no traen más que enfermedades. El aire de las alcantarillas reblandece las telas de dentro del cuerpo y un día amaneces con algo gordo que no te sale con nada y te mueres.

Lino llevaba la caja de las víboras. Cristóbal contaba sus pasos.

—Las ratas —preguntó Lino— ¿a qué hora se cazan? ¿Hay que madrugar?

—No, las ratas tienen su hora al atardecer. Comenzaremos esta tarde en el arroyo de los desagües.

Lino pensó en el gris tristísimo de las ratas. En el gris tristísimo de los atardeceres de invierno.

—¡Ya verás cómo no te pesa! —exclamó Cristóbal—; las ratas de alcantarilla no son todas iguales. Las hay de muchos colores: grises, blancas, rojas, roanas... Esta tarde lo has de ver.

Lino y Cristóbal se separaron. Lino, con la caja de las víboras, se encaminó hacia el arroyo de los desagües.

Las orillas eran las escombreras de la ciudad. En ellas crecían ortigas y cardos. En el aire, el hedor del arroyo y el de las cercanas fábricas de cola se mezclaba. Lino contempló con tristeza aquellos nuevos cazaderos. Después dejó en libertad a las víboras, que desaparecieron rápidamente entre los escombros.

El sol del mediodía arrancaba en el arroyo de los desagües reflejos metálicos, reflejos tristes, de su corriente negra, sobre la que no volaba el andarríos dando su grito, ni pájaro alguno. Con la caja vacía, Lino se entró por las primeras calles de la ciudad. Iba pensando que Cristóbal sabía entender bien la vida, que nada le preocupaba, y que por eso, para entretenerse mientras se acercaba el fin, contaba los pasos. Lino comenzó a contar los pasos cuando llegó a la glorieta de su barrio. No pudo contar más que treinta y tres. La taberna estaba a treinta y tres pasos justamente.

Del libro *El corazón y otros frutos amargos* (1959), en *Cuentos completos,* Ed. Alfaguara (1996).

CARMEN MARTÍN GAITE
(Salamanca, 1925)

———— • ————

La trastienda de los ojos

La cuestión era lograr poner los ojos a salvo, encontrarles un agarradero. Francisco, por fin, lo sabía. Él, que era un hombre de pocos recursos, confuso, inseguro, se enorgullecía de haber alcanzado esta certeza por sí mismo, esta pequeña solución para innumerables situaciones. Por los ojos le asaltaban a uno y se le colaban casa adentro. No podía sufrir él estos saqueos súbitos y desconsiderados de los demás, este obligarle a uno a salirse afuera, a desplegar, como colgaduras, quieras que no, palabras y risas.

—¡Qué divertida era aquella señora de Palencia! ¿Te acuerdas, Francisco?

—Francisco, cuéntales a éstos lo del perrito.

—¿Verdad que cuando vino no estábamos? Que lo diga Francisco, ¿a que no estábamos?

—¿Margarita? Ah, eso, Francisco sabrá; es cosa de él. Vamos, no te hagas ahora el inocente; miras como si no supieras ni quién es Margarita. Se pone colorado y todo.

¿Colorado?, ¿de verdad se estaría poniendo colorado? Pero no, es que lo interpretaban todo a su manera, que creaban historias enredadas, que lo confundían todo. Tal vez los estuviera mirando mitad con asombro, porque no se acordaba de Margarita, mitad con el malestar que no acordarse le producía

278

y con la prisa de enjaretar cualquier contestación para que le dejaran volverse en paz a lo suyo. Aunque, en realidad, si alguien le hubiese preguntado qué era lo suyo o por qué le absorbía tanto tiempo, no lo hubiera podido explicar. Pero vagamente sentía que volver a ello era lo mismo que soltarse de unas manos empeñadas y sucesivas que le arrastraban a dar vueltas debajo de una luz fastidiosa, quebrada, intermitente, ante una batería de candilejas que amenazase a cada instante con enfocar sus ojos de nuevo. Era soltarse de aquellas manos y llegar otra vez a la puerta de la casa de uno, y empujarla, y ponerse a recoger sosegadamente lo que había quedado por el medio, y no oír ningún ruido.

Algunas personas hacían narraciones farragosas y apretadas sobre un tema apenas perceptible, minúsculo, que se llegaba a desvaír y escapar de las palabras, y era trabajosísimo seguirlo, no perderlo, desbrozarlo entre tanta niebla. A otros les daba por contar sucedidos graciosos que era casi indispensable celebrar; a otros por indignarse mucho —el motivo podía ser cualquiera—, y éstos eran muy reiterativos y hablaban entrecortadamente con interjecciones y altibajos, pinchazos para achuchar a la gente, para meterla en aquella misma indignación que a ellos los atosigaba, y hasta que no lo lograban y luego pasaba un rato de propina, volviendo a hacer todos juntos los mismos cargos dos o tres veces más, no se podía aquietar. Pero los más temibles, aquellos de los que resultaba inútil intentar zafarse, eran los que esgrimían una implacable interpelación seguida de silencio: «¿Y a eso, qué me dices?». «¿Qué te parece de eso a ti?» y se quedaban en acecho, con la barbilla ligeramente levantada.

Francisco andaba inquieto, como náufrago, entre las conversaciones de los demás, alcanzado por todas, sin poder aislarse de ellas, pendiente de cuándo le tocaría meter baza. Y, aunque no le tocara, se sabía presente, cogido. Y le parecía que era sufrir la mayor coacción darse por alistado y obligado a resistir en medio de conversaciones que ni le consolaban ni le concernían, no ser capaz de desentenderse de aquellas palabras de su entorno.

Hasta que un día descubrió que todo el misterio estaba en los ojos. Se escuchaba por los ojos; solamente los ojos le comprometían a uno a seguir escuchando. Sorprenderle sin que le hubiera dado tiempo a ponerlos a buen recaudo era para aquella gente igual que pillar un taxi libre y no soltarlo ya; estaba uno indefenso. Eran los ojos lo que había que aislar; a ellos se dirigían. Francisco aprendió a posarlos tenazmente en las lámparas, en los veladores, en los tejados, en grupos de gente que miraba a otro lado, en los gatos, en las alfombras. Se le pegaban a los objetos y a los paisajes empeñadamente, sorbiéndoles con el color y el dibujo, el tiempo y la pausa que albergaban. Y oía las conversaciones, desligado de ellas, desde otra altura, sin importarle el final ni el designio que tuvieran, distraído, arrullado por sus fragmentos. Sonreía un poco de cuando en cuando para fingir que estaba en la trama. Era una sonrisa pálida y errabunda que siempre recogía alguno; y desde ella se podían soltar incluso tres o cuatro breves frases que a nada comprometiesen. «Está triste», empezaron a dictaminar acerca de él; pero no le preguntaban nada porque no conseguían pillarle de plano los ojos.

Hablaban bien de él en todas partes.

—Su hijo, señora —le decían a su madre—, tiene mucha vida interior.

—Es que, ¿sabe usted?, como anda preparando las oposiciones... Yo lo que creo es que estudia más de la cuenta.

Francisco no estudiaba más de la cuenta ni tenía mucha vida interior. Se metía en su cuarto, estudiaba la ración precisa y luego hacía pajaritas de papel y dibujos muy despacio. Iba al café, al casino, de paseo por el barrio de la Catedral. A su hermana le decían las amigas:

—Es estupendo. Escucha con tanto interés todas las cosas que se le cuentan. A mí no me importa que no sepa bailar.

La casa de los padres de Francisco estaba en la Plaza
Mayor de la ciudad, y era un primer piso. En verano, después
que anochecía, dejaban abiertos los balcones, y desde la calle
se veían las borlas rojas de una cortina y unos muebles oscuros,
retratos, un quinqué encendido. Al fondo había un espejo grande que reflejaba luces del exterior.

—¡Qué bonita debe ser esa casa! —decían los chavali-
nes de la calle.

Y algunas veces Francisco los miraba desde el balcón
de su cuarto. Los veía allí parados, despeinados, en la pausa de
sus trajines y sus juegos, hasta que, de tanto mirarlos, ellos le
miraban también, y empezaban a darse con el codo y a reírse.
Francisco, entonces, se metía.

Un día su madre le llamó al inmediato saloncito.

—Mira, Francisco; mientras vivamos tu padre y yo, no
tienes que preocuparte por ninguna cosa. Anoche precisamente lo estuvimos hablando.

Hubo una pequeña pausa, como las que se hacen en las
conversaciones del teatro. Francisco se removía en su almoha-
dón; los preámbulos le desconcertaban sobremanera y cada vez
estaba menos preparado a escuchar cosas que le afectasen directamente. Se puso a mirar la luna, que estaba allí enfrente encima
de un tejado, y era tan blanca y tan silenciosa y estaba tan lejos,
que le daba un gran consuelo. Abría bien los dos ojos y se recogía, imaginando las dos lunas pequeñitas que se le estarían formando en el fondo de ellos. Su madre volvió a hablar, y ya no
era tan penoso oírla. Hablaba ahora de un complicado negocio
que, al parecer, había salido algo mal, y en el que Francisco debía tener parte. Esto se conocía en la precisión con que aludía a
nombres, fechas y detalles de los que él, sin duda, tendría que
haber estado al tanto. Se acordaba ahora de que ya otros días,
durante las comidas, habían hablado de este mismo asunto.

—Tú, de todas maneras, no te preocupes. Ni por lo de
la oposición tampoco. Se acabó. No quiero volver a verte tris-

te. Con las oposiciones y sin ellas, te puedes casar cuando te dé la gana.

¡Ah, conque era eso! Francisco apretó los ojos a la luna. Seguramente su madre creía que estaba enamorado. ¿Lo estaría, a lo mejor? Alguna de las muchachas con las que había hablado en los últimos tiempos, ¿habría dejado una imagen más indeleble que las otras en aquel almacén del fondo de sus ojos? ¿Habría alguna de ellas a la que pudiese coger de la mano y pedirle: «Vámonos, vámonos»? Le empezó a entrar mucha inquietud. Allí, detrás de sus ojos, en la trastienda de ellos, en el viejo almacén, a donde iba a parar todo lo recogido durante días y tardes, se habían guardado también rostros de varias muchachas. Había una que, a veces, aparecía en sus sueños y le miraba sin hablar una palabra, igual que ahora le estaba mirando la luna. Era siempre la misma: tenía el pelo largo, oscuro, sujeto por detrás con una cinta. Él le pedía ansiosamente: «Por favor, cuéntame alguna cosa»; y solamente a esta persona en el mundo hubiera querido escuchar.

La madre de Francisco esperó, como si sostuviera una importante lucha interior. Él ya se había olvidado de que tenía que responder algo a lo de antes. Despegó los ojos de la luna cuando le oyó decir a su madre:

—Ea, no quiero que te vuelvas a poner triste. Cuando te dé la gana te puedes casar. Y con quien te dé la gana. Ya está dicho. Aunque sea con Margarita.

Francisco notó que su madre se quedaba espiándole furtivamente y sintió una fuerte emoción. En el mismo instante tomó su partido. No le importaba no saber exactamente quién era Margarita, no acordarse ahora del sitio en que la había visto por primera vez. Ya eran muchas las veces que unos y otros le nombraban a esta Margarita (y él tan torpe, no había reparado), a esta muchacha humilde de sus sueños que seguramente le quería. Sería insignificante, alguna amiga de sus hermanas, amiga ocasional, inferior para ellas, que todo lo medían por las

buenas familias. Había venido a casa algún día. Alguna empleada, a lo mejor. Su madre le había dicho: «Aunque sea con Margarita».

Pues con ella; con otra ya no podía ser. Tenía prisa por
mirarla y por dejarse mirar, por entregarle sus ojos, con toda
aquella cosecha de silencios, de sillas, de luces, de floreros y tejados, mezclados, revueltos, llenos de nostalgias. Sus ojos, que
era todo lo que tenía, que valían por todo lo que podía haber
pensado y echado de menos, se los daría a Margarita. Quería
irse con ella a una ciudad desconocida. Depositar en la mirada
de Margarita la suya inestable y desarraigada. Solamente los
ojos le abren a uno la puerta, le ventilan y le transforman la casa. Se puso de pie.

—Sí, madre, me casaré con Margarita. Me casaría con
ella aunque te pareciera mal. Ahora mismo la voy a buscar. Tengo
que verla.

Se lo dijo resueltamente, mirándola a la cara con la voz
rebelde y firme que nunca había tenido, sacudiéndose de no
sé qué ligaduras. Luego, a grandes pasos, salió de la habitación.

Del libro *Cuentos completos*.
Ed. Alianza, 1978.

MEDARDO FRAILE
(Madrid, 1925)

—— • ——

Cuento de estío

En el coche de línea iban algunas mujeres que despedían un perfume muy económico, empolvadas, de ojos vivaces. A un lado y otro de la carretera se veían casuchas miserables, con señales de humo en las paredes, y en la puerta, a veces, un perro mestizo seco y nervioso y un niño sucio que levantaba su mano viéndonos pasar. El coche hacía una parada en cada pueblo. Se bajaban cestas, oíamos sonoros besos y nombres que se gritaban, hasta que todo el bullicio quedaba otra vez bajo el motor en marcha, que apenas dejaba oír algún adiós. Me bajé del coche en un pueblo claro, grande, indiferente al autobús y a los viajeros.

Juan me estaba esperando, serio, con su cara de siempre. Le vi tostado, algo más ancho de hombros, con el cigarro de tabaco negro en la boca, cerrándole el humo un ojo azul, el que más recuerdos veía, el ojo que miraba, dentro de él, más lejos. Cuando se dio cuenta de que le estaba mirando, sonrió un poco, y al venir hacia mí le brilló el sol en las gafas. Se cruzaron entre nosotros, antes de saludarnos, un guardia civil con el tricornio de visera y el mosquetón al hombro, y una vieja enlutada, con una cesta rebosante de uvas, hojas de parra y pámpanos. Juan y yo estrechamos las manos, nos dimos unos golpes en la espalda y nos fuimos juntos por la carretera.

El sol caía implacable, y el verde reseco de los árboles era casi de color ceniza. Detrás de alguna tapia se oía el amor redondo, caliente, de los pichones. Y como era domingo, me pareció sentir —no estoy seguro— una campana.

Hacía un año que Juan y yo no nos veíamos. No hubo que modificar, sin embargo, ninguna manera, ningún gesto. Éramos los mismos. Él hablaba poco, tenía un corazón grande, que se adivinaba en todas sus cosas como un gran girasol, y de vez en cuando le daba a uno un golpe en la espalda con la mano abierta. Vivía en la última casa de la carretera.

Señalando a dos hombres al entrar por la puerta, me dijo:

—Es «El Chusco», el guarnicionero; y ese otro, «El Mujik».

Le saludaron los dos.

—¡Hola, Juan!

—¡Buenos días, Juan!

Por una escalera al patio bajaba una criada, mirando de reojo.

—María, diga a mis padres que ha venido Ricardo.

La criada se volvió, subió la escalera y atravesó un corredor. Llegaba un olor fuerte, ácido, de las cuadras, y un ruido metálico, espaciado, sonoro. Un perro de caza, de orejas largas, vino saltando hasta nosotros y se paró jadeante, mirándome, con la lengua fuera y estremecida la piel. Por la pared de enfrente trepaban unas campanillas de un azul polvoriento, desvaído; anémicas de amar y sufrir al sol.

—Vamos adentro. Pasa.

En el zaguán de la puerta trasera, abierto al patio, había nidos de golondrinas, y una hembra madre, negra y oronda, llegaba con alimentos en el pico y alguna golosina. A la derecha estaba el cuarto de Juan, con ventana de verja a la carretera, y en la pared, frente a la cama, una estantería que alcanzaba el techo llena de libros. Me paré a ver aquellos libros un buen rato, como en otro tiempo.

—Llévate alguno, si quieres.

Yo pensaba en dos o tres libros que él y yo habíamos estudiado profundamente. Estaban allí, manoseados del trajín de la Universidad. Eran libros aprendidos al tacto, sin abrirlos casi, de llevarlos un día y otro en la mano o debajo del brazo, compenetrándonos con sus formas externas, con su peso y volumen. Como —llevándola unos meses cogida de la mano— se aprende a la novia y sabemos lo que nos va a decir y lo que piensa.

—Hace mucho calor. Es mala época para hacer visitas.

Yo miraba malicioso un libro gordo, muy grave, cargado por igual de vana ciencia y diplomas. Un libro en el fondo tan niño como las aguas minerales y los chocolates que ostentan premios —medallas de oro y plata— de las exposiciones del mundo.

—¿Te acuerdas?

Movió la cabeza sonriendo. Yo puse el gesto extremado que había que poner, que encerraba en iguales dosis desprecio, ironía y drama. El gesto aquel que poníamos ante ese libro los estudiantes y que ya casi lo tenía olvidado.

Sobre un mueble pequeño, con revistas, tenía Juan el retrato de Oliva. Oliva era fina, morena, con los ojos un poco inexpresivos, posiblemente tristes, quizá serenos, tal vez con todo mirado ya o negándose ya a mirar, olvidados de su función o ejerciéndola en otro reino, observando tal vez un paisaje interior complicado, lento, asombroso. Miraba Oliva, en el retrato, un paisaje leonés con charcas frías y árboles mozos y pajareros que asomarían su emocionado verde en la mañana plomosa.

Lo de Oliva y Juan había tenido emoción seis años antes.

—Ahora está en Celanova, en Galicia.

Pensé en los años que llevaban siendo novios, en las cartas, en cómo el tiempo va jalonando demasiado despacio ca-

minos que llevan a sucesos muy elementales. Quizá Oliva salie-
ra del retrato por las noches; tal vez el cuarto lo arreglara ella
en alguna ocasión o dejara oír su voz en aquel ámbito, sin extrañar a nadie, sobre todo en las tardes lluviosas, cuando las familias juegan al tresillo.

Quise preguntar algo distinto a Juan, pero le dije:

—¿Cuándo te casas?

Tuvo —podría afirmarlo— un movimiento de extrañeza, un raro agobio; algo como dormido se removía en él. Es posible que le faltase poco para decirme:

—Estoy ya casado. Ahí está mi mujer: Oliva.

Pero debió caer en la cuenta de que era soltero. Quitó
de en medio, estrujándolo, un sobre roto que había en una silla
y no me contestó.

Bajó la madre de Juan: una señora afectuosa con los
amigos de su hijo, que sabía sorprenderse con graciosa naturalidad, y que al marcharse nunca pensábamos que se fuera por
dejarnos solos.

—Ya sabes el camino. Tienes que venir más.

Juan fumaba. Se pasó toda la mañana fumando, hasta
que fuimos al comedor.

—Sí. Tienes que venir más.

Pero pensaba en otra cosa. Yo estimulaba su imaginación. Yo estaba en un escalón grato de sus recuerdos. Cuando
ancha es Castilla. Cuando creíamos la vida a nuestro alcance para
hacer con ella mangas y capirotes. Antes de saber, realmente, lo
que la vida es: nuestra vecina de al lado, a la que todos sentimos reír y hablar y sólo unos pocos ven su cara o entran en su
cuarto.

¿Es esto verdad? —pensaría—. Y todo aquello de antes, el pasado, lo viejo, ¿era verdad? La casa espléndida, los
valiosos juguetes, el instituto, el mar de cada verano, París —la
guerra española aprendida en francés—, los comentarios, tres
años llenos de comentarios. Y más tarde, su padre enfermo, la

economía resquebrajada, la Universidad, Oliva, los cafés de Madrid y los amigos.

Todo, ¿por qué? ¿Por qué ahora el pueblo y el campo? Era un quehacer distinto cada vez, una continua adaptación sin interés ni brío. Quizá todo importase poco: las gallinas al otro lado de la casa y los libros del cuarto. Un aluvión de cosas le había hecho callarse, porque hablar es saber, estar seguro. Pero él era un resumen de vidas ajenas, de impuestas inquietudes y preocupaciones que no podía sentir demasiado. Había ido por muchos y contrarios caminos siguiendo a una familia, la suya, en circunstancias anormales. Había sido obediente hasta negarse a sí mismo. Obediente a un desastre monetario y político y a la voz de su padre, que buscaba su rango, su posición anterior, sus amigos antiguos; que buscaba sombras, perdidas ya, por todas partes. Su vida no tenía un sentido preciso. No había tenido ánimo o tiempo para hacer lo suyo. Esperaba que llegara un día —esa espera incierta de todos los hombres—, porque su estado, en los últimos años, había sido siempre transitorio, de urgencia.

En estas cosas pensaba seguramente, en estas cenizas que sólo se muestran, para desmenuzarlas, cuando la visita que tenemos enfrente es entrañable, seria y abre la puerta de los recuerdos.

Saludé al padre de Juan y hablé un momento con él. Charlaba con fino humor, nervioso. Con penachos blancos y rebeldes en la cabeza inteligente, viva. Es un peregrino dentro de su casa. Busca el tabaco prohibido, va de un lado para otro, y Juan me dice que se ha vuelto colérico.

—Le encuentro a usted muy bien. Está como siempre.

Cuando nos marchamos a la calle, María, la criada, entraba en la casa. Me pareció advertir una mirada rápida de Juan. María es manchega, de San Clemente: una buena moza. No sé por qué, pensé en Oliva, morena, posiblemente triste en su retrato. Juan está solo. Pero no quise preguntarle nada.

Junto al coche de línea, en silencio, fumando, esperábamos el momento de mi partida. Quizá el sol, que estaba poniéndose, que había cumplido tan bien su deber diario, había enfriado nuestras palabras, nos había dejado indiferentes, distraídos. En los bares del pueblo no tenían fruta para hacer sangría. Nos dieron con el vino tinto una naranja artificial, espesa, que se repetía a cada paso, como una purga infantil muy desgraciada.

—Ya sabes el camino. Tienes que venir más.

Juan no estaba alegre. Cuando el coche arrancó se quedó saludando a un hijo de «El Chusco», un mozarrón vestido de quinto, que disfrutaba de un permiso en el pueblo.

Yo, en el autobús, iba también algo caído, como esa nube negra del atardecer...

Del libro *Cuentos completos*.
Ed. Alianza, 1991.

ANA MARÍA MATUTE
(Barcelona, 1926)

———— • ————

Pecado de omisión

A los trece años se le murió la madre, que era lo último que le quedaba. Al quedar huérfano ya hacía lo menos tres años que no acudía a la escuela, pues tenía que buscarse el jornal de un lado para otro. Su único pariente era un primo de su madre, llamado Emeterio Ruiz Heredia. Emeterio era el alcalde y tenía una casa de dos pisos asomada a la plaza del pueblo, redonda y rojiza bajo el sol de agosto. Emeterio tenía doscientas cabezas de ganado paciendo por las laderas de Sagrado, y una hija moza, bordeando los veinte, morena, robusta, riente y algo necia. Su mujer, flaca y dura como un chopo, no era de buena lengua y sabía mandar. Emeterio Ruiz no se llevaba bien con aquel primo lejano, y a su viuda, por cumplir, la ayudó buscándole jornales extraordinarios. Luego, al chico, aunque le recogió una vez huérfano, sin herencia ni oficio, no le miró a derechas. Y como él los de su casa.

La primera noche que Lope durmió en casa de Emeterio, lo hizo debajo del granero. Se le dio cena y un vaso de vino. Al otro día, mientras Emeterio se metía la camisa dentro del pantalón, apenas apuntando el sol en el canto de los gallos, le llamó por el hueco de la escalera, espantando a las gallinas que dormían entre los huecos:

—¡Lope!

Lope bajó descalzo, con los ojos pegados de legañas. Estaba poco crecido para sus trece años y tenía la cabeza grande, rapada.

—Te vas de pastor a Sagrado.

Lope buscó las botas y se las calzó. En la cocina, Francisca, la hija, había calentado patatas con pimentón. Lope las engulló deprisa, con la cuchara de aluminio goteando a cada bocado.

—Tú ya conoces el oficio. Creo que anduviste una primavera por las lomas de Santa Áurea, con las cabras de Aurelio Bernal.

—Sí, señor.

—No irás solo. Por allí anda Roque el Mediano. Iréis juntos.

—Sí, señor.

Francisca le metió una hogaza en el zurrón, un cuartillo de aluminio, sebo de cabra y cecina.

—Andando —dijo Emeterio Ruiz Heredia.

Lope le miró. Lope tenía los ojos negros y redondos, brillantes.

—¿Qué miras? ¡Arreando!

Lope salió, zurrón al hombro. Antes, recogió el cayado, grueso y brillante por el uso, que guardaba, como un perro, apoyado en la pared.

Cuando iba ya trepando por la loma de Sagrado, lo vio don Lorenzo, el maestro. A la tarde, en la taberna, don Lorenzo lió un cigarrillo junto a Emeterio, que fue a echarse una copa de anís.

—He visto a Lope —dijo—. Subía para Sagrado. Lástima de chico.

—Sí —dijo Emeterio, limpiándose los labios con el dorso de la mano—. Va de pastor. Ya sabe: hay que ganarse el currusco. La vida está mala. El «esgraciado» del Pericote no le dejó ni una tapia en que apoyarse y reventar.

—Lo malo —dijo don Lorenzo, rascándose la oreja con su uña larga y amarillenta— es que el chico vale. Si tuviera medios podría sacarse partido de él. Es listo. Muy listo. En la escuela...

Emeterio le cortó, con la mano frente a los ojos:

—¡Bueno, bueno! Yo no digo que no. Pero hay que ganarse el currusco. La vida está peor cada día que pasa.

Pidió otra de anís. El maestro dijo que sí, con la cabeza.

Lope llegó a Sagrado, y voceando encontró a Roque el Mediano. Roque era algo retrasado y hacía unos quince años que pastoreaba para Emeterio. Tendría cerca de cincuenta años y no hablaba casi nunca. Durmieron en el mismo chozo de barro, bajo los robles, aprovechando el abrazo de las raíces. En el chozo sólo cabían echados y tenía que entrar a gatas, medio arrastrándose. Pero se estaba fresco en el verano y bastante abrigado en el invierno.

El verano pasó. Luego el otoño y el invierno. Los pastores no bajaban al pueblo, excepto el día de la fiesta. Cada quince días un zagal les subía la «collera»: pan, cecina, sebo, ajos. A veces, una bota de vino. Las cumbres de Sagrado eran hermosas, de un azul profundo, terrible, ciego. El sol, alto y redondo, como una pupila impertérrita, reinaba allí. En la neblina del amanecer, cuando aún no se oía el zumbar de las moscas ni crujido alguno, Lope solía despertar, con la techumbre de barro encima de los ojos. Se quedaba quieto un rato, sintiendo en el costado el cuerpo de Roque el Mediano, como un bulto alentante. Luego, arrastrándose, salía para el cerradero. En el cielo, cruzados, como estrellas fugitivas, los gritos se perdían, inútiles y grandes. Sabía Dios hacia qué parte caerían. Como las piedras. Como los años. Un año, dos, cinco.

Cinco años más tarde, una vez, Emeterio le mandó llamar, por el zagal. Hizo reconocer a Lope por el médico, y vio que estaba sano y fuerte, crecido como un árbol.

—¡Vaya roble! —dijo el médico, que era nuevo. Lope enrojeció y no supo qué contestar.

Francisca se había casado y tenía tres hijos pequeños, que jugaban en el portal de la plaza. Un perro se le acercó, con la lengua colgando. Tal vez le recordaba. Entonces vio a Manuel Enríquez, el compañero de la escuela que siempre le iba a la zaga. Manuel vestía un traje gris y llevaba corbata. Pasó a su lado y les saludó con la mano.

Francisca comentó:

—Buena carrera, ése. Su padre lo mandó estudiar y ya va para abogado.

Al llegar a la fuente volvió a encontrarlo. De pronto, quiso llamarle. Pero se le quedó el grito detenido, como una bola, en la garganta.

—¡Eh! —dijo solamente. O algo parecido.

Manuel se volvió a mirarle, y le conoció. Parecía mentira: le conoció. Sonreía.

—¡Lope! ¡Hombre, Lope...!

¿Quién podía entender lo que decía? ¡Qué acento tan extraño tiene los hombres, qué raras palabras salen por los oscuros agujeros de sus bocas! Una sangre espesa iba llenándole las venas, mientras oía a Manuel Enríquez.

Manuel abrió una cajita plana, de color de plata, con los cigarrillos más blancos, más perfectos que vio en su vida. Manuel se la tendió, sonriendo.

Lope avanzó su mano. Entonces se dio cuenta de que era áspera, gruesa. Como un trozo de cecina. Los dedos no tenían flexibilidad, no hacían el juego. Qué rara mano la de aquel otro: una mano fina, con dedos como gusanos grandes, ágiles, blancos, flexibles. Qué mano aquélla, de color de cera, con las uñas brillantes, pulidas. Qué mano extraña: ni las mujeres la tenían igual. La mano de Lope rebuscó, torpe. Al fin, cogió el cigarrillo, blanco y frágil, extraño, en sus dedos amazacotados: inútil, absurdo, en sus dedos. La sangre de Lope se le detuvo entre las cejas. Tenían una bola de sangre agolpada, quieta, fermentando entre las cejas. Aplastó el cigarrillo con los dedos y se dio media vuelta. No podía detenerse, ni ante la sorpresa de Manuelito, que seguía llamándole:

—¡Lope! ¡Lope!

Emeterio estaba sentado en el porche, en mangas de camisa, mirando a sus nietos. Sonreía viendo a su nieto mayor, y descansando de la labor, con la bota de vino al alcance de la mano. Lope fue directo a Emeterio y vio sus ojos interrogantes y grises.

—Anda, muchacho, vuelve a Sagrado, que ya es hora...

En la plaza había una piedra cuadrada, rojiza. Una de esas piedras grandes como melones que los muchachos transportan desde alguna pared derruida. Lentamente, Lope la cogió entre sus manos. Emeterio le miraba, reposado, con una leve curiosidad. Tenía la mano derecha metida entre la faja y el estómago. Ni siquiera le dio tiempo de sacarla: el golpe sordo, el salpicar de su propia sangre en el pecho, la muerte y la sorpresa, como dos hermanas, subieron hasta él, así, sin más.

Cuando se lo llevaron esposado, Lope lloraba. Y cuando las mujeres, aullando como lobas, le querían pegar e iban tras él, con los mantos alzados sobre las cabezas, en señal de duelo, de indignación, «Dios mío, él, que le había recogido. Dios mío, él, que le hizo hombre. Dios mío, se habría muerto de hambre si él no lo recoge...», Lope sólo lloraba y decía:

—Sí, sí, sí...

Del libro *Historias de la Artámila* (1961).
Ed. Destino, 1971.

JESÚS FERNÁNDEZ SANTOS
(Madrid, 1926 - Madrid, 1988)

— • —

Día de caza

El humor de mi tío mejoraba cuando, pasada la veda, algún domingo prometía:

—Este año, vamos a matar tú y yo un rebeco.

Los rebecos son como cabras monteses; un poco más pequeños, con cuernos cortos y puntiagudos que crecen hacia atrás parecidos a anzuelos. Se les puede ver en rebaños, pero por lo común aman la soledad, vagan, cruzando a un lado y a otro la raya de los puertos.

Así andaba mi tío todo el año, cosechando en verano, solitario en invierno, sin hijos, con amigos contados, trabajando o de caza, con el macuto a cuestas. Visto al pronto, se le podían echar, como a su mujer unos cincuenta años, sin embargo, aún no había cumplido los cuarenta.

Llegó de la Ribera para casarse y, a poco, tras la boda, los días se agriaron. La edad, las cuñadas, parecieron separarlos, envejecerlos pronto. Primero reñían a menudo, vino la época de los largos silencios y al final, aun procurando fingir fuera de casa, apenas llegaban a dirigirse la palabra. Las cuñadas le achacaban la falta de hijos y algo de verdad debía haber en ello porque mi tío, que les reprochaba muchas cosas, nunca admitió discusiones respecto a esto.

Le gustaban los niños. Solía charlar conmigo que le aceptaba sus mentiras, sobre todo sus aventuras de la guerra. Yo

sabía respetar su mutismo cuando, tras cualquier disputa, dejaba la cocina, cerrando a sus espaldas la puerta con violencia.
Fue un día de estos, tras la pausa huraña de costumbre, cuando
me dijo, señalando a las montañas:

—Mañana subimos a verlos.

Y así fuimos; él con su escopeta de pistón; yo con otra
más vieja de las que aún disparan cartuchos de aguja, en compañía de tres hombres barbudos y pequeños.

Los tres con la boina calada hasta los ojos, apenas hablaban. Cuando decían algo, sus palabras parecían surgir ajenas
a ellos, porque ninguno miraba a los demás, y a mí ni siquiera
me habrían visto a no ser por mi tío, que de vez en cuando se
volvía:

—¡Hala, vamos; no te quedes atrás!

Yo debía seguirlos, bien a mi pesar, porque conocían
las veredas y avivaban el paso. El mundo del amanecer se revelaba para mí: el rumor, el eco de nuestras pisadas, el río rutilan-
te, cada vez más lejano, el susurro de todos esos pequeños animales que gritan o se lamentan hasta que el día nace.

De pronto, como de mutuo acuerdo, los tres amigos
comenzaron a hablar: un suave murmullo en el que las palabras
de unos y otros se sucedían sin sentido, casi sin ilación. Discutían de cosechas, de pastos y caballos; luego criticaron a mi tío
por llevarme con ellos.

Las estrellas comenzaron a borrarse. Me entró esa flo-
jedad que viene siempre al tiempo que amanece, y cuando el
sol se alzó y fue pleno día, el pueblo, el río ya no estaban tan
abajo, sólo simas cubiertas por bancos de niebla que llegaba
hasta nuestros pies desde el fondo del valle.

Hicimos un alto. Cada cual sacó la navaja, su pan y su
cecina. Tras el almuerzo, de nuevo andando, aunque ya no por
el paso de los rebaños sino por sendero de montaña, llano, sin
polvo ni guijarros, sólo con rocío brillando aún en las retamas.
En la Raya, cerca de una vaguada que da a Asturias, los de la

partida se dividieron. Mi tío y yo alcanzamos una gran mole de piedra cortada a pico con una cruz de cantería que era la divisoria de la provincia. Nos sentamos y él lió un cigarro.

—¿Ha matado usted algún rebeco este año?

—Ni este año, ni nunca.

—Pues Antonia dijo que sí. Uno en Asturias, hace mucho tiempo.

Antonia era la más joven de las cuñadas. Mi tío se volvió exclamando:

—Ésa mata mucho con el pico.

—¿Pero ella los vio alguna vez?

—En el plato, como tú.

—¿Y los otros?

—¿En el pueblo? Nadie mató ninguno todavía. Verlos los vimos muchas veces y les llegamos a tirar, pero son animales muy finos. Te huelen de lejos. Si les da el viento ya saben dónde estás. Además los asturianos les espantan.

Me contó que de Asturias subían las partidas el mismo día de concluir la veda. Llegaban con mucho aparato de escopetas, en un gran automóvil. Batían toda la sierra y espantaban la caza para tres meses. Siempre, a la tarde, acababan bebiendo y cierta vez estuvo a punto de estallar una guerra con los de este lado por cuestión de derechos.

—Los tuvimos que asustar... A uno le dieron un tiro en la cadera.

Cuando el cigarro se hubo consumido, anduvimos cosa de media hora. Otro alto.

—Tú me esperas aquí. Yo subo hasta la cima por si los veo. No te alejes.

Le vi perderse, con la larga escopeta a la espalda, subiendo en zigzag hasta confundirse con las rocas de la cima. Me senté, contando los cartuchos, teniendo buen cuidado de que ninguno cayera. Sentía ganas de disparar, pero en torno a mí todo se hallaba inmóvil, ni un pájaro volaba. Al fin cruzó un grajo a buena altura. Me eché el arma a la cara y le fui siguiendo. Quise asegurar tanto el tiro que al apretar el gatillo ya el animal estaba lejos. No logré ni rozarle siquiera; pero había perdido el miedo a los cartuchos, y no deseaba sino una nueva ocasión para hacer fuego.

La ocasión llegó al cabo de media hora, junto al primer manantial en que me entretuve agazapado. También fallé, alzando inútilmente una bandada de palomas. Aún me hallaba acechando, cuando noté que el cielo estaba encapotado. La hierba, agostada por la canícula, me hacía resbalar. Los piornos, los helechos, la montaña quemada me parecieron de mal agüero, y antes de calcular siquiera el riesgo de una tormenta en aquella altura, las cumbres se iluminaron. Tronaba. A lo lejos se alzaban luminarias color violeta. Yo temblaba porque todos los años morían en los montes pastores y ganado, y mi tío guardaba una navaja de otro sobrino suyo, única reliquia sana que quedó del cuerpo quemado por el rayo.

Pensé en su negra silueta agazapada aún, como la hallaron, bajo el esqueleto del paraguas. Quizá fuera una chispa blanca como la que surgió en un instante de la tierra, a cien metros lejos de mis pies, parecida a la pelada rama de un árbol.

Corrí envuelto en las ráfagas de lluvia, en el trueno que sobre mi cabeza pareció desgajar la montaña entera.

*

El refugio calizo caía a pico sobre Asturias, sobre un valle menor velado por la lluvia. De improviso el aguacero cesó y, abajo, en el lecho del río, vi cruzar al rebeco. La tormenta lo había espantado y él también vagaba perdido. Se detuvo un instante. Después, pausadamente, fue borrándose en las cortinas de niebla que, otra vez, tras la lluvia, se abatían. Me pareció distinto, gris, más pequeño que en las historias de mi tío había imaginado. Demasiado real para justificar tantas palabras, tan-

tas noches de charla, tantas apuestas. Incluso la fama, la fortuna
de un hombre en el pueblo, dependía de algo tan pacífico como aquel animal.

Yo sabía que mi tío no iba a creerme. Así fue. Apenas
hizo comentarios cuando se lo dije, lo cual era en él signo de no
conceder a mis palabras crédito ninguno. Sentado, miraba caer
la lluvia tan borrosa, tan gris como sus ojos. Viéndolo, pensaba
yo en el animal, abajo, entre la niebla.

A poco dijo:

—Ya no cae nada; vamos.

Era agradable sentir fuera la humedad tras el calor del
día. El río había crecido, venía turbio, sucio, de color rojizo como de arcilla. De la tierra se desprendía un vaho penetrante.
Íbamos bajando y estaba el aire tan diáfano y tranquilo como si
la tormenta hubiese barrido todo el calor y el polvo de este
mundo. Mi tío debía estar alegre porque comenzó a hablar, a
contarme cosas de cuando estuvo en África, en la guerra, y
aunque algunas debían ser verdad, otras se veía que no lo eran.
Siguió con sus historias hasta llegar al pueblo. Nada más avis-
tar la gente enmudeció y no hubo modo de sacarle una sola palabra. Cuando entramos en casa ya estaba serio, de mal humor
como todos los días.

Del libro *Cuentos completos.*
Ed. Alianza, 1978.

ALFONSO SASTRE
(Madrid, 1926)

— • —

La bruja de la calle de Fuencarral

Desde que me establecí en este pisito de la calle de Fuencarral he tenido algunos casos extraordinarios que me compensan sobradamente de la pérdida del sol y del aire; elementos, ay, de que gozaba en los tiempos, aún no lejanos, en que desempeñaba mi sagrado oficio en Alcobendas. Y cuando digo que tales casos me han compensado no me refiero sólo, desde luego, al aspecto pecuniario del asunto (tan importante sin embargo), sino también a la rareza y dificultad de algunos de esos casos; rareza y dificultad que han puesto a prueba —y con mucho orgullo puedo decir que siempre he salido triunfante— la extensión y la profundidad de mis conocimientos ocultos y de mis dotes mágicas.

Pero ninguno de ellos tan curioso como el que se me ha presentado hoy a media tarde. Voy a escribirlo en este diario mío, y lo que siento es no disponer para ello de una tinta dorada que hiciera resaltar debidamente la belleza de lo ocurrido, que más parece propio de una buena novela que de la triste y oscura realidad.

Era un muchacho pálido. Cuando se ha sentado frente a mí en el gabinete que yo llamo de tortura, sus manos temblaban violentamente dentro de sus bolsillos. Ha mirado la cuerda de horca —la cual pende del techo— con un gesto de mudo terror y he comprendido que lo que yo llamo la «preparación psicológica» estaba ya hecha y que podíamos empezar. Después, él ha mirado la bola de cristal; que no es, ni mucho menos, un objeto mágico —no pertenezco a la ignorante y descalificada secta de los cristalománticos—, sino una concesión decorativa al mal gusto, a la tradición y al torpe aburguesamiento que sufre nuestra profesión, otrora alta y difícil como un sacerdocio, viciada hoy por el intrusismo oportunista de tantos falsos magos, de tantos burdos mixtificadores. ¡Ellos han convertido lo que antaño era un templo iluminado y científico en un vulgar comercio próspero e infame!

He dejado (en el relato, no en la realidad) al joven mirando la bola de cristal. Prosigo.

El joven miraba fijamente la bola de cristal y yo le he llamado la atención sobre mi presencia, santiguándome y diciendo en voz muy alta y solemne, como es mi costumbre: «En el nombre del Padre, del Hijo y del Espíritu Santo». «Cuéntame tu caso, hijo mío», he añadido en cuanto he visto sus ojos fijos en los míos cerrados como es mi costumbre, pues es sabido que yo veo perfectamente a través de mis párpados; lo cual, sin tener importancia en realidad, impresiona mucho a mi clientela cuando describo los mínimos movimientos de mis visitantes.

El relato del joven ha sido, poco más o menos, el siguiente: «Estoy amenazado de muerte por la joven María del Carmen Valiente Templado, de dieciocho años, natural de Vicálvaro (Madrid), dependienta de cafetería, la cual dice haber dado a luz un hijo concebido por obra y gracia de contactos carnales con un servidor; el cual que soy de la opinión de que la Maricarmen es una zorra que anda hoy con uno y mañana con otro y que lo que ahora quiere ni más ni menos es cargarme a mí el muerto —o séase, el chaval.

»Mi nombre es Higinio Rosales Cruz, de veintinueve años, natural de Getafe, de profesión oficial de churrería, con domicilio en esta capital, en el Gran San Blas, donde tiene usted, señora bruja, su propia casa si de ella hubiera menester.

»Mi caso es que pretendo desgraciar a la Maricarmen de modo que me deje en paz la condenada, para lo cual después de leer algunas obras norteamericanas —que en esto, como en otras técnicas, los yanquis van a la cabeza— me he fabricado esta estatuilla de cera que representa a la andoba en pelota viva tal como yo la he tenido en la cama sin que a ella, que es una sinvergüenza, le diera ni una pizca de garlochí; y vengo con la pretensión de que usted le endiñe, que usted sabrá el cómo y de qué manera, algún alfilerazo mortal, de modo que la tía golfa abandone esta jodida persecución y me deje en la misma paz que para usted deseo; y hablando así no hago, con perdón de la mesa, más que seguir fielmente la doctrina pontificia de que nos dejemos en paz los unos a los otros».

A lo cual yo he respondido levantándome y yéndome derecha al acerico; entre las cabezas multicolores he elegido una roja y la he clavado con el debido ritual, en el sexo de la estatuilla, no por hacerle daño, sino tan sólo para impedir a la perdida que continuara su desordenada vida sexual; y acto seguido he penetrado en mi sanctasanctórum y he cogido con las pinzas de plata una de mis arañas locas, la cual la he introducido en una bolsita de cuero, cuya boca he atado con un cordel. Otra vez en la cámara o gabinete (siempre con los ojos cerrados, como es mi antiquísima costumbre), he puesto al cuello del joven el amuleto diciéndole: «Has de llevar esta bolsita, que contiene una sagrada piedra, sobre tu pecho, durante tres días y tres noches; ni una más ni una menos; pues ésta es la garantía de que esa tal desista de su persecución». Y (una vez abonado en caja el importe de la consulta) he acompañado al joven a la puerta y le he deseado, al despedirle, todo género de bienandanzas.

A esta hora en que escribo el joven quizás esté durmiendo. Es seguro que no se ha dado cuenta de que no es una piedra, sino un peludo insecto lo que lleva en la bolsita sobre su pecho. (Estas arañas locas mueven sus patas suavemente hasta el momento del ataque.) Ahora, por la noche, la araña conseguirá (por virtud de su ataque lunático) salir de su encierro; se paseará a su antojo, silbando como acostumbran, por el desnudo cuerpo del muchacho, y morderá por fin en algún lugar propicio —probablemente el pubis— con su repugnante mandíbula que es, por otra parte, una mortal fuente de veneno. El joven morirá seguramente al amanecer entre atroces dolores lo más seguro abdominales.

Yo me he quedado aquí, desvelada. He cogido en mis manos la muñequita de cera. Su rostro se parece, inexplicablemente, al de mi hija pequeña, la cual murió hace un año por su propia voluntad, pues se cortó las venas en el cuarto de baño de una modesta pensión de Tetuán de las Victorias. Era camarera en un bar de la Ciudad Jardín.

En la autopsia se descubrió que estaba embarazada. Ahora beso la frente de la muñequita y lloro.

Del libro *Las noches lúgubres*.
Ed. Horizonte, 1964 y Biblioteca Júcar, 1973.

JORGE FERRER VIDAL
(Barcelona, 1926)

— • —

Los caballos

—No deben impresionarte estas cosas, muchacho. Esto suele ocurrir.

El muchacho no podía arrancar los ojos del caballo muerto. El caballo había muerto de repente, mientras marchaban por el camino. El chico se hizo daño al caer. Fue curiosa la caída. El animal había encorvado los lomos como un gato y se había ido al suelo. Al caer, el chico se había cortado en el brazo con una piedra. La herida sangraba. Y, sin embargo, lo único que le dolía era el espectáculo del caballo retorcido en el suelo.

Caía un sol de justicia en el caballo. Había polvo en todos sitios. Polvo y tristeza. El hombre se rascó la nuca. Dijo:

—Bueno, tenía que ocurrir. Un caballo no vive eternamente. Tendrás que aprender a llevar el arado, muchacho.

El caballo había sido desde siempre el cordón umbilical que los mantenía vivos. El hombre sonrió y miró hacia el horizonte. A lo lejos, donde apenas llegaba la vista extendida sobre la llanura, el hombre distinguió la casa, reverberando al sol. Reverberaban los campos, los eriales, las lomas —las diminutas lomas—, los árboles, las zarzas. El hombre volvió a rascarse la nuca. Sudaba. El sol caía sobre su cabeza, sobre la cabeza del muchacho, sobre el cuerpo retorcido, atormentado, del caballo. El hombre dijo:

—Haré yo de caballo.

Y sonrió. Sonrió porque nunca se le había ocurrido la idea de hacer de caballo.

—A lo mejor no está muerto, padre. A lo mejor, podemos arrastrarlo hasta la casa.

El hombre escupió en el suelo. Sabía escupir. El salivazo resbaló sobre el polvo, se envolvió en el polvo hasta formar un paquetito y quedó detenido en mitad del camino, junto al caballo muerto. Después el hombre se secó el sudor de la frente. Le caían las gotas de sudor por la frente y formaban tres vertientes. Dos de ellas, resbalaban por encima de las cejas hacia las sienes; otra, caía directamente sobre la nariz y quedaba colgando como si fuese un moco. Por fin, se derrumbaban todas sobre el suelo y se envolvían también en el polvo del camino, como buscando protección contra el sol. El muchacho también sudaba.

—A lo mejor, aún no está muerto, padre.

El hombre se inclinó. Palpó el pecho del caballo, palpó el vientre. Luego le puso la mano sobre los sobaquillos. El caballo estaba muerto.

—Está muerto, muchacho. Hay que quitarle la silla y el bocado.

Se pusieron los dos a trabajar. El muchacho sacó el bocado. Estaba impregnado de saliva verde, de una saliva verdeesmeralda, espesa como el musgo y el helecho que crecían con la lluvia en los bosques remotos. El hombre se inclinó sobre el animal. Incluso parecía como si el caballo estuviera ya un poco hinchado. Le costó un esfuerzo aflojar la cincha.

—Ahora lo dejaremos aquí. Aquí se pudrirá al sol. Comenzará a resecarse la piel por todos sitios y se formarán grietas. Cuando esté bien hinchado, estallará como una cosa mala.

El muchacho acarició el bocado con la mano. La saliva verde del caballo estaba fresca. Acarició el bocado varias veces. Bien, ya no había caballo. Las cosas se acababan siempre. Como la madre, como el hermano pequeño que murieron, como el trigo que nunca terminaba de granar y se perdía. Así acabó también el caballo.

La llanura reverberaba al sol. Se había levantado una brisa asfixiante. Se divisaban tolvaneras de polvo creciendo sobre la llanura, surgiendo de la tierra como fantasmas, como sombras de desesperanza. El hombre y el muchacho comenzaron a caminar hacia la casa.

—Es la vida, muchacho. Tenía dieciséis años. Los mismos que tú. Nacisteis el mismo día.

Era cierto. Nacieron el mismo día. El hombre fue al pueblo a buscar al médico y el médico atendió a las dos madres. Después el hombre mandó aviso al señor cura para bautizar al hijo. Y había puesto, al hijo, Narciso y al caballo, *Amapola*. Aquellos fueron buenos tiempos. Era curioso como cambiaban las cosas. Era, exactamente, lo que solía decir el señor cura desde el púlpito de la capilla del pueblo: «Vendrán las vacas gordas, vendrán las vacas flacas...». Y cada día peor, cada día la tierra más reseca y menos lluvia y más polvo sobre el suelo, el polvo que ahogaba los tallos antes de nacer al viento y a la superficie de este mundo. El hombre pensó: «Bueno, ahora haré de caballo. Me pondré el arnés sobre los hombros y a tirar del arado. Será bonito. Uno puede hacer cosas peores que tirar de un arado, que hacer de caballo. El caballo es un animal hermoso y noble...».

Iban avanzando por el camino; el camino cargado de cansancio, de muerte; el camino sobre cuyos hombros el cadáver de *Amapola* se pudría ya al sol. Ahora el muchacho lloraba.

—Ten paciencia, muchacho. Soy tu padre.

El hombre sonrió. Era su padre. Miró al cielo y el azul rabioso, deslumbrante del firmamento, le ofuscó la vista. Cuando volvió la mirada hacia la casa, divisó un borrón difuso, negro. El muchacho, a su lado, caminaba, llorando.

—*Amapola* era mi hermano, padre.

—Sí, era tu hermano.

Ahora al muchacho le había asaltado una tristeza inusitada. Sin saber por qué ni cómo, le había invadido una ola de tristeza caliente, áspera, espesa, como el polvo mismo del camino. El caballo había sido su hermano.

Dolía el sol sobre la llanura, sobre los hierbajos de la llanura, sobre los secos regueros de la llanura que habían olvidado lo que era la humedad, lo que era lluvia, lo que era el discurrir del agua sobre el mundo.

—Lo que tenemos que hacer es seguir adelante. Lo que tienes que hacer es aprender a llevar la mancera. Yo te enseñaré. Es fácil. Ya verás, es muy fácil.

De pronto, el muchacho se detuvo y volvió la cabeza. Después, se volvió entero. El cadáver panzudo del caballo se dibujaba en la distancia, en mitad del camino, pequeñito y redondo como una hormiga, como un pobre escarabajo cruzando la llanura. El hombre se detuvo. Quedó inmóvil junto al muchacho.

—Ahí se pudrirá. Son cosas de la vida.

Siguieron caminando hacia la casa. Se acercaban a ella. A ambos lados del camino se abrían campos amplios. La piel de la tierra se mostraba vieja, arrugada, mezquina. El hombre descansó una mano sobre la espalda del muchacho.

—No te preocupes. Yo haré de caballo.

El hombre había hecho ya de todo. Había hecho de hombre, había hecho de perro cuando salía con la escopeta vieja, había hecho de muchas cosas. Sonrió al recuerdo.

—Lo único que tienes que hacer es llevar el arado.

El hombre volvió a sonreír. La vida le había enseñado a sonreír. Se secó el sudor que le caía por la frente con un gesto rápido de la mano y repitió:

—Yo seré tu caballo, hijo.

La brisa caliente seguía levantando tolvaneras. Caminaron hacia la casa sin volver ya la cabeza, despacio, poco a poco. El muchacho se secó las lágrimas. Dijo:

—Debe estar pudriéndose en mitad del camino.

—Sí, hijo, pudriéndose. Pronto reventará como una cosa mala. Hay que curarte el brazo.

El brazo aún sangraba. Avanzaron con mayor rapidez.

—Sí, el brazo. Para llevar el arado, padre.

—Claro, hombre. Mira, ya llegamos a casa.

Llegaron a la casa, cruzaron la diminuta huerta y desaparecieron en su interior. La puerta parecía ofrecer aún esperanza y alegría y sombras y frescor.

Fuera, seguía cayendo el sol atormentadamente, el mundo se resquebrajaba atormentadamente, y el otro caballo comenzaba, en efecto, a pudrirse en mitad del camino.

Del libro *El hombre de los pájaros.*
Ed. Espasa Calpe, 1983.

JUAN BENET
(Madrid, 1927 - Madrid, 1993)

—— • ——

Syllabus

El primer año tras su jubilación, fue tan amargo y difícilmente llevadero para el profesor Canals que, cuando una institución privada le ofreció desarrollar un extenso ciclo de conferencias para un número muy restringido de especialistas y profesores, no vaciló en volver a aquel remedo del servicio activo no sólo al objeto de ocupar tan buen número de horas vacías, sino decidido a coronar su carrera con un curso de inusitada índole, pensado desde años atrás, que la cronología administrativa había abordado antes de que pudiera prepararlo con el rigor que caracterizaba toda su actividad docente.

Se hubiera dicho que la jubilación le había cogido desprevenido; que la rutina de la cátedra, los libros y la vida académica, al empujarle hacia el límite de la edad activa le había convertido en un hombre tan olvidadizo y desdeñoso respecto al reloj y al calendario, que a duras penas pudo sobreponerse a la avalancha de horas de ocio que había de sepultar con la indolencia la conclusión de una obra pensada y desarrollada en buena parte durante vigilias nocturnas y veranos interrumpidos por viajes al extranjero.

Acostumbrado desde siempre a trabajar entre horas llegó a temer que la carencia de obligaciones urgentes pudiera suponer, por paradoja, una cesación de aquella inspiración creadora que tanto más generosa y enérgica se demostraba cuanto más apremiado se hallara por los compromisos oficiales. Por eso, la invitación vino a infundirle tan nuevos ánimos y tantos arrestos que se decidió a utilizar el curso para desarrollar aquellas lecciones —extracto y contradicción de muchos años de disciplinada labor— que hasta entonces su propia ortodoxia académica no le había permitido exponer en un aula pública.

Sin que llegara a constituir una sorpresa para aquellos pocos que bien porque habían gozado de una cierta intimidad con él, bien porque habiendo seguido su obra con interés y continuidad habían sabido descubrir las insinuaciones a la rebeldía y las veladas amonestaciones a los axiomas de la ciencia que de manera sibilina introdujera en su monumental corpus, reputado por todas las sociedades cultas de España y América como un inconcluso hito en lo sucesivo imprescindible para toda investigación histórica de su tierra, lo cierto es que con aquel postrer curso el profesor Canals, al adivinar que contaba ya con pocas oportunidades para revelar lo que había mantenido siempre si no secreto, al menos velado por la penumbra del escepticismo, quiso dar todo un giro a su trayectoria precedente, llevando al ánimo de su reducido auditorio un espíritu de censura e ironía respecto a sus propios logros como para darles a entender que sólo con aquella burlesca nota contradictoria y regocijante podía coronar una obra para la que hasta entonces no se había permitido la menor de las licencias.

Acaso por esa razón el curso fue cobrando, a medida que progresaba, una mayor resonancia y expectación, llegando a constituir tal acontecimiento, dentro de la etiolada vida cultural del país, que los hombres que regían la institución que lo patrocinara empezaron a pensar en una segunda edición dedicada a un público más vasto. Pero el profesor se negó rotundamente a ello, alegando motivos de salud y ocupaciones privadas y familiares, resuelto a limitar la lectura de aquella especie de testamento a los pocos que, desde el origen, y antes de que se pusieran de manifiesto sus secretas intenciones, habían acudido a él para requerirle su último gesto de docencia. No sólo se negó a ello, sino que, reiteradamente, cursó las instrucciones precisas para que, a la vista de las numerosas peticiones, se limitara con todo rigor la asistencia al aula a las personas que se habían inscrito en el curso durante el período abierto para la matrícula, no vacilando para ello en desoír toda suerte de recomendaciones de colegas y personajes principales que hasta aquel momento habrían jurado que podían gozar de toda su confianza y deferencia. Tan sólo hizo una excepción con un joven estudioso de una provincia lejana que, rechazando para sí el vehículo de las cartas de recomendación o la influyente intervención de un tercero, le hubo de escribir una carta tan medida y sincera que el profesor no dudó en enviarle, a vuelta de correo, la tarjeta de admisión tras haber rellenado y abonado él mismo la ficha de inscripción.

Para los asistentes no podía ser más satisfactoria la conducta de su maestro que así les situaba en una situación de privilegio, tan codiciada por muchos colegas y conocidos; gracias a ello se había de crear, en la ostentosa, achocolatada y semivacía sala de conferencias, ornamentada con una decoración de rocalla y frescos dedicados al triunfo de la industria y el comercio, un clima de intimidad que había de permitir a Canals ciertas actitudes y extremos que estaban lejos de su mente cuando tuvo la primera idea del ciclo. No sólo hacía gala de una erudición que —se diría— acudía voluntaria a su memoria en el momento oportuno, sin necesidad de ser reclamada para ellos, a fin de corroborar con un dato incontestable una afirmación que de otra forma podía ser reputada como aventurada, sino que de tanto en tanto un espíritu mordaz —e incluso chocarrero— se permitía los mayores desaires sobre esa clase de saber basado en el saber de otros, al igual que el señor que, inesperadamente y a espaldas de ella, se permite toda clase de bromas acerca de la servidumbre que mantiene y da rendimiento a su hacienda. Y no era infrecuente que toda la sala —un grupo selecto y reducido, devuelto a sus años de estudio y obligado a dedicar a aquella sesión semanal un buen número de horas de estudio, a fin de poder recoger todo el fruto de tantas insinuaciones sutiles e inéditas interpretaciones que ponían en jaque toda disciplina poco acostumbrada a someter a juicio sus propios cimientos— irrumpiera, de tanto en tanto, en estruendosas carcajadas o unánimes ovaciones con que la asamblea celebraba el triunfo de un espíritu que había sabido en el declinar de su vida liberarse de las ataduras impuestas por la más honesta y sincera de las vocaciones.

Al profesor Canals no pudo por menos de sorprenderle la incomparecencia de aquel hombre que, a pesar de haber obtenido mediante un precio tan exiguo —tan sólo una carta escrita en los términos precisos— un premio que al decir de él mismo tanto ponderaba, de tal manera se demoraba en cobrarlo. Conocía de sobra su auditorio para saber que no se trataba de ninguno de los presentes quienes, con muy escasas excepciones, habían acudido con puntualidad desde el primer día. Se hallaba a punto de escribirle para conocer la causa de su incomparecencia (pensando que tal vez se había extraviado su respuesta) cuando, en la conferencia que a sí mismo se había señalado como límite de su silencio y de su espera, denunció la presencia de un hombre que por su aspecto y por su tardanza no podía ser otro que su corresponsal de provincias; se trataba de un hombre joven, prematuramente calvo y de pelo rubicundo, que tomó asiento en una silla separada del resto del auditorio por toda una hilera vacía; que a diferencia de casi todos los presentes no sacó papel ni hizo el menor ademán para tomar apuntes; que escuchó toda la charla con inmutable actitud y que al término de la misma desapareció del aula sin darse a conocer ni hacerse ostensible, aprovechando la pequeña confusión que en cada ocasión se creaba en torno al solio, cuando algunos asistentes se acercaban al profesor para inquirir acerca de cualquier detalle del que precisaran algunas aclaraciones.

Idéntico desenlace se había de repetir en ocasiones sucesivas sin que al profesor Canals le fuera dado en ningún momento llegar al trato con aquel hombre que manifestaba su reconocimiento de manera tan singular. Tal vez fuese eso —unido a la poco elegante costumbre de entrar en la sala una vez iniciada la conferencia— lo que despertó su impaciencia; o aquella postura distante e inmutable, correcta pero adobada con un matizado gesto de insolencia, como si más que a escucharle o aprender acudiera allí con el propósito de demostrar —aunque sólo fuera con su indiferencia— que en modo alguno se hallaba dispuesto a dejarse influir por su ciencia, por su oratoria o por su magnanimidad.

No acompañaba con sus risas al resto del auditorio, no tomaba notas, en ningún momento asentía, jamás se acercó al estrado. No sólo se cuidaba de que su expresión reflejara la falta de interés que le provocaba el acto, sino que —la cabeza ladeada apoyada en la mano derecha; dos dedos en la sien y otros dos bajo el labio inferior forzaban un rictus de la boca de augusto e incorregible desdén— parecía empeñado en demostrar que su presencia en la sala no obedecía ni a una necesidad ni a un deseo, sino al cumplimiento de un fastidioso compromiso que le obligaba a permanecer durante una hora escuchando unas cosas que nada le decían, que para él carecían de todo atractivo, de todo ingenio, de todo rigor y toda novedad y que —ateniéndose a su despectivo talante— a su juicio solamente podían causar impresión en el pequeño grupo de papanatas acomodados en las filas delanteras.

Incapaz de recurrir, en su situación, a otras armas, el profesor Canals trató en un principio de sacarle de su indiferencia con miradas y frases cargadas de intención y simpatía, con gestos y palabras secretas y expresamente pensadas para él y, por encima de un auditorio incapaz de percibir aquellas fugaces dedicatorias, en especial dirigidas hacia él. Su discurso se fue oscureciendo, cargado de sentidos ocultos que sólo él —así lo presumía— estaba en situación de aprehender. Y hasta en ocasiones le hizo el objeto directo de sus invectivas, llegando a forzar algún giro de su dicción para convertirla en pieza de acusación —acompañada de todo el peso de su justo enojo— contra aquella presencia que de manera tan desconsiderada como desagradecida se había permitido romper la armonía de una fiesta a la que tenía derecho y a la que no estaba dispuesto a renunciar. Fueron gestos y palabras imprudentes con los que sólo había de conseguir un efecto contraproducente; porque lejos de moverle de su acrisolada indiferencia sólo había de afianzarle en ella, en cuanto el profesor, al comprender que su oyente se había percatado de todas y cada una de las insinuaciones que le dirigiera, no tuvo más remedio que aceptar la situación de inferioridad —ignorada para el resto del auditorio— en que le situaba la tácita, suficiente y despectiva declinación de todos sus secretos ofrecimientos.

En días sucesivos optó por olvidarse de él y eludir su vista aunque no pudiera, de vez en cuando, dejar de levantar los ojos hacia el lugar que ocupaba para constatar la permanencia de su presencia y de su actitud, y a pesar de que cada una de aquellas rápidas (pero a continuación deploradas) comprobaciones suponía una caída en el vacío, tantas veces señalada por un hiato o un silencio que si bien el profesor se cuidaría de reparar y reanudar gracias a su mucha práctica, no por eso dejarían de repercutir en el tono de aquellas lecciones condenadas a perder la agilidad, el vigor y la despreocupación que las distinguiera durante la primera parte del curso.

Contra su voluntad, se vio obligado a recurrir a la lectura, a hundir la mirada en las hojas mecanografiadas —con el consiguiente tributo a la espontaneidad que no podía pasar inadvertido a sus oyentes, añorantes de aquel espíritu burlón que había desaparecido del estrado para dar entrada a cierta monotonía— y protegerse tras el intenso haz de luz del flexo, aislado en lo posible de aquella presencia vislumbrada a través de una nube de polvo. Incluso llegó a tener dificultades con la lectura, su pensamiento puesto en otra parte: porque fue entonces cuando —para sus adentros, mientras leía— vino a interpretar el origen de tanto desdén: no acudía allí a escucharle sino que —poseedor de unos conocimientos y un poder más vasto que los suyos— se permitía tolerar su actividad a la que, en cualquier momento, con una mínima intervención por parte suya, podía poner fin. Ésa era la causa de su zozobra, ésa era la mejor razón para que, durante todo aquel período, al término de cada sesión en la frente del profesor Canals surgiesen innumerables gotas de sudor que una mano temblorosa y anhelante secaba con un pañuelo una vez que se vaciaba el aula.

En estas circunstancias se produjo el momento de alivio. Algo más que un momento. La tarde en que el profesor, a punto de alcanzar el límite de su resistencia estaba decidido a anunciar la reducción del curso —y si no lo hizo antes fue por el temor y la vergüenza a hacer pública su rendición en presencia de quien la había consumado— al levantar la mirada hacia la sala comprobó que el asiento del oyente de provincias se hallaba vacío y eso bastó para procurarle tal alivio que pudo seguir adelante sin tener que llevar a cabo su resolución. Vacío había de permanecer durante varias sesiones consecutivas y en la sala volvió a campear su espíritu animoso y despreocupado, que resucitaba la facundia y el ingenio de los primeros meses, que le devolvía la confianza y seguridad en sí mismo necesarias para completar el ciclo tal como lo había programado en su origen. Aquellas herméticas sentencias, cuyos secretos sentidos tantas veces escaparan a la concurrencia, volverían a aclararse por obra de su propia ironía, y aquel talante taciturno y apesadumbrado quedaría despejado por la un tanto impúdica concepción de la historia, aderezada con la benevolencia necesaria para hacer pasable todo el rosario de abusos y tragedias que constituían la esencia de su relato. Hasta que su atención fue de pronto distraída por un crujido en el suelo y un rumor de sillas en el fondo de la sala: había vuelto el oyente de provincias que, con el mismo gesto de fastidio y suficiencia, tomó asiento bastante apartado del auditorio habitual.

Se produjo un largo silencio, una tan estupefacta paralización del profesor que algunos asistentes volvieron la cabeza para observar al recién llegado, la causa de tan inesperado cambio. De repente el profesor Canals despertó, animado por una súbita inspiración; cruzó las manos sobre la mesa, inclinó el fuste del flexo para iluminarlas con mayor intensidad y, dirigiendo la mirada al techo, reanudó su disertación con inusitada energía y precipitación para —a partir del punto donde había quedado a la llegada del intruso— hilvanar una sarta de consideraciones de oscuro significado y difícil intelección —salpicadas de citas y frases en latín, griego y hebreo—, pautadas de tanto en tanto con intensas y furiosas miradas al fondo de la sala.

Aquellos que tomaban notas dejaron el lápiz para escuchar la coda, solemne, emocionante, los más se inclinaron hacia adelante en la esperanza de que el acortamiento de la distancia en unos pocos centímetros les devolviera lo que el cambio les había arrebatado o, al menos, entenebrecido. A la postre, cuando para rematar aquellas turbias ideas acerca de la constitución del Estado el profesor Canals extrajo del bolsillo una tira de papel donde había escrito la frase con que Tucídides explica la retirada del más sabio de los atenienses de la escena pública, a fin de preservar la armonía de quienes no sabían ver tan lejos como él, frase que chapurreada con tosca pronunciación nadie sería capaz de localizar ni encajar en el contexto de la lección, no había hecho sino alinear las últimas armas de que disponía; sólo esperaba su inmovilidad, la permanencia de su gesto de desdén, a fin de desenmascararle ante sí mismo, y no pretendía más que, al abusar una vez más de su ficticia superioridad, denunciar la ignorancia de la que se había prevalido para ostentar lo que no era. Pero el joven, prematuramente calvo y rubio, no bien hubo terminado Canals de leer su cita y quitarse las gafas para observar el efecto que producía en el fondo de la sala, se levantó con flema y, tras dirigir al profesor una mirada cargada con su mejor menosprecio, abandonó el local sigilosamente en el momento en que el conferenciante —de nuevo absorto, boquiabierto e hipnotizado— se incorporaba de su asiento en un frustrado e inútil intento de detención y acompañamiento, antes de desplomarse sobre la mesa y abatir el flexo.

Del libro *Cinco variaciones y dos fábulas* (1972),
en *Cuentos,* Ed. Alianza, 1977 y *Cuentos completos,*
Ed. Alfaguara, 1998.

JUAN GARCÍA HORTELANO
(Madrid, 1928 - Madrid, 1992)

—————— • ——————

Recuerdo de un día de campo

Apareció, súbita y lentamente, entre las dos hileras de acacias de la acera, la cabeza baja y el bolso al final de la larga correa, en un golpeteo rítmico contra el zapato izquierdo. Al descubrirlo, rígido en la fachada, sobresaltado aún por la aparición de ella, se detuvo, cruzó la reguera y volvió a detenerse, ahora frente a él.

—Estás muy solo, guapo —dijo, con un intento de sonrisa—. ¿Te apetece un ratito de compañía?

—Vete.

Pero ella había comenzado a llorar (por sus ovarios que en un par de semanas, según el del Seguro, le dolerían ya) y, en vez de alejarse, apoyó un hombro en el muro de ladrillos rojos y piedra blanca. Tragaba los sollozos, se secaba los lacrimales con la punta de un dedo envuelto en un pañuelo, había dejado resbalar el bolso, que quedó sobre la acera.

—Te vas a venir conmigo, ¿verdad? Sólo tengo treinta años, guapo. ¿No te gusto? Hoy llevo un día malo, un día cabrón. Perdona; me cabrea hablar mal.

—Márchate.

—Tengo educación, no creas. Hasta hace cinco años trabajaba en una oficina. Y ahora trabajo en el cine. Cuando me avisan del sindicato, dejo de hacer la carrera. ¡Hala, ya no lloro!

Dispensa, majo. Yo, por lo de hoy, me ves así, hecha un pingajo. Pero soy una chica alegre.

—Lárgate, malaputa.

—Oye..., ¿qué dices?

En el mismo tono, sin despegar de la fachada las manos (sudorosas desde la mañana, cuando había colgado el teléfono), repitió rasposamente:

—Estás estorbando, malaputa.

Con las rodillas juntas flexionó las piernas y enganchó el bolso por la curva tensa de la correa. Le miró, casi sonriente.

—Tú no serás de la bofia...

Y, nada más decirlo, vio el *jeep,* bajo las acacias, junto al bordillo, no lejos del quiosco cuadrado (donde ella algunas tardes compraba rubio con filtro, que perjudica menos a los pulmones), frente a los apagados escaparates de las mantequerías. (Y ahora lo llevaba —así es la vida— entre las piernas, donde aquella misma mañana creía llevar sólo el amor, el placer y el oficio). Los dos pilotos rojos de situación iluminaban el metal de la carrocería.

—Arrea fuera de aquí.

—No. Tú no eres bofión. Tienes cara de esponja, cara de no haber conocido a tu padre, cara de llevar cuernos.

El sudor le caía de arruga en arruga hasta el entrecejo, le humedecía los párpados, velaba sus ojos imantados contra el *jeep.* La mujer se sentó en el alcorque del árbol más próximo a él.

—Te conviene abandonar, zorra.

Se había quitado los zapatos, que colocaba en la acera, y cruzó los pies para apoyar únicamente una media en la tierra seca. Después se rascó, bajo la chaqueta de hilo azul marino, una clavícula. Le recordó un escarabajo aplastado en la pared y oyó como una tos o una arcada.

—¿Te estás riendo? —preguntó, puesto que no era perceptible más que un ronco silbido—. ¿Qué, que me estás ya viendo con la cabeza como una bola de billar? Guapo, tú no eres bofión. Tú a mí no me metes en el reformatorio. Y si lo eres, mejor. De pronto, a mí, esta noche, lo que son las cosas, todo me importa un carajo. Si eres poli, te adelanto que me llamo Águeda, Águeda Quintanar, la Nelly, de treinta y cuatro años, soltera como mi madre y con un cáncer en el chichi más extendido que el vicio. A mí, esta noche ni tú, ni nadie, me prohíbe nada, porque soy libre y porque me gusta este barrio a mí y la calle es de todos, de los libres y de los esclavos. Ahora que lo pienso, lo que a ti te pasa es que te busca la bofia. ¡Anda y echa a correr, chico!

El grito le acalambró las piernas, obligándole a separarlas de la fachada. Acumuló contra el paladar sus reservas de saliva y escupió. Sonriendo, las manos en el bolso que mantenía sobre los muslos, Águeda vio aplastarse el escupitajo a unos centímetros de su falda roja, que le resaltaba las caderas y hacía silbar a los hombres.

—Señorito de casa, ni a un perro se le hace eso. Te quema la bilis, ¿eh? Así no vas a echarme.

Sonó un zumbido y se desentendió de la mujer. (Transmitirían que todavía nada. Que sí, que él seguía esperando también —como había prometido—, convenientemente apartado.) Se relajó contra la blanca piedra polvorienta.

Águeda observaba el *jeep.* Tres árboles más allá, un hombre fumaba en el quicio de un portal.

—Oye, lindo, ¿a quién vais a coger?

Entre los automóviles aparcados, las sombras desiguales y esquinadas de las farolas de neón azuloso, Águeda entrevió a un guardia, y seguidamente a otro con la mano sobre la funda de la pistola, en un gesto descarado (como ella solía colocarse, cuando reñía). Águeda giró la cabeza; él había despegado las manos de la fachada, pero no los hombros, la espalda, ni los talones. En aquella dirección, un poco más lejos, la glorieta se quedaba en la soledad iluminada, en el siseo deslizante de algún automóvil.

—¿Vais a coger a un asesino? Yo, al principio, les preguntaba si habían matado alguna vez. Y, tú, lo que es el veneno y el postín, casi todos contestaban que sí, que habían matado de ésta o de la otra manera. Hasta que un día me aburrí y dejé de preguntarles. De fulanos sé más que vosotros. Tú no eres bofia. Y si lo eres, peor para ti. Y para el asesino. Y para la desgraciada que lo parió, tonta de ella, y que no se hubiese dejado preñar. ¿A ti te gusta vivir? —en la acera de enfrente, como un agua removida, se desplazaron unas sombras—. A mí no hay cosa que más me caliente. Levantarme tarde, salir a comer al campo un día de sol con un tío que acabas de conocer y que, por eso, puedes pensar que es menos cerdo que los conocidos. Que el tío te habla de lo bien que conduce él, de lo mal que conducen los demás, de que a él no le engañan, de que él ha nacido listo y eso se nace y no se hace. Y luego, hincharte de espárragos, de chuletas de cordero, de fresas con nata, de vino tinto, hasta quedarte amodorrada y boba, que ni sientes los sobeos que el mamón se está cobrando. A la vuelta es lo peor, porque atardece, y en el campo el atardecer tiene su aquel de tristeza. Y, encima, el choto de él ya ha desfogado y para en la carretera y se te pone a hablar de la mujer y de los niños, y tira de la cartera y aquí tienes, éstos son, ésta, la más pequeña, es la pequeña; ésta es una cuñada y éste un amigo, y me tienes que dejar el teléfono, porque me gustas, y el día que pueda te llamo y hacemos igual que hoy, que verás qué bien te va conmigo, chata, o muñeca, o cielito, o cachonda, y qué regalitos te va a hacer tu amiguito, o tu amor, o tu macho. Madre, qué asco..., parece que todo se ha acabado. Pero de golpetón me pongo contenta, porque me he acordado que, en llegando, me cambio de traje, me meto unas medias caladas, me como un bocadillo y al cabaret, a beber, a golfear, a acostarse de madrugada más frita que un peón de albañil, pero con dos o tres billetes. La vida es más buena que nada de lo que ha inventado Dios. A ti no te gusta vivir. Yo os distingo a los comeansias, que me enseñó a no fiarme de vosotros mi Felipe, el tío más alegre que he conocido. Tenía a su madre vendiendo tabaco en una boca del metro. Pues él, como unas castañuelas. Y la vieja era jorobada, chepuda. Mi Felipe me preñó. ¿Quieres saber lo que hice?

—Márchate.

—Digo yo si esto del cáncer en la almeja me vendrá de aquello o de la putería. Tenías que saber lo que es la miseria, guapo. Más limpios llevarías los zapatos y más planchados los pantalones. Yo empecé con esto de la vida tarde, a los veinticinco años. Después de mi Felipe, el más serio fue Ricardo. Se llamaba así, Ricardo, y era lo que más me gustaba de él. Formal, trabajador de nada, con más respetos en el coco que un banquero, oficinista. Yo, que me olí lo que me aguardaba, me tiré de cabeza al fango, como decía un cura que nos dio ejercicios. A chupar fango, pero no sopa de sobre todos los días. Oye, guapo, deja de hacer la estatua. Yo, aquí donde me tienes, esta noche te hacía feliz. A mí esta noche el aire me entra como whisky, me entona más que el whisky. Te convido a una botella. Déjate de trincar al asesino ése o al ladrón o a lo que sea. ¿Qué ha hecho el infeliz que estáis esperando?

La voz sonó fatigada:

—Anda, mujer, vete. Es mejor.

—Pero y tú ¿por qué sigues ahí, cavilando con el culo contra la pared? Chica, me decía a mí un amigo, para los tristes se han inventado las penas y las amarguras, y para los demás, la buena vida. Mira que si es verdad..., mira que si la diño antes de los cuarenta. Total, en plena juventud —rebuscó en el bolso durante unos segundos y lo cerró—. Me voy a casa. Anda y que te zurzan. Por lo menos, me he dado el gustazo de estar entre vosotros, bofiones, sin que me jorobéis. Pobrecillo el que estáis esperando... Claro que también algo habrá hecho. Pobrecilla yo, que ayer mismo pensaba irme a Benidorm el sábado y, ya me ves hoy, que si lo tengo extendido o menos extendido. ¿Cómo te llamas?

—Te estás buscando un jaleo.

—Di un nombre cualquiera.

—Te van a dar un disgusto.

—Estás de temblores.

—Tu madre...

—La tuya... Muerto de canguelo, y eso que tienes a los polis de tu parte.

Y, por fin, llegó el muchacho (cuando la palabrería de Águeda le había hecho recordar aquel domingo en el campo, comiendo tortilla y chorizo, todos juntos, el muchacho también, quizá la última vez que habían estado todos reunidos). Águeda se levantó de un salto y huyó unos pasos, descalza por la acera. Pero él únicamente había saltado hacia la acacia y desde detrás del tronco miraba, como si embebiese la calle entera, la calzada y las casas fronteras.

Con una calma fingida, Águeda regresó al alcorque, se calzó y recuperó su bolso. Se le ocurrió, riéndose, acariciarle una mano. Él permaneció inmóvil.

—Hielas como un témpano. Y, encima, sudando. Pero, tú, ¿es que va en serio la cosa?

Calló, porque, siguiendo la mirada de él, vio cruzar al muchacho la calzada hacia el portal de la maceta de madera. El *jeep* se movió y se encendieron sus faros. El muchacho se detuvo un instante, antes de cambiar en una línea oblicua la dirección de su marcha. Sin correr.

—Es ése, ¿verdad?

La calle se llenó de guardias, de hombres veloces, del ruido del motor del *jeep,* enfilando bruscamente el morro hacia el portal de la maceta.

—Pero son más —dijo Águeda—. Son más y están en esa casa.

Retrocedió, apoyó la frente en la piedra blanca de la fachada y esperó, decidida a no mirar. Oyó gritos, unas palabras atroces. Se puso a pensar en su cáncer para sujetar el miedo.

Y apretó los párpados, húmedos de sudor. Pasaba el tiempo, demasiado denso, insoportablemente comprimido por el silencio. Luego (era un alivio escucharlo) chirriaron las puertas del coche celular.

—¿Y ésa?

—¿Quién? —dijo él.

—¡Ah!, ya... —dijo la otra voz.

—Una buscona.

—Pues que lo paséis bien. Estáte contento, hombre. Es lo mejor que podía suceder. Tarde o temprano, es lo que tenía que suceder. Tú, ahora ya, estáte tranquilo. Hasta otra.

Águeda se mordió las manos. Se alejaban los coches. Sintió un par de dedos de él en la espalda y se volvió hablando.

—Mira, guapo —decía—, que yo no te he hecho nada; que yo venía de los bulevares sin meterme con nadie. Me importa un pimiento todo, ¿sabes? Yo no tengo ideas de ninguna clase. Y no voy a contar esto, te lo juro. Que a mí sólo me importo yo.

Él, antes, frunció los labios en una circunferencia. Viscoso y caliente, el salivazo le alcanzó la nariz y un ojo.

—Vete —gimió Águeda.

Y se alejó hacia la glorieta, limpiándose con el pañuelo, mientras él (probablemente) volvió a apoyarse en la fachada.

(1966) Del libro *Cuentos completos.*
Ed. Alfaguara, 1997.

ANTONIO MARTÍNEZ MENCHÉN
(Linares, Jaén, 1930)

—— • ——

Morgazo

Entré en el fútbol de mano del rosa-rosae y el teorema de Pitágoras; pasado el tiempo, abandonaría a Euclides y al latín, pero desde aquellos lejanos días he guardado para el fútbol la más constante de las fidelidades.

En aquel entonces la vida era un continuo formar filas. Nosotros lo hacíamos al reclamo del silbato del padre inspector. Ni los domingos escapábamos a aquella disciplina castrense. Formábamos por la mañana, en el amplio patio del colegio, tantas filas como cursos y en orden de colocación inverso al de estatura, facilitando así el recuento de los asistentes a la misa dominical. Ya en la capilla, también en ordenada fila, abandonábamos nuestros bancos y, los ojos bajos, las manos juntas a la altura del pecho, nos dirigíamos al altar para recibir la eucaristía, obedientes a los mandatos de un interiorizado silbo. Y por la tarde, un domingo de cada dos, volvíamos a formar en el patio para después encaminarnos jubilosos, pastoreados por el padre, hacia el campo del Peñascal pues todos y cada uno de los alumnos del colegio éramos socios de la Gimnástica, cuyo recibo se nos incluía en el de la mensualidad escolar bajo un apartado que respondía al curioso enunciado de «Deportes, cine y juegos».

Eran, aquellos, tiempos de gloria para el fútbol segoviano, tiempos en que el equipo de la vieja ciudad competía con el

Salamanca, la Burgalesa y el Real Valladolid en la recién creada Liga de Tercera División. Soñando con holgados triunfos la grey estudiantil, bajo la atenta mirada de nuestro Quirón celoso de que no se colasen cabras entre las ovejas, cruzaba la puerta dorada. Pero antes de llegar a ésta ya nos había alcanzado el penetrante olor de embrocación proveniente de la ventanilla de los vestuarios donde se preparaban los héroes. Los más enterados —aquellos con hermanos mayores— nos informaban sobre la causa y razón de aquel olor: les estaban dando masaje. Para mí aquella palabra —masaje— se ornaba con un halo sobrenatural. Aquella palabra y aquel aroma intenso y dulzón me trasladaban a un mundo mágico, a un mundo de alquimistas, de elixires de eterna juventud, de cultos bárbaros y paganos hechos de extraños conjuros y de cruentos sacrificios a los terribles y viriles señores de la guerra.

De aquellos dioses nuestro favorito indiscutible era Morgazo. Jugaba de delantero centro, el puesto ideal. Al saltar al campo, al andar, al correr, Morgazo sacaba extraordinariamente el pecho; y aquel sacar el pecho de Morgazo constituía nuestra admiración y nuestra meta. Todos, todos nosotros intentábamos imitarle. Pero... ¡qué diferencia! ¿Cómo osábamos comparar con aquel ariete nuestro pecho ruin? Sobre todo yo, desnutrido y enclenque mequetrefe... Cuando a solas, en mi casa, procurando andar como él aspirando una bocanada de aire y distendiendo los pectorales me cruzaba con un espejo, el mundo se quebraba a mis pies. Pero, cerrando los ojos, negaba la evidencia y soñaba... Sí, algún día sería como él. O, mejor aún: no es que sería como él; es que ahora, ahora mismo, yo era él; yo no era yo, era Morgazo.

Jugábamos al fútbol y todos aspirábamos a la maravillosa metamorfosis; pero tan sólo unos pocos la alcanzaban. Eran los buenos, los ágiles, los veloces, los que sabían para lo que sirve una pelota entre los pies, los que lograban el alto honor de jugar en el centro del ataque... Sí, tan sólo unos pocos, los elegidos, conseguían el milagro del cambio de identidad.

—Ahí te va, Morgazo, remata —le gritaba al afortuna-
do el que centraba una de aquellas pelotas de la posguerra que,
a las dos horas de jugar con ella, perdida su forma esférica, se
transformaba en un raro objeto prismático con todas sus caras
ligera y simétricamente curvadas. Y mientras yo, de portero, le
contemplaba envidioso y entristecido, el agraciado con la maravillosa metamorfosis ensayaba el remate de chilena tan in-
fructuosamente como nuestro héroe.

Porque Morgazo tenía un sentido dannunziano del ba-
lompié. Hijo de su tiempo, despreciaba el pedestre utilitarismo
y una y otra vez se entregaba al gesto heroico, a la inútil belleza,
a la hazaña inalcanzable. Su juego, aparte de aquel correr airoso y viril, braceando y sacando pecho, era una continua persecución del taconazo acrobático, de la tijereta a la media vuelta,
del vuelo en picado para el cabezazo imposible. Es cierto que
casi nunca alcanzaba su objetivo y los mayores, incompresivos
como siempre, renegaban de aquel derroche espectacular tan
parco en goles. Pero nosotros no oíamos sus voces. Prendidos
en aquellas altísimas gestas, suplíamos con nuestra imaginación
los fallos y allá, en el recogimiento de nuestros cuartos, trans-
formábamos en goles irrepetibles aquellos remates malogrados
por un destino injusto y cruel.

Pero si yo, desmañado con el cuero, me hallaba muy
lejos de Morgazo en el campo de fútbol, sin embargo gozaba
de un privilegio vedado a todos los otros: el demiurgo era mi
vecino. Milagrosamente, frente a mi modesta casa se alzaba un
palacio encantado, una pensión especializada en futbolistas y
toreros. Éstos, raras aves de paso, nos deslumbraban sólo de
tarde en tarde cuando, luciendo sus multicolores ternos alqui-
lados, salían del portal para tomar el viejo taxi que los conduciría a la plaza. Pero los futbolistas, más sedentarios y constantes,
eran los continuos polarizadores de mi atención.

Destacándose como un sol entre los planetas menores,
Morgazo ocupaba el centro del grupo arrastrando todas las mi-

radas. Vestido con un resplandeciente traje azul eléctrico, luciendo una corbata de fantasía de ancho lazo, haciendo repiquetear en la calle sus lucientes zapatos de altos tacones, nada más abandonar la pensión concentraba una nube de chiquillos que le seguían gritando su nombre. Él reía y charlaba con sus compañeros y, de vez en cuando, se volvía gritando ¡hala, largo de ahí!, haciendo con los dos brazos ese amplio ademán con el que las aldeanas oxean las gallinas. La turba infantil paraba un instante para en seguida reemprender la persecución del grupo. Y Morgazo, haciendo un gesto de impotencia y resignación, continuaba charlando con sus compañeros, su cara cruzada por una ancha sonrisa, braceando airosamente y sacando su atlético pecho en una profunda inspiración en la que aspiraba no sólo el aire sino también el cielo azul, las palomas y vencejos que lo cruzaban, los caserones y palacios, las iglesias y conventos, la catedral, el alcázar y el acueducto, los hombres y mujeres que cruzaban las empinadas calles...; aspirando, en fin, la totalidad de la ciudad con sus dos mil años de historia.

Desde el ventanuco yo seguía su airoso caminar con una admiración y entrega que jamás habría de volver a sentir por nadie. Aquella vecindad me acercaba al héroe, posibilitando de alguna manera la soñada identificación: esa identificación que era el primer deseo que me asaltaba cuando, hundida la cara entre las manos, me arrodillaba en el banco tras comulgar; deseo sin embargo jamás formulado, pues algo impreciso me hacía unir aquella petición con un pecado oscuro y terrible que haría de mi comunión un horrendo sacrilegio...

Hace años, en una de mis visitas a Linares, mi padre me llevó a un bar situado junto al mercado. Era un local pequeño, un cuartucho ocupado casi enteramente por la barra. Me entretenía mirando las fotos de toreros colgadas en la pared cuando la voz de mi padre, apartándome bruscamente de aquella realidad, me llevó a un mundo de brumas en el que lentamente iba aflorando como un espejismo una ciudad irreal, difuminada e imprecisa, pero que de una manera paulatina iba tomando forma, volumen, consistencia.

Y mientras en aquel bar caldeado por el terrible sol veraniego de mi pueblo sentía de pronto en mis mejillas el viento helado del Guadarrama; mientras me invadía una lacerante tristeza que tan sólo podía relacionar vagamente con algo ya vivido; mientras surgía de pronto, sobre un montón de nieve endurecida, apartada tan sólo hacía unas horas por los obreros del terreno de juego, el niño cubierto por su capote —una manta con una abertura para la cabeza, dos para los brazos, dos más pequeñas, un poco más abajo, para poder guardar las manos ateridas— y oculta casi toda la cara por el pasamontañas, miraba asombrado a aquel hombre que, obediente al mandato de mi padre —«Anda, Morgazo, pon dos cañas»—, colocaba los espumantes vasos sobre el mostrador.

Sí, era él. Más tarde, respondiendo a mis preguntas, mi padre me lo confirmaría. Había llegado a Linares el año que el equipo ascendió de la Regional a Tercera. No jugó más de tres partidos. Pasó a la reserva. El año siguiente jugó en Regional, en el Bailén. Después entrenó a unos juveniles, trabajó en diversas cosas, lampando, viviendo a salto de mata. Por fin, hacía un par de años, consiguió montar con otro aquel tabernucho.

—Un buen hombre —concluyó mi padre.

Pero antes de que me contase todas aquellas cosas, yo, nada más oír su nombre, nada más mirarlo, sabía que era él: Morgazo... Ahora vestido con una mugrienta camisa vaquera, con el pelo blanco, cargado de espaldas, adiposo, la cara surcada de arrugas...

Y me imaginé todos aquellos años: peregrinando de club en club, rodando de pensión en pensión; rodeado de compañeros de los que cada vez se siente, conforme pasa el tiempo, conforme envejece, más lejano; perdida aquella ilusión juvenil que le hacía intentar una y otra vez el remate acrobático mientras se sentía Mundo o Mariano Martín, lo mismo que nosotros, al intentar a nuestra vez la pirueta, nos sentíamos Morgazo.

Volví otro día. Venciendo mi natural timidez, le pregunté:

—¿Usted vivió en Segovia?

—¿Segovia...? —Perdida la mirada, permaneció durante unos momentos sin contestar.

—Sí —insistí—. Hace mucho tiempo... Más de veinte años... Jugaba con la Gimnástica...

Permaneció con la mirada perdida. Mientras nos servía las cañas, contestó al fin:

—Sí. Uno ha pasado por tantos equipos, que ya casi ni los recuerda...

Le miré a los ojos. En aquella mirada acuosa, desvaída, en vano buscaba un cielo azul cruzado por alcotanes y vencejos; en vano las plazuelas resonantes de griterío infantil; en vano un airoso caminar, braceando y sacando el pecho. No había nada en ella. Ni nostalgia, ni duelo por el fracaso y la derrota. Estaba allí, como un árbol, arraigado en el presente, sin añorar nada. El dolor, la añoranza, eran únicamente míos. Era yo quien únicamente lloraba... Yo, Morgazo...

Del libro *Una infancia perdida.*
Ed. Mondadori, 1992.

FERNANDO QUIÑONES
(Chiclana, Cádiz, 1930)

•

El Noroeste

Aquella tarde se lo dijo.

Fresco el viento, tranquilo, y Joaquín despacio, con el hombre, por el gastado camino del arrecife, de la Puerta Vieja de La Caleta al faro de San Sebastián.

La marea media abofeteaba las rocas desganadamente, y en la luz de las cuatro, plateando en las distancias, se oía su batir bajo los pequeños y espaciados puentes del camino al faro, que sólo ellos estaban recorriendo.

Al fondo de La Caleta, a sus espaldas, se curvaba como una herradura el blanco balneario fin de siglo, y ante sus ojos, lejano e inaccesible tras las almenas del viejo fuerte militar, el faro metálico se levantaba al sol igual que una estilográfica flamante, disonando en la antigüedad del paisaje, del agua alegre y los roquedales negruzcos. Esa tarde fue cuando el hombre se lo dijo.

—Es bueno el viento éste, pero para bañarse no —había hablado Joaquín primero.

El hombre bajo y fornido, que vestía de negro y siempre llevaba un libro en el bolsillo, se detuvo entonces y extendió un brazo a la redonda. En seguida habló con aquel acento convencido y algo solemne, con su caluroso pero nada cargante énfasis de costumbre, capaz de dar interés y sentido a cualquier cosa. Su corbata blanca flameaba en el aire.

—Sí, es un buen viento —dijo—. Y raro en este tiempo porque es viento del Noroeste. Mira cómo pone verdosa el agua.

La ciudad tendía tras ellos su decaimiento y su belleza. Al otro lado de la bahía, más allá de los anchos llanos marinos, un pueblo blanco se agazapaba en el horizonte, como bajo el gran peso del cielo, y el Noroeste acumulaba polvo y pajuelas en los baches del camino sobre el arrecife.

Y Joaquín se quedó mirando al hombre cuando éste le añadió que, no ya a aquella hora, sino incluso a la de almorzar, se escapaba hasta allí algunos días para estar a solas consigo, pretextándole a la hermana que lo habían convidado a comer y arreglándoselas con media botella de vino y un plato de pescado frito en alguno de los añosos bares inmediatos a La Caleta. Se quedó Joaquín mirando al hombre contra el mar rielante, con una mirada entre azorada y fija, porque entendió que el hombre le hablaba ahora de una cosa y de una manera triviales en apariencia pero verdaderamente íntimas y como plagadas de algo, quizá de una soledad inabarcable, algo que no estaba en las palabras mismas sino por detrás de ellas, algo oculto y muy fuerte.

Y Joaquín presintió que, aunque nada tuviera que ver con ellas, aquellas palabras del hombre podían dar paso inesperado —como en efecto lo dio— a que le dijese lo que él nunca hubiera querido oír, y al «ten cuidao» de alguien que ya había avisado a Joaquín con una tosquedad burlona y breve, segura y cruel, que justamente utilizó Joaquín para repudiar aquel aviso, sin embargo cierto: el aviso de aquello que cambiaba de pronto el modo de mirarlo del hombre, y que devolvía la conversación del hombre a los temas de siempre cuando ya parecía irle a hablar a Joaquín de algo que no era lo de siempre (como si aún no se decidiera o no pudiera hacerlo), para hablarle otra vez de libros, músicos, cantaores y reveladores lances de la guerra civil.

Pero ahora sí se lo había dicho. Ahora se lo había dicho, así que el hombre se iba a quedar otra vez solo, y los diecisiete años de Joaquín debían volver a vagar solos por la ciudad bullente y, para él, otra vez vacía sin aquel amigo mayor, sin verlo ni oírle hablar de Shakespeare, de Picasso, de Mozart, sin sus orientaciones sobre el arte de Galdós, o el de Enrique *El Mellizo,* o el de Stendhal, o de los prohibidos, inasequibles Alberti, Neruda, Lorca. Es decir, sin cuanto era ya el entero, antiguo y recién nacido destino de Joaquín, para el que en ese momento no le servía ninguno de los amigos de su edad y para el que había encontrado alimento y apoyo en el hombre maduro, bajo y fornido, con el que se veía casi a diario desde hacía tres meses y que tan comprensivo y afectuoso se mostraba con él.

El hombre del que ya tendría que alejarse, como de otros antes, porque ahora sí se lo había dicho, tocándole el brazo con una mano temblorosa:

—Te amo.

Del libro *Viento del sur.*
Ed. Alianza, 1987.

DANIEL SUEIRO

(Rois, La Coruña, 1931 - Madrid, 1986)

— • —

Los ojos del niño

El niño comía sin levantar la vista del plato, sin atreverse a mirarlo. Tampoco hoy quería mirar a su madre, sabía que no podría mirarla abiertamente a los ojos sin echarse a llorar, o sin que se le empañara la vista, por lo menos. Pero a él no lo miraba porque no, no lo miraba porque no lo merecía, ya nunca más podría mirarle a la cara, y mucho menos frente a frente a los ojos.

Comía sin ganas, le costaba un gran trabajo tragar, con la cabeza abatida sobre el plato, escurridos los hombros, hundido en su silla y casi inexistente. Realmente no existía para ellos, lo sabía bien, ni siquiera ahora para su misma madre, ella, ignorante de todo, a la que sólo él quería de verdad; no hablaban mucho durante la comida, nunca hablaban mucho, pero algo decían, el niño oía lejanas palabras estúpidas y llenas de hipocresía que verdaderamente no escuchaba.

La mano y el tenedor, del plato a la boca, de la boca al plato, la boca cerrada y masticando vergüenza y odio; solo en el vacío, sordo y mudo, con el pelo negro casi encima del plato y los ojos parados en aquel tiempo, detenidos en aquella escena súbitamente entrevista en la penumbra con el vuelco de su corazón; comprimidos, agrietados, los ojos pardos del niño, con la pupila partida en dos por el fulgor del rayo de ayer noche. Velados por

334

el temblor de una lágrima, al pensar en su madre, y secos como el ascua, helados y fríos al recordarle a él, pero ya siempre tristes.

Los ojos del niño habían permanecido abiertos durante toda aquella larga noche, clavados en las sombras del techo de su habitación, abiertos ya para no cerrarse nunca más después de haberlo visto, tan fugaz e inesperadamente, casi sin verlo, asustado y sin poder moverse de repente, pero viéndolo, sí, viéndoles, viendo aquello, pero sobre todo viéndole a él, mientras su madre estaba hablando con los demás por allá y aún nadie pensaba en despedirse ni mucho menos podía pensar en aquello.

Y luego, durante toda la mañana, el niño perdido por la huerta y los jardines, por el parque, solo, melancólico, taciturno, solo con sus ojos enormemente abiertos y llenos de tristeza, mirando a lo lejos para que su mirada se perdiera y se perdiera todo lo que aquella súbita mirada había grabado con fuego en su cabeza, en su corazón.

Vagamente entendió que le hablaban ahora a él, breves voces con cierto tono de reproche, y dejó de masticar un momento sin levantar la vista.

—¡... y además cuántas veces he de decirte que en mi mesa no se come con los dedos!

Así que él era el que le gritaba, el que le reñía, el que le ordenaba. Notó su voz extraordinariamente irritada y violenta, demasiado alta para el tono que parecían haber mantenido hasta entonces. ¡Y qué cosa más ridícula e injusta que él fuera quien intentara aplicarle la ley de los buenos modales en la mesa, él, que lo había quebrantado todo!

Por el rabillo del ojo adivinó que su madre seguía comiendo sin hacer mayor caso del incidente, con su esbelto cuello y el mentón alzados, el elegante y largo brazo describiendo la curva que va del plato a la boca con el tenedor de plata en la mano; pero supo también, porque lo sintió sobre su frente, que él seguía observándole, aplastándole con aquella mirada autoritaria y temible, su propio tenedor detenido por un momento ante la boca.

La mano del niño, los pequeños dedos gruesos se llenaban de grasa al introducirse en el plato buscando cualquier bocado más apetecible o menos repugnante que los otros. Aquellos dedos que hurgaban en la comida, dentro del plato, se alzaron con una verde aceituna y la llevaron a la boca infantil. El niño comenzó a masticar la aceituna con lentitud, y en ese momento fue cuando su negra cabeza empezó a moverse hacia atrás hasta que alzó completamente el rostro.

Masticaba la aceituna mientras buscaba otras con la mano dentro del plato, mirando con fijeza a su padre.

El cruce de las dos miradas se mantuvo durante largos segundos.

Y los ojos del niño no aparecían ahora asustados, traicionados, sorprendidos de pronto en su inocencia por un golpe demasiado brutal e inesperado. No estaban cegados, sino encendidos por aquella chispa de fuego, aquel fulgor que los hería, pero que a la vez los afilaba y les daba fuerza y valor. Ni un ligero parpadeo. Miraba con calma y cara a cara. Dos pequeños discos de bronce, bronce helado o bronce al rojo vivo en medio de la palidez temblorosa del rostro, fuego derretido para mirar de frente y para mirar siempre y eternamente, para no dejar de mirar nunca más en la vida. La mirada de los ojos del niño, clavada en los ojos del padre, era una mirada desafiante y acusadora, pero era también una mirada dolorida y triste, una mirada justamente igual para matar que para dar la vida. El niño había dejado de masticar y sintió arder los bordes de sus ojos, y aquel ardor no le quemaba ahora el rostro, como tantas otras veces antes, sino que le quemaba por dentro la cabeza. Los ojos salían afuera con la punta de la mirada para clavarse en los de su padre, o acaso se hundían empujados por el cuchillo o por el mar que tenían enfrente. Pero estaban abiertos y no pestañeaban.

Parecía oscurecerse por momentos, temblorosos, la tenue sombra que hacía resaltar aún más la profundidad de los párpados en medio del pequeño rostro ovalado y lívido, a la

336

vez que empezaba a centellear la claridad del agua en el centro de la pupila, transparente y sin fondo.

Aquélla no era la misma mirada que el padre había visto de pronto al volverse, anoche, sorprendido y muerto de vergüenza y tal vez ya de asco, pero eran los mismos ojos.

Y aquellos ojos le miraban, le miraban a él y seguían mirándole ahora y ya nunca más podría esconderse de ellos ni dejar de sentirlos sobre su piel.

Fue su madre la que rompió aquellos breves e inmensos segundos de tenso silencio:

—¡Pero no te están diciendo que no se come con los dedos...! —airada, haciendo casi ademán de levantarse.

—Déjalo —murmuró el padre, lleno de pesadumbre, sin dejar de mirarle—. Tampoco es tan grave comer con los dedos.

Pero el niño ni siquiera les oía ya.

Todo aquello se rompió primero en su pecho, se quebró sin hacer ruido pero no con un enorme dolor, y luego estalló en sus ojos y salió por ellos, a la vez que salía de la boca del niño la queja de su llanto, de su dolor y de su terrible protesta.

Se le llenó la cara casi de repente de agua salada y amarga y el niño salió corriendo del comedor, porque sentía vergüenza y sentía pena, pero no esa pena ni esa vergüenza que siente un niño compadecido de sí mismo cuando sus padres le ven romper en llanto, sino otra clase de pena y otra clase de vergüenza.

Su padre se levantó también y salió tras él, estremecido, vacilante, sabiendo que ya no podría consolarle.

Y ahora la madre, que empezaba a preguntarse «qué les pasaba hoy a aquellos dos», quedó paralizada por un momento, mirando ella también al vacío, pensativa, profundamente pensativa.

Del libro *El cuidado de las manos* (1974). *Cuentos.*
Ed. Alianza, 1988.

JUAN GOYTISOLO
(Barcelona, 1931)

——— • ———

Cara y cruz

A media tarde me habían telefoneado desde el cuartel para decirme que el martes entraba de guardia. Tenía por lo tanto tres días libres. Mi primera idea fue llamar a Borés, que acababa de cumplir la semana en el cuartel de Pedralbes.

—Mi viejo se ha largado a Madrid y ha olvidado las llaves del auto.

—Hace dos noches que no pego un ojo —me contestó.

—¿Putas? —dije.

—Chinches. Toda la Residencia de Oficiales está infestada.

Cuando llegué a la cafetería, me esperaba ya. Estaba algo más blanco que de costumbre y me mostró las señales del cuello.

—Lo que es esta vez no son mordiscos.

—¿Qué dice tu madre? —pregunté yo.

Borés vació su ginfís de un trago.

—Desde que empecé el servicio anda más tranquila.

Manolo se acercó a servirnos con una servilleta doblada sobre el brazo.

—¿Qué piensa de toda esta gresca, don Rafael?

Con un ademán, indicó la cadena de altavoces encaramados en los árboles y los escudos que brillaban en los balcones de las casas.

—Turismo —repuse—. El coste de la vida sube, y de algún modo deben sacar los cuartos.

—Eso mismo me digo yo, don Rafael.

—Aquí no es como en Roma... La gente va muy escaldada.

Retrepados en los sillones de mimbre, observamos el desfile de peregrinos. Tenía una sed del demonio y me bebí tres ginfís.

Borés controló el paso de once monjas y siete curas.

—Por ahí cuentan que con la expedición americana viene un burdel de mulatas.

—Algo tienen que ofrecer al público. Con tanto calor y las apreturas...

—¿Qué te parece si fuéramos a dar un vistazo?

—¿A la Emilia?

—Sí. A la Emilia.

Al arrancar, Manolo nos deseó que acabáramos la noche en buena compañía. Aunque eran las once, las calles estaban llenas de gente. Los altavoces transmitían música de órgano y en la luz roja de Canaletas cedimos el paso a un grupo de peregrinas.

—¿Crees que...? —preguntó Borés, asomando la cabeza.

—Quién sabe... Seguramente hay muchas mezcladas.

—Invítalas a subir.

—Recuerda lo que ocurrió la última vez —dije.

En las Ramblas, el tránsito se había embotellado y aguardamos frente al Liceo durante cerca de diez minutos. Al fin, aparcamos el coche en Atarazanas y subimos a pie por Montserrat. La mayor parte de los bares estaban cerrados y en los raros cafés abiertos no cabía una aguja.

—Luego dicen que no hay agua en los pantanos —exclamó Borés, señalando las luminarias.

—Eres un descreído —le reprendí—. En ocasiones así se tira la casa por la ventana.

Por la calle Conde de Asalto discurría una comitiva tras un guión plateado. Varios niños salmodiaban algo en latín.

Casa Emilia quedaba a una veintena de metros y contemplamos la fachada, asombrados. Resaltando entre las cruces de neón de la calle, sus balcones lucían un gigantesco escudo azul del Congreso.

—Caray —dijo Borés—. ¿Has visto...?

—A lo mejor la han convertido también en capilla...

La luz del portal estaba apagada y subimos la escalera a tientas. En el rellano, tropezamos con dos soldados.

—Están ustés perdiendo el tiempo —dijo uno—. No hay nadie.

—¿Y las niñas?

—Se han ío.

Volvimos a bajar. Por la calzada desfilaban nuevos guiones y los observamos en silencio por espacio de unos segundos.

—¿Vamos al Gaucho?

—Vamos.

Al doblar la esquina, oí pronunciar mi nombre y miré atrás. Ninochka espiaba la procesión desde un portal y nos hacía señales de venir.

—Viciosos... —dijo atrayéndonos al interior del zaguán—, ¿no os da vergüenza?

Iba vestida de negro, con un jersey con mangas cerrado hasta el cuello y ocultaba su pelo rubio platino bajo un gracioso pañuelo-mantilla.

—¿Qué es este disfraz?

—Chist. Callaos... —Al sonreír, se le formaban dos hoyuelos en la cara—. Se las han llevado a todas... En camiones...

—¿Cuándo?

—Esta mañana —apuntó al altavoz que tronaba en lo alto del farol—. El señor ese ha dicho que cuando llegue el Nuncio la ciudad debe estar limpia...

—¿Y tú?

—Me escapé de milagro —volvió a mostrar el altavoz, con un mohín—. Dice que no somos puras.

—Difamación —exclamé yo—. Calumnia.

—Eso es lo que digo —Ninochka se arregló la mantilla, con coquetería—. Al fin y al cabo, somos flores. Arrugadas y marchitas, pero flores... Lo leí en una novela... *Las hijas del asfalto...* ¿La conoces?

—No.

—Pasa en el Mulén Ruxe de París... Es muy bonita.

—¿Y dónde han mandado las flores? —preguntó Borés.

—Fuera. A los pueblos. A tomar el aire del campo.

—¿No sabes dónde?

—A la Montse y la Merche, las han llevado a Gerona.

—Habría que ir a consolarlas —dije yo—, ¿no te parece?

—Las pobrecillas —murmuró Borés—. Deben sentirse tan solas...

—¿Vienes? —pregunté a Ninochka.

—¿Yo? —Ninochka reía de nuevo—. Yo voy a la Adoración Nocturna... Como María Magdalena... Arrepentida...

Al despedirnos, me mordió el lóbulo de la oreja. Estaba terriblemente atractiva con la mantilla y su jersey casto.

—¿Crees que encontraremos algo? —pregunté a Borés mientras ponía el motor en marcha.

—La noche es larga. No perdemos nada probando.

En el Paseo de Colón el tránsito se había despejado y bordeamos la verja del parque, camino de San Andrés.

—A lo mejor es una macutada.

—Por el camino nos enteraremos.

Habíamos dejado atrás los últimos escudos luminosos y avanzamos a ciento veinte por la carretera desierta. Nuestro primer alto fue en Mataró.

—¿Ha visto usted un camión lleno de niñas? —pregunté al chico del bar.

—Yo no, señor —sus ojos brillaban de astucia—. Pero he oído decir al personal que han pasado más de cinco.

—¿Hacia Gerona?

—Sí. Hacia Gerona.

Nos bebimos las dos ginebras y le dejé una buena propina.

—Uno de mis clientes... Un notario... ha tomado el mismo camino que ustedes hace sólo unos minutos.

Borés le agradeció la indicación y subimos de nuevo al coche. En menos de un cuarto de hora, dejamos atrás la carretera de Blanes. En una de las curvas de la sierra alcanzamos un Lancia negro, que conducía un hombre con gafas.

—Debe de ser el notario —dijo Borés.

—El tío parece que lleva prisa.

—Acelera... Si me quita a la Merche, me lo cargo.

El parador de turismo tenía encendidas las luces y nos detuvimos a beber unas copas.

—¿Ha visto...? —preguntó Borés, al salir, indicando la carretera.

—Sí, sí —repuso el *barman,* riendo—. Adelante.

En el cruce de Caldas volvimos a atrapar al notario. Borés se frotaba las manos excitado, y le largó una salva de insultos a través de la ventanilla.

—La Merche es para mí, y Dorita, y la Mari...

A una docena de kilómetros de la ciudad, frené junto a un individuo que nos hacía señales con el brazo.

—¿Van a Gerona?

—Suba.

El hombre se acomodó en el asiento de atrás, sin sacarse la boina.

—Parece que hay fiesta por ahí —aventuró Borés al cabo de un rato.

—Sí. Eso dicen... —Hablaba con fuerte acento catalán—. En mi pueblo todos los chicos han ido...

—¿Y usted?

—También voy —en el retrovisor le vi guiñar un ojo—.
He esperado a que mi mujer se fuera a la cama...

La barriada dormía silenciosa y torcí por Primo de Ri-
vera hacia el Oñar. Desde el puente, observé que los cafés de la
Rambla estaban iluminados. Un camarero iba de un lado a otro
con una bandeja y un grupo de gamberros se dirigía hacia la
catedral, dando gritos.

—Mira... —dije yo.

El paseo ofrecía un extraordinario espectáculo. Sentadas en las sillas, acodadas en las barras de los bares, tumbadas
sobre los bancos y los veladores había docenas de mujeres silenciosas, que nos contemplaban como a una aparición venida
del otro mundo. El campanario de una iglesia daba las dos y
muchas se recostaban contra la pared para dormir. Algunas no
habían perdido aún la esperanza y nos invitaban a acercarnos.

—Vente pa aquí, guapo.

—Una cama blandita y no te cobraré ni cinco.

Borés y yo nos abrimos paso hacia las arcadas. Venidos
de todos los pueblos de la comarca, los tipos discutían, riendo,
con las mujeres y se perdían por las callejuelas laterales, acompañados, a veces, de tres o cuatro. Los hoteles estaban llenos y
no había una cama libre. Los afortunados poseedores de una
habitación se acostaban gratis con las muchachas más caras.

—Llévame contigo, cielo...

—Anda... Ven a dormir un ratito...

A la primera ojeada, descubrimos a Merche. Estaba
sentada en un café, fumando, y al vernos, no manifestó ninguna sorpresa.

—*Dominus vobiscum* —se limitó a decir, a modo de saludo.

—*Ite missa est*.

Con ademán distraído nos invitó a instalarnos a su
lado.

—Perdonarán que el «livinrún» esté sucio —se excusó—. Mi doncella está afiliada al sindicato y no trabaja el sábado.

El camarero hizo notar su presencia con un carraspeo. Borés pidió dos ginebras y otro café.

—¿De imaginaria? —preguntó cuando se hubo ido.

—Las clases ociosas solemos dormir tarde —repuso Merche.

Su rostro reflejaba gran fatiga. Como de costumbre no se sabía si hablaba en serio, o bromeaba.

—Hace un par de horas pasamos por el barrio y Ninochka nos contó lo ocurrido.

—Es una iniciativa del Ministerio de Turismo —Merche apuró el café de su taza—. Como éramos incultas nos ha pagado un viaje... Agencia Kuk... Ver mundo...

—¿No has encontrado cama? —pregunté yo.

En lugar de contestarme, se encaró con Borés, sonriente.

—¿Y vosotros?... ¿Por qué estáis aquí?... ¿Han echado también a los hijos de buena familia?

—Sólo a los depravados —dijo él.

—Ah... A los depravados, sólo... Temía...

Los ojos se le cerraban de sueño. Borés cambió una mirada conmigo.

—Mi padre tiene un despacho cerca de aquí —explicó—. Si quieres, podemos dormir los dos juntos.

—Gracias, vida —dijo Merche—. Eres un amor de chico.

Bebimos las dos ginebras y el café. Una mujer roncaba en la mesa del lado y los gamberros corrían aún dando gritos.

—¿Y tú?

—Yo beberé otra copa, y ahueco.

—Entonces, telefonea a casa... Di que me he quedado a dormir en tu estudio.

Los miré alejarse hacia el barrio de la catedral. Cogidos del brazo. Luego pagué la nota del bar y caminé en dirección al río. Las mujeres me volvían a llamar y bebí otras dos ginebras. Aquella noche absorbía el alcohol como nada. Yo solo hubiera podido vaciar una barrica.

—Congresos así debería haber to los años —decía un hombre bajito a mi lado—, ¿no le parece, compadre?

Le contesté que tenía razón y, si la memoria no me engaña, creo que bebimos un trago juntos.

No sé a qué hora subí al coche, ni cómo hice los cien kilómetros que me separaban de Barcelona. Cuando llegué había amanecido y, por las calles adornadas, circulaban los primeros transeúntes.

Sólo recuerdo que una brigada de obreros barría el suelo, preparando la procesión y que, al mirar al balcón de mi cuarto, descubrí un flamante escudo.

—Debe ser cosa de mamá —expliqué al sereno.

Procurando no hacer ruido, me colé hasta el cuarto de baño y abrí el grifo de la ducha.

Del libro *Para vivir aquí.*
Ed. Bruguera, 1977.

GONZALO SUÁREZ
(OVIEDO, 1934)

—— • ——

Desembarazarse de Crisantemo

Hacía tres meses que había emprendido aquel floreciente negocio, cuando recibí la visita de un joven que me dijo:

—Quisiera hablar con usted sobre unos libros que mi padre le adquirió antes de morir.

Le hice pasar, le ofrecí coñac y un cigarro puro. No bebía y tampoco fumaba. Sonreía constantemente, y la sonrisa contrastaba con el traje de luto.

—Verá usted —me dijo—. A los cuatro días de morir mi padre, recibí un paquete contra reembolso a su nombre. Pagué el importe y cuál no sería mi sorpresa al comprobar que el paquete contenía... libros.

—¿Tan extraño resultaba que su padre hubiera comprado un lote de libros antes de morir? —pregunté, mientras me servía una copa de coñac y encendía un puro.

—Desde luego —dijo él—, la adquisición de un lote de libros me revelaba un aspecto inédito del carácter de mi padre...

—¿No acostumbraba a leer?

—No tenía esa costumbre. Aunque he de confesar que los títulos de los libros que le compró mi padre resultaban muy sugerentes. Entre otros, un manual de gimnasia sueca, un diccionario de la lengua castellana y un libro de cocina para vegetarianos.

—Realmente se trata de un pedido pintoresco —concedí.

—Muy pintoresco. Ésta es la razón por la que he aprovechado mi viaje a la ciudad para visitarle. Compréndame, es lógico que sienta curiosidad por tratar de conocer la explicación de este último deseo de papá.

—Es natural.

—Y también me gustaría saber, si usted puede informarme, cuándo le hizo el pedido mi padre.

—Consultaré el fichero, aunque le prevengo que no será fácil precisarlo. Recibo numerosos pedidos, y más bien tengo tendencia a atrasarme en los envíos...

—¿Atrasarse? ¿Un mes? ¿Dos?

—No siempre, pero a veces...

—¿Dos meses?

—No es corriente, desde luego.

—Le pregunto esto, porque si hace dos meses que mi padre solicitó el envío de los libros bien pudiera ser que lo hubiese hecho verbalmente, durante su última estancia en la ciudad.

—Es posible, aunque no puedo asegurárselo.

—Si hubiera visto a mi padre, no tendría dificultad en recordarlo. Imagino, al menos, que el apellido le sonará: Crisantemo. Es un curioso apellido, que no se olvida fácilmente. Mi padre era José Crisantemo, yo soy Emilio, su único hijo.

—¿Crisantemo? ¿Un hombre de unos setenta años?

—Exactamente. Con el pelo gris, los pómulos muy salientes, la nariz aguileña y los ojos claros, muy claros.

—Pelo gris —repetí—, nariz aguileña y ojos claros... Crisantemo... ¡Lo recuerdo! En efecto, hará unos dos meses. Sí, sí. Lamento haber tardado tanto en servirle el pedido. Recuerdo a su padre perfectamente.

—Lo cual no deja de ser extraño —replicó Emilio Crisantemo—, porque mi padre nunca vino a la ciudad.

Apagué el puro, y dije:

—Sin embargo, usted me aseguró que había venido...

—Se lo aseguré, sí. Pero no vino.

—¿No vino? En ese caso, debe tratarse de otra persona. Es indudable que confundo a su padre con otra persona.
¡Me es imposible recordar a todos mis clientes!

—Lo supongo. Tiene usted un negocio bien organizado, y muy próspero. Nunca hubiera sospechado hasta qué
punto podía resultar lucrativo vender libros en este país. Compartía la idea, bastante generalizada, de que aquí nadie lee.

—Puede que no lean —comenté riendo—, pero compran libros.

—Se trata ante todo de localizar a los clientes —dijo él.

—Es esencial.

—Y usted ha descubierto una clientela segura, y siempre renovada. Una clientela que se interesa por toda clase de libros, desde los manuales de gimnasia sueca hasta la historia del
arte egipcio en diez tomos.

—Creo que sé desenvolverme bien —dije fingiendo
modestia.

—También lo creo yo, y ésta es la razón por la que he
decidido ser su socio.

—Lo siento —repliqué—, pero no necesito ninguna
aportación de capital.

—Oh, no. No aportaré ningún capital. Difícilmente podría hacerlo, puesto que mi papá no me ha dejado ni un céntimo.
Yo no le propongo aportar capital, sino compartir los beneficios.

—¿Se burla de mí?

—Le estoy proponiendo la única fórmula posible para
que su negocio tenga... continuidad.

—Es comprensible que al morir su padre usted desee
encontrar un buen trabajo en la ciudad —dije—, pero debiera

obrar con mayor sensatez. No es ésta la manera de pedir un empleo, y por otra parte, me basto a mí mismo, no puedo emplearle.

Me puse en pie, pero hizo que volviera a sentarme con un ademán.

—Como le dije —habló—, me sorprendió que mi padre hubiera comprado un lote de libros. Sobre todo ese manual de gimnasia sueca provocó mi hilaridad, aunque no era aquél el momento más oportuno para reír.

—Lo imagino.

—Sin embargo, durante una de las misas celebradas a la memoria de papá tuve que contener las carcajadas, y simulé que sollozaba.

—Muy ingenioso.

—Porque resultaba verdaderamente gracioso que mi padre, paralítico desde hacía cinco años, se interesase por la gimnasia...

Rompió a reír.

—Si estaba forzado a permanecer inmóvil —argumenté yo—, resultaba bastante lógico que comprara algunos libros para pasar el rato.

—Además de paralítico —dijo Emilio Crisantemo—, papá era ciego.

—En ese caso, no hay alternativa, he enviado el paquete de libros a su padre por error.

—Usted sabe tan bien como yo que no hay error —dijo—. El nombre y dirección de mi padre constaban en la esquela que publicaron los periódicos. ¿Está usted abonado a todos los periódicos del país?

Asentí.

—El negocio ha sido concebido muy inteligentemente, y podemos pensar con optimismo en nuestro porvenir —dijo—. La gente no ha adquirido la costumbre de leer, pero no pierde la costumbre de morirse. Evidentemente, los muertos son unos clientes seguros y poco exigentes. Y las familias de los difuntos suelen estar atareadas y preocupadas.

—Siempre pagan, y se quedan con el paquete —proclamé yo con orgullo.

—En ocasiones lo harán por sentimentalismo: «Pobrecito», pensarán, «éste fue su último deseo». En otros casos, sentirán curiosidad. En la mayoría eliminarán complicaciones, porque el importe del pedido nunca es excesivo.

—Lo tengo calculado.

—¿Y los libros?

—¿Quiere usted visitar mi almacén?

—Desde luego, debo empezar cuanto antes a ponerme al corriente.

—Lo he instalado en el sótano.

—¿Tanta mercancía tiene en depósito?

—Procuro que nunca falte.

—¿Elige los títulos? ¿O tiene preferencia por determinados autores?

—El trabajo de selección no me preocupa demasiado —dije con sinceridad—. Compro al peso.

—¡Magnífico! ¡Magnífico! —exclamó efusivamente Emilio Crisantemo.

Encontré el libro entre las últimas adquisiciones. Su título me llamó la atención: *Magia africana para influir sobre los acontecimientos, las personas y las cosas.* El contenido resultó interesante.

Desde que Emilio Crisantemo se había convertido en mi socio, busqué sin cesar la manera de desembarazarme de él. Descarté el asesinato por ética profesional, y, sin embargo, comprendía que sólo la muerte podría librarme de mi colaborador, ya que nos unían lazos más indestructibles que los del matrimonio.

Cada vez se volvía más insoportable y exigente. Yo iba al mercado de los libros viejos todos los domingos, *yo* preparaba los paquetes, *yo* los llevaba a las diferentes estafetas de correos y él se limitaba a leer las esquelas del periódico que *yo* le llevaba cada mañana a la cama, con el desayuno. Además el negocio empezaba a declinar, porque *yo* lógicamente trabajaba con menos ilusión.

Me había levantado, como todos los días, a las seis de la mañana y había bajado al almacén para empaquetar. Emilio Crisantemo dormía. Aproveché aquellos momentos para hojear el libro de magia africana, y me detuve especialmente en el capítulo titulado: «Cómo perjudicar a las personas a quienes no se quiere bien». Los venenos preparados con plantas exóticas no me eran de ninguna utilidad, pues a Crisantemo no le gustaba la verdura. En cambio me interesé por los procedimientos «para transformar a los amigos y esposas infieles en animales salvajes o domésticos». Existía una advertencia preliminar en la que se decía: «Cada persona tiene propensión, desde su nacimiento, a convertirse en un animal diferente. Es conveniente, antes de iniciar los sortilegios, concretar la clase de animal adecuada en cada caso. Resulta obvio señalar que una mujer lúbrica e incestuosa, por ejemplo, se metamorfoseará más fácilmente en un macho cabrío que en una anguila, aun siendo éste un animal que vive en el fango. Las transformaciones que estadísticamente obtienen mayor éxito suelen ser aquellas que convierten a los hombres plácidos y contentos de sí mismos en cerdos».

A partir de aquel momento, me esforcé en averiguar qué clase de animal correspondía a la personalidad de Emilio Crisantemo. Para ello, observaba los movimientos y reacciones de mi socio, y anotaba sus palabras, cuando consideraba que éstas podrían serme de alguna utilidad. Así, en una ocasión dijo: «Mi padre tenía un perro lobo llamado Alfredo». También dijo: «Las mariposas son inútiles, prefiero los sellos de correos». Y también: «Hoy te he visto llegar del mercado, y venías cargado como un asno». Pero Emilio Crisantemo no era un lobo, ni una mariposa, ni un asno: era una jirafa. Lo comprendí cuando me dijo: «Los seres humanos estamos ante una tapia, y no conseguimos ver lo que hay detrás». Un hombre que tiene curiosidad por saber lo que hay detrás de una tapia, estira el cuello. Un hombre que estira el cuello, tiene tendencia a convertirse en una jirafa. Emilio Crisantemo estiraba con frecuencia el cuello, era en él un ademán instintivo y revelador: cuando se afeitaba ante el espejo, cuando se hacía el nudo de la corbata, cuando se disponía a estornudar y cuando bostezaba.

Ahora se trataba tan sólo de contribuir con un poco de magia africana a estimular en Emilio Crisantemo esta natural tendencia a convertirse en jirafa.

Las dificultades eran mayores de las previstas por mí, a pesar de que la primera fase de la operación me hizo concebir la posibilidad de una metamorfosis rápida. Le había preparado una sopa, según las indicaciones del libro, con el hígado de un perro vagabundo, dos pétalos de lirio, carne de hoja de palmera, cincuenta y tres gotas de vitamina A, una cebolla, cinco renacuajos y agua abundante de la piscina municipal. Los efectos no se hicieron esperar. Al día siguiente, síntoma inequívoco, Crisantemo amaneció completamente amarillo. El doctor diagnosticó ictericia, y me sentí bastante decepcionado cuando, al cabo de una semana de reposo y tratamiento, mi socio recobró su color normal. Estaba de muy buen humor, y me dijo:

—Tenemos una profesión privilegiada, y trascendente. Vender libros a los muertos es una ocupación que enaltece.

En el transcurso de aquella semana, me sorprendió en dos o tres ocasiones haciéndole los indispensables pases magnéticos mientras dormía. Me disculpé diciendo que estaba espantando los mosquitos. Ante todo, trataba de evitar que pudiera concebir la más mínima sospecha. Me rogó que dejara en paz a los mosquitos, pues le había despertado.

—Además —dijo—, a mí no me pican. Tengo la piel muy dura.

«Piel dura, de jirafa», pensé con optimismo. Y me puse muy contento cuando un día vi en su frente un cuerno incipiente. Mis esperanzas se desvanecieron, sin embargo, porque Crisantemo me explicó que se había dado un golpe contra la puerta.

—¿Estás seguro? —repliqué con reticencia.

—¡Caramba! ¿No ves el chichón?

—¿Y si no fuera un chichón? —sugerí cautamente.

—¿Qué diablos va a ser, entonces?

Me libré muy bien de revelarle mis suposiciones. Sabía que Emilio Crisantemo, a pesar de ser un hombre listo, distaba mucho de imaginar mis propósitos. Esta convicción me permitía desenvolverme con toda tranquilidad. Naturalmente, tampoco abandonaba el aspecto psicológico, que era muy importante, y le hacía sugerencias que encauzaran su pensamiento hasta conseguir crearle un favorable estado de autosugestión. Por ejemplo, no perdía la ocasión de ofrecerle un puro, sabiendo que él lo rechazaría.

—Ya te he dicho que no fumo.

Y entonces yo dejaba caer, de pasada:

—Tampoco fuman las jirafas.

Lo decía a media voz, de manera que él rara vez me oía, y si me preguntaba: «Qué dices?», yo me apresuraba a hablar de otra cuestión.

El día de su cumpleaños le regalé una corbata amarilla con lunares negros. No le gustó. Pero se la puso por delicadeza, y al cabo de un mes conseguí que usara calcetines amarillos, que con el traje negro y la corbata le daban todo el aspecto de una jirafa.

No me recataba en decírselo:

—Pareces una jirafa.

—¡Diablos! ¿Una jirafa?

—¿No te gusta? —preguntaba yo, y añadía—: ¡Quién pudiera ser una jirafa!

Con el pretexto de regalarle una camisa, medí la longitud de su cuello, y al cabo de dos semanas volví a hacerlo, comprobando con satisfacción que el cuello de mi socio medía tres milímetros más.

Desde luego, había adquirido una visión realista de mis posibilidades y contaba ya con invertir tres o cuatro años en la labor de convertir a Crisantemo en jirafa. Lo importante, ya lo decía el libro, era no desistir en el empeño y aplicarse con paciencia y meticulosidad.

Estaba resignado a este proceso lento, y por tanto la brutal revelación que supuso lo acontecido el dos de diciembre me sorprendió tanto como pueda sorprenderles a ustedes.

Me había despertado temprano, como de costumbre, y antes de bajar al almacén entré en la habitación de mi socio para practicarle los cotidianos pases magnéticos. Suponía que estaba dormido, y me extrañó descubrir la cama vacía. Encima de la almohada, encontré esta nota:

«Estimado colega: hacía tiempo que venía experimentando un extraño cambio, tanto psíquico como biológico. No te había comunicado nada al respecto para no alarmarte, y porque tenía la esperanza de que solamente fuesen sensaciones subjetivas debidas al exceso de trabajo. Pero esta noche he podido darme cuenta, sin lugar a dudas, de que mis temores estaban fundados: me estoy convirtiendo en una jirafa. Te parecerá extraño, y puede que nunca llegues a dar crédito a mis palabras. Sin embargo, mientras te escribo estas líneas, mi cuello crece desmesuradamente y mis dedos se van a convertir, de un momento a otro, en pezuñas. Ignoro si tendré tiempo de pasar la frontera, como es mi propósito, para ingresar en algún parque zoológico del extranjero, donde nadie pueda reconocerme. No soportaría la sensación de ridículo que supone tener que dar explicaciones sobre mi embarazosa transformación. Por otra parte, no deseo dar lugar a un

escándalo en la vía pública y prefiero entregarme por mis propios medios. Salgo corriendo. Sólo me resta agradecerte todo lo que has hecho por mí, mi propio papá no se hubiera ocupado más certeramente de mi porvenir. Adiós. Firmado: Emilio Crisantemo».

No lo esperaba, la verdad. Confiaba en la eficacia de la fórmula, desde luego. Pero no esperaba que sucediera tan bruscamente. A fin de cuentas, soy un honrado comerciante y no estoy acostumbrado a estos prodigios de la magia africana, ya que he viajado poco. De todas formas, lo hecho, hecho está, y, puesto que así lo quise, no tengo derecho a quejarme, aunque me gustaría saber para qué diablos querría Emilio Crisantemo, una vez convertido en jirafa, la cajita donde yo guardaba mis ahorros, fruto de años de trabajo, empaquetando y vendiendo libros, con el noble designio de elevar el nivel cultural de todos los muertos de este país.

Del libro *Trece veces trece* (1965).
Ed. Plaza y Janés y en *La literatura.*
Ed. Alfaguara, 1997.

FRANCISCO UMBRAL
(Madrid, 1935)

— • —

La excursión

Hablan de ello durante toda la semana y el domingo por la tarde empaquetan las meriendas. Hay tres niños en la casa. Con sus blusas amarillas y sus breves pantaloncitos de terciopelo, se mueven impacientes, se estiran los calcetines, preguntan muchas veces la misma cosa. Peinados y repeinados, es preciso volver a hacerles la raya del pelo al momento de partir. Con el calor de la merienda, los periódicos de los envoltorios huelen de nuevo a tinta impresa, a papel recalentado. Los niños miran por la ventana el cielo del verano para saber si se nublará o no se nublará. La calle, endomingada de luz y silencio, respira un aire de traseras, de garaje cerrado, de portales entornados.

Casi siempre, uno de los niños, o uno de los mayores, tiene que quedarse en casa, en la cama, con la fiebrecilla tonta e inoportuna de los domingos. Con las anginas congestivas del domingo. «Qué mala coincidencia.» Es el que pasará la tarde oyendo llegar a los que todavía no llegan. A quienes tardarán aún muchas horas en volver. Y se queda en la casa silenciosa, en la casa que huele a tortilla lentamente enfriada. Las primas suelen ser impuntuales. Todos los domingos hay que esperarlas un buen rato. Son dos hermanas, una de ellas coja, y éste es todo el secreto de su tardanza, pero de eso nunca se habla. «No acababa de hacerse la tortilla.» «Hemos tenido un invitado a comer.» Con su lenta cojera todos los domingos hay que esperar por ella y por su hermana. «Él se queda en la cama, con anginas.» La calle, endomingada de luz y silencio, respira un aire de traseras, de garaje cerrado, de portales entornados. «Id hasta la esquina, a ver si vienen las primas.» Con el calor de las meriendas, los periódicos de los envoltorios huelen de nuevo a tinta impresa. Los niños se estiran sus calcetines y corren hasta la esquina. Casi siempre, alguien tiene que quedarse en casa, en la cama, con la fiebrecilla tonta e inoportuna de los domingos. «Qué mala coincidencia.» Al fin, salen en grupo hacia el autobús. «Ya no alcanzaremos el de las cuatro y media.»

Por las viejas calles de la ciudad, entre conventos y barrios de gitanos, el autobús les lleva hacia el puente. Cruzan el amplio río, que parece discurrir más lento en el día de fiesta. Perezosas barcas remolonean en la corriente, como pastando el verdor de las aguas. El autobús enfila una recta carretera, entre fábricas cerradas y chimeneas que tienen escrito de arriba abajo, en grandes letras verticales, negras sobre los ladrillos rojos: «Textil». El enfermo se ha quedado en casa con anginas y tiene en la garganta el sabor farmacéutico de las gárgaras. Oye regresar a los que todavía no regresan. «Puedo quedarme solo. Ya veis que es lo de otras veces.» Una de las dos primas es coja y todos los domingos hay que esperar por ella y por su hermana. Pero de esa cojera nunca se habla. El abuelo es consumero y trabaja en el fielato que hay frente al canal. El abuelo hace servicio todos los domingos y descansa el viernes, que es el día en que murió el Señor. Los viernes el abuelo va a misa por la mañana y al rosario por la tarde. Toma queso de postre y queso para la cena. Queso seco, que va cortando y pinchando en pedacitos con su navajilla negra. Hay un gran retrato del abuelo en el comedor, con su adusto bigote y su chaleco. El enfermo tiene en la garganta el sabor farmacéutico de las gárgaras. El enfermo ve desde su alcoba la pared del comedor y el retrato del abuelo, con su rendija de sol en el cristal que protege la fotografía. El amplio río parece discurrir más lento en el día de fiesta.

Delante del fielato el autobús concluye su trayecto. Se apean todos, apean las meriendas y entran a ver al abuelo. El abuelo pregunta por el que falta. «Se ha quedado en casa, con anginas.» El autobús da la vuelta con mucho estruendo. «No habéis debido dejarle solo.» Al lado del fielato hay una fábrica de harinas. Desde un alto brocal puede verse el agua, allá abajo, entrando a presión en la fábrica. «No habéis debido dejarle solo.» Qué furia de espumas, qué fragor de agua luchando contra el agua. Los niños asoman su nariz miedosa. Qué miedo. Con su blusa amarilla y sus breves pantaloncitos de terciopelo, los niños asisten desorbitados a la batalla del agua. Al otro lado de la pared está el retrato de la hija muerta, haciendo pareja con el retrato del abuelo, pero el enfermo no puede verlo desde la cama. El autobús regresa por entre conventos y barrios de gitanos, con el sol botando en su interior. «Puedo quedarme solo. Ya veis que es lo de otras veces.» Perezosas barcas remolonean en la corriente, como pastando el verdor de las aguas. El grupo se despide del abuelo y emprende el camino hacia la cercana montaña. «A la vuelta, entraremos a verte.» La coja camina detrás, con un niño de la mano. Van por la orilla del canal, mirando a los pescadores de todos los domingos. Junto a uno de ellos, en el suelo, un pez se contorsiona en la red. Lejanos excursionistas caminan por la línea de la montaña, en el cielo azul, como hormiguitas puestas de pie. La coja se detiene a cortar flores, a cortar tomillo. El niño, si puede, se escapa de su lado y corre con los otros niños. En la casa ha quedado un olor a tortilla lentamente enfriada. Van hacia la huerta de Felipe. «Le llevaremos tomillo al enfermito.» La coja ha reunido un ramillete oloroso. Hablan de ello durante toda la semana y el domingo por la tarde empaquetan las meriendas.

Se acercan a la huerta de Felipe. «Le llevaremos tomillo al enfermito.» El abuelo descansa los viernes, que es el día en que murió el Señor. El viernes, el abuelo va a misa por la mañana y al rosario por la tarde. «No habéis debido dejarle solo.» Está en la gran fotografía del comedor y el enfermo puede ver desde la cama su adusto bigote y su chaleco. Toma queso de postre y queso para la cena. Queso seco, que va cortando y pinchando en pedacitos con su navajilla negra. Al otro lado de la pared está el retrato de la hija que murió de veinte años. Murió tuberculosa cuando era la alegría de la casa. Era la menor y murió soltera. Qué furia de espumas, qué fragor de agua luchando contra el agua. Qué miedo, vivir en la fábrica de harinas, con el dragón del agua rugiendo en la bodega... «Le llevaremos tomillo al enfermito.» Tomillo y artemisa. Y una gran pera amarilla, de los perales de Felipe, para que la tome de postre cuando se ponga bueno. Los niños se estiran sus calcetines blancos y se abrochan sus blusas amarillas. Pero tienen miedo de los perros de Felipe, que ladran detrás de la cerca y han esperado toda la semana para subírseles hasta los hombros. Era la hermana menor y murió en los tiempos del cine mudo. Había paseado con muy apuestos cadetes, pero juraba a sus padres que no les abandonaría nunca. Que no se casaría mientras ellos viviesen. Los niños se ponen nerviosos y miran hipnóticamente a los perros. Por detrás de la casa aparece Felipe con su gran blusón gris, hablando cachazudamente a los perros, amansando sin ninguna urgencia aquella furia de ladridos, colmillos y pezuñas. Había muerto de veinte años en la alcoba contigua al comedor. Era blanca y cilíndrica como las señoritas del cine mudo. El más cobarde de los niños tiene susto para toda la tarde. Un perro le ha pasado la lengua por la cara. Había paseado con muy apuestos cadetes y murió en la alcoba contigua al comedor.

El abuelo presta servicio todos los domingos. Una noche que hubo aurora boreal sacó a los tres nietos de la mano, uno por uno, a ver el cielo grana, rojizo, violáceo, de un malva revuelto y amenazante. «Es el poder de Dios.» «Son cosas del demonio.» «Son los fenómenos de la madre naturaleza.» Los niños tenían miedo y, una vez acostados, el gran cielo infernal y púrpura se les iba confundiendo, dormidos, con los vivientes cielos del sueño. Ojos azules y rodillas tontas, flequillo travieso, carne rubita y tirantes cruzados, los tres niños vivieron miedosamente la fantasía de la aurora boreal. Y uno de ellos, remangándose la pernera del pantaloncito, se fue hasta el borde de la acera, en la calle nocturna y solitaria. «Niño, eso no se hace.» Olfateantes, los perros de Felipe siguen al grupo. Los niños corren por la huerta. Comienzan a colonizar un mundo de acequias y perales. Se asoman a una gran copa de piedra que tiene en su fondo el agua de algún olvidado crepúsculo. Negros renacuajos culebrean en aquel poso de cielo rosáceo. Una vez, el abuelo había sacado a los tres niños a ver la aurora boreal. Felipe se ha llevado lejos a sus perros. «Es el poder de Dios.» «Son cosas del demonio.» Entre los excursionistas hay una mujer joven, enteramente vestida de blanco, que anda bajo los morales recogiendo moras. «Te mancharás el vestido.» El río discurre más lentamente en el día de fiesta y la calle está endomingada de luz y silencio. El enfermo tiene en la garganta el sabor farmacéutico de las gárgaras y oye llegar a los que todavía no llegan. «No habéis debido dejarle solo.» El abuelo sacó una noche a los tres nietos a ver la aurora boreal. «Es el poder de Dios.» Negros renacuajillos, al fondo de la gran copa de piedra, culebrean en un poso de cielo rosáceo. «Son cosas del demonio.» Qué miedo, vivir en la fábrica de harinas con el dragón del agua rugiendo y revolviéndose en la bodega. «Le llevaremos tomillo al enfermito.» Y una gran pera amarilla de los perales de Felipe. La silueta blanca anda por entre los morales. «Te mancharás el vestido.» El cielo se ha oscurecido con grandes manchones de moras maduras, de jugo de moras. De la cercana montaña llega hasta la huerta una fresca sombra crepuscular en la que suenan vagas llamadas, risas, lejanas canciones. Han quedado en penumbra las dos grandes fotografías del comedor. Al enfermo le sube hasta la frente la fiebrecilla del atardecer. «Puedo quedarme solo. Ya veis que es lo de otras veces.» Oye llegar a los que todavía no llegan. De entre los morales sale la mujer vestida de blanco, con una mancha de moras sobre el pecho.

Del libro *Teoría de Lola y otros cuentos.*
Ed. Destino, 1995.

MANUEL VICENT
(Castellón, 1936)

——— • ———

Terror de Año Nuevo

A las tres de la madrugada, cuando el sueño de la ciudad era más placentero, en una esquina de Serrano se produjo la primera explosión, que conmovió las raíces de una manzana entera e hizo trepidar todos los cristales en un radio de medio kilómetro. La onda expansiva fue tan violenta que en algunas mesillas de noche tintinearon también las dentaduras postizas dentro del vaso de agua, y muchas copas, soperas y cuberterías de plata se estremecieron en las vitrinas de la buena sociedad. A la detonación siguió un silencio absoluto. Pero de pronto se oyeron voces en la calle, golpes de persiana, coches que frenaban en seco, y detrás de las ventanas aparecieron sucesivas siluetas de burgueses en pijama con la mosca en la oreja. Algunos habitantes del barrio de Salamanca se felicitaron el Año Nuevo así, desde los balcones.

—Ha sido una bomba —dijo un coronel retirado, que parecía experto en explosivos.

—¿Dónde ha sonado esta vez?

—Las ambulancias van hacia Alcalá.

—Ni las personas decentes podemos ya dormir tranquilas —exclamó una mujer llena de ira con el abrigo de pantera encima del camisón.

—Hace falta mucho paredón, señora.

—Eso.

—Sólo así podremos dormir como antes —comentó el coronel retirado.

El acto terrorista había acaecido cerca de la plaza de Colón, y en esa dirección iban ahora, rayando la oscuridad, distintas sirenas de la policía. Bajo las ráfagas azules de cuatro furgones en corro, el público que salió precipitadamente de una sala de fiestas pudo contemplar este espectáculo: contra la fachada se veía un retablo de sangre estampada, en la acera había quedado un zapato calzando todavía un pie rebanado por el tobillo, la base de un mirador estaba salpicada con grumos de encéfalo, y medio pantalón de hombre, con el interior rebosante de vísceras, colgaba de una marquesina. El resto de la víctima se había esfumado por el hueco del estallido. Unos guardias con blindaje de hule se pusieron a recoger vísceras con pala, mientras los artificieros por su lado realizaban pruebas sobre el terreno.

El atentado parecía muy raro a simple vista. Un zambombazo de ese calibre tenía forzosamente que haber derribado un bloque de pisos; sin embargo, alrededor de aquel pobre diablo destripado no pudo observarse ningún daño en las cosas. Incluso el escaparate más próximo estaba intacto, con las maniquíes calvas e ilesas. No había señales de pólvora, amonal, Goma 2 o dinamita y tampoco olía a nada chamuscado, sino sólo a carne palpitante. Alguien dijo que el terrorista se había convertido en su propio verdugo al estallarle el artefacto dentro del abrigo cuando lo transportaba al lugar del crimen. Había sucedido en otras ocasiones, pero esta vez no era así. Se trataba de una explosión sin química, matemáticamente pura, de algo nuevo en el mercado del terror.

El día siguiente amaneció bajo un anticiclón limpio como el ojo de un pez y a media mañana, en la calle de Serrano, se había extasiado un bullicio de madres selectas acompañadas de hijas púberes y paquetes con lazos; de caballeros finos que también iban de compras y en las tiendas de estilo se debatía un fragor de regalos, besamanos, talonarios y sonrisas. Los periódicos traían la noticia de una ola de atentados, ilustrada por una breve literatura de receta. Durante la noche se habían producido otras explosiones en algunas capitales de provincia, y cada descarga había desintegrado a un sujeto desconocido. No era nada alarmante. El hombre moderno tiene la conciencia unida directamente a la dinamita y ha aprendido a comportarse dignamente en medio de las fuerzas del mal que acechan en la penumbra.

—¿Quieres otra orquídea? —se oía decir a un caballero en una floristería de Serrano.

—Oh, qué encanto —exclamaba una mujer perfumadísima.

—Es para que me recuerdes sólo unos días.

—Eres un cielo.

En la calle de Serrano, los verdaderos señores aún regalaban orquídeas a sus amantes, las joyerías centelleaban pruebas de amor de muchos quilates, en la calzada había Mercedes estacionados en segunda fila con mecánicos de uniforme, y cada cien pasos en la acera se veía un bulto sentado en el suelo pidiendo limosna. Era un paisaje de gran calidad en una mañana radiante. Las mendigas tenían un niño anestesiado entre los muslos cubiertos de refajos, otros pobres exhibían un cartel con argumentos laborales que movían el corazón, y algunos obreros en paro se habían limitado a extender una toalla de caridad a sus pies y a permanecer en silencio con la mirada fija en la recaudación. Todo estaba en regla a las doce y cuarto del día. De repente, en el cruce de Goya, en medio de aquel rigodón de consumo, se produjo una terrible explosión que aflojó el esfínter de los ciudadanos en un kilómetro a la redonda e hizo temblar los cimientos del barrio. Se oyeron gritos de auxilio, se vio una estampida de peatones desbocados en varios sentidos, y en el primer momento nadie sabía lo que había pasado, pero la gente daba alaridos.

—¡Criminales!, ¡criminales!

—Han puesto otra bomba.

—¡Asesinos!

—Hay un muerto y mucha sangre.

—¿Dónde?

El artefacto había estallado en la puerta de un banco, en el sitio exacto que había elegido un parado para hacer una colecta, y la desgracia tenía las mismas características que el atentado de la noche anterior. Por allí se veían residuos menores de un ser anónimo despanzurrado contra el zócalo, sin señales de pólvora, pero esta vez algunos transeúntes habían resultado heridos, aunque de poca importancia. A una señora se le había incrustado una moneda de cinco duros en la pantorrilla, la chapa de un automóvil aparecía taladrada con una ráfaga de calderilla y una peseta disparada, después de perforar la zamarra de cordero, se había alojado entre las costillas de un marroquí que vendía sortijas y relojes. Llegaron coches de la policía con sus cantos de búho, los guardias trataron de desviar el tráfico en medio de un clamor de bocinas y una ambulancia vino saltando por encima del atasco hacia el lugar del siniestro. Muchos curiosos se santiguaban ante la carnicería.

Los artificieros no habían tenido tiempo de ponerse los guantes todavía. En ese momento, otra descarga espectacular sonó dos manzanas más arriba y un nuevo cono de sangre con harapos saltó hacia los aleros. El estruendo fue acompañado por un viento ardoroso que se llevó por delante los toldos de algunos comercios y abatió la jaula de un canario desde una terraza. Entonces comenzó a cundir el pánico. Esta vez el accidente también se había producido a los pies de un pobre, que pedía limosna. El dependiente de una floristería lo había visto con toda claridad. Aquel menesteroso se encontraba sentado en la acera, tenía la mano tendida y no hacía absolutamente nada. De pronto algo tremendo reventó bajo la manta que lo cubría y el tipo se fulminó en el aire por un soplo de dinero en metálico. El público pedía venganza contra los asesinos, pero cinco minutos después se escuchó otra formidable detonación en la encrucijada de la calle de Hermosilla y ahora bajaba un caballero cojo gritando:

—¡Son ellos! ¡Son ellos!

—¿A quién se refiere usted? —le preguntó un guardia en medio de un corro de peatones.

—A los mendigos.

—¿Qué pasa con los mendigos?

—Están estallando todos —gritaba aquel testigo cojo.

Era la cosa más absurda que nadie había oído jamás. Aquel caballero, rodeado de gente, le juraba a un guardia que el mendigo de la esquina se había convertido en una bomba humana ante sus ojos. Iba a echarle una moneda de cien en la gorra, y en ese instante observó con espanto que el hombre se hinchaba como un globo, se ponía morado hasta coger el color de una lombarda y dentro de la ropa se le oía un crujido de huesos, algo semejante a un murmullo dc tejidos. Quiso preguntarle si se sentía mal, pero no tuvo tiempo, porque súbitamente estalló en pedazos con un sonido terrible.

Un rumor insólito se extendió por gran parte de la ciudad, aunque en seguida se pensó en una organización terrorista. El hombre moderno se ha acostumbrado a convivir con la dinamita y es capaz de digerir cualquier clase de maldad, siempre que no le rompa los esquemas. Estaba claro que esa ola de atentados respondía a un plan programado para Año Nuevo por las fuerzas ocultas. ¿Qué pasaba ahora? En la calle Serrano hacía un día espléndido, se había derramado hasta entonces un sol amoroso sobre la ternura navideña en un ambiente de fraternidad monetaria. Resultaba muy difícil aceptar que los obreros en paro, los pobres del suburbio y los mendigos galdosianos que adornaban la acera hubieran tramado una rebelión conjunta. Y menos aún que hubieran decidido sacrificarse a sí mismos en forma de cuerpos explosivos para sembrar el terror entre gente tan pacífica.

—¡Eh, usted! —gritó el guardia.

—¿Es a mí? —preguntó un tipo con mala pinta.

—Ponga las manos en la pared.

—No llevo nada encima —exclamó el pordiosero.

—Ahora se verá.

Los guardias habían recibido la orden de detener a cualquier sospechoso. A las dos de la tarde, después de siete explosiones seguidas, los únicos que inspiraban recelo, según declaraban los testigos, eran esos sujetos desconocidos, tal vez disfrazados de mendigos, que imploraban caridad sentados en el suelo. El guardia se puso a cachear a aquel tipo con palmadas en toda la silueta, tentándole a conciencia las ingles sobre todo, y el corro de curiosos acertó a leer todavía un cartel clavado en un palo donde se decía que ese joven acababa de salir de la cárcel y pedía trabajo. Estaba de espaldas, con los brazos en alto, a merced de la autoridad, cuando las alas de su chaqueta comenzaron a inflarse de viento. Entonces, un seco estallido, nacido del vientre, creó un vacío sangriento alrededor, y parte del público fue arrojado contra la fachada de enfrente, el policía cayó en medio de la calzada, una rociada de calderilla perforó algunas persianas, el mendigo ex carcelario se desintegró, y las paredes del barrio, las cucharillas de los bares y la pelvis de los ciudadanos en un kilómetro a la redonda vibraron como siempre.

A la hora del crepúsculo, la ciudad estaba casi desierta, y por la calle se veían muchos guardias blindados, especialistas en explosivos, que rastrillaban el distrito del centro con aparatos de detectar minas. Trataban de desactivar a los mendigos y a los obreros en paro, sin resultado alguno. La noticia se había confirmado. Los pobres no traían ningún cartucho en el bolsillo. Sólo estallaban por sí mismos, en un zambombazo puro, sin más química, aunque se ignoraba el motivo o la clase de fulminante que los convertía en una bomba. Fue una tarde muy desolada, llena de sonidos de una extraña artillería. Los comercios echaron el cierre dos horas antes, y los ciudadanos rezagados se dirigieron a buen paso hacia casa.

—Una limosna, por el amor de Dios.

—Quite, quite.

—Que no he comido en dos días.

—Qué horror. No se me acerque.

Nadie se atrevió a bajar la ventanilla en el semáforo, si un ser humilde, con orejas de perro pachón, abordaba el coche para pedir algo. Pero después el cuadro aún fue más patético. En el silencio de la noche, incluso durante el sueño, en el espacio de Madrid se oyeron descargas profundas y lejanas, con una cadencia de cinco minutos, hasta el amanecer. Mucha gente había subido a las azoteas, y desde allí, en distintos puntos de la ciudad, se podían ver unas luces secas, que se levantaban en la oscuridad, seguidas de un trueno. Una mujer desmesurada gritó en un balcón.

—¡Están estallando todos los pobres de España!

—¿Qué dice usted?

—Lo acaba de dar la radio.

A la hora de las estrellas, la radio decía que se estaban produciendo más explosiones en capitales de provincia, y los comentaristas hacían crónicas de urgencia sobre el caso. Entre pobres de pedir, mendigos clásicos y obreros en paro, había en el país un arsenal de dos millones de bombas activadas. No se sabía si iban a reventar todas por simpatía o si la cadena de descargas humanas se cortaría de repente. La radio transmitió una orden de la autoridad. Hasta que la situación no fuera dominada, quedaba prohibido dar limosnas, porque cualquier moneda podía convertirse en metralla. La gente esperó con ansiedad la salida del sol para comprobar si los pobres seguían estallando.

Del libro *Los mejores relatos*.
Ed. Alfaguara, 1997.

RICARDO DOMÉNECH
(Murcia, 1938)

— • —

Testigo imparcial

Los tanques y los camiones, ¿no tienen marcha atrás? Y los nadadores, ¿no nadan de espaldas? Teniendo esto en cuenta, se comprende lo que algunos opinan: que, técnicamente, lo ocurrido, aunque inverosímil, es posible. Pero otros, también con razón, dicen: ¿y las motos? De las motos, ¿qué? Yo, la verdad, no me meto en tantas filosofías. Ha ocurrido, ¿no? Y todos hemos sido testigos, ¿no? ¡Pues entonces, leñe! Ahora, tocante al motivo, ése ya es otro cantar y yo me callo. Pero que ocurrió lo que ocurrió... Vamos, eso lo ha visto menda con estos ojos y no hay canalla que me lo niegue ahora mismo.

La impresión que yo tenía era como en el tren, cuando llegas a una estación en que el tren se bifurca, y van y ponen una locomotora en la cola, y tú, que no te has movido de tu asiento y estás acostumbrado a que el campo y las casas y todo se vayan como huyendo en una dirección, ves que de golpe, en cuanto el tren se vuelve a poner en marcha, se van en la dirección opuesta y tú vas y dices carajo, qué es esto. El teniente Valbuena lo explicaba de otra manera. A él le dio la impresión de estar viendo bajar unas escaleras mecánicas en unos grandes almacenes o en el metro, y como si, de pronto, alguien hubiera manipulado en el mecanismo y la escalera se pusiera a subir, pero con todas las gentes en la postura anterior y como si creyeran estar bajando. Fue algo parecido a todo esto; fue lo mismo, igualito. Yo miraba el desfile y de pronto qué cosa tan rara, no puede ser. Y era eso, sí. En aquel instante —no lo olvidaré nunca— pasaba delante de mí una compañía de fusileros a las órdenes del capitán Bravo, en perfecta formación, y el sol brillaba con intensidad en cascos y bayonetas... La tropa desfilaba muy marcial y muy disciplinada y muy requetebién... Pero lo hacía caminando de espaldas, hacia atrás.

En la tribuna presidencial, el general Fortea ponía una cara que tampoco se me ha de borrar de la memoria. Debió de pensar que veía visiones, lo que pensamos todos, y se pellizcaba una mejilla y decía: caballeros, ¿ustedes ven lo mismo que estoy viendo yo? Y vaya que lo veíamos, como que no estamos ciegos, hay que joderse. Él abría y cerraba los ojos, y estuvo mucho rato sin decir esta boca es mía... Claro que, cuando lo hizo, fue ya en plan de machada. Va y echa mano al sable, y se pone, dice: ¡quieto tó el mundo! Con el estruendo del desfile, nadie le oía. Pero menda se fue hasta la tarima de los músicos, y con señas y gritando por favor, caballeros, basta ya, ¿no ven lo que pasa? El general suspende el desfile, que se callaran y se callaron, no sin antes preguntar que por qué sí y por qué no. ¡La manía de preguntar! Y es que ellos no se habían dado cuenta de nada, enfrascados como estaban con la música. Más difícil fue conseguir que los soldados dejaran de desfilar, así, de sopetón. El corneta tocó alarma, y eso mismo desconcertó a la tropa. Cuando se les gritó: ¡Alto, aar!, los soldados miraban con extrañeza. Luego supimos que tampoco ellos, mientras desfilaban, advirtieron ninguna anomalía. Por lo brusco de la interrupción, la formación se deshizo completamente y se armó el gran guirigay. Recomponer cada pelotón, cada sección y cada compañía parecía imposible. Se veía a los soldados buscando a su sargento o a su teniente; a los cabos, sargentos y tenientes, buscando a su capitán... Y a los capitanes, buscando a aquéllos; y a los otros, buscando a los otros. Y no se encontraban, todos venga a dar vueltas sin encontrarse, torpones al andar, como si acabaran de despertarse o como si estuvieran sonámbulos, tropezando, sin saber qué pasaba, en medio de un barullo enorme. Entonces, y a través de los altavoces, se dio orden de que todo el mundo regresara al cuartel, y una vez allí se reintegrara a su unidad. Aunque no con la rapidez que habría sido deseable —impaciente, rojo de ira, el general daba golpecitos con el sable en el barandal de la tribuna—, la medida surtió efecto, y pasado un rato la amplia avenida estaba despejada. El general ordenó que se quedara allí un retén, y se marchó al cuartel acompañado de un grupo de jefes y oficiales, entre los que me encontraba yo.

Servidor es teniente cuchara, y no tiene tanta instrucción como Menéndez, Bravo, Castro, Valbuena y los demás que proceden de la Academia. Pero menda sabe lo que es un desfile, y el del día de autos fue como he dicho y por extraño que parezca: todos desfilando de espaldas, hacia atrás. Una cosa así no se ha visto nunca y tardará mucho en verse, dijo, y con mucha razón, el general cuando íbamos de regreso al cuartel. Y después le entró la perra, dale que te pego, con que si la UMD debía de andar por medio y no sé cuántas cosas más. Yo intenté quitarle hierro al asunto, y le dije, digo: mi general, ¿ha pensado usted en los nativos? No olvidemos que entre esta gente hay brujos y hechiceros. Él se echó a reír y me contestó con desprecio que los árabes, en muchas cosas, son más civilizados que nosotros. Pudiera, yo no digo que no. Pero lo que yo pretendía era que se le aclarase un poco aquella cara avinagrada que se le había puesto, porque me olía la que se avecinaba. Fue inútil. Nada más llegar a su despacho dio parte a Madrid, sin percatarse de que, en el mejor de los casos, en el Ministerio lo iban a tomar a chacota, y nombró una comisión de jefes y oficiales para que investigara a fondo lo sucedido. En el cuartel, fuimos todos de coronilla durante las dos semanas que duró la investigación.

¿Las causas? Nadie sabía. Los pelotones y secciones que iban a la cabeza del desfile dijeron, y verdaderamente tenía que ser así, que de allí no pudo partir la iniciativa, pues, de haberla tomado ellos, habrían tropezado con las unidades que venían detrás y desfilando de frente. Los que iban a la cola dijeron que, de haber sido suya la iniciativa, los que iban delante no les habrían podido seguir, pues, dado que iban delante, cómo les iban a ver, y no viéndoles, cómo coños les podían imitar... Verdaderamente, también tenía que ser así. En cuanto a las unidades que iban en medio del desfile, todos contestaban que ellos se habían limitado a hacer lo mismo que los que iban delante (aunque no se entendía bien si querían decir los de delante o los de detrás). A cada pelotón, y dentro de cada pelotón a cada escuadra, y dentro de cada escuadra a cada soldado, se le hizo un interrogatorio de aquí te espero, Baldomero. Tenía gracia uno de la motorizada, que le preguntaban en coña pero tú cuándo metiste la marcha atrás, como si las motos tuvieran marcha atrás, hay que joderse. Aparte estas cosas no faltaron rumores, sospechas y denuncias... que hicieron jodidos aquellos días en el cuartel. No había permisos para nadie, y a más de uno lo arrestaron o le metieron un paquete por nada, por cualquier tontería que a lo mejor había hecho hacía mucho tiempo. Por fin, las indagaciones se fueron centrando en el director de la banda, el capitán músico Clavijo, de quien se rumoreaba que pertenecía a la UMD, y a quien el general tenía metido entre ceja y ceja.

Sospechaba el general que a lo mejor aquellas marchas que había tocado la banda durante el desfile no eran marchas marciales, sino infernales, y producían efectos psicológicos raros, que obligaban a desfilar de espaldas y le minaban la moral al soldado. Según me contaron los de la comisión, el capitán Clavijo replicó que qué leñe, que aquéllas eran las marchas que se tocan en todos los cuarteles y en todos los desfiles. Pero el general seguía en la suya, erre que erre, y se hizo grabar el repertorio entero en cinta magnetofónica, y en su despacho hacía la prueba de que, uno por uno, algunos soldados se pusieran a desfilar al compás de las tales marchas y allí delante de él, hay que joderse. Yo no llegué a hablar después con ninguno de los soldados sometidos a la prueba. Ni siquiera lo intenté, porque sabía que tenían órdenes severas de no decir ni pío. Así que, claro, nunca se supo si la prueba había dado resultado o no. Pero el capitán Clavijo fue sumariado, por su pertenencia a la UMD, y enviado a prisiones militares. ¿Tuvo algo que ver en el asunto? Cá, yo no lo creo. Desde luego, era un tío muy estirao y muy finolis, pero los que más le trataban hablaban bien de él, y no se le veía jeta para hacer una machada de esa índole.

No, nadie sabía las causas. Valbuena estaba en que había sido una cosa maravillosa, de esas que pasaban en otros tiempos. Y Menéndez juraba y perjuraba que quien había dado en el quid, sin saberlo, había sido Castro. Fue aquel mismo día, cuando oímos al almuédano llamando a la oración, y Castro, muy pianito para que no cogieran onda los chivatos del general, y mirando hacia la medina toda blanca sobre la que reverberaba el último sol de la tarde, dijo, dice: tarde o temprano, tendremos que irnos de aquí. Pudiera; yo no digo que no.

Del libro *La pirámide de Khéops.*
Ed. Magisterio Español, 1980.

ANA MARÍA NAVALES
(Zaragoza, 1939)

———— • ————

El castillo en llamas

Después de colgar el teléfono, el miedo me ha paralizado. Trato de recobrar la calma y la mirada salta, de un lado a otro de mi estudio, buscando protección entre mis cosas. Los libros, las fotografías, las flores sobre mi mesa, el tapiz de seda que cubre la pared, todos los muebles y objetos que han envejecido conmigo, parecen ahora fríos y distantes, como si nada de lo que me rodea me hubiera pertenecido nunca.

De pronto, soy un huésped extraño en esta vieja torre del castillo que se alza esbelta y solemne, desafiando al mundo que queda fuera de sus límites. Un hermoso retiro para vivir en paz entre lo que uno ama, la vieja biblioteca, los perros, los rifles de caza, el parque, los caballos, cuanto contribuye a que pase inadvertido, incluso para uno mismo, su voluntario encarcelamiento.

El caos, el desorden, las grandes pasiones nacen más allá de estos muros de piedra, donde yo creía haber enterrado aquella locura irrepetible que, como un viento salvaje, estuvo a punto de arrasarlo todo.

Nunca he vuelto a sentirme tan libre como entonces. Nunca he visto tanta vida delante de mí, ni siquiera durante la infancia, cuando corría a través de los bosques y trepaba a los árboles para esconderme de todos y gozar en secreto de estar

374

viva. Creo que nunca he sido tan fuerte, ni cuando mandaba el ejército que formé con los atemorizados hijos de los granjeros, un juego sin duda más emocionante que el placer de entrar y salir de la armadura del vestíbulo, cargar sobre mi hombro el fusil de aire, adiestrarme en el manejo de la espada y el tiro con arco, o castigar la indisciplina de alguno de mis soldados azotando su espalda desnuda con ortigas. Después, durante algún tiempo, nadie quería venir a tomar el té conmigo y, en mis fiestas de cumpleaños en Long Barn, siempre había notables ausencias. Pero no importaba, yo podía pasar horas enteras jugando a las damas con el abuelo o leyendo *Cyrano de Bergerac*.

Paseo nerviosa por esta habitación que encierra la mayoría de mis recuerdos personales, la piedra de las ruinas de Persépolis, los retratos de Virginia Woolf y las hermanas Brontë, un lazo de diamantes, las cartas de los desvaríos amorosos, mi diario, oculto bajo llave en un bolso de piel de Gladstone. Me pregunto de quién heredé esta mezcla de candor y crueldad, esta fuerza oscura que divide mi naturaleza en dos mitades opuestas e irreconciliables y que alternativamente salen a la luz o se sumergen en la oscuridad sin que yo sea capaz de gobernarlas. Es como estar en posesión de dos vidas absolutamente distintas, ignorando cuál es el mecanismo que permite pasar de la una a la otra.

No es extraño que yo haya despertado grandes admiraciones y odios intensos. He podido, con igual naturalidad, ser fría como el hielo o arder como la más vigorosa llama, vivir con Harold como en un paraíso o con Lushka bajo la más tiránica y pervertida pasión. De niña arrojaba los huevos de los nidos desde lo alto de un árbol, mataba los conejos recién nacidos lanzándolos al otro lado del muro de nuestro soleado, entrañable y romántico Long Barn, o tendía emboscadas a mis pequeños amigos de Knole y les tapaba la nariz y la boca para que se fueran ahogando poco a poco, aunque todos conseguían librarse de mi mordaza antes de morir asfixiados.

Estos recuerdos, mientras en mi cabeza un gong llama Lushka, Lushka, Lushka, no disminuyen la angustia, el temor de una desgracia inevitable. Lushka. Aquel día, en Amiens, la hubiera matado, pero no dije una palabra, la besé, y salí a toda prisa hacia el aeropuerto. Un temple así debió de tener ese antepasado mío que tuvo que entregar a María Estuardo el auto de su sentencia de muerte, la víspera de su ejecución en Fotheringay. Cumplió su deber con tal delicadeza que la reina de Escocia le regaló el tríptico del altar ante el que había estado rezando los últimos momentos de su vida. Se conserva en la capilla de Knole, donde yo me casé con un vestido de oro y el velo de encaje irlandés que mi madre llevó en la coronación del zar.

Pude ser una gran dama de la corte, bailar la mazurca y lucir rubíes de Ceylán, sentarme ante largas mesas de comedor cubiertas con manteles bordados en las que orgullosas orquídeas, entre candelabros barrocos, separan a comensales cuyos nombres aparecen con frecuencia en el *Daily Mail*. Una vida de esplendor y orden, un dorado aburrimiento en el que el único lujo prohibido es perder la cabeza. Pero yo debía vivir un cuento de hadas bien distinto, un delirio de amor, aquel glorioso desafío a toda norma, la más grande y arriesgada aventura en la sociedad de nuestro tiempo, tan desorbitadamente fiel a sus convencionalismos.

Hasta entonces, ni los brutales juegos de mi infancia, ni aquella posesiva amistad de Rosamund, a la que adoraba a pesar de su escasa brillantez, y con la que viví una morbosa adolescencia de secretas intimidades, me habían conducido a la evidencia de mi doble personalidad, hombre o mujer, sin que yo fuera capaz de renunciar a ningún aspecto de mi naturaleza. Durante años fui una esposa inalterable e indulgente, una madre poco apegada a sus hijos, una mujer que ignoraba la violenta pasión que dormía en algún rincón profundo de su espíritu. Cuando tú llegaste a Knole, Lushka, Harold y yo éramos ya dos seres sin cuerpo.

Es difícil que olvide ni uno solo de los momentos de aquella vida nueva, tú y yo, Lushka, fuera de la cual nada existía. Era el estallido de la libertad, un romanticismo salvaje, una pasión tan fuerte y peligrosa que hacía irreconocible el mundo. Todo había perdido las formas y costumbres que nos eran familiares.

Podría decir tu nombre, Lushka, y mi estudio, el castillo entero, volvería a inundarse con tu presencia. Lushka, de pelo negro y piel blanca, vestida de terciopelo rojo como una flor que arde en la oscuridad. Lushka, su voz como un murmullo de seducción; su tacto, un vuelo de mariposas que se detiene en la caricia; sus ojos, un asombro de niña que indaga en la mirada del amante. Lushka, irresponsable y feliz, llenando de nardos o lilas blancas mi estancia. Lushka, rebelde e intrépida, capaz de luchar contra el viento y el mar enfurecidos. Lushka, impredecible y temblorosa, cuando el peligro se alzaba como un gigante que sobrepasara con creces su estatura.

Sí, aquel día la hubiera matado. Pero antes, cuántos paseos por los jardines de la tierra. Niza, Montecarlo, París, donde yo me vestí de hombre, como un desaliñado estudiante, para llevarte, Lushka, amor, a los bailes y pasear contigo del brazo por los bulevares. Nadie se volvió a mirarnos dos veces, no llamamos ni un instante la atención, tan real y verdadero era mi disfraz. En Londres fuimos más audaces y, desde Hyde Park Corner a Bond Street, caminamos como una pareja de enamorados, expuestas a cada paso a que alguna de nuestras amistades pudiera reconocernos. No teníamos miedo a nada, el escándalo era sólo una palabra. El mundo se había detenido y sólo sentíamos una gran excitación, una fuerza avasalladora, el inmenso deseo de avanzar juntas.

En el campo, hablábamos toda la noche, y tú me parecías una criatura sobrenatural que me había invadido por completo. Yo sacaba a flote el lado seráfico y puro de mi personalidad, dispuesta a ser otra vez niña, a empezar a vivir de nuevo, embriagada de libertad, contigo, Lushka, para siempre. Éramos dos hogueras que arden juntas en el mismo hogar. Desde fuera las lechuzas nos miraban espantadas y su griterío era como el ruido del viento cargado de turbadores presagios.

El miedo sigue, y la frase, *aquel día la hubiera matado,* y Lushka, golpeando dentro, y mi vieja soledad en esta torre, con mis libros, hoy que hasta los aquilones sobre las ventanas del castillo se han tambaleado.

Y en el cuento de hadas apareció la bruja. Denys, tu matrimonio blanco, será como un hermano, dijiste, y el «vuela, vuela conmigo ahora», la huida, dos maridos que increíblemente corren tras sus esposas para que regresen a su lado. Escenas, lágrimas, amenazas de suicidio, todo tan teatral y melodramático, anunciando la hora final de la derrota.

Han pasado veinte años de ausencia y de silencio y ni un minuto he dejado de llevarte conmigo, ni un instante tu fuego ha dejado de arder, inalterable y perenne, dentro de mí. Ahora la guerra y la muerte de Denys te han devuelto a tu país, pero no debiste llamar por teléfono, Lushka, no, no debiste... Cuando te vi hacer el amor con Denys, aquel día en Amiens, te hubiera matado. Ya nada, absolutamente nada, podrá borrar jamás esa deslealtad.

El miedo me paraliza, miedo a Lushka, cuyo poder sobre mí conozco bien. Aquello, una marea de amor que lo arrastraba todo, óyelo bien, *fue una locura de la que nunca sería capaz de nuevo. Una cosa como ésa sucede sólo una vez y quema toda la capacidad para tal sentimiento.* Y aunque el castillo sea una llama de amor viva, te lo ruego, no te acerques a su puerta. Si llegas al pie de mi torre, una jauría de perros saldrá a tu encuentro y con mi rifle de caza apuntaré certeramente a tu corazón. Ya, aquel día en Amiens, debí matarte.

Del libro *Cuentos de Bloombsbury.*
Ed. Edhasa, 1991.

JAVIER ALFAYA
(Bayona, Pontevedra, 1939)

—— • ——

Un encuentro

A Manuel de la Escalera

El hombre se quedó en el umbral. No era muy alto y su cuerpo delgado, de modo que no fue mucha la luz del sol que tapó, pero sí suficiente como para que el viejo levantara la cabeza, molesto. Vio apenas una figura como una mancha en la puerta, al fondo la verdura de la ladera que descendía suavemente y terminaba en el terreno llano y recubierto por una fina capa de hierba donde se alzaba la casita. Iba a decir al hombre que se apartara. Aquel sol, aquel sol tan raro de los días de la primavera atlántica calentaba sus huesos, haciendo renacer en ellos un poco de la vida que parecían quitarle los días interminables y oscuros del invierno.

Pero el hombre, como si se hubiera dado cuenta del pensamiento del viejo, se hizo a un lado y entonces éste tuvo que levantar la mano sarmentosa, de venas abultadas, para que no le deslumbrara el sol. De reojo, mientras volvía a acostumbrarse a la luz, le miró. Los cabellos comenzaban a escasearle, pero el rostro debió ser alguna vez casi hermoso. Tenía los rasgos regulares, la boca de labios finos y bien dibujados, los pómulos un tanto salientes y la piel sin arrugas. Pero los ojos parecían muertos: dos cuencas oscuras, inmóviles, quietas. Tardó unos momentos en ver que llevaba unas gafas azuladas de montura de carey. Vestía un traje de color gris claro, con rayitas, ya muy desgastado y que le venía un poco grande. No sintió curiosidad. Ni miedo. Solo durante todo el día hasta que, por la noche, volvía su hija de la escuela en la que daba clases, se había acostumbrado al aislamiento y a los visitantes inesperados: vagabundos que aparecían con su zurrón, sus barbas y su mal olor, chiquillos que hacían pellas y venían a ocultarse por allí, paseantes a los que les llamaba la atención aquella casita con vago aspecto de chalet suizo, situada en un rincón invisible desde la carretera y en la que se podía contemplar una panorámica de la ensenada, con las islas al fondo.

No dijo nada y ya iba a apartar la mirada del desconocido, cuando éste habló por primera vez:

—¿No me recuerda, jefe?

Su brazo derecho se levantó hacia él. La manga de la chaqueta retrocedió. No había dedos ni mano. Únicamente un muñón, en el centro del cual se abría una profunda hendidura.

El hombre repitió:

—¿No se acuerda, jefe?

Luego se volvió a callar y, como si repentinamente la timidez se apoderara de él, bajó el brazo con el muñón e hizo un movimiento de disculpa, casi de desaliento.

El viejo miró la sombra en la pared. Su rostro era arrugado y grisáceo, tenía los cabellos totalmente canos. Pero iba a hablar.

Sin embargo, todavía el desconocido dio un paso atrás, se apartó del umbral de la puerta y se pegó a la pared. Su rostro quedó oculto en la sombra, pero su mano sana, que había posado sobre un muslo, relumbraba en lo oscuro con una blancura de marfil. La voz del viejo no era cascada ni débil. Salió firme y clara cuando, por fin, habló.

El desconocido escuchó con atención, la mano sana con los dedos muy abiertos, presionando la carne.

—¿Cuándo fue?

—Hace mucho tiempo. Allá en el treinta y seis.

Y entonces, repentinamente, con algo de desafío, mientras los dedos de la mano sana se cerraban y se apretaban, alzó otra vez el muñón, que asomó de la sombra a menos de un metro del rostro del viejo. Si había pensado, cuando antes bajó el brazo con el muñón, que el viejo sentía repugnancia, se equivocaba. El viejo miraba con curiosidad, sin asco. Pero seguía sin entender. ¿Y cómo iba a entender? No tenía datos, indicios.

Lentamente su memoria entró en su noche, a tientas, lanzando las redes mediante golpes medidos, cuidadosos, sin abarcar mucho, temerosa de perderse en aquella maraña de imágenes que no paraban nunca, que se hacían y deshacían en un movimiento continuo. Caviló buscando esa señal y el hombre se la dio.

—Fue en septiembre, a principios. Aquel día debieron de sonar más tiros que otras veces.

Entonces puede decirse que lo vio. Como si de pronto la capa de los años se hubiera apartado de su cuerpo vio un sol como el de ese día, más pesado, que lo llenaba todo, se vio en el andén con el banderín bajo el brazo, mirando con un desconsuelo que todavía no era resignación al tren que acababa de llegar: el mixto de Valladolid, que se estacionó en la vía más lejana al punto donde se encontraba.

Los vio como otras veces. Dos guardias que bajaban, los fusiles en prevengan apuntando hacia la puerta del vagón de tercera. Luego la breve cuerda de presos —cinco o seis, a veces tres o cuatro—, esposados entre sí, bajando con esfuerzo la escalerilla. Luego los otros dos guardias. En el andén se formaba la pequeña comitiva y se dirigía siempre hacia el mismo sitio: el terraplén oculto entre los arbustos y las zarzas, una cortadura que bajaba suavemente hacia el mar.

Hacían el camino a paso lento, como si estuvieran ralentizando deliberadamente cada movimiento o les acompasara un tambor en sordina que sólo podían escuchar ellos. Casi nunca había gritos ni empujones. Alguna vez los hubo, desde luego. Pero no era la regla. La regla era aquella marcha pausada, de sórdida solemnidad, que angustiaba aún más el corazón. No, no se acostumbró nunca.

Desaparecían tragados por la tierra y se veía el mar azul, sereno, ajeno. Luego transcurrían dos o tres minutos en los que siempre se sentía a punto de gritar, de salir corriendo, de hundirse en algún sitio donde pudiera no mirar, no escuchar. Más tarde llegaba el restallido hueco y seco de los disparos. Ocho, nueve, diez, cruzándose, enredándose en el aire que no se veía. A veces se oía un grito ahogado, cuyo dramatismo se opacaba en la distancia. La primera vez aguardó, congelado por un temor violento que le empequeñecía, a que reaparecieran. El negro acharolado, las capas verdes y emplomadas, los fusiles terciados o colgados del hombro.

Volvían lentamente y luego, uno por uno, entraban en el tren.

No le extrañó que pudieran venir a recordárselo. Siempre pensó que alguien, como él, debió de guardar aquel recuerdo en un escondrijo de la memoria. Así que cuando el desconocido dijo el día, la fecha exacta y, sobre todo, el número: —«Éramos dos, nada más que dos»—, lo vio con claridad. A fin de cuentas su mente estaba lúcida, en ocasiones alerta. Otra cosa es que estuviera baldado, preso en aquella silla de ruedas.

Aquel día sí, fue diferente. Principios de septiembre. A lo mejor ya refrescaba un poco. El aire estaba limpio, para descubrir mejor la vileza del día, su indiferencia. Empezó porque eran dos, tan sólo dos. El primero, ágil, menudo, vestido con un traje oscuro y camisa blanca. Saltó del tren y durante un momento estuvo con el brazo levantado, mientras, el otro, un hombretón grueso y calvo, se quedaba aún en la parte superior de la escalerilla.

Estaba seguro (tan seguro como que si miraba hacia la sombra donde se escondía el hombre, apenas podría ver más que los nudillos de la mano sana cerrada, porque la otra, la dañada, ya había vuelto a bajarla) de que el más joven le miró fijamente desde el otro lado de las vías, como si le dijera: «Aquí estoy. Tú estás ahí. Mírame, me van a matar. Ya que no puedes hacer nada, sé, por lo menos, testigo».

Fueron unos instantes, tres o cuatro segundos nada más. Luego el otro terminó de bajar, a rastras, y un guardia los empujó con la culata del fusil, gritando. Sí, esa vez hubo gritos. El ritual se quebró. Fue menos solemne el paso de la comitiva. El hombre grueso se resistía, se negaba a caminar. Unos metros más adelante, como el hombre grueso siguiera retrasándose, el guardia le pegó con más fuerza y se cayó gimiendo.

Fue entonces cuando dijo que el grillete le quemaba tanto, la presión era tan despiadada, que dejó de sentir la muñeca. Fue como un anticipo de la muerte. Se tambaleaba mientras el hombre grueso se arrastraba, tratando de no perder el equilibrio. Siguieron arreándolo a gritos y a culatazos y él caminó tambaleándose. Los otros ferroviarios miraban muy quietos, nadie decía nada. Luego desaparecieron. «Se acabó», pensó.

En el andén, cada empleado, cada viajero, intentaba hacer como si nada ocurriera, pero en cada movimiento, en cada gesto, en cada palabra que se pronunciaba —se quisiera o no, había que hablar, moverse— subyacía el ritual de la muerte que se celebraba monte abajo.

Pensó que la mirada del condenado no había sido ni patética ni angustiada. El patético, el angustiado, era él. Un temblor irreprimible comenzó a agitar su cuerpo y un súbito aflojamiento de sus brazos hizo que se deslizara el banderín y cayera, chocando contra el cemento gris y manchado.

Fue como una señal. Comenzaron los disparos. Los contó mientras recogía el banderín que había rodado, desplegando un trozo de tela funeral, negra. Los contó, pero en seguida perdió la cuenta; porque no eran seis o siete, como de costumbre, o diez o doce, sino más, muchos más, como si alguien hubiera enloquecido en aquella cortadura del terreno donde imaginaba el cuadro: los guardias atrás, un poco separados —«para no ser sorprendidos»— apuntando, tirando, y los presos encadenados, doblándose ya bajo las balas. Los disparos continuaron después de una pausa, los guardias debían estar cargando los Máuser con nuevos peines de balas. Llegó otra oleada.

La sucesión de disparos tuvo su efecto allá arriba en la estación: rompió el encantamiento que parecía envolver a los que estaban en el andén. Miradas que se rehuían se encontraron. Un perro vagabundo que pasaba el tiempo entre las vías y se alimentaba de los restos que le tiraban los de la cantina, comenzó a aullar y se lanzó como una flecha fuera de la estación. Un tren, próximo al cruce, silbó. Echó a andar hacia el extremo del andén.

En ese momento aparecieron los guardias. No venían andando ordenadamente, como otras veces, casi desfilando. Con el cabo en cabeza aparecieron de pronto entre los arbustos y las zarzas, presurosos, hablándose a gritos. Los vio venir cruzando las vías, los fusiles aún en las manos y, uno de ellos —el cabo—, se encaró con él:

—¡El teléfono, rápido!

Señaló con un movimiento su despacho, siguió con la vista al cabo que entró en la habitación dando un golpe y dejó el fusil sobre la mesa. Le vio girar la manivela y gritar pidiendo comunicación. Otro guardia, menos excitado, estaba a un paso de él, la culata del fusil reposando en el suelo.

—¿Qué ha pasado? —preguntó.

El guardia dijo:

—Uno que se ha escapado. Para mí que lleva lo suyo, pero hay que avisar a la línea.

Luego se fueron y las cosas volvieron a su calma. Uno que se ha escapado, pensó. Por la noche bajó hasta allí. Recuerda haber pisado con precaución aquella senda que bajaba ondulando hasta la diminuta cala donde batía, en pequeñas sacudidas, el agua de la ría. No llegó hasta abajo. Hacia la mitad del descenso lanzó una ráfaga de luz con la linterna eléctrica sobre la plataforma rocosa.

Allí estaba, envuelto en sangre, el hombre grueso, de bruces, los brazos colgando y metidos en el agua. No echó más que un rápido vistazo. De modo que era el otro el huido. Ya estaría muerto, ahogado o alcanzado por los disparos y su cadáver aparecería en cualquier playa de la ría, como el de tantos.

Subió de nuevo y orinó largamente junto a una vía muerta. A lo mejor al pobre diablo de allá abajo lo vendrían a recoger sus familiares al día siguiente. O si no se quedaría allí pudriéndose, hasta que se le unieran otros cadáveres y comenzara el pestazo. Eran pocas las veces que acudían los familiares. Por lo general, cuando el olor era insufrible y llegaba hasta la estación, mandaban al sepulturero de Vilamor con tres o cuatro hombres más, y los recogían. Los metían en unos ataúdes de madera sin desbastar y se los llevaban.

El desconocido —que ya no lo era, es verdad— estaba sentado y fumaba lentamente, con deleitación, un cigarrillo negro que le había dado el viejo. Estaba otra vez callado. Casi no hubiera necesitado escuchar aquella historia. Escuchar los pormenores, la mano arrancada por el tirón salvaje contra el terror inerte de su compañero, la corriente llevándole bien lejos de la cala, al otro lado de la ría, y luego el despertar en una casa de marineros. Allí, dijo, le cortaron lo que le quedaba de mano y le cauterizaron la herida al fuego.

Durante años vivió oculto por aquella gente —el padre, el que lo recogió, había muerto hacía poco de cáncer, la mujer vivía con una de sus hijas, los dos hombres estaban en Alemania, informó— escondido tras un falso techo, compartiendo su miseria. Un médico que ayudaba clandestinamente a los huidos terminó de curarle el brazo mutilado. Luego, al cabo de cinco años, se marchó y vivió casi un año en el monte, durmiendo en cuevas, alimentándose de bellotas y de raíces, hasta que no pudo más.

Bajó del monte y se entregó, presentándose al cura de su parroquia. No le reconocieron con las barbas y las melenas tan crecidas. Aún cumplió tres años de cárcel «por ayuda a la rebelión». Después vivió como pudo. Al ser maestro se las arregló para dar clases particulares, y como aprendió a valerse de la mano izquierda, se empleó de escribiente en una notaría.

El viejo movía la cabeza mientras el otro explicaba. Luego se quedaron quietos y callados los dos. Fue el viejo quien habló esa vez.

—¿Y ahora?

—Ahora —dijo el hombre y pisó la pava del cigarrillo—. Me han dicho que si mando una instancia suplicando que me repongan podré volver a trabajar como maestro —volvió a callar. Miró hacia fuera, hacia el bosquecillo donde los pájaros habían iniciado la algarabía del atardecer. El viejo apartó la mirada. Cruzó las manos sobre la manta escocesa que cubría su regazo.

—Entonces era joven. Ahora han pasado muchos años. ¿Qué voy a enseñar?

Al viejo le hubiera gustado decirle una palabra de ánimo y durante un momento estuvo a punto de hacerlo. Pero al final le venció su desaliento. Sentía pena por sí mismo, inmóvil en la silla de ruedas, en un cuarto que se había empezado a enfriar, y su soledad le pesó como nunca.

Su memoria se había contraído de nuevo y el desconocido volvía a ser el del principio: un extraño que asomaba por el umbral de su puerta, saludaba y charlaba un rato. ¿Cuándo volvería su hija? Llegaría la noche y seguiría allí sentado, sin fuerzas ni ganas de moverse.

El hombre se levantó. Había venido hasta allí —había preguntado en Vilamor dónde vivía, si es que vivía, el jefe de estación de entonces— para contar su historia y ahora sentía un curioso pudor. Estiró el brazo mutilado hasta que la manga de la americana lo cubrió por completo. Se sentía cansado y, hasta cierto punto, confundido. Miró al viejo. Los ojos de éste ya no expresaban nada.

Dijo:

—Bueno, adiós.

El viejo no contestó. Parecía haber agotado su provisión de palabras. Monte abajo vio cómo iban encendiendo, de una en una, las luces de la estación y oyó el sonido largo y majestuoso de una locomotora grande. El mar fosforecía en la sombra y la brisa traía su olor.

Del libro *El traidor melancólico.*
Ed. Alfaguara, 1991.

ÁLVARO POMBO
(Santander, 1939)

— • —

Un relato corto e incompleto

Menchu entró en la espesura de la vida sin fijarse. Se casó ilusionada —aunque no fuera el suyo exactamente un matrimonio de amor— pensando que un marido se requiere, además de un sostén, para participar en la vida intelectual de España. Porque Menchu era mortal y parecía desvalida —y porque, en realidad, lo estaba— y porque abría unos ojos como platos cada vez que Sergio preguntaba algo en clase. Sergio se casó con ella. Hacer Filosofía y Letras en la facultad de Madrid fue, en el caso de Menchu, fruto de una mezcla algo tarumba. Fruto, por un lado, del recuerdo de un abuelo materno, zarzuelista sin fortuna, a quien se recordaba con frecuencia a la vera del piano en la sala de respeto de la casa de los padres de Menchu, un saloncillo destemplado y cursi. Culpa, por otro lado, de haber dicho toda la vida doña Carmen —la madre de Menchu—: «Esta niña tiene talento natural para la ciencia que la hemos de ver de catedrática». Y luego las monjitas que en el colegio le reían a Menchu las gracias de saberse de pe a pa la Trigonometría y las Historias de España. Y luego, una vez más, lo que decía —y repetía— doña Carmen en sus ratos de altura y rompe y rasga: «A esta hija la hemos de ver en el Teatro Nacional, ¿verdad hija?, porque tiene talento natural para la escena», cosa que venía de una vez que se representó, todo con niñas, en el colegio, *En Flandes se ha pues-*

to el sol y Menchu fue el gallardo capitán español que dice «España y yo somos así, señora». Así es que Menchu, al acabar el bachillerato entró en Filosofía y allí enfermó de Sergio y Sergio de ella y se casaron en la capilla de la Ciudad Universitaria para confusión eterna de ambos cónyuges.

No tuvieron hijos. El primer año de casados Sergio daba clases sólo por las mañanas y pasaba las tardes en casa preparando oposiciones. «Si no hago oposiciones ahora —solía decir Sergio a todo el mundo—, ahora que acabo de terminar la carrera, luego siempre es tarde». Y tenía razón el pobre hombre, aunque fuera el suyo un tener razón de poca monta.

Sergio, pues, rehacía sus apuntes y leía ávidamente. Aquél fue un año comparativamente dichoso. Menchu, por ayudar e irse disponiendo a la futura vida de esposa de don Sergio, catedrático por oposición de donde fuera, recordaba de memoria los títulos de los temas principales. E incluso llegó a resumir toda la esencia de tres libros —con su cuidadosa letra, casi naturalmente redondilla, en dos cuadernos de tenues rayas grises—. Y leyó además *Pascal, o el drama de la conciencia cristiana,* de Guardini. Y la *Ética* del profesor Aranguren, que acababa de salir aquella primavera; casi toda entera la leyó, subrayando a lapicillo rojo el capítulo entero del Mal, los Pecados y los Vicios. Leyó *El hombre y la gente.* Y tenía Menchu por las tardes de sabiduría azul los ojos tintineantes, mostrando muy en serio antes de la cena —y durante la cena— que de sobra sabía qué se entiende por Ética Material y Ética Formal. Sergio resultó un marido cariñoso —aunque algo insulso— y Menchu, que no se parece en nada a Lady Chatterley, estaba en conjunto satisfecha. Sergio engordó mucho aquel año, debido en parte al hambre que da la angustia de empollar, y en parte debido a las paellas, lo único casi que Menchu cocinaba sabiamente. A Menchu le hacía gracia que fuera Sergio redondito y que encalveciera, a la vez, tan dulcemente.

Así pasó un año y otros seis meses hasta que por fin se convocó la oposición. Sergio no pasó del tercer ejercicio. Todo el mundo le acompañó en el sentimiento. Y todos le dijeron lo mismo: «No te preocupes, ha sido mala suerte, te presentas la próxima vez». Y Sergio mientras lo oía, lo creía. Menchu, que llevaba los tres últimos meses acostándose tarde, o no acostándose, por hacerle a Sergio compañía y tazones de café con leche mientras redactaba la Memoria, se desconcertó por completo. Y se desconcertó con un desconcierto contagioso. O quizás el desconcierto de Sergio empezó primero y se le contagió a Menchu. Se sabe muy poco de estas cosas, y, en realidad, da lo mismo. En cualquier caso, la desocupación que siguió, súbitamente, al ajetreo estudioso de año y medio se materializó, amorfa, en el pisito. Los trozos son visibles en los cuartos como trozos de caballos de cartón piedra hechos trizas. Los seis últimos meses habían sido alegres, de revuelo, comiendo a deshora, dejando el piso justificadísimamente sin limpiar ni ordenar, esparcido de libros. El fracaso lo confundió todo. Lo inflamó todo como una herida grosera, inconfesable. Y volvió sus dos vidas transparentes, dotándolas de esa lucidez agria, neutra y verdosa de los paisajes congelados.

—Ahora, ¿qué vas a hacer? —dijo Menchu la noche misma del día en que se supo el resultado.

No era una pregunta, en realidad. Menchu impuso aquella frase como un hecho, como un dato. Lo empujó entre los dos con las dos manos como un falso testimonio. Menchu estaba cansada. Era ya a fines de junio o a fines de julio. Hacía en Madrid más calor que jamás aquel verano. Habían contado con irse al Escorial de vacaciones bien ganadas. Habían contado con ganar a la primera, con quedar los segundos, los terceros, los cuartos o los quintos. Y quedaron para el arrastre. Menchu era una cría todavía. Y Sergio no sabía qué contestar. De pronto ya no se sintieron ni cansados. El fracaso, como una ducha fría, había barrido el delicioso deleite de sentirse justificadamente cansadísimos. El fracaso parecía haberlos desprendido incluso de su merecido cansancio. Y se sentaban por las tardes en las terrazas de las cafeterías de Argüelles no sabiendo de qué hablar. Y no se dormían. Fue un bache. Y fue un mal bache porque algo que no había, en realidad, brotado nunca, tampoco brotó entonces. Sergio resintió mucho la actitud de Menchu. Fueron por fin al Escorial. Volvieron a Madrid en agosto. Agosto es interminable. Menchu cogió el colerín de las cerezas, y Sergio, al entrar septiembre, entró en Colegios de Primera y Segunda Enseñanza Galán-Gavioto. Ocho horas diarias dando clases de lo que sea a niños de colegios son muchísimas más horas de lo que puede parecer al inexperto. De pronto pareció el fin. De pronto Menchu y Sergio empezaron a observarse sin hablarse y a esconderse cosas uno a otro.

Don Jesús Galán-Gavioto y su difunta esposa empezaron muy alto —en lo más alto— y acabaron entrefino fino. Acabaron donde a la sazón don Jesús, ya viudo, se encontraba: desasnando niños de papá. Antes de morirse la difunta esposa, había Galán-Gavioto hecho muy bien la contra a los jesuitas arrebatándoles uno a uno los retoños de la Grandeza de España que por incapaces de Sacramentos o veleidades liberales de sus padres, quedaban naturalmente un poco fuera de la Compañía y la Gloria de Dios. Oh sí, en aquellos tiempos felices y mejores los donceles muy tontos o bastante, que vivían más o menos en Madrid y cuyos padres, aun siendo caballeros y de derechas, no se fiaban gran cosa de los curas, hacían su ilustre bachillerato con don Jesús Galán-Gavioto y su difunta esposa. Hacía ya muchos años —desde después de la guerra hasta la fecha han pasado muchísimos más años de los que parece que han pasado— que don Jesús viudo suspiraba y decía: «Hoy en día no se sabe quién es quién... ni falta que hace. Ahora sí que de verdad Poderoso Caballero es Don Dinero». Esta coletilla cínica era un rabo de la viudez de don Jesús, a quien la defunción de su otra mitad había liberado un tanto de Grandezas —porque era ella la que en la aristocracia y el buen tono se empeñó hasta las pestañas— y ascendido al millón las pesetas del Impuesto sobre la Renta —detalle éste sutilmente designador de amplio bienestar (teniendo en cuenta lo mucho que se calla por amor a sí mismo el hombre en estas cosas). Dicho sea entre paréntesis: la esposa de don Jesús falleció la misma noche que los Aliados ocuparon Berlín, no se sabe aún bien si de alegría, o de rabia o de un atracón de lechazo de estraperlo, que era su plato favorito en los años del racionamiento. Don Jesús lloró muchísimo y enviudó más negramente que la inmensa mayoría de los hombres, pero sin advertirlo él mismo apenas, apuntó esa muerte en la columna de ingresos al hacer el balance anual. «Las mujeres —pensaba don Jesús— son sentimentales. Y está bien que lo sean. Eso es lo que les va. Poco prácticas, vamos. Idealistas. De todo por la patria. Y yo no. Yo soy de todo por la patria siempre y cuando rente ese todo, todo lo que debe. Un sentimiento que no se vende bien no puede ser bueno. Y hoy en día lo que renta y ha de rentar aún más —concluía don Jesús— es el niño del profesional con iniciativa». Y así fue. Los apellidos vinieron a menos, como don Jesús Galán-Gavioto había previsto, y Colegios Galán-Gavioto a muchísimo más que nunca (aunque en menos alto que antes de la guerra). Quiere decirse que entre los ahorros y los años se volvió Colegios Galán-Gavioto un mentidero malva y cruel donde el fracaso de quienes llevaban decenios de enseñanza privada y las torpes o imprecisas ilusiones pedagógicas de los profesores recién llegados, se mezclaban en la más trágica y agobiante mezcla. Ahí entró Sergio con su fracaso a cuestas una mañana a fines de septiembre y ahí dio con Fernando González que iba a traerle por la calle de la amargura poco a poco. La amargura, como siempre pasa, tardó en llegar un año o año y pico —porque la amargura no se precipita jamás y se parece a la virtud en que se hace a pura fuerza de hábito y de tiempo. Llega siempre por fin y cuando llega, salta como un animal sobre su presa—. Fernando González había acabado Física y Química y se metió en el colegio porque no tenía de qué vivir, ni era una lumbrera; en esto como todos. Pero

aunque no era una lumbrera, era listillo y entre las malignida-
des y la pereza de la sala de profesores —un cuartucho estrecho y largo con sillas alrededor de las paredes— se encontró
como pez en el agua. Fernando era muy suave, con la apariencia dulce y todavía estudiantil en los cabellos. Y era un buen
oyente, de los que hacen hablar al interlocutor y no se pierden
ripio. Y Sergio, que se veía agobiado y dolido y más solo que la
una, se fió de él y se entusiasmó con él —cosa muy mal hecha—. Así que le contó sus penas y sus lástimas y las murrias
de Menchu y, por activa y por pasiva, el rollo incruento de la
oposición perdida para siempre. Y Fernando parecía —¡Oh
Dios, oh cómo parecía!— hacerse cargo de sus males. Y uno
de ellos era Menchu. «Yo estoy seguro —llegó a decir Sergio
en una ocasión— de que tú la animarías muchísimo. Tienes que
venir a cenar a casa». Cosa que también le dijo a Menchu (en
parte —pobre Sergio— por tener algo que hablar y en parte
porque de verdad creía que Fernando iba a sacarle de un apuro). Dijo Sergio:

—Mira, Menchu, tienes que conocer a este chico, Fernando, que te he dicho. Porque es sensacional. Es diferente de
los otros. No sé. Mejor que la mayoría de nosotros, etc., etc.

Menchu se negó a recibir a nadie. Se negó con gran
violencia. Como si se tratara en realidad de una imprudencia
o de una amenaza.

—Yo no estoy para ver a nadie —dijo.

Sergio no entendió que la violencia era, en este caso,
signo de lo contrario. Signo quizá de lo contrario. En todo caso, Sergio insistió e insistió y por fin, tras unos tanteos que du-
raron hasta mediados de noviembre, Fernando fue a cenar a casa
de Sergio y de Menchu. «Para que conozcas a Menchu por ti
mismo —dijo el pobre Sergio—, y lo veas todo con tus propios
ojos».

—Falta el azúcar —dijo Menchu a su marido sin mirarle.

—Es que... como tú no tomas... azúcar —tartamudeó Sergio.

—¡Y qué que yo no tome! ¿Es que no se va a tomar azúcar en esta casa porque yo no tome?

Sergio salió en busca del azúcar. Fernando paseó la vista por la habitación. Menchu le había parecido guapa y desaprovechada. La reunión había sido un desastre. Ahora era acabados de cenar y reunidos —muy forzado el matrimonio y Fernando a sus anchas pero en guardia— en la salita a tomar café. El nerviosismo de Sergio era como lágrimas. Menchu no decía nada. Había una foto de Menchu sobre la mesita baja de tomar café. El pelo peinado de otro modo y la barbilla apoyada en la mano derecha. «¿Te gusto?», había preguntado Menchu ya dos veces. Fernando temió que volviera a preguntarlo ahora. Porque la verdad es que sí que le gustaba (el modelo, se entiende, no la foto). Sergio volvió con un paquete de azúcar en la mano.

—¿Así lo traes? ¡No, si tendré yo que hacerlo todo!

La hostilidad hacia su marido que Menchu había manifestado durante toda la velada había sorprendido a Fernando y sorprendido, sobre todo, al propio Sergio. Hasta la fecha, la tirantez entre los dos había consistido más que nada en sombríos, entrecortados diálogos triviales y más que nada en murrias. Desde que Sergio perdió la oposición habían visto muy poca gente. En realidad era Fernando la primera persona que había venido a casa y los veía juntos. Esta introducción de un tercero da lugar al carácter «representado» y público de la tragedia conyugal que hasta la fecha ha permanecido dentro de los límites de lo puramente privado. Fernando ha dicho, en realidad, muy pocas cosas esa noche. Así es que más bien el hecho de estar ahí que lo que dijo o hizo debe acentuarse. Ahora Fernando contempló su reloj de pulsera.

—Me parece que se está haciendo un poco tarde —dijo.

—¿Es que tienes que irte? —había una nota de angustia en la voz de Sergio que Fernando registró inmediatamente.

—Hombre, tener que irme... no es que tenga que irme.

Menchu entró precipitadamente con un azucarero vacío en la mano. Y comenzó, aparatosamente, a trasladar el azúcar del paquete de azúcar al azucarero. Un chorrillo hizo un montoncito de hormiga en la mesa. Fernando observó el silencio en torno —como una frondosa indisposición del universo mundo— y observó que a Menchu le temblaba el pulso al verter el azúcar.

—¿Adónde tienes que irte? —preguntó Menchu entre dientes—. Todavía es muy pronto.

Hubo una pausa. Fernando observó fríamente el cuerpo un poco demasiado espléndido de Menchu en aquella salita anónima, pulcra, de esa vivienda de la ampliación del barrio de la Concepción. Halo estrambótico. Fresco aún el cemento y casi transparente, con sus tabiques de rasilla que dejan entrar las vidas de los vecinos en sus ruidos y casi a los vecinos mismos en sus carnes hasta el corazón barnizado de la salita de Menchu y Sergio. «Se prohíbe escupir», había leído Fernando al subir en el ascensor. Un cartel garabateado a mano, una prohibición como una disculpa insultante. Sergio cambió de sitio un cenicero.

—¿Hace mucho que vivís aquí? —preguntó Fernando por preguntar algo.

Tras la representación del cambio del azúcar del paquete de azúcar al azucarero, Menchu parecía cansada. Fernando se arrellanó en su asiento. Menchu mojaba una cucharadita de azúcar en el café y se la llevaba empapada a la boca. «¡Qué boca de loba!», pensó Fernando entre dientes.

—Dicen que el azúcar trae las caries —comentó Menchu con una vocecita de niña tonta.

—Y las lombrices... —añadió Fernando por decir algo.

—¡Qué horror, qué cochinada! —exclamó Menchu furiosamente.

—Podemos salir a dar una vuelta... si queréis —intercaló Sergio en ese momento.

—Por mí como queráis —dijo Fernando—. Pero la verdad es que aquí estamos bien.

—Éste —dijo Menchu— con tal de no estar en casa... en cualquier parte. ¡Me encanta la corbata que tienes, Fernando!

Fernando contempló su corbata sorprendido y Menchu añadió un poco con el mismo tono de voz con que había dicho lo de «¿Te gusto?» cuando le mostraba a Fernando su retrato:

—Te advierto que te va de primera.

Esa frase encauzó esa primera noche de Fernando González en casa de Sergio y Menchu hacia su fin. Escena mansa y muda, con Sergio acariciándose la frente con un gesto mecánico y Menchu poniendo discos en el tocadiscos. El mecanismo demasiado brillante de la irrealidad tictaqueaba como un reloj sin agujas. Fernando se deshace el nudo de la corbata (ligeramente) y estira las piernas por debajo de la mesita de tomar café. No ha sucedido nada en absoluto. Ten misericordia de nosotros.

Del libro *Relatos sobre la falta de sustancia,* (1977) .
Ed. Anagrama, 1985.

ELENA SANTIAGO
(Veguellina de Órbigo, León, 1941)

———— • ————

Un cuento pequeño, hálito de penumbra

—Madre, yo quiero ser ángel o pájaro cuando sea mayor.
Pero ¿qué decía aquella niña?

Tenía mucha imaginación, demasiada, opinaba la abuela. Podía ser por no alimentarse bien, siempre dejaba el membrillo.

Dejaba el membrillo, lo dorado, los días de septiembre arrodillados en el huerto donde la abuela vigilaba aquellos membrillos. Extraña criatura, ridícula y delgada, desdeñando septiembre, calor dormido, membrillos pendiendo como bombillas del árbol.

—Madre, yo quiero ser ángel o pájaro, ¿oyes?, cuando sea mayor.

Madre, inclinada sobre el agujero de un calcetín fijo en el huevo de madera que empleaba para zurcir, repetía la palabra absurda, absurda, absurda criatura, hilvanando hilo y pensamiento, aburrimiento adormecido, aletargado con el deseo de encontrar una palabra distinta de aquélla.

La niña, ridícula y delgada, absurda criatura, ni ángel ni pájaro, miraba obsesivamente aquel agujero de calcetín por donde madre, tan adormecida, se iba a caer cualquier tarde.

—Si soy ángel o pájaro, ¿oyes madre?, no haré agujeros en mis calcetines.

Pero ¿qué decía aquella niña?

Hablaba demasiado, aseguraba la abuela meneando tantas veces a los lados la cabeza que mareaba un pensamiento blanco. Cuando la cabeza volvía a su sitio, agregaba: si comiera el membrillo...

La abuela y la madre se disputaban espacios de aquel mundo al que la niña pertenecía. Era un mundo estancado, fijo invariablemente en las mismas advertencias. Madre tenía manchas de avidez en la mirada. Quería dibujarle a la niña el cuerpo y el alma. La abuela tenía un rosario hecho de membrillos, en cada membrillo estaba el nombre de la niña. De la niña que, desconcertada, de golpe, se buscaba y gemía lo primero que le llegaba a la boca:

—Tengo fiebre.

Y las manos se extendían a su frente, tiempo, hasta robarle aquella inseguridad que se la arrugaba.

Al nacer le habían puesto la vida y un vestido rosa, y tardó en comprender que los días estaban llenos de nudos, y que el mundo era un caleidoscopio que giraba en la mirada desmenuzando la compacta agresión y la compacta dulzura de las horas, quemaduras de un tiempo que se alejaba. Así, hasta las cinco de la tarde, años más tarde, que la llamaban a merendar.

—Abuela, si yo quiero chocolate.

Tan pequeña y tan tonta aquella niña despreciando lo más auténtico: el membrillo lo había hecho ella, ella y aquella sabiduría que daba la experiencia. Las cinco de la tarde en el reloj se oscurecían, color chocolate, qué calamidad, el chocolate le resbalaría en negro muy adentro, se le despeñaría, se le enganchaba en la palabra indigestión. Pero abuela... A callar. Los niños están callados.

Y se iba a hablar a la cocina, al lado de Tina, la Tinilla en su pueblo, a preguntarle: ¿a ti de pequeña te dejaban hablar?

Anda. Y para qué estaba la lengua, para usarla. Y si se torcía..., ¡anda!, para qué estaban los confesionarios.

Un día, un día torcido, extravagante, tanto que la niña entendió que los gatos deberían andar volando y las nubes haciendo olas y espuma en la playa, las gentes caminando hacia atrás, los niños escupiendo lo aprendido, los árboles poniéndose zapatos, el río desembocando en un libro, la ternura cambiando de nombre, el rosario de la abuela escondiéndose en un cajón, escandalizado, madre tapándose con aquel agujero, y las palabras, todas, de chocolate, resbalando, despeñándose, negras, cubriendo las horas de indigestión, aquel día, tan torcido y extravagante en el que Tina, la Tinilla en su pueblo, se levantó hinchada, por culpa de un soldado, con un niño dentro tan grande que llenó el mundo. Tina, la Tinilla allá por el pueblo de adobe y tiempo, tenía en la tripa al mundo y esto, que era algo prohibido, rompió el caleidoscopio derramándose todos los colores y hasta los días. Aquellos arrodillados en el huerto, se pusieron en pie.

—Tina, la abuela dice...

Y Tina, rápida, rotunda y entera:

—Que diga. Pero que sepa que la lengua es para guardarla.

—Pero no decías...

—Y que si a una le ha ocurrido esto tan soltera es porque Dios no vela por una, como todo lo coge tu abuela...

El mundo al revés, perdido, torcido y extravagante. Tina, muy hinchada aun llevando horas marchándose en lágrimas. Lágrimas en la maleta, en la voz, en la soledad.

—Madre, tener un hijo ¿es malo?

Había hijos e hijos. Mejor dicho, madres y madres.

—¿Y era malo...?

La niña a callar.

La niña a no preguntar.

La niña a rezar, a comer bien, a dormir pronto, a saber el catecismo, a obedecer, a no mentir, a ser pura, a no morderse las uñas, a saber saludar, a saber decir adiós, a no hablar muy alto, a no tener pensamientos feos, o palabras, o deseos, o sentimientos. La niña a ser muy, muy, pero muy buena y vería como así nunca sería feo tener un hijo.

Boca abajo contra la almohada y el miedo, hinchada como una Tina solitaria, hundida en preguntas oscuras. La niña, ante el estremecimiento de tanta cosa a cumplir, sintiéndose incapaz, dispuesta a ir llenando ya la maleta de lágrimas.

—Pero Tina, tú comías bien, dormías pronto, obedecías, no mentías, ¿verdad que no mentías?, no te mordías las uñas, decías adiós, bueno sí hablabas algo alto pero no tanto como para... (¿Y los pensamientos, palabras, deseos, sentimientos?).

Y Tina, mirándola tras una lágrima: ¿qué le estaba queriendo decir, qué?

El día, vestido de lágrima. Tina, éste es un día muy puesto al revés, los gatos deben andar volando.

Pero qué, ¿qué le estaba queriendo decir?

—Tina, ¿y cuándo le vas a sonreír ya a tu niño?

Seguía sin entenderla: ¿y por qué sabía ella, tan niña, tan delgada y tan ridícula, que esperaba un hijo?

¿Y no lo esperaba?

Ella no tenía por qué saberlo: tú, nada.

Nada. Los ojos cerrados, los oídos. Ella era un gato volando, un caleidoscopio roto, un árbol con zapatos. Ella, tan sola y tan de membrillo, sin respuestas, contra la almohada y el miedo, boca abajo, esperando que alguien la viese, que le hablase.

—Madre, es que...

A callar. La niña a callar. Que no se preocupase, todo lo iría sabiendo.

Nada.

Todo.

—Abuela, es que..., es que tú...

Cuando fuese abuela, entendería...

La niña tiende una mano deteniendo su propia historia, busca lo más cercano a la ternura, y protesta:

—Yo nunca seré tan vieja.

Además ella, definitivamente, iba a ser ángel o pájaro. Ángel o pájaro, vuelos.

Del libro *Retrato con lluvia y otros relatos.*
Ed. Barrio de Maravillas, 1986.

JUAN PEDRO APARICIO
(León, 1941)

— • —

El Gran Buitrago

Cuando mi abuelo le vio por primera vez el Gran Pablo era ya todo un viejecillo. Tenía encorvada la espalda, el cuerpo enjuto, las extremidades flacas. De los buenos tiempos conservaba únicamente su bigote como una gran brocha blanca en medio de la cara y un caballo que le acompañaba a todas partes, tan pobre y decrépito como él mismo.

Por entonces el Gran Pablo andaba de pueblo en pueblo, entre las dos Castillas y el viejo Reino de León, repitiendo siempre idéntico ejercicio de lo que todavía él llamaba su espectáculo. Y no se piense que aquel público era poco exigente. Yo mismo le he visto despedir, entre abucheos y risotadas, a más de uno de estos pobres artistas ambulantes. Pero aquel apuesto viejecillo, sin saber por qué, era siempre bien recibido.

El Gran Pablo, en contra de las costumbres de todo buen titiritero, no llevaba tambor ni trompeta con los que anunciarse. Decía mi abuelo que, mucho antes de que el Gran Pablo llegara a las primeras casas del pueblo, cuando ni siquiera había encarado el repecho que deja atrás la carretera general, él sentía ya, en su banco de obrador, la aprensión de tener sobre su cabeza la copa de un negrillo henchida de gorriones. Y en unos segundos la excitación y el bullicio de los niños se descargaban con

402

fuerza sobre el pueblo. «¡Ahí viene el Gran Buitrago!», gritaban. «¡Ahí viene el Gran Buitrago!»

Se le veía en seguida descender por el camino, recortada su silueta contra el crepúsculo, y el polvo que a su paso levantaba le envolvía con un nimbo púrpura, a él y a su caballo, cuya testa abatida, siguiendo el vaivén de sus paletillas puntiagudas aparecía en seguida, unos metros detrás de él.

El Gran Buitrago, además de una raída casaca roja, vestía pantalones de incierto color con la sombra de lo que debió de ser una cinta blanca a ambos lados de las perneras; y unas botas altas de charol, agujereadas y faltas de tacones.

Mi abuelo, que todavía ejercía de alfarero, salía a verle cualquiera que fuese la forma de la arcilla que trabajara en aquel momento. Y, cuando él salía, la plaza del pueblo estaba ya llena.

Lo que asombra es pensar que ninguna de aquellas personas supo nunca que el Gran Pablo había sido domador de caballos en los mejores circos de Europa. Era inglés y se apellidaba Astley, como su inigualable compatriota, el que fundó la Escuela de Domadores Circenses y que, asociado al italiano Franconi, construyó el circo de la calle Saint Honoré, en el París del siglo pasado. El presumible parentesco con el hombre de su apellido hizo del Gran Pablo un ser muy querido en la capital francesa. Y desde allí, como sucedía con la de los pintores y los autores dramáticos, su fama se extendió pronto por todo el continente.

El Gran Pablo tenía seis caballos. Su número, que solía aparecer después del de los payasos, era muy apreciado y de éxito seguro. Poseído de una energía arrolladora, el Gran Pablo dominaba a su tropilla con órdenes tajantes y la hacía evolucionar en todas direcciones, dibujando movimientos y galopadas de increíble complejidad, urdiendo saltos y cabalgadas súbitas que entusiasmaban al público, mientras en el rostro del domador crecía una sonrisa satisfecha.

Para terminar su actuación, el Gran Pablo se subía, látigo en mano, la cabeza alta y el pecho erguido, sobre un taburete en mitad de la pista, hacía restallar el látigo una sola vez, un estallido seco, alto, penetrante, y preguntaba uno a uno a los caballos: «¿Soy yo tu amo?» —«*Am I your master?*» les decía— y cada uno de ellos meneaba la cabeza arriba y abajo en lo que parecía ser una clara respuesta afirmativa; luego, uno a uno, los caballos abandonaban la pista. Así, después de seis preguntas, seis restallidos de látigo y seis respuestas idénticas, terminaba el número.

Es obvio decir que este curioso final hacía las delicias del público anglosajón. Y es que, por entonces, nadie había entre los humanos, más ufano de la superioridad del hombre sobre el resto del reino animal. Y, por paradoja, era este público también a quien más complacía que se la recordasen.

Y precisamente en Chiswick, en el Oeste de Londres, un día, el último caballo, el que se llamaba *Buitrago* por su origen español, no movió la cabeza. El Gran Pablo repitió la pregunta con voz atronadora y restalló otra vez el látigo, mas tampoco hubo respuesta. Los otros caballos se habían retirado y estaban frente a frente y solos *Buitrago,* y el Gran Pablo. «*Am I your master?*» preguntó otra vez el Gran Pablo y la voz le tembló. *Buitrago* permaneció inmóvil. El Gran Pablo se enfureció, hizo por cuarta vez la pregunta y le dio con el látigo en el morro. El animal se alzó sobre sus patas traseras y relinchó, las crines excitadas, las manos haciendo remolinos. Después, con gran estrépito, arrancó al trote, y, sofocado y resoplante, dio tres vueltas alrededor de la pista.

Un aplauso frenético y entusiasta coronó su carrera. Los espectadores puestos en pie creían que el Gran Pablo había introducido esa variante en su número, como una vuelta de tuerca al ya de por sí magnífico final. Pensaban que su turbación y su enfado, lo mismo que la excitación del caballo, eran fingidos. Pero el Gran Pablo estaba verdaderamente fuera de sí. Deseaba terminar el número como siempre y hostigaba a su caballo y le insultaba, desconcertado y dolorido. *Buitrago* trotaba otra vez siguiendo el círculo de la pista aparentemente más tranquilo, más firme y seguro que su amo.

A partir de este desgraciado día cambió la vida de nuestro hombre. Hizo diabluras para dominar a *Buitrago:* le tuvo sin comer, le mimó como a un niño y hasta le montó, lo que le desagradaba más que a sus propios caballos. Pero *Buitrago* se mostró siempre por lo menos tan tozudo como su amo. Cuando le correspondía salir a la pista, hacía con sus compañeros todos los ejercicios de manera impecable; pero al llegar al final, una y otra vez, se mostraba desobediente.

De esta manera el Gran Pablo vio cómo, muy a pesar suyo, su número se transformaba y aunque así su éxito era mayor, la desobediencia del caballo le fue convirtiendo en un ser triste y melancólico.

No sabía qué hacer con él. Le dedicaba más atención y cuidados que a los demás. Se comportaba como el jardinero que encharca a diario una planta y deja sedientas a las otras.

El número perdió pronto ritmo y elegancia. Los caballos se hicieron indisciplinados y perezosos. El propio Gran Pablo antes tan atildado, descuidó su aseo personal: su bigote perdió la enhiesta prestancia; su cabello, antes engomado y brillante, se desgreñó; su atuendo reluciente fue desmoronándose y con su sonrisa cayó también el relumbrar de los botones.

El Gran Pablo sólo tenía en la cabeza la rebeldía de *Buitrago* y, mientras persistía en la obsesión de aquella doma, pensaba —y así lo manifestaba— que entre los animales, lo mismo que entre los humanos, unos no comprenden nada y otros comprenden demasiado. Y él estaba convencido de que *Buitrago* comprendía demasiado.

Pronto entre los compañeros del Gran Pablo comenzó a hablarse de su locura. Durante jornadas enteras, indiferente a las miradas ajenas, piadosas o burlonas, apretaba con furia el látigo, clavaba sus ojos en el caballo y le decía una y otra vez: «*Buitrago* soy yo. *Buitrago* soy yo». Se lo decía con toda la energía de que todavía era capaz, como una imprecación o un insulto.

El caballo, condenado a la continua presencia del Gran Pablo, relinchaba de cuando en cuando. Y su relincho sonaba ya, a los oídos de los hombres del circo, como el grito de un alma en pena. Muy a menudo además recibía por toda réplica un latigazo. Y sólo alguna vez, cuando el animal alteraba su voz, por leve que fuera el desvío, el Gran Pablo le premiaba con un gran azucarillo.

Así las cosas, estalló la Gran Guerra, con evidente peligro para la vida circense por la abigarrada personalidad de sus componentes: franceses, los payasos; italianos, los trapecistas; alemanes, los forzudos... El dueño del circo, un escocés nacido en Sicilia y casado con una austríaca, decidió el traslado a la soleada y neutral España, la patria de *Buitrago,* pensando que la guerra duraría sólo unos meses, tiempo más que suficiente para embolsarse unas pesetas.

Estas previsiones no se cumplieron y pronto, a pesar de la efímera prosperidad española, el público comenzó a cansarse del circo. Cierto es que su nombre varió muchas veces, tantas como el signo de algunas batallas importantes: Gran Circo Alemán, se llamó durante algún tiempo, el Circo de los Belgas, el Circo Franco-Británico... Así que la falta de público y la escasez de dinero lograron lo que antes no había conseguido la conflagración entre las patrias respectivas: la dispersión de sus componentes. Uno de los primeros en afrontarla fue el Gran Pablo. Su espectáculo, perdido el antiguo colorido, era una caricatura tediosa y chapucera de la deslumbrante filigrana primitiva...

Un día del mes de marzo, cuando el circo se encontraba en Astorga, el Gran Pablo fue despedido. Se hallaba tan absorto en su pasión que el cambio de vida apenas le afectó.

Acabó la guerra y vinieron tiempos peores para España. El Gran Pablo, para subsistir, se vio obligado a desprenderse de sus caballos. Los vendió uno a uno, y uno a uno también se despidió de ellos como cuando les interpelaba al abandonar la pista; hasta quedarse únicamente con *Buitrago,* su desobediente caballo.

Había que verles: bajo el sol de los páramos, ahora juntos ahora separados, el mismo paso triste, en eterna espera el uno del otro, en extraño deambular, sin rumbo ni sentido. Y a punto estaban de desfallecer de hambre cuando, por ocurrencia espontánea de cualquiera de ellos, hicieron en un pueblo alguno de los ejercicios de su viejo número circense y consiguieron algo de comida.

Este retorno a la profesión, bajo su forma más antigua y pura, no acabó con lo que en el circo habían llamado su locura. Ahora hasta en sueños repetía: «*Buitrago* soy yo. *Buitrago* soy yo». Por eso, cuando el Gran Pablo se acercaba al pueblo de mi abuelo se decía a grandes voces: «Ahí viene el *Gran Buitrago*». Según mi abuelo todos creían de buena fe que *Buitrago* era su verdadero nombre y que lo de «gran» se lo habían puesto ellos por su cuenta.

Eso decía mi abuelo. Y también decía (él, que muy probablemente no hubiera visto a ningún otro inglés en su vida, puesto que no había pasado de Langreo en sus viajes) que la figura del Gran Pablo hubiera resultado grotesca de no ser por esa cosa rara, como de niño o de ángel, que los ingleses tienen en sus ojos claros.

El espectáculo del Gran Pablo era muy sencillo. Él siempre decía que era único en el mundo. Lo anunciaba así: «Damas y caballeros, niñas y niños, ancianos de todas las edades: es mi gran privilegio presentarles a *Buitrago,* el único caballo del mundo que habla. Él mismo les va a decir cómo se llama, señoras y señores».

El ejercicio constaba de tres partes. En la primera el Gran Pablo levantaba una a una sus extremidades, siendo imitado inmediatamente por el caballo. En la segunda, el Gran Pablo saltaba de costado a un lado y a otro, y de nuevo era imitado por el animal. Esta parte del número tenía mucho éxito entre los campesinos que, acostumbrados al trato diario con los animales, no habían visto cuadrúpedo alguno saltar de costado y en posición de firmes. Pero, la tercera parte del número, siempre anunciada, nunca se realizaba, lo que llenaba de desesperación al Gran Pablo. «Y ahora, señoras y señores, pregúntenle quién es», decía. Y todos preguntaban llenos de guasa: «¿Quién eres? ¿Quién eres?». Y el pobre hombre se desgañitaba para alzar su voz sobre el coro general de carcajadas: «¡*Buitrago* soy yo! ¡*Buitrago* soy yo!».

Cuando el Gran Pablo murió, mi abuelo se encontraba presente. Fue durante uno de aquellos ejercicios, en el momento cumbre del mismo, cuando todo el mundo preguntaba: «¿Quién eres? ¿Quién eres?».

El Gran Pablo, como siempre, se irguió, látigo en ristre, ante el caballo y preguntó a su vez: «¿Quién eres? ¿Quién eres?».

Y, como en tantas otras ocasiones, ofuscado por el obstinado silencio del caballo, descargó, insistente y desesperado, el látigo sobre su cuello; unos golpes desfallecidos e histéricos que, por lo que reflejaban de impotencia, ponían los pelos de punta. El animal alzó su cabeza y miró fijamente al Gran Pablo. Los presentes enmudecieron.

Mi abuelo creyó percibir, entre el hombre y la bestia, un reconocimiento mutuo, algo tan imprevisto como largamente anhelado.

Las pupilas del Gran Pablo se dilataron incapaces de contener esa visión. Y en un instante el caballo se abalanzó sobre el furioso anciano y le pisoteó el pecho hasta dejárselo abollado como una hojalata.

El Gran Pablo murió en seguida, cubierto de polvo, y al expirar dijo: «No me he equivocado... Ese animal tiene algo, tiene algo». Y se señalaba la frente.

Del libro *El origen del mono* (1975),
en *Cuentos del origen del mono,* Ed. Destino, 1989.

MARINA MAYORAL
(Mondoñedo, Lugo, 1942)

——— • ———

A través del tabique

A Concha Rojas

Desde el cuarto de baño se les oía perfectamente. También desde el dormitorio, pero peor, a rachas, alguna palabra clarísima y, de pronto, dejaba de oírse. En el cuarto de baño se oía todo: el ruido del agua, el jabón que hace ¡plof! y la risa... porque al comienzo se les oía reír. «¿Puedo entrar, mamuca?», decía; la llamaba «mamuca» muchas veces, y «mamuquilla» y ella «Curro» y «Currito». Pero la madre me parecía un poco preocupada: «Ten cuidado... no debías levantarte solo... así con la bata estarás mejor», decía. Por eso pensé que debía de estar enfermo. Se lo dije a Chema: «Tenemos vecinos nuevos», pero Chema ni se enteró. Ahora dice que he empezado otra vez con mis obsesiones, no se acuerda de cuando le dije que los oía en el baño y que el niño le pedía que le dejase estar con ella mientras se bañaba y le decía «qué guapa eres, mamuca»...

Era un niño pequeño, pero muy listo. No eran españoles, por lo menos la madre, tenía un acento hispanoamericano, yo no distingo bien, todos me parecen iguales, muy dulce y seseaba, también el niño un poquito, pero menos que ella. «¿Te quedarás ya siempre conmigo?», preguntaba y la madre le decía que sí, y el niño: «¿Y ya no tienes que irte a trabajar?» y la madre le dijo que ya no tenía que trabajar, que le habían «pegado» a la lotería, así dijo, «pegado» que eso no es español, y que estaría siempre con él. Pero a mí, no sé por qué, me pareció que no era cierto, que lo decía porque el niño estaba enfermo y por eso se quedaba con él. Y después otra noche, desde el dormitorio: «Mami, yo no quiero ir al Cielo, yo quiero estar siempre contigo». «¿¿Quién te dise esas tonterías?, ¿la Carmela?... ¡el cura!... Tú no vas a irte a ninguna parte, ¿me oyes?, tú siempre con la mamá, como siempre, Currito.» «¿Y el Cielo cómo será, mamuca?» «Pues el Sielo es un sitio muy presioso donde se puede haser todo lo que a uno más le gusta... pero no tienes que pensar eso.» Y entonces el niño le dijo: «Yo no quiero dejarte sola, mamuca... yo voy a hacerme grande y ganaré mucho dinero y nos iremos juntos a esa playa».

De la playa hablaban muchas veces: «Cuéntame otra vez cómo es, mami», y la madre le hablaba de una playa con palmeras y agua calentita y olas grandes, grandes, que volcaban las barcas y daban mucho gusto, y caracolas de color rojo donde se oía el mar, y corales... «¿Cuándo nos iremos, mami?», y ella siempre: «En cuantito te pongas bueno-bueno, nos iremos para allá».

Después, una noche, lo oí llorar. No podía entender lo que hablaban, sólo la canción que ella le cantaba:

> *A la nanita nana, nanita ea,*
> *mi niño tiene sueño, bendito sea.*
> *Pimpollo de canela, lirio en capullo,*
> *duérmete, vida mía, mientras te arrullo...*

Se la cantaba muchas veces. Es una canción muy triste que dice que cierre el niño los ojos y se duerma, aunque su madre muera sin poder mirarse en ellos. También le cantaba otra que dice:

El sultán tiene una caña
de oro y plata, á - á - á
con cincuenta ilustraciones
de hoja de lata, á -á -á.

Cuando la oí me eché a llorar, porque esa canción también me la cantaba a mí papá. Me la cantó hasta que fui muy mayor. Entraba en mi cuarto mientras mi madre despotricaba de su «malcrianza», y él se quitaba la pipa de la boca y la movía marcando el ritmo: «El sultán / tiene una caña / de oro y plata / á - á - á», y yo sofocaba la risa con la almohada para que mi madre no nos regañase.

Chema se impacientó muchísimo. Se sentó en la cama frenético: «¡Qué coño pasa ahora!». Yo lo desperté porque él no me lo creía: «Ya volvemos a las andadas. Sabes muy bien lo que te dijo el médico», y yo le decía que no, que era distinto. Antes oía el llanto de un niño y me despertaba precisamente esa angustia que me daba de oírlo, y me quedaba con los ojos abiertos y entonces ya no oía nada. Pero esto es distinto, el niño está ahí, en un apartamento del otro bloque, yo lo oigo hablar, a él y a su madre. Se nota por la voz que es un niño pequeño, pero muy maduro, muy reflexivo, con el que se puede hablar. Parece un niño encantador, con unos detalles increíbles en un niño tan pequeño: «No me compres el panda, mamuca, te lo digo sólo para que lo veas, lo bonitos que son, tú nunca los has visto, yo los vi de veras en el Zoo, aquel día que me llevó Delia, es simpática Delia, ¿eh?, ¿cuándo va a volver? No te gastes el dinero, mamuca, era sólo para que lo vieras, está al ladito del mercado, en una tienda grande de juguetes»... Pero Chema nunca está cuando ellos hablan en el baño, y por las noches muchas veces se quejaba y lloraba. Entonces lo desperté: «Escucha, escucha ahora —le dije—. Está llorando». Chema se sentó en la cama hecho una furia: «¡En Madrid lloran por la noche cientos de niños! ¿Quieres dejarme en paz? Yo trabajo, ¿me entiendes?».

411

Se lo conté a mi madre. Algunas veces voy a verla a la Boutique. Pocas, es la verdad, ¿para qué voy a ir? Siempre me regaña o se pone a hablar mal de Chema o de papá: «Si prefieres meter la cabeza debajo del ala, allá tú, en eso eres como tu padre, pero entonces no me cuentes nada, aguántate. Se aprovecha de tu dinero y de nuestras relaciones; te engaña, lo sabes muy bien y encima te trata a patadas, mira, prefiero que no me lo cuentes»... Yo no quería hablarle de Chema sino del niño que lloraba, pero siempre es igual, acabamos hablando de lo que ella quiere y ni me escucha: «¿Un niño?, ¿y quiénes son?, ¿y al padre no lo oyes?»...

También el médico se fue por ese lado: «Una mujer sola, soltera, claro, de su edad más o menos, ¿no?... y el niño tendrá la edad que ahora tendría el suyo, ¿no es así?». Sí, es así, pero yo quería explicarle que no era eso, que el niño era un niño de verdad, con su carácter y su forma de ser —«yo no quiero dejarte sola, mamuca, voy a hacerme grande y ganaré mucho dinero y nos iremos juntos a esa playa»... «no quiero que lo compres, mami, era sólo para que lo vieras, lo bonitos que son los pandas»—. Es un niño del barrio, ¡conoce la tienda de juguetes, junto al mercado! Es cierto que no los he visto y que nadie los conoce, pero yo los oigo, a él y a su madre; son nuevos en el barrio, eso es lo que pasa y todo el mundo anda con tanta prisa, quién se va a fijar en ellos...

Le pregunté al portero de al lado: «Una señora joven y un niño, ella es hispanoamericana, creo». Estuve echando cuentas, puede que vivan en el séptimo o el octavo. «¿Derecha o izquierda? Hay cuatro apartamentos a cada lado», me dijo. Me miraba con mucha curiosidad. «Vivo al lado. Los oigo por las noches.» «En estas casas se oye todo —dijo él con aire de irse enterando— y está lleno de estudiantes y gente de paso, ¿le molestan, no?». Le dije que sí, qué iba a decirle, me dio vergüenza estar allí, preguntando por una desconocida, con un paquetón en la mano. Era el panda... lo dejé en el cuarto de atrás, para que Chema no lo viera. No quiero que me mande ir al médico otra vez, me los sé de memoria: «No hay razones fisiológicas para que no pueda concebir, ha de tranquilizarse, tener confianza», «es un proceso de autocastigo que parte de un sentimiento de culpabilidad y de un apego desmesurado a la figura paterna», «vuelves a empezar con las obsesiones de siempre, por favor, Cristina, llama al analista, él te lo explicará, y déjame descansar, yo trabajo, ¿sabes? Estoy rendido», «siempre te ha gustado meter la cabeza bajo el ala, como tu padre... vamos a ver, Cris, ¿cuándo fue la última vez? A mí no me engañas, esas cosas se notan, la insatisfacción, ¡qué me vas a decir a mí!, yo te conozco, tú eres una chica sana, fuerte, *aquello* fue perfecto, en Londres esas cosas saben hacerlas, allí es normal, de modo que por tu parte puedes estar tranquila... Si no te quedas embarazada, él sabrá lo que hace, siempre lo ha sabido muy bien»...

Yo sé que hice mal, que entonces tenía que haberle dicho a mi madre que quería tener el niño y quería casarme con Chema. Pero me fui a Londres con ella y esperamos a que Chema terminara la carrera. «¿Terminar la carrera? Déjate de eufemismos, hijita. Esperó a que tuvieras veintiún años y pudieras disponer del dinero de tu padre.» Yo sé que hice mal, me siento culpable como dice el psiquiatra, pero no tanto. Sé que papá me perdonaría, él era comprensivo y cariñoso. También el médico es cariñoso, un poco viejo ya y su padre todavía vive, se dedican a lo mismo y él siente una gran admiración por su padre, de modo que lo entendió mejor que el psiquiatra, además que ahora no se trata de razones fisiológicas, ni de las otras, es que... nada, se lo dije y creo que me puse un poco colorada. Él me dio unas palmaditas y me sonrió cariñosamente: «Olvídese de ese niño, de la madre... ¡y hasta de su marido!... diviértase, procure pasarlo bien».

Hice una tontería comprando el panda porque en el barrio nadie los conocía. Se lo pregunté a la frutera y al panadero: «Deben de ser de los apartamentos» decían y tampoco

conocían a la Carmela, claro que sólo venía algunos días, pocos, «¿es una fuerte, alta?» me preguntaban, pero yo no sabía
cómo era, ni la Carmela, ni la madre, ni el niño... Pensé que
quizá quisiera comprárselo, el panda, así que lo llevé otra vez a
la tienda y dije que me dieran un vale, que ya volvería y lo pusieron otra vez en el escaparate y allí está todavía. Pero yo seguía oyéndolos, cada vez menos en el baño, ya no se reían allí
juntos, estaban siempre en el dormitorio. Ella le leía cuentos y
debían de jugar al palé porque él decía: «Te compro dos casas, te
compro un hotel». Yo también jugaba al palé con papá y también tenía miedo a morirme desde que vi a la hermanita de una
amiga, toda morada y tiesa. Papá se enfadó con mi madre por
haberme llevado a verla. Se enfadaba muy pocas veces, pero
aquel día se enfadó mucho. Y a mí me decía siempre: «No tienes que pensar en cosas feas y tristes... tienes que pensar que es
como un sueño y que al despertar yo estaré esperándote, cantando con mi pipa: el sultán / tenía una caña / de oro y plata / á
- á - á». Ella también se lo dijo: «No vas a irte al Sielo, Currito,
yo iré contigo a todas partes, mira, así, cogidos de la mano,
¿ves?, no te dejaré ir solo, siempre juntos los dos». Después,
varios días no los oí, nada, sólo una mañana ruido de limpieza
y después otra vez en el baño: «¡Qué feo estoy todo pelado!», y
ella: «Te creserá pronto, ya tú vas a ver y más fuerte aún y más
rubio». «Mamuca, yo no sé si vamos a poder ir a la playa.» «Pues
claro que vamos a ir... tienes que engordar un poquito para que
no te lleven las olas, si no qué voy a hacer yo con un chico tan
flaco allá.» Y por la noche: «Mami, mamuca, dame la mano»...
Eso fue lo último que le oí decir, después oí otras voces de mujer y también oí llorar, me pareció que alguien lloraba con desesperación, pero quizá no fueran ellos, debió de ser en otra casa.

Ya no he vuelto a preguntar, es inútil, está claro que
nadie los conocía, eran nuevos en el barrio, debían de estar de
paso. Ella no bajaba a comprar, compraría la asistenta, y el Currito no bajaba a jugar porque estaba enfermo. Se habrá puesto

bien, se habrán ido a esa playa de olas grandes y agua calentita. Allí engordará y se hará fuerte y grande como él decía, era un niño muy responsable y muy listo, ella no se sentirá nunca sola con un niño así, aunque tenga que trabajar, aunque tenga poco dinero, el panda no llegó a comprárselo, quizá guardaba el dinero para esa playa maravillosa. Él era un niño muy serio para su edad, porque se notaba que era pequeño, por la voz, y tampoco debía de ser muy fuerte, más bien menudito, por lo que ella decía... Tiene que haber sido eso, seguro, que se ha puesto bueno y se han ido.

Del libro *Morir en sus brazos y otros cuentos.*
Ed. Aguaclara, 1989.

LUIS MATEO DÍEZ

(Villablino, León, 1942)

— • —

Hotel Bulnes

De la muerte de Adama me enteré por casualidad.

La vida tiende estas celadas que devuelven el tiempo y el espacio de una lejana memoria que de nuevo palpita en el recuerdo sin posible defensa. Lo lógico es que me hubiese enterado de tan triste noticia mucho tiempo después, porque la distancia propicia ese abandono del pasado y a la ciudad de mi juventud apenas había regresado dos veces en veinte años.

—La entierran mañana —me dijo Ángel Brito, a quien acababa de encontrarme en el despacho de un amigo—. Supongo que Eloy estará destrozado...

Adama era tres años más joven que yo y Eloy Breda apenas me llevaba tres meses. Si hubiera que remover todo lo que habíamos compartido en aquellos años provinciales, que remitían a nuestra adolescencia y juventud, sería difícil no extraer algunos complicados sentimientos que el tiempo habría de apaciguar y que ahora, cuando la imagen de Adama se sumía en el vacío extremo de la muerte, tomaban un aliento más melancólico y desolado.

Esos sentimientos que con frecuencia enturbian los amores y las amistades se graban con extraña profundidad en el corazón, como si sostuvieran algún oscuro latido primordial, la semilla de las más antiguas desavenencias, las que uno experimenta y sufre cuando su conciencia todavía no ha alcanzado la madurez precisa para relativizarlas.

La decisión de tomar el tren esa misma tarde y acudir al entierro de Adama se me suscitó sobre la marcha. Nada impedía aquel viaje y la casualidad de la noticia alimentaba en mi ánimo la sensación de un cierto compromiso, de una cierta lealtad con ese patrimonio del pasado que ya acumulaba sin remedio su pérdida.

También me tentaba volver sobre ese reguero de las cosas que con tanta solvencia determina la muerte. Volver como sólo se vuelve cuando es ella quien interpone el ánimo de hacerlo. Hay una edad intermedia, que es la mía, en la que ya comienza a vislumbrarse ese otro tiempo de los regresos que matizan las ausencias mortales, los vacíos que te encaran al espejo de nuestra finitud.

La muerte de Adama se me iba convirtiendo, entre los pensamientos de aquel viaje de casi siete horas, en una llamada que yo atendía sin reparar en la nostalgia de aquellos años que también con ella estaban muertos, delimitando apenas ecos, sucesos, miradas, sombras, aromas, mientras el largo paisaje de la meseta secaba mis ojos como una espina polvorienta y el infinito atardecer removía mi sueño.

Llegué cansado. No tenía ninguna intención de recorrer los espacios de aquella ciudad a la que seguía aborreciendo, porque ni siquiera en veinte años de separación podía paliar los efectos de su imagen vetusta y hosca. Puedo sucumbir ante la emoción de un recuerdo, y había un cúmulo de encontradas emociones más o menos agostadas alrededor del recuerdo necrológico de Adama, pero no es frecuente que la nostalgia me sirva de alimento, y mucho menos esa nostalgia de los paisajes urbanos que contienen algo de mi vida, una parte del escenario antiguo de mí mismo.

La noche clausuraba aquellos espacios como si mi propia memoria hubiese apagado definitivamente la luz sobre ellos

y cuando, al salir de la estación, percibí esa corteza indetermina-
da del rostro urbano, su peso fantasmal entre las deformidades
inmobiliarias que lo acrecentaban, me arrepentí de haber venido
y sentí el deseo urgente de ir a refugiarme en algún sitio.

El deteriorado luminoso de un hotel cercano fue un
reclamo oportuno. No reparé demasiado en su aspecto. No era,
desde luego, un hotel de mi tiempo aunque la fachada del edificio acumulaba la pátina suficiente, seguro que incrementada por
la carbonilla de la vecina estación. En el vestíbulo no había nadie y tardaron bastante en atenderme.

Era fácil recomponer esa impresión modesta y desolada de tantos hoteles de medio pelo, por donde se diluyen las noches de los viajantes apresurados que acaban por perder hasta
el sentido de la orientación, trastocando la identidad de las ciudades que visitan. El Bulnes, que así se llamaba, destilaba en
sus oxidadas penumbras un raro sopor de somnolencia y soledad, un aroma de desayunos baratos y el terco ronroneo de las
cañerías averiadas.

La habitación que me asignaron no era muy grande
pero tenía una cama enorme. Su ventana daba a un patio interior donde se espesaban los desperdicios de la noche.

Soslayé la intención de darme una ducha y me conformé
con un alivio más liviano. Mi equipaje era escueto y la comodidad del pijama vino a relajarme mientras comenzaba a sentir ese
asedio del sueño que se anuncia en la pesadez de los párpados.
Había pensado localizar a algún viejo amigo para recabar la información exacta del entierro, pero en recepción no atendían
mi llamada y decidí que por la mañana, a primera hora, podría hacerlo. Con alguno de ellos podría también acercarme a ver a Eloy
antes de ir a la iglesia y al cementerio.

Tumbado sobre la cama, dejando que la pesadez de los
párpados animara el asedio, que mi conciencia se fundiera en
el cansancio hasta diluirse, tuve la sensación de que muchas de las
antiguas emociones de aquella juventud perdida, donde Ada-

ma compartía algunos sueños y secretos que yo no había sabido desvelar y culminar, reflotaban en la atmósfera macilenta de la habitación, como restos de un naufragio sentimental, como objetos afligidos en la recobrada superficie que invadía la tristeza.

Había apagado la lámpara que descansaba en la mesilla y en la oscuridad comencé a sentir cierta aprensión. Las sombras batían los sentimientos con ese azote culpable del pasado que es imposible modificar, y donde quedan tantos gestos que uno borraría, tantas enseñas de la frustración y del fracaso.

Volví a encender la lámpara. En la tibia penumbra, el espacio de aquella anodina habitación incrustada en el espacio de mi vieja ciudad aborrecida, logró perturbarme como si su imagen física supurara los despojos de ese pasado, las huellas de una antigua infelicidad que perduraba sin remedio.

Me levanté y fui al baño. Todas las cañerías del Bulnes orquestaron su averiado concierto y en seguida cerré el grifo, no sin antes percatarme del largo y solitario cabello que parecía haberse desprendido al girar la llave y se deslizaba en el agua por el interior del lavabo, arrastrado en la suavidad del remolino que lo conduciría al sumidero, dándole tiempo a extenderse en su rubia longitud.

Algo me incitaba a depositar la mano buscando una absurda caricia por la blanca superficie del lavabo en pos de aquel escurrido filamento que también era la huella de un despojo, una pérdida corporal que emulaba penosamente la suavidad de alguna cabellera rubia donde muchas veces se habían entrelazado mis dedos.

Ya sabía que me sería difícil dormirme, que el peso de los párpados se atenuaba y las horas de la noche podían petrificarse para que sólo subsistiera el vacío en aquel dichoso hotel que daba la impresión de estar deshabitado, apenas mantenido con el rastro de los viajantes apresurados que olvidaban sus maletas enmohecidas y las sucias corbatas en las perchas de los armarios.

Caminé con dificultades por la habitación, invadida por la cama enorme. Reparé en la suciedad de las paredes, en las ronchas que cuarteaban el techo con la señal reseca de las reiteradas humedades. Volvía a arrepentirme de aquel viaje improvisado y del descuido de no haber cogido mis pastillas. El insomnio iba ampliando esa terca lucidez que tanto afianza mi amargura, que derrota hasta extremos insufribles la conciencia de mi soledad.

Había apagado y encendido varias veces la lámpara de la mesilla y, después de recostarme sobre la almohada, abrí el cajón y descubrí un grueso libro de pequeño tamaño, desencuadernado, con algunas hojas sueltas. En seguida me percaté de que era una edición de la Biblia. Las livianas hojas resbalaron apelmazadas entre mis dedos. Una de ellas estaba doblada, como indicando una señal.

Alguien había subrayado con un bolígrafo azul unos versos del libro de los Proverbios.

—Ella ha abandonado al compañero de su juventud —leí en voz alta—, se ha olvidado de la alianza de su Dios, porque su casa conduce a la muerte y sus caminos a la región de las sombras.

Quedé absorto, embargado por una sensación de orfandad y desdicha, como si bajo aquellas palabras palpitase el rigor de una despedida, de una traición, de alguna decisión desesperada que hacía del abandono un lamento mortal.

Cuando devolví la Biblia al cajón mi mano tropezó con un objeto circular. Lo alcancé al fondo del mismo, donde se había ido rodando.

Era un lápiz de labios consumido hasta la mitad, con la barra de color carmesí hendida por la huella del uso. En mi dedo índice quedaba la leve mancha que parecía delatar la marca de un gesto amoroso que yo hubiese hurtado.

La oscuridad iba a traer, después que mis pensamientos se hubiesen evadido en algunas fantasías que no lograban sobrevolar la penuria de aquella habitación del Bulnes, un indicio de sueño y supongo que, al fin, el cansancio derrotó las últimas resistencias.

Estaba despierto y tomaba conciencia de ello viendo cómo la luz del patio interior traspasaba indecisa la ventana. Una luz incierta que no despejaba fácilmente la noche, que se impostaba sobre sus desperdicios. Podía calcular menos de cinco horas de sueño pero me encontraba despejado y la ducha fría culminó ese imprescindible bienestar de la mañana.

Todo estaba en orden y sentía cierta urgencia por irme de aquel hotel, por abandonar la habitación y olvidar los inútiles hallazgos que, como ya había previsto, se completaban con una arrugada corbata en una percha del armario. Dejaría mi maletín en recepción para recogerlo cuando todo hubiese concluido, aprovechando la cercanía de la estación y, con un poco de suerte, esa misma tarde haría el viaje de regreso.

Ahora no estaba arrepentido de haber venido y la memoria de Adama se hacía más intensa, como si acabase de resucitarla mientras me peinaba, y al mirarme un momento me la imaginé en el derrotero de todos estos últimos años, desde la transición de la frontera de su juventud, desde el último beso, cuando todavía las promesas tenían un valor incalculable para los dos.

No resultaba demasiado difícil acumular sobre el recuerdo de su rostro ese velo del tiempo que lo transforma sin deformarlo y mi propio rostro en el espejo podía servirme de pauta: la paralela lejanía de lo que ambos habíamos sido y esa certeza de mi melancólica mirada al recrearla.

Tomé el maletín y algo rodó por el suelo. Por un momento pensé que se me había caído una moneda en la tarima, pero al divisar el aro dorado que se había detenido al pie de la puerta me di cuenta de que era un objeto que había saltado bajo el maletín, desde la superficie del pequeño sillón donde reposaba.

Era una alianza. La deposité en la palma de mi mano izquierda, cautivado por la extrañeza de un hallazgo que parecía desvelar el descuido de un extravío o de un abandono.

Pensé que lo más adecuado sería devolverla en recepción por si la reclamaban, pero algo me incitaba a no hacerlo, a dejar que su extravío se compaginara con los otros hallazgos inútiles en esa habitación del Bulnes que ahora, con la luz que desde la ventana se apoderaba de ella, mostraba un aspecto más antiguo y polvoriento.

Casi mecánicamente fui hacia la mesilla, abrí el cajón y deposité en su interior la alianza. La Biblia tenía algunas hojas sueltas y sobre ellas se movió el lápiz de labios.

No me invadía la certeza de que todo aquello formaba parte de un mismo secreto pero cuando, después de volver a cerrar el cajón caminé presuroso hacia la puerta y la cerré tras de mí, pensé que la noche del Bulnes pertenecería a mi vida con la misma intensidad que tantas otras cosas de aquella ciudad a la que continuaría aborreciendo.

Ninguno de los viejos amigos se mostraba muy locuaz y algunos ni siquiera tenían intención de ir al entierro de Adama. A todos les extrañó mi presencia, como si consideraran excesiva la determinación de venir a cumplir con una deuda de lealtad tan lejana. El pasado era un suceso en el que nadie se sentía involucrado, al menos la parte de ese pasado que ella representaba.

En la iglesia saludé a Eloy, que también me mostró su extrañeza al verme. Fue un funeral de contados familiares y amigos dispersos. Las sombras de la iglesia reforzaban esa lejanía de quienes cumplen con el gesto lacónico y están dispuestos a irse lo antes posible. Sólo en algunas miradas furtivas pude recobrar el recuerdo de alguna amiga de Adama, de las que nunca llegaron a salir con nosotros.

En el cementerio el grupo de acompañantes era mucho más escueto. El mediodía otoñal derivaba en el correr alocado de las nubes que un viento frío se llevaba hacia los desfiladeros del horizonte.

El féretro de Adama bajó lento entre las sogas de los enterradores y en esos momentos miré a Eloy Breda y descubrí que sus ojos permanecían impasibles, que sus hombros se encogían en un gesto de indolencia.

—Ya te lo habrán contado todo... —me dijo aquella tarde, cuando tomábamos café en uno de los bares de nuestra juventud donde había accedido a charlar un rato.

Yo negué con la cabeza y pensé que en la discreción de los viejos amigos quedaban los restos de las maledicencias, de los malentendidos y las hipocresías.

—Me engañaba, Lito —confesó sin mirarme—, me engañaba desde hacía mucho tiempo y he sido el último en saberlo...

Eloy acercaba su mano temblorosa a mi brazo.

El rostro de Adama vino a mi memoria, dueño de una sonrisa inocente y feliz, una tarde en el río, cuando corría entre nosotros con aquel bañador blanco que nunca podríamos olvidar.

—Tenía sus citas —decía Eloy con la voz tomada por la indignación y la vergüenza— en un hotel muy cerca de la estación...

Del libro *Los males menores.*
Ed. Alfaguara, 1993.

MANUEL LONGARES
(Madrid, 1943)

—•—

Livingstone

El dependiente asentó el trozo de carne en el tajo, afiló el cuchillo y, desplazándolo por el borde que sus dedos oprimían, rebanó una loncha alargada que colocó en la báscula del mostrador. Solía pesar cien gramos la pieza de aguja de ternera que el chico se llevaba diariamente de la carnicería cercana al Instituto. Compraba al salir de clase con el dinero que le daba su madre, y al llegar a casa se hacía la comida después de cerciorarse de que nadie le acompañaría a la mesa. Sobre la plancha de la cocina ponía el filete, cuando sangraba lo metía en la barra desmigada y, ya en su cuarto, sentado en el secreter o tumbado en la cama nido, acababa el bocadillo mientras leía el *As* y escuchaba la casete de Bruce Springsteen.

A esa hora le telefoneaba su madre desde algún restaurante próximo a la agencia de publicidad donde trabajaba. A la madre le preocupaba que el chico siempre tomara lo mismo y, sobre todo, que le gustara poco hecho el filete pues, según las revistas norteamericanas que hojeaba en la agencia, la carne cruda produce cáncer. Pero el chico despreciaba sus recomendaciones y la madre no pensaba suprimir su habitual almuerzo con clientes o compañeros de oficina para preparar a su niño un plato macrobiótico.

Desde que se separó de su marido, la madre andaba tan atareada que con frecuencia anunciaba al chico que no iría a cenar con él, ni quizá a dormir. Esas noches, el chico freía una hamburguesa o se cocía un huevo, y cuando terminaba el programa de la tele, recorría todas las habitaciones encendiendo las luces y mirando debajo de las camas, como un vigilante. Luego le costaba dormirse y se despertaba cada dos por tres, creyendo haber oído la puerta.

Con el tiempo, el chico se acostumbró a soportar el miedo pero no la soledad. En las interminables tardes de invierno alternaba los deberes escolares con los juegos del ordenador o las películas del vídeo. Pero le distraía el vuelo de una mosca y todo le cansaba pronto. La madre pasaba con él los domingos si no le surgía un viaje. Pero no compartían la comida porque ella guardaba dieta los fines de semana, y convivían a regañadientes, ya que él interpretaba los intentos de comunicación que ensayaba su madre como un recorte a su independencia.

Así, siendo todavía un crío, fue desarrollando un temperamento huraño, temeroso de la fraternidad y de la higiene, y tan reacio a estudiar que se exponía a suspender las asignaturas más fáciles. Para remediarlo, la tutora del curso citó a la madre en el Instituto al comenzar el segundo trimestre. La madre acudió angustiada de que se le plantearan problemas. La tutora la tranquilizó con su sonrisa de bienvenida: «A tu hijo le llaman Stanley y te diré por qué».

Enrique Morton Stanley —leyó la madre en la Enciclopedia Espasa que había en la agencia—, *periodista y explorador norteamericano, de origen inglés. Su verdadero nombre era Jacobo Rowlan, pero usó siempre el del norteamericano que lo prohijó.*

La tutora había explicado a los alumnos que Stanley fue uno de los conquistadores occidentales de África en el siglo XIX. Destacó por sus expediciones científicas a Abisinia y el Congo, pero la que más popular le hizo no ofrecía ese carácter. Aspiraba simplemente a encontrar a un colega, Livingstone, del que no tenía noticias desde que le dejó, hace años, explorando las fuentes del Nilo.

Marginando cometidos más rentables, de segura notoriedad en Europa, Stanley peregrinó por el continente africano en busca de Livingstone sin saber su paradero ni si vivía, y no descansó hasta dar con él. «¿Por qué obró así?», planteó la tutora a su auditorio. En el somnoliento conjunto destacó la recia contestación del chico: «Porque eran amigos». «¿Cómo lo demuestras?», indagó la tutora. El chico respondió atropelladamente: «Si yo tuviera un amigo le salvaría de apuros». «¿Aunque corrieras peligro?» «Aunque corriera peligro —confirmó el chico—, porque un amigo es lo mejor de la vida.»

A la tutora le temblaba la voz al finalizar la historia. Sentimental, atribuía a la soledad del muchacho su alta valoración de la amistad y esa indiferencia por la comida, los estudios y su atuendo. «Es como Stanley —recalcó a la madre—, le falta Livingstone».

Cuando la madre supo por el Espasa de la agencia quién era Livingstone se confesó incapaz de encarnar al personaje. Ella se sentía más cerca de Stanley, pues desde que se rompió su matrimonio echaba en falta un compañero. Prefirió sin embargo sacrificarse a que los remordimientos la agobiaran y por atender a su hijo renunció a sus correrías nocturnas. Llegaba a casa cuando el segundo telediario, cocinaba unos congelados para el chico, y se sentaba a su lado en el sofá del salón a ver la tele o las películas que alquilaban. En los momentos emocionantes la madre le agarraba de la mano y el chico transigía. Pero ni comentaban las escenas ni la madre le ayudaba a repasar las lecciones porque se consideraba burra e insegura y también para no discutir.

Por entonces el chico empezó a rondar a la tutora en clase y fuera del Instituto, le consultaba las cosas más absurdas, y obedecía sus consejos sobre dietética y moda. Ya no encendía la plancha para dorar el filete porque usaba sartén con un chorrito de aceite y en la carnicería no sólo pedía ternera sino espaldilla y añojo. Su madre le veía por la mañana ostentosamente peinado, apestando a colonia y desodorante y se felicitaba de que los domingos ordenase su habitación. «Alguien le transformó», insinuó a la tutora. Y ésta, que también había cambiado de aspecto pues vestía conjuntos alegres y se pintaba los labios, contestó ruborizándose: «Livingstone, supongo».

Fue en una visita al Planetario con el curso cuando el chico y la tutora representaron los papeles de Stanley y Livingstone que espontáneamente se habían repartido. Bajo la bóveda de estrellas, el chico se sintió tan mayor y enamorado que propuso a la tutora viajar a África por la ruta de Stanley. La tutora le invitó a discutir el plan en su casa. Vivía con una hermana viuda y una gata preñada y ambas fueron testigos de su compromiso: «No irás solo al Kilimanjaro, Stanley», dijo solemnemente la tutora ante los restos de la merienda celebrada en el salón. Días después llegaba a la casa del chico una cesta con un descendiente de la gata de la tutora. Anudada a su cuello decía la tarjeta de caligrafía inconfundible: «Haz como Stanley». Y el chico, encantado, saludó al gato con las mismas palabras del explorador en el encuentro histórico con su colega: «Mister Livingstone, supongo».

Aquella mañana el dependiente asentó la pieza de carne en el tajo, afiló el cuchillo y, deslizándolo por el borde que sus dedos oprimían, cobró un filete de añojo de unos cien gramos de peso. Antes de comunicar el importe, el dependiente preguntó al chico si compraba comida para el gato, pero ese día el animal ayunaba porque iban a castrarlo.

El animal, como si lo presintiera, aguardaba al chico frotándose la cabeza con las patas en el mismo lugar donde le había dicho adiós horas antes. Mimoso y consentido, el animal no respondió al saludo de quien entraba en la casa parodiando su idioma, pero le siguió por el pasillo como si fuera su estela y entró con él en la cocina. Muy atento observó sus manejos con la sartén, intrigado por algún olor husmeó en la pila y sólo renunció a su investigación cuando el muchacho, con un grito de falsa cólera, le impulsó a la parte superior del frigorífico.

Era un gato indiscreto, tan curioso como los explora-
dores africanos, se extasiaba ante las marinas y acuarelas colgadas de la pared, le asombraban las imágenes de la televisión y
disfrutaba contemplando desde la ventana el bullicio de la
gente en la boca del metro.

Por ese mismo espíritu analítico abandonó las alturas
del frigorífico para presenciar el almuerzo del muchacho, le
acompañó a su cuarto y se tumbó en el suelo cuando el chico lo
hizo en la cama-nido. Pronto cerró los ojos como si fuera a dormirse y el chico deseó que lo hiciera pues no sabía en qué ocu-
parlo hasta la operación. Mas cuando el chico terminó de comer y salió de la habitación quitándose las migas de la camisa
—limpieza insólita hace unos meses—, el gato sacudió la mo-
dorra y le persiguió por el pasillo sigiloso y tenaz, lo mismo que
los policías de los telefilmes.

De este modo llegaron al salón, pero al pisar la alfombra el chico, en un brusco giro de cintura que desconcertó al gato, se venció sobre el cuerpo de su escolta sin darle cuartel, le
redujo con su peso, le atrapó las patas, contuvo sus amagos de fu-
ga, le manoseó el lomo y el hocico, y cuando le creyó sumiso y
entregado, acercó los labios a sus orejas y le confesó en voz alta,
porque nadie en la casa podía oírle, que le quería mucho, mucho, tanto como la trucha al trucho.

Aparentando fiereza estuvieron revolcándose en la alfombra hasta que avisó el reloj. El chico sacó del armario del
pasillo la cesta en que fue transportado el gato desde la casa de
la tutora y en ella le desplazó a la clínica. Le liberó del encierro
en la sala de espera y cuando le tocó el turno entró en el despacho del veterinario con el animal en los brazos. Sobre la mesa
de operaciones tendió al gato y se retiró a una esquina cuando
el veterinario avanzó con la inyección. Una enfermera agarró al
animal por la cabeza y las patas delanteras, el veterinario aferró
las traseras. Al clavarle la aguja, el gato chilló con una desesperación que espantó al chico. Para no marearse, el chico salió

del despacho mientras el gato, dimitiendo de su instinto investigador, se rendía a la anestesia.

«No le gusta esto», comentó ingenuamente en la sala de espera. Veinte minutos después se abría la puerta del despacho, la enfermera le invitaba a pasar y el chico se desmoronaba ante el animal inconsciente. El veterinario señaló dos bolitas violáceas: «Las gónadas», precisó. Preguntó al muchacho si las quería de recuerdo y ante la negativa de éste las arrojó a la basura. Costó cinco mil pesetas la intervención.

El chico pagó con el dinero de su madre y al llegar a casa depositó al animal encima de una sábana antigua que extendió sobre la alfombra del salón, justo en el sitio donde habían jugado a pelearse. Sonó entretanto el teléfono sin que el chico, pendiente de acomodar al gato, atendiera la llamada, y cuando el teléfono tornó a repicar y descolgó, una mano dulce le acarició el pecho.

Era la voz preciosa de la tutora que al principio no le reconocía: O estaba griposo o se había hecho un hombre. No lo aclaró el chico o no se lo permitió la tutora, que tenía prisa en despedirse de él y de su madre antes de partir a la ciudad costera donde se celebraba un curso de verano.

Al otro lado del auricular sintió el muchacho que la imagen amiga de la tutora se difuminaba, y después de un silencio de siglos —en el que ella preguntaba ansiosa ¿me oyes?, entre los bocinazos impacientes del automóvil que se la llevaría— el chico se atrevió a recordarle la promesa de aventurarse ese verano, ella y él, por la ruta africana de Stanley.

Callaba ahora la tutora mientras el chico, desconsolado por el derrumbamiento de sus esperanzas, pedía explicación de este cambio de planes. No satisfizo la tutora sus exigencias sino que se interesó por el gato. El chico empezó a describir la operación y la tutora no aceptó que el muchacho le confiara su horror: la castración era aconsejable, zanjó con suficiencia, porque en épocas de celo los gatos se volvían imposibles.

El chico colgó el teléfono. Llegaban las vacaciones, la profesora se iba y para compensarle de su ausencia le dejaba un gato inválido. Aturdido por el silencio de la casa entró en la cocina, afiló el cuchillo de la carne, regresó al salón, se arrodilló junto al gato, le acarició, y sobre la gastada sábana se mantuvo en solidaria y magnífica locura hasta que su madre lo encontró esa noche con ojos inexpresivos y el pantalón desgarrado en un charco de sangre seca.

Del libro *Apariencias.*
Biblioteca de El Sol, 1992.

CRISTINA FERNÁNDEZ CUBAS
(Arenys de Mar, Barcelona, 1945)

— • —

El reloj de Bagdad

Nunca las temí ni nada hicieron ellas por amedrentarme. Estaban ahí, junto a los fogones, confundidas con el crujir de la leña, el sabor a bollos recién horneados, el vaivén de los faldones de las viejas. Nunca las temí, tal vez porque las soñaba pálidas y hermosas, pendientes como nosotros de historias sucedidas en aldeas sin nombre, aguardando el instante oportuno para dejarse oír, para susurrarnos sin palabras: «Estamos aquí, como cada noche». O bien, refugiarse en el silencio denso que anunciaba: «Todo lo que estáis escuchando es cierto. Trágica, dolorosa, dulcemente cierto». Podía ocurrir en cualquier momento. El rumor de las olas tras el temporal, el paso del último mercancías, el trepidar de la loza en la alacena, o la inconfundible voz de Olvido, encerrada en su alquimia de cacerolas y pucheros:

—Son las ánimas, niña, son las ánimas.

Más de una vez, con los ojos entornados, creí en ellas.

¿Cuántos años tendría Olvido en aquel tiempo? Siempre que le preguntaba por su edad la anciana se encogía de hombros, miraba por el rabillo del ojo a Matilde y seguía impasible, desgranando guisantes, zurciendo calcetines, disponiendo las lentejas en pequeños montones, o recordaba, de pronto, la inaplazable necesidad de bajar al sótano a por leña y alimentar la salamandra del último piso. Un día intenté sonsacar a Matilde. «Todos los del mundo», me dijo riendo.

La edad de Matilde, en cambio, jamás despertó mi curiosidad. Era vieja también, andaba encorvada, y los cabellos canos, amarilleados por el agua de colonia, se divertían ribeteando un pequeño moño, apretado como una bola, por el que asomaban horquillas y pasadores. Tenía una pierna renqueante que sabía predecir el tiempo y unas cuantas habilidades más que, con el paso de los años, no logro recordar tan bien como quisiera. Pero, al lado de Olvido, Matilde me parecía muy joven, algo menos sabia y mucho más inexperta, a pesar de que su voz sonara dulce cuando nos mostraba los cristales empañados y nos hacía creer que afuera no estaba el mar, ni la playa, ni la vía del tren, ni tan siquiera el paseo, sino montes inaccesibles y escarpados por los que correteaban hordas de lobos enfurecidos y hambrientos. Sabíamos —Matilde nos lo había contado muchas veces— que ningún hombre temeroso de Dios debía, en noches como aquéllas, abandonar el calor de su casa. Porque ¿quién, sino un alma pecadora, condenada a vagar entre nosotros, podía atreverse a desafiar tal oscuridad, semejante frío, tan espantosos gemidos procedentes de las entrañas de la tierra? Y entonces Olvido tomaba la palabra. Pausada, segura, sabedora de que a partir de aquel momento nos hacía suyos, que muy pronto la luz del quinqué se concentraría en su rostro y sus arrugas de anciana dejarían paso a la tez sonrosada de una niña, a la temible faz de un sepulturero atormentado por sus recuerdos, a un fraile visionario, tal vez a una monja milagrera... Hasta que unos pasos decididos, o un fino taconeo, anunciaran la llegada de incómodos intrusos. O que ellas, nuestras amigas, indicaran por boca de Olvido que había llegado la hora de descansar, de comernos la sopa de sémola o de apagar la luz.

Sí, Matilde, además de su pierna adivina, poseía el don de la dulzura. Pero en aquellos tiempos de entregas sin fisuras yo había tomado el partido de Olvido, u Olvido, quizá, no me había dejado otra opción. «Cuando seas mayor y te cases, me iré a vivir contigo.» Y yo, cobijada en el regazo de mi protectora, no conseguía imaginar cómo sería esa tercera persona dispuesta a compartir nuestras vidas, ni veía motivo suficiente para separarme de mi familia o abandonar, algún día, la casa junto a la playa. Pero Olvido decidía siempre por mí. «El piso será soleado y pequeño, sin escaleras, sótano ni azotea.» Y no me quedaba otro remedio que ensoñarlo así, con una amplia cocina en la que Olvido trajinara a gusto y una gran mesa de madera con tres sillas, tres vasos y tres platos de porcelana... O, mejor, dos. La compañía del extraño que las previsiones de Olvido me adjudicaban no acababa de encajar en mi nueva cocina. «Él cenará más tarde», pensé. Y le saqué la silla a un hipotético comedor que mi fantasía no tenía interés alguno en representarse.

Pero en aquel caluroso domingo de diciembre, en que los niños danzaban en torno al bulto recién llegado, me fijé con detenimiento en el rostro de Olvido y me pareció que no quedaba espacio para una nueva arruga. Se hallaba extrañamente rígida, desatenta a las peticiones de tijeras y cuchillos, ajena al jolgorio que el inesperado regalo había levantado en la antesala. «Todos los años del mundo», recordé, y, por un momento, me invadió la certeza de que la silla que tan ligeramente había desplazado al comedor no era la del supuesto, futuro y desdibujado marido.

Lo habían traído aquella misma mañana, envuelto en un recio papel de embalaje, amarrado con cordeles y sogas como un prisionero. Parecía un gigante humillado, tendido como estaba sobre la alfombra, soportando las danzas y los chillidos de los niños, excitados, inquietos, seguros hasta el último instante de que sólo ellos iban a ser los destinatarios del descomunal juguete. Mi madre, con mañas de gata adulada, seguía de cerca los intentos por desvelar el misterio. ¿Un nuevo armario? ¿Una escultura, una lámpara? Pero no, mujer, claro que no. Se trataba

de una obra de arte, de una curiosidad, de una ganga. El anticuario debía de haber perdido el juicio. O, quizá, la vejez, un
error, otras preocupaciones. Porque el precio resultaba irrisorio
para tamaña maravilla. No teníamos más que arrancar los últimos adhesivos, el celofán que protegía las partes más frágiles,
abrir la puertecilla de cristal y sujetar el péndulo. Un reloj de pie
de casi tres metros de alzada, números y manecillas recubiertos de oro, un mecanismo rudimentario pero perfecto. Debería-
mos limpiarlo, apuntalarlo, disimular con barniz los inevitables
destrozos del tiempo. Porque era un reloj muy antiguo, fechado
en 1700, en Bagdad, probable obra de artesanos iraquíes para
algún cliente europeo. Sólo así podía interpretarse el hecho de
que la numeración fuera arábiga y que la parte inferior de la caja
reprodujera en relieve los cuerpos festivos de un grupo de seres
humanos. ¿Danzarines? ¿Invitados a un banquete? Los años habían desdibujado sus facciones, los pliegues de sus vestidos, los
manjares que se adivinaban aún sobre la superficie carcomida
de una mesa. Pero ¿por qué no nos decidíamos de una vez a alzar la vista, a detenernos en la esfera, a contemplar el juego de balanzas que, alternándose el peso de unos granos de arena, ponía
en marcha el carillón? Y ya los niños, equipados con cubos y pa-
las, salían al paseo, miraban a derecha e izquierda, cruzaban la vía
y se revolcaban en la playa que ahora no era una playa sino un
remoto y peligroso desierto. Pero no hacía falta tanta arena. Un
puñado, nada más, y, sobre todo, un momento de silencio. Co-
ronando la esfera, recubierta de polvo, se hallaba la última sorpresa de aquel día, el más delicado conjunto de autómatas que
hubiéramos podido imaginar. Astros, planetas, estrellas de tamaño diminuto aguardando las primeras notas de una melodía
para ponerse en movimiento. En menos de una semana conoce-
ríamos todos los secretos de su mecanismo.

     Lo instalaron en el descansillo de la escalera, al térmi-
no del primer tramo, un lugar que parecía construido aposta.
Se le podía admirar desde la antesala, desde el rellano del pri-

mer piso, desde los mullidos sillones del salón, desde la trampi-
lla que conducía a la azotea. Cuando, al cabo de unos días, dimos con la proporción exacta de arena y el carillón emitió, por
primera vez, las notas de una desconocida melodía, a todos nos
pareció muchísimo más alto y hermoso. El Reloj de Bagdad estaba ahí. Arrogante, majestuoso, midiendo con su sordo tictac
cualquiera de nuestros movimientos, nuestra respiración, nuestros juegos infantiles. Parecía como si se hallara en el mismo
lugar desde tiempos inmemoriales, como si sólo él estuviera en
su puesto, tal era la altivez de su porte, su seguridad, el respeto
que nos infundía cuando, al caer la noche, abandonábamos la
plácida cocina para alcanzar los dormitorios del último piso.
Ya nadie recordaba la antigua desnudez de la escalera. Las visitas se mostraban arrobadas, y mi padre no dejaba de felicitarse
por la astucia y la oportunidad de su adquisición. Una ocasión
única, una belleza, una obra de arte.

Olvido se negó a limpiarlo. Pretextó vértigos, jaquecas,
vejez y reumatismo. Aludió a problemas de la vista, ella que podía distinguir un grano de cebada en un costal de trigo, la cabeza de un alfiler en un montón de arena, la china más minúscula
en un puñado de lentejas. Encaramarse a una escalerilla no era
labor para una anciana. Matilde era mucho más joven y llevaba, además, menos tiempo en la casa. Porque ella, Olvido, poseía el privilegio de la antigüedad. Había criado a las hermanas
de mi padre, asistido a mi nacimiento, al de mis hermanos, ese
par de pecosos que no se apartaban de las faldas de Matilde.
Pero no era necesario que sacase a relucir sus derechos, ni que
se asiera con tanta fuerza de mis trenzas. «Usted, Olvido, es como de la familia.» Y, horas más tarde, en la soledad de la alcoba
de mis padres: «Pobre Olvido. Los años no perdonan».

No sé si la extraña desazón que iba a adueñarse pronto
de la casa irrumpió de súbito, como me lo presenta ahora la memoria, o si se trata, quizá, de la deformación que entraña el recuerdo. Pero lo cierto es que Olvido, tiempo antes de que la

sombra de la fatalidad se cerniera sobre nosotros, empezó a ad-quirir actitudes de felina recelosa, siempre con los oídos alerta, las manos crispadas, atenta a cualquier soplo de viento, al me-nor murmullo, al chirriar de las puertas, al paso del mercancías, del rápido, del expreso, o al cotidiano trepidar de las cacerolas sobre las repisas. Pero ahora no eran las ánimas que pedían ora-ciones ni frailes pecadores condenados a penar largos años en la tierra. La vida en la cocina se había poblado de un silencio tenso y agobiante. De nada servía insistir. Las aldeas, perdidas entre montes, se habían tornado lejanas e inaccesibles, y nues-tros intentos, a la vuelta del colegio, por arrancar nuevas histo-rias se quedaban en preguntas sin respuestas, flotando en el aire, bailoteando entre ellas, diluyéndose junto a humos y sus-piros. Olvido parecía encerrada en sí misma y, aunque fingía entregarse con ahínco a fregar los fondos de las ollas, a barnizar armarios y alacenas, o a blanquear las junturas de los mosaicos, yo la sabía cruzando el comedor, subiendo con cautela los pri-meros escalones, deteniéndose en el descansillo y observando. La adivinaba observando, con la valentía que le otorgaba el no hallarse realmente allí, frente al péndulo de bronce, sino a salvo, en su mundo de pucheros y sartenes, un lugar hasta el que no llegaban los latidos del reloj y en el que podía ahogar, con facilidad, el sonido de la inevitable melodía.

Pero apenas hablaba. Tan sólo en aquella mañana ya lejana en que mi padre, cruzando mares y atravesando desier-tos, explicaba a los pequeños la situación de Bagdad, Olvido se había atrevido a murmurar: «Demasiado lejos». Y luego, dando la espalda al objeto de nuestra admiración, se había internado por el pasillo cabeceando enfurruñada, sosteniendo una conversa-ción consigo misma.

—Ni siquiera deben de ser cristianos —dijo entonces.

En un principio, y aunque lamentara el súbito cambio que se había operado en nuestra vida, no concedí excesiva importancia a los desvaríos de Olvido. Los años parecían haberse desplomado de golpe sobre el frágil cuerpo de la anciana, sobre aquellas espaldas empeñadas en curvarse más y más a medida que pasaban los días. Pero un hecho fortuito terminó de sobrecargar la enrarecida atmósfera de los últimos tiempos. Para mi mente de niña, se trató de una casualidad; para mis padres, de una desgracia; para la vieja Olvido, de la confirmación de sus oscuras intuiciones. Porque había sucedido junto al bullicioso grupo sin rostro, ante el péndulo de bronce, frente a las manecillas recubiertas de oro. Matilde sacaba brillo a la cajita de astros, al sol y a la luna, a las estrellas sin nombre que componían el diminuto desfile, cuando la mente se le nubló de pronto, quiso aferrarse a las balanzas de arena, apuntalar sus pies sobre un peldaño inexistente, impedir una caída que se presentaba inevitablemente. Pero la liviana escalerilla se negó a sostener por más tiempo aquel cuerpo oscilante. Fue un accidente, un desmayo, una momentánea pérdida de conciencia. Matilde no se encontraba bien. Lo había dicho por la mañana mientras vestía a los pequeños. Sentía náuseas, el estómago revuelto, posiblemente la cena de la noche anterior, quién sabe si una secreta copa traidora al calor de la lumbre. Pero no había forma humana de hacerse oír en aquella cocina dominada por sombríos presagios. Y ahora no era sólo Olvido. A los innombrables temores de la anciana se había unido el espectacular terror de Matilde. Rezaba, conjuraba, gemía. Se las veía más unidas que nunca, murmurando sin descanso, farfullando frases inconexas, intercambiándose consejos y plegarias. La antigua rivalidad, a la hora de competir con su arsenal de prodigios y espantos, quedaba ya muy lejos. Se diría que aquellas historias, con las que nos hacían vibrar de emoción, no eran más que juegos. Ahora, por primera vez, las sentía asustadas.

Durante aquel invierno fui demorando, poco a poco, el regreso del colegio. Me detenía en las plazas vacías, frente a los carteles del cine, ante los escaparates iluminados de la calle principal. Retrasaba en lo posible el inevitable contacto con las noches de la casa, súbitamente tristes, inesperadamente heladas, a pesar de que la leña siguiera crujiendo en el fuego y de que de la cocina surgieran aromas a bollo recién hecho y a palomitas de maíz. Mis padres, inmersos desde hacía tiempo en los preparativos de un viaje, no parecían darse cuenta de la nube siniestra que se había introducido en nuestro territorio. Y nos dejaron solos. Un mundo de viejas y niños solos. Subiendo la escalera en fila, cogidos de la mano, sin atrevernos a hablar, a mirarnos a los ojos, a sorprender en el otro un destello de espanto que, por compartido, nos obligara a nombrar lo que no tenía nombre. Y ascendíamos escalón tras escalón con el alma encogida, conteniendo la respiración en el primer descansillo, tomando carrerilla hasta el rellano, deteniéndonos unos segundos para recuperar aliento, continuando silenciosos los últimos tramos del camino, los latidos del corazón azotando nuestro pecho, unos latidos precisos, rítmicos, perfectamente sincronizados. Y, ya en el dormitorio, las viejas acostaban a los pequeños en sus camas, niños olvidados de su capacidad de llanto, de su derecho a inquirir, de la necesidad de conjurar con palabras sus inconfesados terrores. Luego nos daban las buenas noches, nos besaban en la frente y, mientras yo prendía una débil lucecita junto al cabezal de mi cama, las oía dirigirse con pasos arrastrados hacia su dormitorio, abrir la puerta, cuchichear entre ellas, lamentarse, suspirar. Y después dormir, sin molestarse en apagar el tenue resplandor de la desnuda bombilla, sueños agitados que pregonaban a gritos el silenciado motivo de sus inquietudes diurnas, el Señor Innombrado, el Amo y Propietario de nuestras viejas e infantiles vidas.

La ausencia de mis padres no duró más que unas semanas, tiempo suficiente para que, a su regreso, encontraran la casa molestamente alterada. Matilde se había marchado. Un mensaje, una carta del pueblo, una hermana doliente que reclamaba angustiada su presencia. Pero ¿cómo podía ser? ¿Desde cuándo Matilde tenía hermanas? Nunca hablaba de ella pero conservaba una hermana en la aldea. Aquí estaba la carta: sobre la cuadrícula del papel una mano temblorosa explicaba los pormenores del imprevisto. No tenían más que leerla. Matilde la había dejado con este propósito: para que comprendieran que hizo lo que hizo porque no tenía otro remedio. Pero una carta sin franqueo. ¿Cómo podía haber llegado hasta la casa? La trajo un pariente. Un hombre apareció una mañana por la puerta con una carta en la mano. ¿Y esa curiosa y remilgada redacción? Mi madre buscaba entre sus libros un viejo manual de cortesía y sociedad. Aquellos billetes de pésame, de felicitación, de cambio de domicilio, de comunicación de desgracias. Esa carta la había leído ya alguna vez. Si Matilde quería abandonarnos no tenía necesidad de recurrir a ridículas excusas. Pero ella, Olvido, no podía contestar. Estaba cansada, se sentía mal, había aguardado a que regresaran para declararse enferma. Y ahora, postrada en el lecho de su dormitorio, no deseaba otra cosa que reposar, que la dejaran en paz, que desistieran de sus intentos por que se decidiera a probar bocado. Su garganta se negaba a engullir alimento alguno, a beber siquiera un sorbo de agua. Cuando se acordó la conveniencia de que los pequeños y yo misma pasáramos unos días en casa de lejanos familiares y subí a despedirme de Olvido, creí encontrarme ante una mujer desconocida. Había adelgazado de manera alarmante, sus ojos parecían enormes, sus brazos, un manojo de huesos y venas. Me acarició la cabeza casi sin rozarme, esbozando una mueca que ella debió suponer sonrisa, supliendo con el brillo de su mirada las escasas palabras que lograban aflorar a sus labios. «Primero pensé que algún día tenía que ocurrir», masculló, «que unas cosas empiezan y otras acaban...». Y luego, como presa de un pavor invencible, asiéndose de mis trenzas, intentando escupir algo que desde hacía tiempo ardía en su boca y empezaba ya a quemar mis oídos: «Guárdate. Protégete... ¡No te descuides ni un instante!».

Siete días después, de regreso a casa, me encontré con una habitación sórdidamente vacía, olor a desinfectante y colonia de botica, el suelo lustroso, las paredes encaladas, ni un solo objeto ni una prenda personal en el armario. Y, al fondo, bajo la ventana que daba al mar, todo lo que quedaba de mi adorada Olvido: un colchón desnudo, enrollado sobre los muelles oxidados de la cama.

Pero apenas tuve tiempo de sufrir su ausencia. La calamidad había decidido ensañarse con nosotros, sin darnos respiro, negándonos un reposo que iba revelándose urgente. Los objetos se nos caían de las manos, las sillas se quebraban, los alimentos se descomponían. Nos sabíamos nerviosos, agitados, inquietos. Debíamos esforzarnos, prestar mayor atención a todo cuanto hiciéramos, poner el máximo cuidado en cualquier actividad por nimia y cotidiana que pudiera parecernos. Pero, aun así, a pesar de que lucháramos por combatir aquel creciente desasosiego, yo intuía que el proceso de deterioro al que se había entregado la casa no podía detenerse con simples propósitos y buenas voluntades. Eran tantos los olvidos, tan numerosos los descuidos, tan increíbles las torpezas que cometíamos de continuo, que ahora, con la distancia de los años, contemplo la tragedia que marcó nuestras vidas como un hecho lógico e inevitable. Nunca supe si aquella noche olvidamos retirar los braseros, o si lo hicimos de forma apresurada, como todo lo que emprendíamos en aquellos días, desatentos a la minúscula ascua escondida entre los faldones de la mesa camilla, entre los flecos de cualquier mantel abandonado a su desidia... Pero nos arrancaron del lecho a gritos, nos envolvieron en mantas, bajamos como enfebrecidos las temibles escaleras, pobladas, de pronto, de un humo denso, negro, asfixiante. Y luego, ya a salvo, a pocos metros del jardín, un espectáculo gigantesco e imborrable. Llamas violáceas, rojas, amarillas, apagando con su fulgor las primeras luces del alba, compitiendo entre ellas por alcanzar las cimas más altas, surgiendo por ventanas, hendiduras, claraboyas. No había nada que hacer, dijeron, todo estaba perdido. Y así, mientras, inmovilizados por el pánico, contemplábamos la lucha sin esperanzas contra el fuego, me pareció como si mi vida fuera a extinguirse en aquel preciso instante, a mis escasos doce años, envuelta en un murmullo de lamentaciones y condolencias, junto a una casa que hacía tiempo había dejado de ser mi casa. El frío del asfalto me hizo arrugar los pies. Los noté desmesurados, ridículos, casi tanto como las pantorrillas que asomaban por las perneras de un pijama demasiado corto y estrecho. Me cubrí con la manta y, entonces, asestándome el tiro de gracia, se oyó la voz. Surgió a mis espaldas, entre baúles y archivadores, objetos rescatados al azar, cuadros sin valor, jarrones de loza, a lo sumo un par de candelabros de plata.

Sé que, para los vecinos congregados en el paseo, no fue más que la inoportuna melodía de un hermoso reloj. Pero, a mis oídos, había sonado como unas agudas, insidiosas, perversas carcajadas.

Aquella misma madrugada se urdió la ingenua conspiración de la desmemoria. De la vida en el pueblo recordaríamos sólo el mar, los paseos por la playa, las casetas listadas del verano. Fingí adaptarme a los nuevos tiempos, pero no me perdí detalle, en los días inmediatos, de todo cuanto se habló en mi menospreciada presencia. El anticuario se obstinaba en rechazar el reloj aduciendo razones de dudosa credibilidad. El mecanismo se hallaba deteriorado, las maderas carcomidas, las fechas falsificadas... Negó haber poseído, alguna vez, un objeto de tan desmesurado tamaño y redomado mal gusto, y aconsejó a mi padre que lo vendiera a un trapero o se deshiciera de él en el vertedero más próximo. No obedeció mi familia al olvidadizo comerciante, pero sí, en cambio, adquirió su pasmosa tranquilidad para negar evidencias. Nunca más pude yo pronunciar el nombre prohibido sin que se culpase a mi fantasía, a mi imaginación, o a las inocentes supersticiones de ancianas ignorantes. Pero la noche de

San Juan, cuando abandonábamos para siempre el pueblo de mi infancia, mi padre mandó detener el coche de alquiler en las inmediaciones de la calle principal. Y entonces lo vi. A través del humo, los vecinos, los niños reunidos en torno a las hogueras. Parecía más pequeño, desamparado, lloroso. Las llamas ocultaban las figuras de los danzarines, el juego de autómatas se había desprendido de la caja, y la esfera colgaba, inerte, sobre la puerta de cristal que, en otros tiempos, encerrara un péndulo. Pensé en un gigante degollado y me estremecí. Pero no quise dejarme vencer por la emoción. Recordando antiguas aficiones, entorné los ojos.

Ella estaba allí. Riendo, danzando, revoloteando en torno a las llamas junto a sus viejas amigas. Jugueteaba con las cadenas como si estuvieran hechas de aire y, con sólo proponérselo, podía volar, saltar, unirse sin ser vista al júbilo de los niños, al estrépito de petardos y cohetes. «Olvido», dije, y mi propia voz me volvió a la realidad.

Vi cómo mi padre reforzaba la pira, atizaba el fuego y regresaba jadeante al automóvil. Al abrir la puertecilla, se encontró con mis ojos expectantes. Fiel a la ley del silencio, nada dijo. Pero me sonrió, me besó en las mejillas y, aunque jamás tendré ocasión de recordárselo, sé que su mano me oprimió la nuca para que mirara hacia el frente y no se me ocurriera sentir un asomo de piedad o tristeza.

Aquélla fue la última vez que, entornando los ojos, supe verlas.

Del libro *Mi hermana Elba y Los altillos de Brumal.*
Ed. Tusquets, 1988.

JOSÉ MARÍA LATORRE
(Zaragoza, 1945)

— • —

Instantáneas

El flash disparado por el mecanismo fotográfico oculto en las entrañas de la máquina le deslumbró más de lo habitual cuando descargó sobre su rostro los cuatro relámpagos seguidos. Luego, le pareció recordar vagamente que una de las veces había entrecerrado los ojos o fruncido el ceño, pero eso no justificaba el hecho de que las cuatro fotografías ofrecidas en una tira de cartulina barata todavía húmeda, que había sido literalmente vomitada por una de las aberturas exteriores de la máquina, mostraran el rostro de un hombre distinto: no se reconoció ni en las facciones, ni en el cabello canoso, ni en la expresión asustada de la persona de las fotografías. Tampoco lo explicaba aquella sensación molesta, mezcla de asco, de angustia y de temor, que había experimentado al sentarse en el taburete y hacerlo girar para adecuar su elevada estatura a la altura de la flecha negra que había marcada al lado de las instrucciones para el uso de la máquina. Ni el olor repugnante, anormal, que le había agredido al entrar en la cabina y que le había perturbado tanto como, creía, perturban los olores de las habitaciones que se abren después de llevar cerradas varios años y el peculiar olor de los cementerios en verano. Olía como se figuraba que debían oler los viejos panteones y las viejas criptas. Un olor absurdo, inexplicable, porque el interior de aquella ca-

443

bina de fotografía instantánea estaba continuamente ventilado, pues sólo una cortinilla de tela negra aislaba el interior del exterior; y porque no era verano sino invierno. Casi sonrió al pensar que tampoco estaba en un cementerio, en una cripta o en un panteón. Pero olía a rancio, a polvo acumulado y a materias orgánicas en descomposición. Y las cuatro fotografías que le había entregado la máquina tras una especie de gruñido no eran las suyas. La única explicación posible era que pertenecieran al anterior usuario, ya que en esos aparatos automáticos las fotografías tardan cierto tiempo en salir; a veces, incluso, muchos minutos: a él mismo le había sucedido unos años atrás; un defecto del mecanismo, le dijeron. Quizá el anterior usuario, el propietario de aquella cara envejecida, asustada, se había marchado, cansado de esperar unas fotografías que no recibía y pensando que debería efectuar una reclamación al nombre y al teléfono indicados. Hay máquinas defectuosas y otras que se averían —pensó Elías—, y ésta era una de ellas, lo cual podía significar que sus fotografías no saldrían o que, en el mejor de los casos, tardarían aún varios minutos en salir. Esperaría; no tenía prisa. Por unos momentos, la situación le pareció divertida pensando en la posibilidad de que la avería o el defecto de la máquina estuviera obsequiando a diario a unos clientes con las fotografías de otros.

La cabina estaba situada en la entrada de una calle, junto a la Plaza Mayor, habitualmente bastante transitada, al lado de un quiosco de periódicos y revistas que a esa hora ya tenía echada la persiana, igual que también estaba cerrado el bar que había enfrente de ella. ¿No había cerrado antes que otros días? Hacía más frío que las noches anteriores: ésa podía ser la causa de que Elías no viera a nadie a su alrededor; coches sí, los automóviles transitaban a velocidades casi suicidas aprovechando el escaso tráfico. Mientras permanecía con la mirada fija en la rendija por la que, si todo iba bien, debían caer sus fotografías, expulsadas de las tripas de la máquina, Elías pensó que no debía haber cedido a la tentación de hacerse esa noche, y precisamente en esa cabina, unas fotografías que en realidad no necesitaba hasta el día siguiente. Encendió un cigarrillo, nervioso, pendiente del sonido indicador de la llegada de sus auténticas fotografías reveladas, y tiró las otras al suelo. Diez minutos después, se quedó convencido de que la máquina estaba realmente averiada. Su primera reacción fue la de marcharse de allí; sin embargo no lo hizo. Apartó las cortinillas y, dominando a duras penas su aprensión por el mal olor, volvió a efectuar la misma operación de antes, comenzando por introducir en la ranura las monedas requeridas. Esperando los estallidos del flash, se sobresaltó al no reconocerse tampoco en el espejo: sus ojos estaban más hundidos en sus cuencas y rodeados de ojeras, su cabello era blanquecino, y los rasgos que veía reflejados no eran los suyos. Notó una opresión en el pecho, como le sucedía siempre que le dominaba el nerviosismo, y salió apresuradamente de la cabina después de los cuatro fogonazos indicativos de que la nueva operación fotográfica seguía su curso. Le temblaban las manos; unas manos arrugadas, de uñas largas y amarillentas. Hacía más frío que antes y, sorprendentemente, hasta los automóviles habían dejado de circular por la calle, sumida en el silencio. No obstante, en la vecina Plaza Mayor el tráfico parecía normal. No cabía duda de que había sido víctima de una ilusión óptica; las cuatro fotografías bajarían dentro de poco, serían las suyas, las recogería y se alejaría de ese lugar olvidando el desagradable incidente. La ansiedad casi dificultaba su respiración.

La cartulina bajó en seguida. Seguía temblando cuando la recogió: el individuo fotografiado no era él, pero se parecía mucho al rostro que acababa de ver reflejado en el espejo. «¡Qué tonterías estoy pensando! —dijo en voz alta, como si quisiera justificarse ante un testigo invisible—. El espejo no podía reflejar otro rostro que no fuera el mío. Yo era el ocupante de la cabina y era yo también quien me estaba mirando». Sí, él había sido el modelo fotográfico, pero el hombre fotografiado era un desconocido. El silencio que reinaba en la calle comenzó a pesarle; ni siquiera llegaba a sus oídos el sonido del tráfico de la Plaza Mayor. ¿Qué debía hacer? ¿Marcharse de allí y buscar otro espejo en otra parte para comprobar estúpidamente que seguía siendo él mismo? ¿Llamar por teléfono a algún amigo para que acudiera a la cabina y fuera testigo de tan anómalo suceso o corroborara que se trataba de una alucinación? La calle se había quedado a oscuras; las farolas estaban apagadas y no surgía una sola luz de las casas, como si el silencio y la oscuridad se hubiesen confabulado para hundir en la nada ese fragmento urbano. Ni siquiera se vislumbraba una débil rendija de luz procedente de un patio o de una ventana; ni el parpadeo de un televisor en una habitación en penumbra. A pesar del deficiente alumbrado, la Plaza Mayor parecía, vista desde donde estaba Elías, un decorado iluminado por los potentes focos de un equipo cinematográfico en un rodaje nocturno. «Sólo me faltaba tener que soportar ahora un apagón», pensó para tranquilizarse. Podía entender un apagón, igual que podía comprender que hubiera estado utilizando una máquina averiada, pero ¿por qué no circulaba ningún vehículo por la calle? Y, sobre todo, ¿por qué la luz de la cabina seguía encendida cuando todo, a su alrededor, estaba cubierto por un manto de negrura?

Una fuerte ráfaga de viento frío impulsó a Elías a refugiarse en la cabina. Desde dentro, conteniendo a veces la respiración a causa del insoportable hedor, oyó cómo silbaba el viento armando tal estrépito que parecía como si arrastrara a su paso toda clase de objetos. Cerró los ojos para evitar caer en la tentación de mirarse otra vez en el espejo, pero no pudo resistir el insano atractivo que el azogue ejercía sobre él. Lo que vio le horrorizó: el hombre que se reflejaba en el espejo todavía era más anciano que antes; tenía los ojos hundidos, surcados por venillas rojas y enmarcados con un círculo negro, su rostro arrugado había adoptado la misma tonalidad de las ojeras, y carecía de cabello. Elías se miró las manos: estaban más arrugadas, las uñas eran largas y amarillentas. Al acariciarse el rostro, notó el tacto áspero de la piel marchita. En el espejo, el desconocido anciano repetía los mismos gestos que él estaba haciendo, como en una triste caricatura trazada sobre una luna deformante. ¿Sería cierta la existencia de las criaturas de los espejos? Entre tanto, el viento había arreciado, agudizando su concierto de silbidos malignos; Elías, paralizado por el miedo, estuvo un rato escuchando la embestida del vendaval contra la cabina. Más tarde se asomó, apartando a un lado la cortinilla, pero el intenso frío le hizo volver a refugiarse en el interior. No obstante, sudaba, notaba las ropas adheridas al cuerpo.

Mecánicamente, deslizó otras monedas por la ranura, movido por una morbosa curiosidad, por un extraño deseo de ver fijada en la cartulina la imagen que había visto reflejada en el espejo, por un afán de negarse a sí mismo en el horror. Luego, tuvo que agarrarse a la cortina, azotados ella y él por el viento, mientras esperaba la entrega mecánica de la fotografía por cuadruplicado.

Un ruido aún más fuerte que el viento surgió de las entrañas de la máquina y la cartulina quedó depositada en seguida en el lugar previsto. Al contrario que las otras veces, había caído por el reverso, mostrando a la mirada de Elías su blancura enfermiza, provocadora. Y aunque el viento era muy fuerte, la cartulina no se movió ni un milímetro de donde había caído, como si estuviera sostenida por unas manos invisibles. Le dio la vuelta. Las fotografías correspondían al mismo hombre de antes, deformado por una vejez progresiva, pero era reconocible pese a todo. Era como una visión de lo que podría ser su propia ancianidad, la luz que iluminaba la antecámara de la muerte. El viento cesó entonces, tan repentinamente como se había levantado, y Elías pudo quedarse fuera, aunque jadeante. Respiraba con dificultad; debía tener fiebre; sentía calor en la frente y en las mejillas, pero cuando quiso comprobarlo llevándose una mano allí, el tacto de la piel reseca rechinando contra sus dedos arrugados le produjo tal sensación de horror y de asco que quiso gritar. De su garganta no surgió ningún grito, sólo un estertor. Se pellizcó en la mano para que el dolor le arrancara del mal sueño; se hizo daño, mas no despertó de ninguna pesadilla: estaba despierto y notaba que se moría.

La calle seguía sumida en la oscuridad. Las farolas de la Plaza Mayor se veían cerca de donde estaba Elías, desparramando su luz sobre el familiar lugar, sobre sus vehículos, sus semáforos y sus casas, pero para él la distancia parecía haberse centuplicado. Y sabía que aunque no fuera así tampoco echaría a andar hacia la plaza: tenía que hacerse otra fotografía para demostrarse a sí mismo que nada de lo que estaba viviendo era real, o para demostrar al perverso monstruo de la máquina que no le tenía miedo. Cuando volvió a entrar en la cabina no podía recordar su nombre ni era capaz de saber por qué estaba allí a esa hora tardía, haciéndose unas fotografías instantáneas. Todavía le quedaban unas monedas sueltas para introducir en la máquina. Las últimas. Se sentó en el taburete acondicionado para su estatura y miró de frente valientemente, a la figura del espejo, apenas un esqueleto con los huesos recubiertos por una piel cenicienta y vestido con un traje del que pendía como si fuera una percha, como un maniquí aterrador. Esta vez, los cuatro flashes disparados por la máquina le produjeron una especie de ceguera. Apenas pudo ponerse de pie y tuvo que agarrarse a la cortinilla para salir fuera de la cabina. Así, agarrado a la áspera tela, esperó la salida de las cuatro fotografías, que llegaron precedidas por el estrépito acostumbrado. Las cogió con una mano, esforzándose, sin soltar la otra mano de la cortinilla, y las examinó a la luz interior: las cuatro fotografías eran iguales, no había ningún matiz que diferenciara una de otra, y consistían en instantáneas de una calavera, con las cuencas de los ojos vacías, con la oquedad de la nariz, con la boca abierta en una estúpida sonrisa sin labios. Elías cayó al suelo antes de que pudiera volver a mirarse en el espejo. El tráfico se había reanudado, no abundante pero sí ruidoso. Lo último que vieron sus ojos fueron los huesos de su mano derecha, que se había quedado torcida, en grotesca postura, a apenas un palmo de su rostro, y dedicó su pensamiento postrero a imaginar el titular con que el periódico daría la noticia de la extraña aparición de un esqueleto vestido con ropa a la moda dentro de una cabina de fotografías instantáneas.

Del libro *Fiesta perpetua*.
Ed. Olifante, 1991.

JUAN JOSÉ MILLÁS
(Valencia, 1946)

———— • ————

El hombre que salía por las noches

Aquel día, al regresar borracho a casa a las cuatro de la madrugada, encontró en un contenedor de basuras un maniquí desnudo y masculino. Se le ocurrió una absurda idea y se lo llevó a casa, escondiéndolo en el maletero.

A la noche siguiente, en torno a la hora en que solía salir a tomar copas, su mujer empezó a mirarle con rencor. Pero él actuó como si esa noche fuera a quedarse en casa y la tormenta pasó en seguida. Vieron la televisión hasta las once y media y luego se metieron en la cama. Cuando la respiración de ella adquirió el ritmo característico del sueño, él se incorporó con sigilo y tras comprobar que estaba dormida abandonó las sábanas. Inmediatamente, recuperó el maniquí y lo colocó junto al cuerpo de su mujer. Ella se dio la vuelta sin llegar a despertarse y colocó una mano sobre la cintura del muñeco.

Él se vistió sin hacer ruido, salió a la calle y comprobó que la noche tenía aquel grado de tibieza con el que más se identificaba, quizá porque le recordaba el calor de las primeras noches de su juventud. Respiró hondo y comenzó a andar en dirección a sus bares preferidos. Se sentía bien, como si el peso de la culpa le hubiera abandonado definitivamente. A la segunda copa se acordó del maniquí y, aunque sintió una punzada de celos, le pareció que en general tenía muchas ventajas disponer de una especie de doble, si con él evitaba las peleas conyugales originadas por su afición a salir de noche.

De todos modos, ese día volvió a casa en torno a las dos y media, un poco antes de lo habitual. Se dirigió con cautela al dormitorio y comprobó que todo estaba en orden; su mujer continuaba abrazada al maniquí. Con mucho cuidado retiró las manos de ella del muñeco y lo sacó de la cama. Antes de llevarlo al maletero, pasó con él por el cuarto de baño y mientras se lavaba la cara lo sentó en la taza del váter. Le pareció que el rostro de su sustituto tenía un gesto de satisfacción que no había advertido en él cuando lo recuperó del contenedor de basuras, pero atribuyó esta percepción a los efectos de las copas. Tras esconder el maniquí, se metió en la cama y su mujer, instintivamente, se abrazó a él de inmediato.

Al día siguiente, ella le preparó un excelente desayuno, como si de este modo le agradeciera el que no hubiera salido aquella noche. Siendo su tendencia noctámbula el único motivo de discusión que solía enturbiar sus relaciones, las cosas mejoraron con la introducción del maniquí. Pero él ya no disfrutaba tanto como antes. Se le veía por los bares tenso y malhumorado; algunos compañeros de correrías nocturnas empezaron a rehuirle y ahora se emborrachaba solo en el extremo de las barras mientras cantaba canciones de amores desgraciados y de celos. A partir de determinada hora —o de determinada copa— le entraba una especie de fobia que le hacía salir urgentemente de donde estuviera y acudir corriendo a casa. Abría la puerta con cuidado, se descalzaba y caminaba de puntillas hasta la puerta del dormitorio, donde permanecía un rato con todos los sentidos en tensión para ver si percibía algo. Después entraba, arrancaba el muñeco de los brazos de su mujer y se iba con él al cuarto de baño. Estaba seguro de que en el rostro de aquel muñeco se producían cambios imperceptibles con el paso del tiempo. La mueca desportillada de los primeros días, que intentaba reproducir una sonrisa, se había convertido en una sonrisa verdadera. Aquel cuerpo rígido había mejorado en general, como si todas sus necesidades, de la índole que fueran, estuvieran siendo satisfechas plenamente en aquella casa. Claro que siempre que contemplaba al muñeco estaba borracho, por lo que podía ser una sugestión promovida por el alcohol. Pero aunque hizo propósitos de enfrentarse cara a cara con él a la luz de día, nunca obtuvo la dosis necesaria de valor para llegar a hacerlo.

Los días fueron pasando y el humor de su mujer mejoró notablemente, mientras que el de él declinaba en dirección a una tristeza sin fronteras. Además, empezó a sentir malestares y dolores que hasta entonces no había padecido. Sus excesos nocturnos le pasaban al día siguiente una factura desconocida para él. Pensó que se estaba haciendo viejo, que debía moderarse un poco más. Pero estos pensamientos le ponían aún más triste, pues sentía que estaba perdiendo al mismo tiempo la juventud y el amor.

En esto, una noche llegó a casa borracho, como era habitual, y tras meter al maniquí en el maletero se introdujo en la cama. Le pareció que las sábanas no estaban lo calientes que debían estar y buscó a ciegas el cuerpo de su mujer para acoplarse a él. Sintió un contacto duro. Subió las manos en busca de los pechos y percibió dos bolas sin pezón, como si se estuviera abrazando a un maniquí. Tuvo un movimiento de terror que controló inmediatamente, por lo que no llegó a abrir los ojos. Se durmió en seguida, aplastado por el peso del alcohol, y al día siguiente, al despertarse, todo parecía normal.

Pero aquella sensación de que su mujer había sido sustituida por un maniquí fue creciendo sin prisas con el paso de las noches. Finalmente, una mañana, al despertar, comprobó que ella no se movía. Al principio pensó que se había muerto por el grado de rigidez y frialdad que mostraba su cuerpo. Pero al observarla más atentamente comprobó que su carne se había transformado en una especie de material duro cuyo tacto evocaba el del cartón piedra o el de una resina sintética. Se levantó con un horror atenuado por la perplejidad de la resaca, se vistió y fue a buscar su maniquí al maletero. Lo colocó junto al cuerpo de la mujer y ambos muñecos rodaron hacia el centro de la cama, como si se buscaran. Los tapó, salió de casa, y desapareció entre el tráfico sin que se haya vuelto a saber nada de este hombre.

Del libro *Ella imagina*.
Ed. Alfaguara, 1994.

SOLEDAD PUÉRTOLAS
(Zaragoza, 1947)

— • —

El origen del deseo

A mi madre

Era costumbre de la familia de mi madre reunirse durante el verano en casa de mi abuela. Era un piso no muy grande en el que nos instalábamos dos familias. Además de los residentes habituales de la casa: mi abuela, su hijo soltero, la cocinera y la doncella. Nosotros ocupábamos hasta el último rincón de la casa. No recuerdo que mi abuela se enfadase jamás y, sin embargo, era muy formalista. La veo peinándose frente al espejo, las horquillas sobre el tocador y el cabello gris sobre los hombros, antes de hacerse su complicado moño y de colocarse alrededor de la garganta la tirilla blanca y negra. Siempre vestida de negro, siempre derecha, siempre impecable. Ninguna joya, ninguna pintura sobre su rostro. Paseábamos cogidos de su mano y a veces nos compraba pasteles, pero no le gustaban los caprichos. Ella no era caprichosa. Le bastaban sus trajes negros, su tirilla, su cabello bien cepillado y bien peinado. No era rica, no nos dejó nada. Pero en su armario había muchas cosas y algunas veces nos las enseñaba. Cosas sin valor, recuerdos. Tenía una hermana misionera que le enviaba objetos típicos de quincallería china. Había raso y marfil en aquel armario y, sobre todo, muchas cajas, muchos cajones. En ese armario, dividido y ordenado, se guardaba el mundo. China era el mundo.

La abuela pasaba parte del invierno con nosotros, por lo que estábamos acostumbrados a ella, pero todavía me sorprende que ella se mostrase tan acostumbrada a nosotros. Ninguna de las dos familias invasoras era muy numerosa, pero, sumadas, aportaban seis niños a una casa, desde hacía años, sólo habitada por adultos.

Ésa era nuestra casa de los veranos y, como todas las casas, tenía sus zonas oscuras, que nunca llegué a conocer enteramente. Estaba el trastero, al que se llegaba atravesando la cocina y donde se guardaban las maletas, las mantas, alguna ropa de abrigo que no cabía en los armarios y una cubertería de plata que nunca se usó. El trastero, con la luz encendida, no daba mucho miedo. Algo más de miedo, además de otras cosas imprecisas, daba el cuarto de la doncella, que estaba enamorada de mi tío. Creo que sólo entré en él dos veces en mi vida, entre otras cosas, porque la doncella lo cerraba siempre con llave —supongo que ésa era una precaución bastante sensata, considerando la invasión estival—. De las dos veces que entré no conservo un recuerdo ni nítido ni agradable. Era un cuarto ascético, muy desnudo, muy triste. Parecía innecesario guardarlo bajo llave. Me parece que había una maleta debajo de la cama, pero no hubiera deseado abrirla.

La auténtica zona oscura, misteriosa y profundamente atrayente para todos nosotros estaba al otro lado de la puerta. Al otro lado del descansillo. Allí, junto a nosotros, vivían los Arroyo. Yo tenía de ellos una información vaga. En casa de mi abuela siempre se estaba hablando de ellos, incluso cuando no se hablaba. Era como un susurro permanente. La doncella se pasaba muchas horas espiando tras la mirilla. Los Arroyo siempre llegaban a altas horas de la noche, borrachos. Su vida era un escándalo. Por la noche se oía un alboroto en la calle que tardaba en extinguirse y, al cabo, un estruendo en las escaleras y alguien decía: «Ya están los Arroyo», «otra vez los Arroyo».

Pero nunca llegué a conocerles. Iba con mi madre por la calle y nos cruzamos con uno de ellos. Ella me informó después, volví la cabeza y sólo vi las espaldas de un hombre alto y vestido de negro que se alejaba. Otra vez, nos encontramos con mi tío cerca de casa y nos dirigíamos con él hacia el portal cuando se detuvo a hablar con unos amigos. También después, supe que había tenido a un Arroyo frente a mí. Los Arroyo, de día, pasaban inadvertidos. No había nada que los singularizase y yo me sentía remotamente decepcionada.

No sé si el único niño de entre los primos los envidiaba secretamente, pero entre las chicas no había duda: todas hubiéramos dado cualquier cosa por conocerles y llamar su atención. Incluida la doncella, que era tan devota y estaba enamorada de mi tío. En cuanto a mi tío, él era también un poco como ellos y toda la familia se sentía orgullosa de él. Era un eterno opositor. Y la figura central de la casa. Todos vivíamos a su alrededor. Con frecuencia, nos dejaba jugar en el hermoso mirador entarimado de su cuarto. En él se encerraba a estudiar durante toda la noche. La luz se filtraba por debajo de la puerta. Después de la cena, todos hablábamos en voz baja. Aparecía a media mañana, con su bata de seda y sus zapatillas de *boxcalf* que luego dejaba bajo los sillones. Se instalaba frente al balcón y allí consumía lentamente un puro y pequeñas tazas de café. Parecía muy satisfecho de su vida en aquel momento y, dijera lo que dijera, nos conquistaba. Pero no todas las noches se quedaba en su cuarto. Muchas salía, por lo que sus regresos coincidían con los de los Arroyo, en nuestra imaginación y, probablemente, en la realidad. Sólo que nadie censuraba las salidas de nuestro tío. A la mañana siguiente, aparecía más tarde. A veces, incluso no se levantaba para comer. Pero nadie hablaba de él. Toda la censura estaba reservada a los Arroyo.

Pero, al fin, todo se disolvió en el recuerdo. Mi abuela dejó de existir un mediodía, rápida y silenciosamente. La muerte de mi tío, también rápida, tuvo un carácter trágico. La doncella se recluyó en un convento de clausura, en un gesto sincero y dramático. El piso de mi abuela fue cerrado. Los veranos cambiaron.

*

Sólo muchos años más tarde, pregunté a mi madre por los Arroyo. Por primera vez, hablamos de ellos. La tarde caía y mi cuarto se iba quedando casi a oscuras mientras mi madre, al otro lado del hilo telefónico, me relataba la verdadera vida de los Arroyo.

Así supe que en la puerta contigua a la nuestra, en el centro del descansillo, habían vivido sus abuelos. Ellos habitaban el piso de la derecha. Detrás de la puerta que caía enfrente de la nuestra. Eran cinco hermanos. Las dos chicas, de quienes yo nunca había oído hablar, habían muerto muy jóvenes, de dolorosas enfermedades. Una de ellas en un convento. La madre de los Arroyo se pasaba las tardes en el piso de los abuelos, acompañándoles y rezando rosarios con la abuela. El padre de los Arroyo, que era ingeniero del Estado, era, al parecer, una persona extremadamente buena y afable y despertaba, entre quienes le conocían, una especie de veneración. En la casa, todos sabían que los tres hermanos salían al caer de la tarde para volver a altas horas de la madrugada completamente borrachos. Pero nadie informó a sus padres, que seguramente lo sabían. Nadie hablaba de ello. El sereno les ayudaba a subir las escaleras y el ama que los había visto nacer abría cuidadosamente la puerta al percibir el alboroto en las escaleras. Entre los dos les acostaban. Así habían sido sus vidas, día tras día. Todo el mundo tenía la certeza de que los Arroyo acabarían mal, y así sucedió. Habían muerto ya, locos y enfermos.

«Locos y enfermos.» Ésas fueron las últimas y vagas palabras de mi madre, que se extendieron sigilosamente por mi cuarto en penumbra. Aquellos hombres altos y vestidos de oscuro que yo no había llegado a ver jamás, habían encarnado para mí, con sus correrías nocturnas, el misterio de la vida. Y cuantas veces los busqué inútilmente a través de la mirilla de la puerta, sentía vibrar la vida en mi interior. Pero el descansillo siempre estuvo vacío para mí. Pasados tantos años, tuve que preguntarme si el descansillo no estuvo, también, siempre vacío para ellos. Y supe que, lo que desde el interior del piso de mi abuela me arrastraba hacia ellos, era, en parte, ese temor.

Del libro *Una enfermedad moral*.
Ed. Anagrama, 1988.

ENRIQUE VILA-MATAS
(Barcelona, 1948)

— • —

Nunca voy al cine

A José Luis Vigil

A las diez en punto de la noche estaba frente al portal de la casa de Rita Malú, y un mayordomo muy alto le cerraba el paso. Dijo Pampanini:

—Soy uno de los invitados.

—¿Por qué uno?

—¿No hay otros?

—Ande, pase.

Avanzó por un pasillo, cruzó un pequeño salón y, a medida que iba siendo introducido (es un decir, porque el mayordomo había desaparecido) en una intrincada red de estancias, fue cayendo en la cuenta de que aquél era el tipo de sitio en el que uno sabe que, en cualquier momento, le van a dar un susto. Y así fue. De pronto, chirrió una puerta y, abriéndose sola, dejó ver a Rita Malú que estaba apoyada en una librería y se alisaba sus largos guantes impolutos como el marfil.

—Me alegro de haber venido —dijo él, aproximándose a la anfitriona.

—Yo también —dijo ella.

—Pero ¿no es ésta su casa?

—Ande, suba.

Subieron por una escalera de caracol al terrado de la casa. Allí estaban varios grupos de invitados. Había también farolillos rojos, un piano y cierta alegría. La vista era espléndida, pero Pampanini sintió cierto vértigo y, además, ya desde la primera presentación, presintió que aquello podía acabar mal. Mientras dos señoras se arrojaban pasteles de nata a la cabeza, un americano al que llamaban Glen le confundió con un realizador de cine ya fallecido. Tras un solemne saludo, e indiferente a la batalla de las dos señoras (muy fogosas, romanas probablemente), el americano felicitó a Pampanini por la extrema belleza de su obra, haciendo especial hincapié en aquella emocionante secuencia en la que una esclava se bañaba desnuda en el Tigris. Pampanini iba a protestar cuando una vieja dama le reprochó el ateísmo de sus primeros filmes.

—Menos mal que luego se convirtió al catolicismo —le dijo la vieja dama.

—Sin duda me confunden con otro —dijo Pampanini.

Glen, el americano, encendió lentamente un cigarrillo. La vieja dama fue en busca de un hombre de notable papada y barriga muy prominente, un tal Rossi, al que pidió que tocara el piano. El hombre suspiró, se levantó, tropezó con el pie de Pampanini al pasar, y, sentándose delante del piano, inclinó la cabeza, permaneciendo inmóvil durante varios segundos. Luego, despacio y muy suavemente, dejó el cigarrillo en un cenicero e inclinó otra vez la cabeza. Así estuvo un buen rato hasta que, por fin, levantando la cabeza, dedicó su actuación al insigne realizador de cine que tanto les honraba aquella noche con su presencia. Pampanini intervino para aclarar, de una vez por todas, la confusión en torno a su identidad.

—Ese hombre murió hace ya tiempo —dijo Pampanini.

Todos se rieron, e incluso hubo quien, creyéndola ingeniosa, aplaudió la frase. Entonces, Pampanini le pidió a Rita que aclarara todo aquel lío.

—Usted puede aclararlo mejor que yo —le dijo ella, como enfadada.

Pampanini fue hasta el piano y, apoyándose en él, dijo con voz firme y serena:

—Me confunden ustedes con un cadáver. Yo soy técnico en caligrafía y trabajo en el Ayuntamiento. Me llamo Alfredo Pampanini.

De nuevo, risas y aplausos.

—No me molestaría nada —continuó él— toda esta lamentable confusión de no ser porque yo, señores, nunca voy al cine. Es más, jamás he pisado una sala de cine en mi vida. Ni tan siquiera de niño, cuando estaba de moda pasar los domingos en uno de esos oscuros locales. Tenía y tengo siempre la imaginación demasiado ocupada como para perder el tiempo sentándome frente a una pantalla a esperar a que aparezcan cuatro fugaces sombras.

Era cierto. De niño, Pampanini estaba siempre tan entretenido en sus solitarios juegos que sus padres nunca hallaron el momento oportuno para llevarle al cine. Pasada la infancia, tampoco sintió nunca la menor curiosidad por entrar en una sala. Siempre que le proponían hacerlo, buscaba un pretexto, más o menos convincente, para evitarse lo que, para él, no era más que una tortura. Sospechaba que el cine era el arte más engañoso de todos y el único en el que nunca nada era cierto.

—No logrará engañarnos —dijo la vieja dama.

Pero Pampanini ya se había ido. En un rincón del terrado, Rita estaba presentándole a dos jóvenes amigas. Ambas se llamaban Genoveva. «No puede ser cierto», pensó Pampanini. Una de ellas, la más guapa, trató de advertirle de cierta amenaza que flotaba en el ambiente y le dijo:

—¿No ha visto usted esos pájaros?

Había un número bastante elevado de pájaros colocados sobre un alambre.

—¿Y qué hay de particular en ello? —dijo él.

Rita le cogió del brazo y le condujo al extremo opuesto de la fiesta. Durante el trayecto, le preguntó si era verdad que no le gustaba el cine. Pampanini le dijo:

461

—Así es. ¿Y sabes por qué? Pues porque en el cine nunca nada es cierto, nunca.

Mientras decía esto, Pampanini no dejaba de girar constantemente la vista hacia el lugar donde estaban las dos Genovevas. Una de ellas, la menos guapa, le gustaba mucho y estaba pensando en entablar una conversación más duradera con ella cuando vio que Glen, el americano, se acercaba furioso a Rita y le recriminaba que hubiera tan poco alcohol en la fiesta.

—¿Y para qué quiere usted beber tanto? —terció Pampanini.

—Para marearme.

—¿A mí?

—Ande, siéntese.

Glen le acercó una silla y Pampanini, que no se atrevió a negarse, se sentó en ella. Aún no se había recuperado de su sorpresa cuando, con mayor sorpresa todavía, vio cómo de una espectacular bofetada Glen le cruzaba la cara a Rita. Como nunca había visto nada parecido, se quedó pasmado. No puede ser cierto, se dijo. Glen huyó por los tejados y Rossi emprendió su persecución. Poco después, Rossi perdió pie al saltar de un tejado al otro y resbaló. A punto ya de caer, logró agarrarse del canalón del tejado y su sombrero cayó al abismo. Algunos invitados rieron como enloquecidos. No, no puede ser cierto, se dijo Pampanini. Y siguió allí sentado, literalmente pasmado.

Del libro *Nunca voy al cine* (1982).
Recuerdos inventados. Ed. Anagrama, 1994.

GUSTAVO MARTÍN GARZO
(Valladolid, 1948)

—— • ——

La ponedora

Vio el huevo sobre la alfombra y trató sin éxito de encontrar una explicación al suceso. Las puertas y ventanas estaban cerradas y era impensable que un ave, y menos de aquel tamaño, hubiera entrado y salido en la casa sin dejar otra huella de su paso que aquel gigantesco huevo. Cuando en los días siguientes aparecieron tres más (uno de ellos junto al sofá, otro en el pasillo, junto al paragüero, y el tercero al pie de su cama) el asunto le inquietó de verdad. ¿De dónde procedían? Por su tamaño (el doble del de una gallina) pensó en uno de esos opulentos animales alados (un ganso, un pavo) que suelen verse en los parques o en los corrales de las granjas, pero esto seguía sin aclarar cómo había llegado hasta allí. La conclusión siguiente parecía obvia, alguien los transportaba a escondidas, dejándoles en su casa con un propósito que desconocía. Inmediatamente pensó en ella. Hizo cuentas y reparó en que los huevos habían empezado a aparecer en las épocas en que ella le visitaba. Lo hacía ocasional y velozmente, siempre que por cuestiones indescifrables recalaba en aquella ciudad, y los huevos aparecían sin falta después de cada uno de sus encuentros. No llegó a hacerla partícipe de sus sospechas, porque a decir verdad siempre la había tenido algo de miedo y pensaba en una reacción airada (su carácter era terrible). De

modo que se limitaba a recogerlos y a guardarlos en el frigorífico a la espera de que fuera el propio curso de los acontecimientos quien le indicara lo que tenía que hacer. Algunas veces se
comió alguno, y tenían un sabor semejante al de las gallinas;
otras los regaló, a su madre, a una vecina viejecita, en cuyas
manos extendidas él depositaba el huevo benigno como una
promesa de larga vida.

Una noche, varias semanas después de haber tropezado con el primero, supo la verdad. Estaban acostados, y ella
empezó a agitarse bajo las mantas. De pronto se puso a temblar. Se incorporó y encendió la lamparita de la mesilla. Ella
continuaba dormida, pero tenía el rostro congestionado, como
si estuviera realizando en sus sueños un violento esfuerzo. Iba
a despertarla, a arrancarla de aquella pesadilla, cuando percibió un inesperado cambio en su rostro, que de pronto se sere-
nó para adquirir, con su color habitual, una expresión de inquietante dulzura. Casi al instante ella se llevó las manos a la
boca, al tiempo que agitaba las caderas de un lado para otro.
Sintió entonces el súbito deslizarse de algo bajo las sábanas. Se
detuvo junto a su cuerpo, y al tender las manos para alcanzarlo
se encontró con la sorpresa increíble de un huevo idéntico al
que había encontrado otras veces. Permanecía entre las piernas de su amante, retenido por la tela del camisón, y su cáscara
estaba aún húmeda y tibia.

Tampoco se atrevió entonces a hablar con ella de lo
que acababa de descubrir y, a la mañana siguiente, se limitó a
despedirla en la puerta con un beso ensimismado, traspasado
de oscuros presentimientos. Durante esa semana, que vivieron
juntos y que fue la más dulce de su amor, ella llegó a poner un
huevo diario. Lo hacía como las gallinas, sin importarle el sitio,
ni preocuparse por el producto, como si apenas fuese cons-
ciente de esa inesperada facultad corporal.

Luego, todo terminó. Las visitas se espaciaron y su amor
se fue apagando sin grandes aspavientos, como las brasas de una

pequeña hoguera, como un pocillo de agua que se fuera evaporando al sol.

El último de aquellos huevos lo encontró en el cuarto de baño. El huevo era blanco y brillante como la porcelana de la bañera, y él lo tomó entre sus manos y lo besó con delicadeza, sabiendo que señalaba con toda probabilidad el término de su amor. Así fue. No volvió a verla, y todas aquellas preguntas quedaron sin responder para siempre. ¿Ignoraba ella que ponía huevos? ¿Pasaba en aquellos instantes por una amnesia temporal que le impedía recordar luego lo sucedido? ¿Explicaba esa amnesia su desinterés posterior por el huevo, que abandonaba en cualquier lado, o todo obedecía a un cálculo y si nunca le hablaba de ellos era sólo para hacerle ver que ni siquiera le consideraba digno de convertirle en su confidente (como si al ir dejando aquel rastro rotundo, aquellos huevos hermosos como jeroglíficos, como cofres sellados, le estuvieran diciendo: «¿Tú qué sabes de mí?»).

Siempre que recordaba luego aquel extraño amor lamentaba la velocidad con que se habían precipitado los sucesos, y su profunda incapacidad para participar en ellos. ¡Cuánto le hubiera gustado verse amorosamente envuelto en aquella escondida trama, estar —por ejemplo— juntos en el cine y que a ella le vinieran las ganas y se le escapara allí mismo sobre la butaca, sujetar su mano mientras apretaba en silencio, ir retirando luego sus faldas hasta ver aparecer el huevo blanquísimo y tibio, y muertos de risa sacarle luego bajo la chaqueta procurando que no los viera el acomodador! ¡Cuánto llegar a sorprenderla en ese preciso instante, el de la puesta, que ella le llamara a voces y verla recogida en el suelo, con el rostro enrojecido por el esfuerzo; poder agacharse hasta ver la cáscara blanca asomando entre los pelitos, asistir a la lenta emergencia de aquella forma rotunda y hermosa, y extender las manos en el momento preciso para recogerla antes de que rodara por el suelo! ¡Cuánto, ya con el huevo en las manos, poder alzarlo sobre su cabeza y loco de contento ponerse a girar ante ella mostrándoselo al mundo entero lleno de orgullo; poder verla tumbada en el suelo, con el rostro palidísimo sobre la hierba, agotadita y feliz por el trabajo cumplido, inexplicable!

Del libro *El amigo de las mujeres.*
Ed. Cajaespaña, 1992.

LUIS LEÓN BARRETO

(Los Llanos de Aridane, Tenerife, 1949)

—— • ——

Vacaguaré

*Era en enfermedad esta gente muy triste; en estan-
do enfermos decían a sus parientes «Vacaguaré»,
me quiero morir. Luego le llenaban un vaso de
leche y lo metían en una cueva donde quería morir,
y le hacían una cama de pellejos donde se echaba, y
le ponían a la cabecera el gánigo de la leche, y cerraban la entrada de la cueva, donde lo dejaban morir.*

FRAY JUAN DE ABREU GALINDO (1632)

El viejo se frotó las manos sobre el brasero y parecieron iluminarse en el crepitar de hojas de eucalipto.

Después de las privaciones de todo el invierno —el al-
jibe sin una mala gota, acartonado ya el limo, muerto el ver-
dín— el agua había llegado mal medida y la intensa erosión de
las barranqueras transportaba remolinos de barro que son el
mismo lecho de anteriores arrastres.

—Sapordiós —se dijo en un suspiro. Al otro lado de la
tosca puerta de leños se hinchan los excrementos de los mulos
y los carneros balan, enfangados, cuando recorre su cuerpo un
estremecimiento: primer presagio de la flor de asma creciendo
desde sus bronquios. Remueve la llama con el abanador de latón,
deja caer nuevas hojas y bate en los orificios del brasero. Todo
es distinto ahora: le pesan los años —más de setenta, aunque ni
él mismo lo sabe— y ni siquiera podrá bajar mañana a Tijarafe

467

a cobrar el subsidio y comprar provisiones porque los caminos quedarán borrados y los arrieros no saldrán hasta que escampe.

—Santa Bárbara nos libre de todo mal —prosiguió—. En los tiempos antiguos llovía con un agua mansa, a veces una semana sin ver el sol. Pero todo se ha virado y la tierra se envenena de humores malignos igual que las gentes.

Se vio inútil contra las goteras que pudren las vigas. Las tejas sin reparar desde hacía mucho y ahora las junturas demasiado frescas porque la cal no ha tenido tiempo de fraguar. Casi mediodía ya, y no hay manera de salir al huerto para calentar el pescado salado. Comerá pues higos y tunos secos, papas de anoche con cilantro y apenitas de tocino. Después sólo se acordará de rezar.

La bruma se cerró como un cepo taponando los cabocos desde Tinisara hasta Aguatavar mientras sigue filtrándose por los desriscaderos un caudal rojizo que avienta las lindes. Y en seguida vuelve un aguacero furioso, máquina de agua espesa; así llueve en Camagüey, Matanzas, Pinar del Río y Santiago de Cuba, tantos años de mocedad curtidos en el monte y las haciendas, por los bohíos y los manglares, en el alto tabacal y en el trapiche.

Hubo de todo: años en que la planta creció dos varas y otros en que el ciclón arrancó hasta los cujes y hubo de salir con los tarecos en busca de otro empleo. Buena tierra aquélla, pero celosa como una hembra, capaz de encabritarse tras la bonanza. Eran los tiempos de la reciente independencia pero ya el gringo desplazaba a gallegos e isleños de los mejores negocios. Onzas de oro, mestizas de aguardiente: la lluvia y el machete, el sexo en las noches de las santeras, la fiebre.

—Tengo miedo —se dijo. La oscuridad era casi completa. Puso petróleo en el candil y lo dejó en la alacena: llama que tiembla ante sus bastos calzones, la chaqueta de remiendos y la montera de lana. Él mismo ha de cuidar de todo igual que un topo diligencia su madriguera. Ya no quedaban mujeres por los contornos, ni viejos, ni jóvenes. Unos se habían muerto, otros se fueron para sorribar los regadíos de Aridane. Vivían en antiguos pajeros que encalaban y quedaban relucientes, o en casas baratas del gobierno, apretadas como celdas de colmena. Y ya no trasponían el Time sino por las fiestas, algún domingo y por la recogida de las papas.

—Es buena tierra —musitó—. Pero nadie la trabaja. Antes daba chícharos y trigo del mejor, arvejas y archita. Y habas, y toda clase de fruta. Y la viña.

Los dos hijos se fueron desde que cumplieron con el ejército, y nunca se les volvió a ver por aquella cumbre que forma el espaldón de la Caldera. Abusaban del vino de tea y se juntaron con dos cabras locas: ya reúnen quince chiquillos entre ambos. La otra hija murió ocho años antes de una mala operación, y la mujer sirviéndole al alcalde en el pueblo.

—Mala sombra se la lleve —dijo, crispándose.

Sólo él se había aferrado al monte. Era capaz de pasar meses sin ver a nadie, salvo de lejos, sombras sin perfil por las trillas. Y se mantenía farfullando sus largas retahílas de invocación a los espíritus beneficiosos, persignándose para evitar el lanzazo de los demonios como le habían enseñado en el Caribe sus amigos libertos al manipular imágenes de santos con rostro de mascarilla funeraria, deidades negras y abalorios transmitidos por sucesivas generaciones de esclavos.

Por eso había pintado cruces y en las uniones de las tejas clavó tijeras abiertas, y guardaba ristras de ajos suspendidas sobre los arcones de cebada, y escapularios, y cintas rojas de San Blas para prevenir el mal de ojo.

Pero todo en vano: al otro mal no se le vence con liturgias sino con médicos y medicinas, que detesta. El pulmón derecho carcomido, infecto de esputos; cada vez menos eficaces los cigarrillos balsámicos, las inhalaciones aromáticas, los hervidos de pazote y yerba clin.

—Señor, Dios bendito, líbranos del mal. Amén.

Le asaetó la duda: ¿resistirá el alpende de los animales?

Tal vez amanezcan regados por los declives, reventados sus ojos por la muerte.

Y este vapor de miedo hacia lo más profundo del tórax, traspasando la costra de flemas, la telaraña de los bronquios.

Sólo el turbión sobre las tejas, la humedad destilando como un bernegal.

La llama del candil parece remover quejidos de ánimas y sones confusos que martillean en sus sienes. Se siente acorralado cuando sube un espasmo violento que le arranca el escaso resuello; al instante brota el aguijón de la sangre, como un manantial salvaje revienta en la boca.

Apenas balbucea recostado en el jergón de lana y pinillo. Queda mucho para que el día claree y la tos es por momentos más congestiva; hace un supremo esfuerzo: se incorpora a medias, apila los sacos de paja, los fardos, la tea. Vierte la lata de petróleo por la estancia: en los colchones, el baúl, las arcas, los sacos de guano y azufre; arroja el candil, su hacha azulada prende voraz como una estopa. El brasero aún humeaba cuando lo encontraron: los ojos yertos, igual que los carneros y las mulas.

Del libro *El mar de la fortuna*.
Ed. Interinsular Canaria, 1986.

MANUEL DE LOPE
(Burgos, 1949)

— • —

Diario corrupto

La señora Castro prefirió terminar sus vacaciones en la costa. Así pues, el equipaje fue recogido en Logroño y enviado a la playa de Linces, ella se encargó de señalar la hora de partida y ésta es la razón por la que el pobre Félix Castro, su marido, se encuentra en el automóvil, contemplando el paisaje sin verlo realmente, mientras ella, con la cara estirada en un gesto severo que le es habitual, se absorbe en cálculos horarios. Cierra los ojos sumando las horas. A menos que esté durmiendo.

Desde Logroño a la playa de Linces hay tres horas y media de camino. Se puede imaginar al doctor Castro, con el espíritu completamente vacío, que deja pasar el tiempo sin apartar la mirada sea de la ventanilla, que le sirve un paisaje lleno de alicientes, sea de la nuca espesa del chófer, delante de él, que se desborda sobre el rígido cuello del uniforme. El doctor Castro es un monigote de trapo, cuidadosamente acicalado, con su chaqueta gris sujeta con alfileres, lo mismo que el pantalón blanco, la cabeza ligeramente ladeada e inmóvil, las manos sobre las rodillas y las piernas rígidas, mantenidas en esa posición por la osamenta interior. Si se le cambia de lugar no por eso altera su postura. Alguna idea puede cruzar fugazmente por su cabeza, pero supongamos que pronto el obediente ronroneo del motor le adormece. Esa otra figurita que corresponde a su mujer, no más grande pero sí más ceñuda, no pronuncia una sola palabra durante todo el trayecto. Hay que decir que ella está colocada ahí, en el asiento trasero del automóvil, solamente para suministrar una compañía al doctor Castro y producir el contrapunto necesario, si es que puede imaginarse un contrapunto en semejante pareja.

La señora de Félix Castro sería mucho más interesante vista en Logroño, donde los Castro pasan la mayor parte del año. Violeta, que ése es el humilde nombre que ella lleva con tanto orgullo, aparece siempre con los trapos bien puestos, y sin descuidar nunca un pañuelo de seda en torno al cuello, por coquetería y por la tos, paseando en los atardeceres bajo los soportales lluviosos de la ciudad. Un verano podrido. Queda la esperanza de que paradójicamente en la costa sea mejor. Violeta representa muy bien el papel de una mujer entre dos edades, desencantada y por ello severa, mirando hacia su pasada juventud con el mismo desengaño que a los terribles años que se acercan, el amenazador cortejo de las arrugas y las patas de gallo. Es interiormente coqueta, aunque no quiera parecerlo, por ser ello una condición imprescindible a la verdadera elegancia. Dentro del automóvil, con los ojos cerrados, su pañuelo se estremece con el aire de la ventanilla, lo cual le da un épico ademán de sirena deslavada en la proa de un barco. Dejémosla como es. Con un brillo mortecino en los ojos el doctor Castro mide el perfil de su esposa, y luego, con los párpados caídos, se sumerge en la contemplación de la nuca del chófer, una masa de carne tierna y excitante que vibra imperceptiblemente. Es un contraste con el cuerpo nudoso y estirado que está sentado a su lado y permite toda clase de ensoñaciones. ¿Por qué no acercar la mano y rozar esa nuca con la yema de los dedos? No es de esperar por parte del chófer una reacción airada, sino una embarazosa sorpresa. Si la mujer percibe la maniobra el estupor le cerrará la boca, a menos que pueda hacer una brusca observación y quién sabe qué sarcasmos, y ahí queda pues ese rodillo de carne inútilmente erótica que desborda sobre el cuello de la chaqueta. La mano izquierda del doctor, que inició el movimiento, se limita a calmar sus tendencias en el pomo niquelado de la ventanilla, y sin embargo, la carne temblorosa de aquel cuello de toro sigue agitándose descaradamente delante de sus ojos durante todo el viaje como el vientre de una mujer sensual.

El doctor y la señora de Castro llegaron a la casa de Linces a las siete de la tarde. Véase cómo descienden simultáneamente del automóvil, ella por la puerta que el chófer mantiene abierta, él por el lado opuesto, estirándose las mangas de la chaqueta, dirigiendo una pequeña orden antes de subir las escaleras, y el automóvil de delicado color crema se desliza sobre los adoquines mojados cuando el chófer rodea el jardín, se detiene frente a la gran verja y se dispone a estacionarlo con una sola maniobra, algo que el doctor Castro secretamente envidia, porque nunca lo supo hacer. Desde el balcón principal de la fachada se contempla toda la plaza rectangular, refrescada por los vapores de una tormenta de verano. El doctor Castro se detiene un momento antes de cruzar la estrecha banda de jardín que separa, por delante, el edificio de la calzada, levanta la mirada y ofrece maquinalmente el brazo a su mujer cuando ésta se aproxima, ambos son de la misma estatura, ambos caminan con el mismo paso corto, y como una ceremonia nupcial demasiadas veces repetida comienzan a subir los cuatro peldaños delante de la puerta principal. En realidad, la serie de movimientos realizados desde la llegada del automóvil hasta que se cierra la puerta de entrada haciendo resonar el enorme llamador de latón, corresponde a una escena que ya se inició el día de su boda. El interior de la casa es lujoso y algo solemne, oscuro y fresco, y también, por decirlo todo, evocador de catástrofes íntimas que a Castro le congelan el deseo, la memoria y hasta las ganas de merendar.

Desde lo alto del balcón la plaza, en aquella hora, despliega el espectáculo de sus terrazas vacías, sobre cuyos velado-

res brilla aún el agua del chaparrón. Es un dibujo de círculos
de mármol satinados. Probablemente los veraneantes matan su
indolencia en el interior de los cafés, jugando al billar, o deam-
bulan en pequeños grupos por aquellas calles que conducen al
puerto en suave pendiente. Toda la plaza está bordeada por
una hilera de árboles de Venus, un tipo de arbusto con talla de
árbol y hojas tiernas con forma de corazón. En los bares de la
localidad se sirven *cupidos*, pequeños pinchos que ensartan en
un palillo de dientes dos pequeños corazones de pichón. No
solamente la plaza es un lugar agradable, centro apropiado de
toda pequeña ciudad de veraneo, sino que la proximidad del
puerto contribuye a darle, por las noches, una animación particular. La gente masca hojas del árbol de Venus y se atiborra de
vino tinto con *cupidos*. Las callejuelas transversales se agitan
con el hormigueo de transeúntes. Lejos de las elegantes farolas
modernistas se encienden los cálidos neones de las tabernas, y
el espeluznante rojo infernal de un cabaret delante del cual se
detiene un grupo de marineros griegos desembarcados en Pa-
sajes, y el doctor Castro puede pasar tanto más desapercibido,
o así se lo figura él, cuanto que mantiene el mismo andar indo-
lente, la misma curiosidad indecisa delante de las fotografías
chincheteadas en la puerta que exhiben carnes y plumas de aves
del paraíso. Sin embargo, reconoce perfectamente a la mujer
que ha sido fotografiada en una pose banal, ni siquiera francamente obscena, apenas más provocadora que una publicidad
de yogur rodada en el Caribe, para la cual, por otra parte, pudiera haber servido de modelo. Normalmente ella ejecuta unos
pasos de baile en un número de fábula oriental, con danza del
vientre y ceremonia de los siete velos, cada cual más lascivo y
angustioso que el anterior, el doctor Castro conoce de memoria
el espectáculo, e incluso el momento en que ella le dirige un guiño de connivencia especial, entre el cuarto y quinto velo, cuando ella descubre unos pechos suntuosos con oscuros y misteriosos pezones, antes de guiñar el ojo, entre los velos quinto

y sexto, a un sujeto de callosas facciones que al parecer del doctor Castro es armador.

Supongámoslo así. Dentro del mal gusto general encontramos un placer en el encanallamiento, ¿eh, doctor?, sobre todo cuando una vez concluido el número se tiene autorización para pasar detrás de esas ridículas bambalinas que representan el palacio de un califa. Una empinada escalera permite subir a los camerinos, dos sórdidas habitaciones junto a un torrencial retrete que Castro sólo recuerda con la puerta abierta, y a todo ello se añade el placer de golpear con los nudillos la miserable puerta donde con todo brillan dos estrellas de purpurina, y unos minutos más tarde contemplar de cerca esos pezones, y admirarlos sin demasiado entusiasmo, porque han perdido el encanto inaccesible que poseían en la sala y se asemejan a dos garbanzos tostados, aparte de que por las escaleras parece que resuenan los pasos del armador. El cuerpo sin gracia se desviste y se viste. El rostro maquillado conversa tontamente y se ríe a cada momento. La realidad supera escasamente las fotografías expuestas a la entrada del cabaret. Ella se limita a disimular mediante cremas adecuadas una carne demasiado blanca, que dentro de poco tiempo comenzará a formar rodillos de grasa, como la nuca del chófer, allí donde todavía se muestra sospechosamente lisa. Cualquiera diría que el doctor Castro es impotente y busca pretextos que justifiquen sus escasos deseos. Supongamos que no sube a los camerinos después del número oriental por no rebajarse a rivalizar con el armador. En medio de la animada asistencia que llena el cabaret prefiere adoptar un aire de indiferencia y pasar desapercibido, aunque exagera manteniendo ese rostro inalterable donde sólo se dibujan dos rayitas libidinosas en la comisura de los labios, mientras el sexo se eriza como si llevara un arma corta en el bolsillo del pantalón. Finalmente el doctor Castro se inhibe frente a ese cuerpo de cera para sultanes de cartón, frente a la postura ni siquiera obscena que atrae a los marineros a la puerta del cabaret, y lo más probable es que el doctor no se decida a entrar esa noche, cede el paso, y únicamente lanza una ojeada al interior en el momento en que se abre la puerta, se descorre la espesa cortina, y un antro tibio y rojizo de donde escapa la música se muestra a sus ojos. Por otra parte el doctor Castro puede encontrar elementos de comparación, una posibilidad poco comprometida de ver y admirar, con sólo continuar su paseo por la calle, observando los portales de dos o tres hoteles y las esquinas bien situadas. Esas muchachas poseen otro atractivo, el gesto familiar y dulce, el deseo aparente, ¿eh, doctor?

Hasta la caída del sol, y más tarde, cuando ya empieza a oscurecer, los niños corretean por la plaza. Se persiguen y se cruzan como bandos de pichones, a los que todavía no se ha extraído el corazón, y como pájaros emiten pequeños gritos confusos y sonoros. En ese momento diríase que las horas pasan con calma para el doctor Castro, a pesar de que la mirada se siente irremediablemente atraída hacia el lugar donde un grupo de niñas juega a la soga, la inocencia es un aliciente más, y por fuerza se produce ese vaivén de falditas de todos los colores, ligeras y temblorosas, también, como un pájaro atrapado en la mano que se estremece al acariciarlo y transmite las palpitaciones aterradas de su corazón. La mirada se detiene en una o en otra de las chiquillas, es indiferente, cualquiera de ellas pudiera ser objeto fácil de ceñir o de sujetar. Una se separa del grupo.

¡Anita! le llama su amiga, y Castro abandona el balcón para entrar en casa.

¡Ana!, grita su mujer. En el gran comedor oscuro Castro encuentra a la verdadera Anita que en ese momento se ocupa de preparar la mesa para la cena. Es una muchacha corta de luces, apenas una adolescente, a quien la señora Castro proporciona ese trabajo y otras menudas ocupaciones. El doctor Castro la observa tímidamente unos instantes, antes de atreverse a decirle, llame usted a la señora.

En el salón que sirve de comedor la mesa se halla instalada en el ángulo opuesto al balcón, por una satánica tendencia de la señora Castro a huir de la luz. El doctor ocupa uno de los extremos de la mesa, frente a la puerta, desde donde puede observar las entradas y salidas de la muchacha. En realidad quien entra es su mujer. Ella se sienta en el otro extremo. Naturalmente se ha cambiado de vestido para la cena. Igual que en el momento de la llegada a la casa ambos observan el comportamiento de dos comensales habituales, dentro de una representación en la cual el telón se levanta, el doctor Castro sonríe torpemente y su mujer, sin decir una sola palabra, hace sonar la campanilla y por el foro entra Anita con una bandeja. Tiene el cabello castaño, el doctor lo sabe, aunque con la escasa luz parezca moreno, aparte de la cofia que lo oculta recogiéndolo por delante para derramarlo en una especie de cola. El delantal almidonado no llega a disimular dos pechitos de adolescente tímida que se inclina sobre el plato para servirle. Rodeando la mesa se dirige hacia la señora, y allí la lámpara ilumina la mitad de su cara, suave, los dos ojos inquietos y casi líquidos que se agitan sabiéndose observada, hasta su salida, donde se aprecia su silueta aún infantil desapareciendo por el pasillo. Ya nos conocemos, doctor. El muñeco que representa al doctor es una figura tripuda y redonda como un pote de tabaco, con una faja de raso negro que le ciñe la barriga, por encima se levantan cinco botones nacarados hasta la corbata de pajarita, en esa obligada etiqueta que la señora Castro ha visto en las películas coloniales y que exige para las cenas más íntimas que desde luego, y por esa razón dejan de serlo. Entre ellos apenas cambian unas frases que se ven interrumpidas cada vez que entra la muchacha. Ya vuelve. Sobre la tarima se alarga la sombra deseada que proyecta la lámpara moldeando su cuerpo, no ya de adolescente, sino por un misterio de la luz, una silueta de mujer. Esa silueta se acerca al doctor y le turba.

Ya. El problema consiste en no descubrir la turbación y manejar adecuadamente el cubierto de pescado como si nada pasara, mientras el rostro inexpresivo de la señora Castro distiende sus arrugas y, alargando la mano, toma el pan de la cestilla que la muchacha le acerca. Anita acerca igualmente la cestilla al doctor, todo ello dentro del ritual acostumbrado de la cena. Cuando la muchacha sale su cuerpo queda enmarcado un instante en la penumbra de la puerta, y se borra bruscamente por una frase banal de la señora comentando el tiempo que hace, aquí en la costa. Todo es tan aburrido y falto de interés que el doctor termina por bostezar y levanta una mirada llena de excusas. Al poco rato podríamos colocarlo en una de las butacas tomando una infusión con una copita de licor al alcance de la mano, es muy probable que él mismo no haga ningún gesto para moverse, y así, el resto de la velada transcurre apacible en el mismo salón. Un mínimo impulso vital le empujaría a encontrar un pretexto cualquiera para salir a dar un paseo, estirar las piernas pongamos por caso, y echar un ojo a lo que ya hemos contado anteriormente, las tentadoras fotografías del cabaret, las muchachas que se pasean delante de los hoteles con la sonrisa procaz, y con quienes sólo faltaría acercarse discretamente y quedar acordados. Pero al doctor Castro le faltan las palabras. ¿Qué palabras? No tienes nada que decir, seguir a la muchacha adonde te lleve, que no será lejos, y allí puedes desabrochar su camiseta y ver todo lo que ella apenas te oculta. El muñeco que representa al doctor permanece indeciso. Estúpidamente indeciso. Es tan irritante que el autor siente deseos de darle un manotazo y precipitarle en brazos de alguien, que lo abra, que lo rasgue. Su inmovilidad sólo se altera para responder con un movimiento de cabeza a su mujer que da las buenas noches y se retira a su alcoba. Luego cae otra vez en la inmovilidad.

Quizás hubiera sido mejor empezar el juego con Violeta, la señora de Castro, que a pesar de las apariencias seguramente está llena de posibilidades. ¿No observa también ella la nuca del chófer? Este individuo, algo obeso, puede ser transformado adecuadamente, alzarle la estatura, acomodarle los gestos y tornearle la mirada. Escogeríamos a Violeta paseándose en automóvil, ella sola, por esas callejuelas por las que el vehículo casi no puede pasar, junto a lóbregos portales que sin duda algo deben sugerir y no precisamente obras de caridad. Y por otra parte nada más fácil que acostar a la señora en su alcoba y mantenerla allí despierta con los ojos abiertos en la oscuridad, esperando los tres golpecitos en clave antes de que el chófer se deslice en el dormitorio entreabriendo la puerta, mitigando en la noche sus jadeos.

¿Eh, doctor? Finalmente nos hemos quedado solos en el salón. Entonces, ¿a qué esperamos? Con un pequeño sobresalto de energía puede uno acercarse hasta el corredor y, procurando no hacer ruido, bajar las escaleras, porque la habitación de Anita se encuentra en la planta baja, justamente al lado de la puerta de servicio. Por el agujero de la cerradura se ve prácticamente todo el cuarto, y más precisamente el armario de luna frente al cual se desnuda la muchacha. Eso mismo ya lo hemos pensado muchas veces. Probablemente ella se cierra por dentro, aunque nunca lo haya osado comprobar. No. Prefiere la retirada. En un último impulso, antes de iniciar el regreso, y subir la escalera, vuelve la vista atrás, hacia la puerta cancelada de la que ya ha desaparecido el minúsculo pincel de luz. La lámpara del salón, en el primer piso, ha quedado encendida. Se escucha un rumor apagado en la alcoba donde duerme Violeta. El doctor pasa de largo y se encierra en su propia alcoba. Al cabo de un rato se encuentra en la cama, y allí es de nuevo la quietud abúlica, los ensueños fálicos, las figuraciones nocturnas a las que falta siempre un pequeño matiz de realidad para que se lleven a cabo. Decididamente este hombre no sirve para nada.

Del libro *Los amigos de Toti Tang,*
Ed. Plaza y Janés, 1990, y en *Trece historias breves.*
Ed. Lengua de Trapo, 1995.

JAVIER MARÍAS
(Madrid, 1951)

——— • ———

En el viaje de novios

Mi mujer se había sentido indispuesta y habíamos regresado apresuradamente a la habitación del hotel, donde ella
se había acostado con escalofríos y un poco de náusea y un
poco de fiebre. No quisimos llamar en seguida a un médico por
ver si se le pasaba y porque estábamos en nuestro viaje de novios, y en ese viaje no se quiere la intromisión de un extraño,
aunque sea para un reconocimiento. Debía de ser un ligero
mareo, un cólico, cualquier cosa. Estábamos en Sevilla, en un
hotel que quedaba resguardado del tráfico por una explanada
que lo separaba de la calle. Mientras mi mujer se dormía (pareció dormirse en cuanto la acosté y la arropé), decidí mantener-
me en silencio, y la mejor manera de lograrlo y no verme tentado a hacer ruido o hablarle por aburrimiento era asomarme al
balcón y ver pasar a la gente, a los sevillanos, cómo caminaban
y cómo vestían, cómo hablaban, aunque, por la relativa distancia de la calle y el tráfico, no oía más que un murmullo. Miré
sin ver, como mira quien llega a una fiesta en la que sabe que la
única persona que le interesa no estará allí porque se quedó en
casa con su marido. Esa persona única estaba conmigo, a mis
espaldas, velada por su marido. Yo miraba hacia el exterior y
pensaba en el interior, pero de pronto individualicé a una persona, y la individualicé porque a diferencia de las demás, que

480

pasaban un momento y desaparecían, esa persona permanecía inmóvil en su sitio. Era una mujer de unos treinta años de lejos, vestida con una blusa azul sin apenas mangas y una falda blanca y zapatos de tacón también blancos. Estaba esperando, su actitud era de espera inequívoca, porque de vez en cuando daba dos o tres pasos a derecha o izquierda, y en el último paso arrastraba un poco el tacón afilado de un pie o del otro, un gesto de contenida impaciencia. Colgado del brazo llevaba un gran bolso, como los que en mi infancia llevaban las madres, mi madre, un gran bolso negro colgado del brazo anticuadamente, no echado al hombro como se llevan ahora. Tenía unas piernas robustas, que se clavaban sólidamente en el suelo cada vez que volvían a detenerse en el punto elegido para su espera tras el mínimo desplazamiento de dos o tres pasos y el tacón arrastrado del último paso. Eran tan robustas que anulaban o asimilaban esos tacones, eran ellas las que se hincaban sobre el pavimento, como navaja en madera mojada. A veces flexionaba una para mirarse detrás y alisarse la falda, como si temiera algún pliegue que le afeara el culo, o quizá se ajustaba las bragas rebeldes a través de la tela que las cubría.

Estaba anocheciendo, y la pérdida gradual de la luz me hizo verla cada vez más solitaria, más aislada y más condenada a esperar en vano. Su cita no llegaría. Se mantenía en medio de la calle, no se apoyaba en la pared como suelen hacer los que aguardan para no entorpecer el paso de los que no esperan y pasan, y por eso tenía problemas para esquivar a los transeúntes, alguno le dijo algo, ella le contestó con ira y le amagó con el bolso enorme.

De repente alzó la vista, hacia el tercer piso en que yo me encontraba, y me pareció que fijaba los ojos en mí por vez primera. Escrutó, como si fuera miope o llevara lentillas sucias, guiñaba un poco los ojos para ver mejor, me pareció que era a mí a quien miraba. Pero yo no conocía a nadie en Sevilla, es más, era la primera vez que estaba en Sevilla, en mi viaje de novios con mi mujer tan reciente, a mi espalda enferma, ojalá no fuera nada. Oí un murmullo procedente de la cama, pero no volví la cabeza porque era un quejido que venía del sueño, uno aprende a distinguir en seguida el sonido dormido de aquel con quien duerme. La mujer había dado unos pasos, ahora en mi dirección, estaba cruzando la calle, sorteando los coches sin buscar un semáforo, como si quisiera aproximarse rápido para comprobar, para verme mejor a mi balcón asomado. Sin embargo caminaba con dificultad y lentitud, como si los tacones le fueran desacostumbrados o sus piernas tan llamativas no estuvieran hechas para ellos, o la desequilibrara el bolso o estuviera mareada. Andaba como había andado mi mujer al sentirse indispuesta, al entrar en la habitación, yo la había ayudado a desvestirse y a meterse en la cama, la había arropado. La mujer de la calle acabó de cruzar, ahora estaba más cerca pero todavía a distancia, separada del hotel por la amplia explanada que lo alejaba del tráfico. Seguía con la vista alzada, mirando hacia mí o a mi altura, la altura del edificio a la que yo me hallaba. Y entonces hizo un gesto con el brazo, un gesto que no era de saludo ni de acercamiento, quiero decir de acercamiento a un extraño, sino de apropiación y reconocimiento, como si fuera yo la persona a quien había aguardado y su cita fuera conmigo. Era como si con aquel gesto del brazo, coronado por un remolino veloz de los dedos, quisiera asirme y dijera: 'Tú ven acá', o 'Eres mío'. Al mismo tiempo gritó algo que no pude oír, y por el movimiento de los labios sólo comprendí la primera palabra, que era '¡Eh!', dicha con indignación, como el resto de la frase que no me alcanzaba. Siguió avanzando, ahora se tocó la falda por detrás con más motivo, porque parecía que quien debía juzgar su figura ya estaba ante ella, el esperado podía apreciar ahora la caída de aquella falda. Y entonces ya pude oír lo que estaba diciendo: '¡Eh! ¿Pero qué haces ahí?.' El grito era muy audible ahora, y vi a la mujer mejor. Quizá tenía más de treinta años, los ojos aún guiñados me parecieron claros, grises o color ciruela, los labios gruesos, la nariz algo ancha, las aletas vehementes por el enfado, debía de llevar mucho tiempo esperando, mucho más tiempo del transcurrido desde que yo la había individualizado. Caminaba trastabillada y tropezó y cayó al suelo de la explanada, manchándose en seguida la falda blanca y perdiendo uno de los zapatos. Se incorporó con esfuerzo, sin querer pisar el pavimento con el pie descalzo, como si temiera ensuciarse también la planta ahora que su cita había llegado, ahora que debía tener los pies limpios por si se los veía el hombre con quien había quedado. Logró calzarse el zapato sin apoyar el pie en el suelo, se sacudió la falda y gritó: '¡Pero qué haces ahí! ¿Por qué no me has dicho que ya habías subido? ¿No ves que llevo una hora esperándote?' (lo dijo con acento sevillano llano, con seseo). Y al tiempo que decía esto, volvió a hacer el gesto del asimiento, un golpe seco del brazo desnudo en el aire y el revoloteo de los dedos rápidos que lo acompañaba. Era como si me dijera 'Eres mío' o 'Yo te mato', y con su movimiento pudiera cogerme y luego arrastrarme, una zarpa. Esta vez gritó tanto y ya estaba tan cerca que temí que pudiera despertar a mi mujer en la cama.

—¿Qué pasa? —dijo mi mujer débilmente.

Me volví, estaba incorporada en la cama, con ojos de susto, como los de una enferma que se despierta y aún no ve nada ni sabe dónde está ni por qué se siente tan confusa. La luz estaba apagada. En aquellos momentos era una enferma.

—Nada, vuelve a dormirte —contesté yo.

Pero no me acerqué a acariciarle el pelo o tranquilizarla, como habría hecho en cualquier otra circunstancia, porque no podía apartarme del balcón, y apenas apartar la vista de aquella mujer que estaba convencida de haber quedado conmigo. Ahora me veía bien, y era indudable que yo era la persona con la que había convenido una cita importante, la persona que la había hecho sufrir en la espera y la había ofendido con mi prolongada ausencia. '¿No me has visto que te estaba esperando ahí desde hace una hora? ¡Por qué no me has dicho nada!', chillaba furiosa ahora, parada ante mi hotel y bajo mi balcón. '¡Tú me vas a oír! ¡Yo te mato!', gritó. Y de nuevo hizo el gesto con el brazo y los dedos, el gesto que me agarraba.

—¿Pero qué pasa? —volvió a preguntar mi mujer, aturdida desde la cama.

En ese momento me eché hacia atrás y entorné las puertas del balcón, pero antes de hacerlo pude ver que la mujer de la calle, con su enorme bolso anticuado y sus zapatos de tacón de aguja y sus piernas robustas y sus andares tambaleantes, desaparecía de mi campo visual porque entraba ya en el hotel, dispuesta a subir en mi busca y a que tuviera lugar la cita. Sentí un vacío al pensar en lo que podría decirle a mi mujer enferma para explicar la intromisión que estaba a punto de producirse. Estábamos en nuestro viaje de novios, y en ese viaje no se quiere la intromisión de un extraño, aunque yo no fuera un extraño, creo, para quien ya subía por las escaleras. Sentí un vacío y cerré el balcón. Me preparé para abrir la puerta.

Del libro *Cuando fui mortal.*
Ed. Alfaguara, 1996.

ROSA MONTERO
(Madrid, 1951)

—— • ——

Retrato de familia

Isabel se ajustó las gafas y contempló la fotografía admirativamente. Ocupaba las páginas centrales de la revista y centelleaba como una joya oscura. A la derecha, un sol incandescente; a la izquierda, la vastedad inimaginable del espacio. Y ahí, perdidos entre el polvo estelar, estaban Venus y la Tierra, dos menudencias apenas visibles flotando en la negrura chisporroteante. Era una imagen conseguida por el *Voyager,* la primera foto del sistema solar, el primer *retrato de familia.* La mujer suspiró.

Antonio se incorporó con brusquedad, una mano arrugando el borde de la toalla y la otra sujetándose ansiosamente el pecho.

—Me siento mal —dijo.

Y se dejó caer sobre la felpa a rayas.

—Eso es el sol. Te dije que te taparas la cabeza —le reconvino Isabel en tono distraído y sin abandonar la lectura.

Antonio jadeó. La mujer bajó la revista y le observó con mayor atención. El hombre permanecía muy quieto y su rostro tenía una expresión blanda y descompuesta, como si fuera a quebrarse en un sollozo.

—¿Qué te pasa? —se inquietó Isabel.

—Me siento mal —repitió él en un ronco susurro, con los ojos desencajados y prendidos en el cielo sin nubes.

Transpiraba. La calva del hombre se había perlado súbitamente de brillantes gotitas. Claro, que hacía mucho calor. Más abajo, los profundos pliegues de la sotabarba eran pequeños ríos, y, más abajo aún, el pecho cubierto de canosos vellos y el prominente estómago relucían alegremente en una espesa mezcla de sudor y ungüentos achicharrantes. Pero las gotas de la calva eran distintas, tan duras, claras y esféricas como si fueran de cristal. Lágrimas de vidrio para una frente de mármol. Porque estaba poniéndose muy pálido.

—Pero, Antonio, ¿qué sientes, qué te duele? —se angustió ella.

—Tengo miedo —dijo el hombre con voz clara.

Tiene miedo, se repitió Isabel confusamente. La mano se crispaba sobre su pecho. La mujer se la cogió: estaba fría y húmeda. Le alisó los dedos con delicadeza, como quien alisa un papel arrugado. Esos dedos moteados por la edad. Esa carne blanda y conocida. Apretó suavemente la mano de su marido, como hacía a veces, por las noches, justo antes de dormirse, cuando se sentía caer en el agujero de los sueños. Pero Antonio seguía contemplando el cielo fijamente, como si estuviera enfadado con ella.

—Ya han ido a buscar al médico —dijo alguien a su lado.

Isabel alzó el rostro. Estaba rodeada por un muro de piernas desnudas. Piernas peludas, piernas adiposas, piernas rectas como varas, piernas satinadas y aceitosas, atentísimas piernas de bañistas curiosos. Entre muslo y muslo, en una esquina, vio la línea espumeante y rizada del mar.

—Gracias.

El muro de mirones la asfixiaba. Bajó la cabeza y descubrió la revista, medio enterrada junto a sus rodillas, aún abierta por la página del *Voyager*. Los granos de arena que se habían adherido al papel satinado parecían minúsculos planetas en relieve. Estamos en la foto, se dijo Isabel con desmayo; lo increíble es que estamos en la foto. Ahí, en esa diminuta chispa de luz que era la Tierra, estaba la playa, y la toalla de rayas azules, y el bosque de piernas. Y Antonio jadeando. Aunque no, la foto había sido tomada tiempo antes, a saber qué habrían estado haciendo ellos en ese momento. Quizá el disparo de la cámara los pilló durmiendo, o jugando con los nietos, o cortándose las uñas. O quizá sucediera el domingo pasado, cuando Antonio y ella fueron a bailar para festejar el comienzo de sus vacaciones. Era en una terraza del paseo Marítimo, con orquestina y todo; trotaron y giraron y rieron y bebieron lo suficiente como para ponerse las orejas al rojo y el corazón ligero, y luego, a eso de las once, cayó un chaparrón. El aire olía a tierra caliente y recién mojada, olía a otros veranos y otras lluvias, y regresaron al hotel dando un paseo, cogidos del brazo e inmersos en el aroma de los tiempos perdidos. Sí, ése tuvo que ser el momento justo de la foto, una pequeña y cálida noche terrestre encerrada en la helada y colosal noche estelar. Antonio gimió e hizo girar los ojos en sus órbitas.

—Me estoy muriendo.

—No digas tonterías —contestó Isabel—. Uno no puede morirse con el sol que hace.

Era verdad. ¿Dónde se había visto una muerte a pleno sol, una muerte tan pública, tan iluminada, tan impúdica? Isabel parpadeó, mareada. Hacía tanto calor que no se podía pensar. Y la luz. Esa luz cegadora, irreal, como la de los sueños. Restañó el sudor de la frente de Antonio con la toalla de rayas azules y luego, tras doblarla primorosamente, se la colocó bajo la nuca. Antonio se dejaba hacer, rígido y engarabitado. Tenía las mejillas blancas y los labios morados.

—Mamá, ¿está muerto ese señor? —preguntó un niño a voz en grito señalándolos con un cucurucho de helado.

—Shhhh, calla, calla...

En el círculo de piernas expectantes no corría ni una brizna de aire; olía a aceite bronceador y a salitre, a carne caliente y podredumbre marina. Al niño le goteaba la vainilla del helado por la mano. Tendré que pasar por la cestería y anular el encargo del sillón, se dijo Isabel, abrumada por el sofoco, por el peso de la luz y el estupor. De la orilla llegaron las risas de un par de muchachos y el retumbar pasajero de una radio. La fría mano de Antonio apretó tímidamente la suya, como hacían, a veces, antes de dormirse; pero ahora el hombre jadeaba y contemplaba el cielo con los ojos muy abiertos, unos ojos oscurecidos por el pánico. Tan indefenso como un recién nacido. Isabel sorbió las lágrimas y, por hacer algo, se puso a limpiar de arena el cuerpo de su marido.

—No te preocupes, el médico debe de estar a punto de llegar.

Y también ella miró hacia arriba, intentando entrever, más allá de la lámina de aire azul brillante, la gran noche del tiempo y del espacio.

Del libro *Amantes y enemigos.*
Ed. Alfaguara, 1998.

PALOMA DÍAZ MAS
(Madrid, 1954)

—— • ——

El señor Link visita a un autor

Para Jorge Herralde,
que no me ha visitado nunca.

La casa es de las de patio de corredor y el señor Link se siente repentinamente ridículo con su traje de alpaca italiano. Albert Sinclair vive en el quinto piso y no hay ascensor.

Más de un centenar de tortuosos escalones de madera, desgastados por el lento desgranar de las pisadas durante más de un centenar de años. La puerta está pintada al aceite en un estridente color caqui que quiere imitar una madera imposible. El timbre, no menos estridente, resuena en todo el corredor. Abre una mujer. El señor Link pregunta por Albert Sinclair y la mujer le tiende una mano macerada y húmeda: «Ha salido a hacer un recado, pero vendrá en seguida. Yo soy su madre. Pero pase, pase». Y le hace pasar a un saloncito empapelado con flores de lis gigantes azul marino y oro, y lo sienta en un sofá de piel sintética que en la penumbra se adivina color burdeos con cojines de pasamanerías doradas, ante la mesita de mármol artificial sobre la que se abre un esplendoroso centro de flores de tela, mientras un pastorcillo lúbrico de porcelana azul persigue, tocando el caramillo, a una pastora asustadiza y rosa. El televisor está conectado a todo volumen a estas horas de la mañana y atruena la escena bucólica de loza, y las paredes

489

pretendidamente versallescas parecen tambalearse por la convencional voz de trueno de los actores de telenovela. Hasta los pétalos de las flores de tela semejan temblar en su búcaro egipcio, estremecidas por la música lamentable de los anuncios de detergentes y de economatos de barrio.

Albert Sinclair, en efecto, no tarda en llegar, con una cesta de la compra que es como un cuerno de la abundancia pobre del que rebosan acelgas, zanahorias, boquerones, naranjas, empanadillas congeladas y escurridizas bolsas de leche pasteurizada. Dice que ha sido usted muy amable, que no tenía que haberse molestado y que pensaba llevarlo yo, pero el señor Link no atiende apenas, fascinado por la vestimenta de Albert Sinclair: camisa de rayas, falda de flores, chaqueta de cuadros, medias gruesas de lana, zapatillas de andar por casa con pompones azul celeste. La madre de Albert Sinclair parece tener de repente una idea feliz, propone con alegría que vamos a tomar un café, insiste en que vamos a tomar los tres juntos un café, pese a las protestas, las excusas y las súplicas del señor Link, quien le ruega que no se moleste, explica que no tiene ganas, asegura que tiene prisa, implora que no le fuercen porque está a dieta, mientras para sus adentros evoca con deseo imposible de satisfacer el dry martini que realmente le apetecería. Mas de nada sirven ruegos, protestas, súplicas y gimoteos: Albert Sinclair y su madre han acogido el proyecto del café a deshora con entusiasmo y se ponen eufóricas manos a la obra, y al poco la joven aparece con una bandeja en la que reposan tres vasos de duralex de un café con leche excesivamente lechoso, aunque la madre encuentra algo que objetar: no le parece bien el vaso de duralex para el señor Link, como si no tuviéramos otra cosa; y, dicho y hecho, vierte el contenido del vaso de duralex en una taza de arcopal con florecitas azules y se la tiende obsequiosa al señor Link sin advertir que, en el trasvase, una traidora gota de café con leche se ha quedado en la superficie exterior de la taza, se desliza en convexa trayectoria y se estrella irremisiblemente en la pernera izquierda del pantalón diseñado nada más y nada menos que por Luigi Dellabambola. Nadie parece advertirlo, quizá porque los tres están algo aturdidos por el estruendo del televisor que sigue vociferando para las paredes, para las cosas, para el aire, pero sobre él logra imponerse la voz de la madre explicando que no sabe usted lo bien que nos viene lo de los derechos de autor de la niña, es una ayudita muy buena, claro que no da para vivir, pero se agradece, no puede usted imaginarse lo que hemos pasado desde la falta de mi difunto marido, que en paz descanse. Mas entonces es interrumpida con gesto hosco y voz hostil por el ilustre escritor Albert Sinclair (Concepción Huerta): «Calla, mamá, que a este señor no le importan esas cosas». Y la madre calla avergonzada porque sabe que ella le reprochará luego: «Otra vez has tenido que meter la pata»; y entonces todos menos el televisor guardan un minuto de silencio en memoria de los azucarillos que acaban de desaparecer trágicamente en las respectivas tazas y que remueven parsimoniosamente con las mejores cucharillas de acero inoxidable de la casa. El café está frío, dulzón y grasiento, y las galletas maría revenidas, pero tanto Albert-Concepción como su madre las consumen con eufórico deleite e insisten al señor Link —cada vez más aturdido por el parloteo televisivo— en que tome más, tome cuantas quiera, que hay más en la cocina, y más café también si quiere. De la cocina lo que llega es un olor a baquelita quemada y la madre se levanta como impulsada por un resorte, desaparece tras la cortina de canutillos, se oye un chisporroteo de agua sobre plancha al rojo, emergen volutas de humo negro y pestilente y luego regresa: «Se me pegó un poco la comida, pero no importa». Y repentinamente Albert-Concepción, con un dejo de mal humor, pronuncia la frase salvadora: «Este señor tendrá prisa», se oculta tras las cortinas de cretona en un pozo oscuro que debe de ser su habitación —una habitación que, dada su situación en el plano de la minúscula casa, ha de ser interior y sin ventana— y sale pronto con el original mecanografiado en la mano, da de nuevo las gracias por la molestia de haber venido hasta aquí y coloca al señor Link en la escalera, no sin que la madre le amoneste que tenga cuidado porque los escalones están muy desgastados y a veces resbalan, y que si lo desea puede dar al automático de la luz porque esto está muy oscuro.

El señor Link baja las escaleras con rapidez suicida, maldiciendo la malsana curiosidad que le llevó a querer husmear —pretextando la recogida del original del próximo libro— en cómo vivía Albert Sinclair, su escritor más mimado, admirado y joven.

Ya en el taxi, rumbo a la editorial, hojea el original temiendo lo peor: nada bueno puede salir de esa casa empapelada de lises como coliflores, de ese saloncito sintético, tenebroso y cursi, de ese café nauseabundo y esa alcoba sin ventilación.

Pero el texto es perfecto, límpido, armonioso, lleno de ritmo y de vida. Es pura música, como un caudal que surge de claros ojos de agua. Y se pregunta cómo puede manar un venero tan limpio bajo la lluvia atronadora del televisor.

Del libro *Nuestro milenio*.
Ed. Anagrama, 1987.

JOSÉ ANTONIO MILLÁN
(Madrid, 1954)

—— • ——

El puentecito

Pocos recordarán (si es que alguno llegó siquiera a tener noticias de su existencia) la epidemia que invadió seis colegios sucesivos de niñas, en la calle Padre Damián de Madrid, un curso a finales de los sesenta.

Nuestro colegio, el único masculino de la zona, abría el largo rosario de centros religiosos que serpenteaba calle arriba. Desde el patio podíamos ver gran parte del colegio inmediato. Estaba claro entre mis compañeros, sin embargo, que no convenía mirar demasiado hacia allá: al fin y al cabo, poco había que pudiera interesarnos. Nuestro propio patio era un espacio lo suficientemente absorbente, entre el cemento y el cielo, patrullado por figuras negras expertas en reconocer ¡a distancia y sin oír una palabra! conversaciones peligrosas. El caso es que los gritos de las chicas apenas podían merecer una ojeada. Hasta que empezó la plaga. Una cosa eran los ruidos de juego, el griterío cuando un balón trasponía el límite de ambos campos, y otra el canto rítmico que se elevó un día en un coro de cientos de voces, y nos acompañó recreo tras recreo durante mucho tiempo.

Primero reconocimos el soniquete: una frase musical breve, constantemente repetida; luego medio adivinamos las palabras, que por último confirmamos en un rápido intercambio de información: «... y un puentecito», puede que «y un puentecito...» o «y un puentecito». ¡Y un puentecito!

Por aquella época, y como hermano mayor, me correspondía la misión de recoger a los otros tres a la salida del colegio, y llevarles a casa. Por lo general me quedaba entre medias un espacio de tiempo que podía aprovechar peleándome o jugando a las máquinas. El segundo día de cantinela (no el primero), cubierto de polvo camino del hogar, condescendí a interrogar a mis hermanas acerca del curioso fenómeno. Como habitantes del colegio de al lado debían ser conocedoras —si no parte activa— del asunto. La mayor me contestó, excitada:

—Es un juego nuevo. Nos juntamos todas y nos cogemos de la mano, en corros. Cantamos «y un puentecito» dando un paso adelante y levantando los brazos. Otro paso atrás, y vuelta a empezar.

La verdad es que la explicación no llegó a satisfacerme. Sí: tenía el cómo, pero no el porqué. ¿Qué sacaban con ello? ¿Qué remotos mecanismos ponían en juego? Porque yo presentía que en todo ello había algo brutal, atávico; algo que no estaba bien.

Uno de esos días en la comida familiar salió a relucir el tema. Yo acechaba, en silencio. Quería que mis hermanas se delataran. Pero ni siquiera mi madre, siempre atenta a cualquier cosa que pudiera rozar... cualquier cosa, pudo captar nada sospechoso. Soltó un «ah, ¿sí?» distraído, y no prestó más atención. Claro: ella no había oído los cánticos de mil gargantas, ella no era la escalofriada espina dorsal abajo.

Nuevos datos vinieron a confirmar mis temores. Todos los colegios femeninos de la calle Padre Damián eran un hervidero de «puentecitos»: las Adoratrices, la Consolación, los Sagrados Corazones, las Hijas de Jesús (por mal nombre jesuitinas), en todas había prendido la llama.

¿Cómo había empezado todo? Buena cuestión; ¿y por qué no preguntar mejor quién fue el primero en rimar dos pa-

labras, o dónde nació el chiste? No creo que nunca se sepa.
Pude registrar que había empezado en «las mayores». ¡Las mayores! El nombre me evoca un temblor pasado. Pero no tenían
más de quince años, y todas llevaban uniforme. Después me enteré de que las pequeñas, ¡pobres!, unidas casi inmediatamente
al macabro juego, habían intentado *romper,* de una forma que
hoy, cuando he contemplado tantas esclavitudes impotentes, y
cuando sé algunas cosas más, sólo puedo calificar de asombrosa: intentaron abrir el paradigma. Su tímida protesta, pronto
ahogada entre burlas y algún pescozón, tomó cuerpo en una
pequeña variación de la letra: intercalaban, de cuando en cuando, «... y una montañita».

¡Infelices! El canto *no* era una enumeración de accidentes geográficos. El puentecito aislado, como cabeza o cola de
Dios sabe qué aviesa serie, tenía más veneno dentro que ningún sistema decantado. Años después, vagando por las callejas
del centro, pude ver el letrero de un bar: «Especialidad en conejo
al ajillo, *etc., etc.*». La grave dislocación que ello produjo en mi
ánimo me retrotrajo a la «era del puentecito». Hay cosas que
hieren muy adentro.

Pero yo seguía el curso académico, buena costumbre
que no abandoné hasta no terminar la carrera, y la peculiar (a
falta de palabra mejor) sensación del paso de los días, envuelto
alternativamente en materias apasionantes tratadas por inútiles
y materias inútiles tratadas por los mismos, casi me distrajo de
lo que ocurría doscientos metros más allá de la ventana. Pero la
cosa seguía, como indicaba en la distancia la marea de brazos
alternativamente arriba y abajo.

Me pregunto cómo las monjas, cuyo rigor disciplinario
era notorio, pudieron consentir en semejante relajo. Ahora veo
bien —y no hace más que reforzar el sentimiento de que asistí a
algo abominable— que «las mayores» habían encontrado, tal
vez por azar, el *espacio,* el intersticio semiótico (hacia fuera) y
pulsional (hacia dentro) que optimizaba el placer con un riesgo

mínimo. ¿Quién podría prohibir a las muchachitas que se entregaran al canto y a la danza en los recreos? Y aquel que denunciara el peligro que acechaba detrás, ¿no estaría reconociéndose en el vértigo? Tú, ceñuda censora, tú, babieca (aún interrogo en sueños a las monjas), ¿cómo sabes que es malo? ¿en *dónde* lo percibes? Y aun entonces, aun si en un sacrificio al que al fin y a la postre estaban profesionalmente preparadas, algunas de ellas levantaran la voz admonitoria, ¿qué dirían? «¿No cantéis?» «Cantad cosas, mas no siempre la misma.» «No repitáis mil veces ningún nombre»... Inútil.

Desgraciadamente, mis intereses del momento no permanecían mucho tiempo fijos en un tema. Habíamos conseguido que la dirección expulsara al profesor de Filosofía: cada vez que miraba a un alumno leía en sus labios la palabra «hijo-puta», claramente vocalizada, hasta que acabó con una crisis nerviosa. En El Alce habían instalado una máquina nueva (asistía, sin saberlo, a la entrada de la tercera generación de *pinballs:* una sola bola y conteo electrónico de jugadas). Además, mis exploraciones por la ciudad se habían ampliado a un radio importante, y tenía muchas cosas que ver.

Y un día, ya no hubo más puentecitos.

Al principio fue una simple ausencia; todo seguía igual; el patio con sus gritos, el padre Turrado anunciando que podía descubrir por las manos de los chicos quién «se tocaba», la Momia Antonia errando por los corredores (y un nuevo problema que debatí largo tiempo: ¿se saludaban los curas cada vez que se cruzaban en un pasillo?, ¿esbozaban sólo un gesto?, ¿ni eso?). Pero ni rastro del canto. No quise preguntar a mi hermana la mayor. ¿Para qué? ¿Para ver, mientras fingía un esfuerzo de la memoria, dos ojillos brillando por un segundo en el recuerdo de un placer que ya tendría que buscar por otros caminos?

Afortunadamente para mi yo de aquel momento (el recuerdo seguiría, a pesar de todo), siempre había un nuevo tema de reflexión, un misterio que explorar. Debió ser por entonces cuando me pregunté por qué sólo había cinco vocales en castellano.

Y recorría las sendas articulatorias despacio, con cuidado, cerrando aes, abriendo es, hasta que de pronto, ¡flop!, había pasado de la una a la otra, sin darme cuenta, sin memoria ya del momento del milagro.

Del libro *Sobre las brasas.*
Ed. Sirmio, 1988.

PEDRO ZARRALUKI
(Barcelona, 1954)

———•———

Los guerreros de bronce

La injusticia puede manifestarse de mil maneras, pero la más trágica es la que se ceba en la vida, pues el soplo divino nos resulta inaccesible. Entre nosotros nacen creadores incapaces de controlar su limitado poderío. No podemos producir la vida, pero sí podemos imaginar la belleza, y ésa es nuestra fuerza y nuestra perdición... Aunque la historia que os refiero se inicia muchos siglos atrás, daremos cuenta tan sólo de aquello que alcanza el recuerdo. Hace bastantes años, un buceador apasionado —«... *anche archeologo dilettante»*, según pude leer en una revista— descubrió, sobre el lecho marino, algo que parecía un brazo. Dicen que en un principio creyó que se trataba de un cadáver, pero es difícil imaginar que, ante la posibilidad de que fuera una estatua, interpretase de manera tan banal aquella aparente forma humana. Sea como fuere, cuatro días después, y con ayuda de balones hinchables, eran izados a la superficie los dos guerreros que conmocionarían al mundo. En aquel momento inspiraron tan sólo breves notas de prensa, pues su belleza quedaba oculta bajo los sedimentos que el mar, conchabado con el tiempo, había depositado sobre sus cuerpos.

Pasaron los años, y la existencia de los guerreros se difuminó en el tráfago de acontecimientos. Se había puesto en marcha, sin embargo, el complicado proceso de restauración que devolvería la vida al bronce. Se emplearon las técnicas más sofisticadas, la gammagrafía y el ultrasonido, para vaciarlas de detritus y eliminar las incrustaciones. Se detuvo el proceso corrosivo, y lenta, muy lentamente, fueron desvelándose sus más sutiles secretos: las venas del dorso de las manos y aquellas que descienden, sinuosas, sobre los músculos abdominales; el marfil de los ojos y la plata de los dientes; el desorden equilibrado de los rizos de la barba, del cabello o del pubis; la superficie de bronce, con su enigmática paradoja de opacidad y de brillo. Nueve años tardaron los especialistas en minimizar los destrozos de veinticinco siglos de reposo oceánico. Cumplido su trabajo, anunciaron el retorno de los guerreros sin poder imaginar, seguramente, el revuelo que iba a causar la noticia. Tan sólo en Florencia, donde tuvieron sus primeras —y breves— apariciones en público, medio millón de personas acudieron a admirarlos. La prensa se entregó a la búsqueda de adjetivos, y los críticos se apresuraron a incluir a los bronces en sus códices. El propio presidente de la República, aturdido por tan monstruosas manifestaciones, invitó a los guerreros a su Palacio del Quirinal, que embellecieron durante dos semanas. No voy a insistir en esta conmoción que agitó a todos los amantes del arte, ni me atreveré a apuntar, tal como hizo Moravia, a los efectos de los *mass media* para explicármela. El largo viaje iniciado en la playa de Riace iba a concluir en el Museo Nazionale de Reggio Calabria, en donde fueron instalados los dos guerreros. Pero la leyenda no había hecho más que comenzar. A su insólita belleza se unía el misterio de su identidad, y las firmas más ilustres entraban en polémica a la hora de atribuirles un creador o de señalar su procedencia. Y estos niveles de erudición se desvanecían en un hálito de misterio, pues los guerreros ostentaban su belleza como única y sublime identificación. Durante unos meses aguantaron, rígidos sobre los pedestales, la observación apresurada, el aliento tibio de su público y el silencio cálido de las noches. Pero a finales de verano, cuando el mar empieza a cubrirse de insólitas sugerencias, cuando las olas parecen de plata y el aire se vuelve fresco y gris, cuando el paisaje pierde el color y se metaliza, un atardecer que era el digno colofón para un día turbulento, los guerreros descendieron de sus pedestales. El mayor, que precedía a su congénere, acabó de un manotazo con un guardián que no supo temer a lo imposible, y los guerreros abandonaron el museo sin provocar otro sonido que el lento clamor de sus pasos. La reacción, que se produjo de inmediato, fue unánime: Los guerreros habían cobrado vida porque no podía ser de otra manera. Su autor había rozado la perfección de un dios, y los dioses, aunque quizá coléricos, se habían visto obligados a dotarlos de una vitalidad merecida. Todo era como debía ser y, sin embargo, antes de que los guerreros abandonaran Reggio Calabria se produjeron los primeros alardes de incredulidad. La policía, alertada múltiples veces, tardó en acordonar el paseo de los bronces, que dejaron varios muertos entre la multitud curiosa y asustada. El cerco policial se estabilizó en espera de unas órdenes que no llegaron nunca. Y el público, en estricto silencio, sin atreverse a vitorear a las estatuas por el milagro ni a vituperarlas por sus crímenes, se arremolinaba en reflujo constante, pues la reciente experiencia le había enseñado a no cruzarse en su camino. La belleza, al ganar la vida, se había hecho ingobernable. Ya no bastaba con admirar a los dos guerreros. También había que temerlos, pues se movían guiados por una idea secreta, por un calor —o por un frío— que brotaba de su propio misterio, de esa identidad olvidada tras veinte siglos bajo el mar. Los que los vieron dicen que sólo en movimiento se podía admirar toda su belleza, pues a la dureza del bronce de que estaban hechos oponían la agilidad de los atletas. Eran tan enconadamente magníficos que los muertos se multiplicaron entre los admiradores que burlaban el cerco policial para tocarlos, olvidando que eran guerreros de otro mundo y que habían renacido, por derecho propio y por designio oculto, en un tiempo que no les pertenecía.

Se internaron en la noche, siguiendo la costa. La luna se perdía en sus espaldas, condenada a los reflejos caprichosos del bronce, que tanto absorbía la luz, negándola, como la proyectaba en el rápido destello de un músculo. En las afueras se hizo más fácil seguirlos, pero los guerreros, al notar la tierra desnuda y la presencia próxima de vegetación, parecieron enardecidos por una súbita premura. Aunque no llegaron a correr, gran parte de la multitud fue quedando rezagada y sólo los más jóvenes pudieron acompañarlos en su huida. Los dos guerreros habían tenido un despertar sereno en un lugar extraño, y se habían puesto en marcha con la elegancia triste de los vencidos. Estaban cautivos en un mundo insólito que les había sorprendido tras un sueño breve, casi eterno. No podían aspirar, pues, sino a una rebeldía que obligara a su enemigo, demasiado numeroso para necesitar la crueldad, a proporcionarles una muerte digna.

Su paseo terminó en una playa. Se internaron en la arena con la determinación suicida de los que pueden elegir el escenario de su muerte, y caminaron hasta hundir sus pies en las olas. Y allí, con las espaldas protegidas por el mar que les había servido de lecho, se aprestaron a luchar. La multitud reaccionó de la única manera posible. Quizá los guerreros deseaban morir, pero su belleza no iba a perderse en una corrupción ajena a su esencia. Los bronces no podían entenderlo, pero se hacía imprescindible devolverlos al pedestal y obligarlos a la inacción. Su vida era del todo lógica pero demasiado contradictoria, y del desenlace de su maldición dependía un equilibrio inevitable y necesario. La luna, esférica, tiñó de argento la batalla, que fue horriblemente cruenta. Dada su maestría y su aleación los guerreros resultaron ilesos, aunque cargados de cadenas. La arena bebió aquella sangre que no alcanzaban las olas, y la multitud, cargada con el peso inestimable de sus cautivos y con la lasitud obscena de sus cadáveres, emprendió el regreso a la ciudad. Aquella misma noche fundieron los pies de los guerreros a sus pedestales.

Un tiempo después, con ocasión de un viaje, pude admirar la belleza de los bronces. Los dos guerreros, inmoderadamente perfectos, parecían exigir el movimiento con cada uno de sus músculos. Estaba preguntándome si no sería justo que se les regalara la vida, cuando un anciano que se encontraba a mi lado murmuró unas palabras. Me volví hacia él, y me saludó con una leve inclinación del torso. «A pesar de todo —repitió—, quizá existan los dioses, aunque sólo sea para imponer la justicia. Ése es nuestro viejo temor... Piense en Miguel Ángel. No en vano dejó inconclusos sus esclavos. Los libró así de una manumisión por lo demás imposible».

Del libro *Galería de enormidades.*
Ed. Anagrama, 1989.

JAVIER GARCÍA SÁNCHEZ
(Barcelona, 1955)

———— • ————

Teoría de la eternidad

La máquina del tren llegó a la estación dispersando con su marcha lenta la espesa niebla que desde la caída de la tarde había ido acumulándose sobre los raíles. Asomaba el morro con timidez, como si temiese agrandar aún más la brecha que segundos antes abriera en aquella cortina inmensa, blanca, vaporosa. El suelo movedizo de la noche se estremeció unos instantes para luego ahuyentarse hacia ambos lados del andén. La fragancia de unos pinares cercanos parecía estar en contubernio con la maltrecha luna para conferirle al ambiente un algo de mágico que ni el olor a madera, grasa o hierros oxidados podían borrar.

Crujieron las ruedas y el tren expreso se detuvo. Por los altavoces una voz anunció que aquel convoy se dirigía a la capital, a casi quinientos kilómetros de distancia. Recordó a los pasajeros que la siguiente parada no se produciría hasta arribar a una ciudad sita a unas tres horas de allí.

Un joven bajó del tren. Llevaba una bolsa de deporte colgada en el hombro y caminaba a grandes zancadas en dirección a la puerta sobre la que podía verse un cartel luminoso con la inscripción: «Salida». Estaban a punto de cerrar el bar y el pequeño quiosco situados en el mismo andén. Se disponía a cruzar por el paso de vías cuando oyó que alguien le chistaba. Se giró. Desde la ventanilla de uno de los vagones un hombre

le hacía gestos con la mano. Instintivamente miró en torno suyo para confirmar si él era el destinatario de la señal de aquel
tipo. En efecto, ahora repitió su ademán de manera más ostentosa, como si, teniendo cierta urgencia en decirle algo, le pidiera que se acercase.

Dirigió sus pasos allí mientras por los altavoces la misma
voz insípida de antes anunciaba la inminente salida del tren.
No había llegado aún a la altura de la ventanilla cuando el hombre le preguntó si tendría la amabilidad de hacerle un gran favor. Él asintió mientras el otro parecía rebuscar algo en el bolsillo
de su abrigo y luego, haciendo gala de unos exquisitos modales,
le dijo que por favor le comprase un libro en el quiosco, todavía
abierto, pues no tenía nada que leer y el viaje se presentaba largo
y aburrido. Como viese la cara de sorpresa e indecisión del joven, y teniendo en cuenta que el tren iba a partir de un momento a otro, se apresuró a decirle que le daba igual cualquier cosa
mientras fuera para leer. Simultáneamente estiró su brazo hacia
afuera alcanzándole un billete con el que sin duda tendría suficiente, y quizás aún le sobrase una cantidad elevada.

—¿Revista o libro?, ¿qué prefiere? —le preguntó.

—Mejor un libro —diría el hombre.

Corrió hacia el quiosco. Una vez allí daría un rápido repaso visual al expositor giratorio de libros y luego a los estantes.
Entre todas las portadas una llamó su atención, por lo que pidió a
la señora del quiosco se lo alcanzara. Ésta cogió justo el libro de al
lado. Tuvo que apuntar con el índice para señalarle exactamente
cuál quería. Sonaba el silbato del tren cuando el joven, urgiéndo-
le para que se diera la mayor prisa posible, le entregó el billete. La
mujer, contagiada ya de su propio nerviosismo, no acertaba a encontrar el cambio. Desparramó un montón de monedas sobre varias revistas. Entre ellas había algunos billetes estrujados que des-
dobló y fue entregándoselos mientras hacía la cuenta en voz alta.

Tras un movimiento brusco e inicialmente de retroceso las ruedas del tren comenzaron a girar con lentitud. El joven

hizo un somero recuento mental de la cantidad de dinero devuelta, cogió el libro en una mano y, colocándose bien la bolsa sobre el hombro, se dispuso a alcanzar el vagón a la carrera, cosa que probablemente hubiese logrado de no ser porque en ese mismo momento otro tren pasaba a toda velocidad en sentido contrario. Era un mercancías de esos que parecen no terminarse nunca. Para aprovechar unos metros y unos segundos que podían resultarle preciosos siguió andando apresuradamente en la misma dirección del expreso. Una vez hubo pasado ante él el último vagón del mercancías saltó la vía de tres o cuatro zancadas. Iniciaría una breve carrera por el andén, pero ya era inútil querer alcanzar el vagón desde el que el hombre, apoyados los codos en la ventanilla, había contemplado toda la operación. Éste, disipándose su imagen en la lejanía oscura en la que poco a poco entraba, le hizo con el brazo un signo de comprensión y luego de despedida.

Todavía jadeante por el esfuerzo hecho emprendió el regreso caminando por un bordillo de cemento situado junto a los raíles. Llegó a la estación y en la sala de espera pensó que quizá fuera mejor canjear el libro por el dinero, que al fin y al cabo iba a serle más útil. No obstante decidió llevárselo, pues ya había molestado bastante a la señora del quiosco con lo de la prisa y el cambio como para irle ahora con esto. Pasó junto a las taquillas y pocos minutos después ya había atravesado unos jardines y parte del camino que debía hacer para llegar hasta su casa. Recapacitó en lo gracioso de aquella situación. De la forma más impensada le había tocado en suerte un regalo doble, libro y dinero, que compensaban con creces, sobre todo este último, la carrerita y los nervios momentáneos. Sintió pena por el tipo del tren, que no tendría qué leer de no pedir a alguien algo prestado.

Entonces miró el libro que llevaba entre las manos. Detuvo sus pasos para ver mejor la portada y las primeras páginas, que fue repasando una a una con atención. De pronto lo cerró con fuerza, girándose para comprobar si lo observaban. Sólo un coche doblaba la esquina de la calle. El joven se aproximó con cautela a la farola más cercana. Tras dejar la bolsa de deporte en el suelo repitió su anterior operación, abriendo de nuevo el libro por las páginas del principio. Su cabeza inició un vaivén casi imperceptible al leer los renglones de un párrafo. Después lo abrió por la mitad y por el final. En la palma de su mano algo frío le hizo caer en la cuenta de que había olvidado por completo el dinero. Las monedas y varios billetes estaban impregnados de sudor.

Volvió a mirar hacia ambos lados de la calle. Nadie venía y con suma rapidez introdujo el libro en la bolsa. Cerró bien la cremallera. Era necesario no encontrarse con nadie conocido, evitar los sitios donde pudiese hallar gente. Tomó varias callejuelas apenas iluminadas, incluso no siendo ese el camino más corto hasta su casa.

La llave parecía no responder a la presión ejercida en la cerradura. En un segundo intento cedió la puerta de aquella planta baja. Ya dentro dejó la bolsa cuidadosamente apoyada en una silla. Apretó el interruptor de la luz y, tras cerrar de nuevo la puerta, cogió la bolsa transportándola a una de las habitaciones de la casa. Allí, en medio de la penumbra, extrajo el libro metiéndolo sin ninguna dilación en el pequeño cajón de la parte inferior de un armario ropero. Lo empujó apretándolo bien para que no quedase a medio cerrar. Aquél no era su cuarto pero daba igual. Creyó preferible quedarse en él hasta el día siguiente. Se recostó en la cama envolviéndose con un edredón. Por la ranura de la puerta vio que se había dejado encendida la luz del recibidor. Apartaría los ojos para no verla. No iba a pasar nada porque se quedase toda la noche encendida. No debía moverse de allí bajo ningún concepto. Y sobre todo no debía dormir. Se lo repitió varias veces mientras sus pupilas se acostumbraban a aquella carencia de imagen y tomaban como único punto de referencia el segmento amarillento de la ranura: «No dormir».

La primera claridad del alba le pilló en un estado de absoluta semiinconsciencia. Pronto notó que estaba vestido sobre una cama que no era en la que habitualmente dormía. Ni siquiera se había quitado los zapatos. El placentero sopor se tornó preocupación al recordar el armario y lo que allí dentro había. Prácticamente agotó el contenido de un paquete de tabaco en espera de que las manecillas del reloj alcanzasen una hora prudencial en la que pudiese hacer lo que en realidad le obsesionaba, indagar a través de la quiosquera cómo había llegado a su poder aquel libro que ella le vendiese la noche anterior.

Dieron las nueve en el despertador cuando salió de casa para dirigirse a la estación. Se levantó las solapas del chaquetón de pana y apenas apartó la vista del suelo en todo el trayecto. Su desazón fue enorme al comprobar que quien estaba tras el mostrador del quiosco no era la misma mujer de unas horas antes. Al preguntarle por ella la otra afirmó ser su hermana, que la sustituía en el negocio de tanto en tanto.

—Sólo cuando tiene algún recado importante que hacer —dijo.

Obviamente no estaba al corriente de los libros expuestos a la venta y le aconsejó que volviera al día siguiente.

De regreso a casa permaneció encerrado todo el día, dando periódicos paseos a la habitación del armario, cuya puerta estaba permanentemente ajustada. A media tarde sonaría el teléfono, llamada que atendió con cierta indecisión. Eran de su trabajo y querían saber qué le pasaba. Dijo hallarse muy enfermo y que probablemente no se habría recuperado para el día siguiente. Le desearon una pronta mejoría. A partir de ahí una sucesión interminable de horas fue creándole auténtico malestar general y hasta dolor de cabeza.

Su impaciencia era ya algo difícilmente dominable cuando a la mañana siguiente volvió a ir a la estación. Ver de nuevo el rostro que esperaba encontrar le tranquilizó bastante. Procurando poner a resguardo la inquietud que lo motivaba, alegó una excusa cualquiera para abordar a la mujer. Le rogó que hiciese memoria a fin de recordar cómo había llegado a su quiosco el libro que comprase la penúltima noche, ya que, extrañamente, en él no se especificaba autor, editorial o dirección alguna. Tampoco había depósito legal ni las usuales señas de la imprenta a cuyo cargo había corrido la edición.

La mujer se acarició el mentón mientras con la vista recorría varios libros colocados en los estantes. No tenía ni idea. Dijo que tal vez lo hubiese cogido su marido, pero lo cierto, añadió, es que éste casi nunca se dejaba ver por el quiosco.

Iba a desistir de su intento cuando de repente ella encogió la mano como si hubiese cazado al vuelo un recuerdo.

—¡Ya sé! —manifestó, satisfecha de hacerle el favor a aquel joven que tanto interés parecía tener en el libro.

A él le dio un vuelco el corazón.

—Sí, sí, déjeme que me asegure... —vaciló unos instantes—. Sí. Fue al final del otoño. Casi estaba cerrando, como cuando vino usted con las prisas. Recuerdo que el señor aquel traía en la mano un paquete y que era sumamente amable. Por eso acepté que dejase aquí un ejemplar de su libro.

—¿De *su* libro, dice?... —la interrumpió sin lograr reprimir la ansiedad—. ¿Era él quien lo había escrito?

La mujer abrió los brazos dando a entender que tanto no sabía.

—Qué más quisiera yo que ayudarle si eso estuviese en mi mano —dijo—. A ver que piense... —volvió a mirar el lugar ocupado por el libro con el que había sustituido a aquél del que hablaban—. Sí. Dijo que en una semana pasaría para saber si alguien lo había comprado, pero nunca lo hizo, como usted puede suponer, porque el libro estaba aún ahí el otro día.

—¿Pero no logra recordar cómo era el hombre más o menos, su edad, si mencionó algo para localizarle?

—No, y ahora que lo dice, recuerdo que hubo una cosa un poco rara —aclaró la mujer mirándole fijamente—. Momentos después de que el señor hubiera dejado el libro dándome las gracias, se me borró por completo su cara. Mire que lo tuve frente a mí, hablando los dos varios minutos, pero si me lo llego a encontrar en la calle un instante después no lo conozco. Pensé que lo reconocería al venir preguntando de nuevo por su libro. Pero dejé de darle importancia al asunto y lo olvidé.

Él pronunció unas casi inaudibles palabras de agradecimiento y después caminaría durante más de una hora con la impresión de una profunda impotencia grabada en el pecho. Temió incluso que los demás pudiesen ver ese insoportable tatuaje a través de la ropa, esa cicatriz abierta en el momento justo en que, hablando con la señora, se dio cuenta de que por más que lo intentaba tampoco él podía recordar la cara del hombre. Nada. Ni un rasgo.

Entonces lo comprendió todo.

Había que actuar y rápido. Lo primero que hizo al llegar a casa fue echarle una furtiva mirada al libro.

Continuaba en su sitio, envuelto por varias prendas que no acostumbraba a usar. Intentaría cogerlo, luego de permanecer dubitativo y en cuclillas ante el armario, pero su mano salió disparada hacia atrás como un resorte. Había notado en ella el efecto de una quemadura, de una fuerte descarga eléctrica. Después se dedicó a rebuscar entre unos papeles durante bastante rato. Finalmente sacó de allí un pequeño mapa en el que se veía el trayecto de la red de ferrocarriles de toda la región. Al lado venía adjunto un horario detallando la salida de los trenes. Recordó que la siguiente estación en la que había quiosco en el andén era la tercera a partir, por supuesto, de donde él se encontraba. O lo hacía ahora o no lo haría nunca.

Ya caía la tarde cuando se detuvo frente a la taquilla de billetes con una bolsa de plástico bajo el brazo. Paseó y estuvo fumando todo el rato hasta que el tren de cercanías hizo su aparición. Llevaba algo de retraso, pero eso carecía de importancia.

Sólo debía preocuparle su destino. Por fortuna nadie se sentó junto a él durante el trayecto. Parecía ausente.

Al arribar a la estación ya habían encendido las luces del andén. Notó un excesivo trasiego de gente, pero no podía detenerse. Fue directo al quiosco, donde el dueño del negocio y un cliente departían en tono amigable. Esperó a que este último se fuese. Lo había hecho ya y él se disponía a abordarle cuando una chica se acercó a comprar una revista. Finalmente también ella se fue.

Por fin estaban solos. Era el momento. Procuró dar muestras de serenidad y ofrecer una imagen afable. Extrajo el libro de la bolsa, sin mirarlo. Dijo ser su autor y que carecía de posibilidades de hacerlo llegar a otros quioscos o librerías por los canales de distribución normales. Le rogó, por tanto, que durante unos días tuviese expuesto ese ejemplar, una semana a lo sumo. Luego él mismo vendría para saber si alguien lo había comprado. Al principio pareció que el quiosquero iba a poner alguna objeción, pero no fue así. Dejando bien claro que le hacía un favor consintió en colocar el libro en un estante. Allí se quedó, medio torcido y casi tapado por otro cuya portada era mucho más vistosa. El joven, sudoroso, se lo agradecería con discreta insistencia.

Comenzó a caminar en dirección al lugar del que había venido. Pasó de largo la estación y varias fábricas colindantes, luego el pueblo y unas decenas de chabolas amontonadas junto a un arroyo seco utilizado como vertedero de basuras. Después sus pies cruzaron en diagonal unas huertas apenas iluminadas por una aguja de luz macilenta que provenía de la luna. Sí, era la misma luna de aquella vez. Caminaba sin mirar atrás, imprimiendo más y más velocidad a sus pisadas. Se sintió estallar de emoción, pues estaba a punto de conseguirlo. Sobre todo no debía girarse bajo ningún concepto. Mirar siempre hacia delante. Sabía que otro hombre, desde otro vagón, volvería a pedirle a alguien que le comprase un libro al azar, para matar el tiempo.

Con la certeza de que ese alguien elegiría ése y no otro libro, él caminaba tropezando a veces, cayéndose otras, pero sin mirar atrás, sabedor de que en cuanto llegase a los campos abiertos podría correr y correr hasta internarse en la noche de la esperanza.

Era la salvación, el único medio de purificarse de cuanto había visto en aquel libro que tal vez también haya estado en determinado momento y sin saberlo cerca de muchos de nosotros, que quizá tú mismo, lector, tuvieses alguna vez o tengas ahora entre las manos.

Del libro *Teoría de la eternidad.*
Ed. Laertes, 1985.

JULIO LLAMAZARES
(Vegamián, León, 1955)

——— • ———

No se mueve ni una hoja

Mi padre y Teófilo están sentados debajo del corredor. Llevan así una hora, mirando los árboles y las estrellas, sin cruzar una sola palabra.

Mi padre y Teófilo no necesitan hablarse. Pueden pasarse así horas enteras, sentados en cualquier sitio, contemplando el fuego o el paisaje, sin sentir necesidad de decir nada. Es como si ya lo supieran todo el uno del otro o como si las palabras les sobrasen. A mi padre y a Teófilo les basta con estar juntos para sentirse a gusto y acompañados.

Mi padre y yo llegamos esta tarde. Llegamos más tarde que de costumbre, esperando que el verano se asentase. Otros años, por ahora, hacía ya un par de semanas que estábamos en La Mata. Pero, este año, el verano se retrasó, llovió hasta el final de junio y en la montaña el sol tarda en calentar las casas. Los vecinos del pueblo pronostican un verano intermitente, con cambios bruscos e inesperados. Como dice Teófilo: el verano es como las mujeres; si entran bien, pueden torcerse, pero, como entren atravesadas, no las endereza ni Dios.

Como cada verano, Teófilo estaba esperándonos. En realidad, llevaba esperándonos desde el otoño pasado, cuando mi padre y yo nos fuimos de La Mata con los primeros fríos de octubre, como los pájaros. Siempre nos vamos los últimos, cuando todos los veraneantes ya hace tiempo que se han ido. Cuando nos vamos, Teófilo se queda solo, esperando a que pase otro año. En La Mata, en invierno, apenas queda gente y la que hay no sale apenas de casa. Aurelia, su mujer, dice que, cuando nos vamos, Teófilo se queda triste, como enfadado. Se pasa varios días sin hablar.

En realidad, Teófilo no es de La Mata. Vive allí desde hace solamente algunos años, desde que se casó con Aurelia, por segunda vez en su vida, cuando ya estaba jubilado. Aurelia también estaba viuda y ninguno de los dos tenía hijos. Así que un día se sentaron y lo hablaron. Ya vamos siendo mayores, le dijo Teófilo mientras merendaban, los dos estamos solos y podemos hacernos compañía, y además, así, no incordiamos a nadie. Aurelia no dijo nada, pero tampoco hizo falta. Al día siguiente, fueron a hablar con el cura y a las pocas semanas se casaron. Fue todo tan sencillo como eso, como un trato.

Desde entonces, Teófilo vive en La Mata. Con la pensión de la mina y lo que sacan del huerto, Aurelia y él viven con desahogo y sin incordiar a nadie. A veces, los parientes van a verlos o van ellos a visitarlos, pero ya no, como antes, preocupados por si se sentirán muy solos o, en el caso de las hermanas de Teófilo, por cómo tendrá la casa. Cuando se casó, Teófilo se la vendió a un sobrino y lo demás lo repartió entre sus hermanas. Cuatro tierras y una huerta, que era todo lo que tenía. Desde entonces, sólo ha vuelto a su pueblo un par de veces, sin contar el día de la fiesta, a la que nunca falta. Le va a buscar el sobrino en el coche y le trae al día siguiente o va él en el tren hasta Boñar y allí bajan a buscarlo. A veces, le acompaña Aurelia, pero, otras, ella se queda en casa. Aurelia prefiere ver la televisión, que es lo que más le gusta, aparte de su casa y de La Mata.

A Teófilo, la televisión también le gusta, sobre todo las telenovelas, pero un rato. En seguida se queda dormido y prefiere andar por la calle. Pero, en invierno, apenas se encuentra a nadie y los que hay están trabajando. Así que muchos días baja hasta la estación, aun con lluvia o con nieve y sabiendo que después tiene que volver andando. Por eso se alegra tanto cuando llega el verano y, con él, mi padre y yo, fieles a nuestra cita de cada año.

Este año, ya digo, hemos llegado más tarde. Teófilo nos esperaba desde hace días y ya empezaba a extrañarse. Temía, nos confesó, que hubiese pasado algo. Lo encontramos a la entrada de La Mata, en el desvío de la carretera, sentado en un tronco (este invierno cortaron los chopos y la carretera parece distinta, como si hubiesen cambiado el paisaje), y, cuando nos vio llegar, en seguida nos reconoció, pese a que él no distingue un coche de otro. Por el olfato. Teófilo tiene un sexto sentido para saber quién llega en cada coche y hasta el negocio o el motivo que le trae. Son muchos años de estar sentado, viendo pasar la vida y a la gente por delante.

Ya en casa, nos ayudó a descargar las cosas y, luego, mi padre y él se fueron a dar un paseo hasta el Carvajal, que es su sitio preferido por las tardes. Desde allí se ve La Mata y todo el valle de La Vecilla hasta las cárcavas de La Cándana. Volvieron a las dos horas, a las ocho y media en punto, que es la hora de la cena de mi padre. Teófilo cena más tarde. Antes va a echar un vistazo al huerto o se queda un rato hablando conmigo antes de volver a casa. Este invierno, me contó, el médico le ha puesto a régimen y, aunque sigue estando gordo (más que gordo, yo diría reposado), ha adelgazado seis kilos y se siente mucho mejor. Se cansa, dice, menos que antes.

En cuanto cena, vuelve a mi casa. Suele hacerlo ya de noche, incluso ahora que las tardes duran tanto, y se queda ya con mi padre hasta la hora de ir a la cama. Normalmente hasta las doce, pero, a veces, si están bien, hasta la una de la mañana. Si hace bueno, como hoy, se sientan junto a la puerta, debajo del corredor, o al lado de los rosales. Si refresca, a finales de agosto sobre todo, y en septiembre, cuando comienza a hacer frío, en el salón, al lado de la chimenea.

Mi padre apenas le habla. En realidad, desde hace ya varios años —desde que murió mi madre—, mi padre apenas habla con nadie. Se encoge sobre sí mismo, como si estuviera enfermo, y se pasa así las horas, concentrado en sí mismo o en el paisaje. Lo hace así todo el año, en León, donde vive, o en el lugar en que esté (las pocas veces que sale), pero en La Mata se le acentúa, como si la casa en la que nació y en la que mi madre y él pasaban parte del año le trajera recuerdos muy antiguos. Pero a Teófilo no le importa que mi padre no le hable. A veces, habla él solo, para nadie (como cada año que pasa está más sordo, ni siquiera se entera de si le escuchan), y otras se queda dormido, con la cabeza colgando. Vistos desde el corredor, a la luz de la ventana y de la luna, parecen dos sombras más entre las de los rosales.

Cuando conoció a mi padre, Teófilo en seguida intimó con él. Los dos habían vivido en el mismo sitio, en el valle de Sabero, y tenían amigos comunes, aunque ellos no llegaron a conocerse entonces. Cuando mi padre llegó allí de maestro, Teófilo ya había dejado la mina y se había ido a trabajar a otro lado. Luego, los dos siguieron rumbos distintos, cada uno por su camino, hasta que coincidieron en La Mata. Pero la casualidad de haber vivido en el mismo sitio y de conocer lugares y a gente que los demás vecinos desconocían, junto con la circunstancia de ser ambos forasteros en La Mata (Teófilo por ser de fuera y mi padre por ir sólo los veranos), les hizo amigos inseparables. Aunque sólo se vean un par de meses al año.

Cuando murió mi madre, su amistad se acentuó, pese a que mi padre estuvo dos años prácticamente sin hablar con nadie. Teófilo ya había pasado por ese trance y, aunque con otro talante (él, lejos de deprimirse, se dedicó a buscar viudas, hasta que encontró a Aurelia, para volver a casarse: yo no valgo para estar solo, me dijo un día, refiriéndose a mi padre), sabía ya lo que era eso. Así que empezó a aparecer por casa y a hacer compañía a mi padre sin importarle que éste a veces no le hiciera ningún caso. Él se sentaba ahí, debajo del corredor, o en el salón, si hacía frío, y si mi padre le hablaba él hablaba y, si no, se quedaba callado. Y, cuando le parecía, se marchaba.

Poco a poco, sin embargo, a medida que los veranos fueron pasando, Teófilo consiguió lo que ni los psiquiatras ni la familia pudimos, pese a que lo intentamos de todas las maneras y por todos los medios a nuestro alcance: que mi padre volviera a interesarse por el mundo. Teófilo fue quien consiguió, por ejemplo, hacia el segundo o tercer verano, que mi padre empezase a hablar de algo que no fuera mi madre, o relacionado con ella o con su recuerdo, y quien le convenció más tarde para que le acompañase en sus paseos por el pueblo, algo que mi padre siempre había hecho, pero que había abandonado por completo desde entonces. Cuando acabó aquel verano, mi padre ya no era ni la sombra del que llegó a principios de julio y hasta había engordado algo. Poco, pues, al contrario que Teófilo, siempre ha sido muy delgado. A veces, cuando los veo venir desde lejos, caminando entre las casas de La Mata, los dos me recuerdan al Gordo y el Flaco.

Pero ahora están ahí, debajo del corredor, contemplando los árboles y las estrellas, como todas las noches de verano. Es la primera de éste, que ha comenzado más tarde. Aunque no ha cambiado nada: el olor de la hierba, los sonidos del pueblo, el color azul de la noche y el resplandor de la luna sobre los árboles. Hasta la frase de Teófilo sigue siendo la misma de cada año cuando se despierta al cabo de un rato y dice a mi padre:

—No se mueve ni una hoja.

Del libro *En mitad de ninguna parte*.
Ed. Ollero, 1995.

ANTONIO MUÑOZ MOLINA
(Úbeda, Jaén, 1956)

— • —

El hombre sombra

Andaba Santiago Pardo mirándose el recién peinado perfil en los espejos de las tiendas, eligiendo, alternativamente, el lado derecho o el izquierdo, y de tanto mirarse y andar solo le acabó sucediendo, como ya era su costumbre, que se imaginaba vivir dentro de una película de intriga, y que un espía o perseguidor del enemigo lo estaba siguiendo por la ciudad. Una mujer de peluca rubia y labios muy pintados lo miró un instante desde la barra de una cafetería, y Santiago Pardo sospechó que era ella, con ese aire como casual y tan atento, uno de los eslabones que iban cerrando en torno suyo la trama de la persecución.

Esa tarde, apenas media hora antes de la cita, había salido del cine dispuesto a figurarse que estaba en la ciudad con el propósito clandestino y heroico de volar la fortaleza de Navarone, pero fue salir del cine y el olor del aire, que anunciaba la lluvia y la larga noche de septiembre, le trajo la memoria de Nélida, que ya estaría mirándose, como él, en los espejos de las calles, nerviosa, insatisfecha de su peinado o de su blusa, espiando en el reloj los minutos que transcurrían lenta o vertiginosamente hacia las ocho y media y el pedestal de la estatua donde al cabo de un cuarto de hora iban a encontrarse. Nélida, dijo, porque le gustaba su nombre, y quiso inútilmente recordar su voz y asignarle uno de los cuerpos que pasaban a su lado, el más hermoso y el más grácil, pero no había ninguno que mereciera a Nélida, del mismo modo que ninguna de las voces que escuchaba podía ser la suya. Con avaricia de enamorado conservaba una cinta donde estaba su voz, lenta y cándida, la voz nasal que exigía o rogaba y se quedaba algunas veces en silencio dando paso a una oscura respiración próxima a las lágrimas, sobre todo al final, aquella misma tarde, cuando dijo que era la última vez y que podía tolerarlo todo menos la mentira. «Todo —repitió—, incluso que te vayas». Así que ahora la aventura de los espías y el miedo a las patrullas alemanas que rondaban las calles de Navarone se extinguió en el recuerdo de Nélida, en las sílabas de su nombre, en su modo de andar o de quedarse quieta al pie de la estatua, mirando todas las esquinas mientras esperaba el instante en que tendrían fin la mentira y la simulación, pero no, y ella debiera saberlo, el larguísimo adiós que nunca termina cuando se dice adiós, pues es entonces cuando empieza su definitiva tiranía. Cuando ella se quedó en silencio, después de precisar la hora y el lugar de la cita, Santiago Pardo quiso decirle algo y entreabrió los labios, pero era inútil hablar, pues nada hubieran podido sus palabras contra el silencio y tal vez el llanto que se emboscaba al otro lado del auricular humedecido por el aliento de Nélida, tan lejos, en el otro mundo, en una habitación y una casa que él no había visto nunca.

A Nélida algunas veces podía verla con absoluta claridad, sobre todo después de una noche que soñó con ella. No sus rasgos exactos y no siempre el color de su pelo o la forma de su peinado, pero sí el alto perfil, el paso rápido, sus delgados tacones, la manera lenta y tan dulce que tenía de echar a un lado la cabeza y sujetarse el pelo con una mano mientras se inclinaba para encender un cigarrillo. Lo encendió, contra un fondo de cortinas azules, con el mismo mechero que a la mañana siguiente encontró Santiago Pardo sobre su mesa de noche, y que fue la súbita contraseña para el recuerdo del sueño. Aún en el despertar le había quedado un tenue rescoldo de la figura de Nélida, y para avivarlo le bastaba pronunciar su nombre y recordarla a ella, desnuda, en una habitación de su infancia en la que nada sucedía sino la felicidad. «Aunque sólo sea eso —pensó, enfilando la última calle que debía recorrer antes de llegar a la plaza donde la estatua, y tal vez Nélida, lo estaban esperando—, le debo al menos un sueño feliz».

También le debía tantas noches de espera junto al teléfono, la lealtad, casi la vida a la que lentamente había regresado desde la primera o la segunda vez que oyó su voz. Recordaba ahora el insomnio de la primera noche, turbio de alcohol, envenenado de pulpa, el desorden de las sábanas y la punta del cigarrillo que se movía ante sus ojos en la oscuridad, y luego, de pronto, el timbre del teléfono sobresaltándole el corazón a las dos de la madrugada: uno espera siempre, a cualquier hora, que alguien llame, que suenen en la escalera unos pasos imposibles. Esa noche, al apagar la luz, Santiago Pardo se disolvió en la sombra como si alguien hubiera dejado de pensar en él. Por eso cuando sonó el teléfono su cuerpo y su conciencia cobraron forma otra vez, y buscó la luz y descolgó el auricular para descubrir en seguida que se trataba de un error. «¿Mario?», dijo una voz que aún no era Nélida, y Santiago Pardo, sintiendo de un golpe toda la humillación de haber sido engañado, contestó agriamente y se dispuso a colgar, pero la mujer que hablaba no pareció escucharle. «Soy yo, Nélida», dijo, y hubo un breve silencio y acaso otra voz que Santiago Pardo no escuchaba. «Te he estado esperando hasta media noche. Imagino que se te olvidó que estábamos citados a las nueve.» No pedía, y tampoco acusaba, sólo enunciaba las cosas con una especie de irónica serenidad. El otro, Mario, debió urdir una disculpa inútil, una prolija coartada que no alcanzaba siquiera la calidad de una mentira, porque Nélida decía sí una y otra vez como si únicamente el desdén pudiera defenderla, y luego, abruptamente, colgó el teléfono y dejó a Santiago Pardo mirando el suyo con el estupor de quien descubre su mágico don de transmitir voces de fantasmas.

A la mañana siguiente ya había olvidado a Nélida del mismo modo irrevocable que se olvidan los sueños. Pero ella volvió a llamar dos noches después para repetir frente al mismo silencio impasible donde se alojaba Mario sus palabras de acusación o fervor, su desvergonzada ternura, y Santiago Pardo, quieto y cauteloso en el dormitorio cuya luz no encendía para escuchar a Nélida, como un mirón tras una cerradura, oía la voz muy pronto reconocida y deseada imaginando que era a él a quien le hablaba para recordarle los pormenores de una caricia o de una cita clandestina. La voz de Nélida le encendía el deseo de su cuerpo invisible, y poco a poco también, los celos y un crudo rencor contra el hombre llamado Mario. Se complacía en adivinarlo insolente y turbio, minuciosamente vulgar, con anchas corbatas de colores, con pulseras de plata en las muñecas velludas. Le gustaban, sin duda, los coches extranjeros, y lucía a Nélida por los bares de los hoteles donde consumaban sus citas con la petulancia de un viajante. «Ya sé que es una imprudencia —dijo ella una noche—, pero no podía estar más tiempo sin saber nada de ti». Tenía los ojos verdes algunas veces y otras grises o azules, pero siempre grandes y tan claros que las cosas se volvían transparentes si ella las miraba. Más de una noche, cuando crecía el silencio en el auricular y se escuchaba sólo la respiración de Nélida, Santiago Pardo los imaginaba húmedos y fijos, y luego andaba por la ciudad buscando unos ojos como aquéllos en los rostros de todas las mujeres, sin encontrarlos nunca, porque participaban de una calidad de indulgencia o ternura que sólo estaba en la voz de Nélida, y eran, como ella, irrepetibles.

Veía, sí, sus ojos, el pelo suelto y largo, acaso su boca y su sonrisa, una falda amarilla y una blusa blanca que ella dijo una vez que acababa de comprarse, unos zapatos azules, cierto perfume cuyo nombre no alcanzó a escuchar. Buscaba en las calles a una mujer así, y una vez siguió durante toda una tarde a una muchacha porque vestía como Nélida, pero cuando vio su cara supo con absoluta certeza que no podía ser ella. Pronto renunció del todo a tales cacerías imaginarias: prefería quedarse en casa y esperarla allí incansablemente hasta que a media tarde o a la una de la madrugada, Nélida venía secreta y sola, como una amante cautiva a la que Santiago Pardo escondiera para no compartir con nadie el don de su presencia. Hubo días en que no llamó, hubo una semana sin fin en la que Santiago Pardo temió que nunca volvería a escuchar la voz de Nélida. Sabía que el azar puede ser generoso, pero no ignoraba su ilimitada crueldad. Quién sabe si alguien había desbaratado para siempre el leve roce de líneas que unía al suyo el teléfono de Nélida, o si ella había resuelto no llamar nunca más a Mario.

La última vez no pudo hablarle: indudablemente, Mario la engañaba, nunca la había merecido. «¿Está Mario, por favor?», dijo, tras un instante de vacilación, como si hubiera estado a punto de colgar. Hubo un silencio corto, y luego Nélida dijo gravemente que no, que llamaría más tarde, tal vez a las once. A esa hora, Santiago Pardo montaba guardia junto al teléfono esperando la voz de Nélida y deseando que tampoco esta vez pudiera hablar con el hombre que se había convertido en su rival. Nélida llamó por fin, pero la misma voz que le había contestado antes debió decirle que Mario seguía sin venir, y ella dio gracias y esperó un segundo antes de colgar. «La rehúye, el cobarde. Está ahí y no quiere hablar con ella, y Nélida lo sabe.» Santiago Pardo se entregaba al rencor y a los celos como si Nélida, cuando renegara de Mario, fuese a buscarlo a él. Y cuando al salir del cine olió el aire de septiembre y decidió que acudiría a la cita, imaginaba que era a él, y no a Mario, a quien Nélida estaba esperando al pie de la estatua. A medida que las calles y los relojes lo aproximaban a ella, Santiago Pardo percibía el temblor de sus manos y el vértigo que le trepaba del estómago al corazón, y no pudo apaciguarlo ni aun cuando se detuvo en un café y bebió de un trago una copa de coñac. Igual que en otro tiempo, el alcohol le encendía la imaginación y le

otorgaba un brioso espejismo de voluntad, pero toda su audacia se deshizo en miedo cuando llegó a la plaza donde iba a surgir
Nélida y vio a una mujer parada junto al pedestal de la estatua.
Faltaban cinco minutos para las ocho y media y la mujer, que sólo se había detenido para mirar a las palomas, siguió caminando
hacia Santiago Pardo, para convertirse en un muchacho con el pelo muy largo. «Quizá no venga —pensó—, quizá ha comprendido
que Mario no va a venir o que es inútil ensañarse en la despedida, pedir cuentas, rendirse a la súplica o al perdón».

Entonces vio a Nélida. Eran las ocho y media y no había nadie junto al pedestal de la estatua, pero cuando Santiago
Pardo apuró la segunda copa y levantó los ojos, Nélida estaba
allí, indudable, mirando su reloj y atenta a todas las esquinas
donde Mario no iba a aparecer. No era alta, desde lejos, pero sí
rubia y altiva y a la vez dócil a la desdicha, como a una antigua
costumbre, de tal modo que cuando Santiago Pardo salió del bar
y caminó hacia ella no pudo advertir señales de la inquietud y
tal vez la desesperación que ya la dominaban, sólo el gesto re-
petido de mirar el reloj o buscar en el bolso un cigarrillo y el
mechero, sólo su forma resuelta de cruzar los brazos y bajar la
cabeza cuando se decidía a caminar, como si fuera a irse, y únicamente daba unos pasos alrededor de la estatua y se quedaba
quieta tirando el cigarrillo y aplastándolo con la punta de su zapato azul. La falda amarilla, sí, los ojos ocultos tras unas gafas
de sol, la nariz y la boca que al principio lo desconcertaron
porque eran exactamente la parte de Nélida que él no había sabido imaginar.

La desconocía, la iba reconociendo despacio a medida
que se acercaba a ella y le añadía los pormenores delicados y
precisos de la realidad. Cruzó la plaza entre las palomas y los
veladores vacíos pensando, Nélida, murmurando su nombre
que había sido una voz y ahora se encarnaba, sin sorpresa, en
un cuerpo infinitamente inaccesible y próximo, precisando sus
rasgos, las manos sin anillos, pero no los ojos ocultos que ya no

miraban hacia las esquinas y que se detuvieron en él, el impostor Santiago Pardo, como si lo hubieran reconocido, cuando llegó junto a ella, casi rozando su perfume, y le pidió fuego tratando de contener el temblor de la mano que sostenía el cigarrillo. Nélida buscó el mechero, y al encenderlo miró a Santiago Pardo con una leve sonrisa que pareció invitarlo a decir: «Nélida», no el nombre, sino la confesión y la ternura, la mágica palabra para conjurar el desconsuelo de las citas fracasadas y los teléfonos que suenan para nadie en habitaciones vacías. «Nélida», dijo, mientras caminaba solo por las aceras iluminadas, mientras hendía la noche roja y azul con la cabeza baja y subía en el ascensor y se tapaba la cabeza con la almohada para no recordar su cobardía y su vergüenza, para no oír el teléfono que siguió sonando hasta que adelantó la mano en la oscuridad y lo dejó descolgado y muerto sobre la mesa de noche.

Del libro *Nada del otro mundo.*
Ed. Espasa Calpe, 1993.

AGUSTÍN CEREZALES
(Madrid, 1957)

——— • ———

Juicio Final (Aldo Pertucci)

Aldo Pertucci desembarcó en Barcelona sin razón aparente. Nada en él delataba que huyera de algo ni que persiguiera nada tampoco. En realidad los motivos de su llegada a Barcelona, que con el tiempo constituirían una obsesión, iría descubriéndolos luego poco a poco, aunque siempre creyó que había actuado en todo momento con pleno conocimiento de causa.

«Mi historia es muy simple, pero bien sabe Dios cuánto quisiera yo saber contarla.» Tal fue a lo menos lo que entendió Pedro Arenillas, el hombre que lo había encontrado solo en el malecón, mirando con pasmo frágil la iridiscencia del petróleo en el agua. Y con esas palabras Aldo estimó que le había dicho toda la verdad: su historia se cifraba precisamente en su impotencia para contarla.

Pedro Arenillas era hombre de corazonadas punzantes: había acariciado la belleza de sus huidos ojos verdes con sólo ver la fragilidad de su sombra en el asfalto, y acariciaba ya en esas palabras desnudas la hondura de una pasión inextinguible, amarga y bella.

Pedro era retaco, peludo, gordo. Calzaba sandalias trenzadas y vestía camisa a cuadros. Podría decirse que su figura pedía a gritos una noble faja campesina que ciñese la desmadejada y oronda lascivia de su panza. Todo su ser se estremecía ante la belleza: carecía de ella en proporción inversa a sus anhelos, y por someter a Aldo, por apoderarse de su virginal indiferencia y revolcarlo en el lodo de su impudicia lo habría dado todo desde el primer momento en que lo vio, con la pierna colgando y el gesto pensativo, vacío como un dios, hueco como una caracola pulida por el viento.

Y sin embargo, ese mismo impulso creaba paradójicamente su propio freno, alzando frente a él, frente a sus deseos ciegos y vehementes, la espada bruñida de una extraña piedad.

Desde el principio hubo pues de saber el torpe Arenillas que el amor uncía su cuello a un yugo más poderoso que el de la carne, y que a partir del preciso instante en que Aldo levantó los ojos para mirarlo —incauto sin sombra de contrariedad— había comenzado para él una vida nueva, con un nuevo sufrimiento.

Sometido Arenillas a tan fiero peaje, la vida de Aldo en España no podía iniciarse bajo mejores auspicios, o de peor manera si se mira con otros ojos; lo cierto es que bajo tal amparo su pasado, sus razones y el brillo místico de sus ojos quedaban a salvo de cualquier indagación.

Aldo sabía efectivamente conducir camiones. Poseía un flamante carné, y aunque como sospechó Arenillas sólo conocía direcciones de asistencia hidráulica, se mostró dispuesto y capaz de llevar cualquier cosa. Su nuevo patrón le ofrecía el trayecto Roma-Bilbao, uno de los mejores, saltándose a la torera los acuerdos con la plantilla. Pero Pertucci no mostró ningún entusiasmo por viajar a Italia. Al leer en los ojos de Pedro una sombra de desconfianza, se apresuró a decirle con gesto amargo que no tenía problemas con la justicia. Cosa que resultó ser cierta.

De modo que Aldo renunció a conducir un magnífico Saab Turbo que se deslizaba como la seda y se hizo cargo de un viejo Barreiros gruñón que cubría dos veces por semana la ruta del tomate murciano.

Con el paso del tiempo Arenillas pudo comprobar que Aldo no sólo no aspiraba a ninguna mejora laboral ni se aburría con su monótona misión (el lunes jabones, el martes de vuelta con tomates, y lo mismo el jueves y viernes), sino que nada parecía variar en él, ni en su estado físico —si acaso algo más curtido— ni en su estado de ánimo, de aparente apatía.

Aldo no buscaba entretenimientos. Pagaba al día la pensión donde se hospedaba, dormía por las noches, frecuentaba las mismas casas de comidas y, si algo declaraba sus gustos, era su deambular por la zona portuaria, la soledad de los hangares.

Arenillas confiaba en que acabara por abrirse un poco. Se quedaba en la oficina de la cochera para verlo llegar los martes y viernes por la noche, y trataba de leer en él alguna señal, el indicio de algún dolor o de alguna alegría: Aldo tenía siempre la misma mirada confusa, de sueños borrados, el mismo pulso despacioso, la misma presión mínimamente cordial en el apretón de manos, y esa sonrisa como arañada al decir adiós.

No obstante, la vida de Aldo no carecía de emociones. En todos sus viajes solía detener el camión junto a los farallones de Cornellá o en los altos de La Roseta, y ya hiciera frío o calor, fuera de noche o de día, trepaba a las peñas desde donde mejor podía mirar el mar. Quedaba entonces como embebido en la contemplación del oleaje vinoso. De haber podido acercarse alguien a él en esos momentos de honda proyección frente al abismo, habría comprobado que sus ojos cambiaban suavemente de color y que el rictus de su boca recordaba la difusa apariencia de una plegaria.

¿Volvía quizás a sus orígenes? ¿Era ése el mar de Sicilia? ¿Pensaba en su madre, allá en Camueso, llevándole flores al santo todos los días para pedir por él? ¿O era su madre ya un mero recuerdo, un recuerdo más, desatado y absuelto en el oleaje?

De aquellas presuntas excursiones a lo infinito regresaba Aldo como borracho, con las piernas temblonas y con dificultades para encaramarse a la cabina del camión.

Solía conducir entonces hasta el bar más próximo, donde tomaba un café con leche o descansaba antes de seguir la ruta, recomponiendo su máscara imperturbable, escondiendo la mirada y embridando el corazón.

Su aspecto equívoco de heroinómano y su belleza huesuda despertaba fácilmente la simpatía o el instinto maternal de las mujeres, cuando no fiebres bruscamente declaradas, como la de Arenillas.

En verano paraba mucho en la provincia de Valencia. Tenía debilidad por ella, sobre todo por la zonas próximas a la capital, inmundos y enternecedores parajes depredadores de almas. En la playa de Calafat, a quinientos metros del caño de vertidos del polígono industrial, conoció a una muchacha cuyo aspecto le había llamado la atención desde el principio: se llamaba Nieves, y no era italiana como él había supuesto erróneamente.

La joven murió casi sin sorpresa en la cara, dulcemente y sin renunciar a la expresión un poco lela que tanto le había cautivado en un principio.

Esa noche Arenillas detectó en Aldo algo así como alegría, una tensión subterránea que le suavizaba la voz y apaciguaba los ojos, y se preguntó qué habría sucedido. No pudo evitar una punzada de celos. En el siguiente viaje lo siguió de lejos con la Kawasaki, pero no observó nada especial.

Creyó empezar a comprender algo cuando descubrió bajo el asiento del camión un cuaderno de acuarelas. Había unos cuantos dibujos torpes pero no exentos de genio, que le emocionaron. Se le antojó que aquellos dibujos casi infantiles ponían en limpio y sin recovecos la personalidad de su amado.

En realidad no empezó a comprender nada hasta que vio en un periódico la fotografía de la muchacha muerta por estrangulamiento. Sus ojos redondos como castañas eran inequívocamente los mismos que se repetían una y otra vez —con extraña fidelidad para tan aparente impericia— en el cuaderno de Aldo.

La imaginación de Arenillas se puso a viajar: vio con certidumbre cómo Aldo, cuaderno en mano, había embaucado a la joven, que aparecía junto a un grupo de amigas —algo separada del resto— con la cabeza en las rodillas que sujetaba con los brazos cruzados, mirando soñadoramente al mar o quizás a la arena; se los representó luego juntos, alejándose hacia un paraje desierto bajo la mirada envidiosa de alguna compañera.

Aldo estaba en peligro; era preciso cambiarle la ruta para evitar cualquier riesgo de que lo reconocieran. Pero él rechazó la propuesta con displicencia e insistió en seguir con el Barreiros en la ruta del tomate. Arenillas acabó pensando si no serían todo elucubraciones suyas y renunció a insinuarle una confesión: había soñado oscuramente con chantajearlo y obtener así su cuerpo, había soñado locuras que en ningún caso habría sabido llevar a cabo, sojuzgado como estaba por su amor incomprensible. Todos sus sueños se desvanecían en presencia de un Aldo impertérrito, en quien no quedaban ya rastros de aquella alegría o combustión interna que Pedro había creído adivinar en su momento.

Patricia era una mujer ya madura que nunca habría pisado esa discoteca de no haber decidido repentinamente librarse al menos por unas horas del pasado acercándose a un presente distinto, extraño a sus ojos, que no dejara resquicios a los fantasmas. La vida no había sido amable con ella, y ahora las circunstancias la habían varado por fin en la vieja casona familiar, donde sólo la vieja criada y una tía más vieja aún sobrevivían al vendaval de los años. Sintiéndose muerta para el amor y como enterrada en vida, quiso cometer la extravagancia de contemplar durante unas horas la ilusión del mundo, antes de entregarse definitivamente a la inapelable desolación que prometía la paz para el resto de sus días sin sentido.

Aldo había entrado allí por error creyendo que se trataba de un bar corriente. No tuvo necesidad de que nadie le relatara tan peculiar estado de ánimo para calibrar en un instante

—justo cuando se volvía para salir— la hondura y la velocidad de la corriente en que Patricia —de ojos pequeños y velados— andaba sumergida.

Arenillas, que lo vigilaba siempre que podía, estuvo a punto en esta ocasión de ser testigo del desenlace: el camión estaba parado junto a la curva del Payés, y detuvo la moto unos cincuenta metros antes. Sólo pudo ver cómo Aldo regresaba del borde del acantilado, saliendo de las sombras con el gesto ambiguo de alguien que acaba de aliviarse la vejiga. Volvía solo.

El cadáver de Patricia lo encontró al día siguiente un submarinista que buscaba descanso en la orilla. Se había estampado contra una roca y al principio se habló de accidente.

Pronto, los asesinatos se multiplicaron en la comarca. Eran todos atribuidos al «Loco del Pasillo». «El Pasillo» es un típico centro comercial subterráneo en el típico pueblo turístico y pringoso, y allí fueron reclutadas al parecer varias de las víctimas.

Arenillas estaba convencido de que Aldo sólo había matado a dos mujeres. Cuando vio el retrato-robot que difundieron los periódicos, justo después del último crimen, perpetrado en la persona de una rolliza dependienta de horchatería, pensó que Aldo no era tan guapo como lo había visto; había algo en él que al natural se disimulaba y que el retrato-robot caricaturizaba con acierto, acaso un exceso de nariz o algo de zafiedad en las orejas de soplillo. Observación que no hizo sino llevarlo a un sentimiento añadido al del amor, en el que Aldo era más un niño desvalido que un dios codiciado.

Cuando la policía vino a detenerlo, Aldo no opuso resistencia, aunque tampoco confesó. En realidad ni siquiera protestó de su inocencia, limitándose a no declarar absolutamente nada.

Pedro fue a visitarlo en cuanto el juez lo autorizó. Pese a los hematomas del interrogatorio Aldo era el mismo de siempre, y de nuevo la indescriptible ambición de Pedro, el placentero escozor con el que había imaginado el *vis-à-vis,* el sabor de sus lágrimas y el peso de su cabeza en el hombro, hubo de esfumarse y se trocó en un planteamiento práctico de la situación.

Determinado a defenderlo contra viento y marea, contrató los servicios del mejor abogado y tuvo una bronca descomunal con su mujer, en el delirio de la cual llegó a confesarle que sentía una secreta envidia por la suerte de las asesinadas a manos de su camionero.

Nada le arredró. Tenía pensadas varias coartadas y estaba dispuesto a dar falso testimonio a su favor, cuando Pertucci se destapó ante el juez con una propuesta peregrina: lo contaría todo si se le garantizaba la presencia de un sacerdote, en una sesión abierta al público.

La infancia de Aldo había transcurrido toda ella en el pueblecito siciliano de Camueso, donde su madre se había empleado como lavandera, al enviudar y verse sola en el mundo con un niño de pocos meses.

Aldo había crecido entre las faldas de su madre, las del sacristán y las de la Virgen local: desde los inicios su devoción había fluido sin torcerse, limpia y bien oliente como el tomillo cuando eleva su aroma hacia las nubes, que son el ceño de Dios.

Aldo no pedía nada especial a la vida. Le hubiera gustado pasarla toda junto a su madre, en su pueblo, ver pasar los días como quien pasa las cuentas de un rosario, y acaso no crecer, ser el eterno monaguillo de la parroquia, sin otro objetivo ni otra música que la rutinaria cadencia de la paz.

Ya adolescente surgió la necesidad de aprender un oficio. Se había hecho demasiado grande y el traje de monaguillo no ocultaba sus pantorrillas fornidas. Al tocar la campanilla, el diminuto don Cósimo la veía agitarse casi a la altura de su nariz. Las monjas lo emplearon sucesivamente con un zapatero remendón, con un pintor de brocha gorda y en un almacén de grano; en ningún lugar caía con buen pie, y aunque nadie pudiera tildarlo de holgazán lo rechazaban por torpe, por gafe y por rémora: al zapatero se le amusgaban los cueros, al pintor se le cortaba el temple y al almacenista se le pudrió el grano. Todos coincidieron en descargar sus iras en Aldo.

Fue una monja joven y animosa, sor Valona, quien empezó a enseñarle los rudimentos del dibujo y la acuarela. Pasaron largas y agradables tardes juntos, pero al cabo ella tuvo que marchar a otro convento y Aldo se quedó otra vez en el aire. Por último las monjas, ya comprometidas en su formación, decidieron pagarle el carné y emplearlo ellas mismas para llevar la furgoneta, no sin contrariar a la hermana Plácida, que era una loca del volante.

Como si le persiguiera una mala sombra, apenas llevaba dos semanas en el oficio cuando al salir de una curva en el puerto de Racciolo (era de noche y regresaba de Palermo tras descargar un envío de bizcochos y magdalenas), sintió un fuerte topetazo en el morro de la DKW, hasta el punto de zozobrar y casi despeñarse.

Frenó, saltó del coche, corrió y encontró la razón del golpe: había matado a un hombre. O acaso no lo había matado aún, porque creyó luego recordar que aquel rostro ensangrentado, que parecía hacer muecas a la luz naranja de los intermitentes, había murmurado algo antes de que, tras arrastrarlo enloquecido hasta el barranco, lo dejara caer al lejano mar sombrío.

Había actuado ciegamente, presa de un impulso de terror, pero tuvo fuerzas para dominarse y volver a la furgoneta, arrancar y llegar a casa de su madre como si nada hubiera ocurrido, salvo que estaba cansado y prefería irse directamente a la cama, sin cenar.

En el curso de aquella noche de insomnio tomó la resolución de confesarse con el padre Cósimo, y a la mañana siguiente fue a ponerla en práctica. Pero la sordera del anciano sacerdote solía concitar una larga fila de fieles ante el confesionario, y al cabo de esperar un rato Aldo se marchó, diciéndose que tendría que gritar para que don Cósimo pudiera absolverlo de forma positiva, con lo que toda la iglesia se enteraría.

Además, aunque se sabía con seguridad en pecado mortal, no lograba sentir arrepentimiento: sólo miedo. Esa ausencia de arrepentimiento fue convirtiéndose poco a poco en una tortura, ya que a su juicio nunca podría obtener así el perdón divino. En cuanto a la idea de entregarse a la justicia, le aterraba también, pero se las ingenió para pensar que en cualquier caso nada de lo esencial podrían resolver los tribunales humanos.

Desde la noche del accidente hasta el día que mató a Nieves González no pudo dormir tranquilo.

Aunque todo lo razonara con rigor y convicción, no es fácil creer que efectivamente decidiera huir de Camueso por no mancillar el hogar materno y por respeto a la hospitalidad del convento. Resulta más lógico pensar que cada vez que pasaba por la curva del Racciolo le acometía el mismo vértigo que tantas veces le hizo detenerse en el trayecto Barcelona-Murcia.

Otra de sus explicaciones fue que había decidido venir a España por ser éste un país católico, con la esperanza de tener una iglesia a mano si en cualquier instante le venía por fin la contrición ansiada.

Ésta no acababa de llegar nunca, y mientras estuviera condenado al infierno —y sin duda alguna lo estaba— su vida carecía de sentido. De ahí que los tres crímenes cometidos en España tuvieran una justificación: había sorprendido a aquellas tres almas en un momento, casual acaso, de inusitada pureza. Al matarlas enviaba a sus víctimas directamente al paraíso, apartándolas de cualquier peligro ulterior. No pudiendo salvarse él, bueno era salvar al menos a los demás. Después de todo, el infierno que le aguardaba ardería siempre con la misma intensidad. Hay que decir que, al llegar a este punto, el público y el tribunal se quedaron perplejos, y toda la sala se estremeció en un murmullo de silencio.

Igualmente perplejo se había quedado Arenillas, para quien la incredulidad general reforzaba la verdad de su defendido. Era evidente que Aldo había llegado a España bajo un choque emocional, y que sólo más tarde había podido elaborar su teoría, labrándola tan admirablemente que se convenció a sí mismo, como demostraba el hecho de haber solicitado la presencia de un sacerdote, en la esperanza de que, a falta de saber arrepentirse honestamente, ello le granjeara cierta indulgencia en las alturas.

El juez no creyó una palabra de cuanto desgranó con torpe castellano y monótono acento el aceitunado monaguillo, y estuvo barajando incluso la idea de un aplazamiento para estudiar el posible proceso de Pedro como encubridor. Pero al final la úlcera de duodeno dictó sentencia con ciertas prisas. Aldo fue condenado a los trescientos cuarenta y nueve años solicitados por el fiscal.

Aldo Pertucci ingresó en la prisión con la misma y singular actitud de manifiesta indiferencia con que había desembarcado en Barcelona. Es muy poco probable que ningún recluso adivinara o fuera a adivinar nunca, en los trescientos cuarenta y nueve años que le esperaban, lo hondo y tumultuoso del dolor que ocultaba su semblante impávido.

Se cuenta que Pedro Arenillas tuvo un acceso de desesperación al verlo conducido por la escolta hasta el furgón celular, y que en ese momento su amor, con todo lo humano que había sido, hubo de sublimarse bruscamente en piedra libre, cristal de mil facetas que ahora brillaba con repentina luz.

Ello explicaría que vendiera camiones y liquidara el negocio, dejando a su familia una renta pasable, deducida de lo que apartó para sufragar los gastos del recluso. El resto lo donó a obras de beneficencia. En cuanto a sí mismo, se arrastró con ardiente humildad hasta las puertas de un convento de clausura donde el hermano portero le recibió con cierta destemplanza, habida cuenta de la hora a que llegaba.

Sin duda pensó que sus oraciones, al cabo de los años, y doblemente persuasivas por venir de labios de un ateo rescatado, podían acabar pesando en la balanza y brindándole a Pertucci un último argumento, la posibilidad de poder contar por fin su propia historia, quien sabe si ante sí mismo, en el día del Juicio Final.

Del libro *Perros verdes*.
Ed. Lumen, 1989.

ADOLFO GARCÍA ORTEGA
(Valladolid, 1958)

—— • ——

De un espía paradójico y de lo bien pagado que estaba

¿Cómo definir a Stoeckel? Simplemente, que era muy notable. John Quentin Stoeckel sabía de memoria los mapas de Inglaterra y era un experto en literatura isabelina, como demostró en un ensayo, *Lecturas de Christopher Marlowe,* que yo, por supuesto, no he leído. Me lo comentó el flaco Cambrines. Homosexual practicante, bebía sin ser un borracho, gustaba de lo sórdido sin ser un perverso, amaba el escándalo sin llegar jamás a la prensa. Visitó Jerusalén en repetidas ocasiones, fue miembro honorífico de una sociedad literaria en Moscú y se suicidó en Florencia. Y este hombre increíble era el espía mejor pagado del mundo.

Nunca he tenido conexiones con el espionaje internacional. El motivo de que el flaco Cambrines me presentara a Stoeckel en el vestíbulo del hotel Rober de Mar del Plata era de lo más anodino, aunque no para mí. Stoeckel poseía una hermosa colección de fotos de box desde 1870 hasta el imperio de Joe Louis. Y yo me concomía por dentro por verla. Observando las amarillas cartulinas no podía olvidar que aquel hombrecillo de bigote, con clase y ropa sport, había promovido revueltas, sucios canjes, secuestros y sus escrúpulos distaban de haber hecho mella en él. Ejercía el maravilloso papel de todo espía que se precie: ser un traidor a todos, hacerlo por la plata, ser un ilocalizable agente doble.

El segundo encuentro fue en Buenos Aires. Me telefoneó Cambrines una tarde, que el viejo Stoeckel estaba aquí y que íbamos a cenar con él. No se me ocurrió el motivo, a no ser que hubiera ampliado su recolección fotográfica. Y pensé que se estaba demorando demasiado por estas tierras. Tal vez una intriga, tal vez tener acceso a información a través de dos periodistas desinformados y golpeados por la precariedad. En aquel entonces, yo habría robado un paragüero del mismísimo despacho presidencial con tal de que me llovieran pesos.

Pero llegó la cena, y Stoeckel estaba impecable con su traje hueso, pañuelo de lunares y su vaso de bourbon sin hielo. Yo le pedí al flaco Cambrines un traje y me notaba incómodo allí enfundado. El flaco, más sagaz, se veía bien de tweed. Bebíamos jerez. Cambrines abrió el fuego:

—¿Se quedará mucho entre nosotros?

—Un tiempo. A decir verdad, sólo ustedes dos saben que estoy aquí. Quiero decir, con mi verdadero nombre.

Cambrines se hizo el tonto, y yo no comprendí, pero debí parecer más tonto cuando le pregunté:

—¿Entonces está trabajando?

—¿A qué se refiere, amigo? ¿Tal vez a que si «alguien» me paga la estancia en este maravilloso país? Pues le seré sincero: sí.

—Quizá debiéramos cambiar de tema —salió al quite Cambrines.

—¿Por qué? —continuó Stoeckel—. ¿Temen conocer algo que les quite el sueño? Miren, a mí me pagan una fabulosa cantidad por no estar en otra parte del globo. Es más, porque «alguien» piense que estoy en otra parte del globo. ¿Comprenden?

Un espía que no espía pero que parece que espía. Era muy completo para mí. Debí irle por las bravas, pero éramos caballeros frente a una ociosa charla de principios de cena. Cambrines siguió:

—Creo entender que «alguien» está haciendo «algo» por usted en otro lugar. ¿Acierto?

—A medias, querido amigo.

—En ese caso —metí baza— están usando su nombre a favor de unos o de otros.

—No exactamente —contestó—. Creo que les seré franco porque me fío de ustedes y siempre he creído que entre caballeros, las cenas son confesionarios. Hoy me están matando en Budapest.

Cambrines y yo nos cruzamos una mirada que pudo ser de secreto gozo por ser depositarios de la confianza, o pudo ser de total perplejidad por cenar con un cadáver. Pero se nos quedó la mirada en boba.

Exploté con ingenuidad:

—Eso le obligará a estar sin patria, sin nombre, a no existir.

—A Stoeckel, no a mí. En este hotel nadie conoce a John Stoeckel. Mi nuevo nombre es otro, y eso sí que no se lo puedo confiar.

—¿Pero la cara, los rasgos? —saltó el flaco—. No podrá volver a Europa.

—Es un riesgo, es cierto. Pero se salva no volviendo a los lugares que visitaría Stoeckel, no visitando a los amigos, no dando pistas, ¿comprenden? Tengo preparadas varias cartas de pésame para los amigos del difunto John. Para el mundo, Stoeckel ha muerto hoy.

—Pero, ¿quién lo ha matado? —pregunté ya enteramente metido en el relato.

—Unos y otros. Mire, yo siempre hice esto por dinero y por, digamos, «L'aventure c'est l'aventure». Me he hecho rico. Pero quiero más. Concerté con unos y con otros, pero por separado, mi muerte. Me pagarán millones por no existir. Nadie me buscará. La única condición es que jamás se sospeche esta muerte, que nadie la ponga en duda. Y ahora, si no les importa, cenemos.

La cena trajo otras conversaciones menos apasionantes sobre puros habanos, los coleccionistas de fotos, el mundo de la noche porteña y la infancia cuatrera de Cambrines. Tan sólo en los postres se retomó tímidamente el tema:

—¿Adónde irá ahora?

—A Florencia. He comprado a un príncipe un viejo caserón, un palacio algo apartado. Creo que viviré allí el resto de mi vida.

Dos años después yo me encontraba en Roma. Era mi primera estancia prolongada en la Ciudad Eterna, años antes de establecerme definitivamente. Recuerdo la mañana aquella. Había citado a Renato Salviaggo para un interviú por los pesados. Poco antes de salir para la cita, recibí una llamada larga distancia. Era el flaco Cambrines, desde Buenos Aires. Había llegado un telegrama urgente desde Florencia. El texto era lacónico pero evidente: «Monsieur Renard ha muerto. Stop». De seguido supimos que se trataba de Stoeckel. Sorprendentemente, la única dirección que hallaron en su casa era la nuestra. El viejo se había metido un tiro harto de rico y de solo.

Del libro *Los episodios capitales de Osvaldo Mendoza.*
Ed. Mondadori, 1989.

ALMUDENA GRANDES
(Madrid, 1960)

———— • ————

Amor de madre

Es ella, ¿no se acuerdan?, mi hija Marianne, la jovencita
que está a mi lado en esta diapositiva, la misma... A ver, voy a
quitarme de delante para que la vean mejor... Claro, si ya sabía
yo que la recordarían, con la de disgustos que me ha dado durante tantos años, un quebradero de cabeza perpetuo, no se lo
pueden ustedes ni figurar, o bueno, a lo mejor sí que se lo figu-
ran, porque si no me hubiera tocado en suerte una hija así, no
seguiría viniendo yo a estas reuniones, todos los lunes y todos
los jueves, sin faltar uno, en fin... Y no saben lo mona que era de
pequeña, pero monísima, de verdad, una ricura de cría, alegre,
dócil, ordenada, obediente. Cuando era bebé, y la sacaba en su
cochecito a dar un paseo por la avenida, tardaba más de media
hora en recorrer cien metros, en serio, porque al verla tan gordi-
ta, tan rubia, tan sonrosada..., en resumen, tan guapa, todas las
señoras se paraban a admirarla, y le acariciaban las manitas, y le
hacían cucamonas, y le mandaban besitos en la punta de los
dedos, bueno, esa clase de cosas que se les hacen a los niños que
se crían tan hermosos como ésta, que parecía un anuncio de
Nestlé, eso mismo parecía. De más mayorcita, en el colegio,
hacía todos los años de Virgen María en la función de Navidad
—pero todos los años, ¿eh?, no uno, ni dos, no se vayan a creer,
sino todos, ¡yo me sentía tan orgullosa!—, y por las noches,

cuando se quitaba la blusa del uniforme, me encontraba el cuello y los puños igual de limpios que cuando se la había puesto por la mañana, pero lo mismo lo mismo, blanquísimos. Mi Marianne no practicaba deportes violentos, no se revolcaba por el suelo, no se pegaba con sus compañeras, qué va, nada de eso. Era una alumna ejemplar, todas las maestras lo decían, tan simpática, tan abierta, tan sociable que, como suele decirse, se iba con cualquiera. ¡Quién nos iba a decir, a sus maestras y a mí, que con el tiempo, el principal problema de mi hija acabaría siendo precisamente ése, que se larga con cualquiera!

Al llegar a la adolescencia, empezó a torcerse, ésa es la verdad. Antes de cumplir los veinte años, ya se había aficionado a montarme unas escenas atroces, y llegaba a ponerse como una fiera, en serio, chillando, pataleando, me hacía pasar unos bochornos espantosos, qué apuro, todos los vecinos la escuchaban, a mí me resultaba tan violento... Al final, cogía la puerta y salía sin mi permiso, gritando que ya estaba harta de que no la dejara hacer nada. ¡Nada! ¿Se lo pueden creer? Pues eso me decía, que no la dejaba hacer nada, y a mí me daba por llorar, porque... ¡qué barbaridad!, ¡qué ingratos pueden llegar a ser los hijos! Creo que fue entonces cuando empecé a permitirme alguna que otra copita, lo confieso, sé que no está nada bien, pero Marianne estaba ahí fuera, en la calle, rodeada de peligros, y yo no podía vivir, ésa es la verdad, que no podía ni respirar siquiera imaginando los riesgos que correría mi niña, sola entre extraños, en locales subterráneos, ese aire mefítico, cargado de humo, y de vapores alcohólicos, y del producto de los cuerpos de tantos hombres sudorosos, esas enormes manchas húmedas que sin duda exhibirían sus camisetas oscuras cuando levantaran los brazos para abandonarse a esos ritmos infernales, y las motos, eso era lo que más miedo me daba, que Marianne se montara en una moto, con la cantidad de accidentes que hay en cada esquina, y violadores, y asesinos, y drogadictos, y extranjeros, que no hay derecho, es que no hay derecho, desde luego, sacar adelante a un ángel para condenarlo luego a vivir en el infierno, para que luego digan que la maternidad no es un drama... En fin, que era un no vivir, les juro que era un auténtico no vivir, y fíjense que lo intenté todo, todo, para retenerla, pero ella se negó a seguir celebrando guateques en casa, como antes, decía que todas sus amigas no querían venir, con lo buenas que me salen a mí las mediasnoches, que les pongo mantequilla por los dos lados, qué ingratitud, y entonces me dejaba sola, y yo me tomaba una copita, y luego otra, y luego otra, hasta que oía el chirrido de su llave en la cerradura, a las diez, o a las diez y media de la noche, porque la muy desaprensiva nunca llegaba antes, qué va, y bien que ha sabido siempre que a mí me gusta cenar a las ocho y media...

Claro que lo peor todavía estaba por llegar. Lo peor no mediría más de un metro cincuenta y siete, tenía el pelo negro, crespo, largo, y una cara peculiar, despejada por los bordes y atiborrada de rasgos en el centro, como si las cejas, los ojos, la nariz, los pómulos y los labios —unos morros gordos, pero gordísimos, se lo juro, propiamente como los de un mono— se quisieran tanto que pretendieran montarse unos encima de otros, juntarse, apiñarse, competir por el espacio. Se llamaba Néstor Roberto, tocaba la trompeta —¡que era lo que le faltaba, vamos, con esa boca!, y había nacido en El Salvador. ¡Era salvadoreño! ¿Se lo pueden imaginar? ¡Salvadoreño! Y a ver, díganme ustedes..., ¿puede una madre europea conservar la calma cuando su única hija se lía con un salvadoreño? Naturalmente que no. Por eso le dije a Marianne que tenía que elegir. Y Marianne eligió. Y se fue de casa con el salvadoreño.

Durante los siguientes tres años, apenas la vi algún domingo a la hora de comer. Reconozco que mi vicio aumentó —me pasé al coñac, dejé de imponerme un límite diario, me enchufaba alguna que otra copa por las mañanas—, pero debo especificar, en mi descargo, que el vicio de mi hija empeoró mucho más intensamente que el mío. Después del salvadoreño, vino un paquistaní, tras el paquistaní, se lió con un argelino, y terminó abandonando a aquel moro por un terrorista —activista, decía ella, la muy liante— norteamericano del Black Power. El caso es que este último me sonaba bastante, y por eso me interesé por él, no fuera a ser atleta, o baloncestista, no sé, o músico de jazz, porque podría estar forrado de pasta, y eso significaría que mi hija no habría perdido del todo su cordura, porque, sinceramente, en cualquiera de esos casos, el color de su piel, siendo un detalle importante, pues tampoco... importaría tanto, las cosas como son, pero en qué hora se me ocurrió preguntar, Dios bendito, ¡en qué hora, Jesús, María y José me valgan siempre! No, mamá, me dijo Marianne, te suena porque hace unos años, cuando vivía en Nueva York, fue modelo de un fotógrafo muy famoso, ese que se ha muerto de sida... Yo no caía, y ella pronunció un apellido indescifrable, que sí, mujer, continuó, si es ese que ahora se ha puesto de moda porque le censuran las exposiciones... Cuando me enseñó las fotos —y eso que las iba escogiendo, que se guardaba en el bolsillo por lo menos dos de cada tres, como si yo fuera tonta—, bueno, pues cuando por fin vi aquellas fotos, creí que me moría, que me caía redonda al suelo creí, pero ella siguió hablando como si nada, sin comprender que me estaba matando, que yo me estaba muriendo al escuchar cada sílaba que pronunciaba. ¡No pongas esa cara, mamá!, eso me dijo, si las fotos son de hace mucho tiempo, de cuando vivía en América, y era homosexual, es cierto, pero ahora también le gustan las chicas. No te preocupes por mí, anda, si nunca he sido tan feliz... Eso me dijo, que nunca había sido tan feliz, y yo estuve borracha tres días, tres días enteros, lo reconozco, tres días, cuando me llamó para contarme que se marchaba con él en moto, hasta Moscú, de vacaciones, no fui capaz ni de asustarme siquiera.

En estas circunstancias, comprenderán ustedes que el accidente se me antojara un regalo de la Divina Providencia. Marianne volvía a estar en casa, en su cama, rodeada de sus muñecos, de sus peluches —que estaban como nuevos, porque

yo los había seguido lavando a mano con un detergente neutro
incluso después de que me abandonase, fíjense, si no la echaría
de menos, que los cepillaba y todo, de verdad que parecían recién comprados—, vestida con un camisón azul celeste sobre el
que yo misma había aplicado un delantero de ganchillo, y arro-
pada con una mañanita de lana a juego, tejida también por mí,
o sea, igual igual igual que cuando era una niña, aunque con
todos los huesos rotos. Cuando estaba dormida, me sentaba a
su lado, a mirarla, y me sentía tan feliz que me tomaba una copa para celebrarlo. Cuando estaba despierta, se quejaba constantemente de unos dolores tremendos, y yo no podía soportarlo, no podía soportar verla así, tan joven, mi niña, sufriendo
tanto, así que me tomaba otra copa, para insuflarme fuerzas, y
le daba un par de pastillas más. El médico se ponía pesadísimo,
me lo había advertido un centenar de veces, que era peligroso
sobrepasar la dosis, que aquellos calmantes creaban adicción,
pero, claro, ¡qué sabrán los médicos del dolor de una madre...!
Y los días pasaban, y Marianne mejoraba, su rostro recobraba
el color, las heridas se cerraban sobre su piel blanca, tersa, y su
carácter volvía a ser el de antaño, dócil y manso, dulce y sumiso, yo le metía en la boca aquellas pastillas maravillosas, le inclinaba la cabeza para que se las tragara, le daba un sorbo de
agua y la miraba después, y ella me sonreía con los ojos en
blanco, estaba tan contenta, y ya no me llevaba la contraria, ya
no, nunca, dormía muchas horas, como cuando era un bebé, y
por las noches se sentaba a mi lado a ver la televisión, y jamás
se le ocurría cambiar de canal, todo le parecía bien, las dos unidas y felices otra vez, igual que antes.

    Cuando aquella bruja me dijo que no podía seguir ven-
diéndome aquel medicamento sin una receta, creí que el mundo se me venía encima. Debo confesar, porque para eso estoy
aquí, para confesar que soy alcohólica, que al volver a casa me
cepillé una botella entera del brandy español más peleón que
encontré en el supermercado, y todavía no habían dado las do-

ce del mediodía. Pero... ¡háganse ustedes cargo de mi angustia, de mi desesperación! Todavía se me saltan las lágrimas al recordarlo, pensar en perderla otra vez, tan pronto, cuando apenas la había recobrado, a ella, que tan maltrecha había vuelto a mis brazos, que estaba deshecha, pobre hija mía, cuando por fin atinó a buscar refugio en mí, en su madre, la única persona que de verdad la quiere, que la ha querido y que la querrá durante el resto de su vida... Entonces decidí que nos vendríamos a vivir aquí, a la casa donde transcurrió mi maravillosa infancia, a este pueblecito de las montañas donde mi mejor amiga del colegio instaló, al terminar la carrera, una farmacia surtidísima, se lo aseguro, porque tiene de todo, mi amiga, y es madre de cuatro hijos, ¿cómo no iba a entender ella una cosa así? A grandes males, grandes remedios, eso me dijo, poniendo un montón de cajas sobre el mostrador, y aquí estamos. A Marianne le gusta mucho vivir en el campo, ya le encantaba esto de pequeña, cuando veníamos a veranear, y ahora, pues lo mismo, porque nunca dice nada, no se queja de nada, sólo sonríe, está todo el día sonriendo, pobrecilla, ahora es tan buena otra vez...

¿El chico? ¡Ah! El chico se llama Klaus, y es el novio de mi hija... Claro que les tiene que sonar, era el cajero del banco, ¿no se acuerdan? En cuanto que lo vi, me lo dije, éste sí que me gusta para Marianne. Alto, delgado, apuesto, nada que ver con la fauna de hace unos años, pero nada, ¿eh?, y bien simpático, sí señora por aquí, sí señora por allá, hasta cuando usted quiera, señora, aunque un poco corto sí que me pareció, la verdad, porque el primer día que hablamos ya le conté que yo tenía una hija guapísima, y le invité a cenar, y no vino. Me extrañó, pero pensé que a lo peor era tímido. Un par de días después volví a verle, y le llevé una foto de Marianne, pero se limitó a darme la razón como a los locos, pues sí que es guapa su hija, dijo, muy guapa, señora, claro que sí. Le volví a invitar a cenar y se excusó, no podía. Bueno, pues venga mañana, ofrecí, y él, dale que te pego, que tampoco podía al día siguiente, ni al otro, ni al otro, ¡me dio una rabia! Entonces dejé de hablar con él, y cuando necesitaba dinero me iba derecha al cajero automático. ¡Toma!, pensaba para mí, ¡fastídiate, que no vales más que esta máquina!

Pero no me resigno a no ser abuela, ésa es la verdad, que no me resigno. Y Marianne va a cumplir treinta años, por muy felices que seamos viviendo juntas las dos, necesita casarse, y yo necesito que se case, celebrar la boda, vestir el traje regional que mamá llevó a la mía, dejar escapar alguna lagrimita cuando ella diga que sí... ¡Vamos, qué madre renunciaría a un placer semejante! Sobre todo porque, bien mirado, esto no es un placer... ¡es un derecho! Así que, un jueves por la tarde, cuando venía a una de estas reuniones de Alcohólicos Anónimos, vi a Klaus cerrando la puerta del banco, y elaboré el plan perfecto. Una semana después, el mismo día, a la misma hora, me acerqué a él por la espalda y le puse en la sien izquierda la pistola de mi difunto marido, que en Gloria esté. ¡Hala, Klaus!, le dije, ahora vas a venirte conmigo... Déjeme, señora, le daré todo lo que llevo encima, decía, el muy desgraciado. Pero si esto no es un atraco, hijo, le contesté... ¡esto es un secuestro! Y el muy mariquita se me echó a llorar, se puso a gimotear como una niña. ¿Se lo pueden creer? ¡Ni hombres quedan ya en este asco de mundo!

Ahora vivimos los tres juntos, Klaus, Marianne y yo. ¿Que de cuándo es esta foto? De hace cuatro días... Sí, él no parece muy contento, intenta escaparse todo el tiempo, ésa es la verdad, que le tengo que atar a la cama con unos grilletes para que no se escape por la noche, pero ya se acostumbrará, ya... Yo procuro que esté entretenido, cortando leña, trabajando en el campo, arreglando la cerca, porque así lo lleva mejor y nos sale todo mucho más barato, por cierto, ya que no necesitamos a nadie, lo hacemos todo entre los dos, él trabaja y yo voy detrás, con la pistola... ¿Marianne? A ella todo le parece bien, ya ven cómo sonríe, alargando la mano para acariciarle... ¿Un gesto extraño? Bueno, sí, es que, desde que toma las pastillas, tiene los brazos como blandos, hace movimientos un tanto bruscos, inconexos, en fin... A mí sí que se me ve satisfecha, ¿verdad? Claro, porque estoy segura de que al final todo saldrá bien. Lo único que me hace falta ahora es dejar de beber, y luego, un buen día, ellos se mirarán a los ojos, y comprenderán, y todos mis sacrificios habrán servido para algo, porque, a ver... ¿qué no haría una madre por su única hija?

(1994). Del libro *Modelos de mujer.*
Ed. Tusquets, 1996.

FELIPE BENÍTEZ REYES
(Rota, Cádiz, 1960)

— • —

Los mundos lejanos

Mientras arreglaba el carburador de una motocicleta, se le ocurrió la forma adecuada de planificar la invasión del planeta Mercurónida por los habitantes de Canopus: llegarían en naves de amonita transparente, de manera sigilosa, gracias a sus potentes silenciadores: el nuevo invento diabólico de Masulix, el genio loco de la constelación Argópites que ya había inventado la burbuja de la curación instantánea y el convertidor nucleico capaz de alimentar por igual a los hijos de los hífidos —la raza de esclavos mutantes— y las baterías de las armas de la guardia de élite del Octavo Imperio Canopiano.

—Ya está —dijo, limpiándose con un trapo la grasa de los dedos.

El cliente le pagó y se marchó en su motocicleta reparada, mientras él procuraba imaginar la devastación que los de Canopus practicarían en Mercurónida. Tendría que describir la quema del palacio de Jayura, la califa galáctica, esposa de Mercurión, el tirano del espacio. Tendría que narrar detalladamente la desintegración fulmínea de los guerreros muertos, que debían esfumarse como hogueras de azufre. Tendría que resaltar la destrucción de la Gran Cúpula Biosférica, hecha añicos por las morteradas nucleares.

Como gran golpe de efecto, los lagartos gigantes de las cuadrigas chillarían como diablos a través de una onomatopeya recurrente: Guacrop-guacrop-guacrop...

Le quedaban por reparar dos bicicletas pinchadas y tres motos, una de ellas de mucho cilindraje y de lujosos cromados que no desentonaría como máquina de guerra en los entresijos interestelares de sus novelas. Cogería los pinchazos, cerraría el taller y se iría a buscar a su novia. Le contaría los alevosos planes de la gente de Canopus y el apresamiento de Mercurión, y ella le miraría con una perpleja admiración dibujada en los ojos, y le hablaría de alguna oferta de electrodomésticos, y él le anunciaría solemnemente la muerte de Jayura, la bruja califal del espacio, y ella le diría que no olvidara pedir los impresos de la hipoteca y que su señora se iba de viaje a Italia y que le había prometido una reliquia del Vaticano, y terminaría todo con la fiesta que los guerreros de Canopus montarían en las ruinas de Mercurónida, porque aquello era el fin de la saga, y luego comenzaría otra centrada en los avatares de la remota galaxia llamada Infrágibux, donde todos estarían en guerra, y tendrían armas aún más perfectas y sanguinarias, y habría coches voladores, y ella se dejaría tocar los pechos, preguntándole si había reparado muchas motos, y que cuándo iban a ir a comprar el sofá de las rebajas.

Del libro *Maneras de perder.*
Ed. Tusquets, 1997.

FRANCISCO JAVIER SATUÉ
(Madrid, 1961)

— • —

Cotidiana

Bajó la cabeza, sin querer expresar nada con ello.
PETER HANDKE

Para alcanzar el tranvía, al poco de salvar la bolsa donde llevaba las compras que había hecho durante dos horas en el mercado, discutiendo con otras mujeres, tuvo que disparar contra la anciana que intentaba cortarle el paso. La anciana se desplomó hacia adelante. No gritó. La bala le alcanzó el corazón y sin duda eso no le dio tiempo. Pero Solitaire no se detuvo a contemplar el cadáver. Una mancha negra caída de bruces contra el suelo. Tampoco disfrutaba demasiado recordando su puntería.

En el tranvía, al que subió con alguna dificultad, golpeó al encargado de expender los billetes. El hombre, muy grueso, de cutis grasiento y mejillas inflamadas, pretendía aprovecharse de la situación. Solitaire resistió unos minutos las ofertas obscenas del encargado agarrando la barra de seguridad para soportar el vaivén. Emitía breves carcajadas frívolas, contando en su interior hasta cien. Depositó la bolsa cargada de alimentos sobre el piso del vehículo, de madera. Poco antes de la primera parada, dirigió su rodilla derecha contra los genitales del cobrador. Escuchó los horrorizados aullidos a la vez que buscaba un asiento libre para descansar.

No estaba muy lleno el tranvía. A esa hora la gente se hallaba en el mercado o en las calles adyacentes a los comercios, tratando de librarse de las ancianas que con el pretexto de pedir una limosna, atracaban a las mujeres piadosas e incautas. El mercado estaba a reventar. Al sentarse y colocar la bolsa de la compra delante de sus piernas, Solitaire pensó en su marido. El hombre de los billetes chillaba todavía, junto a la entrada del tranvía, con la cabeza inclinada. Solitaire conjeturó que aún le faltaban cuatro estaciones para descender. Tiempo suficiente para recapacitar. Su marido llegaría cansado del trabajo, a la hora del almuerzo.

Mientras decidía cuál era el plato que iba a preparar, Solitaire sustituyó el casquillo gastado en el tambor de su revólver por un proyectil en buenas condiciones. Se le ocurrió que podía haber golpeado al responsable de los billetes, en la cara, con la culata del arma. Le venían ganas de levantarse y llevar a la práctica su idea. Pero supuso que no le faltarían oportunidades para ello y permaneció quieta sobre el asiento. Una vez a la semana debía acudir al mercado para comprar. No era la primera ocasión en que abatía a una de esas viejas disfrazadas. Y no sería la última —tembló. Reflexionar sobre esto le producía escalofríos en la espalda. El vello de la nuca se le erizaba. Disparar contra un ser humano le producía una incomprensible e incómoda aprensión.

Incomprensible porque al apretar el gatillo, Solitaire no se acordaba de su madre. Por el contrario, se figuraba que Rudi, su amante esposo, se acercaba a ella y la abrazaba con delicadeza. Rudi le había enseñado a disparar y a leer los periódicos, él tenía mucha práctica con las armas porque alrededor de la fábrica donde trabajaba también abundaban los asesinos sin escrúpulos. En las inmediaciones del mercado operaban las ancianas que con aspecto desaliñado y mendicante, encañonaban con relucientes pistolones a las mujeres jóvenes. Se pegaban a ellas en cuanto las veían salir del mercado, y al doblar la primera esquina les arrancaban las bolsas llenas de comida o los monederos. Alrededor de la fábrica, en cambio, pululaban muchos niñatos armados de navajas automáticas y barras de hierro. Atacaban a los obreros a la hora del bocadillo o a la salida, para arrebatarles el dinero y la ropa. Rudi llevaba quince muescas marcadas en las cachas de su revólver, tres más que Solitaire. Dos, dos más en realidad.

Sí; dos de ventaja —se dijo Solitaire—, la nuca sensible por un obstinado picor que en algunos momentos llegaba a parecerle dulce. Y se alegró mucho planeando una tortilla para su Rudi. Él entraría en casa sonriendo para que ella no le notara apesadumbrado, hundido, avergonzado por el sudor que le empapaba la camisa y los sobacos del mono descolorido, triste por los remordimientos. Tal vez la ventaja continuara inamovible. Tal vez Rudi hubiera tenido que matar a un muchacho que aspirase a robarle las monedas que llevaba en los bolsillos del pantalón, y una línea aumentara la cuenta particular de muertos... Pero ella le tranquilizaría, le diría que comiese y no se preocupara de nada más hasta el día siguiente. Le relataría su encuentro con la vieja del mercado.

Bajó del tranvía una parada antes de la correspondiente a su barrio, para comprar el periódico. A Rudi le gustaba mucho leer el periódico y deducir qué informaciones ocultaban las hojas de papel. Nunca aparecían menciones de los cuerpos que los servicios de limpiezas de la municipalidad encontraban acribillados en las calles. Era más frecuente que figurasen extensas reseñas sobre las últimas sentencias de muerte pronunciadas por el juez Max Wainbourg, artísticos anuncios donde se enumeraban las últimas novedades de la oferta armamentista, y avisos sobre las reuniones de carácter intelectual que iban a celebrarse en Transilvana. Los despojos recogidos en las aceras, o hasta en mitad de las vías más populosas de la ciudad, no constituían noticia. Cuando algún reportero refería episodios de ese calibre en sus artículos, recibía miles de cartas de lectores indignados y furibundos que mostraban su disconformidad. El juez Wainbourg había criticado este proceder de los periodistas en varias de sus más célebres sentencias. Solitaire recordaba la condena de diez jóvenes de tupé engominado, a la máxima pena, por robar en la fábrica de tornillos donde trabajaba su Rudi, sintiendo agitada su nuca. Los muchachos habían asesinado a dos obreros.

El sentimiento de culpa que las informaciones de algunos diarios crearon en ciudadanas y ciudadanos honrados y sin tacha era, en opinión del juez Wainbourg, la causa crucial de que tuvieran lugar algunas tragedias de triste memoria. Muchos ciudadanos se negaban a defenderse de atracadores y asesinos. Morían conformes con su destino, sin mover un dedo.

Mientras preparaba la comida, Solitaire pensó en ello, por distracción. No podía creer lo que leía en el periódico. Y le decepcionaba que hubiera personas que justificaran su actitud pasiva arguyendo que preferían ser víctimas e inocentes, en lugar de asesinos que se defienden de otros asesinos, a cubierto por el permiso de armas. Rudi se lo explicaría todo en detalle —concluyó Solitaire al echar un poco de aceite en la sartén y colocar ésta al fuego—, porque era seguro que su marido se enteraría de todo.

Llamaban a la puerta.

El timbre le hizo recordar que era más tarde de lo que había pensado. Se acordó con rencor del encargado de los billetes del tranvía y de las interminables colas del mercado. Demasiado tiempo para asegurar la subsistencia —murmuró al dirigirse hacia la puerta—, demasiado tiempo gastado. Y Rudi tendrá hambre y no querrá esperar ni leer la prensa. Tomó el revólver del aparador y abrió.

Dos policías se hallaban frente a la puerta. Uno de ellos sostenía entre las manos el mono de trabajo de Rudi. Aparecía salpicado por goterones sangrientos. Solitaire recapacitó, bajando el arma y empujando la puerta hacia un lado. Se sintió súbitamente cansada, y pequeña. Tartamudeó para preguntar. El agente que sostenía la ropa de Rudi tartamudeaba igual que ella. No podía escuchar. Estaba lejos, sola, recitando sus dudas y las noticias que los periódicos no incluían en sus páginas. Una voz en su interior gritaba que ella no era una asesina, que amaba la vida, que amaba la vida con Rudi. Pero sin él ya no podía saber la verdad.

—Es todo lo que quedó de su marido.

No había emoción en las palabras del policía, sino un cierto desprecio. Ella sostuvo la prenda y la apretó contra su pecho porque sabía que no podía acariciar. Estaba llorando.

Entonces le sorprendió el olor a quemado que venía desde la cocina.

(En un brindis por Eduardo Chamorro. Escuchando próxima la voz de José Antonio Martín: intensa.)

Del libro *Múltiples móviles.*
Ed. Tantín, 1989.

ELOY TIZÓN
(Madrid, 1964)

—— • ——

Velocidad de los jardines

Muchos dijeron que cuando pasamos al tercer curso terminó la diversión. Cumplimos dieciséis, diecisiete años y todo adquirió una velocidad inquietante. Ciencias o letras fue la primera aduana, el paso fronterizo que separaba a los amigos como viajeros cambiando de tren con sus bultos entre la nieve y los celadores. Las aulas se disgregaban. Javier Luendo Martínez se separó de Ana M.ª Cuesta y Richi Hurtado dejó de tratarse con las gemelas Estévez y M.ª Paz Morago abandonó a su novio y la beca, por este orden, y Christian Cruz fue expulsado de la escuela por arrojarle al profesor de Laboratorio un frasco con un feto embalsamado.

Oh sí, arrastrábamos a Platón de clase en clase y una cosa llamada hilomorfismo de alguna corriente olvidable. La revolución rusa se extendía por nuestros cuadernos y en la página sesenta y tantos el zar era fusilado entre tachones. Las causas económicas de la guerra eran complejas, no es lo que parece, si bien el impresionismo aportó a la pintura un fresco colorido y una nueva visión de la naturaleza. Mercedes Cifuentes era una alumna muy gorda que no se trataba con nadie y aquel curso regresó fulminantemente delgada y seguía sin tratarse.

Fue una especie de hecatombe. Media clase se enamoró de Olivia Reyes, todos a la vez o por turnos, cuando entraba

cada mañana aseada, apenas empolvada, era una visión crujiente y vulnerable que llegaba a hacerte daño si se te ocurría
pensar en ello a medianoche. Olivia llegaba siempre tres cuartos de hora tarde y hasta que ella aparecía el temario era algo
muerto, un desperdicio, el profesor divagaba sobre Bismarck
como si cepillase su cadáver de frac penosamente, la tiza repelía. Los pupitres se animaban con su llegada. Parecía mentira
Olivia Reyes, algo tan esponjoso y aromático cuando pisaba el
aula riendo, aportando la fábula de su perfil, su luz de proa,
parecía mentira y hacía tanto daño.

   Los primeros días de primavera contienen un aire alucinante, increíble, un olor que procede de no se sabe dónde. Este
efecto es agrandado por la visión inicial de las ropas veraniegas
(los abrigos ahorcados en el armario hasta otro año), las alum-
nas de brazos desnudos transportando en sus carpetas reinados
y decapitaciones. Entrábamos a la escuela atravesando un gran
patio de cemento rojo con las áreas de baloncesto delimitadas
en blanco, un árbol escuchimizado nos bendecía, trotábamos
por la doble escalinata apremiados por el jefe de estudio —el
jefe de estudio consistía en un bigote rubio que más que nada
imprecaba—, cuando el timbrazo de la hora daba el pistoletazo
de salida para la carrera diaria de sabiduría y ciencia.

   Ya estábamos todos, Susana Peinado y su collar de es-
pinillas, Marcial Escribano que repetía por tercera vez y su hermano era paracaidista, el otro que pasaba los apuntes a máquina y que no me acuerdo de cómo se llamaba, 3.º B en pleno
con sus bajas, los caídos en el suspenso, los desertores a ciencias, todos nosotros asistiendo a las peripecias del latín en la pi-
zarra como en un cine de barrio, como si el latín fuese espía
o terrateniente.

   Pero 3.º B fue otra cosa. Además del amor y sus altera-
ciones hormonales, estaba el comportamiento extraño del muchacho a quien llamaban Aubi, resumen de su verdadero nombre. Le conocíamos desde básica, era vecino nuestro, habíamos

comido juntos *hot-dogs* en Los Sótanos de la Gran Vía y después jugado en las máquinas espaciales con los ojos vendados por una apuesta. Y nada. Desembarcó en 3.º B medio sonámbulo, no nos hablaba o a regañadientes y la primera semana de curso ya se había peleado a golpes en la puerta con el bizco Adriano Parra, que hay que reconocer que era un aprovechado, magullándose y cayendo sobre el capó de un auto aparcado en doble fila, primera lesión del curso.

En el test psicológico le salió introvertido. Al partido de revancha contra el San Viator ni acudió. Dejaba los controles en blanco después de haber deletreado trabajosamente sus datos en las líneas reservadas para ello y abandonaba el estupor del examen duro y altivo, saliéndose al pasillo, mientras los demás forcejeábamos con aquella cosa tremenda y a contrarreloj de causas y consecuencias. Entre unas cosas y otras 3.º B se fracturaba y la señorita Cristina, que estuvo un mes de suplente y tan preparada, declaró un día que Aubi tenía un problema de crecimiento.

El segundo trimestre se abalanzó con su caja de sorpresas. Al principio no queríamos creerlo. Natividad Serrano, una chica de segundo pero muy desarrollada, telefoneó una tarde lluviosa a Ángel Andrés Corominas para decirle que sí, que era cierto, que las gemelas Estévez se lo habían confirmado al cruzarse las tres en tutoría. Lo encontramos escandaloso y terrible, tan fuera de lugar como el entendimiento agente o la casuística aplicada. Y es que nos parecía que Olivia Reyes nos pertenecía un poco a todos, a las mañanas desvalidas de tercero de letras, con sus arcos de medio punto y sus ablativos que la risa de Olivia perfumaba, aquellas mañanas de aquel curso único que no regresaría.

Perder a Olivia Reyes oprimía a la clase entera, lo enfocábamos de un modo personal, histórico, igual que si tantas horas de juventud pasadas frente al cine del encerado diesen al final un fruto prodigioso y ese fruto era Olivia. Saber que se iría alejando de nosotros, que ya estaba muy lejos aunque siguiese en el pupitre de enfrente y nos prestase la escuadra o el hálito de sus manos, nos dañaba tanto como la tarde en que la vimos entrar en el descapotable de un amigo trajeado, perfectamente amoldable y cariñosa, Olivia, el revuelo de su falda soleada en el aire de primavera rayado por el polen. Sucedía que su corazón pertenecía a otro. Pensábamos en aquel rato objeto, en aquel corazón de Olivia Reyes como en una habitación llena de polen.

Acababa de firmarse el Tratado de Versalles, Europa entraba en un período de relativa tranquilidad después de dejar atrás los sucesos de 1914 y la segunda evaluación, cuando el aula recibió en pleno rostro la noticia. Que la deseada Olivia Reyes se hubiese decidido entre todos por ese introvertido de Aubi, que despreciaba todas las cosas importantes, los exámenes y las revanchas, nos llenaba de confusión y pasmo. Meditábamos en ello no menos de dos veces al día, mientras Catilina hacía de las suyas y el Káiser vociferaba. Quizá, después de todo, las muchachas empolvadas se interesaban por los introvertidos con un problema de crecimiento. Eso lo confundía todo.

En tercero se acabó la diversión, dijeron muchos. Lo que sucede es que hasta entonces nos habíamos movido entre elecciones simples. Religión o Ética. Manualidades u Hogar. Entrenar el balonmano con Agapito Huertas o ajedrez con el cojo Ladislao. Tercero de letras no estaba capacitado para afrontar aquella decisión definitiva, la muchacha más hermosa del colegio e impuntual, con media clase enamorándose de ella, todos a la vez o por turnos, Olivia Reyes detrás del intratable Aubi, o sea lo peor.

Y es que Aubi seguía sin quererla, no quería a nadie, estaba furioso con todos, se encerraba en su pupitre del fondo a ojear por la ventana los torneos de balón prisionero en el patio lateral. Asunción Ramos Ojeda, que era de ruta y se quedaba en el comedor, decía que era Olivia Reyes quien telefoneaba todas las tardes a Aubi y su madre se oponía a la relación. Se produjeron debates. Aubi era un buen chico. Aubi era un aguafiestas. Lo que pasa es que muchos os creéis que con una chica ya está.

Luego nos enteramos que sí, que el Renacimiento había enterrado la concepción medieval del universo. Fíjate si no en Galileo, qué avance. Resultaba que nada era tan sencillo, hubo que desalojar dos veces el colegio por amenaza de bomba. Los pasillos desaguaban centenares de estudiantes excitados con la idea de la bomba y los textos por el aire, las señoritas se retorcían las manos histéricamente solicitando mucha calma y sólo se veía a don Amadeo, el director, fumando con placidez en el descansillo y como al margen de todo y abstraído con su úlcera y el medio año de vida que le habían diagnosticado ayer mismo: hasta dentro de dos horas no volvemos por si acaso.

El curso fue para el recuerdo. Hasta el claustro de profesores llegó la alteración. A don Alberto le abrieron expediente los inspectores por echar de clase a un alumno sin motivo. Hubo que sujetar entre tres a don Esteban que se empeñaba en ilustrar la ley de la gravedad arrojándose él mismo por la ventana. La profesora de Inglés tuvo trillizos; dos camilleros improvisados se la llevaron a la maternidad, casi podría decirse que con la tiza entre los dedos, mientras el aula boquiabierta, con los bolígrafos suspendidos, dejaba a medio subrayar una línea de *Mr. Pickwick*. La luz primaveral inundaba las cajoneras y parcelaba la clase en cuadriláteros de sombra, había ese espesor humano de cuerpos reunidos lavados apresuradamente y hastío, y entonces Benito Almagro, que odiaba los matices, hizo en voz alta un comentario procaz e improcedente.

Notamos desde el principio que aquél iba a ser un amor desventurado. La claridad de Olivia Reyes se empañaba, incluso nos gustaba menos. Hay amores que aplastan a quien los recibe. Así sucedió con Aubi del 3.º B de letras, desde el momento en que Olivia tomó la decisión de reemplazarnos a todos, en el inmueble de su corazón, por el rostro silencioso de un rival introvertido. Se notaba que Aubi no sabía qué hacer con tan gran espacio reservado, reservado para él, estaba solo frente a la enorme cantidad de deseo derrochado. En absoluto comprendía el sentido de la donación de Olivia Reyes, así que salía aturdido del vestuario camino de los plintos o del reconocimiento médico. Todos en hilera ante la pantalla de rayos X y luego el *christma* del esternón te lo mandaban a casa. La dirección del colegio enviaba por correo los pulmones de todos los matriculados y el flaco Ibáñez estaba preocupado porque le habían dicho que si fumas se notaba. En el buzón se mezclaría el corazón de Olivia Reyes, certificado, con la propaganda de tostadoras o algo por el estilo.

Ella le telefoneaba todas las tardes a casa. A nosotros nunca nos había llamado. Era un planteamiento incorrecto. El aula contenía la respiración hasta que sonaba la sirena de salida, parecía que callados sonaría antes, salíamos en desbandada dejando a medias la lección y la bomba de Hiroshima flotando interrumpida en el limbo del horario.

Pero volvamos al aire y la luz de la primavera, que deberían ser los únicos protagonistas. Se trataba de una luz incomprensible. Siendo así que la adolescencia consiste en ese aire que no es posible explicarse. Podría escribirse en esa luz (ya que no es posible escribir sobre esa luz), conseguir que la suave carne de pomelo de esa luz quedase inscrita, en cierto modo «pensada». Aún está por ver si se puede, si yo puedo. La luz explicaría las gafas de don Amadeo y el tirante caído de la telefonista un martes de aquel año, la luz lo explica todo. Ahora que me acuerdo hubo cierto revuelo con el romance entre Maribel Sanz y César Roldán (delegado).

La tutora aprovechó para decirnos que los trillizos habían nacido como es debido y, después de atajar el estruendo de aplausos y silbidos, no se sabía bien si a favor de los trillizos o en contra de ellos, pasó a presentarnos al profesor suplente de Inglés. No sé qué tenía, la chaqueta cruzada o el aire concentrado y lunático. De golpe 3.º B en pleno perdió interés por el idioma («perdió el conocimiento»), todo el mundo se escapaba a la cafetería El Cairo en horas lectivas a repensar sus raros apuntes y a mirar mucho las pegatinas del vecino. Lo importante era contar con una buena nota media, una buena nota media es decisiva, a ti qué te da de nota media.

El aula estaba prácticamente desierta mientras el nuevo profesor de Inglés desempolvaba adverbios, nerviosísimo con el fracaso pedagógico y los pupitres vacíos. Mayo estallaba contra los ventanales, por un instante hubo un arco iris en el reloj de pulsera de Aubi que sesteaba al fondo, la clase parpadeaba en sueños a la altura del cinturón del docente desesperado, y entonces entró Olivia Reyes.

Fue un suceso lamentable, la velocidad que lo trastocaba todo. Pero también fue una escena lenta, goteante. Primero el profesor le recriminó el retraso y después continuó echándole en cara a la palpitante Olivia Reyes la falta de interés colectiva y la indiferencia acumulada y su propia impotencia para enseñar. Después la expulsó por las buenas y le anunció que no se presentaría al examen. Era algo muy peligroso, a esas alturas del curso (el curso en que la diversión concluyó), porque una expulsión significaba la posibilidad casi segura de tener que repetir. El nuevo no sabía nada de los problemas de Olivia ni de su corazón ocupado en desalojar una imagen dañina.

Todavía flotaba en el aire el aroma aseado del cuerpo de Olivia Reyes, no había acabado de salir cuando inesperadamente Aubi se levantó y solicitó que a él también lo expulsaran. Estaba patético y tembloroso ahí de pie, con el espacio que Olivia Reyes le había dedicado y que él rechazaba, nos rechazaba a todos, pero reclamaba del nuevo profesor la expulsión, repetir curso, el fin de los estudios. Los años han difuminado la escena, cubriéndola de barnices (¿quién se dedica a embrumar nuestros recuerdos con tal mal gusto?), pero la clase conserva la disputa entre los dos, la tensión insoportable mientras Aubi, y tres o cuatro más que se le unieron, recogían sus ficheros deslomados y salían hacia el destierro y la nada. Allí terminaba su historial académico, por culpa de unos trillizos.

Más tarde los alumnos nos juntamos en El Cairo y tuvimos que relatarlo cien mil veces a los ausentes. La escena se repasó por todos lados hasta deformarla, añadiendo detalles a veces absurdos, como la versión que presentaba al profesor amenazando a Olivia con un peine. Nada une tanto a dos personas como hablar mal de una tercera. Fue la última ocasión que tuvo la clase para reconciliarse, antes de hundirse del todo en el sinsentido de la madurez, en el futuro. Resulta curioso que sólo recuerde de aquel día unos pocos fragmentos irrelevantes. Grupos de cabezas gritando. Un gran esparadrapo sobre la nuez de Adriano Parra. Las piernas de Aubi continuaban temblando mientras recibía las felicitaciones y la envidia de muchos de nosotros. Fue el mártir de los perezosos, ese día, con la cazadora brillante de insignias y las zapatillas de basket.

En el otro extremo, separada por la masa de cuerpos escolares exaltados, Olivia Reyes estrenaba unos ojos de asombro y melancolía. Lo sigo recordando. No se acercó a agradecer el gesto loco de Aubi al enfrentarse al profesor (que poco después fue trasladado a otro centro y ahí terminó el incidente: que en aquel momento nos parecía tan importante como el asesinato del archiduque en Sarajevo y el cálculo integral, pero juntos). Buscó algo en su bolso, que no encontró, y ya sin poder contenerse, vimos cómo Olivia se alejaba a otra parte con su aflicción y sus nuevos ojos de estreno arrasados por el llanto.

No he vuelto a ver a ninguno. Tercero de letras no existe. He oído que las gemelas Estévez trabajan de recepcionistas en una empresa de microordenadores. ¿Por qué la vida es tan chapucera? Daría cualquier cosa por saber qué ha sido de Christian Cruz o de Mercedes Cifuentes. Adónde han ido a parar tantos rostros recién levantados que vi durante un año, dónde están todos esos brazos y piernas ya antiguos que se movían en el patio de cemento rojo del colegio, braceando entre el polen. Los quiero a todos. Pensaba que me eran indiferentes o los odiaba cuando los tenía enfrente a todas horas y ahora resulta que me hacen mucha falta.

Los busco como eran entonces a la hora de pasar lista, con sus pelos duros de colonia y las caras en blanco. Aquilio Gómez, presente. Fernández Cuesta, aún no ha llegado. Un apacible rubor de estratosfera se extiende por los pasillos que quedan entre la fila de pupitres, la madera desgastada por generaciones de codos y nalgas y desánimo. Una mano reparte las hojas del examen final, dividido ingenuamente en dos grupos para intentar que se copie un poco menos. Atmósfera general de desastre y matadero. La voz de la profesora canturrea: «Para el grupo A, primera pregunta: Causas y consecuencias de...». Hay una calma expectante hasta que termina el dictado de preguntas. El examen ha comenzado. Todo adquiere otro ritmo, una velocidad diferente cuando la puerta se abre y entra en clase Olivia Reyes.

Del libro *Velocidad de los jardines.*
Ed. Anagrama, 1992.

JUAN BONILLA
(Jerez de la Frontera, Cádiz, 1966)

———— • ————

Las Musarañas

Sonó el teléfono a las tres de la madrugada. Una voz grave me preguntó si me despertaba. Quién es, le pregunté. Hace tres noches de esto y no he podido volver a dormir desde entonces. Estoy esperando que vuelva a sonar el teléfono de madrugada y sea aquel hombre. Llamaba porque no podía dormir, me dijo. Hacía seis meses que no podía dormir. Tampoco lo procuraba: dormir no es indispensable, pero sí lo es no aburrirse, y uno acaba aburriéndose por las noches sin hablar con nadie. Eso me dijo. Así que se le había ocurrido llamar a cualquiera, llevaba unas semanas haciéndolo, se pasaba las noches hablando con desconocidos, despertándolos. Muchos reaccionaban mal, le colgaban después de insultarle. Otros le atendían generosamente como si fueran presentadores de un programa nocturno de radio. Para elegir a quien llamaba abría la guía por una página y el número que señalaba su dedo, ése marcaba. Luego, cuando había hablado con el desconocido, lo tachaba si éste había sido amable, para impedir que la suerte le obligase a volver a molestarlo. Había ido al médico al principio, para saber por qué no conseguía dormir, hasta que se dio cuenta de que el médico trataba de derivar el asunto y convertir la terapia en psicoanálisis. Lo dejó. Además, ya no se preocupaba. Disponía de mucho tiempo. Más del que podía ocupar. Leía, oía música, veía televisión, y aún le sobraban horas que necesitaba ocupar con llamadas nocturnas. Me hizo la cuenta de cuántas horas perdemos durmiendo en nuestra vida. Ocho cada día por trescientos sesenta y cinco días al año por unos cincuenta años de vida, por ejemplo. Supuse que ésa era su edad. También me refirió no sé qué idea de formar una banda de insomnes que se encargara de mantener despierta constantemente la ciudad con llamadas telefónicas. Dormir es reaccionario, me dijo. El mundo sigue girando y es de los que no duermen. Hay que combatirlos con sus mismas armas. El nombre de la banda sería *Las Musarañas.* Pregunté por qué, y me dijo que porque las musarañas eran los únicos animales que no dormían nunca. Dormir no estaba entre sus capacidades. Luego suplió la palabra capacidades por defectos. Además, la única manera de descansar que tenían los insomnes como él era precisamente la de mirar las musarañas: perderse, trasponerse en un punto indeterminado en que la percepción personal del tiempo queda anulada, en la que el tiempo muere, y sólo cobramos conciencia de que lo hemos matado cuando resucita, cuando volvemos a ser esclavos de su transcurrir. Se había aficionado tanto a hablar con desconocidos por teléfono, que quizá se atreviera a experimentar con los países en los que es de noche cuando aquí es de día, porque no sólo se trataba de hablar por teléfono: era el hecho de despertar a alguien lo que ansiaba, de librar de la cadena del sueño a un desconocido. Me dijo que una moto a escape libre que cruzara la ciudad sin detenerse despertaría a ciento cincuenta mil personas. Era otro de los proyectos para la banda de insomnes *Las Musarañas.* Le dije que me parecía una buena idea. No sé cuánto tiempo estuvimos hablando. Al final le pedí que no tachara mi nombre de la guía: concedámosle a la suerte la decisión de ser elegido de nuevo por su dedo, convine. Él aceptó con agradecimiento. Cuando colgó ya no pude dormirme. Cogí la guía, la abrí al azar y señalé un número. Lo marqué y comunicaba. Pensé que tal vez era el del hombre que me había llamado. Luego repetí el ejercicio. Esta vez sí desperté a alguien: una mujer. No me atrevía a decirle nada y colgué cuando insistió preguntando quién era. No sé qué me pasa que no puedo dormir desde entonces. Tampoco me preocupo porque aún no acuso cansancio. Sólo se cierne sobre mí la sombra del aburrimiento. Leo, oigo música y veo televisión, pero aún restan varias horas hasta que el sol limpie de sombras por completo el cielo. Sé que en cualquier momento volverá a sonar el teléfono y será ese hombre al que yo le diré: sí, quiero formar parte de *Las Musarañas,* comenzaré a despertar a desconocidos para decirles: el mundo sigue girando, despiértate, no vuelvas a dormirte.

Del libro *El que apaga la luz.*
Ed. Pretextos, 1994.

JUAN MANUEL DE PRADA
(Baracaldo, Vizcaya, 1970)

— • —

Señoritas en sepia

El ímpetu cruel de mi destino
¡cómo me arroja miserablemente
de tierra en tierra, de una en otra gente,
cerrando a mi quietud siempre el camino!

FRANCISCO DE ALDANA

El retrato del abuelo nos contemplaba desde la penumbra del vestíbulo, envuelto en un halo de irrealidad, y su figura se evocaba en las sobremesas, entre susurros, con una mezcla de orgullo y contrición: era el antepasado ilustre y pecaminoso de nuestra familia, el héroe libertino cuyos episodios poblaban mis noches, la soledad lírica de mis noches, perfumadas todavía por ese aroma dulzón de la adolescencia. El retrato del abuelo me mostraba a un hombre maduro, de edad indefinida, un rostro afinado por arrugas apenas perceptibles que poseía esa severidad que solemos atribuir a los asesinos y a los ascetas. El brillo acerado de las pupilas, las finas guías del bigote, el rictus cansino de unos labios que no lograban encubrir un mensaje de voluptuosidad, todo en él tendía al goticismo, a una mitología de hazañas que se estiran hasta el alba en medio del desenfreno y la lucidez. Según el testimonio sucinto de mi padre (pero sus palabras estaban manchadas de un tonillo levemente didáctico), el abuelo había malgastado su existencia en aspiraciones vanas y escándalos gloriosos, y al final había halla-

do como único premio a sus excesos el desprecio de sus amigos
y la persecución política (mi padre olvidaba mencionar que el
destierro constituía una moda de la época, tan arraigada como
el sombrero canotié o las virginidades custodiadas hasta el tála-
mo). El abuelo acogía desde su retrato los comentarios poco
favorables de mi padre con una sombra de resignación, sus labios parecían esbozar una sonrisa cómplice, y entonces mi imaginación se alzaba sobre las frases denigrantes y acompañaba al
abuelo en su peregrinar por Europa, a través de un torbellino
de placeres e intrigas. En mis ensoñaciones, el abuelo era siempre un hombre lleno de ingenio y frivolidad, un señorito perdis
que competía en elocuencia con los seductores más conspicuos
y que vivía pasiones y simulacros de pasión, en una atmósfera
de conspiradores y estraperlistas. El abuelo trascendía la quietud del retrato, esa rigidez sepia del daguerrotipo, para elevarse al reino de las metáforas, náufrago en mil peripecias, triunfador en mil duelos, amante que se pierde entre pieles jóvenes y
etéreos vestidos, hombre que asiste impasible al crepúsculo de
los hombres y de los dioses. Así imaginaba yo al abuelo.

Una imagen llena de arrebato que luego tendría que
modificar, cuando hallé en su biblioteca aquella anotación
marginal a un soneto de Garcilaso. La biblioteca del abuelo,
famosa en su época por la profusión de libros prohibidos o
sonrojantes (en su mayoría franceses, claro está), había sido
concienzudamente esquilmada por las autoridades civiles y
eclesiásticas, mientras el abuelo escapaba hacia los Pirineos,
fustigado por una pragmática que decretaba la prisión para los
pornógrafos y los propagadores de literatura *sicalíptica*. Entre
los escasos volúmenes que la mano secular había respetado se
hallaba un tomito encuadernado en piel con las obras de Garcilaso; en aquel famoso soneto que comienza *A Dafne ya los
brazos le crecían...*, y que ilustra la metamorfosis de una ninfa
en laurel, para evitar el acoso del dios Apolo, que ya estaba a
punto de darle alcance, el abuelo había escrito a pie de página

este pequeño escolio: «También yo, durante todos estos años, he perseguido el amor y he creído rozarlo con las yemas de los dedos, pero el velo de la carne me ha devuelto a la cruda realidad, a una carrera en pos de un vago ideal, cruzando fronteras y exilios interiores, llorando lágrimas de impotencia y desazón». La letra era menuda y ojival, y la tinta se volvía por momentos ilegible, difuminada por una distancia de generaciones. *¡Oh miserable estado, oh mal tamaño! / ¡Que con lloralla cresca cada día / la causa y la razón por que lloraba!,* concluía Garcilaso, y fue en ese momento, al leer el soneto y el comentario del abuelo, cuando se desmoronó aquella imagen tributaria del error que yo había erigido: ya no volví a situar a mi antepasado en salones frecuentados por la alta sociedad, sino en la intimidad de una alcoba, despojado de disfraces y fingimientos, llorando como Apolo la imposibilidad del amor, su mirada de pupilas aceradas concentrada en el suelo, sus facciones afinadas por un fuego que arde sin llama, como una hoguera avivada en las fraguas del grito. El abuelo dejó de simbolizar los afanes mundanos, o, mejor dicho, siguió simbolizándolos, pero teñidos de cinismo y desencanto. *Cruzando fronteras y exilios interiores,* así lo imaginaba, explorando en cada rostro, en cada gesto femenino, el destello de un amor que se escapa como arena entre los intersticios de los dedos.

Esta revelación, lejos de satisfacerme, azuzó mi curiosidad: la figura del abuelo, que hasta entonces había constituido una excusa más o menos explícita para recrear paraísos definitivamente perdidos, comenzó a descubrirme aristas y recovecos; el desconcierto de mis catorce años no bastaba para explicar aquella frase («he perseguido el amor y he creído rozarlo con las yemas de los dedos»), aquellas ansias de infinitud, aquella desazón, que yo hacía propia y que, poco a poco, se iba metiendo en mi carne y envenenando mi inocencia. Quise saber más, quise conocer en qué entretenía el abuelo sus vigilias, identificar mi desconcierto con el de un hombre que había dejado de existir mucho antes de que yo naciera, y que, sin embargo, se prolongaba en mí. Los catorce años son una edad proclive a hacerse preguntas, un terreno abonado para la duda y la desazón («llorando lágrimas de desazón», había escrito el abuelo).

—¿Tu abuelo? Creo que se dedicaba a la fotografía. En el desván montó un pequeño estudio, todavía debe de andar por allí su vieja cámara, un armatoste inservible.

Mi padre se refería al abuelo sin nostalgia, entre el hastío y la indiferencia, y le sorprendía (pero era una sorpresa que no lograba sobreponerse a su apatía) mi interés por el pasado, un pasado que para él no tenía otra utilidad que la meramente decorativa. La vieja cámara del abuelo estaba, en efecto, en el desván, esperando que alguien la rescatara del polvo y la desidia, aguardando en un rincón la mano que le sacudiera el sopor de los años, con su trípode, su fuelle de cuero, el marco del chasis donde se colocaban las placas que recogerían una realidad estática pero a la vez cambiante, un fragor sordo de mundos que discurren veloces ante el objetivo que los atrapa y los reduce a las dimensiones exiguas del papel. Imaginé al abuelo parapetado detrás de la cámara, aquel armatoste inservible, procurando extraer el secreto de las cosas, intentando acallar su desazón a través de un oficio que era crónica de la realidad y búsqueda de belleza, exilio interior a través de imágenes que quedan congeladas para una posteridad incierta. Parapetado yo también detrás de la cámara, espiaba el ayer tan lejano, la memoria de un hombre que ahora regresaba de una región remota para adiestrarme en la inquietud y el desconcierto. Quise saber más, quise recomponer el rompecabezas de una vida ya vivida y clausurada, pero que todavía daba sus últimos coletazos a través de una cámara que transfiguraba los objetos y los envolvía con una luz no usada.

Quería saber, y no vacilé en compartir lo poco que sabía o sospechaba, con Iñaki, mi único amigo en aquella edad sin amigos ni confidencias. Iñaki era mayor que yo, apenas un

par de años que parecían un par de siglos, una barrera inexpugnable que separaba la astucia del candor, el magisterio del
aprendizaje. Iñaki ejercía sobre mí una especie de jefatura espiritual, sus opiniones (por lo general tan descabelladas como las
mías) se revestían con ese vago prestigio que otorgan la experiencia y el ardor. Iñaki vivía por entonces el despertar de su vi-
rilidad, su piel había adoptado un tono cobrizo y una sombra
de vello que contrastaba con la suavidad enclenque de la mía, y
su voz ya resonaba con el hierro y la blasfemia, formas de osadía que yo creía reservadas a los mayores. Iñaki me había introducido en los misterios del tabaco y la masturbación, en ese
reino de humo azul y éxtasis que, una vez conquistado, me arrastraba por los meandros del remordimiento. Iñaki presenciaba
mis balbuceos y escaramuzas hacia el pecado con la sonrisa del
guía experto que ya ha regresado pero que aún tiene ganas de
volver, preferiblemente acompañado.

—Pues claro, si tu abuelo era un personaje célebre. En
mi casa hay una caja llena de tarjetas guarras firmadas por él.
Mis padres las esconden, pero yo ya tengo aprendidos todos
los escondrijos.

Una tarde bajamos a la playa, y ocultos entre las rocas
examinamos las fotos. Iñaki me las iba pasando con moro-
sidad, y yo las recibía con un temblor oscuro y virginal, como
trofeos de una cacería irrepetible. Iñaki guardaba las fotos (él
no las llamaba fotos, las llamaba tarjetas o estampas, en un
intento de dignificarlas) en una caja de lata que antaño había
guardado sobres de manzanilla, una cajita desvencijada y salpicada de herrumbre de la que iba extrayendo imágenes cada vez
más obscenas, mujeres que al principio velaban su desnudez entre gasas y tules, pero que en seguida descubrían la rotundidad
de los senos, las axilas intonsas y negrísimas como sus pubis,
los labios carnosos y entreabiertos, la tristeza lánguida y sepia
de la desnudez, una picardía sórdida, pero sobre todo triste, de
mujeres solas ante la cámara, culos muy redondos ensayando

posturas grotescas, señoritas de mirada ciega mirando hacia la nada, asomando una lengua entre las comisuras de los labios, una lengua que no se sabe si murmura impudicias o resuelve problemas de álgebra, y el esplendor de los cuerpos, el hastío de los cuerpos abiertos como flores ajadas, en una parodia del amor. Había también fotografías de parejas que fornicaban con desesperación o cansancio, y era su lucha una lucha de clases en la cual el señorito ataviado de esmoquin penetraba a la cocinera sobre el fogón, o la dama llena de melindres y corpiños sucumbía ante el empuje de su chófer. Iñaki, de vez en cuando, me obligaba a reparar en detalles patéticos: la mujer que simula un orgasmo que más bien parece una plegaria, la violencia de los genitales mitigada por el virado en sepia.

—Qué te parece tu abuelito. Menudo pícaro, eh.

Una ráfaga de viento silbó entre las rocas y penetró en la cueva con un frío de cuchilla. Se oía el rumor de las olas como una cadencia inofensiva, agua resbalando sobre una superficie de arena, espuma que estalla entre las piedras y que muere convertida otra vez en agua. Con una mezcla de zozobra y espanto descubrí que todas las fotos tenían un elemento común: detrás de la carne crispada, detrás de las acrobacias de piel y sexo, había un tapiz deshilachado que mostraba a un hombre en cuclillas, aferrándose a un cuerpo cuyos cabellos ya eran hojas de laurel, cuyos miembros ya eran áspera corteza, cuyos pies ya se hinchaban en el suelo y en torcidas raíces se volvían. Apolo lloraba lágrimas de impotencia, su brazo se alargaba hacia Dafne, que ya no era Dafne sino un árbol sin vida y sin sangre en las venas. Comprendí el sarcasmo de aquellas fotos, su mensaje desolado de miembros que desfallecen sobre un fondo de pasiones insatisfechas; comprendí la paradoja de un hombre que asiste a la pantomima del amor, que halla, incluso, cierto placer en retratar el amor mercenario con el que luego hará negocio, pero que, asimismo, ofrece en un segundo plano una moraleja lúcida que habla de la imposibilidad de ir más allá de ese velo de carne. Comprendí, creo que definitivamente, la vocación platónica de mi abuelo, ese exilio del alma que lo había conducido al exilio geográfico, a un vagabundeo a través de Europa en pos de vagos ideales. Iñaki aguardaba expectante mi veredicto; sus ojos tenían un brillo especial —no sé si maligno— sobre la noche que ya se cernía a lo lejos.

—Vamos, di algo. Qué opinas de las estampitas.

Había un vestigio de premura y temor en sus palabras. El crepúsculo incendiaba el aire y envolvía de bronce su piel, pero también la mía, por primera vez mi piel era experta y joven como la suya. Miré a Iñaki con fijeza, y mi voz sonó a hierro y blasfemia: el aprendizaje había concluido.

—Opino que están fenomenal. Qué te parece si seguimos el ejemplo de mi abuelo y nos dedicamos a fotografiar mujeres desnudas.

Sentí que el alivio ensanchaba mi pecho (mi pecho creciendo por encima de los pulmones, mi pecho creciendo por encima de los huesos y de la infancia) cuando Iñaki cabeceó en señal de sumisión. En menos de una semana ya sabíamos manejar la cámara, habíamos aprendido a preparar la emulsión de bromuro y a disolver en ella el nitrato de plata que nos iba a permitir obtener fotografías como las del abuelo. Convencimos a Sofía, una chica atolondrada a la que ambos habíamos amado en soledad, para que posase ante la cámara, ligera de ropa y en actitud insinuante.

—No te preocupes, Sofía: estamos haciendo retratos artísticos. Quién sabe, a lo mejor algún director de cine los ve y te contrata para hacer películas.

Teníamos que inventar mentiras piadosas para vencer sus reticencias. Sofía tenía cabellos que al oro oscurecían, igual que la Dafne de Garcilaso, unos cabellos que creaban efectos de luz, y una mirada tierna y envilecida a la vez que revestía las fotografías de una extraña autenticidad. Pasábamos horas y horas ensayando posturas, ángulos inverosímiles que la cámara recogía con frialdad y displicencia. Sofía aparecía en las fotos con vestidos vaporosos arremangados hasta la cintura, con escotes de encaje que mostraban, como por descuido, un seno de perversa blancura. Sofía se tumbaba en un diván, se recostaba en la pared o se arrastraba por el suelo, obedeciendo las indicaciones de Iñaki, y yo espiaba sus movimientos a través de la cámara que más tarde nos la devolvería en una tonalidad sepia, como un anacronismo o una reliquia sucia. Sofía fue aprendiendo a posar con la práctica diaria, pronto dejó de necesitar nuestros consejos, y la cámara se convirtió en una caricia sobre su piel, una mirada neutra y sin matices que acogía el regalo de su anatomía, centímetro a centímetro, el atrevido pudor de sus manos apartando la tela enojosa, la sabiduría de unos dedos que entreabren las puertas y una lengua que asoma entre los labios. La cámara dejaba de ser entonces un armatoste inservible y se volvía moldeable como la cera, no había rincón que escapase a su escrutinio cruel. Iñaki y yo permanecíamos como testigos mudos o convidados de piedra en una ceremonia que no comprendíamos; Sofía sonreía y nos animaba a repetir la sesión, una y otra vez su cuerpo se mostraba desvalido ante el ojo de cristal de la cámara.

—Por hoy lo dejamos, Sofía. También hay que descansar un poco.

Después, en el laboratorio, enaltecidos por la luz roja, asistíamos al desvelamiento de las fotos: Sofía aparecía paulatinamente sobre el papel como una presencia ajena que ni siquiera nos rozaba, tan lejana como las señoritas retratadas por el abuelo, que persiguió el amor sin alcanzarlo jamás. Quizá ése había sido su destino: viajar de cuerpo en cuerpo, envuelto en el vacío sepia del fracaso. Quizá ése iba a ser también mi destino.

Había algo de complacencia canalla en asumir un futuro tan ingrato, y puesto que yo jugaba a ser canalla no me molesté en evitarlo. Recuerdo que cierto día bajamos a la playa, para hacer unas fotos de Sofía sobre los acantilados, revolcándose en la arena, con el pelo mojado y los pies hundidos entre las olas. Una luz grisácea se apoderó del paisaje, instalándose de manera subrepticia hasta inundarlo con un manto de tinieblas. El viento nos sacudió como un latigazo; los acantilados desplegaban su grandeza de piedra, y la luna no tardó en aparecer. Ebrios de felicidad, nos refugiamos en una cueva, con la salmodia del mar al fondo, y encendimos una hoguera para que el sueño no nos visitase en medio del frío. Las horas se desgranaban, una tras otra, entre la exaltación y el tedio, y la risa nos fue dejando una mueca repulsiva en los labios. Harto de aquella conversación estúpida, fingí que me vencía el sopor; Iñaki y Sofía se susurraban obscenidades, su voz era apenas un cuchicheo que sonaba como el crujido de una cucaracha cuando la pisan y que de repente estallaba en una carcajada. A mis oídos llegaban frases, retazos de un diálogo intuido sobre el runrún de las olas. Oí a Iñaki reclamar el impuesto de la carne, y a Sofía resistirse, en espera de una declaración romántica que la justificase; oí el forcejeo de sus brazos y sus piernas, las risas que ya no eran estallidos sino sofocos, y oí la voz de Iñaki entorpecida por el deseo, farfullando un te quiero que excluía la sinceridad pero que al fin le abría las puertas del santuario. Oí los primeros gemidos, el sudor que impregnaba las pieles cubriéndolas de arena, las palabras inconexas, y tuve que reprimir las ganas de gritar, de suplicarles que pararan, ahora ya era demasiado tarde, ignorarían mi súplica o simplemente sentirían que su deseo se avivaba, al comprobar que alguien los estaba observando. Sentí cómo mi garganta se agarrotaba ante la magnitud del silencio. Iñaki y Sofía eran ya un solo cuerpo trabado con lenguas, pies y brazos, una exaltación de bronce sobre la noche que recriminaba mi cobardía, que se escarnecía y humillaba por no tener valor para intervenir. Agazapado en la arena, sin una cámara que mirase por mí, presencié aquel espectáculo de fiebre y locura, y supe, con una espantosa certidumbre, que también mi existencia, al igual que la del abuelo, sería un largo exilio a través de los cuerpos, un intento de alcanzar el ideal de Dafne, sin poder impedir su metamorfosis en laurel. Asistí inerme y derrotado al triunfo de los otros e intuí, de una vez para siempre, que mi destino excluía aquella forma de dicha. Volví la cabeza hacia la playa: una franja de arena se estiraba hasta el infinito, ansiosa por albergar mis huellas. Sabía que, si empezaba a correr, los cuerpos de Sofía e Iñaki adoptarían una tonalidad sepia, pero también sabía que si permanecía quieto defraudaría al abuelo. Corrí hasta la extenuación, corrí en pos de mi destino, corrí sobre la arena palpitante que acogía mis pasos y me indicaba la ruta.

Del libro *El silencio del patinador.*
Ed. Valdemar, 1995.

Este libro
se terminó de imprimir
en los Talleres Gráficos
de Palgraphic, S. A,
Humanes, Madrid (España)
en el mes de febrero de 1999